…N ELLİ TONU

Pegasus Yayınları: 552
Bestseller Roman: 227

GRİNİN ELLİ TONU
E L James
Özgün Adı: FIFTY SHADES OF GREY

Yayın Koordinatörü: Yusuf Tan
Editör: Zeynep Tür
Son Okuma: Aycan Ak
Bilgisayar Uygulama: Cansu Gümüş
Kapak Baskı: Zirve Ofset
Film-Grafik: Mat Grafik

Baskı-Cilt: Alioğlu Matbaacılık
Orta Mah. Fatin Rüştü Sok. No: 1/3-A
Bayrampaşa/İstanbul
Tel: 0212 612 95 59

1. Baskı: Eylül 2012

ISBN: 978-605-5289-83-6

Bu kitap bir hayal ürünüdür. Eserde geçen isimler, yerler ve olaylar yazarın hayal gücünün ürünüdür ya da hayali olarak tasarlanmıştır. Hayatta ya da ölmüş kişilerle, olaylarla ya da yerlerle ilgili benzerlikler tamamen tesadüfidir.
Yazar, bu hikâyedeki olay örgüsünü, farklı karakter isimleri ve Snowqueen's Icedragon mahlasıyla "Benliğimin Hâkimi" adı altında tefrikalar halinde yayımlamıştır.

Yayıncı Sertifika No: 12177

Pegasus Yayıncılık San. Tic. Ltd. Şti.
Gümüşsuyu Mah. Osmanlı Sk. Alara Han
No: 27/9 Taksim / İSTANBUL
Tel: 0212 244 23 50 (pbx) Faks: 0212 244 23 46
www.pegasusyayinlari.com / info@pegasusyayinlari.com

E L JAMES

GRİNİN ELLİ TON

İngilizceden Çeviren:
SEVİNÇ SEYLA TEZCAN

PEGASUS YAYINLARI

UYARI:

Kitabın içeriği yetişkin okurlara uygundur. Cinsel sahneler barındırır.

Benliğimin hâkimi Niall'a...

TEŞEKKÜR

Aşağıda adı geçen kişilere yardım ve desteklerinden ötürü teşekkürü borç bilirim:

Kocam Niall'a takıntım konusunda gösterdiği sabır için, evde her şeye yardım ettiği için ve kitabın ilk düzeltmesini yaptığı için,

Patronum Lisa'ya, geçtiğimiz bir yıl içerisinde kendimi bu çılgınlığa tamamen kaptırdığımda bana katlandığı için,

Sebebini burada söylemeyeceğim ama CCL'e,

Dostlukları ve sürekli destekleri için kader arkadaşlarıma,

Beni toparladığı ve kendime getirdiği için Sue Malone'a

Ve son olarak da Amanda ve tüm TWCS'e risk aldıkları ve bana şans verdikleri için teşekkür ederim.

BÖLÜM BİR

Aynaya yüzümü sıkıntıyla buruşturarak baktım. Bir türlü söz dinlemeyen lanet olası saçlarım ve hastalanıp beni bu angaryaya mecbur eden lanet olası Katherine Kanavagh. Gelecek haftaki final sınavlarım için çalışıyor olmam gerekirken, burada durmuş, saçlarıma fırçayla söz geçirmeye çalışıyordum. *Islak saçla uyumamalıyım. Islak saçla uyumamalıyım.* Bu mantrayı arka arkaya tekrarlarken, saçlarımı fırçayla kontrol altına sokmayı bir kez daha denedim. Çileden çıkarak gözlerimi devirdim ve aynadaki, yüzüne fazla iri gelen mavi gözlerini bana dikmiş soluk tenli ve kahverengi saçlı kıza bakıp pes ettim. Tek seçeneğim, inatçı saçlarımı atkuyruğu yapmak ve az da olsa prezantabl görünmeyi ummaktı.

Kate oda arkadaşımdı ve gribe yenilmek için bula bula bugünü bulmuştu. Bu yüzden, adını daha önce hiç duymadığım mega-sanayici zengin iş adamıyla okul gazetesi için sözleştiği röportaja gidemeyecekti. Böylece ben gönüllü edilmiştim. İneklemem gereken final sınavlarım, bitirmem gereken bir denemem vardı ve bu öğleden sonra çalışıyor olmam gerekiyordu; ama hayır, bugün Grey Şirketler Topluluğu'nun gizemli CEO'suyla bir araya gelmek için, Seattle şehir merkezine 165 mil direksiyon sallayacaktım. Sıra dışı bir girişimci ve üniversitemizin önemli bağışçısı olan Grey'in vakti olağanüstü kıymetliydi –benimkinden çok daha kıymetli- ama Kate'e bir röportaj bahşetmişti. Kate, gerçek bir başarı, demişti. Kate'in lanet olası ders dışı aktiviteleri.

Kate oturma odasındaki kanepeye kıvrılmıştı.

Kulak tırmalayan kısık sesiyle, "Ana, üzgünüm. Bu röportajı kapmam dokuz ayımı aldı. Tarihi değiştirmek bir altı ayımı daha alır ve o zamana kadar ikimiz de mezun olmuş olacağız. Editör olarak bu işi mahvedemem. Lütfen," diye yalvarıyordu. Bunu nasıl başarıyordu? Hastayken bile çocuksu ve muhteşem görünüyordu; çilek sarısı saçları yerli yerinde, yeşil gözleri şu anda kırmızı ve sulu olsa da hâlâ parlaktı. Aniden beliren sempati dalgasını görmezden geldim.

"Tabii ki giderim, Kate. Sen yatağına dönmelisin. NyQuil ya da Tylenol ister misin?"

"NyQuil, lütfen. Sorular ve dijital kayıt cihazım burada. Şu kayıt tuşuna basman yeterli. Not al, ben hepsini yazıya dökerim."

İçimde yükselen panik duygusunu boş yere bastırmaya çalışarak, "Hakkında hiçbir şey bilmiyorum," diye mırıldandım.

"Sorular işini görür. Haydi git. Yolun uzun. Geç kalmanı istemem."

"Tamam, gidiyorum. Yatağına dön. Daha sonra ısıtman için çorba yaptım." Ona sevgiyle baktım. *Kate, bunu sadece senin için yaparım.*

"Isıtırım. Bol şans. Ve teşekkürler, Ana; her zamanki gibi hayatımı kurtardın."

Sırt çantamı alırken ona buruk bir gülümsemeyle baktım ve kapıdan çıkıp arabaya yürüdüm. Kate'in beni bunu yapmaya ikna etmesine izin verdiğime inanamıyordum. Ama Kate beni neye olsa ikna ederdi. Olağanüstü bir gazeteci olacaktı. Kendini çok iyi ifade edebilen, güçlü, ikna edici, tartışmaya açık ve güzeldi; benim canım, canım arkadaşımdı.

Washington, Vancouver'dan Interstate 5'e doğru ilerlerken yollar açıktı. Henüz erkendi ve saat ikiden önce Seattle'da olmam gerekmiyordu. Neyse ki Kate bana spor Mercedes SLK'sını ödünç vermişti. Eski VW Kaplumbağa'm Wanda'nın bu yolculuğu vaktinde tamamlayacağından emin değildim. Ah, Mercedes'le yolculuk eğlenceliydi ve pedalı köklerken kilometreler hızla akıp gidiyordu.

Varış noktam Bay Grey'in küresel şirketinin ana merkeziydi. Her mimarın faydacılık hayalini süsleyen, yirmi katlı, her yeri kavisli cam ve metalden ibaret iş merkezinin cam ön kapısının üzerindeki çelikte, dikkat çekmeyen harflerle GREY EVİ yazıyordu. Oraya vardığımda saat ikiye çeyrek vardı; devasa –ve samimi olmam gerekirse sinir bozucu– cam, çelik ve beyaz kum taşı lobiye adım atarken geç kalmadığım için derin bir oh çektim.

Sağlam kum taşı masanın arkasından çok çekici, bakımlı, sarışın bir kadın bana gülümsedi. Üzerinde gördüğüm en şık kömür rengi ceket ve beyaz gömlek vardı. Kusursuz görünüyordu.

"Bay Grey'i görmeye geldim. Katherine Kavanagh adına Anastasia Steele."

"Bir saniye lütfen, Bayan Steele." Ben sıkılgan bir tavırla karşısında dikilirken kaşını kaldırdı. Lacivert ceketim yerine Kate'in spor ceketlerinden birini ödünç almadığıma pişman olmaya başlıyordum. Çaba göstermiş ve sahip olduğum tek eteği, diz hizası, derli toplu çizmelerimi ve mavi bir kazak giymiştim. Bana göre şıktı. Kadın sinirimi bozmuyormuş gibi görünmeye çalışarak, saçımın firari tutamlarından birini kulağımın arkasına ittim.

"Bayan Kavanagh'ı bekliyorlarmış. Lütfen şuraya imza atın, Bayan Steele. Sağ taraftaki son asansöre binip yirminci katın düğmesine basın." Ben imzamı atarken, hiç şüphesiz halimle eğlenerek kibarca gülümsedi.

Ön yüzeyine çok kararlı harflerle "ziyaretçi" kelimesinin yazılı olduğu güvenlik kartını verdi. Kendimi sırıtmaktan alamadım. Sadece ziyaretçi olduğum her halimden belliydi. Buraya hiç mi hiç uymuyordum. Kendi kendime iç geçirdim. *Değişen bir şey yok.* Kadına teşekkür ettikten sonra, asansörlere doğru ilerlerken, iyi kesimli siyah takım elbiseleri içinde benden kat kat şık görünen iki güvenlik görevlisinin önünden geçtim.

Asansör beni son hızla yirminci kata çıkardı. Kapılar kayarak açıldı ve kendimi bir kez daha cam, çelik ve beyaz kum taşından ibaret bir lobide buldum. Yeni bir kum taşı masa ve beni selamlamak için ayağa kalkan yine sarışın, ama bu kez siyah ve beyaz kusursuz bir kılık içindeki bir kadın tarafından karşılandım.

"Bayan Steele, burada bekler misiniz lütfen?" Beyaz deri koltukların durduğu bir bekleme alanını işaret ediyordu.

Deri koltukların arkasındaki cam duvarlı, geniş toplantı odasında yine bir o kadar geniş ve etrafında en az yirmi sandalye olan, koyu ahşap bir masa vardı. Masanın diğer tarafında şehirden güneye doğru bakan bir Seattle manzarasına hâkim boydan boya bir cam yükseliyordu. Göz alıcı manzara beni bir an için dondurmuştu. *Vay canına.*

Oturdum, çantamdan çıkardığım soruları, içimden bana kısa bir biyografi vermediği için Kate'e söverek, gözden geçirdim. Röportaj yapmak üzere olduğum bu adam hakkında en ufak bir bilgim yoktu. Doksan yaşında da olabilirdi, otuz da. Belirsizlik sinir bozucuydu, yeniden yüzeye çıkan heyecanım huzursuzluk içinde kıpırdanmama neden oluyordu. Birebir röportajlar konusunda hiçbir zaman rahat olmamıştım; odanın arka tarafında dikkat çekmeden oturacağım bir grup tartışmasının anonimliğini her zaman tercih ederdim. Dürüst olmam gerekirse, kampüs kütüphanesinde bir koltuğa kıvrılıp klasik bir İngiliz romanıyla baş başa kalmayı, cam ve taştan yapılma devasa bir yapıda sinir içinde kıpırdanıp durmaya yeğlerdim.

Kendi kendime gözlerimi devirdim. *Topla kendini, Steele.* Fazla soğuk ve modern olan binaya bakılırsa, Grey kırk yaşlarında, formda, yanık tenli ve çalışanlarıyla uyum içinde olacak şekilde açık renk saçlı olmalıydı.

Sağ taraftaki büyük kapıdan yine zarif ve kusursuz giyimli bir sarışın çıktı. Bu kusursuz sarışın olayı da neyin nesiydi böyle? Burası Stepford'dan farksızdı. Derin bir nefes alıp ayağa kalktım.

Son sarışın, "Bayan Steele?" diye sordu.

Hırıltılı bir sesle, "Evet," dedim ve gırtlağımı temizledim. "Evet." Bu evet daha kendinden emin çıkmıştı.

"Bay Grey sizi bir iki dakikaya kadar görecek. Ceketinizi alabilir miyim?"

"Ah, lütfen." Debelenerek ceketimden sıyrıldım.

"İçecek bir şeyler ikram eden oldu mu?"

"Hmm, hayır." Ah, Tanrım. Yoksa Bir Numaralı Sarışın'ın başı belada mıydı?

İki Numaralı Sarışın kaşlarını çatarak masadaki genç kadını süzdü.

Dikkatini tekrar bana çevirerek, "Çay, kahve, su, ne alırdınız?"

"Bir bardak su, lütfen. Teşekkürler," diye mırıldandım.

"Olivia, lütfen Bayan Steele'e bir bardak su getir." Sesi sertti. Olivia ayağa fırladı ve hızlı hareketlerle, holün diğer tarafında kalan kapıya yöneldi.

"Özür dilerim, Bayan Steele. Olivia yeni stajyerimiz. Lütfen oturun. Bay Grey beş dakika sonra sizinle olacak."

Olivia bir bardak buzlu suyla geri geldi.

"Buyurun, Bayan Steele."

"Teşekkürler."

İki Numaralı Sarışın, topuklarını kum taşı zeminde tıkırdatarak büyük masaya yürüdü. Oturdu ve her ikisi de işlerine devam ettiler.

Belki de Bay Grey bütün çalışanların sarışın olmasında ısrar ediyordu. Ben kendi kendime bunun yasal olup olmadığını sorgularken, ofisin kapısı açıldı ve uzun boylu, zarif giyimli, kısacık rasta saçlı Afrikalı-Amerikalı bir adam dışarı çıktı. Kesinlikle yanlış giyinmiştim.

Döndü ve kapıdan içeri, "Bu hafta golf, Grey?" dedi.

Cevabı duymadım. Adam döndü, beni gördü ve koyu renk gözlerini kırıştırarak gülümsedi. Olivia ayağa fırlayıp asansörü çağırmıştı. Koltuğundan fırlamak konusunda ustalaşmış görünüyordu. Benden daha gergindi!

Adam kayan kapıların arkasında kaybolmadan önce, "İyi öğleden sonralar, bayanlar," dedi.

İki Numaralı Sarışın, "Bay Grey şimdi sizi kabul edecek, Bayan Steele. İçeri girebilirsiniz," dedi. Sinirlerimi yatıştırmaya çalışarak, biraz titrek hareketlerle kalktım. Sırt çantamı aldım, su bardağımı bıraktım ve kısmen açık duran kapıya doğru yürüdüm.

"Çalmanıza gerek yok, doğrudan girin." İki Numaralı Sarışın gülümsüyordu.

Kapıyı itip tökezleyerek içeri daldım ve kendi ayağıma takılıp boylu boyunca ofisin içine düştüm.

Lanet olsun! Ben ve iki sol ayağım! Bay Grey'in ofisinin kapısında ellerimin ve dizlerimin üstünde duruyordum ve nazik eller beni tutmuş kalkmama yardım ediyordu. O kadar utanmıştım ki. Lanet olası sarsaklığım. Başımı kaldırıp bakmak için kendimi zorlamam gerekti. Aman Tanrım… o kadar gençti ki.

"Bayan Kavanagh." Ben iyice doğrulunca, uzun parmaklı elini bana uzattı. "Adım Christian Grey. İyi misiniz? Oturmak ister misiniz?"

Çok genç... ve çekiciydi, hem de çok çekici. Uzun boyluydu; üzerindeki şık gri takım elbise, beyaz gömlek ve siyah kravatı, koyu bakır rengi saçlar ve bana kurnazlıkla bakan, yoğun, parlak gri gözler tamamlıyordu. Sesimi bulmam birkaç saniyemi aldım.

"Şey... Aslında..." diye geveledim. Eğer bu adam otuzun üstündeyse, ben de bir maymunun amcasıydım. Sersemlemiş halde elimi uzattım ve el sıkıştık. Parmaklarımız temas edince, iç gıdıklayıcı bir ürperti duydum. Utanarak, hızla elimi geri çektim. Statik olsa gerekti. Gözlerimi hızlı hızlı kırpıştırırken, göz kapaklarım kalp atışlarıma ayak uydurmuştu.

"Bayan Kavanagh rahatsızlandığı için beni gönderdi. Umarım sizin için sakıncası yoktur, Bay Grey."

"Ve sizin adınız?" Sesi sıcak, belki eğlenir gibiydi, ama duygusuz ifadesinden tam olarak kestirmek güçtü. İlgili gibiydi, ama her şeyden öte, kibardı.

"Anastasia Steele, Kate'le birlikte… hmm… Katherine'le, Bayan Kavanagh'la birlikte, WSY Vancouver'da İngiliz Edebiyatı okuyorum."

"Anlıyorum," demekle yetindi. İfadesinde bir gülümseme görür gibi oldum, ama emin olamadım.

"Oturmak ister misiniz?" Eliyle L biçiminde beyaz deri kanepeyi işaret etti.

Ofisi bir kişi için fazla büyüktü. Boydan boya camların önünde, altı kişinin rahatça yemek yiyebileceği büyüklükte, koyu renk ahşap bir masa duruyordu. Masa ve kanepenin önündeki sehpa takımdı. Geri kalan her şey –tavan, yer ve kapının yanındaki, bir kare oluşturacak şekilde düzenlenmiş otuz altı küçük resimden oluşan bir mozaiğin kapladığı duvarın dışında kalan bütün duvarlar– beyazdı. Bunlar enfes resimlerdi, bir dizi dünyevi, unutulmuş nesne öylesine detaylı resmedilmişti ki fotoğraftan farksızdılar. Bir arada sergilenirken nefes kesiyorlardı.

Bakışımı yakalayan Grey, "Yerel bir ressam," dedi. "Truton."

Dikkatim o ve resimler sayesinde dağılmış halde, "Çok hoşlar," dedim. "Sıradanı sıra dışılığa yüceltmişler." Başını yana eğerek bana dikkatle baktı.

Yumuşak bir sesle, "Size daha fazla katılamazdım, Bayan Steele," diye yanıtladı ve nedense kızardığımı hissettim.

Resimler dışında, ofis soğuk, temiz ve kliniğimsiydi. Karşımdaki beyaz deri koltuklardan birine çöken Adonis'in kişiliğini yansıtıp yansıtmadığını merak etim.. Düşüncelerimin saptığı istikametten rahatsız olarak başımı salladım ve sırt çantamdan Kate'in sorularını çıkardım. Sonra, dijital kayıt cihazını kurdum ve parmaklarım birbirine dolandığı için, cihazı iki kez önümdeki sehpaya düşürdüm. Ben gittikçe daha fazla utanıp kıpkırmızı kesilirken Bay Grey hiçbir şey demeden sabırla –umarım– bekliyordu. Sonunda ona bakacak cesareti topladığımda, bir eli gevşek bir halde kucağında, uzun işaret parmağını dudaklarının üstünde dolaştırdığı diğeriyse çenesinde, beni izliyordu. Gülümsemesini bastırmaya çalıştığını düşündüm.

"Ö-özür dilerim," diye geveledim. "Buna alışık değilim."

"Acele etmeyin, Bayan Steele," dedi.

"Cevaplarınızı kaydetmemin bir sakıncası olur mu?"

"Kayıt cihazını kurmak için girdiğiniz onca zahmetten sonra, şimdi mi soruyorsunuz?"

Kıpkırmızı oldum. Benimle alay mı ediyordu? Öyle olmasını umuyordum. Ne diyeceğimi bilemeyerek gözlerimi kırpıştırdım ve sanırım bana acımış olacak ki, yumuşadı. "Hayır, sakıncası olmaz."

"Kate, yani Bayan Kavanagh, röportajın ne için olduğunu açıkladı mı?"

"Evet. Bu yılın mezuniyet töreninde diplomaları ben vereceğim için, okul gazetesinin mezuniyet sayısında yayımlanacak."

Ah! Bu benim için yeni bir haberdi ve geçici bir süre, diplomamı benden çok da büyük olmayan –tamam belki altı yaş falan büyüktü ve tamam mega-başarılıydı, ama yine de...– birinden alacak olmanın endişesini duydum. Kaşlarımı çatarak, yoldan çıkan dikkatimi yeniden elimdeki işe çevirdim.

"Pekâlâ..." Gergin bir tavırla yutkundum. "Bazı sorularım olacak, Bay Grey." Bir saç tutamını kulağımın arkasına attım.

Ruhsuz bir ifadeyle, "Ben de öyle olacağını düşünmüştüm," dedi. Bana gülüyordu. Bunu fark edince yanaklarım ısındı, daha uzun boylu ve tehditkâr görünme çabasıyla sırtımı dikleştirdim. Cihazın kayıt tuşuna basarken profesyonel görünmeye çalışıyordum.

"Böyle bir imparatorluk kurmak için çok gençsiniz. Başarınızı neye borçlusunuz?" Ona baktım. Gülümsemesi hüzünlüydü ve sanki biraz rahatsız olmuş gibiydi.

"İş demek insan demektir, Bayan Steele ve ben insanları yargılamak konusunda çok iyiyimdir. Nasıl motive olduklarını, onları neyin verimli kıldığını, neyin teşvik ettiğini ve onlara neyin ilham verdiğini bilirim. Sıra dışı bir ekip çalıştırıyorum ve karşılığını veriyorum." Duraksadı ve gri bakışlarını bana sabitledi. "Herhangi bir planda başarı elde etmek için, insanın o planın ustası olması, içini dışını en ince detayına kadar bilmesi gerektiğine inanırım. Bunu yapmak için çok çalışırım. Mantık ve gerçeklere dayalı kararlar alırım. İyi, sağlam bir fikri ve iyi insanları göze kestirebilen ve besleyebilen Tanrı vergisi bir iç sese sahibim. İşin özü, her şeyin iyi insanlara dayanmasıdır."

"Belki de sadece şanslısınızdır." Bu yorum, Kate'in listesinde yoktu, ama o kadar küstahtı ki. Gözleri kısa bir an hayretle parladı.

"Ben işi şansa bırakmam, Bayan Steele. Bana ne kadar çok çalışırsam şansım o kadar artıyor gibi geliyor. İşin sırrı, takımınızda doğru insanları bulundurmakta ve enerjilerini uygun şekilde yönlendirmekte. Sanırım Harvey Firestone'un sözüdür: "İnsanların büyümesi ve gelişmesi, liderliğin en büyük görevidir."

"Kulağa kontrol manyağı gibi geliyorsunuz." Kelimeler ağzımdan kendime engel olamadan dökülüvermişti.

"Ah, her şeye kontrol uygularım, Bayan Steele," derken sesinde mizahtan eser yoktu. Ona baktım; hissiz bakışlarını gözlerime dikmişti. Kalp atışlarım hızlandı ve yüzüm bir kez daha kızardı.

Neden üzerimde böyle sinir bozucu bir etki bırakıyordu? Sebep baş döndürücü yakışıklılığı mıydı? Gözlerinin beni delip geçmesi? İşaret parmağını alt dudağının üstünde dolaştırma şekli? Keşke bunu yapmaya bir son verseydi.

Sözlerini, "Ayrıca, muazzam güç, gizli hayallerinizde, kendi kendinizi dünyaya her şeyi kontrol etmek üzere geldiğinize inandırmaktan geçer," diye sürdürürken sesi yumuşacıktı.

"Muazzam bir gücünüz olduğunu mu hissediyorsunuz?" *Kontrol manyağı.*

"Yanımda kırk binden fazla insan çalıştırıyorum, Bayan Steele. Bu bana belli bir sorumluluk hissi ve, siz öyle demek isterseniz, güç veriyor. Telekomünikasyon işine artık ilgi duymadığıma karar verip işin o kısmını satsam, bir ayın sonunda yirmi bin kişi ev kredisi ödemelerini yapamayacak hale gelir."

Ağzım açık kalmıştı. Tevazu yoksunluğu karşısında afallamıştım.

Tiksinerek, "Rapor vermeniz gereken bir yönetim kurulu yok mu?" diye sordum.

"Şirketin sahibi benim. Bir yönetim kuruluna rapor vermem gerekmiyor." Tek kaşını kaldırdı. Elbette, biraz araştırma yapmış olsam bunu bilirdim. Ama lanet olsun, çok küstahtı. Tavrımı değiştirdim.

"İş dışında ilgi alanlarınız var mı?"

"Çok çeşitli ilgi alanlarım var, Bayan Steele." Dudaklarından belli belirsiz bir gülümseme geçti. "Çok çeşitli." Ve nedense, bakışları karşısında kafam karıştı ve heyecanlandığımı hissettim. Gözleri ahlaksız bir düşünceyle parlamıştı.

"Ama bu kadar çok çalışıyorsanız, gevşemek için ne yapıyorsunuz?"

"Gevşemek?" Kusursuz beyaz dişlerini ortaya sererek gülümsedi. Nefesim kesilmişti. Gerçekten güzeldi. Hiç kimse bu kadar yakışıklı olmamalıydı.

"Pekâlâ, sizin deyiminizle, gevşemek için yelken yapıyorum, uçuyorum, çeşitli fiziksel zevklerin tadını çıkarıyorum." Koltuğunda kıpırdandı. "Çok varlıklı bir adamım, Bayan Steele, pahalı ve insanı içine çeken hobilerim var."

Bu konudan bir an önce çıkma isteğiyle, Kate'in sorularına baktım.

"Üretime yatırım yapıyorsunuz. Neden özellikle bu alan?" diye sordum. Beni neden bu kadar huzursuz ediyordu?

"Bir şeyler inşa etmeyi severim. Bir şeylerin nasıl işlediğini bilmeyi severim, olayları neyin harekete geçirdiğini, nasıl kurulduklarını ve parçalandıklarını öğrenmeyi. Ve gemilere büyük sevgim var. Ne diyebilirim ki?"

"Mantığınız ve gerçeklerden çok kalbinizle konuşur gibisiniz?"

Dudakları yukarı doğru kıvrıldı ve beni inceler gibi baktı.

"Mümkündür. Gerçi bir kalbimin olmadığını söyleyecek insanlar çok."

"Bunu neden söylesinler?"

"Çünkü beni iyi tanıyorlar." Dudakları buruk bir gülümsemeyle bükülmüştü.

"Arkadaşlarınız tanınması kolay biri olduğunuzu söylerler mi?" Ve soruyu sorduğum anda pişman oldum. Kate'in listesinde bu soru yoktu.

"Ben çok ketum bir insanımdır, Bayan Steele. Mahremiyetimi korumak için ne gerekiyorsa yaparım. Kolay kolay röportaj vermem."

"Bu röportajı neden kabul ettiniz?"

"Çünkü üniversitenin bağışçılarından biriyim ve Bayan Kavanagh'dan bir türlü kurtulamadım. Halkla İlişkiler ekibimin yakasına yapıştı ve bu tür kararlılıklara hayranlık duyarım."

Kate'in ne kadar ısrarcı olabileceğini iyi biliyordum. Sınavlarıma çalışıyor olmam gerekirken, burada, Grey'in içe işleyen bakışları altında kıvranarak oturuyor olmam bu yüzdendi.

"Ayrıca çiftçilik teknolojilerine de yatırım yapıyorsunuz. O alana ilginiz neden?"

"Parayı yiyemeyiz, Bayan Steele, dahası bu gezegende yeterince yiyeceği olmayan çok insan var."

"Kulağa hayli insancıl geliyor. Bu, özellikle tutkunu olduğunuz bir konu mu? Dünyadaki fakirleri doyurmak?"

İfadesiz bir tavırla omuz silkti.

"Zorlu bir iş," diye mırıldandı; oysa ben samimi olmadığını düşünüyordum. Bence hiç mantıklı değildi. Dünyadaki fakirleri doyurmak, ha? Finansal getirisini göremiyordum; sadece ideal olanın erdemi söz konusuydu. Tavrı karşısında kafam karışmış halde, bir sonraki soruya baktım.

"Bir felsefeniz var mı? Varsa nedir?"

"Bir felsefem olduğu söylenemez. Belki rehberlik eden bir prensibim olduğu söylenebilir. Carnegie'ninki: 'Kendi zihnine tamamen hâkim olan bir adam, hak ederek kazandığı her şeye hâkim olabilir.' Bireyci ve amaç odaklıyımdır. Hem kendimi hem etrafımdakileri kontrolü severim."

"Yani bir şeylere hâkim olmak istiyorsunuz?" *Sen bir kontrol manyağısın.*

"Onlara hâkim olmayı hak etmek isterim, ama evet, sonuçta istiyorum."

"Tam bir tüketici gibi konuşuyorsunuz?"

"Öyleyimdir." Gülümsedi. Ama gülümsemesi gözlerine kadar ulaşamadı. Bir kez daha, dünyayı doyurmak isteyen bir adam imajına ters düşüyordu; bu yüzden kendimi başka bir şeyden bahsediyor olduğumuzu düşünmekten alamadım ama ne olduğu konusunda şaşkındım. Güçlükle yutkundum. Odanın ısısı gittikçe artıyordu ya da sadece bana öyle geliyordu. Tek isteğim, bu röportajın bir an önce bitmesiydi. Kate'in yeterince malzemesi olmuştu. Bir sonraki soruya baktım.

"Evlat edinilmişsiniz. Bunun şu anda olduğunuz kişiyi nereye kadar yönlendirdiğini düşünüyorsunuz?" Ah, bu kişisel bir soruydu. Ona alınmadığını umarak baktım. Kaşları çatıldı.

"Bilmem mümkün değil."

Dikkatim uyanmıştı. "Evlat edinildiğinizde kaç yaşındaydınız?"

"Bu bilgi kamu kayıtlarında mevcut, Bayan Steele." Sesi sertti. *Lanet olsun.* Tabii ki, bu röportajı yapacağımı bilseydim biraz araştırma yapardım. Kızararak aceleyle bir sonraki soruya geçtim.

"İşiniz için, aile hayatınızdan fedakârlık yapmak zorunda kalmışsınız."

"Bu bir soru değil." Sesi aksiydi.

"Özür dilerim." Yüzümü buruşturdum; kendimi beceriksiz bir çocuk gibi hissetmeme neden olmuştu. Tekrar denedim. "İşiniz için aile hayatınızdan fedakârlık etmek zorunda kaldınız mı?"

"Bir ailem var. Bir erkek kardeşim, bir kız kardeşim ve sevgi dolu ebeveynlerim var. Ailemi bunun ötesinde genişletmek gibi bir niyetim yok."

"Gey misiniz, Bay Grey?"

Gürültülü bir şekilde nefes aldı ve dehşete kapılarak yüzümü buruşturdum. *Lanet olsun.* Neden yazanları yüksek sesle okumadan önce bir tür filtreden geçirmiyordum ki? Ona tek yaptığım şeyin soruları okumak olduğunu nasıl söyleyebilirdim? Lanet olası Kate ve lanet olası merakı!

"Hayır, Anastasia, gey değilim. Gözlerinde serinkanlı bir ışıltıyla kaşlarını kaldırdı. Pek hoşnut görünmüyordu.

"Özür dilerim. Burada... yazıyordu." Adımı ilk kez söylüyordu. Kalp atışlarım hızlanmıştı ve yanaklarım yine ısınmaya başlamıştı. Gergin bir tavırla, önüme düşen bir saç tutamını kulağımın arkasına attım."

Başını yana eğdi. "Bunlar kendi sorularınız değil mi?"

Bütün kanım çekildi.

"Şey, hayır... Kate... Bayan Kavanagh, soruları o derledi."

"Okul gazetesinde birlikte mi çalışıyorsunuz?" *Ah, hayır.* Okul gazetesiyle hiçbir alakam yoktu. Bu, Kate'in ders dışı aktivitesiydi, benim değil. Yüzüm alev alev yanıyordu.

"Hayır. Kate ev arkadaşımdır."

Sessizlik içinde, düşünür gibi çenesini sıvazlarken, gri gözleriyle beni süzüyordu.

"Bu röportaj için gönüllü mü oldunuz?" derken sesine ölümcül bir sükûnet hâkimdi.

Bir dakika, kimin kiminle röportaj yapıyor olması gerekiyordu? Gözleri benimkileri delip geçerken, kendimi doğruyu söylemek zorunda hissettim.

"Görevlendirildim. Kate iyi değil." Sesim cılız ve özür diler gibiydi.

"Bu çok şeyi açıklıyor."

Kapı vuruldu ve İki Numaralı Sarışın içeri girdi.

"Bay Grey, araya girdiğim için özür dilerim, ama bir sonraki toplantınıza iki dakika var."

"İşimiz henüz bitmedi, Andrea. Lütfen sonraki toplantımı iptal et."

Andrea tereddüt içinde ağzı bir karış açık bakıyordu. Kafası karışmış gibiydi. Bay Grey yüzünü ağır hareketlerle ona çevirip kaşlarını kaldırdı. Andrea pespembe kesildi. *Ah, iyi. Demek yalnız değildim.*

"Tabii ki, Bay Grey," diye mırıldanıp çıktı. Bay Grey kaşlarını çattı ve dikkatini tekrar bana çevirdi.

"Nerede kalmıştık, Bayan Steele?

Ah, demek Bayan Steele'e geri döndük.

"Lütfen, ben sizi işinizden alıkoymayayım."

"Ben de sizin hakkınızda bir şeyler öğrenmek istiyorum. Ve bunun âdil olduğunu düşünüyorum." Gözleri merakla aydınlanmıştı. *Çifte lanet olası.* Nereye varmaya çalışıyordu acaba? Dirseklerini koltuğunun yan kısımlarına dayadı ve parmaklarını ağzının önünde birleştirdi. Ağzı çok... dikkat dağıtıcıydı. Yutkundum.

"Öğrenilecek pek bir şey yok."

"Mezuniyet sonrası için planlarınız ne?"

Omuz silktim. İlgisine hazırlıksız yakalanmıştım. *Kate'le birlikte Seattle'a taşınıp iş bulmak.* Finallerden ötesini gerçekten düşünmemiştim.

"Hiç plan yapmadım, Bay Grey. Önce finallerimi aşmam gerekiyor." *Ki şu anda da, bir sarayı andıran, gösterişli ve steril ofisinizde, delici bakışlarınızın altında kıvranıyor olmak yerine ders çalışıyor olmam gerekiyordu.*

"Burada mükemmel bir staj programımız var," dedi sakin bir sesle. Şaşkınlık içinde kaşlarımı kaldırdım. Bana iş mi teklif ediyordu.

"Ah, aklımda olsun," diye mırıldanırken tamamen altüst olmuştum. "Gerçi buraya uyacağımdan çok emin değilim." Ah hayır. Yine yüksek sesle düşünüyordum.

"Neden böyle söylediniz?" Dikkat kesilerek başını yana eğerken, dudaklarında bir gülümseme iması belirmişti.

"Çok bariz değil mi?" *Koordinasyondan yoksundum, kılıksızdım, üstelik sarışın değildim.*

"Bana göre değil." Anlamlı bakışlarında mizahtan eser kalmamıştı ve karnımın derinliklerindeki kaslar aniden gerildi. Gözlerimi inceleyici bakışlarından koparıp kör gözlerle, düğüm düğüm olmuş parmaklarıma baktım. Neler oluyordu? Artık gitsem iyi olacaktı. Kayıt cihazını almak için öne eğildim.

"Size etrafı gezdirmemi ister misiniz?" diye sordu.

"Çok meşgul olduğunuzdan eminim, Bay Grey, benim de gidecek uzun bir yolum var."

"Vancouver'a mı döneceksiniz?" Şaşırmış, hatta kaygılanmış gibiydi. Pencereden dışarı baktı. Yağmur başlamıştı. "Şey, arabayı dikkatli kullansanız iyi olur." Sesi sert ve otoriterdi. Neden umurunda olsundu ki sanki? "Size gereken her şeyi aldınız mı?" diye ekledi.

Kayıt cihazını sırt çantama yerleştirirken, "Evet, efendim," dedim. Gözleri kuşkuyla kısıldı.

"Röportaj için teşekkürler, Bay Grey."

Her zamanki kibarlığıyla, "Benim için zevkti," dedi.

Ben kalkarken o da ayaklandı ve elini uzattı.

"Tekrar görüşene kadar, Bayan Steele," dedi. Bu bir meydan okuma mıydı, yoksa bir tehdit mi emin olamadım. Bir daha ne zaman karşılaşırdık ki? Bir kez daha elini sıkarken o tuhaf elektriği hâlâ hissediyor olmama şaşırdım. Heyecanım yüzünden olsa gerekti.

"Bay Grey." Onu başımla selamladım. Atletik zarafetiyle kapıya yürüdü ve açtı.

"Kapıdan sağ salim çıktığınızdan emin olmak için, Bayan Steele." Bana küçük bir gülümsemeyle baktı. Belli ki bir süre önceki zarafetten uzak girişimi kastediyordu. Kızardım.

"Çok düşünceli bir davranış, Bay Grey," dedim. Gülümsemesi yüzüne yayıldı. İçimden, *Beni eğlenceli bulmanıza sevindim*, diye homurdanarak lobiye yürüdüm. Peşimden çıktığını fark edince şaşırdım. Andrea ve Olivia da, en az benim kadar şaşkın halde, bize bakıyorlardı.

Grey, "Paltonuz var mıydı?" diye sordu.

"Ceketim var," dedim.

Olivia ayağa fırlayıp ceketimi getirdi. Grey ceketi bana uzatmasına izin vermeden, Olivia'nın elinden aldı. Giymem için tuttu ve ben utanarak ceketi komik bir şekilde üzerime geçirdim. Grey ellerini bir an için omuzlarıma koydu. Temas karşısında iç geçirdim. Tepkimi fark ettiyse bile belli etmedi. Uzun işaret parmağıyla asansörü çağıran düğmeye bastı ve benim açımdan sakillik, onun açısından serinkanlı bir özgüven içinde bekledik. Kapılar açıldı ve ben bir an önce kaçma telaşıyla kabine girdim. Buradan bir an önce çıkmam gerekiyordu. Dönüp ona baktığımda, bir eli duvarda, asansör girişine yaslanmış halde duruyordu. Gerçekten çok ama çok yakışıklıydı. Sinir bozucuydu.

Veda olarak, "Anastasia," dedi.

"Christian," dedim. Ve kapılar halime acıyarak kapandı.

BÖLÜM İKİ

Kalbim deli gibi çarpıyordu. Asansör birinci kata ulaştı ve kapılar iki yana kayarak açılır açılmaz kendimi, sendeleyerek ama neyse ki kusursuz kumtaşı zemine kapaklanmadan, dışarı attım. Geniş cam kapılara koştum ve bir an sonra, Seattle'ın insanı dinçleştiren, arındıran nemli havasında özgürdüm. Yüzümü havaya kaldırarak serin ve tazeleyici yağmuru kucakladım. Gözlerimi yumdum ve derin, arındırıcı bir nefes alarak kendimi dengemden geriye kalanları toparlamaya zorladım.

Hiçbir erkek beni Christian Grey'in etkilediği gibi etkilememişti ve nedenini kavramakta zorlanıyordum. Görünüşü yüzünden miydi? Ya da zenginliği? Ya da gücü? Akıl dışı tepkimi anlamıyordum. Derin bir oh çektim. Tanrı aşkına, bütün bunlar neyin nesiydi? Binanın çelik sütunlarından birine yaslandım ve sakinleşmek, aklımı başıma toplamak için cesurca bir girişimde bulundum. Kafamı salladım. Neydi bu? Kalbim, düzenli ritmine dönüyordu ve yeniden normal nefesler almaya başlayınca, arabaya doğru harekete geçtim.

Şehir sınırını arkamda bırakırken, röportajı zihnimde canlandırdıkça kendimi aptal ve mahcup hissetmeye başlamıştım. Hayal ürünü bir şeye aşırı tepki verdiğim kesindi. Tamam, çok çekici, kendinden emin, hükmedici, kendiyle barışıktı ama diğer yandan küstahtı ve kusursuz tavırlarına rağmen despot ve soğuktu. Pekâlâ, yüzeyde öyleydi. Belkemiğimden aşağı istem dışı bir ürperti indi. Küstah olabilirdi, ama olmaya hakkı vardı; öylesine genç bir yaşta o kadar çok şey başarmıştı ki. Aptal insana tahammülü yoktu, ama neden olacaktı ki? Kate'in bana kısa bir biyografi vermemiş olmasına bir kez daha sinir oldum.

Interstate 5'e doğru yol alırken, aklım bambaşka yerlerdeydi. Bir insanı başarıya bu denli güdüleyen şeyin ne olabileceği konusunda gerçek anlamda kafam karışmıştı. Cevaplarının bir kısmı, sanki aklında gizli bir plan varmış gibi, şifreliydi. Ya Kate'in soruları? Ufff! Evlat edinilme konusu ve ona gey olup olmadığını sormak! Ürperdim. Bunu söylediğime inanamıyordum. *Yer yarılıp beni yutsaydı keşke!* Gelecekte o soru aklıma ne zaman gelse, utançla sinecektim. Lanet olası Katherine Kavanagh!

Hız kadranına göz attım. Arabayı her zamankinden daha temkinli kullanıyordum. Ve bunun, bana dik dik bakan delici gri gözler ve arabayı dikkatli kullanmamı söyleyen sert sesin anısı yüzünden olduğunu biliyordum. Kafamı sallarken, Grey'in olduğundan iki kat yaşlı bir adam gibi davrandığını fark ettim.

Kendimi, *Unut şunu, Ana,* diye azarladım. Sonuç olarak çok ilginç bir tecrübe olduğuna, ama takılıp kalmamam gerektiğine karar verdim. *Arkanda bırak.* Onu tekrar görmem gerekmiyordu. Bu düşünce beni daha o anda neşelendirmişti. Stereo tuşuna bastım, sesi iyice açtım ve arkama yaslanıp hız pedalına asılırken, gümbürdeyen *indie rock* parçasını dinledim. Interstate 5'e sapınca, istediğim kadar hızlı gidebildiğimi fark ettim.

WSU'nun[1] Vancouver kampüsüne yakın, iki katlı dairelerden oluşan küçük bir sitede oturuyordum. Şanslıydım, Kate'in ailesi bu evi onun için satın almıştı ve üç kuruş kira ödüyordum. Dört yıldır evim burasıydı. Arabayı evin önüne park ederken, Kate'in olanları harfi harfine aktarmamı isteyeceğini biliyordum; üstelik inatçının tekiydi. Neyse, en azından dijital kayıt cihazı vardı. Röportajda söylenenlerin dışında çok fazla ayrıntıya girmek zorunda kalmayacağımı umuyordum.

---

1 Washington State Universty (Washington Üniversitesi). (yay. n.)

"Ana! Döndün demek!" Kate oturma bölümümüzde, etrafı kitaplarla çevrili halde oturuyordu. Finallere çalıştığı her halinden belliydi. Üzerinde hâlâ, erkek arkadaşlarıyla ayrılık sonrasına, çeşitli hastalıklara ve genel depresyon hallerine sakladığı, şirin tavşancık desenli, pembe pazen pijaması vardı. Ayağa fırladı ve bana sımsıkı sarıldı.

"Endişelenmeye başlıyordum. Daha erken dönersin diye bekliyordum."

"Ah, röportajın süresine göre, hızlı olduğumu sanıyordum." Dijital kayıt cihazını ona doğru salladım.

"Ana, bunu yaptığın için çok teşekkür ederim. Sana borçluyum, biliyorum. Nasıldı? Nasıl biriydi?" Ah, hayır, işte başlıyoruz: Katherine Kavanagh Sorgusu.

Sorusunu cevaplarken kıvranıyordum. Ne diyebilirdim?

"Bittiği ve onu bir daha görmek zorunda olmadığım için seviniyorum. Bayağı sinir bozucuydu, bilirsin." Omuz silktim. "Fazla dikkatli, hatta yoğun ve genç. Gerçekten genç."

Kate bana masum gözlerle bakıyordu. Kaşlarımı çattım.

"Masum masum bakma. Neden bana biyografisini vermedin? En temel araştırmayı es geçtiğim için kendimi aptal gibi hissetmeme neden oldu."

Kate elini ağzına bastırdı. "Tanrım, Ana, özür dilerim. Düşünmedim."

Ofladım.

"Genel olarak nazik, resmî ve biraz bunaltıcıydı. Vaktinden önce yaşlanmış biri gibi. Yirmili yaşlarda biri gibi konuşmuyor. Cidden, kaç yaşında?"

"Yirmi yedi. Tanrım, Ana, çok üzgünüm. Sana kısa bir bilgi vermeliydim. Ama panik içindeydim. Kayıt cihazını alıp röportajı yazıya dökmeye koyulayım."

"Daha iyi görünüyorsun. Çorbanı içtin mi?" Bunu konuyu değiştirme hevesiyle sormuştum.

"Evet, ve her zamanki gibi, çok lezzetiydi. Kendimi çok daha iyi hissediyorum". Bana minnetle gülümsedi. Saatime baktım.

"Elimi çabuk tutmalıyım. Clayton's'taki mesaime hâlâ yetişebilirim."

"Ana, bitkin düşeceksin."

"İdare ederim. Sonra görüşürüz."

WSU'ya başladığımdan beri Clayton's'ta çalışıyordum. Portland bölgesindeki en büyük bağımsız hırdavatçıydı ve burada çalıştığım dört yıl içinde, sattığımız şeylerin çoğu hakkında biraz bilgi sahibi olmuştum. Gerçi ironik olarak, Kendin Yaplar konusunda berbattım. İşin o kısmını babama bırakırdım.

Christian Grey dışında bir şeye odaklanma olasılığı verdiği için, mesaime yetişebildiğime sevinmiştim. Yaz sezonunun başında olduğumuz ve insanlar evlerini yeniden dekore ettikleri için hayli yoğunduk. Bayan Clayton beni gördüğüne sevinmiş gibiydi.

"Ana! Bugün gelemeyeceğini sanıyordum."

"Randevum sandığım kadar uzun sürmedi. Birkaç saat çalışabilirim."

"Seni gördüğüme gerçekten sevindim."

Beni raflardaki eksikleri tamamlamam için depo bölümüne gönderdi ve bir süre sonra, kendimi işe kaptırdım.

Eve döndüğümde, Kate kulaklıklarını takmış, dizüstü bilgisayarında çalışıyordu. Burnu hâlâ pembeydi, ama kendini habere kaptırmıştı. Konsantre olmuş, hararetle bir şeyler yazıyordu. araba yolculuğu, meşakkatli röportaj ve Claytons'taki yoğunluk sonrası tamamen tükenmiş ve bitik haldeydim. Tamamlamam gereken denemeyi ve bugün *o adamla* odaya kapandığım için yapmadığım çalışmaları düşünerek kanepeye yığıldım.

"İyi şeyler yakalamışsın, Ana. Bravo. Sana etrafı gösterme teklifini kabul etmediğine inanamıyorum. Belli ki seninle daha fazla zaman geçirmek istemiş." Bana kısacık, soru dolu bir bakış attı.

Kızardım ve nabzım izah edilemez şekilde hızlandı. Sebebi bu olamazdı elbette. Göreceğimiz her şeyin efendisi olduğunu anlamam için bana etrafı göstermek istemişti. Dudağımı ısırdığımı fark ettim ve Kate'in bunu fark etmediğini umdum. Ama kendini röportajı çözme işine kaptırmıştı.

"Resmî derken neyi kastettiğini anladım. Hiç not aldın mı?"

"Hmm... şey, almadım."

"Sorun değil. Bunlarla da gayet iyi bir makale çıkarabilirim. Elimizde birkaç orijinal fotoğrafın olmaması çok kötü. Yakışıklı herifin teki, değil mi?"

"Sanırım." Sesimin ilgisiz çıkması için büyük çaba harcıyordum ve sanırım başarmıştım da.

"Ah, haydi ama Ana, senin bile bu adamın yakışıklılığına karşı bağışıklığın olamaz." Kusursuz kaşı havadaydı.

Lanet olsun! Yanaklarımın ısındığını hissedince, her zaman iyi bir numara olan yaltaklanmaya sığındım.

"Sen olsaydın, muhtemelen daha fazlasını koparırdın."

"Bundan şüpheliyim, Ana. Haydi ama, adam sana neredeyse iş teklif etmiş. Bu işi son dakikada üstüne yıktığımı düşünürsek, bayağı iyi iş çıkarmışsın." Beni şüpheci bakışlarla süzdü. Aceleyle mutfağa çekildim.

"Söylesene, hakkında gerçekten ne düşündün?" Lanet olsun, çok meraklıydı. Neden peşini bırakamıyordu ki? *Bir şey düşün... çabuk.*

"Ne istediğini bilen, kontrolü seven, küstah, korkutucu, ama bir o kadar karizmatik." Bunun çenesini sonsuza dek kapatmasını umarak, dürüstçe, "Cazibesi olduğu doğru," diye ekledim.

"Sen ve bir adamdan etkilenmek? Bu bir ilk," diye homurdandı.

Yüzümü göremesin diye, sandviç için malzemeleri bir araya toplamaya koyuldum.

"Gey olup olmadığını neden merak ettin? Konu açılmışken, en utanç verici soru buydu. Dehşete kapıldım ve o da böyle bir soru sorulmasından rahatsız oldu." Hatırlayarak yüzümü buruşturdum.

"Sosyete sayfalarında boy gösterdiğinde, yanında hiç kadın olmuyor."

"Utanç vericiydi. Olayın tamamı utanç vericiydi. Onu bir daha görmek zorunda olmadığım için seviniyorum."

"Ah, Ana, o kadar kötü olamaz. Bence senden etkilenmişe benziyor."

Benden etkilenmek mi? Kate şimdi saçmalamaya başlamıştı işte.

"Bir sandviç ister misin?"

"Lütfen."

Neyse ki o akşam Christian Grey'den bir daha hiç bahsetmedik. Sandviçlerimizi bitirdikten sonra, Kate'le birlikte yemek masasının başına geçebildim ve o makalesinin üstünde çalışırken ben de *Tess* üzerine yazmakta olduğum denememle uğraştım. Lanet olsun, bu kadın yanlış yüzyılda, yanlış zamanda, yanlış yerdeymiş. İşim bittiğinde gece yarısı olmuştu ve Kate çoktan yatmıştı. Bitkin, ancak bir pazartesi için çok fazla iş başarmış olmaktan hoşnut, odama gittim.

Beyaz demir karyolama kıvrılıp annemin battaniyesine sarındım ve gözlerimi yumduğum anda uykuya daldım. O gece rüyamda, karanlık yerler, kasvetli beyaz zeminler ve gri gözler gördüm.

Haftanın geri kalan kısmında kendimi derslerime ve Clayton's'taki işime verdim. Kate de bir yandan finalleri için debelenirken, bir yandan da yeni editöre devretmeden önce son kez çıkaracağı okul gazetesinin son sayısını derlemekle meşguldü. Çarşamba günü geldiğinde, çok daha iyiydi ve artık gereğinden-fazla-tavşanlı- pembe pazen pijamasına katlanmak zorunda değildim. Hem hatırını sormak hem de final sınavları için şans dileklerini almak için Georgia'daki annemi aradım. Bana mum yapımı üzerine yeni iş girişimini anlatmaya koyuldu. Annem yeni iş girişimlerine meraklıydı. Temelde, sıkılıyordu ve vaktini dolduracak bir şeyler istiyordu ama dikkati bir süs balığınınkinden farksızdı. Önümüzdeki hafta yeni bir şey bulacaktı. Beni endişelendiriyordu. Bu son planını uygulamaya koymak için eve ipotek koydurmadığını umuyordum. Ve ben artık orada olmadığım için, göreceli olarak yeni ama ondan çok daha yaşlı kocası Bob'un ona göz kulak olmasını diliyordum. Üç Numaralı Koca'dan daha ayağı yere basar görünüyordu.

"Senin işler nasıl gidiyor, Ana?"

Bir anlık tereddütle, annemin bütün dikkatini üzerime çektim.

"Ben iyiyim."

"Ana? Yoksa biriyle mi tanıştın?" *Vay canına... Bunu nasıl başarıyordu?* Sesindeki heyecan elle tutulur cinstendi.

"Hayır, anne. Önemli bir şey değil. Tanışırsam, ilk bilen sen olacaksın."

"Ama daha sık dışarı çıkmalısın, tatlım. Beni endişelendiriyorsun."

"Anne, ben iyiyim. Bob nasıl?" Her zamanki gibi, dikkat dağıtmak en uygun politikaydı.

O akşamın ilerleyen saatlerinde, baba olarak kabul ettiğim ve adını taşıdığım, annemin İki Numaralı Koca'sı, üvey babam Ray'i aradım. Kısa bir sohbet oldu. Aslında, benim nazik gönül alma çabalarıma karşılık bir dizi tek taraflı homurtudan ibaret haliyle, sohbet sayılmazdı. Ray konuşkan biri değildi. Ama hâlâ hayattaydı, hâlâ TV'de futbol seyrediyordu (ya da bowling oynamaya ya da yapay sinekle balık avına gidiyor ve kalan zamanında da mobilya yapıyordu). Ray becerikli bir marangozdu ve bir kürek ile el testeresini birbirinden ayırmamı sağlayan oydu. Ray için her şey yolunda görünüyordu.

Cuma gecesi, Kate ve ben akşamı nasıl geçireceğimizi tartışırken –derslerden, işimizden ve okul gazetelerinden uzak zaman geçirmek istiyorduk– kapı çaldı. Kapıda elinde bir şampanya şişesiyle yakın arkadaşım José duruyordu.

"José! Seni görmek harika!" Onu hemen kucakladım. "İçeri gelsene."

José, WSU'ya geldiğimde ilk tanıştığım insandı ve en az benim kadar kaybolmuş ve yalnız görünüyordu. O gün benzer ruhlar taşıdığımızı fark etmiştik ve o zamandan beri arkadaştık. Sadece ortak bir mizah anlayışına sahip değildik; ayrıca Ray ve José'nin babasının orduda aynı birlikte olduğunu da keşfetmiştik. Sonuç olarak babalarımız da iyi arkadaş olmuştu.

José mühendislik okuyordu ve aileden üniversiteye giden ilk isim olmuştu. Bayağı zekiydi, ama asıl tutkusu fotoğrafçılıktı. José iyi fotoğraftan anlardı.

Gözlerinde ışıltılarla, "Haberlerim var," dedi.

"Dur söyleme, bir hafta daha kovulmamayı başardın," diye takıldım. Muzip bir tavırla yüzünü buruşturdu.

"Portland Place Galerisi önümüzdeki ay fotoğraflarımı sergileyecek."

"Bu müthiş bir haber! Tebrikler!" Onun adına sevinerek, José'yi bir kez daha kucakladım. Kate de gülümsüyordu.

"Bravo sana, José! Bunu gazeteye koymalıyım. Cuma akşamı son dakikada yapılan makale değişikliğinin yerini hiçbir şey tutamaz." Kate sıkılmış numarası yaptı.

"Kutlayalım. Açılışa gelmeni istiyorum." José dikkatle bana bakıyordu; kızardım. Gergin bir tavırla Kate'e bakarak, "İkinizin de tabii ki," diye ekledi.

José ve ben iyi arkadaştık, ama için için daha fazlası olmak istediğini biliyordum. Şirin ve komikti, ama bana uygun değildi. Daha çok hiç sahip olmadığım ağabey gibiydi. Kate sık sık bir-erkek-arkadaşa-ihtiyacım-var genimin eksik olduğunu söyleyerek bana takılırdı, ama işin aslı, masallara konu olan titrek bacaklar, yüreğin ağza gelmesi ve midemde kelebeklerin uçuşması için gizlice can atsam da henüz beni çeken biriyle karşılaşmamış olmamdı.

Bazen bende bir sorun olup olmadığını merak ediyordum. Belki de edebi romantik kahramanlarımla çok fazla zaman geçirmiştim ve sonuç olarak ideallerim ve beklentilerim fazla yüksekti. Ancak gerçekte, kimse öyle hissetmeme neden olmamıştı.

Bilinçaltımın davetsiz ve hâlâ cılız sesi *yakın zamana kadar*, diye fısıldadı. O konuya girmeyecektim, hele o zahmetli röportajdan sonra. HAYIR! Düşünceyi kafamdan derhal uzaklaştırdım. *Gey misiniz, Bay Grey?* Hatırlayınca yüzümü buruşturdum. O geceden bu yana sık sık rüyalarıma girdiğini biliyordum, ama bunun o korkunç tecrübeyi bedenimden atmak için olduğuna şüphe yoktu.

José'nin şampanya şişesini açmasını izledim. Uzun boyluydu, kot pantolonu ve tişörtü içinde baştan aşağı omuzlar, kaslar, yanık bir ten, koyu renk saçlar ve yakıcı koyu renk gözlerden oluşuyordu. Evet, José bayağı seksiydi, ama sanırım sonunda mesajı alıyordu: Biz sadece arkadaşız. Mantar gürültüyle yerinden çıktı ve José başını kaldırıp gülümsedi.

Mağazada cumartesi günü tam bir kâbustu. Evlerini güzelleştirmek isteyen Kendin Yapçıların istilasına uğramıştık. Bay ve Bayan Clayton, John ve Patrick ile diğer iki yarı zamanlı personel ve ben, âdeta kuşatma altındaydık. Ancak öğle yemeği saatlerinde bir durgunluk yaşandı ve ben kasadaki tezgâhın arkasında sessizce çöreğimi yerken, Bayan Clayton bazı siparişleri kontrol etmemi istedi. Kendimi işe kaptırmıştım; girişlerin tuttuğundan emin olmak için, gözlerim sipariş defteriyle bilgisayar ekranı arasında gidip gelerek, ihtiyacımız olan ve sipariş ettiğimiz ürünlerin katalog numaralarını karşılaştırıyordum. Sonra, bir nedenden yukarı baktım... ve kendimi tezgâhın başında durmuş dik dik bana bakan Christian Grey'in cesur gri bakışlarına kilitlenmiş halde buldum.

Kalp sektesi.

"Bayan Steele. Ne hoş bir sürpriz." Bakışları sabit ve yoğundu.

Lanet olsun. Dağınık saçları, krem rengi kaba örgülü kazağı, kot pantolonu ve yürüyüş botlarıyla burada ne halt ediyordu? Sanırım ağzım açık kalmıştı ve ne beynimin ne de sesimin yerini bulamıyordum.

"Bay Grey," diye fısıldadım çünkü elimden ancak bu kadarı geliyordu. Özel bir şakanın tadını çıkarır gibi, dudaklarında belli belirsiz bir gülümseme vardı ve gözleri muzip bir ışıltıyla aydınlanmıştı.

Açıklamak ister gibi, "Buralardaydım," dedi. "Birkaç şey satın almam gerekiyordu. Sizi tekrar görmek büyük keyif, Bayan Steele." Sesi erimiş karamelli bitter çikolata gibi sıcak ve boğuktu... ya da her neyse işte.

Aklımı başıma toplamak için kafamı salladım. Kalbim çılgın bir tempoyla gümbür gümbür atıyordu ve sabit bakışları altında, nedense, deli gibi kızarmıştım. Onu görmek beni kelimenin tam anlamıyla allak bullak etmişti. Ona dair hatırladıklarım, Grey'e haksızlıktı. Sadece yakışıklı değildi; erkeksi güzelliğin somut örneğiydi; nefes kesiciydi ve buradaydı. Clayton Yapı Marketi'nde. Artık siz düşünün. Nihayet bilişsel fonksiyonlarım tekrar eski haline geldi ve bedenimin geri kalanıyla bağlantı kurdu.

"Ana. Adım, Ana," diye mırıldandım. "Size nasıl yardımcı olabilirim, Bay Grey?"

Gülümsedi; işte yine büyük bir sırra sahip biri gibi görünüyordu. O kadar sinir bozucuydu ki. Derin bir nefes alarak, profesyonel ben-yıllardır-bu-mağazada-çalışıyorum tavrımı takındım. *Bunu yapabilirim.*

"Birkaç parçaya ihtiyacım var. İlk olarak bir miktar kablo bağı istiyorum," diye mırıldanırken, ifadesi hem serinkanlı hem de eğlenir gibiydi.

Kablo bağı mı?

"Farklı uzunluklarda stoklarımız var. Size göstereyim mi?" diye mırıldanırken sesim yumuşak ve titrekti. *Topla kendini, Steele.*

Grey'in hayli hoş kaşları hafifçe çatıldı. "Lütfen. Önden buyurun, Bayan Steele," dedi. Tezgâhın ardından çıkarken, umursamaz bir havaya bürünmeyi denedim, ama gerçekte bütün dikkatimi ayaklarımın üstüne yığılmamaya vermiştim. Bacaklarım bir anda jöle kıvamına gelmişti. Bu sabah en iyi kotumu giymeye karar verdiğim için seviniyordum.

"Sekizinci koridorda, elektrik malzemelerinin oradalar." Sesim biraz fazla neşeliydi. Başımı kaldırıp ona bakmamla pişman olmam bir oldu. Lanet olsun; yakışıklıydı.

Uzun parmaklı, güzel ve bakımlı eliyle işaret ederek, "Önden buyurun," diye mırıldandı.

Kalbim neredeyse beni boğarken –çünkü ağzımdan dışarı fırlamaya çalışır gibi gırtlağıma oturmuştu– koridorlardan birinden, elektrik bölümüne doğru ilerledim. *Portland'da ne arıyordu? Ve neden burada, Clayton's'taydı?* Ve beynimin çok minik ve az kullanılan kısmından –büyük olasılıkla bilinçaltımın takıldığı, omurilik soğanımın yakınında bir yerden– şu düşünce çıkageldi: *Buraya seni görmeye geldi.* Mümkün değildi! Bu düşünceyi kafamdan derhal attım. Bu güzel, şehirli adam neden beni görmeye gelsindi ki? Düşüncesi bile akıl dışıydı ve zihnimden derhal kovaladım.

Parmağımı kapıya falan sıkıştırmışım gibi, fazla yüksek bir sesle, "Portland'a iş için mi geldiniz?" diye sordum. *Lanet olsun! Biraz serinkanlı olmaya gayret et, Ana!*

Rahat bir tavırla, "WSU'nun Vancouver'daki çiftçilik bölümünü ziyaret ediyordum. Vancouver'da kurulu. Şu sıralar orada yapılan mahsul rotasyonu ve toprak bilimiyle ilgili bir araştırmaya kaynak sağlıyorum," dedi. Bilinçaltım bana pis pis sırıtarak ve dudaklarını büzerek yüksek ve kibirli bir sesle, *Gördün mü? Seni bulmak için falan gelmemiş,* dedi. Aptalca ve kendini beğenmiş düşüncelerim yüzünden kıpkırmızı kesildim.

"Dünyayı doyurma planınızın bir parçası mı yoksa?" diye takıldım.

"Onun gibi bir şey," derken, dudakları yarım bir gülümsemeyle büküldü.

Clayton's'taki kablo bağı koleksiyonumuzu süzüyordu. Tanrı aşkına, kablo bağıyla ne yapacaktı ki? Onu gözümde bir Kendin Yapçı olarak canlandırmakta güçlük çekiyordum. Parmakları, sergilenen çeşitli paketlerin üstünde dolaşırken, açıklaması güç bir neden ötürü gözlerimi kaçırdım. Eğildi ve paketlerden birini seçti.

O çok gizemli gülümsemesiyle, "Bunlar olur," dedi.

"Başka bir şey var mı?"

"Maskeleme bandı da istiyorum."

Maskeleme bandı mı?

"Evinizi dekorasyonunu mu değiştiriyorsunuz?" Sözcükler, ağzımdan ben durduramadan döküldüler. Herhalde dekorasyonda yardım etmeleri için işçi tutuyordu ya da ona yardım edecek personeli vardı, değil mi?

Hızlı hızlı, "Hayır, değiştirmiyorum," dedi ve sonra sırıttı. Bana güldüğüne dair tatsız bir hisse kapıldım.

O kadar mı komiğim? Komik mi görünüyorum?

Utanarak, "Bu taraftan," diye mırıldandım. "Maskeleme bantları dekorasyon koridorunda."

Peşimden gelirken arkama baktım.

"Burada uzun zamandır mı çalışıyorsunuz?" Sesi alçaktı ve bana bütün dikkatini vererek bakıyordu. Kızardım. Üzerimde niye böyle lanet bir etkisi vardı? Kendimi on dört yaşında gibi beceriksiz hissediyordum ve her zamanki gibi saçmaladığımı düşünüyordum. *Gözünü önünden ayırma, Steele!*

Hedefimize yaklaşırken, "Dört yıl," diye mırıldandım. Dikkatimi dağıtmak için, aşağı rafa uzandım ve stokta tuttuğumuz iki farklı endeki maskeleme bandını seçtim.

Grey daha geniş olan bandı işaret ederek yumuşak bir sesle, "Şunu alayım," dedi. Bandı ona uzattım. Parmaklarımız kısa bir an için birbirine sürtündü ve işte, ucu açıkta kalmış bir kabloya dokunmuşum gibi, akım yine oradaydı. Akımın karnımın aşağısından karanlık ve keşfedilmemiş bir yere doğru yol aldığını hissederek, istem dışı iç geçirdim. Dengemi geri kazanmak için çaresizlik içinde kıpırdandım.

"Başka bir şey var mıydı?" Sesim boğuk ve nefes nefeseydi. Gözleri hafifçe irileşti.

"Biraz ip, sanırım." Onun sesi de benimkinin bir yansıması gibi, boğuktu.

"Bu taraftan." Tekrarlayan kızarmamı saklamak için başımı öne eğerek koridorda ilerledim.

"İstediğiniz hangi tür? Sentetik ve doğal filament iplerimiz var... örgü... düz kordon..." Yüz ifadesini ve koyulaşan gözlerini görünce durdum. *Tanrım.*

"Doğal filamentten beş metre alayım, lütfen."

Hızla ve titreyen parmaklarla beş metreyi sabit cetvelle ölçerken, sıcak gri bakışlarını üzerimde hissediyordum. Ona bakmaya cesaretim yoktu. Tanrım, bundan daha fazla utanabilir miydim? Stanley bıçağımı kot pantolonumun arka cebimden çıkardım, ipi kestim ve ilmekle bağlamadan önce özenle sardım. Mucize eseri, bıçakla parmaklarımdan birini yerinden etmemeyi başarmıştım.

"Kız izci falan mıydın?" derken, biçimli ve şehvetli dudakları bir gülümsemeyle bükülmüştü. *Sakın ağzına bakma!*

"Organize grup aktiviteleri hiç bana göre değil, Bay Grey."

Tek kaşını kaldırdı.

"Ne sana göre, Anastasia?" diye sorarken sesi yumuşamış, gizli gülümsemesi geri gelmişti. Ona kendimi ifade etmekten aciz halde bakıyordum. Kayan tektonik tabakaların üstündeydim. İşkence altındaki bilinçaltım dizlerinin üstünde yalvarıyordu: *Serinkanlı olmaya çalış, Ana.*

"Kitaplar," diye fısıldadım, ama içimde, bilinçaltım çığlık çığlığaydı: *Sen! Bana göre olan sensin!* Ruhumun boyunu aşan fikirlere kapılması karşısında dehşete düşerek, onu derhal susturdum.

"Ne tür kitaplar?" Kafasını yana yatırdı. *Neden bu kadar ilgili?*

"Ah, bilirsiniz işte. Her zamanki şeyler. Klasikler. Ağırlıklı olarak İngiliz edebiyatı."

Cevabımı değerlendirirken, uzun işaret parmağı ve başparmağıyla çenesini sıvazlıyordu. Ya da belki de çok sıkılmıştı ve gizlemeye çalışıyordu.

"Başka bir ihtiyacınız var mı?" Konudan uzaklaşmalıydım; yüzündeki o parmaklar ayartıcıydı.

"Bilmiyorum. Başka ne önerirsiniz?"

Ne mi önerirdim? Ne yaptığını bile bilmiyordum ki.

"Kendin Yap işi için mi?"

Başıyla onaylarken gözleri fena bir muziplikle parlıyordu. Kızardım ve bakışlarım daracık kot pantolonuna kaydı.

"Tulum," diye yanıtlarken ağzımdan çıkan sözleri artık elekten geçirmediğimin farkındaydım.

Tek kaşını kaldırdı; yine eğlenir gibiydi.

"Kıyafetlerinizi mahvetmek istemezsiniz." Elimi kot pantolonuna doğru salladım.

"Her zaman çıkarabilirim." Sırıtıyordu.

"Hmm." Yanaklarımın yeniden renklendiğini hissettim. *Komünist Manifesto* rengi olmalıydılar. *Kapa çeneni. Çeneni HEMEN ŞİMDİ kapa.*

Kuru bir sesle, "Birkaç da tulum alayım," dedi. "Tanrı beni kıyafetlerimin herhangi birini mahvetmekten korusun."

Gözümde istem dışı canlanan kot pantolonsuz görüntüsünü kovmaya çalıştım. Mavi iş tulumlarını uzatırken, "Başka bir şeye ihtiyacınız var mı?" diye gıcırdadım.

Sorumu duymazdan geldi.

"Makale nasıl gidiyor?"

Nihayet imalar ve kafa karıştırıcı çift anlamdan uzak, kolay bir soru sormuştu. Cevaplayabileceğim bir soru. Soruyu bir cankurtaran salına tutunur gibi iki elimle sıkıca kavradım ve tercihimi dürüstlükten yana kullandım.

"Ben yazmıyorum, Katherine yazıyor. Bayan Kavanagh. Ev arkadaşım. Yazar olan o. Çok memnun. Gazetenin editörü o ve röportajı bizzat kendisi yapamadığı için yıkılmıştı." Kendimi sonunda sudan kafamı çıkarabilmiş gibi hissedebiliyordum; nihayet normal bir sohbet konusuna ulaşmıştık. "Tek endişesi, elinde sizin orijinal bir fotoğrafınızın olmaması."

"Ne tür fotoğraflar istiyor?"

Pekâlâ. Bu cevabı hesaba katmamıştım. Kafamı salladım; çünkü bilmiyordum işte.

"Pekâlâ, ben buralardayım. Yarın, belki..."

"Fotoğraf çekimine razı olur musunuz?" Sesim yine cırtlak çıkmıştı. Bu işi kıvırabilirsem Kate sevinçten havalara uçardı. Ve beynimin dibindeki o karanlık yer baştan çıkarıcı bir fısıltıyla, *Onu yarın yine görebilirsin*, dedi. Bu düşünceyi kafamdan derhal sildim, saçmalığın bu kadarı da...

"Kate çok sevinir... bir fotoğrafçı bulabilirsek." O kadar sevinmiştim ki ona kocaman bir gülümsemeyle baktım. Dudakları, derin bir nefes alır gibi aralandı ve gözlerini kırpıştırdı. Saniyenin onda birlik bir diliminde bir şekilde kaybolmuş gibi baktı, Dünya ekseninde kaydı ve tektonik düzemler yeni bir konum aldılar.

Ah Tanrım. Christian Grey'in kaybolmuş hali.

"Bana yarın için haber verin." Arka cebine uzanıp cüzdanını çıkardı. "Kartım. Üzerinde cep telefonu numaram var. Sabah ondan önce aramanız gerekecek."

"Tamam." Ona sırıtarak baktım. Kate havalara uçacaktı.

"Ana!"

Paul koridorun sonunda belirmişti. Bay Clayton'ın en küçük kardeşiydi. Princeton'dan döndüğünü duymuştum, ama onu bugün görmeyi beklemiyordum.

"Şey, bir dakika izin verirseniz, Bay Grey." Ben dönüp uzaklaşırken, Grey'in kaşları çatıldı.

Paul her zaman sıkı dostum olmuştu ve zengin, güçlü ve müthiş bir cazibeye sahip kontrol manyağı Grey'le yaşadığım bu tuhaf anda, normal biriyle konuşmak harika bir şeydi. Paul beni sımsıkı kucaklayarak şaşırttı.

Coşkuyla, "Ana, merhaba, seni görmek ne güzel!" diye haykırdı.

"Merhaba, Paul, nasılsın? Ağabeyinin doğum günü için mi geldin?"

"Evet. İyi görünüyorsun, Ana; gerçekten iyi." Beni bir kol boyu mesafeden incelerken sırıtıyordu. Sonra bıraktı, ama sahiplenici kolunu omzumda tutmayı sürdürdü. Utanarak ağırlığımı bir ayağımdan diğerine verdim. Paul'ü görmek harikaydı, ama her zaman fazla yakın davranırdı.

Bakışlarımı Christian Grey'e çevirdiğimde, yarı örtülü, şüpheli gözler ve sert, duygularını ele vermeyen bir çizgi halini almış ağzıyla, bir şahin gibi bizi izliyordu. Tuhaf biçimde ilgili müşteriden başka birine, soğuk ve mesafeli birine dönüşmüştü.

Grey'in ifadesinde gördüğüm düşmanlığı dağıtmak için, "Paul, bir müşteriyle birlikteyim. Tanışman gereken biri," dedim. Paul'ü onunla tanışmaya sürükledim ve ikisi de birbirlerini süzdüler. Ortam birdenbire buz kesmişti.

"Şey, Paul; bu bey, Christian Grey. Bay Grey, sizi Paul Clayton'la tanıştırayım. Ağabeyi buranın sahibidir." Ve saçma sapan bir akıl yürütmeyle daha fazlasını açıklamam gerekiyormuş gibi hissettim.

"O kadar sık görüşemesek de Paul'ü buraya çalışmaya başladığım zamandan beri tanıyorum. İş idaresi okuduğu Princeton'dan dönmüş." Saçmalıyordum... *Hemen sus!*

"Bay Clayton." Grey yüzünde okunması imkânsız bir ifadeyle elini uzattı.

"Bay Grey." Paul ona uzatılan eli sıktı. "Bir dakika. *Şu* Christian Grey değil, değil mi? Grey Şirketler Topluluğu'ndan?" Paul'ün somurtkan ifadesi, bir nano-saniyeden daha kısa bir sürede, meraka dönmüştü. Grey ona gözlerine kadar ulaşamayan nazik bir gülümsemeyle baktı.

"Vay canına, sizin için yapabileceğim herhangi bir şey var mı?"

"Anastasia hepsini halletti, Bay Clayton. Çok ilgiliydi." İfadesi duygularını ele vermiyordu, ama sözcükler... Tamamen başka bir şey söyler gibiydi. Kafa karıştırıcıydı.

Paul, "Harika," diye yanıtladı. "Sonra konuşuruz, Ana."

"Elbette, Paul." Depoda gözden kaybolmasını izledim. "Başka bir şey var mı, Bay Grey?"

"Sadece bunlar." Sesi tutuk ve sakindi. Lanet olsun... Onu gücendirmiş miydim yoksa? Derin bir nefes alıp döndüm ve kasaya yöneldim. *Derdi ne bu adamın?*

İpi, iş tulumlarını, maskeleme bandını ve kablo bağlarını kasadan geçirdim.

"Kırk üç dolar ediyor, lütfen." Bakışlarımı Grey'e çevirdim ve çevirmemiş olmayı diledim. Bana yakından ve dikkatle bakıyordu. Sinir bozucuydu.

Kredi kartını alırken, "Torba ister misiniz?" diye sordum.

"Lütfen, Anastasia." Sesi adımı okşadı ve kalbim bir kez daha deli gibi çarpmaya başladı. Güçlükle nefes alıyordum. Aldıklarını aceleyle plastik bir torbaya yerleştirdim.

"Fotoğraf çekimini yapmamı istersen beni arar mısın?" Yine resmî havasına bürünmüştü. Bir kez daha nutkum tutularak başımı salladım ve kredi kartını iade ettim.

"İyi. Yarın görüşmek üzere sanırım." Çıkmak üzere döndü, sonra duraksadı. "Ah, Anastasia, Bayan Kavanagh'ın röportaja gelememesine sevindim." Gülümsedi ve ardından, naylon çantayı omzuna atarak ve beni titreyen, köpüren bir dişilik hormonları kütlesi halinde bırakarak, yenilenmiş bir kararlılıkla dükkândan dışarı çıktı. Dünya gezegenine dönmeden önce, dakikalarca, az önce çıkıp gittiği kapalı kapıya baktım.

Pekâlâ, ondan hoşlanıyordum. İşte, kendime itiraf etmiştim. Duygularımdan daha fazla saklanamazdım. Daha önce hiç böyle hissetmemiştim. Onu çekici buluyordum, çok çekici. Ama bunun baştan kaybedilmiş bir savaş olduğunu biliyordum ve buruk bir özlemle iç geçirdim. Buraya gelmesi tesadüften başka bir şey değildi. Yine de, ona uzaktan hayranlık duyabilirim. Bundan hiçbir zarar gelmezdi. Ve bir fotoğrafçı bulabilirsem yarın onu ciddi bir hayranlıkla izleme fırsatı yakalayabilirdim. Heyecan içinde dudağımı ısırdım ve kendimi liseli bir kız gibi sırıtırken buldum. Kate'i aramam ve bir fotoğraf çekimi organize etmem gerekiyordu.

BÖLÜM ÜÇ

Kate deliye dönmüştü.

"İyi de Clayton's'ta ne arıyordu?" Merakı ahizeden taşıyordu. Depo odasının derinliklerinde, sesimin normal çıkması için çaba harcıyordum.

"Buralardaymış."

"Bence bu acayip bir tesadüf olurdu, Ana. Sence seni görmeye gelmiş olamaz mı?" Kalbim bu düşünceyle yerinden oynadı, ama benimki kısa süreli bir sevinçti. Can sıkıcı ve keyif kaçırıcı gerçek, buraya iş için gelmiş olduğuydu.

"WSU'nun çiftçilik bölümünü ziyaret ediyormuş. Bir araştırmaya kaynak sağlıyormuş," diye mırıldandım.

"Ah, evet. Bölüme 2.5 milyon dolarlık bağış yaptı."

Vay canına.

"Bunu nereden biliyorsun?"

"Ben gazeteciyim ve adam hakkında bir makale yazdım. Bunu bilmek benim işim."

"Tamam, Carla Bernstein, sakin ol. Yani fotoğrafları istiyor musun?"

"Elbette istiyorum. Soru şu: Kim, nerede çekecek?"

"Nerede olacağını ona sorarız. Buralarda kaldığını söyledi."

"Onunla temas kurabilir misin?"

"Elimde cep telefonu numarası var."

Kate iç geçirdi.

"Washington Eyaleti'nin en zengin, en zor yakalanan ve en esrarengiz bekârı sana cep telefonu numarasını mı verdi?"

"Şey... evet."

"Ana! Adam senden hoşlanıyor. Buna hiç şüphe yok." Ses tonu ısrarcıydı.

"Kate, o sadece kibar olmaya çalışıyor." Ama daha kelimeleri telaffuz ederken, doğru olmadıklarını biliyordum. Christian Grey'in kibarlıkla işi yoktu. Belki nazik olabilirdi, evet. Ve cılız bir ses usul usul, *belki de Kate haklıdır*, diye fısıldadı. Kafa derim, belki, sadece belki, benden hoşlanıyor olabileceği düşüncesiyle karıncalanıyordu. Ne de olsa, röportajı Kate'in yapmadığına sevindiğini söylemişti. Kendimi sessiz bir coşkuyla kucakladım ve benden hoşlanabileceği olasılığıyla eğlenerek, bir o yana bir bu yana sallandım. Kate beni dünyaya döndürdü.

"Çekimi yapması için kimi bulabiliriz bilmiyorum. Her zamanki fotoğrafçımız Levi yapamaz. Hafta sonu için evine, Idaho Falls'a gitti. Amerika'nın önde gelen girişimcilerinden birini fotoğraflama fırsatını kaçırdığını duyunca küplere binecek."

"Hımm... José'ye ne dersin?"

"Harika bir fikir. Sen rica edebilirsin, senin için her şeyi yapar. Sonra Grey'i ara ve nereye gelmemizi istediğini öğren." Kate, José konusunda sinir bozacak kadar patavatsızdı.

"Bence onu sen aramalısın."

Kate, "Kimi, José'yi mi?" diye homurdandı.

"Hayır, Grey'i."

"Ana, ilişkisi olan sensin."

"İlişki mi?" Birkaç oktav yükselen sesimle adeta cırlamıştım. "Adamı doğru dürüst tanımıyorum bile."

"En azından tanıştınız," dedi buruk bir sesle. "Hem seni daha yakından tanımak istiyor gibi görünüyor. Ana, ara adamı," diye çıkıştı ve telefonu suratıma kapattı. Bazen fazla üstünlük taslayabiliyordu. Cep telefonuma kaşlarımı çatarak ve dilimi çıkararak baktım.

Tam José'ye mesaj bırakırken, Paul zımpara kâğıdı aramak üzere depo odasına girdi.

Hırçınlıktan uzak bir tavırla, "Dışarıda bayağı yoğunuz, Ana," dedi.

"Şey, hımm, özür dilerim," diye mırıldanarak çıkmak için döndüm.

"Eee, Christian Grey'i nereden tanıyorsun?" Paul'ün sesi şüphe uyandıracak kadar umursamazdı.

"Okul gazetesi için onunla röportaj yapmam gerekti. Kate iyi değildi." Rahat görünmeye çalışarak ve bu konuda Paul'den daha iyi iş çıkaramayarak omuz silktim.

Paul hayret içinde, "Christian Grey, Clayton's'ta. Gör de inanma," diye homurdandı. Zihnini açmak ister gibi, başını salladı. "Her neyse, bu akşam bir şeyler içmek falan ister misin?"

Ne zaman eve dönse, bana çıkma teklif ediyordu ve ben de hayır diyordum. Bu bir ritüeldi. Patronun kardeşiyle çıkmayı hiçbir zaman iyi bir fikir olarak düşünmemiştim ve ayrıca, Paul tipik Amerikalı kapı komşusu tadında şirindi, ama hayal gücü denen şey ne kadar zorlansa da edebi bir kahraman değildi. Bilinçaltım kaşlarını mecazi anlamda kaldırarak, *Ya Grey?* diye sordu. Onu azarlayarak susturdum.

"Ağabeyin için düzenlediğiniz aile yemeği gibi bir şey yok mu?"

"O yarın."

"Belki bir başka sefere, Paul. Bu akşam ders çalışmam gerek. Haftaya finallerim var."

"Ana, bir gün evet diyeceksin." Ben dükkânın içine kaçarken, Paul gülümsüyordu.

José, "Ama ben mekân çekerim, Ana; insan değil," diye inledi.

"José, lütfen!" diye yalvardım. Cep telefonuma sıkı sıkıya yapışmış halde, dairemizin oturma odasında bir ileri bir geri gidip geliyor ve pencereden dışarıya, akşamın gittikçe azalan ışığına bakıyordum.

"Şu telefonu bana ver." Kate telefonu elimden kaptı ve ipeksi kızıl sarı saçlarını omzunun arkasına attı.

"Beni dinle, José Rodriguez. Gazetemizin serginin açılışını haber yapmasını istiyorsan yarın bizim için bu çekimi yaparsın, *capiche*?" Kate tam bir çetin ceviz olabiliyordu. "İyi. Ana yer ve zamanı bildirmek için tekrar arayacak. Yarın görüşürüz." Cep telefonunun kapağını sertçe kapattı.

"Halloldu. Şimdi tek yapmamız gereken, nerede ve ne zaman olacağına karar vermek. Ara onu." Telefonu bana uzattı. Midem buruldu. "Grey'i ara, hemen!"

Yüzümü buruşturdum ve kartvizitini çıkarmak için arka cebime uzandım. Derin, yatıştırıcı bir nefes aldım ve titreyen parmaklarla numarasını tuşladım.

İkinci çalışta açtı. Sesi net, sakin ve soğuktu.

"Grey."

"Şey... Bay Grey? Benim, Anastasia Steele." Kendi sesimi tanıyamıyordum. O kadar gergindim ki. Kısa bir duraksama oldu. Titriyordum.

"Bayan Steele. Sizden haber almak ne güzel." Sesi değişmişti. Şaşırmıştı sanırım, sesi hayli sıcak... hatta *baştan çıkarıcıydı*. Nefesim kesildi ve kızardım. Birden Katherine Kavanagh'ın ağzı açık halde bana bakmakta olduğunun bilincine vardım ve istenmeyen süzüşünden kaçmak için son hızla mutfağa koştum.

"Şey... makale için fotoğraf çekimini yapmak istiyoruz." *Nefes al, Ana, nefes al.* Ciğerlerim hızlı bir soluk aldı. "Yarın, eğer uygunsa. Sizin için neresi uygun olur, efendim?"

İfadesiz gülümsemesini telefondan duyar gibiydim.

"Portland'da Heathman'da kalıyorum. Yarın sabah dokuz otuz diyelim mi?"

"Tamam, orada görüşürüz." Washington Eyaleti'nde oy kullanabilen ve yasal olarak içki içebilen yetişkin bir kadın gibi değil, bir çocuk gibi hızlı hızlı konuşuyordum ve nefes nefese kalmıştım.

"Sabırsızlıkla bekliyorum, Bayan Steele." Gözlerindeki hınzır pırıltıyı görür gibiydim. *Dört küçük kelimeye böylesi heyecan verici bir vaat katmayı nasıl başarıyordu?* Telefonu kapattım. Kate mutfaktaydı ve bana yüzünde tam bir şaşkınlıkla bakıyordu.

"Anastasia Rose Steele! Ondan hoşlanıyorsun! Daha önce hiç kimseden böyle... bu kadar... etkilendiğini görmedim. Ciddi ciddi kızardın."

"Ah, Kate, hep kızardığımı sen de biliyorsun. Bu benim işim. Saçmalama," diye çıkıştım. Şaşkın şaşkın gözlerini kırpıştırdı. Kontrolsüz öfke patlamalarını çok nadir yaşardım ve bir an için yumuşadım. "Ben onu sadece... sinir bozucu buluyorum, o kadar."

"Heathman, anlaşıldı," dedi Kate. "Müdürü arayıp çekim için bir yer isteyeyim."

"Ben de akşam yemeğini hazırlayayım. Sonra da çalışmam gerek." Akşam yemeğini hazırlamak için dolaplardan birini açarken, Kate'e olan öfkemi gizleyemiyordum.

Huzursuz bir gece geçirdim; yatakta bir o yana bir bu yana dönüyor, rüyamda puslu gri gözler, iş tulumları, uzun bacaklar, uzun parmaklar ve karanlık, çok karanlık, keşfedilmemiş yerler görüyordum. Gece iki kez kalbim gümbür gümbür atarak uyandım. Kendi kendimi, *Ah, bu kadar az uykuyla yarın harika görüneceğim,* diye azarladım. Yastığımı yumrukladım ve yerleşmeye çalıştım.

Heathman, Portland şehir merkezinin göbeğindeydi. Etkileyici kahverengi taş binası, 1920'lerin sonundaki ekonomik bunalımdan hemen önce tamamlanmıştı. José, Travis ve ben, benim kaplumbağayla yol alıyorduk; hepimiz benim arabaya sığamayacağımız için, Kate kendi CLK'sındaydı. Travis, José'nin arkadaşı ve ayak işlerine koşan kişiydi; ışık konusunda yardım etmek için bizimleydi. Kate, makalede isminin geçmesine karşılık, Heathman'ın bir odasını ücretsiz kullanabilmemizi sağlamıştı. Resepsiyondakilere CEO Christian Grey'i fotoğraflamak üzere orada olduğumuzu söyleyince odamız derhal süite çevrildi. Gerçi, Bay Grey binadaki en büyük süiti işgal ettiği için, bizimki sadece sıradan bir süitti. Gereğinden fazla hevesli bir pazarlama yöneticisi bize daireye kadar eşlik etti; fena halde genç ve nedense bir o kadar gergindi. Kate'in güzelliği ve hükmedici tavrının onu etkisiz hale getirdiğinden şüpheleniyordum, çünkü Kate'in elinde oyuncağa dönmüştü. Oda zarif, abartısız ama gösterişli bir şekilde döşenmişti.

Saat dokuzdu. Yerleşmek için yarım saatimiz vardı. Kate fırtına gibi esiyordu.

"José, bence fon olarak şu duvarı kullanırız, sen ne dersin?" Cevabını beklemedi. "Travis, sandalyeleri çek. Ana, oda servisini arayıp soğuk içecek ister misin? Ve Grey'e geldiğimizi haber ver."

Evet, efendim. Fazlasıyla hükmediciydi. Gözlerimi devirsem de söyleneni yaptım.

Yarım saat sonra, Christian Grey dairemize girdi.

Lanet olsun! Yakası açık beyaz bir gömlek ve kalçalarından sarkan flanel bir pantolon giymişti. Dağınık saçları, duş sonrası hâlâ ıslaktı. Ona bakarken dilim damağım kurudu... Fena halde seksiydi. Grey'in peşinden süite giren koyu renk takım ve kravatlı, saçları kısacık tıraşlı, kirli sakallı, otuzlu yaşlarının ortasında görünen adam sessizce bir köşeye dikildi. Duygusuz, kahverengi gözleriyle bizi izliyordu.

"Bayan Steele, işte yine karşılaştık." Grey'in uzattığı eli gözlerimi kırpıştırarak sıktım. Ah Tanrım... gerçekten de... Eline dokununca içimi delip geçen, beni çarpan, kızarmama neden olan o muhteşem akımı hissettim. Düzensiz nefesimin duyulabildiğinden emindim.

Elimi, dosdoğru Grey'in gözlerinin içine bakarak bize doğru gelen Kate'e doğru salladım ve, "Bay Grey, bu Bayan Katherine Kavanagh," dedim.

"Israrcı Bayan Kavanagh. Nasılsınız?" Katherine'e hafifçe gülümserken, gerçekten eğlenir gibiydi. "Umarım kendinizi daha iyi hissediyorsunuzdur? Anastasia geçen hafta kötü olduğunuzu söylemişti."

"İyiyim, teşekkür ederim, Bay Grey." Kate, Grey'in elini sertçe ve gözünü bile kırpmadan sıktı. Kendime onun Washington'daki en iyi okullara gittiğini hatırlattım. Ailesinin parası vardı; kendinden ve dünyadaki yerinden emin büyümüştü. Kimsenin ona kötü davranmasına izin vermezdi. Ona hayrandım.

"Bunu yapmaya vakit ayırdığınız için teşekkür ederim," derken Grey'e nazik, profesyonel bir gülümseme gönderdi.

Grey bakışlarını bana çevirirken, "Benim için zevk," dedi ve ben yine kızardım. Lanet olsun.

"Bu, José Rodriguez; fotoğrafçımız," derken sırıttığım José, bana şefkatli bir gülümsemeyle karşılık verdi. Benden Grey'e yönelttiği bakışları soğuktu.

"Bay Grey." Onu başını hafifçe eğerek selamladı.

"Bay Rodriguez." José'yi süzerken Grey'in ifadesi de değişmişti.

Ona, "Nerede durmamı istersiniz?" diye sordu. Sesinde tehditkâr bir ton seziliyordu. Ama Katherine'in gösterinin yönetimini José'ye bırakmak gibi bir niyeti yoktu.

"Bay Grey, şöyle oturabilirseniz, buyurun? Işıklandırma kablolarına dikkat edin. Sonra da ayakta birkaç poz alırız." Onu duvarın önüne yerleştirilmiş bir koltuğa yönlendirdi.

Travis ışıkları açarak Grey'in anlık bir körlük yaşamasına neden oldu ve bir özür mırıldandı. Sonra Travis ve ben arka tarafta durup José'nin çekim yapmasını izledik. José makinesini elinde tutarak ve Grey'den bir o tarafa, bir bu tarafa dönmesini, kolunu kıpırdatmasını, sonra tekrar indirmesini isteyerek sayısız poz çekti. Ardından üçayağın başına geçti; Grey oturup sabırla ve doğallıkla poz verirken yirmi dakika kadar daha çekim yaptı. Dileğim gerçek olmuştu: Grey'i çok da uzak sayılmayacak bir mesafeden hayranlıkla izleyebiliyordum. Gözlerimiz iki defa buluştu ve bulutlu bakışlarından kendimi güçlükle ayırdım.

"Bu kadar oturmak yeter." Katherine yine devreye girmişti. "Ayağa kalkar mısınız, Bay Grey?" diye sordu.

Grey ayağa kalkınca Travis koltuğu çekmek için hızla harekete geçti. José Nikon'unun deklanşörüne tekrar basmaya başladı.

Beş dakika sonra José, "Sanırım yeterince poz aldık," dedi.

"Harika," dedi Kate. "Tekrar teşekkürler, Bay Grey." Önce o, ardından José, Grey'in elini sıktılar.

Grey, "Makaleyi okumak için sabırsızlanıyorum, Bayan Kavanagh," diye mırıldandı ve kapının yanında durduğum sırada bana döndü. "Benimle yürür müsünüz, Bayan Steele?" diye sordu.

"Elbette," derken tam bir şaşkınlık içindeydim. Kaygıyla Kate'e baktım, omuz silkti. Arkasında duran José'nin yüzünün asıldığını fark ettim.

Grey kapıyı açarken, "Hepinize iyi günler," dedi ve önce benim çıkmam için kenarda durdu.

Tanrı aşkına... Bu da neyin nesi böyle? Ne istiyor ki? Grey, peşinde takım elbisesi jilet gibi ütülü Bay Asker Tıraşı'yla odadan çıkarken koridorda gerginlik içinde bekledim.

Bay Asker Tıraşı'na, "Seni ararım, Taylor," diye mırıldandı. Taylor koridorda uzaklaşırken, Grey yakıcı gri bakışlarını bana çevirdi. *Lanet olsun... Yanlış bir şey mi yapmıştım?*

"Bu sabah benimle bir kahve içer misiniz diye merak ediyordum."

Yüreğim ağzıma geldi. Bir randevu mu? Christian Grey bana bir randevu mu teklif ediyordu? Bilinçaltım yine küçümseyici bir tavırla, *Kahve ister misin diye soruyor. Belki de henüz uyanamadığını düşünüyordur*, diye mızıldandı. Heyecanımı kontrol altına almaya çalışarak gırtlağımı temizledim.

Özür dilercesine, "Herkesi eve benim götürmem gerek," derken önümde parmaklarımı ve ellerimi büküyordum.

"Taylor," diye seslenerek beni yerimden sıçrattı. Koridorda uzaklaşmakta olan Taylor dönüp yeniden bize doğru yürüdü.

Grey yumuşak ve merak dolu bir sesle, "Üniversite'de mi yaşıyorlar?" diye sordu. Konuşamayacak kadar sersemlediğim için başımı salladım.

"Onları Taylor götürebilir. Şoförümdür. Burada büyük bir 4X4'ümüz var. Yani ekipmanları da alabilir."

Taylor bize ulaşınca, hiç renk vermeden, "Bay Grey?" dedi.

"Fotoğrafçıyı, asistanını ve Bayan Kavanagh'ı evlerine götürebilir misin?"

"Elbette, efendim," dedi Taylor.

"Tamamdır. Şimdi bana kahvede eşlik eder misiniz?" Grey her şey hallolmuş gibi gülümsüyordu.

Kaşlarımı çattım.

"Şey, Bay Grey, bu gerçekten... Bakın, Taylor'ın onları eve bırakmasına gerek yok." Soğukkanlı ifadesizliğini koruyan Taylor'a kısa bir bakış attım. "Bana bir iki dakika verirseniz, Kate'le arabalarımızı değiş tokuş edebiliriz."

Grey göz kamaştırıcı, tedbirsiz, doğal ve bütün dişlerini gösteren bir gülümsemeyle bakıyordu. *Ah, Tanrım...* İçeri girebilmem için süitin kapısını açtı. Tekrar içeri adım atınca, Katherine'i José'yle derin bir tartışmanın içinde buldum.

Girişe gerek duymadan, "Ana, bence senden kesinlikle hoşlanıyor," dedi. José bana onaylamayan gözlerle bakıyordu. Kate, "Ama ona güvenmiyorum," dedi. Konuşmayı kesmesi umuduyla elimi kaldırdım. Mucize eseri, sustu.

"Kate, sen Wanda'yı alsan ve ben de senin arabanı alsam olur mu?"

"Neden?"

"Christian Grey onunla kahve içmemi istiyor."

Ağzı açık kalmıştı. Nutku tutulmuş bir Kate! Anın tadını çıkardım. Beni kolumdan yakalayıp süitin oturma alanından uzakta kalan yatak odasına çekti.

"Ana, o adamda bir şeyler var." Sesi uyarı yüklüydü. "Muhteşem olduğuna katılıyorum, ama tehlikeli olduğunu düşünüyorum. Özellikle de senin gibi biri için."

Gücenerek, "Özellikle senin gibi biri derken ne demeye çalışıyorsun?" diye sordum.

Biraz sinirli bir sesle, "Senin gibi masum biri, Ana. Ne demek istediğimi biliyorsun," dedi. Kızardım.

"Kate, sadece kahve. Bu hafta sınavlarım başlıyor, ders çalışmam gerek, fazla kalmam."

Talebimi değerlendirir gibi dudaklarını büzdü. Sonunda, cebinden arabasının anahtarlarını çıkarıp bana uzattı. Ben de ona benimkileri verdim.

"Sonra görüşürüz. Fazla geç kalma yoksa arama kurtarma ekibini gönderirim."

"Teşekkürler." Onu kucakladım.

Süitten çıktınca, Christian Grey'i kuşe kâğıda basılmış üst düzey bir dergi için poz veren bir erkek model görüntüsüyle duvara yaslanmış, beni beklerken buldum.

"Tamam, haydi kahve içelim," diye mırıldanırken pancar gibi kıpkırmızı kesilmiştim.

Sırıttı.

"Önden buyurun, Bayan Steele." Doğruldu ve önden yürümem için elini uzattı. Koridorda ilerlerken, dizlerim titriyor, midemde kelebekler uçuşuyor ve ağzıma gelen yüreğim dramatik ve düzensiz bir ritimle çarpıyordu. *Christian Grey'le kahve içeceğim... ve kahveden nefret ederim.*

Geniş otel koridorundan otel kapısına kadar yürüdük. *Ona ne demeliyim*? Zihnim birden kaygıdan felç olmuştu. Neden bahsedecektik? Onunla ne ortak noktam vardı? Yumuşak, ılık sesi beni dalgınlığımdan uyandırdı.

"Katherine Kavanagh'ı ne zamandır tanıyorsunuz?"

Ah, başlangıç için kolay bir soruydu.

"Okuldaki ilk yılımızdan beri. İyi arkadaşımdır."

Ne düşündüğünü ele vermeyerek, "Hımm," dedi. Aklından neler geçiyordu?

Asansörlere varınca düğmeye bastı ve zil neredeyse aynı anda çaldı. Kapılar açılınca içeride tutkuyla öpüşen genç bir çiftle karşı karşıya kaldık. Şaşkın ve mahcup bir halde birbirlerinden hızla ayrıldılar ve suçlulukla bizden başka her yöne bakmaya başladılar. Grey ve ben asansöre adım attık.

Gülmemek için mücadele veriyordum; bu yüzden, yanaklarımın pembeye çaldığını hissederek bakışlarımı yere indirdim. Kafamı kaldırıp kirpiklerimin arasından Grey'e baktığımda, dudaklarında belli belirsiz bir gülümseme gördüm. Genç çift hiç konuşmuyordu; birinci kata kadar mahcup bir sessizlik içinde indik. Fonda dikkatimizi dağıtacak hafif bir asansör müziği bile yoktu.

Kapılar açılınca, Grey beni şaşırtarak uzun, soğuk parmaklarıyla elimi tuttu. Akımın içimden geçip gittiğini hissettim ve zaten hızlı olan kalp atışlarım daha da hızlandı. Beni asansörden çıkarırken, çiftin arkamızdan patlayan kıkırtılarını duyabiliyorduk. Grey sırıttı.

"Bu asansörlerin olayı ne?" diye mırıldandı.

Otelin geniş ve hareketli lobisini aşıp girişe doğru yürüdük, ama Grey dönerli kapıdan kaçındı. Bunu elimi bırakmak zorunda kalacağı için yapmış olup olmadığını merak ettim.

Dışarıda bizi, yumuşacık bir mayıs pazarı bekliyordu. Güneş parlıyordu ve trafik açıktı. Grey sola dönüp köşeye yürüdü. Orada ışığın değişmesini bekledik. Hâlâ elimi tutuyordu. *Sokaktayım ve Christian Grey elimi tutuyor.* Daha önce elimi tutan kimse olmamıştı. Başımın döndüğünü hissettim ve baştan ayağa ürperdim. Yüzümü ortadan ikiye ayırmakla tehdit eden saçma sapan sırıtışı boğmak için çaba harcıyordum. Bilinçaltım, *Serinkanlı davranmaya çalış, Ana,* diye yakarıyordu. Yeşil adam göründü ve tekrar harekete geçtik.

Portland Kahve Evi'ne varana dek dört blok yol kat ettik. Grey içeri girebilmem için kapıyı açmak üzere elimi bıraktı.

"Ben içeceklerimizi alırken masa seçmeye ne dersiniz? Ne istersiniz?" diye sorarken her zamanki gibi kibardı.

"Ben... şey... İngiliz kahvaltı çayı içerim, poşeti yanında olsun."

Kaşlarını kaldırdı.

"Kahve içmez misiniz?"

"Kahve düşkünü değilim."

Gülümsedi.

"Tamam, çay, poşeti yanında. Şeker?"

Bir an bu son kelimeyi bir sevgi sözcüğü sanarak donakaldım, ama neyse ki bilinçaltım bükülü dudaklarla devreye girdi. *Hayır, seni aptal, şeker alır mısın*?

"Hayır, teşekkürler." Birbirine kenetlediğim parmaklarıma baktım.

"Yiyecek bir şey?"

"Hayır, teşekkürler." Kafamı salladım; tezgâha yöneldi.

O, sırada kendisiyle ilgilenilmesi için beklerken, ben kirpiklerimin arasından çaktırmadan onu süzüyordum. Onu bütün gün izleyebilirdim. Uzun boylu, geniş omuzlu, inceydi. Hele o pantolonunun kalçalarından düşecek gibi duruşu... *Ah, Tanrım*... Parmaklarını bir ya da iki kez artık kurumuş, ama hâlâ dağınık olan saçlarının arasından geçirdi. *Mmm*... Bunu ben de yapmak isterdim. Düşünce kendiliğinden zihnime süzülüvermişti; yüzüm alev aldı. Dudağımı ısırarak bir kez daha ellerime bakarken, asi düşüncelerimin gidişatından hiç hoşnut değildim.

"Aklından neler geçiyor?" Grey geri dönmüş ve beni yerimden sıçratmıştı.

Kıpkırmızı kesildim. *Parmaklarımı saçlarının arasından geçirmeyi düşünüyor ve acaba saçların çok yumuşak mıdır diye merak ediyordum*. Kafamı salladım. Elinde tuttuğu tepsiyi huş ağacı görüntüsü verilmiş küçük, yuvarlak masaya bıraktı. Önüme bir fincan, küçük bir demlik ve yanında üzerinde TWININGS İNGİLİZ KAHVALTI ÇAYI –en sevdiğim– yazan tek bir çay poşetinin durduğu bir tabak koydu. Onun da üstüne sütle kusursuz bir yaprak deseninin kondurulduğu bir kahvesi vardı. *Bunu nasıl yapıyorlar acaba*, diye merak ettim. Ayrıca kendine yabanmersinli bir kek almıştı. Tepsiyi bir yana bırakarak karşıma oturdu ve uzun bacaklarını üst üste attı. O kadar rahat, bedeniyle o kadar barışık görünüyordu ki ona gıpta ettim. Bense baştan ayağa sakar ve koordinasyonsuz, A noktasından B noktasına yüzüstü kapaklanmadan gitmekten neredeyse acizdim.

"Düşüncelerin?" diye bastırdı.

"En sevdiğim çay bu." Sesim sakin ve fısıldar gibi çıkmıştı. Portland'da bir kafede Christian Grey'in karşısında oturduğuma inanamıyordum. Kaşlarını çattı. Bir şeyler sakladığımı biliyordu. Çay poşetini demliğin içine atmamla kaşığıma sararak geri çıkarmam bir oldu. Çay poşetini tabağımın yanına bırakırken kafasını eğdi ve soran gözlerini bana dikti.

"Çayımı sade ve açık severim," diye açıkladım.

"Anlıyorum. O, erkek arkadaşın mı?"

Vay canına... Ne?

"Kim?"

"Fotoğrafçı. José Rodriguez."

Güldüm, gergin ama meraklıydım. Bu hisse kapılmasına ne neden olmuştu?

"Hayır. José iyi arkadaşımdır, hepsi bu. Erkek arkadaşım olduğunu nereden çıkardınız?"

"Ona gülümseyişinden ve onun da sana..." Gözlerini gözlerimden ayırmıyordu. O kadar sinir bozucuydu ki. Bakışlarımı kaçırmak istiyordum, ama büyülenmiş gibiydim.

"Daha çok aileden biri gibidir," diye fısıldadım.

Grey, cevabımdan hoşnut kalmış gibi başını salladı ve gözlerini yabanmersinli kekine çevirdi. Kâğıdı uzun parmaklarıyla, maharetle açışını büyülenmiş gibi izledim.

"İster misin?" diye sorarken o eğlenir gibi, gizemli gülümseme geri dönmüştü.

"Hayır, teşekkürler." Kaşlarımı çatarak yeniden önüme baktım.

"Ya dün mağazada tanıştığım delikanlı? O da mı erkek arkadaşın değil?"

"Hayır. Paul sadece bir arkadaş. Dün de söylemiştim." Ah, bu iş saçma bir hal alıyordu. "Neden sordunuz?"

"Erkekler konusunda biraz gergin görünüyorsun."

Lanet olsun, iyice özelime giriyordu. *Ben sadece senin yanında gerginim, Grey.*

"Sizi sinir bozucu buluyorum." Kızarsam da bu açık sözlülüğümden ötürü, aklımdan sırtımı sıvazlayarak tekrar ellerime baktım. Derin bir iç çektiğini duydum.

"Beni sinir bozucu bulmalısınız zaten." Başını salladı. "Çok dürüstsünüz. Lütfen önünüze bakmayın. Yüzünüzü görmeyi seviyorum."

Ah. Ona baktım. Yüzünde teşvik edici ama alaycı bir gülümseme vardı.

"Ne düşünüyor olabileceğine dair ipucu veriyor," diyerek soludu. "Çok gizemlisiniz, Bayan Steele."

Gizemli mi? Ben mi?

"Bende gizemden eser yok."

"Kendi kendine yeten biri olduğunuzu düşünüyorum," diye mırıldandı.

Öyle miydim? *Vay canına... Bunu nasıl başarıyordum* ki? Şaşırtıcıydı. *Ben, kendine yetmek? İmkânsız.*

"Tabii kızarmadığınız zamanlarda... ki sık sık kızarıyorsunuz. Keşke neden kızardığınızı bilseydim." Ağzına küçük bir kek parçası attı ve gözlerini benden ayırmadan, ağır ağır çiğnemeye koyuldu. Ve işaret bekliyormuş gibi kızardım. *Lanet olsun*!

"Her zaman böyle kişisel gözlemlerde bulunur musunuz?"

"Kişisel bir gözlemde bulunduğumun farkında değildim. Yoksa sizi gücendirdim mi?" Şaşırmışa benziyordu.

Dürüstçe, "Hayır," dedim.

"İyi."

"Ama çok despotsunuz."

Kaşlarını kaldırdı ve eğer yanılmadıysam, o da hafifçe kızardı.

"Sözümü dinletmeye alışığım, Anastasia," diye mırıldandı. "Her konuda."

"Buna hiç şüphem yok. Neden benim de size ilk adınızla hitap etmemi istemediniz?" Cüretime kendim de şaşırmıştım. Bu sohbet neden bu kadar ciddileşmişti? İşler sandığım gibi gitmiyordu. Ona karşı böyle muhalif hissettiğime inanamıyordum. Sanki onu kendimden uzaklaştırmak istiyordum.

"İlk adımı sadece ailem ve birkaç yakın dostum kullanır. Ben böyle olmasını istiyorum."

Ah. Hâlâ, "Bana Christian de," dememişti. Kontrol manyağının tekiydi; başka izahı yoktu ve için için, belki de röportajı Kate'in yapmış olması daha iyi olurdu diye düşünüyordum. İki kontrol manyağı bir arada. Ayrıca, elbette, Kate, ofisindeki bütün kadınlar gibi neredeyse sarışındı; pekâlâ, kızıl sarı. Bilinçaltım, *üstelik güzel de,* diye hatırlattı. Christian ve Kate fikrinden hoşlanmamıştım. Çayımdan bir yudum aldım, Grey kekinden küçük bir lokma daha ısırdı.

"Tek çocuk musun?" diye sordu.

Vay canına... Sürekli yön değiştiriyordu.

"Evet."

"Bana annen ve babandan bahset."

Bunu neden bilmek istiyordu ki? Çok *sıkıcıydı.*

"Annem yeni kocası Bob'la birlikte Georgia'da yaşıyor. Üvey babam da Montesano'da."

"Ya baban?"

"Babam ben bebekken ölmüş."

"Üzüldüm," diye mırıldanırken yüzünden anlık, sıkkın bir ifade geçti.

"Onu hatırlamıyorum."

"Ve annen tekrar evlendi."

Bir homurtu çıkardım.

"Öyle de denebilir.

Kaşları çatılmıştı.

Derin bir düşünceye dalmış gibi çenesini sıvazlayarak kuru bir sesle, "Pek fazla bir şey ele vermiyorsun demek?" dedi.

"Siz de öyle."

"Sen benimle bir röportaj yaptın ve o röportajdan birkaç zorlayıcı soru hatırlıyorum." Bana sırıtarak bakıyordu.

Lanet olsun. "Gey" sorusunu hatırlıyordu. Bir kez daha yerin dibine geçtim. Gelecek yıllarda, o anı her hatırlayışımda utanca kapılmamak için yoğun terapiye ihtiyaç duyacaktım sanırım. Annem hakkında bir şeyler zırvalamaya başladım; o anıyı bloke etmek için her şeyi yapardım.

"Annem harikadır. İflah olmaz bir romantiktir. Şu anda dördüncü kocasıyla birlikte."

Christian şaşkınlıkla kaşlarını kaldırdı.

"Onu özlüyorum," diye devam ettim. "Artık Bob var. Ona göz kulak olabileceğini, kuş beyinli planları istediği gibi gitmeyince ona destek olabileceğini umuyorum." Sevgiyle gülümsedim. Annemi görmeyeli o kadar uzun zaman olmuştu ki. Christian beni dikkatle izlerken, arada sırada kahvesinden yudumlar alıyordu. Ağzına gerçekten bakmamalıydım. Huzursuz ediciydi.

"Üvey babanla anlaşabiliyor musun?"

"Elbette. Onunla büyüdüm. Onu babamın yerine koydum."

"Nasıl biridir?"

"Ray mi? O... sessiz, suskun biridir."

Grey şaşırarak, "Hepsi bu mu?" diye sordu.

Omuz silktim. Bu adam ne bekliyordu ki? Hayat hikâyemi mi?

"Üvey kızı gibi suskun," diye bastırdı.

Kendimi gözlerimi devirmekten alıkoydum.

"Futbolu sever. Özellikle Avrupa futbolunu; bowlingi, yapay sinekle balık avını ve mobilya yapmayı sever. Marangozdur. Eski ordu mensubu."

İç geçirdim.

"Onunla mı yaşıyordun?"

"Evet. Ben on beş yaşındayken, annem Üç Numaralı Koca'yla tanıştı. Ben Ray'le kaldım."

Anlamamış gibi kaşlarını çattı.

"Annenle birlikte yaşamak istemedin mi?" diye sordu.

Bu gerçekten üzerine vazife değil.

"Üç Numaralı Koca, Teksas'ta yaşıyordu. Evim Montesano'daydı. Ve... bilirsiniz annem yeni evliydi." Durdum. Annem Üç Numaralı Koca'dan hiç bahsetmezdi. Grey bununla nereye varmaya çalışıyordu? Bu onu hiç ilgilendirmezdi. *Madem öyle, ben de aynı oyunu oynayabilirim.*

"Siz de sizinkileri anlatın," dedim.

Omuz silkti.

"Babam avukattır, annemse çocuk doktoru. Seattle'da oturuyorlar."

Ah... demek varlıklı bir ailede yetişmişti. Üç çocuk evlat edinen ve çocuklarından biri iş dünyasına meydan okuyup onu tek eliyle fetheden güzel bir adama dönüşen başarılı çifti merak etmiştim. Onu böyle olmaya iten neydi? Ailesi onunla gurur duyuyor olmalıydı.

"Kardeşleriniz neler yapıyor?"

"Elliot inşaat işinde ve kız kardeşim de Paris'te, ünlü bir Fransız şefin yanında aşçılık eğitimi alıyor." Bakışları hoşnutsuzlukla buğulanmıştı. Ailesinden ya da kendinden bahsetmek istemiyordu.

"Paris'in çok güzel olduğunu duydum," diye mırıldandım. Ailesinden neden bahsetmek istemiyordu? Evlat edinildiği için mi?

"Güzeldir. Gittin mi?" diye sorarken hoşnutsuzluğunu unutmuştu.

"ABD'den hiç ayrılmadım." İşte yine sıradan mevzulara dönmüştük. Sakladığı neydi?

"Gitmek ister miydin?"

"Paris'e mi?" diye haykırdım. Beni hazırlıksız yakalamıştı, Paris'e gitmeyi kim istemezdi? "Elbette," dedim. "Ama asıl ziyaret etmek istediğim yer İngiltere."

Başını yana eğerek işaret parmağını dudağının üstünde dolaştırdı... *Ah, Tanrım.*

"Çünkü?"

Gözlerimi hızlı hızlı kırpıştırdım. *Konsantre ol, Steele.*

"Orası Shakespeare, Austen, Brontë kardeşler ve Thomas Hardy'nin vatanı. O insanlara o kadar harika kitaplar yazma ilhamını veren o yerleri görmek isterdim."

Edebiyatın bu büyük isimlerini anmak, bana ders çalışıyor olmam gerektiğini hatırlatmıştı. Saatime göz attım. "Gitsem iyi olur. Ders çalışmalıyım."

"Sınavların için mi?"

"Evet. Salı günü başlıyorlar."

"Bayan Kavanagh'ın arabası nerede?"

"Otelin park alanında."

"Sana eşlik edeyim."

"Çay için teşekkürler, Bay Grey."

O tuhaf kocaman-bir-sırrım-var gülümsemesini takındı.

"Rica ederim, Anastasia. Benim için zevkti. Gel," diye emrederek elini uzattı. Şaşkınlık içinde elini tuttum ve peşi sıra kafeden çıktım.

Otele kadar yürüdük; cana yakın bir sessizlik olduğunu söylemek isterim. En azından o, her zamanki sükûnetini korur ve kendine hâkim halindeydi. Bana gelince, küçük kahve sabahımızın nasıl gittiğini tartmaya çalışıyordum. Kendimi iş görüşmesi yapmış gibi hissediyordum, ama ne için olduğundan emin değildim

Ansızın, "Her zaman kot pantolon mu giyersin?" diye sordu.

"Genellikle."

Başını salladı. Otelin karşı tarafında kalan kavşağa varmıştık. Zihnim hızla işliyordu. Ne tuhaf bir soruydu... Ve birlikte geçireceğimiz zamanın kısıtlı olduğunun farkındaydım. Buraya kadardı ve ben yüzüme gözüme bulaştırmıştım, biliyordum. Belki de biri vardı.

"Kız arkadaşınız var mı?" diye yumurtlayıverdim. Lanet olsun... *Bunu yüksek sesle mi söyledim?*

Dudakları yarım bir gülümsemeyle kıvrıldı ve bana tepeden baktı.

"Hayır, Anastasia, kız arkadaşlar bana göre değil," dedi yumuşak bir sesle.

Ah... *Bu da ne demek*? Gay değildi. Ya da belki de öyleydi. Röportajda bana yalan söylemiş olmalıydı. Bir an için arkasından bir açıklama, bu şifreli beyanla ilgili bir ipucu getireceğini sandım, ama öyle olmadı. Gitmem gerekiyordu. Düşüncelerimi toparlamayı denemeliydim. Ondan uzaklaşmalıydım. İleri doğru hamle yaptım, ayağım takıldı ve yola doğru tökezledim.

"Kahretsin, Ana!" diye haykırdı. Tuttuğu elimi o kadar sert çekti ki, bu tek yönlü yolda ters yönde giden bir bisikletli hızla ve beni kıl payı sıyırarak geçerken, geriye, üstüne düştüm.

Her şey o kadar hızlı olup bitmişti ki bir an düşerken bir sonrakinde kollarının arasındaydım ve beni sımsıkı göğsünde tutuyordu. Temiz, sağlıklı kokusunu içime çektim. Yeni yıkanmış çarşaf ve pahalı vücut şampuanı kokuyordu. Baş döndürücüydü. Derin bir nefes aldım.

"İyi misin?" diye fısıldadı. Tek koluyla beni sıkıca sarıp göğsüne bastırırken, diğer elinin parmaklarını usulca yüzümde dolaştırıyor, beni nazik bakışlarla süzerek inceliyordu. Başparmağı alt dudağıma sürtününce nefesi duraksadı. Gözlerimin içine bakıyordu. Bense bir an ya da belki de sonsuza dek, kaygılı, yakıcı bakışlarına tutundum, ama bir süre sonra, dikkatim güzel ağzına çevrildi. Ve yirmi bir yıldır ilk kez, öpülmek istedim. Ağzını ağzımın üstünde hissetmek.

BÖLÜM DÖRT

Öp beni lanet olası, diye yakarıyor, ama kıpırdayamıyordum. Tuhaf, yabancı bir arzuyla felce uğramış, tam anlamıyla esiri olmuştum. Büyülenmiş gibi, Christian Grey'in ağzına bakıyordum; o da örtülü bakışları ve koyulaşan gözleriyle bana bakıyordu. Her zamankinden daha hızlı soluyordu ve ben nefes alıp vermeyi tümden bırakmıştım. *Kollarının arasındayım. Öp beni lütfen.* Gözlerini yumdu, derin bir nefes aldı ve sessiz sorumu yanıtlar gibi, başını usulca salladı. Gözlerini geri açtığında, yeni bir amaç, çelik bir iradeyle bakıyordu.

"Anastasia, benden uzak durmalısın. Ben sana uygun bir adam değilim," diye fısıldadı. *Ne? Bu da nereden çıktı şimdi?* Bunun kararını ben vermeliydim, değil mi? Kaşlarımı çattım; reddedilmek başımı döndürmüştü.

Usulca, "Nefes al, Anastasia, nefes al. Seni ayaklarının üstüne kaldırıp bırakacağım," dedi ve beni yavaşça itti.

Bisikletçinin kıl payı ıskalaması ve Christian'ın baş döndüren yakınlığının neden olduğu adrenalin hücumu beni heyecan içinde ve güçsüz bırakmıştı. Christian geri çekilip beni kendisinden mahrum bırakırken ruhum HAYIR! diye haykırıyordu. Omuzlarımdaki elleriyle beni bir kol mesafesinde tutarken, tepkilerimi dikkatle izliyordu. Ve tek düşünebildiğim öpülmek istediğim, bunu hayli belli ettiğim ve Christian'ın bunu yapmadığıydı. *Beni istemiyor.* Beni gerçekten istemiyordu. Bu kahve sabahını tamamen berbat etmiştim.

Sonunda sesimi bularak, "Anladım," diye fısıldadım. "Teşekkürler," diye mırıldanırken, baştan ayağa aşağılanmaya batmıştım.

Aramızdaki durumu nasıl bu kadar yanlış yorumlayabilmiştim? Ondan uzaklaşmam gerekiyordu.

"Ne için?" Kaşları çatıldı. Ellerini üzerimden çekmemişti.

"Beni kurtardığın için," diye fısıldadım.

"O aptal yanlış yönde gidiyordu. Burada olduğuma seviniyorum. Sana ne olabileceğini düşününce içim ürperiyor. Otele gelip biraz oturmak ister misin?" Beni bırakıp ellerini iki yanına indirdi. Bense kendimi tam bir aptal gibi hissederek karşısında dikiliyordum.

Silkinerek zihnimi temizledim. Tek istediğim gitmekti. Belirsiz ve söze dökülmemiş umutlarım yerle bir olmuştu. Beni istemiyordu. Kendimi azarladım. Ne sanıyordum ki? Bilinçaltım, *Christian Grey'in seninle ne işi olabilirdi ki,* diye alay ediyordu. Kollarımla bedenimi sararak yola döndüm ve yeşil adamın belirmiş olmasına sevindim. Grey'in arkamda olduğunun bilinciyle hızla karşıya geçtim. Otelin önünde yüzümü ona döndüm, ama gözlerine bakamıyordum.

"Çay ve fotoğraf çekimi için teşekkürler," diye mırıldandım.

"Anastasia... ben..." Durdu. Sesindeki sıkıntı dikkatimi çekmişti; istemeyerek de olsa, ona baktım. Elini saçlarının arasından kaydırırken, gri gözleri kasvetliydi. Dağılmış ve bunalmış görünüyordu; ifadesi katıydı ve dikkatli kontrolü buharlaşmıştı sanki.

Hiçbir şey söylememesinin üstüne, "Ne, Christian?" diye çıkıştım. Gitmek istiyordum. Savunmasız, yaralı gururumu buradan götürmeli, onu bir şekilde iyileştirmeliydim.

"Sınavlarında bol şans," diye mırıldandı.

Ha? Bu kadar perişan görünmesi bu yüzden miydi? Beni böyle mi postalayacaktı? Sadece sınavlarımda bol şans dileyerek?

"Teşekkürler." Sesimdeki alaycılığa engel olamadım. "Güle güle, Bay Grey." Tökezlemememe biraz şaşırarak topuklarımın üstünde döndüm ve ona ikinci bir bakış atmadan yer altı garajı istikametinde, kaldırım boyunca ilerledim.

Solgun floresan ışığıyla aydınlatılmış garajın karanlık ve soğuğuna girince, duvara yaslandım ve başımı ellerimin arasına aldım. Ne sanmıştım? Gözlerimde davetsiz, istenmeyen yaşlar birikmişti.

Neden ağlıyordum? Bu manasız tepki yüzünden kendime kızarak yere çöktüm. Dizlerimi karnıma çekerek dertop oldum. Kendimi olabildiğince ufaltmak istiyordum. Belki bu abuk subuk acı da küçülürdü. Başımı dizlerimin üstüne yerleştirip aptalca yaşların dökülmesine izin verdim. Hiç sahip olmadığım bir şeyi kaybettiğim için ağlıyordum. *Ne saçma.* Hiç olmamış bir şeyin, altüst olmuş umutlarımın, hayallerimin ve tadı kaçan beklentilerimin yasını tutmak.

Hiçbir zaman reddedilen tarafta olmamıştım. Tamam... Her zaman basketbol ya da voleybolda en son seçilenlerden biri olmuştum, ama bunu anlıyordum. Koşarken bir yandan da sıçramak ya da top atmak gibi bir şey yapmak bana göre değildi. Her tür spor sahasında ciddi bir başarısızlık örneğiydim.

Ancak romantik anlamda, kendimi hiçbir zaman ortaya sürmemiştim; asla. Ömrüm güvensizlikle geçmişti: Fazla soluk tenliydim, çok sıskaydım, çok pejmürdeydim, koordinasyon duygum sıfırdı; defolar listemin sonu gelmiyordu. Bu yüzden her tür olası hayranı şiddetle geri püskürten kişi olmuştum. Kimya sınıfımda benden hoşlanan bir çocuk vardı, ama Christian Lanet Olası Grey dışında ilgimi uyandıran tek bir kişi olmamıştı. Belki de Paul Clayton ve José Rodriguez'in beğenilerine daha nazik yaklaşmalıydım; hoş ikisinin de karanlık bir yerde tek başlarına hıçkırırken bulunmadıklarından emindim. Belki de sadece sıkı bir ağlamaya ihtiyacım vardı.

Kollarını göğsünde kavuşturup ağırlığını tek bacağına veren bilinçaltım, diğer ayağını sıkkın bir tavırla yere vurarak, *Kes! Kes şunu,* diye bağırdı. *Arabana bin, evine dön, dersini çalış. Onu unut... Hemen!* Ve bütün bu kendine acıma ve sallanıp durma saçmalığına bir son ver.

Derin, yatıştırıcı bir nefes alıp ayağa kalktım. *Topla kendini, Steele.* Yüzümdeki yaşları silerek Kate'in arabasına yürüdüm. Onu bir daha asla düşünmeyecektim. Bu olayı tecrübe haneme kaydedebilir ve sınavlarıma konsantre olabilirdim.

Eve vardığımda, Kate dizüstü bilgisayarıyla yemek masasındaydı. Hoş geldin gülümsemesi beni görünce silinip gitti.

"Ana, sorun ne?"

Ah, hayır... Katherine Kavanagh sorgulamasına halim yoktu. Katherine-Kavanagh-benden-uzak-dur anlamında kafa salladım, ama kör ve sağır bir dilsizle muhatap olsam sonuç farklı olmazdı.

"Ağlamışsın sen." Bazen lanet olası bariz olanı ifade etmek konusunda olağanüstü bir yeteneğe sahipti. "O piç sana ne yaptı?" diye kükrerken yüzü... Tanrım, korkutucuydu.

"Hiçbir şey, Kate." Sorun buydu zaten. Düşüncesi yüzüme alaycı bir gülümseme yerleştirdi.

"O zaman neden ağladın? Sen hiç ağlamazsın," derken sesi yumuşadı. Ayağa kalkarken yeşil gözleri endişe doluydu. Beni kollarının arasına alıp kucakladı. Onu uzaklaştırmak için bir şeyler söylemem gerekiyordu.

"Az kalsın bir bisikletli bana çarpıyordu." Elimden ancak bu kadarı gelmişti, ama dikkatini geçici bir süre için de olsa "ondan" uzaklaştırmaya yaramıştı.

"Tanrım, Ana, iyi misin? Bir yerine bir şey oldu mu?" Beni bir kol boyu mesafede tuttu ve gözleriyle hızlı bir check-up'tan geçirdi.

"Hayır, Christian beni kurtardı," diye fısıldadım. "Ama bayağı sarsıldım."

"Şaşırmam. Kahve nasıldı? Kahveden nefret ettiğini bilirim."

"Ben çay içtim. Fena değildi; gerçekten rapor edecek bir şey yok. Beni neden davet ettiğini bilmiyorum."

"Senden hoşlanıyor, Ana." Kate kollarını indirdi.

"Artık değil. Onu bir daha görmeyeceğim." Evet, umursamaz görünmeyi başarmıştım.

"Ah?"

Lanet olsun. Kate'in ilgisi uyanmıştı. Yüzümü görememesi için mutfağa dönmeliydim.

Elimden geldiğince duygusuz bir sesle, "Evet... O beni biraz aşar, Kate," dedim.

"Ne demek istiyorsun?"

"Ah, Kate her şey ortada." Olduğum yerde döndüm ve mutfağın kapısında duran Kate'e baktım.

"Benim için değil," dedi. "Tamam, senden daha fazla parası var, ama Amerika'daki insanların çoğundan daha fazla parası var."

"Kate, o..." Omuz silktim.

"Ana! Tanrı aşkına, sana kaç kez anlatmam gerek? Sen kelimenin tam anlamıyla fıstık gibisin," diyerek araya girdi. Ah hayır. İşte yine tirada başlıyordu.

"Kate, lütfen. Ders çalışmalıyım." Sözünü kesmiştim. Kaşlarını çattı.

"Makaleyi görmek ister misin? Bitti. José harika fotoğraflar çekmiş."

Yakışıklı Christian-Seni-İstemiyorum-Grey'in görsel hatırlatmasına ihtiyacım var mıydı?

"Elbette." Yüzüme sihirle bir gülümseme yerleştirip dizüstü bilgisayara yöneldim. Ve işte oradaydı, siyah-beyaz bir fotoğraftan bana bakıyordu. Bana bakıyor ve beni yetersiz buluyordu.

Gözlerimi sabit gri bakışlarından bir an ayırmadan ve neden bana uygun bir erkek olmadığına dair –bunlar onun sözleriydi– bir ipucu arayarak makaleyi okur gibi yaptım. Ve birden her şey kör edici bir netlik kazandı. Yakışıklılığı fazla olağanüstüydü. Zıt kutuplardık ve ayrı dünyaların insanlarıydık. Kendimi zihnimde güneşe fazla yaklaşan ve sonunda paramparça olup yanan İkarus olarak canlandırdım. Sözleri anlamlıydı. O bana uygun bir erkek değildi. Kastettiği buydu ve bu, beni reddedişini kabul etmemi kolaylaştırıyordu... neredeyse. Bununla yaşayabilirdim. Anlıyordum.

"Çok iyi, Kate," demeyi başardım. "Ben ders çalışacağım." Kendi kendime onu bundan sonra düşünmeyeceğim diye yemin ettim ve ders notlarımı açıp okumaya başladım.

Düşüncelerimin geçirdiğim tuhaf sabaha dönmesine ancak yatağa girip uyumaya çalışırken izin verdim. Sürekli olarak, *Kız arkadaşlar bana göre değil,* sözüne dönüyordum ve bu bilginin üstüne daha erken, içimden varlığımın bütün hücreleriyle beni öpmesi için yalvardığım kollarının arasına girmeden önce, atılmadığım için öfkeliydim. Orada ve o zaman söylemişti. Beni kız arkadaş olarak istemiyordu. Yan döndüm. Acaba dinî nedenlerden bekârlığı seçen insanlardan mıydı? Gözlerimi yumdum ve kendimi uykuya bıraktım. Belki de kendini birine saklıyordu. Uykulu bilinçaltım dizginlerinden boşanıp rüyalarıma dalmadan önce, son kez saldırdı: *Sana olmadığı kesin.*

Ve o gece, rüyamda gri gözler ve sütte yaprak desenleri gördüm. Ürkütücü çubuk lambaların aydınlattığı karanlık yerlerde koşuyordum ve bir şeye doğru mu koştuğumu yoksa bir şeyden mi kaçtığımı bilmiyordum... Net değildi.

Kalemimi bıraktım. Final sınavım bitmişti. Yüzüme bir Cheshire kedisi sırıtışı yayıldı. Büyük olasılıkla, hafta başından beri ilk gülümsememdi. Günlerden cumaydı ve bu akşam kutlama yapacaktık. Gerçek bir kutlama. Sarhoş bile olabilirdim! Daha önce hiç sarhoş olmamıştım. Salonun karşı tarafındaki Kate'e baktım, bitişe son beş dakika kala bir şeyler karalamayı sürdürüyordu. İşte bu kadardı, akademik kariyerimin sonuna gelmiştim. Bir daha asla kaygılı ve tecrit edilmiş öğrencilerin sıralarında oturmayacaktım. Bunu yapabileceğim tek yerin orası olduğunu çok iyi bilerek kafamın içinde zarif perendeler atıyordum. Kate yazmayı bıraktı ve kalemini masaya koydu. Bana baktı ve onun yüzünde de bir Cheshire kedisi sırıtışı yakaladım.

Sınav kâğıtlarımızı konuşmayı reddederek Mercedes'ine atlayıp birlikte dairemize döndük. Kate o akşam bara giderken ne giyeceği konusunda daha endişeliydi. Bense çantamda anahtarımı aramakla meşguldüm.

"Ana, sana bir paket gelmiş." Kate elinde kahverengi kâğıda sarılı bir paketle, ön kapıya çıkan basamaklarda duruyordu. *Tuhaf.* Yakın zamanda Amazon'a sipariş vermemiştim. Kate paketi bana uzattı ve ön kapıyı açmak için anahtarlarımı aldı. Paket, Bayan Anastasia Steele'e gönderilmişti. Gönderici adı ya da adresi yoktu. Belki de annemden ya da Ray'dan geliyordu.

"Büyük olasılıkla benimkilerdendir."

"Aç şunu!" Kate yaşasın-sınavlarımız-bitti şampanyası için mutfağa giderken heyecanlanmıştı.

Paketi açtım ve içinde, görünüşte birbirine tıpatıp benzeyen bez ciltli, ikinci el ama iyi durumda üç kitap ve sade beyaz bir kartın durduğu yarı deri bir kutu buldum. Kartın bir yüzünde, siyah mürekkep ve düzgün bir el yazısıyla şöyle yazıyordu:

Neden bana tehlikeden bahsetmedin? Beni neden uyarmadın? Hanımefendiler kendilerini neden koruyacaklarını bilirler, çünkü onları bu hilelere karşı uyaran romanlar okurlar...

Tess'ten yapılmış bu alıntıyı hemen tanımıştım. Final sınavımda üç saatimi Thomas Hardy'nin romanları hakkında yazarak geçirmiş olma tesadüfü karşısında afallamıştım. Belki de tesadüf diye bir şey yoktu... Belki bu bilinçliydi. Kitapları dikkatle inceledim. Tess'in üç cildi. Kitaplardan birinin kapağını açtım. Ön sayfada eski harf karakterleriyle şöyle yazıyordu:

Londra: Jack R.Osgood, McIlvaine ve Ortakları, 1891

Aman Tanrım, bunlar ilk baskılardı. Bir servet değerinde olmalıydılar; işte o anda kimin gönderdiğini anladım. Kate omzumun üstünden kitaplara bakıyordu. Kartı aldı.

"İlk baskılar," diye fısıldadım.

"Hayır." Kate'in gözleri hayretle iri iri açılmıştı. "Grey mi?"

Başımı eğdim. "Aklıma başkası gelmiyor."

"Bu kart ne anlama geliyor?"

"Hiçbir fikrim yok. Sanırım bir uyarı. Dürüst olmak gerekirse, beni sürekli uyarıyor. Nedeni konusunda hiçbir fikrim yok. Kapısını aşındırıyor değilim ya." Kaşlarımı çattım.

"Ondan bahsetmek istemediğini biliyorum, Ana, ama seninle ciddi ciddi ilgileniyor. Uyarı olsun ya da olmasın."

Hafta boyunca kendime Christian Grey'i düşünme izni vermemiştim. Tamam... Gri gözleri hâlâ rüyalarıma musallat oluyordu ve beni saran kollarının yarattığı hissi üzerimden, harika kokusunu beynimden atmanın sonsuza dek süreceğini biliyordum. Bana bunu neden göndermişti? Ona uygun olmadığımı söylemişti.

"New York'ta *Tess*'in ilk baskısını on dört bin dolara bulmuştum. Ama seninki çok daha iyi durumda görünüyor. Daha fazlaya mal olmuş olmalılar." Kate yakın dostu Google'a danışmakla meşguldü.

"Bu alıntı... Tess bunu Alec d'Urberville'in onu kötü niyetlerine alet etmesi üzerine annesine söylüyor."

Kate, "Biliyorum," derken düşünceliydi. "Ne söylemeye çalışıyor?"

"Bilmiyorum ve umurumda değil. Bunları kabul edemem. Kitabın göze çarpmayan bir bölümünden eşit derecede kafa karıştırıcı bir alıntı eşliğinde geri göndereceğim."

Kate dümdüz bir suratla, "Angel Clare'in siktir git dediği bölüm mü?" diye sordu.

"Evet, o bölüm." Kıkırdadım. Kate'i seviyordum; sadık ve destekleyiciydi. Kitapları geri paketleyip yemek masasının üstüne bıraktım. Kate bana bir kadeh şampanya uzattı.

"Sınavların bitmesine ve Seattle'daki yeni hayatımıza." Sırıtıyordu.

"Sınavların bitmesine, Seattle'daki yeni hayatımıza ve kusursuz sonuçlara." Kadehlerimizi tokuşturup içtik.

Bar gürültülü ve dağıtmak için kendilerini dışarı atan müstakbel mezunlarla tıklım tıklım doluydu. José de bize katılmıştı. O bir yıl sonra mezun olacaktı, ama parti havasındaydı ve hepimiz için bir sürahi *margarita* ısmarlayarak yeni kavuştuğumuz özgürlük ruhuna soktu. Beşinci kadehi kafaya dikerken şampanyanın üstüne bu kadar içmenin parlak bir fikir olmadığını biliyordum.

José gürültüyü bastırmak için bağırarak, "Şimdi ne olacak, Ana?" diye sordu.

"Kate'le birlikte Seattle'a taşınıyoruz. Kate'in ailesi ona orada bir ev aldı."

"*Dios mío*, şu şanslı azınlık nasıl yaşıyor! Ama sergime geleceksin, değil mi?"

"Tabii ki, José, hayatta kaçırmam." Gülümsedim. Kolunu belime atıp beni kendine çekti.

Kulağıma, "Orada olman benim için çok şey ifade ediyor, Ana," diye fısıldadı. "Bir *margarita* daha?"

"José Luis Rodriguez, sen beni sarhoş etmeye mi çalışıyorsun? Çünkü sanırım işe yarıyor." Kıkırdadım. "Sanırım bira içsem daha iyi olacak. Bize bir sürahi alayım."

Kate, "Daha fazla içki, Ana!" diye haykırdı.

Kate bir öküzün bünyesine sahipti. Tek kolunu İngiliz edebiyatı öğrencisi arkadaşlarımızdan olan ve okul gazetesindeki her zamanki fotoğrafçısı Levi'nin omzuna atmıştı. Levi etrafını kuşatan sarhoşluğun fotoğraflarını çekmeyi bırakmıştı. Gözleri Kate'ten başka bir şey görmüyordu. Kate askılı minik bluzu, daracık kot pantolonu, yüksek topukları, tepede topladığı ve yüzünün iki yanından aşağı yumuşacık buklelerle dökülen saçlarıyla, her zamanki baş döndürücü halindeydi. Bense daha çok Converse ve tişört tarzı bir kızdım, ama en havalı kot pantolonumu giymiştim. José'nin kolundan sıyrılıp masamızdan kalktım.

Vay canına. Baş dönmesi.

Sandalyenin arkasına sıkıca tutunmak zorunda kaldım. Tekila içeren kokteyller iyi fikir değildi.

Bara yöneldim ve hazır ayaklanmışken tuvaleti ziyaret etmenin iyi fikir olduğuna karar verdim. *Yerinde bir düşünce, Ana.* Kalabalığın arasından yalpalayarak ilerledim. Elbette sıra vardı, ama en azından koridor sessiz ve serindi. Bekleme sıkıntısını gidermek için cep telefonumu çıkardım. Hımm... *En son kimi aramışım*? José miydi? Öncesinde tanımadığım bir numara vardı. Ah, evet. Grey. Bu, onun numarasıydı galiba. Kıkırdadım. Saatin kaç olduğu konusunda hiçbir fikrim yoktu. Belki onu uyandırırdım. Belki de bana o kitapları ve o şifreli mesajı neden gönderdiğini açıklayabilirdi. Ondan uzak durmamı istiyorsa beni rahat bırakmalıydı. Sarhoş sırıtışımı bastırarak "ara" tuşuna bastım. İkinci çalışta açtı.

"Anastasia?" Onu aramama şaşırmıştı. Şey, dürüst olmam gerekirse ben de onu aradığıma şaşırmıştım. Ve hemen sonra, şaşkın beynim bir şeyi idrak etti: Ben olduğumu nereden anlamıştı?

Dilim dolanarak, "O kitapları bana neden gönderdin?" diye sordum.

"Anastasia, sen iyi misin? Sesin tuhaf geliyor." Sesi kaygılıydı.

"Tuhaf olan ben değilim; sensin." İşte, alkolün beslediği cesaretimle söylemiştim.

"Anastasia, sen içki mi içtin?"

"Sana ne?"

"Ben... merak ettim. Neredesin?"

"Bir barda."

"Hangi barda?" Sesi öfkeliydi.

"Portland'da bir barda."

"Eve nasıl döneceksin?"

"Bir yolunu bulurum." Bu konuşma beklediğim gibi gitmiyordu.

"Hangi bardasın?"

"O kitapları bana neden gönderdin, Christian?"

"Anastasia, neredesin? Hemen söyle." Sesi... her zamanki gibi despot ve kontrol manyağı kıvamındaydı. Onu, binici pantolonu giymiş, elinde eski moda bir megafon ve bir binici kamçısı tutan, eski zamanlardan kalma bir film yönetmeni olarak hayal ettim. Bu görüntü yüksek sesle gülmeme neden oldu.

"Sen çok... hükmedicisin," diye kıkırdadım.

"Ana, o zaman bana yardım et. Hangi cehennemdesin?"

Christian Grey bana küfrediyordu. Bir kez daha kıkırdadım. "Portland'dayım. Seattle'a bayağı uzak bir mesafede."

"Portland'da nerede?"

"İyi geceler, Christian."

"Ana!"

Telefonu kapattım. Ha! Ama bana kitapları açıklamamıştı. Kaşlarımı çattım. Görev tamamlanmamıştı. Gerçekten bayağı sarhoştum. Sıraya ayak uydurup ağır ağır ilerlerken, başım rahatsızlık verecek şekilde dönüyordu. Pekâlâ, bu egzersizin amacı sarhoş olmaktı. Başarmıştım. Böyle bir şeydi demek ki... *büyük olasılıkla bir daha tekrarlanmayacak bir deneyim olarak kalacak.* Sıra ilerlemişti ve artık benim sıramdı. Tuvalet kapısının arkasındaki, güvenli seksin erdemlerini metheden postere boş boş baktım. Lanet olsun. Ben az önce Christian Grey'i mi aramıştım. Lanet olsun. Telefonum çaldı ve beni yerimden sıçrattı. Şaşkınlıkla ciyakladım.

Çekingen bir sesle, "Alo," dedim. Bunu beklemiyordum.

"Seni almaya geliyorum," dedi ve telefonu kapattı. Sadece Christian Grey'in sesi aynı anda hem sakin hem tehditkâr çıkabilirdi.

Lanet olsun. Kot pantolonumu yukarı çektim. Kalbim güm bür gümbür atıyordu. Beni almaya mı geliyordu? *Ah, hayır.* Kusacaktım... hayır... iyiydim. Bir dakika. Grey sadece benimle dalga geçiyordu. Ona nerede olduğumu söylememiştim. Beni bulamazdı. Hem, Seattle'dan buraya gelmesi saatlerini alırdı ve biz çoktan gitmiş olurduk. Ellerimi yıkarken aynada yüzümü kontrol ettim. Kıpkırmızı ve biraz dağılmış görünüyordum. *Hımm... tekila.*

Barda, bira sürahisi için bana sonsuz kadar uzun gelen bir süre bekledim ve sonunda masaya döndüm.

Kate beni, "Ne kadar uzun sürdü," diye azarladı. "Nerede kaldın?"

"Tuvalet sırasındaydım."

José ve Levi yerel beyzbol takımımız hakkında hararetli bir tartışmaya dalmışlardı. José hepimize bira doldurmak için tiradına kısa bir ara verdi ve biramdan büyük bir yudum aldım.

"Kate, sanırım dışarı çıkıp biraz temiz hava alsam iyi olacak."

"Ana, çok hafif sıkletmişsin."

"Beş dakika sürmez."

Bir kez daha kalabalığın arasında ilerledim. Midem bulanıyor, başım rahatsız edici şekilde dönüyordu ve ayaklarımın üstünde sallanıyordum. Her zamankinden biraz daha fazla.

Park alanının serin havasını içime çekmek, ne kadar sarhoş olduğumu fark etmeme neden oldu. Görüşüm de etkilenmişti ve eski *Tom ve Jerry* çizgi filmlerindeki gibi, her şeyi çift görüyordum. Kusacağımı sandım. Kendimi bu kadar berbat duruma düşürmeme neden izin vermiştim sanki?

"Ana." José yanıma gelmişti. "Sen iyi misin?"

"Sanırım içkiyi biraz fazla kaçırdım." Ona cılız bir gülümsemeyle baktım.

Koyu renk gözleriyle bana dikkatle bakarak, "Ben de öyle," diye mırıldandı. "Yardıma ihtiyacın var mı?" diye sordu ve iyice sokularak beni koluyla sardı.

"José, ben iyiyim. Halledebilirim." Onu biraz çelimsiz hareketlerle itmeye çalıştım.

"Ana, lütfen," diye fısıldadı. Artık beni kollarının arasına almıştı ve kendine doğu çekiyordu.

"José, sen ne yapıyorsun?"

"Senden hoşlandığımı biliyorsun, Ana, lütfen." Bel boşluğuma yerleştirdiği eliyle beni kendine bastırırken, çenemdeki diğer eliyle başımı arkaya yatırıyordu. Lanet olsun... beni öpecekti.

"Hayır, José, dur. Hayır." Onu ittim, ama bir sert kas duvarından farksızdı ve onu yerinden kıpırdatamamıştım. Eli saçlarımın arasına kaymıştı ve başımı sabitliyordu.

Dudaklarıma doğru, "Lütfen, Ana, *cariño*," diye fısıldadı. Nefesi yumuşaktı ve fazla tatlı *–margarita* ve bira– kokuyordu. Nazik öpücükleriyle çenemden ağzımın yan tarafına doğru bir yol çizdi. Kendimi panik olmuş, sarhoş ve kontrolden çıkmış hissediyordum. Boğucu bir duyguydu.

"José, hayır," diye yalvardım. *Bunu istemiyorum. Sen arkadaşımsın ve sanırım kusacağım.*

Karanlıkta bir ses usulca, "Sanırım hanımefendi hayır dedi," dedi. Lanet olsun. Christian Grey buradaydı. Nasıl? José beni bıraktı.

Ters bir tavırla, "Grey," dedi. Kaygıyla Christian'a baktım. José'yi sinirli bir ifadeyle süzüyordu ve gergindi. Lanet olsun. Midem kalktı ve iki büklüm oldum. Vücudum alkolü daha fazla kaldıramadı ve büyük bir ihtişamla yere kustum.

"Öğğk, *Dios mío,* Ana!" José tiksintiyle geri sıçradı. Grey saçlarımı tutup ateş hattından çekti ve beni usulca, park alanının ucundaki çıkıntılı çiçek tarhına yönlendirdi. Büyük bir şükranla, burasının göreceli olarak daha karanlık olduğunu fark ettim.

"Tekrar kusacaksan burada kus. Ben seni tutarım." Tek kolu omzumun etrafındaydı ve diğer eliyle eğreti atkuyruğumu yüzümden uzak tutmak için arkama sabitledi. Beceriksiz hareketlerle onu itip uzaklaştırmaya çalıştım, ama işte yine kusuyordum... Ve bir kez daha. *Ah, lanet olsun... Daha ne kadar sürecekti?* Midem iyice boşalıp hiçbir şey çıkmaz olunca bile, bedenim korkunç kuru öğürtülerle sarsılmaya devam etti. Sessizce bir daha asla içmeme yemini ettim. Kelimelerle ifade edilemeyecek kadar korkunçtu. Sonunda bitti.

Çiçek tarhının tuğla duvarlarına yasladığım ellerim beni güç bela ayakta tutuyordu. Bu kadar çok kusmak yorucuydu. Grey beni bırakıp bir mendil uzattı. Sadece onun, üzerine isminin baş harfleri işlenmiş, yeni yıkanmış bir kumaş mendili olabilirdi. CTG. Bunlardan hâlâ bulunabildiğini bilmiyordum. Ağzımı silerken, T'nin hangi adı temsil ettiğini merak ettim. Ona bir türlü bakamıyordum. Utanç içindeydim; kendimden iğreniyordum. Çiçek tarhındaki açelyalar tarafından yutulmak ve buradan başka herhangi bir yerde olmak istiyordum.

José hâlâ barın girişinde dikiliyor ve bizi izliyordu. İnleyerek başımı ellerimin arasına aldım. Bu hayatımın en kötü anı olsa gerekti. Daha beter bir an hatırlamaya çalışırken başım deli gibi dönüyordu ve aklıma, Christian'ın beni reddedişinden başka bir şey gelmiyordu. Ve şu anda yaşadığım, aşağılanma açısından tonlarca daha koyuydu. Ona bir bakış atma riskini aldım. Kontrollü bir yüz ifadesiyle, hiçbir şey belli etmeden bana bakıyordu. Dönüp, kendisi de bayağı utanmış ve benim gibi, Grey'den rahatsız olmuş görünen José'ye baktım. Gözlerimi ona diktim. Aklımda sözüm ona arkadaşım için, hiçbirini CEO Christian Grey'in önünde tekrarlayamayacağım birkaç kelime seçeneği vardı. *Ana, kimi kandırıyorsun? Adam seni yerlere ve yerel bitki örtüsüne kusmuk yağdırırken gördü. Hanımefendi tavrından mahrum olduğunu saklamanın yolu yok.*

José, "Ben... şey... İçeride görüşürüz," diye mırıldandı, ama ikimiz de onu duymazdan geldik ve tekrar binaya girdi. Grey'le baş başa kalmıştım. Çifte lanet olsun. Ona ne söylemeliydim? Telefon konuşması için özür dilemeliydim.

Sinirle parmaklarımın arasındaki mendile bakarak, "Çok üzgünüm," diye mırıldandım. *O kadar yumuşak ki.*

"Ne için üzgünsün, Ana?"

Lanet olsum, bedelini almak istiyordu.

"Başta telefon için. Kustuğum için. Ah, listenin sonu yok," diye mırıldanırken tenimin renklendiğini hissettim. *Lütfen, lütfen, artık ölebilir miyim*?

"Senin kadar dramatik olmasa da hepimiz bu yoldan geçtik," dedi kuru bir sesle. "Bütün mesele sınırlarını bilmek, Anastasia. Demek istediğim, ben sınırları zorlamaktan yanayımdır, ama bu gerçekten kabul edilemez. Bu tür davranışları alışkanlık mı edindin?"

Beynim aşırı alkol ve öfke yüzünden vızıldıyordu. Bunun onunla ne alakası vardı? Onu buraya ben davet etmemiştim. Beni serseri bir çocuğu azarlar gibi azarlayan orta yaşlı bir adam gibi konuşuyordu. İçin için, her akşam böyle sarhoş olmak istesem bile bunun benim kararım olduğunu ve onun üzerine vazife olmadığını söylemek istiyordum, ama yeterince cesur değildim. Hele az önce önünde kusmuşken. Neden hâlâ burada dikilmeyi sürdürüyordu ki?

Pişmanlıkla, "Hayır," dedim. "Daha önce hiç sarhoş olmadım ve şu anda bir daha sarhoş olmak gibi bir arzum yok."

Neden burada olduğunu anlamıyordum. Kendimi bayılacak gibi hissetmeye başlamıştım. Sersemliğimi hissetti ve beni düşmeden yakalayıp kollarının arasına çekerek bir çocukmuşum gibi göğsüne yasladı.

"Haydi, seni eve götüreyim," diye mırıldandı.

"Kate'e haber vermem gerek." *İşte yine kollarının arasındaydım.*

"Ona kardeşim haber verebilir."

"Ne?"

"Kardeşim Elliot, Bayan Kavanagh'la konuşuyor."

"Ah." Anlamıyordum.

"Sen aradığında yanımdaydı."

"Seattle'da mı?" Kafam karışmıştı.

"Hayır, ben Heathman'da kalıyorum."

Hâlâ mı? Neden?

"Beni nasıl buldun?"

"Cep telefonunun izini sürdüm, Anastasia."

Ah, tabii ki sürmüştü. Bu nasıl mümkün olabilirdi ki? Yasal mıydı? Bilinçaltım, zihnimde süzülmeyi sürdüren tekila bulutunun arasından, *Sapık*, diye fısıldadı, ama nedense, o olduğu için, aldırmadım.

"Ceketin ya da çantan var mı?"

"Şey... Evet, buraya geldiğimde ikisi de vardı. Christian, lütfen, Kate'e haber vermeliyim. Merak eder." Ağzı sert bir çizgi halinde gerildi ve derin bir iç çekti.

"Mutlaka vermen gerekiyorsa..."

Beni bıraktı ve elimi tutup yeniden bara soktu. Kendimi güçsüz, hâlâ sarhoş, mahcup, bitkin, rezil ve tuhaf bir düzeyde, normal sınırların tamamen dışında heyecanlı hissediyordum. Elimi sımsıkı kavramıştı, ne kafa karıştırıcı bir duygu dizisiydi bu. Bütün bunları hazmetmek için en azından bir haftaya ihtiyacım olacaktı.

İçerisi gürültülü ve kalabalıktı; müzik başladığı için dans pistinde büyük bir kalabalık toplanmıştı. Kate masamızda değildi ve

José ortalıkta görünmüyordu. Levi tek başınaydı; kaybolmuş ve terk edilmiş gibi görünüyordu.

Gürültüyü bastırmak için, "Kate nerede?" diye bağırdım. Başım, müziğin ritmiyle eş zamanlı zonkluyordu.

Levi, "Dans ediyor," diye bağırdı ve kızgın olduğunu hemen anladım. Christian'ı şüpheyle süzüyordu. Siyah ceketimi biraz zorlanarak üzerime geçirdim ve küçük omuz çantamı, kalçamın üstünde kalacak şekilde başımdan geçirdim. Kate'i görür görmez gitmeye hazırdım.

Christian'ın koluna dokundum ve yukarı doğru uzanıp kulağına, "Dans pistindeymiş," diye seslendim. Saçları burnuma sürtününce temiz, taze kokusunu duydum. İnkâr etmeye çalıştığım bütün o yasak ve yabancı duygular su yüzüne çıkıp, tükenmiş bedenimden son hızla akıp gittiler. Kızardım ve derinlerde bir yerde kaslarımın zevkle kasıldığını hissettim.

Gözlerini çevirdi, tekrar elimi tuttu ve beni bara çekti. Onunla derhal ilgilendiler: Bay Kontrol Manyağı Grey için beklemek diye bir şey yoktu. Onun için her şey bu kadar kolay mı oluyordu? Ne sipariş ettiğini duyamadım. Elime kocaman bir bardak buzlu su tutuşturdu.

Bağırarak, "İç," diye emretti.

Hareketli lambalar müzikle birlikte kıvrılıp bükülüyor, barın ve müşterilerin üzerine tuhaf renkli bir ışık yansıtıyordu. Grey sırasıyla yeşil, mavi, beyaz ve şeytani bir kırmızıya döndü. Dikkatle beni izliyordu. Çekingen bir yudum aldım.

"Hepsini," diye bağırdı.

Fazla hükmediciydi. Elini dağınık saçlarının arasından geçirdi. Bunalmış ve kızgın bir hali vardı. Derdi neydi ki? Gecenin bir yarısında onu aradığı için kurtarılmaya ihtiyacı olduğunu sandığı salak, sarhoş kızın dışında? Ve sonuçta, aşırı tutkun arkadaşından gerçekten kurtarılmaya ihtiyaç duyan kız dışında. Sonra aynı kızı ayaklarının dibine vahşice kusarken görmesi dışında. *Ah, Ana... Bunu hiç atlatabilecek misin acaba?* Bilinçaltım sızlanarak gözlüklerinin üstünden bana bakıyordu. Hafifçe sallandım, Grey beni sabitlemek için elini omzuma yerleştirdi. Bana söyleneni yaptım ve bardağın tamamını içtim. Midemi bulandırmıştı. Bardağı elimden alıp barın üstüne yerleştirdi. Bulanık bir görüşle kıyafetlerini fark ettim: beyaz renkli bol bir keten gömlek, dar kot pantolon, siyah Converse'ler ve koyu renk, çizgili bir ceket. Gömleğinin üst düğmeleri açıktı ve aradan bir tutam tüy görüyordum. Sarhoş kafayla ağızlara layık görünüyordu.

Elimi bir kez daha tuttu. *Lanet olsun.* Beni dans pistine çekiyordu. Dans etmezdim. İsteksizliğimi hissetmişti ve renkli ışıklar altında, muzip, küçümseyici gülümsemesini gördüm. Elimi sertçe çekti ve kendimi bir kez daha kollarının arasında buldum ve beni de yanına katarak hareket etmeye başladı. Tanrım, gerçekten dans edebiliyordu ve onu adım adım takip ettiğime inanamıyordum. Belki de sarhoş olduğum için ayak uydurabiliyordum. Beni sıkı sıkı tutuyordu; bedenlerimiz birbirine yaslanmıştı. Bu kadar sıkı tutuyor olmasa, ayaklarının dibine yığılacağımdan emindim. Zihnimin gerisinde, annemin sık sık tekrarladığı bir uyarı canlanmıştı: *Dans edebilen bir erkeğe asla güvenme.*

Bizi dans eden kalabalığın arasında pistin diğer ucuna geçirdi ve Kate ile Christian'ın kardeşi Elliot'ın yanına ulaştık. Müzik, kafamın içinde ve dışında gürültüyle gümbürdüyordu. *Ah, hayır.* Kate hamlelerini yapmakla meşguldü. Bütün hünerlerini sergileyerek dans ediyordu ve bunu sadece birini beğendiği zaman yapardı. Birini gerçekten beğendiği zaman. Bu, yarın sabah kahvaltıda üç kişi olacağımız anlamına gelirdi. *Kate!*

Christian eğilip Elliot'ın kulağına bir şeyler haykırdı. Ne dediğini duyamıyordum. Elliot uzun boylu, geniş omuzlu, dalgalı sarı saçlı ve açık renk gözleri muzip bir ışıltıyla parlayan bir erkekti. Yanıp sönen ışıklar altında rengini ayırt edememiştim. Elliot sırıttı ve Kate'i, orada olmaktan fazlasıyla hoşnut göründüğü kollarının arasına çekti... *Kate!* Bu kafayı bulmuş halimle bile şok yaşıyordum. Onunla daha yeni tanışmıştı. Elliot ona her ne dediyse, başını salladı ve sırıtarak bana el salladı. Christian bizi hızla dans pistinden uzaklaştırdı.

Ama Kate'le konuşma fırsatım olmamıştı. İyi miydi? O ve Elliot için işlerin nereye gittiğini görebiliyordum. Güvenli seks vaazı çekmem gerekiyordu. İçimden, tuvalet kapısının arkasındaki posterlerden birini okuyacağını umdum. Düşüncelerim beynimin içinde bir o yana bir bu yana çarpıyor, bu ayyaş ve bulanık duyguyla mücadele ediyordu. İçerisi çok sıcak, çok gürültülü, çok renkli ve çok aydınlıktı. Başım dönmeye başlamıştı. Ah, hayır... ve yerin yüzüme doğru yükseldiğini fark ettim. Ya da bana öyle gelmişti. Christian Grey'in kolları arasında bayılmadan önce duyduğum son şey, sert sövgüsü oldu.

"Siktir!"

BÖLÜM BEŞ

Çok sessizdi. Işık kısılmıştı. Yatakta rahat ve sıcacıktım. *Hımmm...* Gözlerimi açtım ve bir an için sakin ve dingin, değişik ve yabancı gelen odanın tadını çıkardım. Nerede olduğum konusunda en ufak bir fikrim yoktu. Arkamdaki karyola başlığı kocaman bir güneş biçimindeydi. Tuhaf şekilde tanıdık gelmişti. Oda geniş ve havadardı; kahve, altın ve bej renkleriyle gösterişli bir tarzda döşenmişti. Bunu daha önce de görmüştüm. Nerede? Allak bullak olmuş beynim yakın zamandaki görsel hatıraların arasında debeleniyordu. Lanet olsun. Heathman Oteli'ndeydim. Bir süitte. Kate'le birlikte, buna benzer bir odada bulunmuştum. Ama bu daha büyük görünüyordu. *Ah, lanet olsun.* Christian Grey'in süitindeydim. Buraya nasıl gelmiştim ki?

Önceki gecenin bölük pörçük anıları yavaş yavaş üzerime çullanmaya başladılar. İçki içişim *–ah, hayır bana içki demeyin–*, telefon açışım *–ah, hayır, telefon da demeyin–*, kusmam *–ah, hele kusma hiç demeyin–*. José ve sonra Christian. *Ah hayır.* Yüzümü buruşturdum. Buraya geldiğimi hatırlamıyordum. Üzerimde tişörtüm, sutyenim ve iç çamaşırım vardı. Çorabım yoktu. Kot pantolonum da. *Lanet olsun.*

Baş ucu komodinine baktım. Üzerinde bir bardak portakal suyu ve iki tablet duruyordu. Advil. Bir kontrol manyağı olarak her şeyi düşünmüştü. Doğrulup tabletleri yuttum. Aslında, kendimi o kadar da kötü hissetmiyordum. Büyük olasılıkla olmam gerekenden çok daha iyiydim. Portakal suyunun ilahi bir tadı vardı. Susuzluğu giderici ve tazeleyiciydi.

Kapım vuruldu. Yüreğim ağzıma gelmişti ve sesimi bulamıyordum. Yine de kapıyı açıp içeri girdi.

Lanet olsun, spor yapmıştı. Kalçalarından düşecek gibi duran gri bir eşofman altı ve saçları gibi terden rengi koyulaşmış gri, kolsuz bir tişört giymişti. Chistian Grey'in teri kavramı bana tuhaf şeyler yapıyordu. Derin bir nefes alıp gözlerimi yumdum. Kendimi iki yaşında gibi hissediyordum: Gözlerimi yumarsam, gerçekte orada olmazdım.

"Günaydın, Anastasia. Kendini nasıl hissediyorsun?"

"Olmam gerekenden daha iyi," diye geveledim.

Ona kaçamak bir bakış attım. Koltuğun üstüne büyük bir alışveriş torbası bıraktı ve boynunda asılı duran havluyu iki ucundan tuttu. Bana bakarken gri gözleri koyulaşmıştı ve her zaman olduğu gibi, ne düşündüğü hakkında hiçbir fikrim yoktu. Düşünce ve duygularını saklamayı çok iyi beceriyordu.

"Buraya nasıl geldim?" diye sorarken, sesim cılız ve pişmanlıkla doluydu.

Yatağın kenarına oturdu. Dokunabileceğim, kokusunu alabileceğim kadar yakındı. Ah, Tanrım... ter ve vücut şampuanı ve Christian. Baş döndürücü *–margarita'*dan çok daha iyi– bir kokteyldi ve artık tecrübeme dayanarak konuşabiliyordum.

Soğukkanlılıkla, "Sen bayılınca, seni dairene kadar götürerek arabamın deri döşemesini riske atmak istemedim. Bu yüzden seni buraya getirdim," dedi.

"Beni sen mi yatırdın?"

"Evet." Yüzü ifadesizdi.

"Bir daha kustum mu?" Sesim daha da alçalmıştı.

"Hayır."

"Beni sen mi soydun?" diye fısıldadım.

"Evet." Ben öfkeden kıpkırmızı kesilirken kaşını oynattı.

Utanç verici bir dehşet içinde dilim damağım kuruyarak, "Biz, ikimiz..." diye fısıldadım, ama soruyu tamamlayamadım. Gözlerimi ellerime diktim.

"Anastasia. Yarı baygındın. Nekrofili hiç bana göre değil. Ben kadınlarımın kendinde ve hissedebilir durumda olmasını severim," dedi kuru bir seşle.

"Çok üzgünüm."

Dudakları çarpık bir gülümsemeyle kıvrıldı.

"Çok eğlenceli bir akşamdı. Uzunca bir süre unutmayacağım bir akşam."

Benim de. Ah, piç kurusu, bana gülüyordu. Ona gelip beni almasını ben söylememiştim. Bir şekilde kendimi öykünün kötü kahramanı gibi hissetmem sağlanmıştı.

"En yüksek teklifi sunacak alıcı için ne tür bir James Bond aygıtı geliştirmişsen, onunla izimi sürmek zorunda değildin," diye çıkıştım. Bana şaşkın ve yanılmıyorsam biraz da incinmiş gözlerle bakıyordu.

"Öncelikle, cep telefonlarının izini sürme teknolojisi internette mevcut. İkincisi, şirketim hiçbir takip cihazına yatırım yapmadığı gibi, üretmiyor da. Üçüncü olarak, eğer seni almaya gelmeseydim büyük olasılıkla bir fotoğrafçının yatağında uyanıyor olacaktın ve hatırlayabildiğim kadarıyla onunla aşk yapmaya pek hevesli değildin." Sesi iğneleyiciydi.

Aşk yapmak mı? Kafamı kaldırıp Christian'a baktım. İncinmiş gibi, gözlerinden alevler saçarak bana bakıyordu. Dudağımı ısırmaya çalıştım, ama kıkırtımı bastırmayı başaramadım.

"Hangi Ortaçağ zamanından kaçtın? Kibar bir şövalye gibi konuşuyorsun."

Ruh hali gözle görülür biçimde değişmişti. Gözleri yumuşadı, yüz ifadesi değişti ve dudaklarında belli belirsiz bir gülümseme belirdi.

"Anastasia, hiç sanmıyorum. Ama belki Kara Şövalye olabilir." Gülümsemesi alaycıydı. Kafasını salladı. "Dün gece yemek yedin mi?" Ses tonu suçlayıcıydı. Kafamı salladım. Bu kez ne tür bir büyük kural ihlali yapmıştım acaba? Çenesi kasılsa da yüzü ifadesizliğini koruyordu.

"Bir şeyler yemelisin. O kadar kötü olman bu yüzdendi. Dürüst olmak gerekirse, içki içmenin bir numaralı kuralı bir şeyler yemektir." Elini saçlarının arasından geçirdi. Nedeninin çileden çıkması olduğunu biliyordum.

"Beni azarlamaya devam edecek misin?"

"Yaptığım bu mu?"

"Sanırım."

"Seni sadece azarladığım için şanslısın."

"Ne demek istiyorsun?"

Ona yüzümü buruşturarak baktım. Derdi neydi acaba? Ona neydi ki? Onun olsaydım... *Pekâlâ, onun değilim.* Gerçi belki de bir yanım onun olmayı istiyordu. Bu düşünce, despot kelimelerine duyduğum öfkeyi delip geçmişti. Bilinçaltımın asiliği karşısında kızardım; zihnim onun olma düşüncesiyle, parlak kırmızı renkli bir hula eteği içinde mutluluk dansı yapıyordu.

"Bana bir şey olmazdı. Kate'le birlikteydim."

"Ya fotoğrafçı?" diye çıkıştı.

Hımm... Genç José. Bir noktada onunla yüzleşmem gerekecekti.

"José çizgiyi aştı, o kadar," diyerek omuz silktim.

"Çizgiyi bir daha aştığında, belki birinin ona dersini vermesi iyi olur."

"Bayağı disiplin yanlısısın," diye tısladım.

"Ah, Anastasia. En ufak bir fikrin yok." Gözleri kısıldı ve sonra yüzünde ahlaksız bir sırıtış belirdi. İnsanı etkisiz hale getiren bir gülümsemeydi. Bir an kafam karışık ve öfkeliyken, bir sonrakinde muhteşem gülümsemesine bakakalıyordum. Vay canına. Büyülenmiştim ve nedeni, çok nadir gülümsemesiydi. Neden bahsettiğini neredeyse unutmuştum.

"Duş alacağım. Tabii önce sen duş almak istemiyorsan?" Başını yana eğmişti ve hâlâ sırıtıyordu. Kalp atışlarım hızlanmıştı ve omurilik soğanım nefes almamı sağlayacak komutları sinir uçlarıma iletmeyi reddediyordu. Sırıtışı bütün yüzünü kapladı ve uzanıp başparmağını yanağımın ve alt dudağımın üstünde dolaştırdı.

"Nefes al, Anastasia," diye fısıldadıktan sonra ayağa kalktı. "Kahvaltı on beş dakikaya kalmaz burada olur. Açlıktan ölüyor olmalısın." Banyoya yönelip kapıyı kapattı.

Tuttuğum nefesimi bıraktım. Neden bu kadar çekiciydi sanki? Şu anda, yanına gidip duşta ona eşlik etmek istiyordum. Hiç kimse için böyle hissetmemiştim. Hormonlarım son hızla çalışıyordu. Başparmağının yüzümü ve alt dudağımı okşadığı yerde, tenim karıncalanıyordu. İhtiyaç ve acı dolu bir rahatsızlıkla kıvranıyordum. Bu tepkiye bir anlam veremiyordum. *Hımm... Arzu.* Bunun adı arzuydu. Demek arzu böyle bir şeydi.

Yumuşak, kuş tüyü yastıklara uzandım. *Benim olsaydın. Ah, Tanrım.* Onun olmak için neler yapardım? Kanımı harekete geçiren tek erkek oydu. Bununla birlikte, fazlasıyla kışkırtıcıydı da; zordu, karmaşıktı ve kafa karıştırıcıydı. Bir an beni geri püskürtürken, bir sonrakinde on dört bin dolarlık kitaplar gönderiyor ve sonra da bir sapık gibi izimi sürüyordu. Bütün bunlara rağmen, geceyi oteldeki süitinde geçirmiştim ve kendimi güvende hissediyordum. Korunaklı. Beni yanlış algılanmış bir tehlikeden kurtarmaya gelecek kadar önemsiyordu. Kara şövalye değil, parlak, göz alıcı zırhı içinde beyaz atlı bir şövalye, klasik bir romantik kahramandı. Sör Gawain ya da Sör Lancelot gibi.

Çılgın gibi yataktan fırlayıp kot pantolonumu aramaya başladım. Islak ve duş sonrası ışıldayarak banyodan çıktığında, henüz tıraş olmamıştı ve belinde bir havlu sarılıydı. Ve ben, çıplak bacaklarım ve sakil ahmaklığımla karşısında dikiliyordum. Yataktan çıktığımı görmek onu şaşırmıştı.

"Kot pantolonunu arıyorsan, temizlemeye gönderdim." Bakışları karanlıktı. "Kusmuk içindeydi."

"Ah." Kıpkırmızı kesildim. Neden beni her zaman hazırlıksız yakalıyordu sanki?

"Taylor'ı yeni bir pantolon ve ayakkabı almaya gönderdim. Koltuğun üstündeler."

Temiz kıyafetler. Ne beklenmedik bir sürprizdi.

"Imm... bir duş alayım," diye mırıldandım. "Teşekkürler." Başka ne diyebilirdim ki. Torbayı kaptım ve son hızla, çıplak Christian'ın sinir bozucu yakınlığından uzağa, banyoya koştum. Michelangelo'nun *David*'i yanında halt etmişti.

Banyo, sıcak ve buhar kaplıydı. Kıyafetlerimi üstümden sıyırıp kendimi bir an önce suyun arındırıcı akışına bırakma telaşıyla duşa girdim. Su üzerimden çağlarken, yüzümü davetkâr sağanağına tuttum. Christian Grey'i istiyordum. Onu fena istiyordum. Basit bir gerçek. Hayatımda ilk defa, bir adamla yatağa girmek istiyordum. Ellerini ve ağzını üzerimde hissetmek istiyordum.

Kadınlarının duyarlı olmasını istediğini söylemişti. Bu durumda dinî nedenlerle bekârlığı seçmiş olamazdı. Ama, José ve Paul'ün aksine herhangi bir hamle yapmamıştı. Anlamıyordum. Beni istiyor muydu? Daha geçen hafta beni öpmemişti bile. Ona itici mi geliyordum? Ve işte buradaydım ve beni buraya getiren oydu. Sadece, bunun nasıl bir oyun olduğunu anlayamıyordum. Ne düşünüyordu? *Bütün gece yatağında uyudun ve sana elini bile sürmedi, Ana. Hesabı sen yap.* Bilinçaltım çirkin, art niyetli kafasını kaldırmıştı.

Su ılık ve rahatlatıcıydı. Sonsuza dek bu duşta, onun banyosunda kalabilirdim. Vücut şampuanına uzandım; Grey kokuyordu. Müthiş bir kokuydu. Şampuanı, onun yaptığını, cennetten çıkma sabununu uzun parmaklı elleriyle bütün bedenime, göğüslerimin, karnımın üstüne ve bacaklarımın arasına sürdüğünü hayal ederek her yanıma yaydım. *Ah, Tanrım.* Kalp atışlarım yine hızlanmıştı. Bu... Bu harika bir histi.

"Kahvaltı geldi." Kapıyı tıklatmasıyla irkildim.

Erotik gündüz düşümden acımasızca koparılırken, "Ta-tamam," diye geveledim.

Duştan çıkıp iki havlu kaptım. Birini saçlarımın üzerine yerleştirip Carmen Miranda tarzında başıma sardım. Aşırı duyarlılaşan tenime sürtünen havlunun verdiği hazzı yok sayarak hızla kurulandım.

Kot pantolon torbasını inceledim. Taylor bana kot pantolon ve yeni Converse'lerin yanı sıra açık mavi bir gömlek, çoraplar ve iç çamaşırı da almıştı. *Ah, Tanrım.* Temiz bir sutyen ve külot. Aslında onları böyle dünyevi ve işlevsel sözcüklerle tanımlamak haksızlıktı. Zarafetle tasarlanmış süslü Avrupa malı çamaşırlardı bunlar. Açık mavi dantel ve süslemelerden ibarettiler. Vay canına. Bu iç çamaşırları beni şaşırtmış, biraz da korkutmuştu. Dahası tam üzerime göreydiler. Elbette öyle olacaklardı. Bay Asker Tıraşı'nın bunları benim için bir çamaşır mağazasından alırken düşününce kıpkırmızı oldum. Görev tanımına başka nelerin girdiğini merak ediyordum.

Çabucak giyindim. Kıyafetlerin geri kalanı da tam üzerime göreydi. Saçlarımı havluyla kabaca kuruladım ve kontrol altına sokmak için umutsuzca çaba harcadım. Ama her zamanki gibi işbirliğini reddettiler ve söz geçirmek için tek seçeneğim, onları bir saç tokasıyla toplamaktı ki o da yanımda yoktu. Çantamda bir tane olmalıydı. Tabii çantam her neredeyse. Derin bir nefes aldım. Bay Kafa Karıştırıcı'yla yüzleşme zamanı gelip çatmıştı.

Yatak odasını boş bulunca rahatladım. Aceleyle çantamı aradım, ama orada değildi. Derin bir nefes daha alarak süitin oturma alanına girdim. Kocamandı. Aşırı kabarık kanepeler, yumuşak minderler ve üzerine büyük, kuşe kâğıttan kitapların istiflendiği süslü bir sehpayla döşenmiş, gösterişli ve konforlu bir oturma alanı ile yeni nesil bir iMac'in ve duvarda devasa bir plazma ekran TV'nin asılı durduğu bir çalışma alanı vardı. Christian odanın diğer tarafındaki yemek masasında gazete okuyordu. Oda bir tenis kortu büyüklüğünde falan olmalıydı. Gerçi ben tenis oynamazdım, ama Kate'i birkaç kez izlemişliğim vardı. *Kate!*

"Lanet olsun, Kate," diye homurdandım. Christian kafasını kaldırıp bana baktı.

Muzip bir ifadeyle, "Burada ve hâlâ hayatta olduğunu biliyor. Elliot'a mesaj attım," dedi.

Ah, hayır. Önceki geceki ateşli dansı hatırlıyordum. Christian'ın kardeşini baştan çıkarmak için maksimum etkiyle kullanılan bütün o patentli hareketler! Burada olmam konusunda ne düşünecekti? Daha önce geceyi dışarıda geçirdiğim olmamıştı. Hâlâ Elliot'la birlikteydi. Bunu daha önce sadece iki defa yapmıştı ve her iki seferde de bir hafta boyunca o korkunç pembe pijamalara katlanmak zorunda kalmıştım. Benim de bir gecelik bir kaçamak yaşadığımı düşünecekti.

Christian bana emreder gibi bakıyordu. Üzerinde yaka ve kol düğmeleri iliklenmemiş beyaz keten bir gömlek vardı.

Masadaki bir yeri işaret ederek, "Otur," diye emretti. Odada ilerledim ve işaret edildiği şekilde tam karşısına oturdum. Masa yiyeceklerle donatılmıştı.

"Ne sevdiğini bilmediğim için, kahvaltı mönüsünden karışık bir sipariş verdim." Bana çarpık ve özür dileyen bir gülümsemeyle bakıyordu.

Aç olmama rağmen, seçenekler karşısında şaşkına dönerek, "Savurgan bir davranış," diye mırıldandım.

"Evet, öyle," derken suçlu gibiydi.

Tercihimi krep, akçaağaç şurubu, çırpılmış yumurta ve jambondan yana kullandım. Christian yumurtanın beyazından yapılma omletine dönerken gülümsemesini gizlemeye çalışıyordu. Yiyecekler enfesti.

"Çay?" diye sordu.

"Evet, lütfen."

Bana küçük bir çaydanlık dolusu sıcak su uzattı ve tabağında, Twinings İngiliz kahvaltı çayı duruyordu. Tanrım, çayımı nasıl sevdiğimi hatırlıyordu.

"Saçların fazla ıslak," diye azarladı.

Mahcup mahcup, "Saç kurutma makinesini bulamadım," diye mırıldandım. Gerçi aramamıştım bile.

Christian'ın ağzı düz bir çizgi halinde gerildiyse de hiçbir şey söylemedi.

"Kıyafetler için teşekkürler."

"Benim için zevkti, Anastasia. Bu renk sana çok yakışıyor."

Kızararak parmaklarıma baktım.

"Biliyor musun, iltifat işitmeyi gerçekten öğrenmelisin." Sesi azarlar gibiydi.

"Bu kıyafetler için sana para vermeliyim."

Onu gücendirmişim gibi baktı. Aceleyle devam ettim.

"Zaten bana, elbette kabul edemeyeceğim o kitapları verdin. Ama bu kıyafetler... Lütfen parasını ödememe izin ver." Çekingen bir ifadeyle gülümsedim.

"Anastasia, bana güven. Altından kalkabilirim."

"Mesele bu değil. Bunları bana neden alasın?"

"Alabildiğim için." Gözleri muzip bir ışıltıyla parlıyordu.

Gözlerinde ışıltılarla, tek kaşını kaldırarak bana bakarken, usulca, "Alabilecek olman, alman gerektiği anlamına gelmez," dedim ve birden başka bir şeyden bahsettiğimize dair bir duyguya kapıldım. Ama ne olduğunu bilmiyordum. Ki bu bana başka bir şeyi hatırlatmıştı.

"O kitapları bana neden gönderdin, Christian?" Sesim yumuşaktı. Çatal bıçağını bıraktı ve bana dikkatle, gözleri anlaşılmaz bir duyguyla parlayarak baktı. Lanet olsun. Dilim damağım kurumuştu.

"Pekâlâ, o bisikletli seni az kalsın eziyordu ve seni kollarımın arasında tutarken ve sen bana, 'Öp beni, öp beni Christian,' dercesine bakarken..." Duraksadı ve omuz silkti. "Bir özür ve uyarı borçlu olduğumu hissettim." Elini saçlarının arasından geçirdi. "Anastasia, ben kalpler ve çiçekler tarzı bir adam değilim. Romantizmle işim olmaz. Zevklerim farklıdır. Benden uzak durmalısın." Yenilgiyi kabul eder gibi gözlerini yumdu. "Yine de sende uzak durmamı imkânsız kılan bir şey var. Ama sanırım, bunu çoktan anlamışsındır."

İştahım kapanıvermişti. *Benden uzak duramıyor!*

"O zaman durma," diye fısıldadım.

Gözleri irileşerek iç geçirdi. "Sen ne dediğini bilmiyorsun."

"O zaman beni aydınlat."

Gözlerimizi birbirimize sabitlemiş halde otururken, ikimiz de yemeklerimize el sürmüyorduk.

"Yani bekârlık yemini falan etmedin," diye soludum.

Gözleri parladı.

"Hayır, Anastasia, etmedim." Bu bilgiyi sindirmem için kısa bir an duraksadı ve ben kıpkırmızı oldum. Ağzımla beynim arasındaki filtre yine bozulmuştu. Bunu yüksek sesle söylediğime inanamıyordum.

Alçak sesle, "Önümüzdeki birkaç gün için planların ne?" diye sordu.

"Bugün, öğleden itibaren çalışıyorum. Saat kaç?" Birden paniğe kapılmıştım.

"Henüz onu biraz geçiyor. Bol bol zamanın var. Yarına ne dersin?" Dirseklerini masaya yaslamıştı ve çenesi, sivri bir çan kulesi gibi birleştirdiği uzun parmaklarının ucunda duruyordu.

"Kate'le toplanmaya başlayacağız. Önümüzdeki hafta sonu Seattle'a taşınıyoruz ve bu hafta boyunca Clayton's'ta çalışıyorum."

"Seattle'da yeriniz var mı?"

"Evet."

"Nerede?"

"Adresi hatırlamıyorum. Pike Market Bölgesi'nde."

"Bana uzak değil." Gülümsedi. "Seattle'da iş olarak ne yapacaksın?"

Bütün bu sorularla nereye varmaya çalışıyordu? Christian Grey sorgusu da en az Katherine Kavanagh sorgusu kadar sinir bozucuydu.

"Birkaç stajyerlik başvurusu yaptım. Haber bekliyorum."

"Önerdiğim gibi benim şirketime de başvurdun mu?"

Kızardım... *Elbette ki hayır.* "Imm... Hayır."

"Benim şirketimin nesi var?"

"Şirketinin mi varlığının mı?" Pis pis sırıtıyordum.

"Bana sırıtıyor musunuz yoksa, Bayan Steele?" Başını yana eğdi ve eğlenir gibi göründüğünü düşündüm, ama ayırt etmesi güçtü. Kızararak, yenmemiş kahvaltıma baktım. Bu ses tonunu kullanırken ona bakamazdım.

Esrarengiz bir sesle, "O dudağı ısırmak isterdim," diye fısıldadı.

Alt dudağımı dişlemekte olduğumdan tamamen habersiz, iç geçirdim ve ağzım aralandı. Bu, bana söylenen en seksi şey olmalıydı. Kalp atışlarım hızlandı ve sanırım nefes nefese kalmıştım. Tanrım, titriyordum ve allak bullak haldeydim, üstelik henüz bana elini bile sürmemişti. Sandalyemde kıpırdanarak koyu bakışlarına karşılık verdim.

"Neden ısırmıyorsun?" diye usulca meyan okudum.

"Çünkü sana elimi sürmeyeceğim, Anastasia. Yazılı rızanı alana dek, sana dokunmayacağım." Dudaklarında bir gülümseme iması belirmişti.

Ne?

"Ne demek bu?"

"Tam olarak söylediğim şey demek." İç geçirdi ve eğlenerek ama biraz çileden çıkmış halde kafasını salladı. "Sana göstermem gerek, Ana. Bu akşam işten kaçta çıkıyorsun?"

"Sekiz gibi."

"Bu akşam ya da önümüzdeki cumartesi benim evime yemeğe gidebiliriz. O zaman seni gerçeklerle tanıştırırım. Tercih sana kalmış."

"Neden şimdi söyleyemiyorsun?"

"Çünkü kahvaltıdan ve varlığından keyif alıyorum. Bilgilendiğin zaman, büyük olasılıkla beni bir daha görmek isteyeceksin."

Bu da ne demek? Küçük çocukları, gezegenin Tanrı'nın unuttuğu bir köşesinde fuhuşta mı çalıştırıyordu? Bir yeraltı suç örgütünün parçası falan mıydı? Bu, bu kadar zengin olmasını açıklardı. Derin bir dinî bağlılığı mı vardı? İktidarsız mıydı? Elbette hayır, bunu bana hemen burada ispatlayabilirdi. Olasılıkları düşünürken kıpkırmızı kesilmiştim. Bu şekilde hiçbir yere varamıyordum. Christian Grey'i oluşturan bulmacayı bir an önce çözmek istiyordum. Bu, sırrının onu daha fazla tanımayı istemeyeceğim kadar iğrenç olması anlamına da gelse, dürüstçe, rahatlamış olurdum. Bilinçaltım bana bağırıyordu: *Kendini kandırma. Arkana bakmadan kaçman için bayağı kötü bir şey olması gerek.*

"Bu gece."

Kaşını kaldırdı.

"Havva gibi, sen de bilgi ağacından yemek için acele ediyorsun." Sırıtıyordu.

Tatlılıkla, "Yoksa bana sırıtıyor musunuz, Bay Grey?" diye sordum. *Kibirli pislik.*

Bana gözlerini kısarak baktı ve Blackberry'sini eline aldı. Bir numaraya bastı.

"Taylor. Charlie Tango'ya ihtiyacım olacak."

Charlie Tango? O da kimdi?

"Portland'dan, yirmi otuzda diyelim... Hayır, Escala'da bekle... Bütün gece."

Bütün gece!

"Evet. Yarın sabah hazır olmalı. Portland'dan Seattle'a ben pilotluk yapacağım."

Pilotluk yapmak mı?

"Yirmi ikiden otuza bekleme pilotu." Telefonu bıraktı. Lütfen ya da teşekkürler yoktu.

"İnsanlar onlardan istediklerini her zaman yerine getirirler mi?"

"Genelde; tabii işlerini kaybetmek istemiyorlarsa," dedi duygusuzca.

"Ya senin için çalışmıyorlarsa?"

"Ah, çok ikna edici olabilirim, Anastasia. Kahvaltını bitirmelisin. Sonra seni eve bırakırım. İşin bitince, saat sekizde seni Clayton's'tan alırım. Seattle'a uçacağız."

Gözlerimi hızlı hızlı kırpıştırdım.

"Uçmak mı?"

"Evet. Bir helikopterim var."

Ağzım açık bakakalmıştım. Christian Ah-Çok-Gizemli-Grey'le ikinci randevumdu. Kahveden helikopter yolculuğuna geçmiştik. *Vay canına.*

"Seattle'a helikopterle mi gideceğiz?"

"Evet."

"Neden?"

Muzip bir sırıtışla, "Çünkü bunu yapabilirim," dedi. "Kahvaltını bitir."

Nasıl yiyebilirdim ki? Christian Grey'le birlikte, helikopterle Seattle'a gidiyordum. Ve dudağımı ısırmak istiyordu. Bu düşünceyle kıpırdandım.

"Ye," dedi daha sert bir sesle. "Anastasia, yemek ziyanı konusunda duyarlıyımdır... ye."

"Hepsini yiyemem." Masada kalanlara bakakalmıştım.

"Tabağındakini ye. Dün adam gibi yemiş olsaydın bugün burada olmazdın ve ben elimi bu kadar kısa sürede açık ediyor olmazdım." Ağzı bir çizgi halini almıştı. Öfkeli görünüyordu.

Kaşlarımı çatarak soğumuş yemeğime döndüm. Bilinçaltım, *Yiyemeyecek kadar heyecanlıyım, Christian. Anlamıyor musun,* diye açıkladı. Ama bu düşünceleri yüksek sesle dile getirmek için fazla korkaktım; hele Grey böyle asık suratlıyken. *Hımm,* küçük bir oğlan çocuğu gibi. Bu düşünce beni eğlendirmişti.

"Bu kadar komik olan nedir?" diye sordu. Ona söylemeye cüret edemeyerek kafamı salladım ve gözlerimi yemeğime sabitledim. Krepimin son lokmasını yuttuktan sonra ona baktım. Beni şüpheyle süzüyordu.

"Uslu kız," dedi. "Saçlarını kurutunca seni eve bırakacağım. Hastalanmanı istemem." Sözlerinde dile getirilmeyen bir tür vaat saklıydı. *Ne demek istiyordu?* Bir an için acaba izin istemeli miyim, diye merak ederek ama bu fikri bir kenara iterek masadan kalktım. Tehlikeli bir gelenek oluşturacakmışım gibi gelmişti. Yatak odasına yöneldim. Bir düşünce beni durdurdu.

"Dün gece sen nerede uyudun?" Dönüp, hâlâ yemek masası sandalyesinde oturmakta olan Grey'e baktım. Ortalıkta battaniye ya da çarşaf göremiyordum; belki de çoktan toplatmıştı.

İfadesiz bir bakışla, "Yatağımda," demekle yetindi.

"Ah."

"Benim için de yenilik oldu." Gülümsedi.

"Şey... seks yapmamak." İşte. Kelimeyi söylemiştim. Elbette kızardım.

"Hayır." Kafasını salladı ve rahatsız edici bir şeyi anımsar gibi kaşlarını çatarak, "Biriyle yatmak," dedi. Gazetesini eline aldı ve okumaya devam etti.

Tanrı aşkına, bu da ne demekti böyle? Hiç kimseyle yatmamış olması? Bâkir miydi yoksa? Nedense bundan şüpheliydim. Ona hayretle bakarak olduğum yerde durdum. Karşılaştığım en gizemli insandı. Ve birden Christian Grey'le uyumuş olduğum gerçeği kafama dank etti ve kendimi tekmelemek istedim: Onu uyurken seyredebilecek bilinçte olabilmek için neler vermezdim? Onu savunmasız haliyle görmek için. Nedense bunu gözümde canlandırmakta zorlanıyordum. Pekâlâ, iddia edildiğine göre, bu akşam her şey ortaya dökülecekti.

Yatak odasına girince bir şifonyerin çekmecelerini karıştırdım ve saç kurutma makinesini buldum. Parmaklarımı kullanarak, saçlarımı elimden geldiğince kuruttum. İşim bitince banyoya gittim. Dişlerimi fırçalamak istiyordum. Gözüm Christian'ın diş fırçasına takıldı. Bu, onun ağzımın içinde olması gibi bir şey olurdu. Hımm... Suçlu bir tavırla omzumun üstünden kapıya bakarak fırçanın tellerine dokundum. Nemliydiler. Biraz önce kullanmış olmalıydı. Fırçayı hızla kaparak diş macunu sürdüm ve dişlerimi müthiş bir hızla fırçaladım. Kendimi çok yaramaz hissediyordum. Ne heyecandı ama.

Önceki günden kalan tişörtümü, sutyeni[illegible] ıç çamaşırımı toplayıp Taylor'ın getirdiği alışveriş poşetine doldurarak çantamı ve ceketimi bulmak için tekrar oturma bölümüne döndüm. Büyük mutluluk, çantamda bir toka vardı. Saçımı arkada toplarken, Christian anlaşılmaz bir ifadeyle beni izliyordu. Sözünü bitirmesini beklemek için otururken, gözlerinin beni takip ettiğini hissettim. BlackBerry'sinde biriyle konuşuyordu.

"İki mi istiyorlar?... Kaça mal olur?... Tamam, peki uygulamadaki güvenlik önlemlerimiz neler? Süveyş üzerinden mi gidecekler? Ben Sudan ne kadar güvenli?... Darfur'a ne zaman varırlar?... Pekâlâ, yapalım. Beni gelişmelerden haberdar edin." Telefonu kapattı.

"Gitmeye hazır mısın?"

Başımla onayladım. Konuşmasının ne hakkında olduğunu merak etmiştim. Üzerine lacivert, ince çizgili bir ceket geçirdi, anahtarlarını aldı ve kapıya yürüdü.

"Önden buyurun, Bayan Steele," diye mırıldanarak bana kapıyı açtı. Rahat bir zarafet sergiliyordu.

Gereğinden uzun süre duraksayıp görüntüsünü içime çektim. Dün gece onunla birlikte uyuduğumu, tekila ve kusmanın ardından hâlâ orada olduğunu düşünmek. Dahası, beni Seattle'a götürmek istiyordu. Neden ben? Anlamıyordum. Kapıdan onun sözlerini hatırlayarak çıktım: *Sende bir şey var.* Pekâlâ, hislerimiz karşılıklı Bay Grey ve sırrınızın ne olduğunu bulmayı hedefliyorum.

Koridorda sessizce ilerleyip asansöre doğru yürüdük. Beklerken, ona kirpiklerimin arasından kaçamak bir bakış attım ve o da gözünün ucuyla bana baktı. Gülümsedim, onun da dudakları büküldü.

Asansör geldi, bindik. Yalnızdık. Birden, açıklanamaz bir nedenden, büyük olasılıkla bu kadar dar bir alanda yakın olmamızdan dolayı, aramızdaki hava değişti; elektrik ve heyecan verici bir beklentiyle doldu. Kalbim deli gibi atarken nefesim sıklaştı. Kafasını kısmen bana doğru çevirdiğinde, gözleri abanoz koyuluğundaydı. Dudağımı ısırdım.

"Ah, evrak işlerinin canı cehenneme," diye inledi. Üzerime atıldı ve beni asansörün duvarına itti. Ben daha ne olduğunu anlamadan, iki elimi, mengene misali tutuşuyla başımın üstünde birleştirdi ve beni kalçalarını kullanarak duvara çiviledi. Lanet olsun. Diğer eliyle saçımı yakalayıp aşağı çekerek yüzümü havaya kaldırdı. Ve sonra dudakları, dudaklarımdaydı. Acı verici bir yanı yoktu. Ağzının içine doğru inleyerek diline yer açtım. Bunun üzerine, ustalıkla, diliyle ağzımı keşfe koyuldu. Hiç böyle öpülmemiştim. Dilim çekingen bir tavırla onunkini okşadı; dokunma ve duygudan ibaret ağır, erotik bir dansta onunla buluştu. Çenemi kavramak üzere elini kaldırıp beni yerime sabitledi. Ereksiyonunu karnımda hissettim. *Ah, Tanrım...* Beni istiyordu. Christian Grey, Yunan tanrısı, beni istiyordu ve ben de onu istiyordum. Burada... Şimdi... Asansörde.

Kesik kesik kelimelerle, "Sen. O kadar. Tatlısın ki," diye mırıldandı.

Asansör durdu. Kapılar açıldı ve göz açıp kapayana dek, benden uzaklaşarak beni havada asılı halde bıraktı. Takım elbiseli üç adam ikimize baktılar ve sırıtarak kabine girdiler. Kalp atışlarım tavana vurmuştu ve kendimi yokuş yukarı yarışmış gibi hissediyordum. Öne eğilmek, dizlerime tutunmak istiyordum, ama bu fazla bariz olurdu.

Ona baktım. *Seattle Times* çapraz bulmacasını çözmekle meşgulmüş gibi, çok sakin ve serinkanlı görünüyordu. Haksızlıktı bu. Varlığımdan hiç mi etkilenmemişti? Göz ucuyla bana baktı ve nefesini usulca bıraktı. Ah, pekâlâ etkilenmişti ve içimdeki minicik tanrıça, zafer sambasıyla usul usul salınıyordu. İş adamları ikinci katta indiler. Bir katlık yolumuz kalmıştı.

Bana bakarak, "Dişlerini fırçalamışsın," dedi.

"Senin fırçanı kullandım."

Dudakları yarım bir gülümsemeyle büküldü. "Ah, Anastasia Steele. Ben seninle ne yapacağım?"

Kapı birinci katta açıldı ve beni elimden tutup dışarı çıkardı.

Uzun adımlarla lobiyi aşarken, benden çok kendi kendine, "Bu asansörlerde ne var acaba?" diye mırıldandı. Ona ayak uydurmak için debeleniyordum, çünkü aklım tamamen ve büyük bir zarafetle Heathman Oteli'nin üç numaralı asansörünün zeminine ve duvarlarına saçılmıştı.

BÖLÜM ALTI

Christian siyah Audi SUV'nin yolu kapısını açtı ve ben içeri tırmandım. Araba dev gibiydi. Asansörde yaşanan tutku patlaması hakkında tek kelime etmemişti. Ben etmeli miydim? Bunu konuşmalı mı yoksa hiç olmamış gibi mi davranmalıydık? Gerçek gibi görünmüyordu; hiçbir kısıtlamanın olmadığı ilk doğru dürüst öpüşmemdi. Zaman ilerledikçe bu tecrübeyi Kral Arthur efsanesi, Kayıp Şehir Atlantis gibi mitsel bir statüye yerleştiriyordum. Hiç yaşanmamış, hiç var olmamıştı. *Belki de her şeyi ben hayal ettim.* Hayır. Öpüşüyle şişen dudaklarıma dokundum. Kesinlikle olmuştu. Ben artık farklı bir kadındım. Bu adamı umutsuzca istiyordum ve o da beni istiyordu.

Ona baktım. Christian her zamanki nazik ve hafif mesafeli halindeydi.

Ne kadar kafa karıştırıcı.

Motoru çalıştırdı ve park alanındaki yerinden geri geri çıktı. Ses sistemini açtı. Arabanın içi, iki kadının seslendirdiği müthiş tatlı ve sihirli bir melodiyle doluverdi. Ah... vay canına. Bütün hislerim yörüngesinden oynadığı için, bu melodi çift kat etkiliydi. Bel kemiğimden yukarı müthiş ürpertiler gönderiyordu. Christian Southwest Park Caddesi'ne saptı. Arabayı sakin ve rahat bir şekilde sürüyordu.

"Ne dinliyoruz?"

"Delibes'in *Lakmé* operasından *Çiçek Düeti.* Hoşuna gitti mi?"

"Christian, harika bir şey bu."

"Öyle, değil mi?" Bana bakıp sırıttı. Ve geçici bir an için, tam yaşının adamı gibi göründü: genç, umarsız ve insanın kalbini tekletecek kadar güzel. Anahtarı bu muydu yoksa? Müzik? Arkama yaslanıp, benimle âdeta oynayan ve beni baştan çıkaran meleğimsi sesleri dinledim.

"Tekrar dinleyebilir miyim?"

"Elbette." Christian bir düğmeye bastı ve işte müzik beni bir kez daha okşuyordu. Nazik, ağır ve tatlıydı; işitme duyuma mutlak bir saldırıydı.

Kişisel tercihlerine dair nadir bir bilgi edinme umuduyla, "Klasik müzik mi seviyorsun?" diye sordum.

"Zevklerim çok çeşitlidir, Anastasia. Thomas Tallis'ten Kings of Leon'a kadar her şeyi kapsar. Ruh halime göre değişir. Ya sen?"

"Benim de öyle. Gerçi Thomas Tallis'in kim olduğunu bilmiyorum."

Döndü ve gözlerini yeniden yola çevirmeden önce kısa bir an bana baktı.

"Bir ara çalarım. On altıncı yüz yıl İngiliz bestecilerindendir. Tudor, kilise koro müziği." Bana sırıttı. "Kulağa fazla ezoterik geldiğini biliyorum, ama aynı zamanda sihirlidir de."

Bir düğmeye bastı ve Kings of Leon şakımaya başladı. Hımm... Bunu biliyordum. *Ateşli Seks*. Ne kadar uygundu. Müzik, ses sisteminden yükselen bir cep telefonu ziliyle kesintiye uğradı. Christian direksiyondaki bir düğmeye bastı.

"Grey," dedi. Çok kabaydı.

"Bay Grey, benim, Welch. İstediğiniz bilgi için arıyorum." Hoparlörlerden hışırtılı, bedensiz bir ses yükseliyordu.

"İyi. E-postayla gönder. Başka bir şey?"

"Hayır, efendim."

Düğmeye bastı, görüşme sona erdi ve müzik geri geldi. Ne bir hoşça kal ne de bir teşekkür. Onun için çalışma fikrini hiçbir zaman ciddiye almadığıma o kadar seviniyordum ki. Düşüncesi bile ürperticiydi. Çalışanlarına karşı fazla soğuk ve kontrolcüydü. Müzik bir kez daha telefonla bölündü.

"Grey."

"Gizlilik Sözleşmesi e-postanıza gönderildi, Bay Grey." Bu bir kadın sesiydi.

"İyi. Hepsi bu, Andrea."

"İyi günler, efendim."

Christian direksiyondaki bir düğmeye basıp görüşmeyi sonlandırdı. Telefon yeniden çaldığında, müzik başlayalı birkaç saniye olmuştu. Tanrı aşkına, hayatı bu muydu yani? Bir an bile rahat vermeyen telefonlar?

Çıkışır gibi, "Grey," dedi.

"Selam, Christian, sekste misin?"

"Merhaba, Elliot, hoparlördeyim ve arabada yalnız değilim." Christian iç geçirdi.

"Yanında kim var?"

Christian gözlerini devirdi. "Anastasia Steele."

"Merhaba, Ana!"

Ana!

"Merhaba, Elliot."

Elliot boğuk bir sesle, "Hakkında çok şey duydum," diye mırıldandı. Christian'ın kaşları çatıldı.

"Kate'in söylediklerinin bir kelimesine bile inanma."

Elliot güldü.

"Anastasia'yı bırakıyorum." Christian adımın tam halini vurgulamıştı. "Seni alayım mı?"

"Tabii."

"Birazdan görüşürüz." Christian telefonu kapattı ve müzik tekrar devreye girdi.

"Neden bana Anastasia demekte ısrar ediyorsun?"

"Çünkü adın bu."

"Ana'yı tercih ederim."

"Şimdi öyle mi oldu?"

Daireme gelmek üzereydik. Fazla sürmemişti.

"Anastasia," diye mırıldandı. Yüzümü buruşturdum, ama ifademi görmezden geldi. "Asansörde olan, bir daha asla olmayacak. Şey, önceden düşünülmediği sürece."

Dubleksimizin önünde durdu. Bana nerede yaşadığımı sormamış olmasına rağmen bunu bildiğini geç fark etmiştim. Ama kitapları gönderdiğine göre, nerede yaşadığımı biliyordu. Cep telefonunun izini sürebilen, helikopter sahibi hangi sapık takipçi bilmezdi ki?

Neden beni tekrar öpmeyecekti? Bu düşünce karşısında yüzüm asıldı. Anlamıyordum. Dürüst olmak gerekirse, soyadı Grey değil, şifreli olmalıydı. Arabadan indi ve rahat, uzun bacaklı bir zarafetle kapıyı açmak için benim tarafıma geçti. Asansörlerdeki nadir, kıymetli anlar dışında her zaman beyefendiydi. Dudaklarının dudaklarıma örtülüşünü hatırlayarak kızardım ve ona dokunamamış olduğum gerçeği zihnime süzüldü. Parmaklarımı yoldan çıkmış, dağınık saçlarının arasında dolaştırmak istemiş, ama ellerimi kıpırdatamamıştım. Olanları tekrar düşününce buna pişman oldum.

"Asansörde olanlar hoşuma gitti," diye mırıldanarak arabadan indim. Duyulabilir bir iç çekiş işittiğimden emin değildim, duymazdan gelmeyi tercih ederek ön kapının basamaklarına yürüdüm.

Kate ve Elliot yemek masamızda oturuyorlardı. On dört bin dolarlık kitaplar ortadan kaybolmuştu. Tanrı'ya şükür. O kitaplar için planlarım vardı. Kate'in yüzünde ona yabancı, saçma sapan bir sırıtış vardı ve seksi bir biçimde dağılmış görünüyordu. Christian peşimden oturma odasına girdi ve Kate bütün-gece-harika-vakit-geçirdim-sırıtışına rağmen, onu şüpheyle süzdü.

"Merhaba, Ana." Beni kucaklamak için ayağa fırladı ve sonra inceleyebilmek için araya bir kol boyu mesafe soktu. Kaşlarını çatarak Christian'a döndü.

"Günaydın, Christian," derken sesi biraz düşmancaydı.

Christian katı ve resmî bir tavırla, "Bayan Kavanagh," dedi.

"Christian, onun adı Kate," diye homurdandım.

"Kate." Christian, Kate'i kibar bir tavırla selamladıktan sonra beni kucaklamak için sırıtarak ayağa kalkan Elliot'a baktı.

"Merhaba, Ana." Gülümserken mavi gözleri ışıldıyordu ve ondan daha o anda hoşlandım. Christian'la en ufak bir benzerliği yoktu, ama zaten evlat edinilmiş iki kardeştiler.

"Merhaba, Elliot." Ona gülümsedim ve dudağımı ısırdığımı fark ettim.

"Elliot, gitsek iyi olur," dedi Christian usulca.

"Tabii." Elliot, Kate'e döndü, onu kollarının arasına çekti ve uzun, telaşsız bir öpücük verdi.

Tanrı aşkına... Kendinize bir oda bulun. Utanarak ayaklarıma baktım. Kafamı kaldırdığımda, Christian büyük bir dikkatle beni izliyordu. Ona gözlerimi kısarak baktım. *Sen beni neden böyle öpemiyorsun?* Elliot, Kate'i ayaklarını yerden keserek ve saçlarının yere değmesine neden olacak şekilde, dramatik bir kavrayışla arkaya yatırarak öpmeyi sürdürüyordu.

"Hadi kaçtım, bebek." Sırıttı.

Kate erimişti. Onu böyle erirken hiç görmemiştim, aklıma "güzel" ve "uysal" kelimelerini getirmişti. Uysal Kate. Tanrım, Elliot gerçekten iyi olmalıydı. Christian gözlerini devirdi ve anlaşılmaz bir ifadeyle bana baktı. Gerçi biraz eğlenir gibiydi sanki. Atkuyruğumdan kurtulmuş bir saç tutamını kulağımın arkasına itti. Teması nefesimi kesmişti ve başımı parmaklarına dayadım. Bakışları yumuşadı ve başparmağını alt dudağımda dolaştırdı. Kanım damarlarımı dağlıyordu. Ve dokunuşu hızla kayboldu.

"Hadi kaç bakalım, bebeğim," diye mırıldandığında kendimi gülmekten alamadım, çünkü ona çok ters bir cümleydi. Dalga geçtiğini bilsem de bu sevgisi içimde bir şeylere dokunmuştu.

"Seni sekizde alırım." Çıkmak üzere döndü, kapıyı açtı ve dışarı verandaya adım attı. Elliot da arkasından arabaya yürüdü, ama durdu ve Kate'e bir öpücük daha gönderdi. İçimde nahoş bir kıskançlık sızısı duydum.

Arabalarına binip uzaklaşmalarını izlerken, Kate sesinde yakıcı bir merakla, "Eee, yaptınız mı?" diye sordu.

Sorularına son vermesini umarak, sinirli bir tavırla, "Hayır," diye çıkıştım. Dairemize girdik. "Ama belli ki siz yapmışsınız." Hasedimi bastıramıyordum. Kate erkekleri tuzağa düşürmeyi her zaman başarırdı. O dayanılmaz, güzel, seksi, komik, dışa dönüktü... Benim olmadığım ne varsa. Cevap olarak sırttı ve sırıtışı bulaşıcıydı.

"Ve onu bu akşam yine göreceğim." El çırptı ve küçük bir çocuk gibi zıplamaya başladı. Heyecanını ve mutluluğunu bastıramıyordu; kendimi onun adına sevinmekten alamadım. Mutlu bir Kate... Bu ilginç olacaktı.

"Christian bu akşam beni Seattle'a götürüyor."

"Seattle mı?"

"Evet."

"*O zaman* belki de siz de?.."

"Ah, umarım."

"Ondan hoşlanıyorsun, değil mi?"

"Evet."

"Şeye yetecek kadar mı?"

"Evet."

Kaşlarını kaldırdı.

"Vay canına. Ana Steele, sonunda bir adama âşık oluyor ve âşık olduğu adam da Christian Grey. Ateşli ve seksi trilyoner."

"Ah, evet. Hep para yüzünden." Pis pis sırıttım ve ikimiz de bir kahkaha krizine girdik.

"Üstündeki yeni mi?" diye sordu ve gecemin heyecan verici olmaktan uzak detaylarını öğrenmesine izin verdim.

Kahve yaparken, "Seni öptü mü?" diye sordu.

Kızardım.

"Bir defa."

"Bir defa!" diye homurdandı.

Biraz utanarak başımı salladım. "Çok mesafeli biri."

Kaşlarını çattı. "Çok tuhaf."

"Tuhaf kelimesinin yeterli olduğunu hiç sanmıyorum."

Büyük bir kararlılıkla, "Bu akşam kelimenin tam anlamıyla dayanılmaz olmanı sağlamalıyız," dedi.

Ah, hayır... Kulağa tüketici, aşağılayıcı ve acı verici olacakmış gibi geliyordu.

"Bir saat içinde işte olmalıyım."

"Benim için yeterli. Haydi." Elimi tuttu ve beni yatak odasına götürdü.

Yoğun olmamıza rağmen, Clayton's'ta gün bitmek bilmedi. Yaz sezonu geldiği için mağaza kapandıktan sonra tam iki saatimi rafları geri doldurmakla geçirdim. Kafa yormayı gerektirmeyen bir işti ve bana düşünmek için gereğinden fazla zaman vermişti. Gün içinde düşünecek vaktim olmamıştı.

Kate'in yorulmak bilmeyen ve tam anlamıyla zorlayıcı talimatlarıyla, bacaklarım ve koltuk altlarım kusursuzca tıraşlanmış, kaşlarım alınmıştı ve baştan ayağa cilalanmıştım. Çok nahoş bir tecrübeydi. Ama beni bugünlerde erkeklerin bunu beklediklerine temin etti. Christian başka ne bekleyecekti? Kate'i bunu yapmak istediğime ikna etmem gerekiyordu. Nedense ona güvenmiyordu. Belki de fazla katı ve resmî olduğu içindi. Tam olarak adını koyamadığını söylüyordu, ama Seattle'a varınca ona mesaj çekeceğime söz verdim. Helikopter kısmından bahsetmemiştim; yoksa dehşete kapılırdı.

Bir de José meselesi vardı. Üç mesaj bırakmıştı ve cep telefonumda yedi cevapsız çağrı vardı. Beni evden de iki defa aramıştı. Kate nerede olduğum konusunda muğlak cevaplar vermişti. José, Kate'in beni idare ettiğini anlayacaktı. Kate muğlak konuşmazdı. Ama José'nin biraz kıvranması gerektiğine karar vermiştim. Ona hâlâ çok kızgındım.

Christian bir tür yazılı evraktan bahsetmişti ve şaka mı yapmıştı yoksa bir şeyler imzalamam mı gerekecekti, bilmiyordum. Tahmin etmeye çalışmak bunaltıcıydı. Bütün bu kaygıların üstüne, heyecanımı ve sinirlerimi güç bela zapt edebiliyordum. Bu gece büyük geceydi! Bunca zaman sonra, buna hazır mıydım? İçimdeki tanrıça, küçük ayağını sabırsızlıkla yere vurarak bana dik dik bakıyordu. O buna senelerdir hazırdı ve Christian Grey'le her şeye dünden razıydı ama ben, Christian'ın bende, yani ürkek Ana Steele'de ne gördüğünü hâlâ anlamıyordum; hiç mantıklı değildi.

Elbette ki dakikti ve Clayton's'tan çıktığımda beni bekliyordu. Kapıyı açmak için Audi'nin ara koltuğundan indi ve bana sevecenlikle gülümsedi.

"İyi akşamlar, Bayan Steele," dedi.

"Bay Grey." Arabanın arka koltuğuna tırmanırken onu kibarca selamladım. Taylor şoför koltuğundaydı.

"Merhaba, Taylor," dedim.

"İyi akşamlar, Bayan Steele." Sesi nazik ve profesyoneldi. Christian diğer tarafa tırmandı ve elimi kavrayıp, etkisi bütün vücudumda yankılanacak şekilde, nazikçe sıktı.

"İş nasıldı?" diye sordu.

"Çok uzun," diye yanıtladım. Sesim boğuk, fazla alçak ve ihtiyaç doluydu.

"Evet, benim için de çok uzun bir gündü."

"Ne yaptın?" diye sormayı başardım.

"Elliot'la doğa yürüyüşüne gittim." Başparmağıyla elimin boğumlarını ileri geri okşuyordu. Nefesim hızlandı ve kalbim tekledi. Bunu bana nasıl yapıyordu? Vücudumun sadece çok küçük bir kısmına dokunuyor olsa da hormonlarım uçuşa geçmişti.

Helikoptere yolculuğumuz kısa sürdü ve ben daha anlamadan gelmiştik. Ünlü helikopterin nerede olabileceğini merak ettim. Şehrin binalarla kaplı bir bölgesindeydik ve helikopterlerin kalkması ve inmesi için alan gerektiğini biliyordum. Taylor arabayı park edip indi ve kapımı benim için açtı. Christian sadece bir an sonra yanımdaydı ve tekrar elimi tuttu.

"Hazır mısın?" diye sordu. Başımı eğdim ve, *Her şeye,* demek istedim, ama fazla gergin ve heyecanlı olduğum için kelimelere ses veremiyordum.

"Taylor." Şoförünü kısaca selamladı ve dosdoğru binanın içine, bir dizi asansörün durduğu alana yürüdük. Asansör! Bu sabahki öpüşmemizin anısı, bana musallat olmak için geri gelmişti. Gün boyu başka hiçbir şey düşünmemiş, Clayton's'ın kasasında hayaller kurmuştum. Bay Clayton beni dünyaya döndürmek için iki kez seslenmek zorunda kalmıştı. Dikkatimin dağıldığını söylemek yılın hafife alması olurdu. Christian dudaklarında belli belirsiz bir gülümsemeyle bana bakıyordu. Ha! O da aynı şeyi düşünüyordu.

Duygusuz bir ses ve gözlerinde muzip bir ışıltıyla, "Sadece üç kat," dedi. Telepati yeteneğinin olduğuna şüphe yoktu. Ürkütücüydü.

Asansöre binerken, duygusuz bir ifade takınmaya çalıştım. Kapılar kapandı ve işte, aramızda çıtırdayan tuhaf elektrikli çekim yine oradaydı ve beni esir alıyordu. Boş bir yok sayma çabasıyla gözlerimi yumdum. Elimi tutan eli sıkılaştı ve beş saniye sonra, kapılar binanın çatısına açıldı. Ve işte, mavi harflerle yazılı GREY ŞİRKETLER TOPLULUĞU adını ve logosunu taşıyan beyaz helikopter oradaydı. *Bunun şirket malının kötüye kullanımı olduğuna hiç şüphe yoktu.*

Beni masanın arkasında bir emektarın oturduğu küçük bir ofise yönlendirdi.

"Uçuş planınız burada, Bay Grey. Bütün kontroller yapıldı. Hazır ve sizi bekliyor, efendim. Yola çıkmakta özgürsünüz."

"Teşekkürler, Joe." Christian adama sıcak bir gülümsemeyle baktı.

Ah, Christian'dan nazik muameleyi hak eden biri. Belki de çalışanlardan biri değildi. Yaşlı adama hayret içinde baktım.

Christian, "Gidelim," dedi ve helikoptere doğru yürüdük. Yaklaştığımızda düşündüğümden daha büyük göründü. İki kişilik bir model olmasını bekliyordum ama en az yedi koltuğu vardı. Christian kapıyı açtı ve beni en öndeki koltuklardan birine yönlendirdi.

Arkamdan binerken, "Otur, sakın hiçbir şeye dokunma," diye emretti.

Kapıyı çarparak kapattı. Alanın projektörle aydınlatılmış olmasına memnun olmuştum, çünkü aksi takdirde küçük kabinin içini görmekte zorlanırdım. Bana tahsis edilen koltuğa oturdum ve Christian emniyet kemerimi bağlamak için yanıma çömeldi. Bütün kayışları merkezî bir kopçayla bağlanan dört uçlu bir kemerdi. Üst kayışların ikisini de, güçlükle hareket edebileceğim şekilde sıktı. Fazla yakındı ve yapmakta olduğu işe fazlasıyla yoğunlaşmıştı. Öne doğru birazcık eğilebilsem burnum saçlarının arasına girecekti. Temiz, taze ve mis gibi kokuyordu, ama koltuğuma sıkı sıkı bağlanmıştım ve kıpırdayamayacak haldeydim. Kafasını kaldırıp kendine özel bir esprinin tadını çıkarır gibi gülümserken, gözlerinden sıcaklık yayılıyordu. Baş döndürecek kadar yakınımdaydı. Üst kayışlardan birini çekerken nefesimi tuttum.

"Güvendesin, kaçmak yok," diye fısıldadı. Ve usulca, "Nefes al, Anastasia," diye ekledi. Elini uzatıp yanağımı okşadı, uzun parmaklarını aşağı kaydırıp çenemi baş ve işaret parmaklarının arasında tuttu. Öne eğildi ve kısa, edepli bir öpücük kondurarak beni sersemlemiş, dudaklarının heyecan verici ve baş döndürücü dokunuşu karşısında kaskatı kesilmiş halde bıraktı.

"Bu kemeri severim," diye fısıldadı.

Ne?

Yanıma oturup kendini koltuğuna bağladı ve uzun süren bir göstergeleri kontrol etme, önümdeki kafa karıştırıcı kadran, ışık ve düğme dizisinde şalterleri ve düğmeleri açıp kapama sürecine soyundu. Farklı kadranlarda küçük ışıklar yanıp söndü ve panelin tamamı aydınlandı.

Önümdeki bir kulaklık setini işaret ederek, "Kulaklıklarını tak," dedi. Taktım ve pervaneler harekete geçti. Sağır edici bir gürültüydü. Christian da kulaklıklarını takıp sayısız şalteri kaldırmayı sürdürdü.

"Uçuş öncesi kontrolleri yapıyorum." Christian'ın sesi bana kulaklıklar aracılığıyla ulaşmıştı. Dönüp ona sırıttım.

"Ne yaptığını biliyor musun?" diye sordum. O da dönüp gülümsedi.

"Dört yıldır ehliyetli pilotum, Anastasia. Yanımda güvendesin," dedi. Bana kurnaz bir sırıtışla baktı. "Yani, uçarken," diye ekledi ve göz kırptı.

Göz kırpmak ve... Christian!

"Hazır mısın?"

İri iri açılmış gözlerle başımı salladım.

"Tamam, kule. PDX, ben Charlie Tango Golf; Golf Eko Otel kalkışa hazır. Onay lütfen, tamam."

"Charlie Tango, kalkış izniniz tamam. PDX konuşuyor, sıfır bir sıfır istikametinde, bir dört bine ilerleyin, tamam."

"Anlaşıldı, kule, Charlie Tango. Kalkıyoruz." Benim için, "İşte başlıyoruz," diye ekledi ve helikopter yavaşça ve pürüzsüzce havalandı.

Birleşik Devletler hava sahasına doğru yol alırken, Portland önümüzde kayboldu. Gerçi midem kesinlikle Oregon'da kalmıştı. Vay canına! Bütün o parlak ışıklar altımızda tatlı tatlı göz kırpar kıvama gelene dek küçüldüler. Bir balık fanusundan dışarı bakmak gibiydi. İyice yükselince, gerçekten görecek bir şey kalmadı. Zifiri karanlıktı; yolculuğumuza ışık tutacak ay bile yoktu. Nereye gittiğimizi nasıl görebiliyordu?

"Ürkütücü, değil mi?" Christian'ın sesi kulağımdaydı.

"Doğru yöne gittiğini nereden biliyorsun?"

"Buradan." Uzun işaret parmağıyla göstergelerden birini işaret etti; elektronik bir pusulayı gösteriyordu. "Bu bir EC135 Eurocopter. Sınıfının en güvenlilerinden biri. Gece uçuşu donanımlı." Bana bakıp sırıttı.

"Oturduğum binanın tepesinde bir helikopter pisti var. Oraya gidiyoruz."

Elbette oturduğu yerde bir helikopter pisti vardı. Burada gerçekten beni aşan bir durumla karşı karşıyaydım. Yüzü, gösterge panelindeki ışıklarla yumuşacık aydınlanmıştı. Konsantre olmuş durumdaydı ve sürekli olarak önündeki farklı kadranlara bakıyordu. Kirpiklerimin arasından yüz hatlarının tadını çıkarıyordum. Güzel bir profili vardı. Düz bir burun, köşeli bir çene, dilimi çenesinin üstünde gezdirmek isterdim. Tıraş olmamıştı ve kirli sakalı iki kat baştan çıkarıcıydı. *Mmm...* Sertliğini dilimin, parmaklarımın altında, yüzümde hissetmek isterdim.

Erotik hayallerimi kesintiye uğratarak, "Gece uçtuğun zaman, kör uçarsın. Göstergelere güvenmek zorundasındır," dedi.

Nefesim kesilmiş halde, "Uçuş ne kadar sürecek?" diye sormayı başardım. Kesinlikle seksten bahsetmiyordum, hayır, asla.

"Bir saatten az; rüzgâr bizim lehimize."

Hımm, Seattle'a bir saatten az... Hiç fena değildi. Uçuyor olmamıza şaşmamak gerekirdi.

Büyük ifşaata bir saatten daha az zamanım kalmıştı. Karnımın derinliklerinde bütün kaslar gerildi. Ciddi bir uçuşan kelebekler durumuyla karşı karşıyaydım. Midemde büyüyorlardı. Lanet olsun, beni neler bekliyordu?

"Anastasia, iyi misin?"

"Evet." Kısa ve kesik cevabım heyecandan ağzımdan güçlükle çıkmıştı.

Sanırım gülümsüyordu, ama karanlıkta ayırt etmesi güçtü. Christian bir düğmeyi daha kaldırdı.

"PDX, Charlie Tango şimdi bir dört binde, tamam." Hava trafik kontrolüyle bilgi alışverişi yapıyordu. Bütün bunlar bana fazla profesyonelce geliyordu. Sanırım, Portland hava sahasından Seattle Uluslararası Havaalanı'nın hava sahasına geçiyorduk. "Anlaşıldı, Sea-Tac, beklemedeyim, tamam."

"Şu tarafa bak." Uzaktaki küçük bir ışık kümesini işaret etti. "Orası Seattle."

Samimi bir ilgiyle, "Kadınları her zaman bu şekilde mi etkilersin? Gel, helikopterimle uçalım diyerek mi?" diye sordum.

"Buraya hiçbir kadını getirmedim, Anastasia. Bu benim için başka bir ilk daha."

Ah, bu beklenmedik bir cevaptı. Başka bir ilk daha mı? Ah, şu uyuma olayı belki de?

"Etkilendin mi?"

"Ağzım açık kaldı, Christian."

Gülümsedi.

"Ağzın açık mı kaldı?" Kısa bir an için tekrar kendi yaşına dönmüştü.

Kafamı salladım. "Sen o kadar... beceriklisin ki."

Nazik bir sesle, "Vay canına, teşekkürler, Bayan Steele," dedi. Hoşuna gitmiş gibiydi, ama emin değildim.

Karanlık gecede, sessizlik içinde bir süre daha yol aldık. Parlak bir nokta gibi görünen Seattle yavaş yavaş büyüyordu.

"Sea-Tac kuleden Charlie Tango'ya. Escala'ya uçuş planı uygundur. Lütfen devam edin. Ve beklemede kalın. Tamam."

"Burası Charlie Tango, anlaşıldı Sea-Tac. Beklemedeyiz, tamam."

"Bundan keyif aldığın çok belli," diye mırıldandım.

"Neden?" Bana baktı. Göstergelerin yarı ışığında şaşırmış gibi görünüyordu.

"Uçmak," dedim.

"Kontrol ve konsantrasyon gerektiriyor... Nasıl sevmem? Gerçi favorim *süzülmek*."

"*Süzülmek*?"

"Evet, meslekten olmayanlar planörle uçma diye bilirler. Planörler ve helikopterler, ikisini de uçuruyorum."

"Ah." Pahalı hobiler. Röportaj sırasında söylediğini hatırladım. Bense okumayı ve arada sinemaya gitmeyi severdim. Burada boyumu aşan sularda yüzüyordum.

"Charlie Tango, giriş yapın lütfen, tamam." Hava trafik kontrolünün kulaklıklardan yükselen sesi beni hayallerimden uyandırdı. Christian kontrollü ve kendinden emin bir sesle cevap verdi.

Seattle yaklaşıyordu. Şimdi artık şehrin hemen dışındaydık. Vay canına! Kesinlikle baş döndürücü görünüyordu. Gece, gökyüzünden Seattle...

Christian, "İyi görünüyor, değil mi?" diye mırıldandı.

Başımı hevesle salladım. Başka bir âlem gibi –gerçek dışı– görünüyordu ve kendimi devasa bir film setinde, belki de José'nin favori filmi *Bıçak Sırtı*'nın setinde hissettim. José'nin öpme girişiminin anısı aklımdan çıkmıyordu. Telefonlarına dönmediğim için kendimi biraz acımasız hissetmeye başlamıştım. *Yarına kadar bekleyebilirdi... herhalde.*

Christian "Birkaç dakikaya kadar orada olacağız," diye mırıldandı ve birden kalp atışlarım hızlanıp bedenim adrenalinle çağlarken kanım kulaklarımda zonklamaya başladı. Christian bir kez daha hava trafik kontrolüyle konuşmaya başladı, ama artık dinlemiyordum. Bayılmak üzere olduğumu düşündüm. Kaderim ellerindeydi.

Şimdi binaların arasından uçuyorduk ve karşıda, tepesinde bir helikopter pisti olan yüksek bir gökdelen gördüm. Binanın tepesine beyaz boyayla *Escala* yazılmıştı. Gittikçe yaklaşıyor, yaklaşıyor, büyüdükçe büyüyordu... kaygılarım gibi. *Tanrım, umarım onu hayal kırıklığına uğratmam.* Beni bir şekilde noksan bulacaktı. Kate'i dinleyip elbiselerinden birini ödünç almadığıma yanıyordum, ama siyah kotumu seviyordum ve üstümde açık nane yeşili bir bluz ve Kate'in siyah ceketi vardı. Yeterince şık görünüyordum. Koltuğumun kenarına daha sıkı, sımsıkı tutundum. *Bunu yapabilirim. Bunu yapabilirim.* Gökdelen altımızda belirirken, bu cümleyi tekrarlayıp duruyordum.

Helikopter yavaşladı, havada asılı kaldı ve sonra Christian onu binanın tepesindeki helikopter pistine kondurdu. Yüreğim ağzımdaydı. Nedeni gergin bekleyişten mi, sağ salim varmış olmanın getirdiği rahatlama mı, yoksa bir şekilde başarısız olma korkum muydu, karar veremiyordum. Christian motoru durdurdu, pervane yavaşlayıp sessizleşti. Sonunda duyabildiğim tek şey kendi çılgına dönmüş nefesimdi. Christan kulaklıklarını çıkardı ve uzanıp benimkileri de çekti.

Usulca, "İşte geldik," dedi.

Yarı gölgede yarı iniş ışıklarından gelen parlak beyaz ışıkta kalan bakışları yoğundu. Kara şövalye ve beyaz atlı şövalye imgeleri Christian için uygun benzetmelerdi. Sıkıntılı görünüyordu. Çenesi gerilmiş, gözleri sıkı sıkıya kapalıydı. Kemerini çözdü ve benimkini çözmek için uzandı. Yüzü benimkine birkaç santim mesafedeydi.

"İstemediğin hiçbir şey yapmak zorunda değilsin. Bunu biliyorsun, değil mi?" Sesi çok samimi hatta çaresiz, gözleri ateşliydi. Beni şaşırtmıştı.

"Christian, istemeyeceğim bir şeyi hiçbir zaman yapmam." Ve kelimeleri söylerken ikna edici olmadıklarını düşündüm, çünkü şu anda, yanımda oturan bu adam için büyük olasılıkla her şeyi yapardım. Ama işe yaramıştı. Christian yumuşadı.

Bir an beni temkinle süzdü ve sonra, çok uzun boylu olmasına rağmen, helikopterin kapısına zarafetle ulaşıp açmayı başardı. Dışarı atlayıp benim de peşinden gitmemi bekledi ve ben helikopter pistine inerken elimi tuttu. Binanın tepesi çok rüzgârlıydı ve açık bir alanda, yerden en az otuz kat yüksekte duruyor olduğum için gerilmiştim. Christian kolunu belime dolayıp beni kendine çekti.

Rüzgârın gürültüsünü bastırmak için bağırarak, "Gel," dedi. Beni bir asansöre sürükledi ve şifre paneline bir numara tuşlamasının ardından kapılar açıldı. İçerisi ılıktı, duvarlar aynayla kaplıydı. Baktığım her yerde sonsuz sayıda Christian görüyordum ve işin mükemmel yanı, bana sonsuz sayıda sarılıyor olmasıydı. Christian kontrol paneline bir kod daha girdi, kapılar kapandı ve asansör inmeye başladı.

Saniyeler sonra, bembeyaz bir lobideydik. Ortada koyu ahşaptan yuvarlak bir masa, masanın üstünde inanılmaz büyüklükte bir beyaz çiçek aranjmanı duruyordu. Bütün duvarlarda tablolar asılıydı. Christian çift kanatlı bir kapıyı açtı ve beyazlık, tam karşıda görkemli bir odanın girişinin durduğu geniş koridor boyunca da devam etti. Burası tavanı çift kat yükseklikte ana oturma salonuydu. "Kocaman" kelimesi ufak kalıyordu. Uzaktaki duvar camdan ibaretti ve Seattle'a tepeden bakan bir balkona açılıyordu.

Sağ tarafta on yetişkinin rahatlıkla oturabileceği U biçiminde, heybetli bir kanepe vardı. Son moda paslanmaz çelikten yapılma –ya da belki de platin bile olabilirdi– modern bir şömineye bakıyordu.

Ateş yakılmıştı ve alevleri usulca dans ediyordu. Sol tarafımızda, girişte mutfak kalıyordu. Mutfak koyu ahşap tezgâhlar ve altı kişilik kahvaltı barıyla bembeyazdı.

Mutfağın yakınında, cam duvarın önünde, etrafına on altı sandalyenin yerleştirildiği bir yemek masası vardı. Ve köşeye tam boy, parlak siyah bir kuyruklu piyano yerleştirilmişti. Ah, evet. Büyük olasılıkla piyano da çalıyordu. Duvarlarda her biçim ve boyda sanat eserleri vardı. Aslında daire, yaşanacak bir yerden çok sanat galerisine benziyordu.

"Ceketini alabilir miyim?" diye sordu. Başımı iki yana salladım. Helikopter pistindeki rüzgâr yüzünden hâlâ üşüyordum.

"Bir içki ister misin?" diye sordu. Gözlerimi kırpıştırdım. Dün gecenin üstüne! *Komik olmaya mı çalışıyor?* Bir an *margarita* istemeyi düşündüm, ama cesaretim yoktu.

"Bir kadeh beyaz şarap içeceğim. Bana katılmak ister misin?"

"Evet, lütfen," diye mırıldandım.

Bu devasa odanın ortasında kendimi oraya tamamen uyumsuz hissederek dikiliyordum. Cam duvara yürüdüm ve duvarın alt yarısının, kenarlara doğru katlanarak balkona açıldığını fark ettim. Geri planda Seattle ışıl ışıl ve capcanlıydı. Mutfağa geri döndüğümde –cam duvara uzak olduğu için birkaç saniye sürdü– Christian bir şarap şişesini açmakla meşguldü. Ceketini çıkarmıştı.

"Pouilly Fumé senin için uygun mu?"

"Şarap konusunda hiç bilgili değilim, Christian. İyi olacağından eminim." Sesim yumuşak ve tereddütlüydü. Kalbim gümbürdüyordu. Kaçmak istiyordum. Burası ciddi anlamda zengin görünüyordu. Bill Gates tarzı zengin. Burada ne arıyordum? Bilinçaltım manidar bir sırıtışla, *Ne aradığını çok iyi biliyorsun*, de[illegible]et, Christian Grey'in yatağında olmak istiyordum.

"Al." Elime bir kadeh şarap verdi. Kadehler bile zengin duruyordu. Ağır, modern kristal. Bir yudum aldım. Şarap hafif, ekşi ve lezzetliydi.

"Çok sessizsin ve kızarmıyorsun bile. Aslında sanırım seni hiç bu kadar solgun görmemiştim, Anastasia," diye mırıldandı. "Aç mısın?"

Başımı salladım. "Bayağı büyük bir evin varmış."

"Büyük mü?"

"Büyük."

"Büyüktür," diye onaylarken gözleri muzip bir ışıltıyla parlıyordu. Şarabımdan bir yudum daha aldım.

"Çalıyor musun?" Çenemle piyanoyu işaret ettim.

"Evet."

"İyi misin?"

"Evet."

"Elbette öyledir. İyi yapamadığın herhangi bir şey var mı?"

"Evet... çok az şey." Şarabından bir yudum daha aldı. Gözlerini benden ayıramıyordu. Geniş odada dönerek etrafımı süzerken gözlerinin beni izlediğini hissedebiliyordum. "Oda" yanlış kelimeydi. Bu bir oda değildi; başarının bir kanıtıydı.

"Oturmak ister misin?"

Başımı salladım ve beni elimden tutup kırık beyaz renkli, geniş kanepeye götürdü. Oturturken, kendimi kötülüğüyle dillere düşen Alec d'Urberville'in yeni evine bakan Tess Durbeyfield gibi hissettiğimi fark ederek sarsıldım. Bu düşünce beni gülümsetmişti.

"Bu kadar eğlenceli olan ne?" Yanıma oturup yüzünü bana çevirdi. Dirseğini kanepenin arkasına yaslayıp başını sağ elinin üstüne yerleştirdi.

"Neden bana özellikle *Tess*'i verdin?" diye sordum. Christian bir an bana dik dik baktı. Sanırım sorum onu şaşırtmıştı.

"Thomas Hardy'yi sevdiğini söylemiştin."

"Tek sebebi bu mu?" Sesimdeki rahatsızlığı kendim bile duyabiliyordum. Ağzı düz bir çizgiye dönüştü.

"Uygun göründü. Seni Angel Clare gibi imkânsızlık derecesinde yüksek bir ideale tabi tutabilir ya da Alec d'Urberville gibi tamamen küçük düşürebilirdim," diye mırıldanırken gözleri karanlık ve tehlikeli bir ışık saçıyordu.

Ona bakarak, "Sadece iki seçenek varsa küçük düşürülmeyi seçerdim," diye fısıldadım. Bilinçaltım bana ağzı bir karış açık halde bakıyordu. İç geçirdi.

"Anastasia, lütfen dudağını ısırmayı bırak. Çok dikkat dağıtıcı. Ne dediğini bilmiyorsun."

"Bu yüzden buradayım."

Kaşları çatıldı.

"Evet. Bana bir dakika izin verir misin?" Odanın uzak köşesindeki geniş bir kapıda gözden kayboldu. Birkaç dakikalık bir yokluğun ardından, bir evrakla geri geldi.

"Bu bir gizlilik anlaşması." Omuz silkti ve biraz mahcup görünme nezaketini gösterdi. "Avukatım bu konuda ısrarcı." Evrakı bana uzattı. Büsbütün sersemlemiştim. "İkinci seçeneği, alçalmayı tercih edeceksen, bunu imzalaman gerekecek."

"Ya hiçbir şeyi imzalamazsam?"

"O zaman Angel Clare'in yüksek idealleri geçerli olacak, en azından kitabın büyük bölümünde sahip olduğu."

"Bu anlaşma ne anlama geliyor?"

"Bizimle ilgili hiçbir şeyi kimseyle paylaşamayacağın anlamına geliyor. Hiçbir şeyi, hiç kimseyle."

Ona hayretle baktım. Lanet olsun. Kötü, gerçekten kötüydü ve şimdi öğrenmek için can atıyordum.

"Tamam, imzalayacağım."

Bana bir kalem uzattı.

"Okumayacak mısın bile?"

"Hayır."

Kaşlarını çattı.

Beni, "Anastasia, imzalayacağın şey her ne olursa olsun, her zaman okumalısın," diye azarladı.

"Christian anlayamadığın şey şu: Ben kimseyle bizim hakkımızda konuşmazdım ki zaten. Kate'le bile. Bu yüzden bir anlaşma imzalayıp imzalamamam önemsiz. Senin için veya... görünüşe bakılırsa konuştuğun avukatın için o kadar önemliyse, tamam o zaman. İmzalarım."

Bana baktı ve ciddi bir ifadeyle başını salladı.

"İyi bir noktaya parmak bastınız, Bayan Steele."

İki nüshanın kesik çizgili kısımlarını imzalayıp birini ona geri verdim. Diğerini katlayarak çantama koydum ve şarabımdan büyük bir yudum aldım. Sesim normalde hissettiğimden çok daha cesur çıkmıştı.

"Bu anlaşma, bu akşam benimle sevişeceğin anlamına mı geliyor, Christian?" *Lanet olsun. Bunu gerçekten söylemiş miydim?* Ağzı hafifçe aralandıysa da hızla toparlandı.

"Hayır, Anastasia, gelmiyor. Öncelikle ben sevişmem. Beceririm... çok sert. İkincisi halledilecek başka evrak işleri var. Ve üçüncü olarak henüz nasıl bir işe bulaştığını bilmiyorsun. Hâlâ arkana bakmadan kaçabilirsin. Gel, sana oyun odamı göstermek istiyorum."

Ağzım açık kalmıştı. *Çok sert becermek mi?* Lanet olsun, kulağa... o kadar seksi geliyordu ki. Ama neden bir oyun odasına bakıyorduk? Kafam karışmıştı.

"Xbox oynamak mı istiyorsun?" diye sordum. Bir kahkaha attı.

"Hayır, Anastasia, Xbox yok. Playstation da. Gel." Elini uzatarak ayağa kalktı. Beni tekrar koridora çıkarmasına izin verdim. İçeri girdiğimiz çift kanatlı kapıların sağ tarafında, merdivenlere açılan ikinci bir kapı vardı. İkinci kata çıkıp sağa döndük. Cebinden anahtarını çıkarıp başka bir kapıyı açtı ve derin bir nefes aldı.

"İstediğin zaman gidebilirsin. Helikopter seni istediğin yere götürmek için beklemede. Gece kalıp sabah eve gidebilirsin. Ne karar alırsan al, bana uyar."

"Şu lanet olası kapıyı aç, Christian."

Kapıyı açtı ve içeri girmem için geri çekildi. Ona bir kez daha baktım. Burada de ne olduğunu öğrenmeyi o kadar istiyordum ki. Derin bir nefes alıp içeri girdim.

Ve kendimi zaman yolculuğuyla on altıncı yüzyıla ve İspanyol engizisyonuna dönmüş gibi hissettim.

Lanet olsun!

BÖLÜM YEDİ

Fark ettiğim ilk şey koku oldu: deri, ahşap, hafif bir limon esintisi içeren cila. Çok hoştu ve ışıklandırma yumuşak; belli belirsizdi. Kaynağı göremiyordum, ama odadaki kartonpiyerlerden etrafı çevreleyen bir parlaklık yayıyordu. Duvarlar ve tavanın koyu şarap rengi, geniş odada bir ana rahmi etkisi yaratıyordu ve yer kaplaması eskiydi; verniklenmiş eski ahşap kaplamaydı. Kapının karşısında kalan duvarda X biçiminde monte edilmiş, büyük ahşap bir haç vardı. Cilalı akajudan yapılmaydı ve her köşesinde, sabitleyici kelepçeler vardı. Hemen üzerinde, tavana en az iki buçuk metreye iki buçuk metre büyüklüğünde demir bir ızgara asılıydı ve ızgaradan her tür ip, zincir ve ışıldayan prangalar sarkıyordu. Kapının yanındaki duvara, perde çubukları misali, korkuluk millerini andıran ama daha uzun, cilalı ve süslü oymalı iki sırık asılmıştı. Üzerlerinde insanı şaşkına çeviren çeşitlilikte çark, kırbaç, kamçı ve komik görünüşlü tüylü gereçler sallanıyordu.

Kapının yanında akaju ağacından yapılma, çekmeceleri incecik ve tozlu, eski bir müzede numune saklamak için tasarlanmış gibi görünen, heybetli bir şifonyer duruyordu. Kısa bir an, o çekmecelerin içinde ne olduğunu merak ettim. *Bilmek istiyor muyum?* Uzak köşede koyu kırmızı deri bir sıra vardı ve hemen yanındaki duvara, bilardo istekası askısını andıran ama daha dikkatli bir incelemeyle farklı uzunluk ve genişliklerde bastonların durduğu görülen cilalı, ahşap bir raf sabitlenmişti. Karşı köşeye, yaklaşık bir metre seksen santimlik, cilalı ahşaptan yapılma, oymalı bacaklı bir masa ve altına masayla uyumlu iki tabure yerleştirilmişti.

Ancak odanın asıl hâkimi bir yataktı. Battal boydan daha genişti ve rokoko tarzında, tepesi düz, oymalı bir sayvanla tamamlanıyordu. On dokuzuncu yüzyıldan kalma gibi görünüyordu. Sayvanın altında yine ışık saçan zincir ve kelepçeler gördüm. Yatak takımı yoktu; sadece kırmızı deriyle kaplı bir döşek ve bir uçta üst üste istiflenmiş kırmızı saten yastıklar vardı.

Yatağın ayak ucuna, bir metrelik bir mesafeye koyu kırmızı, büyük bir kanepe yerleştirilmişti. Kanepe yüzü yatağa dönük halde, odanın tam ortasında duruyordu. Yatağa bakan bir kanepe... Eski usul bir düzenlemeydi. Kendi kendime gülümsedim: Odadaki en dünyevi mobilya olmasına rağmen bana en tuhaf gelen parça bu kanepe olmuştu. Kafamı kaldırıp tavana baktım. Tavanda, düzensiz aralıklarla yerleştirilmiş yaylı tutturma bilezikleri vardı. Neye yaradıklarını merak etmiştim. İçin tuhaf yanı, ahşap, koyu renk duvarlar, kasvetli ışıklandırma ve koyu kırmızı deri, odaya yumuşak ve romantik bir hava veriyordu. Hiç alakası olmadığını biliyordum, ama bu Christian'ın yumuşak ve romantik anlayışıydı.

Döndüğümde, tahmin ettiğim gibi, tamamen anlaşılmaz bir ifade ve dikkatle bana bakıyordu. Odanın içinde ilerledim; arkamdan geldi. Tüylü şey ilgimi uyandırmıştı. Çekinerek dokundum. Süetten yapılmaydı ve dokuz kamçılı bir kırbacı andırıyordu, ama daha tüylüydü ve ucunda küçük plastik boncuklar vardı.

"Buna kırbaç deniyor." Christian'ın sesi sakin ve yumuşacıktı.

Bir kırbaç... Hımmm. Sanırım şoktaydım. Bilinçaltım ya göç etmişti ya nutku tutulmuştu ya da sadece yere devrilip yok olmuştu. Uyuşmuştum. Bütün bunlar hakkındaki duygularımı gözlemleyebiliyor, özümseyebiliyor, ama kelimelerle dile getiremiyordum, çünkü şoka girmiştim. Potansiyel bir âşığın tam anlamıyla acayip bir sadist ya da mazoşist olduğunu öğrenmeye verilecek uygun tepki neydi? Korku... evet... baskın çıkan duygu bu gibiydi. Korkuyu artık tanıyordum. Ama tuhaftır ki korkum ona karşı değildi. Canımı yakmayacağını, en azından rızam olmadan yakmayacağını biliyordum. Zihnimi bulutlandıran o kadar çok soru vardı ki. Neden? Nasıl? Ne zaman? Hangi sıklıkla? Kim? Yatağa doğru yürüdüm ve ellerimi özenle oyulmuş direklerden birinin üstünde dolaştırdım. Direk bayağı sağlamdı ve işçiliği dikkat çekiciydi.

Christian sesinde aldatıcı bir yumuşaklıkla, "Bir şey söyle," diye emretti.

"Bunu sen mi insanlara yapıyorsun, onlar mı sana yapıyorlar?"

Ağzı yukarı doğru büküldü. Ya eğleniyordu ya da rahatlamıştı.

"İnsanlar mı?" Cevabını düşünürken gözlerini birkaç kez kırptı. "Bunu, yapmamı isteyen kadınlara yapıyorum."

Anlamıyordum.

"İstekli gönüllülerin varsa benim burada ne işim var?"

"Çünkü bunu seninle yapmayı çok istiyorum."

"Ah." İç geçirdim. *Neden?*

Ağır adımlarla odanın uzak ucuna yürüdüm ve elimle bel hizasındaki minderli sıraya vurup parmaklarımı derinin üzerinde dolaştırdım. *Kadınların canını yakmayı seviyor.* Bu düşünce canımı sıkmıştı.

"Sen bir sadist misin?"

"Ben Hâkimim," Gözleri, yoğun, yakıcı bir griydi.

"Bu ne demek?" diye fısıldadım.

"Her şeyde, bana kendi rızanla teslim olmanı istiyorum demek."

Bu düşünceyi sindirmeye çalışırken kaşlarımı çattım.

"Bunu neden yapayım?"

Kafasını yana eğerek, "Bana zevk vermek için," diye fısıldadı. Belli belirsiz bir gülümseme görür gibi oldum.

Ona zevk vermek mi? Ona zevk vermemi istiyor! Sanırım ağzım açık kalmıştı. *Christian Grey'e zevk ver.* Ve o anda, yapmak istediğim şeyin tam olarak bu olduğunu fark ettim. Benden sonuna kadar keyif almasını istiyordum. Bu bir vahiy gibiydi.

Yumuşak bir sesle, "Çok basit bir ifadeyle, beni memnun etmek istemeni istiyorum," dedi. Sesi hipnotize ediciydi.

"Bunu nasıl yapacağım?" Ağzım kurumuştu. Keşke biraz daha şarabım olsaydı. Tamam, memnun etme kısmını anlıyordum, ama yumuşak Elizabeth dönemi işkence odası olayı kafamı karıştırmıştı. Cevabı bilmek istiyor muydum?

"Kurallarım var. Ve onlara uymanı istiyorum. Senin çıkarın, benim zevkim için kurallar. Beni tatmin edecek bu kurallara itaat edersen seni ödüllendiririm. Uymazsan seni cezalandırırım ve öğrenirsin," diye fısıldadı. O bunu söylerken baston rafına bakıyordum.

Odanın geneline doğru elimi sallayarak, "Ve bütün bunlar nerede devreye giriyor?" diye sordum.

"Hepsi özendirici paketin parçaları. Hem ödül hem ceza."

"Yani bana iradeni dayatarak zevk alacaksın."

"Mesele güvenini ve saygını kazanmak; bu yüzden iradem sana dayatmama sen izin vereceksin. Senin boyun eğmenden çok büyük bir zevk, hatta mutluluk duyacağım. Sen itaat ettikçe benim mutluluğum da artacak. Çok basit bir denklem.

"Tamam, peki ya ben bundan ne elde edeceğim?"

Omuz silkti; neredeyse özür diler gibiydi.

Basitçe, "Beni," dedi.

Ah, Tanrım. Christian bana bakarken elini saçlarının arasından geçirdi.

Bitkin bir tavırla, "Hiçbir şey ele vermiyorsun, Anastasia," diye mırıldandı. "Haydi, daha iyi konsantre olabilmem için aşağı inelim. Burada olman dikkatimi dağıtıyor." Elini bana uzattı; elini tutmak konusunda tedirgindim.

Kate tehlikeli olduğunu söylemişti. Haklıydı. *Nereden biliyordu?* Sağlığım için tehlikeliydi, çünkü evet diyeceğimi biliyordum. Ve bir yanım bunu istemiyordu. Bir yanım odadan ve temsil ettiği her şeyden çığlıklar atarak kaçmak istiyordu. Kesinlikle boyumu aşan bir şeyin içindeydim.

"Canını yakmayacağım, Anastasia."

Gerçeği söylediğini biliyordum. Elini tuttum ve beni kapıdan dışarı çekti.

"Bunu yapacak olursan, dur, sana göstereyim." Alt kata dönmek yerine, *oyun odası* adını verdiği yerden çıkıp koridor boyunca ilerledi. Uçtaki bir tanesine ulaşana kadar sayısız kapıdan geçtik. Arkasında, büyük, çift kişilik bir yatağın durduğu, baştan ayağa her şeyiyle –mobilyalar, duvarlar, yatak takımları– bembeyaz bir yatak odası vardı. Steril ve soğuktu, ama cam duvardan Seattle'ın en harikulâde manzarasına sahipti.

"Burası senin odan olacak. İstediğin şekilde dekore edebilir, buraya her ne istiyorsan getirebilirsin."

"Odam mı? Evine taşınmamı mı bekliyorsun?" Sesimdeki dehşeti gizleyemiyordum.

"Tam zamanlı olarak değil. Sadece, diyelim cuma akşamından pazara kadar. Bütün bunları konuşup tartışmalıyız." Sakin ve tereddütlü bir sesle, "Bunu yapmak istiyorsan," diye ekledi.

"Burada mı uyuyacağım."

"Evet."

"Seninle değil."

"Hayır. Sana söyledim. Ben kimseyle uyumam, senin içkiden sersemlediğin gece dışında." Sesi azarlar gibiydi.

Ağzım düz bir çizgi gibi gerildi. İşte bağdaştıramadığım buydu. Beni sarhoşluğumdan kurtaran ve açelyaların arasına kusarken nazikçe kollarının arasında tutan iyi, sevgi dolu Christian ve özel bir odada kırbaçlar ve zincirleri olan canavar.

"Nerede uyuyorsun?"

"Odam alt katta. Gel, aç olmalısın."

Huysuz bir tavırla, "Tuhaf ama sanırım iştahım kaçtı," diye mırıldandım.

"Yemelisin, Anastasia," diye azarladı ve beni elimden tutup tekrar alt kata götürdü.

Akıl almayacak kadar büyük odaya döndüğümüzde, derin bir korkuyla doluydum. Bir uçurumun kenarındaydım ve atlayıp atlamamaya karar vermem gerekiyordu.

"Seni karanlık bir patikaya yönlendirdiğimin fazlasıyla farkındayım, Anastasia. İşte bu yüzden, bunu gerçekten düşünmeni istiyorum." Mutfaktan içeri girerken, "Birtakım soruların olmalı," diyerek elimi bıraktı.

Var. Ama nereden başlamalı?

Kahvaltı barının yanında durup buzdolabını açmasını, çeşit çeşit peynir ile yeşil ve kırmızı, iki büyük üzüm salkımından oluşan tabağı çıkarmasını izledim. Tabağı tezgâhın üzerine bıraktı ve bir Fransız bagetini kesmeye koyuldu.

"Otur." Kahvaltı barındaki taburelerden birini işaret etti; emrine itaat ettim. Bunu yapacaksam, alışmam gerekecekti. Onunla tanıştığım andan beri patronluk tasladığını fark ettim.

"Evrak işinden bahsetmiştin."

"Evet."

"Ne tür bir evrak işi?"

"Şey, gizlilik sözleşmesinin haricinde, ne yapıp ne yapmayacağımızı söyleyen bir kontrat. Sınırlarını bilmem gerek. Sen de benimkileri bilmelisin. Bu karşılıklı rızaya dayanan bir şey, Anastasia."

"Ya yapmak istemezsem?"

"Sorun değil," dedi dikkatle.

"Ama hiçbir ilişkimiz olmayacak?" diye sordum.

"Hayır."

"Neden?"

"Benim ilgilendiğim tek ilişki türü bu."

"Neden?"

Omuz silkti. "Ben böyleyim."

"Nasıl böyle oldun?"

"İnsanlar neden oldukları gibidir? Bunu cevaplamak zor. Neden bazı insanlar peyniri severken, diğerleri nefret eder. Sen peynir sever misin? Kâhyam Bayan Jones, bunu bu akşam yemeği için bıraktı." Bir dolaptan büyük beyaz tabaklar çıkarıp içlerinden birini önüme bıraktı.

Peynirden bahsediyoruz... Lanet olsun.

"Uymamı istediğin kurallar neler?"

"Yazılı olarak elimde var. Yemeğimizi yiyince üstünden geçeriz."

Yemek. Artık nasıl yiyebilirim ki?

"Gerçekten aç değilim," diye fısıldadım.

"Yiyeceksin," dedi basitçe. *Hükmedici Christian, her şey netlik kazanıyor.* "Bir kadeh şarap daha ister misin?"

"Evet, lütfen."

Kadehime şarap doldurdu ve gelip yanıma oturdu. Şarabımdan hızlı bir yudum aldım.

"Kendine yiyecek bir şeyler al, Anastasia."

Küçük bir üzüm salkımı aldım. Ancak bu kadarını yapabilirdim. Gözlerini kıstı.

"Uzun süredir mi böylesin?" diye sordum.

"Evet."

"Bunu yapmak isteyecek kadın bulmak kolay mı?"

Bana tek kaşını kaldırdı.

Kuru bir sesle, "Şaşırırsın," dedi.

"O zaman neden ben? Gerçekten anlamıyorum."

"Anastasia, sana söyledim. Sende bir şey var. Seni kendi haline bırakamıyorum." Alaycı bir gülümsemeyle, "Aleve uçan pervane gibiyim," dedi. Sesi boğuklaşmıştı. "Seni çok fena istiyorum, özellikle şu anda, yine dudağını ısırırken." Derin bir nefes alıp yutkundu.

Midem bir takla attı. Beni istiyordu... Tuhaf bir şekilde olduğu doğruydu, ama bu güzel, tuhaf ve normal dışı adam beni istiyordu.

"Sanırım şu klişeyi yanlış anlamışsın," diye homurdandım. Pervane bendim, alev oydu ve yanacaktım. Biliyordum.

"Ye!"

"Hayır. Henüz bir şey imzalamadım; bu yüzden senin için de uygunsa, sanırım bir süre daha özgür irademe bağlı kalacağım."

Gözleri yumuşadı, dudakları bir gülümsemeyle kıvrıldı.

"Nasıl isterseniz, Bayan Steele."

"Kaç kadın?" Soru ağzımdan kaçıvermişti, ama merak etmiştim.

"On beş."

Ah... sandığım kadar çok değildi.

"Uzun süreli mi?"

"Bazıları, evet."

"Kimsenin canını yaktın mı?"

"Evet."

Tanrı aşkına.

"Çok mu?"

"Hayır."

"Benim canımı yakacak mısın?"

"Ne demek istiyorsun?

"Fiziksel olarak, benim canımı yakacak mısın?"

"İstediğin zaman seni cezalandıracağım ve acı verici olacak."

Sanırım biraz başım dönmüştü. Şarabımdan bir yudum daha aldım. Alkol, bana cesaret verecekti.

"Hiç dövüldün mü?" diye sordum.

"Evet."

Ah... işte bu beni şaşırtmıştı. Ona bu açıklaması hakkında daha fazla soru sormama fırsat bırakmadan, düşünce zincirimin arasına girdi.

"Bu konuyu çalışma odamda tartışalım. Sana bir şey göstermek istiyorum."

Benim için sindirmesi güçtü. Aptal gibi, bu adamın yatağında benzersiz bir tutku gecesi geçireceğimi düşünmüştüm. Oysa şimdi, bu tuhaf ayarlamanın pazarlığını yapıyorduk.

Peşinden çalışma odasına, yerden tavana uzanan penceresi yine balkona açılan geniş bir odaya girdim. Masanın üstüne oturdu, bana karşısındaki deri koltuğa oturmamı işaret etti ve bir kâğıt parçası uzattı.

"Kurallar bunlar. Değiştirilebilirler. Sende de kalabilecek kontratın bir parçasını oluşturuyorlar. Bu kuralları oku, sonra tartışalım."

KURALLAR

İtaat

İtaatkâr, Hâkim'in vereceği her tür talimata derhal, tereddüt ya da çekincesiz ve süratle itaat edecektir. İtaatkâr, sert sınırlarla ana hatları belirtilmiş aktiviteler istisna olmak üzere (ek 2), Hâkim tarafından uygun ya da zevk verici kabul edilen her tür cinsel faaliyeti kabul edecektir. Bunu hevesle ve tereddütsüz yapacaktır.

Uyku

İtaatkâr, Hâkim'le birlikte olmadığı zamanlarda minimum yedi saatlik bir uyku uyuduğundan emin olacaktır.

Yemek

İtaatkâr sağlığını ve iyiliğini korumak için önceden belirlenmiş yiyecek listesinden (Ek 4) düzenli olarak beslenecektir. İtaatkâr meyve istisnası dışında, yemek aralarında atıştırmayacaktır.

Giysiler

Dönem boyunca, İtaatkâr sadece Hâkim'in onayladığı giysileri giyecektir. Hâkim, İtaatkâr'a, kullanması gereken bir giysi bütçesi tahsis edecektir. Hâkim, İtaatkâr'ın kıyafet alışverişine talep üzerine eşlik edecektir. Hâkim'in talep etmesi durumunda, İtaatkâr, Dönem sırasında, Hâkim'in varlığında ya da uygun göreceği zamanlarda, Hâkim'in talep edeceği her tür süsü takmakla mükelleftir.

Egzersiz

Hâkim, İtaatkâr'a, zamanları özel antrenör ve İtaatkâr arasında karşılıklı kararlaştırılmak üzere, haftada dört kez, özel antrenör eşliğinde birer saatlik seanslar sağlayacaktır. Özel antrenör, Hâkim'i, İtaatkâr'ın ilerlemesi hakkında bilgilendirecektir.

Kişisel Hijyen/Güzellik

İtaatkâr her zaman temiz, tıraşlı ya da ağdalı olmaya özen gösterecektir. İtaatkâr, Hâkim'in seçtiği bir güzellik salonunu Hâkim'in karar verdiği zamanlarda ziyaret edecek ve Hâkim'in uygun gördüğü her tür bakımı yaptıracaktır.

Kişisel Güvenlik

İtaatkâr aşırı alkol kullanmayacak, sigara içmeyecek ya da keyif verici ilaçlar almayacak veya kendini herhangi bir gereksiz tehlikeye atmayacaktır.

Kişisel Özellikler

İtaatkâr, Hâkim dışında kimseyle cinsel ilişkiye girmeyecektir. İtaatkâr her zaman saygılı ve mütevazı bir tutum içinde olacaktır. Davranışının Hâkim üzerinde direkt bir yansıması olacağının farkında olmalıdır. Hâkim'in yokluğu sırasında işlenen her tür yanlış eylem, hatalı davranış ve kötü halden sorumlu tutulacaktır.

Yukarıdaki maddelerin herhangi birine uymadaki eksiklik derhal cezalandırılacak, cezanın içeriği Hâkim tarafından belirlenecektir.

Lanet olsun.

"Sınırlar?" diye sordum.

"Evet. Sen neleri yapmazsın, ben neleri yapmam, anlaşmamızda bunları belirginleştirmemiz gerek."

"Kıyafetler için para kabul etme konusunda emin değilim. Bana yanlış geliyor." Kafamın içinde çınlayan "fahişe" kelimesiyle huzursuz bir tavırla kıpırdandım.

"Senin için para saçmak istiyorum. İzin ver sana kıyafetler alayım. Bazı ortamlarda bana eşlik etmene ihtiyaç duyabilirim ve iyi giyinmeni isterim. Bir iş edindiğin zaman, maaşının benim giymeni isteyeceğim türde kıyafetlere yetmeyeceğinden eminim."

"Yani senin yanında olmadığım zamanlarda onları giymem gerekmeyecek, öyle mi?"

"Hayır."

"Tamam." *Onları üniforma olarak düşün.*

"Haftada dört kez egzersiz yapmak istemiyorum."

"Anastasia, esnek, güçlü ve dinç olmana ihtiyacım var. Bana güven, egzersize ihtiyacın olacak."

"Ama herhalde haftada dört kez değil. Üç nasıl?"

"Dört kez yapmanı istiyorum."

"Bunun bir pazarlık olduğunu sanıyordum."

Dudaklarını büzdü. "Pekâlâ, Bayan Steele. Yine doğru bir noktaya parmak bastınız. Üç gün bir saat, bir gün yarım saate ne dersin?"

"Üç gün, üç saat. Burada olduğum süre boyunca senin sıkı egzersiz yapmamı sağlayacağın hissine kapıldım."

Muzip bir tavırla gülümserken, gözleri rahatlamış gibi parlıyordu. "Evet, sağlayacağım. Tamam anlaştık. Şirketimde staj yapmak istemediğinden emin misin? Sıkı pazarlıkçısın."

"Hayır, bunun iyi bir fikir olduğunu sanmıyorum." Kurallarına baktım. *Ağda? Nereye? Her yere mi? Iyyk.*

"Ve sınırlar. İşte benimkiler." Bana ikinci bir kâğıt uzattı.

SINIRLAR

Ateşle oyun içeren eylem olmayacak.

İdrar yapma ya da dışkılamayı ya da bu eylemlerin ürünlerini içeren hiçbir hareket olmayacak.

İğne, bıçak, delme ya da kan içeren hiçbir eylem olmayacak.

Jinekolojik tıbbi aletleri içeren hiçbir eylem olmayacak.

Çocuk ya da hayvan içeren hiçbir eylem olmayacak.

Ciltte kalıcı iz bırakacak hiçbir eylem olmayacak.

Nefes kontrolünü içeren hiçbir eylem olmayacak.

Bedenle elektrik akımı (dalgalı ya da direkt), ateş ya da alevin direkt temasını içeren hiçbir aktivite olmayacak.

Iykk. Bunları yazmış! Elbette, hepsi çok mantıklı ve dürüst olmak gerekirse gerekli görünüyordu... Aklı başında kimse, bu tür bir şeye dahil olmak istemezdi tabii ki. Kendimi kusacak gibi hissediyordum.

Kibarca, "Eklemek istediğin bir şey var mı?" diye sordu.

Lanet olsun. Hiçbir fikrim yoktu. Tamamen afallamıştım. Bana baktı ve alnını kırıştırarak, "Yapmayacağın herhangi bir şey var mı?" diye sordu.

"Bilmiyorum."

"Ne demek bilmiyorum?"

Huzursuzluk içinde kıpırdanarak dudağımı ısırdım.

"Hiç böyle bir şey yapmadım."

"Pekâlâ, seks yaptığında, yapmaktan hoşlanmadığın herhangi bir şey var mıydı?"

Asırlar kadar uzun gelen bir sürenin sonunda, kızardım.

"Bana söyleyebilirsin, Anastasia. Birbirimize karşı dürüst olmak zorundayız. Yoksa bu iş yürümez."

Bir kez daha kıpırdandım ve kenetlenen parmaklarıma baktım.

"Anlat," diye emretti.

"Şey... Daha önce seks yapmadım. Bu yüzden bilmiyorum." Sesim çok cılızdı. Ona bir bakış attım; ağzı açık, donakalmış halde bana bakıyordu.

"Hiç mi?" diye fısıldadı. Başımı salladım.

"Bakire misin?" diye soludu. Tekrar kızararak kafamı salladım. Gözlerini yumdu, ona kadar sayar gibiydi. Gözlerini yeniden açtığında kızgındı ve bana dik dik baktı.

"Ne halt etmeye bana söylemedin?" diye homurdandı.

BÖLÜM SEKİZ

Christian ellerini saçlarının arasında dolaştırarak çalışma odasında bir aşağı bir yukarı gidip geliyordu. İki el, çifte çileden çıkma demekti. Her zamanki kaya gibi kontrolü sarsılmışa benziyordu.

Beni, "Bana neden söylemediğini anlamıyorum," diye azarladı.

"Hiç yeri gelmedi. Cinsel durumumu tanıştığım herkese ifşa etmek gibi bir alışkanlığım yok. Demek istediğim, birbirimizi doğru dürüst tanımıyoruz." Ellerime bakıyordum. Neden kendimi suçlu hissediyordum? Neden bu kadar delirmişti? Ona kaçamak bir bakış attım.

"Pekâlâ, artık hakkımda çok daha fazlasını biliyorsun," diye çıkıştı. Ağzı sert bir çizgiye dönüşmüştü. "Tecrübesiz olduğunu biliyordum; ama *bir bakire*!" Bunu gerçekten pis bir kelimeymiş gibi söylemişti. "Lanet olsun, Ana! Az önce sana gösterdiklerim..." diye inledi. "Tanrı beni affetsin. Benim dışımda seni öpen oldu mu?"

"Elbette oldu." Gücenmiş görünmek için elimden geleni yapıyordum. *Tamam... belki sadece iki defa.*

"Ve genç, kibar bir adam ayaklarını yerden kesmedi. Anlamıyorum. Yirmi bir, neredeyse yirmi iki yaşındasın. Güzelsin." Elini saçlarının arasından bir kez daha geçirdi.

Güzel. Zevkten kıpkırmızı kesildim. Christian Grey güzel olduğumu düşünüyordu. Sersem sırıtışımı gizlemek için, bakışlarımı birbirine kenetlediğim parmaklarıma diktim. *Belki de yakını göremiyordur*. Bilinçaltım, uyku halindeki kafasını kaldırmıştı. Ona en çok ihtiyaç duyduğum anda nerelerdeydi?

"Ve hiçbir tecrüben yokken, ciddi ciddi benim ne yapmak istediğimi tartışıyorsun..." Kaşları birleşmişti. "Seksten nasıl uzak durdun? Lütfen, anlat bana."

Omuz silktim.

"Hiç kimse gerçekten, bilirsin işte..." İpi göğüsleyen sadece sen oldun. Ve sen de bir tür canavar çıktın. "Neden bana bu kadar kızdın ki?" diye fısıldadım.

"Sana değil. Kendime kızgınım. Ben sandım ki..." İç geçirdi. Bana kurnaz bir bakış attıktan sonra kafasını salladı. "Gitmek istiyor musun?" diye sorarken sesi nazikti.

"Hayır, tabii eğer sen gitmemi istemiyorsan," diye mırıldandım. *Ah, hayır... Gitmek istemiyorum.*

"Tabii ki istemiyorum. Burada olman hoşuma gidiyor." Bunu kaşlarını çatarak söyledikten sonra saatine baktı. "Geç oldu." Ve sonra dönüp bana baktı. "Dudağını ısırıyorsun." Sesi boğuktu ve ben şüpheyle süzüyordu.

"Özür dilerim."

"Özür dileme. Sadece ben de dudaklarını ısırmak, hem de sertçe ısırmak istiyorum."

Nefesim kesildi. Bana böyle şeyler söyleyip etkilenmememi nasıl bekleyebilirdi?

"Gel," diye mırıldandı.

"Ne?"

"Durumu hemen şu anda düzelteceğiz."

"Ne demek istiyorsun? Ne durumu?"

"Senin durumunu. Ana, seninle sevişeceğim, şimdi."

"Ah." Yer ayağımın altından kaymıştı. *Ben bir durumdan ibaretim.* Nefesimi tuttum.

"Demek istediğim, istediğin buysa. Şansımı zorlamak istemem.

"Sevişmediğini sanıyordum. Çok sert becerdiğini sanıyordum.

Yutkundum; birden dilim damağım kurumuştu.

Bana ahlaksız ve etkileri aşağıya, ta *oraya* kadar ulaşan bir sırıtışla baktı.

"Bir istisna yapabilir ya da ikisini birleştirebilirim. Göreceğiz. Seninle gerçekten sevişmek istiyorum. Lütfen benimle yatağa gel. Anlaşmamızın yürümesini istiyorum, ama nasıl bir işe girdiğin konusunda gerçekten bir fikrin olmalı. Eğitimimize bu akşam, temel bilgilerle başlayabiliriz. Bu benim kalpli çiçekli bir kıvama geldiğim anlamına gelmiyor; sadece istediğim bir amaca ulaşmak için bir araç; ve umuyorum senin de istediğin bir amaca." Bakışları yoğundu.

Kızardım... *Tanrım*... Dilekler gerçek olabiliyormuş demek.

"Ama kurallar listesinde talep ettiklerini de yapmadım." Sesim nefes nefese, tereddütlüydü.

"Kuralları unut. Bu akşamlık bütün o detayları unut. Seni ofisimde yere kapaklandığın andan beri istiyorum ve senin de beni istediğini biliyorum. İstemeseydin, burada sakin sakin oturup cezaları ve sınırları tartışıyor olmazdın. Lütfen, Ana, geceyi benimle geçir." Elini bana uzatırken, gözleri parlak, ateşli ve heyecanlıydı. Elimi avucuna bıraktım. Beni önce ayağa kaldırdı, sonra kollarının arasına çekti ve bedenini boydan boya bedenimde hissettin. Bu çevik hareketi beni hazırlıksız yakalamıştı. Parmaklarını ensemde dolaştırdı, atkuyruğumu bileğine doladı ve beni ona bakmaya mecbur edecek şekilde hafifçe çekti. Bana tepeden bakıyordu.

"Sen çok cesur bir genç kadınsın," diye fısıldadı. "Sana hayranım."

Kelimeleri beni kışkırtmıştı; kanım alev alevdi. Eğilip dudaklarımı usulca öptü ve alt dudağımı emdi.

Ağzını ağzımdan ayırmadan, "Bu dudağı ısırmak istiyorum," diye mırıldandı ve dudağımı dikkatle, dişlerinin arasına alıp çekti. İnledim. Gülümsedi.

"Lütfen, Ana. Seninle sevişmeme izin ver."

"Evet," diye fısıldadım, çünkü burada olma nedenim buydu. Beni bırakıp elimi tutarken ve dairenin içinde çekerken, gülümsemesi zafer doluydu.

Yatak odası genişti. Tavana kadar yükselen camlar Seattle'ın ışıklı, çok katlı binalarına bakıyordu. Duvarlar beyaz, mobilyalar açık maviydi. Devasa yatak ultra-moderndi ve dalgaların karaya attığı odun parçalarına benzeyen kaba, gri ahşaptan yapılmaydı. Köşelerden yükselen dört direğe rağmen sayvansızdı. Üstündeki duvar göz alıcı bir deniz tablosuna dönüştürülmüştü.

Yaprak gibi titriyordum. Sonunda, bunca zaman sonra bunu yapacaktım ve yapacağım kişi Christian Grey'den başkası değildi. Nefes alışım sıklaşmıştı ve gözlerimi ondan ayıramıyordum. Saatini çıkarıp yatağı tamamlayan bir şifonyerin üstüne, ceketini de bir sandalyeye bıraktı. Üzerinde beyaz keten gömleği ve kot pantolonu vardı. Kalp durduracak kadar güzeldi. Koyu bakır rengi saçları karışmıştı, gömleği pantolonunun üstüne sarkıyordu. Gri gözleri cesur ve göz alıcıydı. Converse ayakkabılarından kurtuldu ve yere eğilip çoraplarını tek tek çıkardı. Christian Grey'in ayakları. Vay canına... Çıplak ayaklarda ne vardı böyle? Döndü ve yumuşak bir ifadeyle bana baktı.

"Doğum kontrol hapı kullanmıyorsundur herhalde?"

Ne? Lanet olsun.

"Tahmin etmiştim." Şifonyerin en üst çekmecesini açtı ve bir paket prezervatif çıkardı. Bana büyük bir dikkatle baktı.

"Hazırlan," diye mırıldandı. "Storların inik olmasını mı istersin?"

"Fark etmez," diye fısıldadım. "Yatağında kimsenin uyumasına izin vermediğini sanıyordum."

"Uyuyacağımızı kim söyledi?" diye mırıldandı.

"Ah." *Tanrı aşkına.*

Usulca bana yaklaştı. Kendinden emin, seksi, alev alev gözler. Kalbim gümbürdemeye başlamıştı. Kanım bedenimin her yanına pompalanıyordu. Yoğun ve sıcak arzu karnımda birikiyordu. Karşımda durup gözlerimin içine baktı. O kadar seksiydi ki.

Yumuşak bir sesle, "Şu ceketi çıkaralım, ne dersin?" dedi ve yakalarından tuttuğu ceketi nazik hareketlerle omzumdan kaydırıp sandalyenin üstüne bıraktı.

"Seni ne kadar çok istediğim konusunda bir fikrin var mı, Ana Steele?" diye fısıldadı. Nefesim kesilmişti. Gözlerimi ondan ayıramıyordum. Elini uzattı ve parmaklarını yanağımdan çeneme doğru usulca kaydırdı.

Çenemi okşarken, "Sana neler yapacağım konusunda bir fikrin var mı?" diye ekledi.

Vücudumun en derin, en karanlık yerindeki kaslar, en enfes şekilde kasılmıştı. Acı o kadar tatlı ve keskindi ki gözlerimi yummak istedim, ama tutkuyla bana bakan gözleriyle hipnotize olmuştum. Eğilip beni öptü. Dudakları, benimkilerle bütünleşirken talepkâr, sert ve telaşsızdı. Çeneme, çenemin altına ve ağzımın köşelerine kuş tüyü ağırlığında öpücükler kondururken, gömleğimin düğmelerini çözmeye koyuldu ve usulca üzerimden sıyrılıp yere düşmesine izin verdi. Geri çekilip bana baktı. Üzerime tam oturan, açık mavi, dantel sutyenin içindeydim. *Tanrı'ya şükür.*

"Ah, Ana," diye soludu. "O kadar güzel bir tenin var ki, açık renk ve pürüzsüz. Her santimini öpmek istiyorum."

Kızardım... *Ah, Tanrım.* Neden sevişemeyeceğini söylemişti? İstediği her şeyi yapardım. Saçımdaki tokayı kavrayıp çekti ve saçlarım omuzlarımdan aşağı dökülürken iç geçirdi.

"Esmerleri severim," diye mırıldandı. Her iki eli de saçlarımdaydı ve başımın iki yanını sıkıca kavramıştı. Öpüşü talepkârdı; dili ve dudakları benimkileri kandırıyordu sanki. İnledim ve dilim, bütün çekingenliğiyle, onunkiyle buluştu. Kollarını bana doladı ve bedenine bastırıp iyice sıktı. Bir eli saçlarımda kalmış, diğeri omurgamdan belime, oradan popoma kaymıştı. Eli, arkamda gevşedi ve usulca sıktı. Beni kalçalarına iyice yaslamıştı. Zorlamadan bana bastırdığı ereksiyonunu hissediyordum.

Bir kez daha ağzının içine doğru inledim. Bütün vücudumu yakıp yıkan asi duyguları –yoksa hormonlar mıydı?– güçlükle bastırabiliyordum. Onu öylesine istiyordum ki! Kollarının üst tarafını kavrayınca, kaslarını hissettim. Şaşırtıcı derecede güçlüydü... ve kaslı. Çekinerek ellerimi yüzüne, saçlarının arasına kaydırdım. Son derece yumuşak ve asilerdi. Saçlarını yavaşça çektim. İnledi. Beni karyolaya doğru itti. Ta ki yatağı dizlerimin arkasında hissedene kadar. Bir an yatağın üzerine itecek sandım, ama bunu yapmadı. Beni serbest bırakıp birden dizlerinin üstüne çöktü. Kalçalarımı iki eliyle birden kavradı ve dilini göbeğimde dolaştırdıktan sonra, nazik bir dokunuşla kalça kemiğime, sonra göbeğimin üstünden diğer kalça kemiğime kaydı.

"Ah," diye inledim.

Onu önümde, dizlerinin üstünde görmek, ağzını üzerimde hissetmek çok beklenmedik ve seksiydi. Ellerim saçlarının arasındaydı ve sesi fazla yükselen nefesimi sakinleştirmeye çalışırken, saçlarını usulca çekiştiriyordum. İnanılmaz uzunluktaki kirpiklerinin arasından bana bakarken, gözleri yakıcı bir duman grisine çalmıştı. Elleri yukarı uzandı, kot pantolonumun düğmelerini çözdü, sonra hiç telaşsız, fermuarımı indirdi. Gözlerini benimkilerden ayırmadan, ellerini pantolonun bel kısmının altına kaydırdı, tenimin üstünden geçirip arka tarafıma uzandı. Elleri belimden kalçalarıma inerken, kot pantolonumu da indirdiler. Bakışlarımı kaçıramıyordum. Durdu, dudaklarını yalarken, göz temasını bir an bile kesmemişti. Öne eğildi ve burnunu bacaklarımın arasındaki uç noktaya sürttü. Onu hissediyordum. *Orada.*

"O kadar güzel kokuyorsun ki," diye mırıldanarak gözlerini yumarken yüzünde saf bir zevk vardı. Neredeyse kıvranıyordum. Yukarı uzandı, karyolanın üzerindeki örtüyü çekti ve sonra beni yavaşça yatağa bıraktı.

Dizlerinin üstünden kalkmadan ayağımı tuttu, Converse'imi çözüp çorabımla birlikte ayağımdan çıkardı. Ne yaptığını görebilmek için dirseklerimin üstünde doğrulmuştum. Nefes nefese ve istekle doluydum. Ayağımı topuğumdan kaldırdı ve başparmağının tırnağını tabanımın çukurunda dolaştırdı. Neredeyse acı vericiydi, ama hareketin kasıklarımda yankılandığını hissetmiştim. İç geçirdim. Gözlerini benimkilerden ayırmadan, bu kez önce dilini sonra dişlerini ayak tabanımın çukurunda gezdirdi. Lanet olsun. İnledim. Bunu nasıl *orada* hissedebiliyordum? İnleyerek yeniden yatağa düştüm. Yumuşak kıkırtısını duydum.

"Ah, Ana, sana neler yapabilirim," diye fısıldadı. Diğer ayakkabımı ve çorabımı da çıkardıktan sonra ayağa kalktı ve kot pantolonumu tamamen çekip çıkardı. Yatağında, üzerimde sadece sutyenim ve külotumla yatıyordum ve Grey tepeden bana bakıyordu.

"Çok güzelsin, Anastasia Steele. İçinde olmak için can atıyorum."

Lanet olsun. Sözleri. O kadar baştan çıkarıcıydı ki. Nefesimi kesiyordu.

"Bana kendine nasıl zevk verdiğini göster."

Ne? Kaşlarım çatıldı.

"Utanma, Ana. Göster bana," diye fısıldadı.

Kafamı salladım. "Ne demek istediğini bilmiyorum." Sesim boğuktu. Arzuya bulanmış halini tanımakta ben bile güçlük çekiyordum.

"Kendini nasıl tatmin ediyorsun? Görmek istiyorum."

Başımı salladım.

"Tatmin etmiyorum," diye mırıldandım. Kısa bir an için şaşırarak kaşlarını kaldırdı. Gözleri koyulaştı ve inanmayarak kafasını salladı.

"Pekâlâ, bu konuda ne yapabileceğimize bir bakalım." Sesi yumuşak ve meydan okuyucu, enfes bir şehvet tehdidiydi. Kot pantolonunun düğmelerini hiç telaşsız çözüp pantolonunu yavaşça indirirken gözleri üzerimden bir an olsun ayrılmadı. Üzerime eğildi ve iki ayak bileğimi tutarak bacaklarımı hızla araladı ve bacaklarımın arasına doğru emekledi. Üzerime eğildi. İhtiyaçla kıvranıyordum.

"Kıpırdama," diye mırıldandıktan sonra, eğilip bacaklarımın içlerini öptü. Öpücükleri daha yukarı, külotumun ince, dantel kumaşına kadar aralıksız devam etti.

Ah... Kıpırdamadan duramıyordum. Nasıl kıpırdamazdım ki? Altında kıvranıyordum.

"Hareketsiz durman konusunda biraz çalışmamız gerekecek, bebeğim." Öpücükleri karnıma tırmandı ve dili göbek deliğime daldı. Kuzeye doğru yol almaya devam ediyor, bedenimi öpücüklere boğuyordu. Tenim yanıyordu. Kıpkırmızı olmuştum, çok sıcak ve çok soğuktu.

Tırnaklarımı altımdaki çarşafa geçirmiştim. Yanıma uzandı ve eli kalçama, belime ve göğsüme doğru çıktı. Bana tepeden bakarken yüzünde anlaşılmaz bir ifade vardı. Yavaşça memelerimi kavradı.

"Avuçlarıma tam uyuyorsun, Anastasia," diye mırıldandı ve işaret parmağını sutyenimin kupuna takıp yavaşça aşağı çekerek mememi özgür bıraktı. Ama sutyenin baleni ve kup kısmının kumaşı mememi yukarı doğru itiyordu. Parmağı diğer mememe kaydı ve aynı işlemi tekrarladı. Sabit bakışları altında memelerim şişmiş, meme uçlarım sertleşmişti. Kendi sutyenimle bağlanmıştım.

Hayranlık dolu bir sesle, "Çok hoş," diye fısıldayınca, meme uçlarım daha da sertleşti.

Mememe yavaşça üflerken, elini diğer meme kaydırdı. Başparmağıyla meme ucumu kıvırıp uzattı. Kasıklarıma kadar hissettiğim tatlı bir duyguyla inledim. Fena ıslanmıştım. Parmaklarım çarşafı daha sıkı kavrarken, içimden, *Ah lütfen,* diye yalvardım. Dudakları diğer mememin üstüne kıvrıldı ve ucunu çekince, neredeyse sarsıldım.

"Bakalım seni bu şekilde boşaltabilecek miyiz?" diye fısıldayarak ağır şehvet saldırısını sürdürdü. Meme uçlarım, bütün sinir uçlarımı bedenimin tamamının tatlı bir ıstırapla şakımasına neden olacak şekilde uyaran ustalıklı parmaklarının ve dudaklarının enfes yükünü taşıyordu. Durmak bilmiyordu.

"Ah... lütfen," diye yalvardım ve başımı arkaya attım. İnlerken ağzım aralanmış, bacaklarım kaskatı kesilmişti. Tanrı aşkına, bana neler oluyordu böyle?

"Kendini bırak, bebeğim," diye mırıldandı. Dişleri meme ucumun üstüne kapandı, parmakları diğer meme ucumu sertçe çekti ve bedenim sarsılarak binlerce parçaya bölünürken ellerinde dağıldım. Beni öperken, ağzımın içindeki dili çığlıklarımı yutuyordu.

Ah, Tanrım. Olağanüstüydü. Bunca patırtının neden koptuğunu artık anlamıştım. Yüzünde tatmin olmuş bir gülümsemeyle bana bakıyordu. Diğer yandan benimkinde minnet ve hayranlıktan başka bir şey olmadığından emindim.

"Çok duyarlısın," diye soludu. "Bunu kontrol etmeyi öğrenmen gerekecek ve nasıl yapacağını öğretmek çok keyifli olacak." Beni bir kez daha öptü. Orgazmın beni çıkardığı yükseklikten yere inerken, nefesim hâlâ kesik kesikti. Eli belime, oradan kalçama indi ve sonra beni yavaşça avuçladı... *Tanrım.* Parmağı ince dantelin içine kaydı ve etrafımda –orada– yavaşça dolaştı. Gözlerini kısa bir an için yumdu ve nefesi bir an kesildi.

"Öyle enfes ıslanmışsın ki. Tanrım, seni istiyorum." Parmağını içime kaydırdı ve o bunu tekrar tekrar yaparken, haykırdım. Klitorisime avucunu yerleştirdi ve bir kez daha haykırdım. Parmağını içime, daha derinlere itti. İnledim.

Aniden doğruldu, külotumu çekiştirerek çıkardığı gibi yere fırlattı. İç çamaşırını indirdiği anda, ereksiyonu özgürlüğünü ilan etti. *Vay canına...* Baş ucu komodinine uzandı, folyolu bir paket kaptı ve sonra iyice araladığı bacaklarımın arasına geçti. Dizlerinin üstünde doğruldu ve prezervatifi hatırı sayılır uzunluğuna yerleştirdi. *Ah hayır... Sığacak mıydı? Nasıl?*

Gözleri gözlerimde, "Endişelenme," diye soludu. "Sen de genişleyeceksin." Ellerini başımın iki yanına yaslayıp üzerime eğildi ve kaskatı bir çene ve yanan gözlerle gözlerimin içine baktı. Gömleğinin hâlâ üzerinde olduğunu ancak o zaman fark ettim.

Usulca, "Bunu yapmayı gerçekten istiyor musun?" diye sordu.

"Lütfen," diye yalvardım.

Yavaşça, "Dizlerini yukarı çek," diye emretti ve hızla itaat ettim. Ereksiyonunun başını cinsel organımın girişine yerleştirirken, "Şimdi sizi becereceğim, Bayan Steele." diye mırıldandı. "Çok sert," diye fısıldadı ve kendini hızla içime itti.

Christian bekâretimi bozarken, içimde, derinlerde tuhaf bir çimdiklenme hissi duyarak, "Ahhh!" diye haykırdım. Durdu. Gözleri mest edici bir zaferle parlayarak bana bakıyordu.

Ağzını hafifçe araladı. Nefesi boğuktu. İnledi.

"Çok sıkısın. İyi misin?"

Gözlerim fal taşı gibi açık, ellerim kollarının alt kısmında, başımı salladım. İçimin doluluğunu hissediyordum. Kıpırdamadan durarak, içimde uyandırdığı bu zorlayıcı ve karşı konulmaz duyguya uyum sağlamama izin verdi.

Bir an sonra gerilmiş bir sesle, "Hareket edeceğim, bebeğim," diye soludu.

Ah.

Müthiş bir yavaşlıkla geri çekildi. Gözlerini yumdu, inledi ve kendini bir kez daha içime itti. Ben bir haykırış daha koyuverince durdu.

"Daha?" diye fısıldarken, sesi boğuktu.

"Evet," dedim nefessiz. Bunu bir kez daha yaptı ve yine durdu.

İnledim, bedenim onu kabul etmişti. Ah, bunu istiyordum.

"Yine?" diye soludu.

"Evet." Bu bir yakarıştı.

Ve hareket etti, ama bu defa durmadı. Ağırlığını üzerimde hissedeceğim ve beni aşağıda tutacak şekilde, dirseklerine kaydırdı. Ve bu yabancı duyguya alışırken, kalçalarım onunkilerle buluşmak için ürkek bir şekilde kıpırdıyordu. Hızını arttırdı. İnledim, hızını gittikçe ve insafsızca artırarak, acımasız bir ritimle vurmayı sürdürdü ve ben de ona karşılık vererek ayak uydurdum. Başımı ellerinin arasına alıp beni sertçe öperken, dişleriyle alt dudağımı bir kez daha çekti. Hafifçe kayarken içimde, daha önce olduğu gibi, bir şeylerin oluştuğunu hissediyordum. O kendini içime itmeyi sürdürürken kasılmaya başladım. Vücudum titreyip yay gibi gerilirken, tenim bir ter tabakasıyla kaplanmıştı. *Ah, Tanrım.* Böyle hissettireceğini hiç bilmiyordum... bu kadar iyi olabileceğini. Düşüncelerim darmadağınıktı. Sadece hissediyordum... Sadece o... Sadece ben... Ah lütfen... Kasıldım.

Nefes nefese, "Benim için boşal, Ana," diye fısıldadı. Kelimeleriyle çözüldüm ve doruğa ulaşıp altında milyonlarca parçaya dağılarak erkekliğinin etrafında patladım. Boşalırken adımı haykırdı, sertçe abandı ve sonra içimde boşalırken kıpırdamadan durdu.

Hâlâ nefes nefeseydim. Soluğumu, gümbür gümbür çarpan kalbimi yavaşlatmaya çalışıyordum. Düşüncelerim asi bir kargaşa içindeydi. *Vay canına.* Sersemleticiydi. Gözlerimi açtım, gözleri kapalı, nefesi kesik halde, alnını alnıma yasladı. Christian gözlerini kırpıştırarak açtı ve bana karanlık, ama yumuşacık bir ifadeyle baktı. Hâlâ içimdeydi. Eğildi, alnıma bir öpücük kondurdu ve sonra kendini usulca geri çekti.

"Ah..." Bu yabancılık karşısında yüzümü buruşturdum.

Christian yanıma uzanıp dirseğine yaslanarak, "Canını yaktım mı?" diye sordu. Saçımın bir tutamını kulağımın arkasına itti. Sırıtmamak elimde değildi.

"Canımı yakıp yakmadığını mı soruyorsun?"

Alaycı bir gülümsemeyle, "İmayı anlamamış değilim," dedi. "Cidden, iyi misin?" gözleri yoğun, meraklı, hatta talepkârdı.

Yanında yatarken, uzuvlarımın tutmadığını, kemiklerimin jöle kıvamını aldığını hissediyordum; gevşemiştim. Fazlasıyla gevşemiştim. Ona sırıttım. Sırıtmama mani olamıyordum. Onca patırtının nedenini artık biliyordum. İki orgazm... Dikiş yerlerinden yırtılmak, çamaşır makinesinin bir anda su alması gibi, bir anda boşalmak... Vay canına. Bedenimin nelere muktedir olduğundan, ne derece kasılıp nasıl şiddetle ve hoşnutlukla gevşeyebileceğinden habersizdim. Bu zevkin tarifi yoktu.

"Dudağını ısırıyorsun ve sorumu hâlâ yanıtlamadın." Kaşlarını çatmıştı. Onu afacan bir sırıtışla süzdüm. Dağınık saçları, alev alev yanan kısık gri gözleri, ciddi ve karanlık ifadesiyle, muhteşem görünüyordu.

"Bunu yine yapmak isterim," diye fısıldadım. Panjurlar geri inmeden önce, bir an, yüzünden bir rahatlama ifadesinin geçip gittiğini görür gibi oldum. Bana yarı kapalı gözlerle bakıyordu.

Kuru bir sesle, "Öyle mi, Bayan Steele?" diye mırıldandı. Eğildi ve ağzımın köşesine küçük bir öpücük kondurdu. "Seni küçük talepkâr," dedi. "Yüzüstü dön."

Ona bir an gözlerimi kırpıştırdıktan sonra, yüzüstü döndüm. Sutyenimin kopçasını açtı ve elini sırtımdan kalçama doğru indirdi.

"Gerçekten çok güzel bir tenin var," diye mırıldandı. Bacaklarından biri benimkinin arasına girecek şekilde kaydı. Kısmen sırtıma uzanmıştı. Yüzüme düşen saçlarımı kenara itip çıplak omzumu öperken, gömleğinin düğmelerinin tenime battığını hissediyordum.

"Gömleğin neden üstünde?" diye sordum. Durdu. Anlık bir duraksamadan sonra, gömleği üstünden sıyırıp tekrar üzerime uzandı. Ilık tenini tenimde hissediyordum. Mmm... Harika bir histi. Göğsündeki az miktardaki tüy öbeği, sırtımı gıdıklıyordu.

Kulağıma, "Demek seni tekrar becermemi istiyorsun," diye fısıldadı ve kulağımın çevresinden, boynumun aşağısına kadar kuş tüyü hafifliğinde öpücükler sıraladı.

Eli aşağıya doğru kayarak belimden kalçama, oradan da dizimin arka kısmına kadar indi. Dizimi yukarı itti ve bir an nefesim kesildi. *Şimdi ne yapıyordu?* Bacaklarımın arasına girip, kalçama yaslanacak şekilde kıpırdadı. Eli bacağımdan sırtıma yöneliyordu. Usulca yanağımı okşadı. Sonra parmağını tekrar bacaklarımın arasına kaydırdı.

"Sana arkadan sahip olacağım, Anastasia," diye mırıldandı ve diğer eliyle, ensemdeki saçlarımı avuçlayıp yavaşça çekerek beni olduğum yere sabitledi. Başımı oynatamıyordum. Altına çivilenmiş ve çaresizdim.

"Benimsin," diye fısıldadı. "Sadece benim. Bunu sakın unutma." Sesi sarhoş edici, sözcükleri baş döndürücü ve baştan çıkarıcıydı. Gittikçe büyüyen ereksiyonunu bacaklarımın arasında hissediyordum.

Uzun parmakları usulca, küçük daireler çizerek klitorisime masaj yapmaya uzandı. Çenemi yavaşça dişlerken, nefesinin yumuşaklığı yüzümde dolaşıyordu.

"İlahi bir kokun var." Burnunu kulağımın arkasına sürttü. Eli, daireler çizerek etrafımda dolaşmayı sürdürüyordu. Istırap veren bir zevk kanımda adrenalin misali yükselirken, elinin bir yansıması olarak kalçam da daireler çizmeye başladı.

Yumuşak ama kesin bir sesle, "Kıpırdama," diye emrederken, başparmağını yavaşça içime itti ve olduğu yerde çevirerek vajinamın ön duvarını okşadı. Etkisi çıldırtıcıydı; bütün enerjim bedenimin içindeki tek bir küçük noktaya konsantre olmuştu.

Usulca, "Hoşuna gidiyor mu?" diye sorarken, kulağımı sıyırıyordu ve başparmağını yavaşça hareket ettirmeye başladı... içeri, dışarı, içeri, dışarı. Parmağı daireler çizmeyi sürdürüyordu.

Bedenimden ateş akarken, nefesimi kontrol altında tutmaya, parmaklarının dizginlerinden boşalttığı düzensiz, kaotik duyguları hazmetmeye çalışarak gözlerimi yumdum. Bir kez daha inledim.

"Ne kadar çabuk, ne kadar çok ıslandın. Çok duyarlısın. Ah, Anastasia. Bu hoşuma gidiyor. Bu çok hoşuma gidiyor," diye fısıldadı.

Bacaklarımı kasmak istiyor, ama hareket edemiyordum. Beni yatağa çivilemiş, sürekli, ağır ve dolambaçlı ritmini sürdürüyordu. Kesinlikle muhteşemdi. Bir kez daha inledim ve aniden hareket etti.

"Ağzını aç," diye emretti ve başparmağını ağzıma itti. Açılan gözlerimi deli gibi kırpıştırıyordum.

Kulağıma, "Tadına bak," diye soludu. "Em beni, bebeğim." Parmağı dilime bastırıyordu. Ağzım parmağının etrafına örtüldü ve çılgıncasına emmeye başladım. Başparmağının tuzlu tadını ve kanın cılız metalik kokusunu duyabiliyordum. *Lanet olsun.* Yanlıştı, ama bir o kadar da erotikti.

"Ağzını becermek istiyorum, Anastasia ve birazdan bececeğim." Sesi boğuk ve kaba, nefesi kesik kesikti.

Ağzımı becermek mi? İnledim ve dişlerimi parmağına geçirdim. İç geçirdi; saçlarımı daha fazla ve acı verecek şekilde çekince, onu bıraktım.

"Yaramaz tatlı kız," diye fısıldadı ve sonra yeni bir paket için baş ucu komodinine uzandı. Saçımı serbest bırakırken, "Olduğun yerde kal, kıpırdama," diye emretti.

Ben kanım damarlarımda çağlar halde, nefes nefese beklerken, folyoyu yırttı. Beklenti baş döndürücüydü. Ağırlığını bir kez daha üstüme vererek eğildi, saçlarımı kavradı ve kafamı sabitledi.

Kıpırdayamıyordum. Baştan çıkarıcı bir şekilde kapana kısılmıştım ve Christian beni tekrar almaya hazırdı.

"Bu defa işi gerçekten ağırdan alacağız, Anastasia," dedi nefes nefese.

Ve yavaş, çok yavaş içime kaydı. Ta ki içime tamamen gömülene dek. Esnetici, doldurucu, acımasız. Yüksek sesle inledim. Bu kez daha derinde gibiydi, enfes bir şeydi. Bir kez daha inledim. Kalçalarını kasıtlı olarak çevirip geri çekildi, bir an durdu ve sonra yeniden içeri kaydı. Bu hareketi defalarca tekrarladı. Beni deli ediyordu. Alaycı, kasten yavaş girişleri ve bu gidip gelen doluluk hissi aklımı başımdan alıyordu.

"Öyle iyi hissettiriyorsun ki," diye inledi ve içim titremeye başladı. Geri çekilip bekledi. "Ah hayır, bebeğim, daha değil," diye mırıldandı. Titreme durdu ve Christian bu enfes sürece bir kez daha başladı.

"Ah, lütfen," diye yalvardım. Daha fazlasını kaldırabileceğimden emin değildim. Bedenim öylesine gerilmişti ki gevşemek için kıvranıyordu.

"Canın yansın istiyorum, bebeğim," diye mırıldandı ve tatlı, aheste işkencesini sürdürdü. Arkaya, öne. "Yarın, her kıpırdayışında, orada olduğumu hatırlamanı istiyorum. Sadece benim. Sen benimsin."

İnledim.

"Lütfen, Christian," diye fısıldadım.

"Ne istiyorsun, Anastasia. Söyle bana."

Yine inledim. Geri çekildi ve kalçasıyla daire çizerek, yavaşça içimde döndü.

"Söyle bana," diye mırıldandı.

"Seni, lütfen."

Ritmi fark edilmeyecek kadar artırdı, nefesi daha çılgın bir hal almıştı. İçim hareketlenmeye başlarken Christian da ritmi hızlandırdı.

Her girişin arasında, "Sen. Çok. Tatlısın," diye mırıldanıyordu. "Seni. O. Kadar. Çok. İstiyorum. Ki."

İnledim.

"Sen. Benimsin. Benim için gel, bebeğim," diye homurdandı.

Kelimeleri beni çözüyor, uçurumdan aşağı itiyordu. Bedenim organının etrafında sarsıldı ve adının anlaşılmaz bir halini yatağa doğru haykırarak boşaldım. Christian iki kesin girişle beni takip etti ve içime boşalırken, kıpırdamadan durdu. Üzerime yığıldı. Yüzü saçlarımın arasına gömüldü.

"Siktir. Ana," diye soludu. İçimden hemen çıktı ve yatağın kendine ait tarafına yuvarlandı. Dizlerimi göğsüme çektim. Tamamen tükenmiş halde, bitkin bir uykuya daldım ya da kendimi kaybettim.

Uyandığımda, hâlâ karanlıktı. Ne zamandır uykuda olduğum konusunda hiçbir fikrim yoktu. Örtünün altında gerindim. Her yanım acıyordu; enfes bir acıydı. Christian ortalıkta görünmüyordu. Gökdelenlerde artık daha az ışık vardı ve doğudan şafağın fısıltısı yükseliyordu. Müzik sesi duyuyordum. Piyanonun hareketli notaları, hüzünlü tatlı bir ağıt. Bach diye düşündüm, ama emin değildim.

Yatak örtüsünü etrafıma sardım ve koridordan geniş odaya doğru sessiz adımlarla ilerledim. Christian piyano başındaydı ve kendini çaldığı melodiye tamamen kaptırmıştı. İfadesi, tıpkı müzik gibi, hüzünlü ve terk edilmiş gibiydi. Müthiş çalıyordu. Girişteki duvara yaslanıp mest olarak dinledim. Çok hünerli bir müzisyendi. Çıplak oturuyordu ve vücudu piyanonun yanındaki ayaklı lambadan yayılan ışıkla yıkanıyordu. Odanın geri kalanının karanlığında, kendi ıssız ışık havuzunda, dokunulmaz görünüyordu... Bir hava kabarcığının içinde, yalnız.

Muhteşem, melankolik müziğiyle baştan çıkarak, hiç ses çıkarmadan, ona doğru yürüdüm. Tuşları bulup nazikçe basan uzun, becerikli parmaklarını izlerken ve aynı parmakların bedenimi nasıl ustalıkla ele aldığını ve okşadığını düşünürken âdeta büyülenmiştim. O anların anısıyla kızararak iç geçirdim ve bacaklarımı birbirine bastırdım. Kafasını kaldırıp bana baktı. Anlaşılmaz gri gözleri parlak, ifadesi okunaksızdı.

"Özür dilerim," diye fısıldadım. "Niyetim seni rahatsız etmek değildi."

Yüzünden hızlı bir kaş çatış geçip gitti.

"Aslında bunu benim sana söylüyor olmam gerekirdi," diye mırıldandı. Çalmayı bıraktı ve ellerini bacaklarının üstüne koydu. Üzerinde pijama altı olduğunu o zaman fark ettim. Parmaklarını saçlarının arasında dolaştırıp ayağa kalktı. Pijama altı kalçalarından öyle bir sarkıyordu ki... *Ah, Tanrım.* Christian rahat bir tavırla piyanonun etrafını dolaşıp bana doğru gelirken, dilim damağım kurudu. Geniş omuzları, daracık kalçaları vardı ve yürürken, karın kasları dalgalanıyordu. Gerçekten göz alıcıydı.

"Yatakta olmalısın," diye azarladı.

"Güzel bir parçaydı. Bach?"

"Bach'ın uyarlaması, ama orijinal olarak, Alessandro Marcello'nun obua konçertosu."

"Muhteşem ama çok hüzünlüydü. Çok melankolik bir melodi."

Dudakları yarım bir gülümsemeyle büküldü.

"Yatağa," diye emretti. "Sabah çok bitkin olacaksın."

"Uyandığımda orada yoktun."

"Uyumakta güçlük çekiyorum ve birisiyle uyumaya alışık değilim," diye mırıldandı. Ruh halini kavrayamamıştım. Biraz umutsuz görünüyordu, ama karanlıkta ayırt etmesi güçtü. Belki de çaldığı parçanın tonu yüzündendi. Kolunu bana doladı ve beni nazik hareketlerle yatak odasına yönlendirdi.

"Ne zamandır çalıyorsun? Çok güzel çalıyorsun."

"Altı yaşımdan beri."

"Ah..." Christian'ın altı yaşındaki hali... Zihnimde bakır rengi saçlı, gri gözlü güzel bir oğlan çocuğu imgesi c[illegible]lı ve kalbim eridi. İnanılmaz hüzünlü müzikler seven, dağınık saçlı bir oğlan.

Odaya döndüğümüz zaman, "Nasıl hissediyorsun?" diye sordu ve baş ucu lambalarından birini açtı.

"İyiyim."

İkimiz de aynı anda yatağa baktık. Çarşaflarda, kaybettiğim bekâretimin kanıtı kan vardı. Utanarak kızardım ve yatak örtüsüne daha sıkı sarındım.

Christian karşımda dikilirken, "Pekâlâ, bu Bayan Jones'u biraz düşündürecek," diye mırıldandı. Elini çenemin altına yerleştirip kafamı arkaya yatırdı ve bana baktı. Yüzümü incelerken, bakışları yoğundu. Çıplak göğsünü daha önce görmediğimi fark ettim. Dokunmanın nasıl bir his olacağını görmek için, içgüdüsel olarak parmaklarımı göğsündeki az sayıdaki koyu renk tele uzattım. Derhal uzanamayacağım bir mesafeye geri çekildi.

Keskin bir tavırla, "Yatağa gir," dedi. Sesini yumuşatarak. "Gelip yanına yatacağım," diye ekledi. Elimi indirirken, kaşlarımı çattım. Bedenine hiç dokunmamıştım sanırım. Şifonyerin bir çekmecesini açtı ve bir tişört çıkarıp hızla üstüne geçirdi.

Bir kez daha, "Yatak," diye emretti. Kanı düşünmemeye çalışarak, yeniden yatağa tırmandım. O da yanıma girdi ve beni kendine çekerek kollarıyla, yüzüm başka yöne bakacak şekilde sardı. Saçlarımı usulca öptü ve derin bir nefes aldı.

"Uyu, tatlı Anastasia," diye mırıldandı. Gözlerimi yumdum, ama ya müzikten ya da Christian'ın tavrından ötürü, bir melankoli tortusu hissetmekten kendimi alamıyordum. Christian Grey'in hüzünlü bir yanı vardı.

BÖLÜM DOKUZ

Odayı dolduran ışık beni derin bir uykudan uyanıklığa çekiyordu. Gözlerimi gerinerek açtım. Güzel bir mayıs sabahı ve Seattle ayaklarımın altındaydı. Vay canına, ne manzaraydı ama. Yanımda, Christian Grey derin uykudaydı. Vay canına, ne manzaraydı ama. Hâlâ yatakta olmasına şaşırmıştım. Yüzü bana dönük olduğu için elime onu incelemek için emsalsiz bir fırsat geçmişti. Güzel yüzü uykuda daha genç ve gevşemiş görünüyordu. Yontulmuş gibi duran sarkık dudakları hafif aralıktı ve parlak, temiz saçları muhteşem bir karmaşa halindeydi. Bir insan nasıl bu kadar yakışıklı görünebilirdi? Bu yasal olamazdı. Üst kattaki odasını hatırladım… Belki de yasal falan değildi. Başımı salladım; düşünecek çok şey vardı. Uzanıp ona dokunmak çok cazip gelse de, küçük bir çocuk gibi uyurken o kadar hoştu ki. Ne söylediğim, ne söylediği, planlarının, özellikle benimle ilgili planlarının ne olduğu konusunda endişelenmem gerekmiyordu.

Onu gün boyu seyredebilirdim, ama ihtiyaçlarım vardı… banyoyla ilgili ihtiyaçlar. Yataktan kayarak çıktım ve yerde bulduğum beyaz gömleğini üstüme geçirdim. Banyo olabileceğini tahmin ederek bir kapıdan geçtim, ama burası benim yatak odam büyüklüğünde, geniş bir giyinme odasıydı. Dizi dizi pahalı takımlar, gömlekler, ayakkabılar ve kravatlar. Bir insanın bu kadar çok kıyafete nasıl ihtiyacı olabilirdi? Onaylamayan bir tavırla damağımı şaklattım. Aslında, büyük olasılıkla Kate'in dolabı buna rakip olabilirdi. Kate! *Ah, hayır.* Gece boyunca hiç aklıma gelmemişti. Ona mesaj çekmem gerekiyordu. Lanet olsun. Başım belaya girecekti. Bir an Elliot'la nasıl gittiğini merak ettim.

Yatak odasına döndüğümde, Christian hâlâ uyuyordu. Diğer kapıyı denedim. Burası banyoydu ve benim yatak odamdan daha genişti. Bir adamın neden bu kadar çok yere ihtiyacı olsun ki? İroniyle iki lavabo olduğunu fark ettim. Kimseyle birlikte uyumadığını düşünürsek, lavabolardan biri kullanılmıyor olsa gerekti.

Lavaboların üstündeki devasa aynada kendime baktım. Farklı görünüyor muydum? Farklı hissediyordum. Dürüst olmak gerekiyorsa, biraz sızı hissediyordum ve kaslarım... Tanrım, hayatım boyunca hiç egzersiz yapmamış gibiydim. *Sen hiç egzersiz yapmazsın ki.* Bilinçaltım uyanmıştı. Büzdüğü dudaklarıyla, ayağını yere vurarak bana bakıyordu. *Demek onunla yattın ve seni sevmeyen bir adama bekâretini verdin. Aslında adamın seninle ilgili çok acayip fikirleri var; seni tuhaf bir seks kölesine dönüştürmek istiyor.*

Bilinçaltım, *SEN AKLINI MI KAÇIRDIN*, diye bağırdı.

Aynaya bakarken yüzümü buruşturdum. Bütün bunları sindirmem gerekecekti. Dürüstçe, güzel ötesi, Karun'dan daha zengin ve beni bekleyen Kırmızı Acı Odası olan bir adama âşık olduğumu düşününce ürperdim. Sersem ve kafası karışmış haldeydim. Saçlarım her zamanki asiliğindeydi. Az önce becerilmiş kadın saçı bana yakışmıyordu. Parmaklarımla kaosa düzen getirmeye çalıştım, ama sefil bir şekilde beceremeyip pes ettim. Belki çantamda toka bulabilirdim.

Açlıktan ölüyordum. Yatak odasına döndüm. Uyuyan güzel hâlâ uyuyordu; bu yüzden onu orada bırakıp mutfağa yöneldim.

Ah, hayır... Kate. Çantamı Christian'ın çalışma odasında bırakmıştım. Gidip aldım ve cep telefonumu çıkardım. Üç kısa mesaj.

İYİ MİSİN Ana
NEREDESİN Ana
Lanet olsun Ana

Kate'i aradım. Cevap vermeyince, ona hayatta olduğumu ve Mavi Sakal tarafından –en azından endişelenmesini gerektirecek şekilde– yenmediğimi *–ya da belki de yenmiştim–* haber veren rezil bir mesaj bıraktım. Ah, her şey o kadar kafa karıştırıcıydı ki. Christian Grey'e dair hislerimi tanımlamam ve analiz etmem gerekiyordu. Bu imkânsız bir görevdi. Yenilgiyi kabul ederek başımı salladım. Düşünmek için, buradan uzak bir yerde yalnız kalmaya ihtiyacım vardı.

Çantamda iki toka birden buldum ve hızlı hareketlerle saçlarımı iki yandan ördüm. Evet! Belki de ne kadar çocuksu görünürsem, Mavi Sakal karşısında o kadar korunaklı olurdum. Çantadan iPod'umu çıkarıp kulaklıklarımı taktım. Yemek pişirirken müzik gibisi yoktu. iPod'u Christian'ın gömleğinin göğüs cebine koydum, sesi iyice açıp dans etmeye başladım.

Lanet olsun, acıkmıştım.

Mutfağı gözümü korkutuyordu. O kadar pürüzsüz ve moderndi ki; üstelik dolapların hiçbirinde kulp yoktu. Dolap kapaklarını açmak için itmem gerektiğini keşfetmem birkaç saniyemi aldı. Belki de Christian'a kahvaltı hazırlamalıydım. Önceki gün... şey, dün, Heathman'da omlet yemişti. Tanrım, o zamandan bu yana o kadar çok şey olmuştu ki. Bol bol yumurtanın olduğu buzdolabına bir göz attım ve krep ve jambon yapmaya karar verdim. Mutfakta dans ederek, hamuru hazırlamaya koyuldum.

Oyalanmak iyiydi. Düşünecek –fazla derine dalmadan düşünecek– zaman demekti. Kulaklarımda gümbürdeyen müzik de derin düşünceleri defetmemi sağlıyordu. Buraya geceyi Christian Grey'in yatağında geçirmeye gelmiştim ve kimseyi yatağına almamasına rağmen, bunu başarmıştım. Gülümsedim; görev başarıyla tamamlanmıştı. Büyük başarı. Sırıttım. Harika zaman geçirmiştim ve önceki gecenin anıları dikkatimi dağıtıyordu. Sözleri, vücudu, sevişmesi... Bedenim hatırladıklarının etkisiyle uğuldarken gözlerimi yumdum ve karnımın alt tarafındaki kaslar zevkle kasıldı. Bilinçaltım beni hemen azarladı. Acımasız bir kadın gibi, *Becermek, sevişmek değil*, diye haykırdı. Onu duymazdan geldim ama için için, haklı olduğunu biliyordum. Elimdeki işe konsantre olmak için başımı salladım.

Mutfakta son teknolojiye uygun bir çeşitlilik mevcuttu. Sanırım yolumu bulmayı becermiştim. Krepleri ılık tutacak bir yere ihtiyacım vardı. Sonra da jambonlara giriştim. Amy Studt kulağımda uyumsuzlarla ilgili bir şarkı söylüyordu. Bu şarkı benim için çok şey ifade ederdi; çünkü ben de uyumsuz biriydim. Hiçbir yere uyum sağlayamamıştım ve şimdi... Uyumsuzlar Kralı'nın ta kendisinden, kafa yormam gereken edepsiz bir teklif almıştım. Neden böyleydi? Doğa mı yoksa yetiştirilme şartları gereği mi? Bildiğim her şeye o kadar yabancıydı ki.

Jambonu ızgaranın altına yerleştirdim ve o pişerken biraz yumurta çırptım. Döndüğümde, Christian kahvaltı barına eğilmiş, yüzü bir çan kulesi biçiminde birleştirdiği ellerine yaslı halde, kahvaltı barının başındaki taburelerden birinde oturuyordu. Üzerinde uyurken giydiği tişört vardı. Az önce düzüştüm saçı ona gerçekten, gerçekten yakışıyordu. Tıpkı ona özel kirli sakal gibi. Hem eğlenir hem şaşırmış gibiydi. Donakaldım, kızardım, sonra kendimi topladım, kulaklıkları kulaklarımdan çekip çıkardım. Onu görmek, dizlerimin bağının çözülmesine yetmişti.

"Günaydın, Bayan Steele. Bu sabah çok enerjiksiniz," dedi kuru bir sesle.

"İ-iyi uyudum," diye geveledim. Dudakları gülümsemesini saklamaya çalışıyordu.

"Nedenini hayal dahi edemiyorum." Duraksadı ve kaşlarını çatarak, "Yatağa döndükten sonra ben de iyi uyudum," dedi.

"Aç mısın?"

Yoğun bir bakışla, "Çok," dedi. Bahsettiğinin yemek olduğunu hiç sanmıyordum.

"Krep, jambon ve yumurta?"

"Kulağa harika geliyor."

"Tabak altı servislerini nerede sakladığını bilmiyorum." Utanmış görünmemek için umutsuzca çaba harcayarak omuz silktim.

"Ben o işi hallederim. Sen pişirmeye devam et. Şeye... dans etmeye devam edebilmen için müzik açmamı ister misin?"

Patlıcan moruna çaldığımı bilerek parmaklarıma baktım.

"Lütfen, benim yüzümden durma. Çok eğlenceli." Sesinde buruk bir muziplik vardı.

Dudaklarımı büzdüm. Eğlenceli ha? Bilinçaltım bana iki büklüm halde gülüyordu. Dönüp yumurtaları, büyük olasılıkla gereğinden biraz fazla sert, çırpmayı sürdürdüm. Bir an sonra, yanımdaydı. Örgülerimden birini usulca çekti.

"Bunları severim," diye fısıldadı. "Seni koruyamayacaklar." *Hımm... Mavi Sakal.*

Aksi bir sesle, "Yumurtalarını nasıl seversin?" diye sordum. Gülümsedi.

"İyice çırpılmış ve kızarmış." Pis pis sırıtıyordu.

Gülümsememi gizlemeye çalışarak elimdeki işe döndüm. Ona kızgın kalmak zordu. Özellikle de kendisinden hiç beklenmeyecek bir oyunbazlık sergilediği zamanlarda. Bir çekmece açtı ve abanoz siyahı iki tabak altlığı çıkardı. Yumurta karışımını bir tavaya döktüm. Jambonu çıkardım, çevirdim ve tekrar ızgaranın altına ittim.

Arkamı tekrar döndüğümde, masanın üstünde portakal suyu vardı ve Christian kahve hazırlıyordu.

"Çay ister misin?"

"Evet, lütfen. Varsa."

Birkaç tabak bulup ocağın ısıtma tepsisine yerleştirdim. Christian bir dolaba uzandı ve birkaç Twinings çıkardı. Dudaklarımı büzdüm.

"Hakkımda sonuca varmak biraz kolay oldu, değil mi?"

"Öyle mi dersin? Henüz herhangi bir sonuca vardığımızı sanmıyorum, Bayan Steele," diye mırıldandı.

Bununla ne demek istemişti? Pazarlıklarımız; şey... ilişkimizi... ya da adı her neyse işte... mi kastetmişti? Hâlâ o kadar şifreliydi ki. Kahvaltıyı ısıtılmış tabaklara servis edip tabak altlarının üstüne bıraktım. Buzdolabını karıştırıp biraz akçaağaç şurubu buldum.

Oturmamı bekleyen Christian'a baktım.

"Bayan Steele." Bar taburelerinden birini işaret ediyordu.

"Bay Grey." Başımı onaylar gibi eğdim. Tabureye tırmandım ve otururken yüzümü hafifçe buruşturdum.

Otururken, "Ne kadar sızlıyor?" diye sordu. Kızardım. *Neden bu kadar özel sorular sormak zorunda?*

"Şey, dürüst olmam gerekirse, bunu karşılaştırabileceğim bir şey yok," diye çıkıştım. Biraz fazla tatlı bir sesle, "Yoksa üzüntülerini bildirmeyi mi diliyordun?" diye ekledim. Gülümsemesini bastırmaya çalışır gibiydi ama emin olamıyordum.

"Hayır. Temel eğitimine devam edip edemeyeceğimi merak ediyordum."

"Ah." Nefesim kesilmiş ve içimde bir şeyler kasılmıştı; allak bullak bir halde ona bakıyordum. *Ah... Bu çok güzel.* İnlememi zor bastırdım.

"Ye, Anastasia." İştahım bir kez daha kesilmişti... daha fazla... daha fazla seks... lütfen.

"Bu arada, bu enfes olmuş." Sırıtıyordu.

Bir çatal omlet yemeğe çalıştım, ama tadını alamıyordum. Temel eğitim mi? *Ağzını becermek istiyorum.* Bu da temel eğitimin bir parçasını mı oluşturuyordu acaba?

"Dudağını ısırmayı bırak; çok dikkat dağıtıcı. O gömleğin altına hiçbir şey giymediğini biliyorum ve bu, durumu daha da dikkat dağıtıcı kılıyor."

Çay poşetini, Christian'ın hazırladığı demliğe batırdım. Başım dönüyordu.

Hormonlar içimi yakıp yıkarken, olabildiğince doğal, ilgisiz ve sakin görünme arzuma ihanet ederek biraz fazla yüksek bir sesle, "Aklından ne tür bir temel eğitim geçiyordu?" diye sordum.

"Şey, madem her yanın sızlıyor, oral becerilere bağlı kalabiliriz diye düşündüm."

Çayım gırtlağıma kaçtı ve gözlerim fal taşı gibi, ağzım açık halde ona baktım. Sırtımı usulca okşadı ve bana biraz daha portakal suyu uzattı. Ne düşündüğünü tahmin edemiyordum.

"Tabii eğer kalmak istiyorsan," diye ekledi. Dengemi geri kazanmaya çalışarak ona baktım. İfadesi anlaşılmazdı. Bu o kadar sinir bozucuydu ki.

"Bugünlük kalmak isterim. Eğer uygunsa. Yarın çalışmam gerek."

"Yarın saat kaçta işte olman gerekiyor?"

"Dokuz."

"Saat dokuzda işinde olmanı sağlarım."

Kaşlarım çatıldı. *Bir gece daha kalmamı mı istiyor?*

"Bu akşam eve dönmeliyim. Temiz kıyafetlere ihtiyacım var."

"Sana buradan bir şeyler alabiliriz."

Kıyafete harcayacak ekstra nakitim yoktu. Elini kaldırdı, çenemi tuttu ve dişlerimin arasındaki dudağımın kurtulmasını sağlayacak şekilde çekti. Dudağımı ısırdığımın farkında bile değildim.

"Ne var?" diye sordu.

"Bu akşam evde olmalıyım."

Ağzı düz bir çizgi halini aldı.

"Tamam, bu akşam," diye kabul etti. "Şimdi kahvaltını et."

Düşüncelerim ve midem allak bullaktı. İştahım kaçmıştı. Yarısı yenmiş kahvaltıma bakakalmıştım. Aç değildim, o kadar.

"Ye, Anastasia. Dün gece de yemedin."

"Gerçekten aç değilim," diye fısıldadım.

Gözleri kısıldı. "Kahvaltını bitirmeni gerçekten isterim."

"Yemekle derdin ne?" deyiverdim. Alnı kırıştı.

"Sana daha önce de söyledim. Yemek israfıyla sorunum var. Ye," diye çıkıştı. Bakışları karanlık ve sertti.

Lanet olsun. Bütün bunlar neyin nesiydi? Çatalımı aldım ve çiğnemeye çalışarak, yavaş yavaş yemeğe başladım. Yemek konusunda böyle acayip davranacaksa tabağıma çok fazla şey almamayı unutmamam gerekecekti. Kahvaltımı dikkatle bitirirken, ifadesi yumuşadı. Tabağını temizlediğini fark ettim. Benim de bitirmemi bekledi ve tabağımı kaldırdı.

"Sen pişirdin, ben toplarım."

"Çok demokratik."

"Evet." Kaşlarını çattı. "Her zamanki tarzım değil. Ben bu işi halledince banyo yaparız."

"Ah, tamam." *Ah... Tanrım... Duşu tercih ederdim.* Cep telefonumun çalmasıyla düşüncelerimden sıyrıldım. Arayan Kate'ti.

"Merhaba." Balkonun cam kapısına, Christian'dan uzağa yürüdüm.

"Ana, neden dün gece mesajlarıma cevap vermedin?" Öfkeliydi.

"Özür dilerim. Olayların akışına kapılmışım."

"İyi misin?"

"Evet, iyiyim."

"Yaptınız mı?" Bilgi almak için ölüyordu. Sesindeki beklenti karşısında gözlerimi devirdim.

"Kate, telefonda konuşmak istemiyorum." Christian kafasını kaldırmış, bana bakıyordu.

"Yapmışsınız... Anlayabiliyorum."

Nasıl anlayabilirdi? Blöf yapıyordu ve bu konudan bahsedemezdim. Lanet olası bir anlaşma imzalamıştım.

"Kate, lütfen."

"Nasıldı? Sen iyi misin?"

"İyi olduğumu söyledim."

"Nazik miydi?"

"Kate, lütfen!" Hiddetimi saklayamamıştım.

"Ana, lütfen benden saklama. Bugünü neredeyse dört yıldır bekliyorum."

"Akşam görüşürüz." Telefonu kapattım.

Bu işi kıvırmak zor olacaktı. Kate o kadar ısrarcıydı ki. Üstelik detaylarıyla öğrenmek istiyordu ve ben bir... Ne deniyordu? Bir gizlilik anlaşması imzaladığım için anlatamazdım. Deliye dönecekti ve haksız da sayılmazdı. Bu yüzden bir plana ihtiyacım vardı. Christian'ın mutfağında zarafetle gidip gelmesini izlemek üzere geri döndüm.

Çekingen bir tavırla, "Bu gizlilik anlaşması, her şeyi kapsıyor mu?" diye sordum.

Twinings'i kaldırırken dönüp bana baktı. "Neden?" Kızardım. "Şey, birkaç sorum var. Bilirsin, seks hakkında." Gözlerimi parmaklarıma indirdim. "Ve Kate'e sormak isterim."

"Bana sorabilirsin."

"Christian, kabalık etmek istemem ama..." Cümlem yarıda kaldı. *Sana soramam.* O zaman, seks konusunda onun ön yargılı, acayip tuhaf ve çarpık dünya görüşünü edinirdim. Ben tarafsız görüş istiyordum. "Sadece teknik konular hakkında. Kırmızı Acı Odası'ndan bahsetmem."

Kaşlarını kaldırdı.

"Kırmızı Acı Odası mı? Anastasia, orası daha çok zevkle ilgili. İnan bana," dedi. "Ayrıca," ses tonu sertleşmişti, "oda arkadaşın, kardeşimle iki başlı bir canavar oluşturuyor. Bunu yapmamanı tercih ederim."

"Ailenin senin... ımm... tercihinden haberi var mı?"

"Hayır. Bu onları ilgilendirmez." Ağır adımlarla ilerleyip tam karşıma dikildi.

"Ne bilmek istiyorsun?" diye sorarken elini kaldırıp parmaklarını yanağımdan çeneme doğru kaydırdı ve dosdoğru gözlerimin içine bakabilmek için başımı arkaya itti. İçin için kıvranıyordum. Bu adama yalan söylemezdim.

"Şu anda özel bir şey yok," diye fısıldadım.

"Pekâlâ, şununla başlayabiliriz: Dün gece senin için nasıldı?" Merakla dolu gözleri yanıyordu. *Bilmek için can atıyor. Vay canına.*

"İyi," diye mırıldandım.

Dudakları hafifçe kıvrıldı.

"Benim için de," diye mırıldandı. "Daha önce hiç vanilya seks yapmamıştım. Söylenecek çok şey var. Ama belki de seninle olduğu için öyleydi." Başparmağını alt dudağımın üstünde dolaştırdı.

Keskin bir iç geçirdim. *Vanilya seks mi?*

"Haydi, gel, banyo yapalım." Başını eğip beni öptü. Kalbim yerinden sıçradı ve arzu çok aşağılarda bir yerde... *ta orada* birikiyordu.

Banyo küveti beyaz taştan, derin, yumurta biçimindeydi ve fazlasıyla stil sahibiydi. Christian eğildi ve seramik duvardaki musluğu açıp küveti doldurdu. Suyun içine pahalı görünüşlü bir banyo yağı döktü. Küvet dolarken, su tatlı, şehvet uyandıran bir yasemin kokusu eşliğinde köpürüyordu. Christian ayağa kalktı, koyulaşmış gözlerle bana baktı ve tişörtünden kurtulup yere attı.

"Bayan Steele." Elini bana uzattı.

İri iri açılmış gözlerle, kollarımla kendimi sararak, temkinle kapıda dikiliyordum. Fiziğini çaktırmadan, hayranlıkla süzerek öne doğru bir adım attım. Elini tuttum ve beni üzerimde gömleğiyle, küvete girmeye davet etti. Bana söyleneni yaptım. Cüretkâr teklifini kabul edeceksem buna alışmam gerekecekti! Su kışkırtıcı bir sıcaklıktaydı.

Yumuşak bir sesle, "Dön, yüzünü bana çevir," diye emretti. İtaat ettim. Beni dikkatle izliyordu.

Sıkılı dişlerin arasından, "O dudağın enfes olduğunu biliyorum, buna şahitlik edebilirim, ama ısırmayı keser misin lütfen?" dedi. "Onu dişlemen bende seni becerme isteği uyandırıyor ve o zaman da senin canın acıyor, tamam mı?"

Şoke halde, dudağımı otomatik olarak bırakırken iç geçirdim.

"Evet," diye meydan okudu. "Şimdi anladın mı?" Gözlerini bana dikmişti. Başımı çılgın gibi salladım. *Onu bu kadar etkileyebildiğimden haberim yoktu.*

"İyi." Uzanıp iPod'umu göğüs cebimden çıkardı ve lavabonun yanına bıraktı.

"Su ve iPod çok akıllıca bir kombinasyon değil," diye mırıldandı. Elini aşağı uzatıp beyaz gömleğimin uçlarını tuttu ve başımdan yukarı çekip yere bıraktı.

Geri çekilip bana baktı. Tanrı aşkına, çıplaktım. Koyu kırmızı bir renge bürünürken gözlerimi göbek hizamda duran ellerime diktim. Sıcak su ve köpüğün içinde kaybolmak istiyordum, ama onun bunu istemeyeceğini biliyordum.

"Hey," diye seslendi. Başımı kaldırdım. Kafası yana yatıktı. "Anastasia, sen çok güzel bir kadınsın, her şeyinle. Utanır gibi başını eğme. Senin utanacak hiçbir şeyin yok. Ve burada durup sana bakmak gerçek bir mutluluk." Eliyle çenemi kavradı ve gözlerine ulaşmam için başımı arkaya yatırdı. Gözleri yumuşacık ve ılık, hatta sıcaktı. O kadar yakındı ki. Uzanıp dokunabilirdim.

"Şimdi oturabilirsin." Bu sözler dört bir yana saçılmış düşüncelerimi durdurdu ve sıcak, davetkâr suya sığındım. Canımın yanması beni şaşırmıştı, ama suyun cennetten çıkma bir kokusu vardı. İlk baştaki yakıcı acı kısa sürede kayboldu. Sırtüstü uzandım ve suyun yatıştırıcı ılıklığında kısa süreli bir gevşeme yaşadım. Gözlerimi tekrar açtığımda, Christian bana yukarıdan bakıyordu.

Bana göre fazla cesurca bir şekilde, "Neden bana katılmıyorsun?" diye sordum. Sesim boğuktu.

"Sanırım katılacağım. Öne kay," diye emretti.

Pijama altını sıyırıp arkama geçti. O otururken su yükseldi, sonra beni göğsüne çekti. Uzun bacaklarını benimkilerin üstüne yerleştirdi. Dizleri kıvrık, ayak bilekleri benimkilerle aynı hizadaydı. Ayaklarını iki yana çekerek bacaklarımı araladı. Şaşkınlıkla iç geçirdim. Burnu saçlarımın arasındaydı ve derin nefesler alıyordu

"Çok güzel kokuyorsun, Anastasia."

Bütün bedenim bir titremeyle sarsıldı. Bir küvette, Christian Grey'le birlikte çıplaktım. O da çıplaktı. Dün oteldeki süitinde uyandığımda, biri bana bunu yapacağımı söylese, inanmazdım.

Küvetin yanındaki duvara gömülü rafta duran bir vücut şampuanı şişesine uzandı ve avucuna bir miktar sıktı. Ellerini birbirine sürterek, yumuşak, köpüklü bir tabaka yarattı ve ellerini boynumun iki yanına kapatarak, sabunla boynumu ve omuzlarımı ovmaya, uzun, güçlü parmaklarıyla masaj yapmaya koyuldu. Ellerini üzerimde hissetmek çok güzeldi.

"Hoşuna gidiyor mu?" Gülümsediğini hissediyordum.

"Mmmm..."

Kollarımdan aşağı, sonra da koltuk altlarıma kayıp nazik hareketlerle yıkamaya başladı. Kate'in tıraş olmam için ısrar etmiş olmasına seviniyordum. Elleri memelerimin üstünden kaydı; parmakları etraflarında halkalar çiziyordu ve onları ağır ağır, çekincesizce yoğurmaya başladı. Bedenim içgüdüsel olarak yay gibi gerilerek memelerimi avuçlarının içine itti. Meme uçlarım hassastı. Hiç şüphesiz Christian'ın dün geceki, pek narin olmayan muamelesi yüzünden olsa gerekti. Orada uzun süre oyalanmadı ve elini midemin üstüne, göbeğime kaydırdı. Nefesim sıklaşmış, kalbim deli gibi çarpıyordu. Gittikçe büyüyen ereksiyonu arkama baskı yapıyordu. Ona böyle hissettiren şeyin benim vücudum olduğunu bilmek, müthiş bir tahrik nedeniydi. Bilinçaltım, *Ha... aklın değil,* diye pis pis sırıttı. Bu davetsiz düşünceden silkindim.

Durdu ve ben istek ve ihtiyaçla hızla solurken banyo lifine uzandı. Ellerim sıkı, kaslı bacaklarında duruyordu. Banyo lifine biraz daha şampuan dökerek öne eğildi ve bacaklarımın arasını yıkadı. Nefesimi tuttum. Parmakları beni kumaşın üstünden uyarıyordu, muhteşem bir şeydi ve kalçalarım kendilerine has bir ritimle kıpırdamaya, eline doğru bastırmaya başladılar. Baş döndürücü his her yanımı sararken başımı arkaya attım. Gözlerim yuvalarında ters dönmüş, ağzım gevşemişti; inliyordum. İçimde basınç ağır ağır ve önlenemez şekilde yükseliyordu... *Ah, Tanrım.*

Christian kulağıma, "Hisset, bebeğim," diye fısıldadı ve kulak mememi yavaşça dişledi. "Benim için hisset." Bacaklarım, onun bacakları sayesinde küvetin iki yanına sabitlenmişti, Christian beni en mahrem yerime kolayca ulaşabileceği şekilde tutsak etmişti.

"Ah, lütfen," diye fısıldadım. Bedenim kasılırken bacaklarımı germeye çalıştım. Bu adamın karşısında cinsel bir kölelik altındaydım ve kıpırdamama izin vermiyordu.

"Bence artık yeterince temizlendin," diye mırıldanarak durdu.

Ne? Hayır! Hayır! Hayır! Nefesim kesik kesikti.

"Neden duruyorsun," diye iç geçirdim.

"Çünkü senin için başka planlarım var, Anastasia."

Ne... Ah, Tanrım... ama... ben... bu hiç de adil değil.

"Dön. Benim de yıkanmaya ihtiyacım var," diye mırıldandı.

Ah! Yüzümü ona çevirince, ereksiyonunu sıkıca kavramış olduğunu görüp şoke oldum. Ağzım açık kalmıştı.

"Bedenimin sevdiğim, favori kısmıyla, ön adlarınızla tanışmanızı istiyorum. Ona çok bağlıyımdır."

Çok büyük ve gittikçe daha da büyüyor. Sertleşmiş organı kalçalarını usul usul okşayan suyun üstünde kalmıştı. Başımı kaldırdım ve muzip gülümsemesiyle burun buruna geldim. Afallamış ifadem onu eğlendiriyordu. O anda gözümü organına dikmiş olduğumu fark ettim. Yutkundum. Bu şey, içimdeydi. Mümkün görünmüyordu. Ona dokunmamı istiyordu. *Hımm.* Pekâlâ, hodri meydan.

Ona gülümsedim ve vücut şampuanına uzanıp avucuma bir miktar boşalttım. Onu yaptığı gibi sabunu, iyice köpüklenene dek avuçlarımla ovaladım. Gözlerimi gözlerinden ayırmıyordum. Ağzım, nefes almamı kolaylaştırmak için aralanmıştı. Tamamen bilinçli bir şekilde, dudağımı yavaşça ısırdım ve sonra dilimi az önce dişlerimin olduğu yerde gezdirdim. Gözleri ciddi ve karanlıktı ve dilim alt dudağımı okşarken irileştiklerini görebiliyordum. Öne uzandım ve bir elimi, onun kendini tutan elini taklit ederek organının etrafına sardım. Gözleri, kısa bir an için kapandı. Vay canına... Beklediğimden çok daha sertti. Sıktım, elini elimin üstüne yerleştirdi.

"Böyle," diye fısıldadı ve parmaklarımı sıkıca saran eli aşağı yukarı gidip gelmeye başladı. Parmaklarımla onu daha sıkı kavradım. Gözlerini tekrar yumdu, nefesi gırtlağında takılmış gibiydi. Tekrar gözlerini açtığında, bakışları yakıcı bir griye dönmüştü. "İşte böyle, bebeğim."

Elini çekti ve beni tek başıma devam etmem lnız bıraktı. Elim organında bir aşağı bir yukarı gidip gelirken gözlerini kapattı. Kalçalarını hafifçe elime doğru bastırdı ve ben de refleks olarak onu daha sıkı kavradım. Gırtlağının derinliklerinden bir inilti yükseldi. *Ağzımı becermek ha...* Başparmağını ağzımın içine itişini ve sertçe emmemi isteyişini hatırladım. Nefesi hızlanırken ağzı aralanmıştı. Öne eğildim ve gözleri kapalıyken, dudaklarımı organının etrafına yerleştirerek onu emdim ve dilimi ucunda dolaştırdım.

"Vay canına... Ana." Gözleri açıldı ve ben daha da sert emdim.

Hımm... Kadifeye sarılı çelik gibi, aynı anda hem sert hem yumuşaktı ve şaşırtıcı bir tadı vardı: Tuzlu ve pürüzsüz.

"Tanrım," diye inledi ve gözlerini bir kez daha yumdu.

Aşağı doğru kayarak onu ağzımın içine ittim. Bir kez daha inledi. Ha! İçimdeki tanrıça heyecan içindeydi. Bunu yapabiliyordum. Ağzımla onu becerebiliyordum. Dilimi bir kez daha ucunun etrafında döndürdüm ve kasılarak kalçalarını yükseltti. Artık açık olan gözleri ateşle parlıyordu. Tekrar kasılırken dişlerini sıktı. Bacaklarının üst kısmından destek alarak onu ağzımın iyice içine aldım. Ellerimin altında bacaklarının gerildiğini hissedebiliyordum. Uzandı, örgülerimi kavradı ve hareket etmeye başladı.

"Ah, bebeğim... Harika bir his bu," diye mırıldandı. Dilimi etkileyici ereksiyonunun başında dolaştırarak daha sert emdim. Dudaklarımı dişlerinin üzerine sararak ağzımla organını iyice kapattım. Dişlerinin arasından tıslayarak inledi.

"Tanrı aşkına. Daha ne kadar ileri gidebilirsin?" diye fısıldadı.

Hımm... Onu gırtlağımın gerisinde hissedecek şekilde, ağzımın derinliğine çekip tekrar çıkardım. Dilim ucunun etrafında dolaştı. O benim Christian Grey esanslı lolipopumdu. Daha sert, çok daha sert emerek onu daha derine bastırırken, dilimi etrafında dolaştırmayı sürdürdüm. Hımm... Zevk vermenin, şehvetli bir özlemle kıvranmasını izlemenin bu kadar tahrik edici olabileceğini hiç düşünememiştim. İçimdeki tanrıça salsa hamleleriyle Latin dansları yapıyordu.

"Anastasia, ağzına boşalacağım." Boğuk sesi bir uyarıydı. "Bunu yapmamı istemiyorsan hemen şimdi dur." Kalçalarını bir kez daha öne iterken, gözleri açık, temkinli ve şehvetli bir ihtiyaçla –bana duyduğu ihtiyaçla– doluydu. Ağzıma duyduğu ihtiyaçla... *Ah, Tanrım.*

Elleri saçlarımı gerçekten sımsıkı kavramıştı. Bunu yapabilirdim. Onu ağzımın daha da derinlerine ittim ve anlık bir aşırı özgüvenle, dişlerimi açığa çıkardım. Bu onu uçurumdan aşağı itti. Haykırarak hareketsizleşti ve ılık, tuzlu sıvının gırtlağımdan aşağı aktığını hissettim. Hızla yutkundum. Iykk! Bundan emin değildim. Ama ona tek bakışın ardından, umurumda değildi. Banyoda, benim sayemde kendinden geçmişti. Arkama yaslanıp dudaklarımda zafer dolu, şeytani bir gülümsemeyle onu izledim. Nefesi hırıltılıydı. Gözlerini açarak bana baktı.

"Öğürme refleksin yok mu?" diye sorarken şaşkındı. "Tanrı aşkına, Ana... bu... iyiydi, gerçekten iyi. Ve beklenmedik." Kaşlarını çattı. "Beni şaşırtmaktan hiç vazgeçmiyorsun."

Gülümsedim ve bilinçli olarak dudağımı ısırdım. Beni şüpheyle süzdü.

"Bunu daha önce yapmış mıydın?"

"Hayır." Ve yapmamış olmama küçük bir gurur tınısının karışmasına mani olamamıştım.

Kendini beğenmiş ve sanırım rahatlamış bir tavırla, "İyi," dedi. "Bir ilk daha, Bayan Steele." Beni hayranlıkla süzdü. "Oral becerilerde A'yı hak ettin. Haydi, yatağa gidelim. Sana bir orgazm borçluyum."

Orgazm! Bir tane daha!

Küvetten hızlı hareketlerle çıkarken bana tanrısal bir oluşum olan Adonis'i, Christian Grey'in ta kendisini ilk kez bütünüyle görme fırsatı verdi. İçimdeki tanrıça dans etmeyi bırakmış ve açık ağzının suları akarak gözlerini ona dikmişti. Ereksiyonu uysallaşmıştı, ama hâlâ dikkate değer büyüklükteydi. Vay canına. Beline küçük bir havlu sararak, en önemli yerlerini kapattı ve benim için kabarık tüylü, beyaz bir havlu hazırladı. Küvetten çıkarken, uzattığı elini tuttum. Beni havluyla sardı, kollarının arasına çekti ve dilini ağzımın içine iterek sertçe öptü. Ona uzanmak, sarılıp dokunmak için yanıp tutuşuyordum, ama kollarımı havlunun altına hapsetmişti. Bir süre sonra öpüşünde kayboldum. Başımı ellerinin arasında tutarken dili ağzımı keşfediyordu ve belki de, ilk oral seksim için minnetini ifade ediyor olabileceği hissine kapıldım. *Vay canına.*

Elleri yüzümün iki yanındayken geri çekildi ve büyük bir dikkatle gözlerimin içine baktı. Kaybolmuş gibiydi.

Hararetli bir sesle, "Evet de," diye fısıldadı.

Anlamayarak kaşlarımı çattım.

"Neye?"

"Anlaşmamıza. Benim olmaya. Lütfen, Ana." Son kelimeyi ve adımı vurgulayarak yalvarırcasına fısıldamıştı. Beni tekrar, tatlılıkla, tutkuyla öptükten sonra geri çekildi ve gözlerini kırpıştırarak bana baktı. Elimi tutup beni yatak odasına götürürken başım dönüyordu. Uysallıkla onu takip ettim. Afallamıştım. Bunu gerçekten istiyordu.

Yatak odasına girince, yatağının yanında dururken kafasını eğip bana baktı.

Aniden, "Bana güveniyor musun?" diye sordu. Bir anda ona güvendiğimi fark ederek iri iri açılmış gözlerle kafamı salladım. Bana şimdi ne yapacaktı? İçimde elektrikli bir heyecan dolaşıyordu.

"Aferin kızıma," diye solurken başparmağını alt dudağıma sürtüyordu. Giysi odasına girdi ve gümüş grisi, ipek dokuma bir kravatla geri döndü.

Havluyu üzerimden sıyırıp yere atarken, "Ellerini önünde birleştir," diye emretti.

İsteğini yerine getirdim ve bileklerimi kravatıyla sarıp sıkı bir düğüm attı. Gözleri heyecanla parlıyordu. Düğümü çekiştirdi. Sağlamdı. *Bu düğümü bildiğine göre izcilik yapmış olmalı.* Şimdi ne olacaktı? Nabzım tavana vurmuştu, kalbim çılgın gibi atıyordu. Parmaklarını saç örgülerimde dolaştırdı.

"Bunlarla o kadar küçük görünüyorsun ki," diye mırıldandı ve ileri doğru harekete geçti. İçgüdüsel olarak, karyolayı dizlerimin arkasında hissedene dek geri çekildim. Havlusunu düşürdü, ama gözlerimi yüzünden ayıramıyordum. İfadesi çoşkulu, arzu doluydu.

Beni yatağa indirip yanıma uzanırken, "Ah, Anastasia. Sana neler yapsam?" diye fısıldadı ve ellerimi başımın üstüne kaldırdı.

"Ellerini orada tut, sakın kıpırdatma, anlaşıldı mı?" Gözleri gözlerimi âdeta yakıyordu; yoğunlukları karşısında nefesim kesilmişti. Bu adam, ters düşmek isteyeceğim bir adam değildi... Asla.

Yumuşacık bir sesle, "Bana cevap ver," dedi.

"Ellerimi kıpırdatmayacağım." Nefes nefeseydim.

"Aferin kızıma," diye mırıldandı ve kasıtlı olarak dilini dudaklarının üstünde dolaştırdı. Dili usulca üst dudağına sürtünürken beni âdeta büyülemişti. Gözlerimin içine bakıyor, beni beğeniyle süzüyordu. Aşağı eğildi ve dudaklarıma masum, hızlı bir öpücük kondurdu.

"Her yanını öpeceğim, Bayan Steele," dedi yumuşak bir sesle ve çenemi avuçlayıp yukarı iterek boynuma giden yolu açtı. Dudakları, öperek, emerek ve ısırarak boğazımdan aşağı, boynunum altındaki küçük girintiye indi. Bedenim tetikteydi... her noktasıyla. Biraz önce yaşadığım banyo tecrübesi, tenimi son derece duyarlı hale getirmişti. Isınan kanım karnımın alt tarafında, bacaklarımın arasında, tam *orada* birikmişti. İnledim.

Ona dokunmak istiyordum. Ellerimi kıpırdattım ve kısıtlanmış olduğum için biraz beceriksiz bir hareketle, saçlarına dokundum. Beni öpmeyi kesti ve kafasını iki yana sallayıp dilini şaklatarak dik dik baktı. Ellerime uzandı ve tekrar başımın üstüne yerleştirdi.

Beni yavaşça, "Ellerini kıpırdatma, yoksa en baştan başlamamız gerekir," diye azarladı. Ah, benimle nasıl oynuyordu!

"Sana dokunmak istiyorum." Sesim boğuk ve kontrolden çıkmış gibiydi.

Güçlü bir sesle, "Biliyorum," diye mırıldandı. "Ellerini başının üstünde tut," diye emretti.

Çenemi tekrar avuçladı ve boynumu az önceki gibi öpmeye koyuldu. Ah, o kadar sinir bozucuydu ki. Dudaklarıyla boynumun altındaki küçük girintiye ulaşırken, elleri bedenimden aşağı, memelerimin üstüne kaydı. Burnunun ucunu o küçük girintinin etrafında dolaştırdı, sonra ağzıyla acelesiz bir gezintiye başlayarak aşağıya yöneldi ve ellerinin rotasını izleyerek göğüs kafesimden memelerime indi. Her ikisi de nazikçe öpülüp dudaklarının arasında sıkıldılar ve meme uçlarım şefkatle emildi. *Lanet olsun.* Kalçalarım kıpırdamaya, üzerimdeki ağzının ritmiyle sallanarak başlarına buyruk hareket etmeye başladılar ve ben çaresizlik içinde, ellerimi başımın üstünde tutmayı hatırlamaya çalıştım.

"Kıpırdama," diye uyarırken, tenimdeki nefesi sıcacıktı. Göbeğime uzanarak dilini içeri uzattı ve sonra dişlerini usulca göbeğime sürttü. Aniden kalkıp oturdu, ayaklarımın dibinde diz çöküp iki bileğimi birden kavrayarak bacaklarımı iyice araladı.

Lanet olsun. Sol ayağımı tutup dizimi büktü ve ayağımı ağzına kaldırdı. Tepkilerimi dikkatle izleyip değerlendirerek ayak parmaklarımın her birini tek tek öptü, sonra yumuşak kısımlarını sırayla ısırdı. Küçük parmağıma ulaşınca, daha sert ısırdı ve sarsılarak inledim. Dilini taban girintimden yukarı kaydırdı. Artık onu izleyemiyordum. Fazla erotikti. Alev alacaktım. Gözlerimi sıkıca yumdum ve yarattığı bütün duyguları sindirmeye ve onlarla baş etmeye çalıştım. Ayak bileğimi öptü, ardından öpücüklerle iz sürerek baldırımdan dizime çıktı ve tam üstünde durdu. Sonra aynı şeyleri sağ ayağıma da yaparak baştan çıkarıcı, akıl uçurucu süreci tekrarladı.

"Ah, lütfen." Küçük parmağımı ısırırken inledim. Etkisi karnımın derinliklerinde yankı bulmuştu.

"Bunlar iyi şeyler, Bayan Steele," diye soludu.

Bu defa dizimde durmadı ve bacaklarımı iki yana iyice açarak, bacağımın üst kısmından yola devam etti. Ne yapacağını biliyordum ve bir yanım onu itip uzaklaştırmak istiyordu; utanç içindeydim. *Oramı* öpecekti! Biliyordum. Ve bir yanım beklenti içinde heyecanlanıyordu. Diğer dizime dönüp öperek, yalayarak, emerek bacağımdan yukarı tırmandı ve işte, bacaklarımın arasındaydı. Burnunu çok yavaş ve çok nazikçe, cinsel organımın üstünde yukarı aşağı dolaştırmaya başladı. Kıvranıyordum... *Ah Tanrım.*

Durup sakinleşmemi bekledi. Durdum ve ona bakmak için başımı kaldırdım. Gümbürdeyen kalbim durulmak için çabalarken, ağzım açık halde ona baktım.

"Ne kadar sarhoş edici bir kokunuz olduğunu biliyor musunuz, Bayan Steele?" diye mırıldandı ve gözlerini benden ayırmadan burnunu kasık tüylerimin arasına sokup derin bir nefes çekti.

Her yanım kıpkırmızı kesilmişti, başım dönüyordu ve derhal gözlerimi yumdum. Bunu yapmasını izleyemeyecektim.

Cinsel organıma boydan boya üfledi. *Ah, siktir...*

"Hoşuma gitti." Kasık tüylerimi çekti. "Belki bunu bırakırız."

"Ah... lütfen," diye yalvardım.

"Hımm... Bana yalvarmana bayılıyorum, Anastasia."

İnledim.

"Kısasa kısas alışılmış tarzım değil, Bayan Steele." Yukarıdan aşağıya doğru üflerken usulca fısıldıyordu. "Ama bugün bana zevk verdin ve ödüllendirilmelisin." Sesindeki muzip sırıtışı duyar gibiydim ve bedenim sözcükleriyle coşarken, elleriyle bacaklarımı sabitledi ve diliyle klitorisimin etrafında daireler çizmeye başladı.

Bedenim dilinin her temasıyla yay gibi gerilip sarsılırken, "Ahhh!" diye inledim.

Dilini klitorisimin etrafında tekrar tekrar döndürerek işkenceyi sürdürdü. Benlik duygumu tamamen kaybetmek üzereydim; varlığımın her zerresi, bacak aramın tepesindeki o küçük ve güçlü trafoya konsantre olmuştu. Bacaklarım kasıldı ve parmağını içime kaydırırken, kükreyen iniltisini duydum.

"Ah, bebeğim, benim için böyle ıslanmana bayılıyorum."

Parmağıyla geniş bir daire çizerek beni esnetti, dili de aynı döngüyü tekrarlıyordu. İnledim. Bu kadarı çok fazlaydı. Bedenim rahatlamak için yalvarmaya başlamıştı ve kendimi daha fazla tutamıyordum. Kendimi bıraktım ve orgazm beni ele geçirip içimi tekrar tekrar bükerken sağduyulu bütün düşünceler beni terk etti. *Lanet olası.* Haykırdım ve orgazmın gücü her şeyi sıfırlar ve hükümsüz kılarken, dünya bir çukura batarak görüş alanımdan kayboldu.

Nefes nefeseydim. Bir folyonun yırtıldığını duyar gibi oldum. Christian yavaşça içime girdi ve kıpırdamaya başladı. *Ah... Tanrım.*

Bu aynı anda hem acı veren hem tatlı hem arsız hem de nazik bir histi.

"Bu nasıl?" diye soludu.

"İyi. Çok iyi," diye soludum. Ve gerçekten, hızla, sertlikle hareket etmeye başladı ve acımasızlıkla kendini tekrar tekrar içime iterken beni bir kez daha uçurumun kıyısına itti. Kıvranıyordum.

"Benim için boşal, bebeğim." Sesi ters, sert ve kabaydı; kendini hızla içime bastırınca organının etrafında patlayıverdim.

"Lanet olsun," diye fısıldayarak kendini bir kez daha içime itti ve inleyerek doğra ulaşırken, organını içime bastırdı. Ve sonra kaskatı kesilmiş bedeniyle hareketsizleşti.

Üzerime yığıldığında, ağırlığının etkisiyle yatağa iyice gömüldüm. Bağlı ellerimi boynuna geçirdim ve ona elimden geldiğince sarıldım. O anda bu adam için her şeyi yapacağımı biliyordum. Beni tanıştırdığı bu harika şey hayal edebileceğim her şeyin çok ötesindeydi. Ve işi, daha ileri, çok daha ileri, benim, masumiyetimle hayal dahi edemeyeceğim bir yere götürmek istiyordu. *Ah, ne yapmalı?*

Dirseğine abandı ve gri gözlerinde yoğun bir bakışla bana baktı.

"Birlikte ne kadar iyiyiz, değil mi?" diye mırıldandı. "Kendini bana verirsen çok daha iyi olacak. Bana güven, Anastasia. Seni varlığından haberdar dahi olmadığın yerlere götürebilirim." Sözleri düşüncelerimin yankısı gibiydi. Burnunu benimkine sürttü. Ona karşı sıra dışı fiziksel tepkimin etkisiyle, başım hâlâ dönüyordu ve ona boş gözlerle bakarken, tutarlı bir düşünce yakalamak için debeleniyordum.

Birden ikimiz de yatak odası kapısının dışındaki koridordan gelen sesleri fark ettik. Duyabildiklerimi idrak edebilmem birkaç saniyemi aldı.

"Eğer hâlâ yataktaysa hasta demektir. Bu saatte asla yatakta olmaz. Christian asla bu kadar çok uyumaz."

"Bayan Grey, lütfen."

"Taylor. Beni oğlumu görmekten alıkoyamazsın."

"Bayan Grey, kendisi yalnız değil."

"Ne demek yalnız değil?"

"Yanında biri var."

"Ah..." Ben bile, kadının sesindeki hayreti duyabilmiştim.

Christian kırpıştırdığı iri gözlerinde esprili bir dehşetle bana bakıyordu.

"Lanet olsun! Bu, annem."

BÖLÜM ON

Aniden içimden çıktı. Yüzümü buruşturdum. Yatağın üstüne oturdu ve kullanılmış prezervatifi çöp kutusuna attı.

"Haydi, giyinmeliyiz. Tabii eğer annemle tanışmak istiyorsan." Sırıtarak yataktan fırladı ve kotunu üstüne geçirdi. İç çamaşırsız! Hâlâ bağlı durumda olduğum için, güçlükle doğruldum.

"Christian, hareket edemiyorum."

Sırıtışı daha da genişledi ve eğilip kravatı çözdü. Kravatın dokuma deseni bileklerimde iz bırakmıştı. Bu... seksiydi. Christian bana bakıyordu. Eğlenir gibiydi; gözleri neşeyle dans ediyordu. Alnımı hızla öptü ve bana kocaman bir gülümseme gönderdi.

"Bir ilk daha," dedi, ama neden bahsettiği konusunda hiçbir fikrim yoktu.

"Burada hiç temiz kıyafetim yok." İçimi ani bir panik kaplamıştı ve biraz önce tecrübe ettiklerimi düşününce, bu paniği dayanılmaz buluyordum. Annesi! Lanet olsun! Temiz kıyafetim yoktu ve annesi bizi az kalsın suçüstü yakalıyordu. "Belki de burada kalsam iyi olur."

"Ah, hayır, kalmayacaksın," dedi Christian. "Benden bir şeyler giyebilirsin." Üzerine beyaz bir tişört geçirmişti ve ellerini henüz-becerdim saçlarının arasından geçiriyordu. Bütün kaygıma rağmen, aklım başımdan gitti. Güzelliği yoldan çıkarıcıydı.

"Anastasia, üzerine çuval geçirsen bile hoş görünürsün. Lütfen endişelenme. Annemle tanışmanı isterim. Giyin. Ben gidip onu sakinleştireyim." Ağzı düz bir çizgi halini aldı. "Seni beş dakika içinde odada bekliyorum. Aksi takdirde, gelir ve üzerinde ne olduğuna bakmadan dışarı sürüklerim. Tişörtlerim şu çekmecede. Gömleklerim de dolapta. Keyfine bak." Bana şüpheli bir bakış attıktan sonra, odadan ayrıldı.

Lanet olsun. Christian'ın annesi. Bu beklediğimden daha fazlası demekti. Belki de onunla tanışmak, yapbozun bir parçasını tamamlamama yardımcı olabilirdi. Christian'ın neden böyle olduğunu anlamama yardım edebilirdi... Birden onunla tanışmak istedim. Gömleğimi yerden aldım ve geceyi hemen hemen hiç kırışıksız atlatabilmiş olduğunu görünce sevindim. Mavi sutyenimi yatağın altında bulup hızla giydim. Ama nefret ettiğim bir şey varsa o da temiz külot giymemekti. Christian'ın çekmecesini karıştırırken baksır şortlarına denk geldim. Dar, gri bir Calvin Klein'ı üstüme geçirdikten sonra, kot pantolonumu ve Converse'lerimi giydim.

Ceketimi kaptığım gibi banyoya koştum ve fazla parlak gözlerime, al al olmuş yüzüme ve saçlarıma baktım. *Lanet olası.* Az-önce-becerildim örgüleri de bana yakışmıyordu. Bir fırça bulmak için makyaj masasını karıştırdım ve bir tarak buldum. İdare etmek zorundaydım. Kıyafetlerime çaresizlik içinde bakarken, saçlarımı hızlı bir şekilde arkada topladım. Belki de Christian'ın kıyafet teklifine evet demeliydim. Bilinçaltım dudaklarını büzerek "fahişe" kelimesini heceledi. Onu duymazdan geldim. Debelenerek ceketimi giydim ve kol ağızlarının, kravatın her şeyi ele veren izlerini saklamasına sevinerek aynadaki aksime kaygılı bir bakış attım. İdare etmek zorundaydım. Ana salona doğru yola çıktım.

"İşte geldi." Christian kanepede yayıldığı yerden kalktı.

İfadesi sıcak ve sevecendi. Yanındaki kum rengi saçlı kadın döndü ve bana pasparlak bir gülümsemeyle baktı. O da ayağa kalkmıştı. Deve tüyü rengi triko elbisesi ve aynı renk ayakkabıları içinde kusursuz bir şıklık sergiliyordu. Bakımlı, zarif ve güzel görünüyordu; ne kadar berbat göründüğümü bildiğim için kendimi kötü hissettim.

"Anne, bu, Anastasia Steele. Anastasia, seni Grace Trevelyan Grey'le tanıştırayım."

Doktor Trevelyan Grey bana elini uzattı. Mendildeki T, Trevelyan'ın kısaltması mıydı yoksa?

Bayan Grey, "Sizinle tanışmak ne büyük zevk," diye mırıldandı. Eğer gözlerim beni yanıltmıyorsa, sesinde hayret ve şaşkın dolu bir rahatlama, elâ gözlerinde sıcak bir ışıltı vardı. Elini tuttum ve sıcaklığına karşılık, elimde olmadan gülümsedim.

"Doktor Trevelyan Grey," diye mırıldandım.

"Bana Grace de." O sırıtırken, Christian'ın kaşları çatılmıştı. "Genelde Dr. Trevelyan olarak anılırım ve Bayan Grey de kayınvalidemdir." Göz kırptı. "İkiniz nasıl tanıştınız?" Merakını gizleyemeyen gözlerini Christian'a çevirdi.

"Bu hafta orada diploma vereceğim için, Anastasia, WSU'nun okul gazetesi adına benimle röportaj yaptı."

Çifte lanet olsun. Bunu unutmuştum.

"Demek bu hafta mezun oluyorsun?" dedi Grace.

"Evet."

Cep telefonum çalmaya başladı. Kate olduğuna bahse girebilirdim.

"İzninizle." Telefonum mutfaktaydı. O tarafa yürüdüm ve arayan numaraya bakmadan kahvaltı barına yaslandım.

"Kate."

"*Dios mío,* Ana!" *Lanet olsun, arayan José.* Sesi çok mutsuz geliyordu. "Neredesin? Sana ulaşmaya çalışıyordum. Seni görmeli ve cuma günkü davranışım için özür dilemeliyim. Neden telefonlarıma cevap vermedin?"

"Bak, José, pek uygun bir zaman değil." Annesine bir şey mırıldanırken, ifadesiz bir yüzle beni dikkatle izlemekte olan Christian'a kaygıyla baktım. Ona sırtımı döndüm.

José, "Neredesin? Kate kaçamak cevaplar veriyor," diye sızlandı.

"Seattle'dayım."

"Seattle'da ne arıyorsun? Yoksa onunla mısın?"

"José, seni sonra ararım. Şu anda konuşamam." Telefonu kapattım.

Umursamaz bir tavırla Christian ve annesinin yanına döndüm. Grace kendini konuşmaya kaptırmıştı.

"… ve Elliot buralarda olduğunu haber vermek için aradı. Seni iki haftadır görmüyordum, hayatım."

"Öyle mi yaptı?" diye mırıldanarak bana bakarken, Christian'ın yüzünde anlaşılmaz bir ifade vardı.

"Birlikte öğle yemeği yeriz diye düşündüm, ama başka planların olduğunu görüyorum ve bozmak istemem." Krem rengi, uzun ceketini aldı ve Christian'a dönüp yanağını uzattı. Christian annesinin yanağına kısa, tatlı bir öpücük kondurdu. Annesi ona dokunmamıştı.

"Anastasia'yı Portland'a geri götürmem gerek."

"Elbette, hayatım. Anastasia, seninle tanışmak büyük zevkti. Umarım yine buluşuruz." Bana elini uzatırken gözleri parlıyordu. El sıkıştık.

Taylor bir anda belirdi. *Nereden çıktı?*

"Bayan Grey?" dedi.

"Teşekkürler, Taylor." Taylor onu çift kanatlı kapılardan geçirip koridora kadar ona eşlik etti. Taylor hep burada mıydı? Ne zamandır buradaydı acaba? Neredeydi ki?

Christian gözlerini bana dikmişti.

"Demek fotoğrafçı aradı."

Lanet olsun.

"Evet."

"Ne istiyormuş?"

"Sadece özür dilemek. Biliyorsun… cuma için."

Christian gözlerini kıstı.

"Anladım," demekle yetindi.

Taylor tekrar kapıda belirdi.

"Bay Grey, Darfur teslimatıyla ilgili bir mesele var."

Christian başını hafifçe eğdi.

"Charlie Tango, Boeing Sahası'na döndü mü?"

"Evet, efendim."

Taylor beni başıyla selamladı.

"Bayan Steele."

Çekingen bir gülümsemeyle baktım. Dönüp odadan çıktı.

"Burada mı yaşıyor? Taylor?"

"Evet." Sesi donuktu. *Derdi ne?*

Christian mutfağa yürüyüp BlackBerry'sini aldı. E-postalarını gözden geçirdiğini tahmin ettim. Ağzı gerilmişti. Bir numara tuşladı.

"Ros, mesele nedir?" diye çıkıştı. Şüpheli gözlerle beni izleyerek dinledi. Bense koca odanın ortasında, kendimi son derece utanmış ve fazlalık gibi hissederek, ne yapacağımı bilemeyerek dikiliyordum.

"İki mürettebatı da riske sokmam. Hayır, iptal et... Havadan indirme yapacağız... İyi." Telefonu kapattı. Gözlerindeki sıcaklık kaybolmuştu. Haşin bir görüntüsü vardı ve bana hızlı bir bakış attıktan sonra, çalışma odasına yürüyüp bir an sonra geri geldi.

"Kontrat bu. Oku. Önümüzdeki hafta sonu tartışırız. Biraz araştırma yapmanı, böylece neleri kapsadığı konusunda bilgi sahibi olmanı öneririm." Duraksadı. "Tabii eğer kabul edersen. Ki etmeni gerçekten umuyorum," diye eklerken sesi daha yumuşak ve kaygılıydı.

"Araştırma mı?"

"İnternette bulabileceklerine şaşarsın," diye mırıldandı.

İnternet! Elimin altında, Kate'in dizüstü bilgisayarı dışında bilgisayar yoktu ve Clayton's'takini de bu tür bir "araştırma" için tabii ki kullanamazdım.

Başını yana yatırarak, "Sorun ne?" diye sordu.

"Bilgisayarım yok. Genelde okuldaki bilgisayarları kullanıyorum. Kate'in dizüstü bilgisayarını kullanıp kullanamayacağıma bir bakarım."

Bana kahverengi bir zarf uzattı.

"Sana... bir bilgisayar ödünç verebileceğimden eminim. Eşyalarını toparla, Portland'a arabayla döneceğiz. Yolda bir şeyler yeriz. Giyinmem gerek."

"Bir telefon açacağım," diye mırıldandım. Kate'in sesini duymak istiyordum. Kaşlarını çattı.

"Fotoğrafçıya mı?" Çenesi kasılmıştı ve gözlerinden alevler çıkıyordu. Gözlerimi kırpıştırdım. "Paylaşmayı sevmem, Bayan Steele. Bunu aklınızdan çıkarmayın." Sakin ve ürpertici ses tonu bir uyarıydı ve bana uzun, soğuk bir bakış attıktan sonra yatak odasına yöneldi.

Lanet olsun. Arkasından, *Ben sadece Kate'i aramak istemiştim*, diye seslenmek istedim, ama ani soğukluğu beni felç etmişti. Yarım saat önce benimle sevişen o cömert, gevşemiş, gülümseyen adama ne olmuştu?

Girişin çift kanatlı kapısında dururken, Christian, "Hazır mısın?" diye sordu.

Emin olmayarak başımı salladım. Mesafeli, nazik ve gergin haline dönmüş; maskesini takıp gösteriye soyunmuştu. Elinde deri bir postacı çantası vardı. Buna neden ihtiyaç duyuyordu ki? Belki de Portland'da kalacaktı. Ve sonra mezuniyeti hatırladım. Ah, evet. Perşembe günü orada olacaktı. Üzerinde siyah bir deri ceket vardı. Bu kıyafetler içinde o multimilyardere ya da trilyonere –her neyse işte– hiç benzemiyordu. Yoldan çıkmış bir delikanlıya, kötü tavırlı bir rock yıldızına veya bir podyum mankenine benziyordu. Onun soğukkanlılığının onda birine sahip olmayı dileyerek iç geçirdim. O kadar sakin ve kontrollüydü ki. José konusundaki çıkışını hatırlayınca kaşlarım çatıldı. Pekâlâ, görünüşte öyleydi.

Taylor geri planda bekliyordu.

Christian ona, "Yarın görüşürüz," dedi.

Taylor onu başıyla selamlayarak, "Evet, efendim," dedi. "Hangi arabayı alıyorsunuz, efendim?"

Bana anlık bir bakış attı.

"R8'i."

"İyi yolculuklar, Bay Grey. Bayan Steele." Taylor bana sevecen bir ifadeyle bakmıştı. Gerçi belki de gözlerinin derinliklerinde bir acıma iması gizliydi.

Bay Grey'in kuşkulu cinsel alışkanlıklarına yenik düştüğümü düşündüğüne şüphe yoktu. Henüz değildi; şimdilik sıra dışı cinsel alışkanlıklarına yenilmiştim; ya da belki sadece sıradan sex alışkanlıklarına. Bu düşünceyle kaşlarım çatıldı. Karşılaştıracak bir şeyim yoktu ve Kate'e soramazdım. Bunu Christian'a danışmam gerekecekti. Biriyle konuşmam son derece doğaldı ama bir an açık, hemen sonra ilgisizken onunla konuşamazdım ki.

Taylor kapıyı bizim için açık tuttu ve geçmemizi bekledi. Christian asansörü çağırdı.

"Sorun ne, Anastasia?" diye sordu. Zihnimde bir şeylerle boğuştuğumu nereden biliyordu? Uzanıp çenemi çekti.

"Dudağını ısırmayı bırak yoksa seni asansörde beceririm ve bizden başka kimin bindiği umurumda olmaz."

Kızardım, dudaklarında belli belirsiz bir gülümseme oluştu. Nihayet ruh hali değişir gibiydi.

"Christian, bir sorunum var."

"Ah?" Bütün dikkatini çekmeyi başarmıştım.

Asansör geldi. Kabine girdik ve Christian üzerinde "G" yazan düğmeye bastı.

"Pekâlâ," derken kıpkırmızıydım. *Bunu nasıl söylemeli*? "Kate'le konuşmam gerek. Seks hakkında çok sorum var ve sen işin fazlasıyla içindesin. Bunları yapmamı istiyorsan ben nasıl?.." Doğru kelimeleri bulmaya çalışarak duraksadım. "Elimde referans alacak hiçbir şey yok."

Gözlerini çevirdi.

"İlla konuşman gerekiyorsa konuş." Sesi sıkkındı. "Elliot'a hiçbir şeyden bahsetmeyeceğinden emin ol."

İması karşısında tüylerim diken diken oldu. *Kate öyle biri değil.*

"Kate öyle bir şey yapmaz; ve ben de onun Elliot hakkında söylediği herhangi bir şeyi sana söylemezdim," diye hızla ekledim.

Christian usulca, "Fark şu ki, ben Elliot'ın seks hayatı hakkında bilgi sahibi olmak istemiyorum," diye mırıldandı. "Elliot meraklı piçin tekidir. Ama sadece şu ana kadar yaptıklarım konusunda konuşabilirsin," diye uyardı. "Sana yapmak istediklerimi bilse, Kate büyük olasılıkla hayalarımın canına okur." Bunu o kadar yumuşak bir sesle eklemişti ki duymam gerektiğinden emin olamadım.

"Tamam," diye kolayca kabul ettim ve rahatlayarak gülümsedim. Kate'i Christian'ın hayalarıyla bir arada düşünmek, üzerinde durmak isteyeceğim bir şey değildi.

Dudakları yukarı kıvrıldı ve kafasını salladı.

"İtaatini ne kadar çabuk alırsam o kadar iyi olacak; o zaman bütün bunlara bir son verebiliriz," diye mırıldandı.

"Bütün bunlara son vermek mi?"

"Bana kafa tutmana." Uzandı, çenemi avucunun içine aldı ve asansörün kapısı tam açılırken, dudaklarıma tatlı bir öpücük kondurdu. Elimi tuttu ve beni yer altı garajına doğru yürütmeye başladı.

Ben ve ona kafa tutmak... Nasıl?

Asansörün yakınında 4X4 Audi'yi görebiliyordum, ama anahtarlığını doğrulttuğu zaman öterek açılan ve ışıkları yanan, gösterişli, siyah bir spor araba oldu. Üzerinde sadece bir fularla kaputun üstüne yatan uzun bacaklı bir sarışının yakışacağı türde bir arabaydı.

Kuru bir sesle, "Güzel araba," diye mırıldandım.

Bana baktı ve sırıttı.

"Biliyorum," dedi ve kısacık bir an için, tatlı, genç ve kaygısız Christian geri geldi. Kalbim ısınmıştı. Çok heyecanlıydı. *Erkekler ve oyuncakları.* Gözlerimi çevirdim, ama gülümsememi bastıramıyordum. Bana kapıyı açtı, arabaya bindim. Vay canına... alçaktı. Rahat bir tavırla arabanın etrafını dolaştı ve uzun cüssesini zarafetle yanımdaki koltuğa sığdırdı. *Bunu nasıl yapıyor?*

"Bu ne tür bir araba?"

"Audi R8 Spider. Güzel bir gün, üstünü açabiliriz. Şurada bir yerde bir beyzbol şapkası olacak. Aslında iki tane olmalı." Torpido gözünü işaret etti. "Ve istersen güneş gözlükleri de var."

Kontağı çevirdi ve motor arkamızda gürledi. Çantasını koltuklarımızın arasındaki boşluğa yerleştirdi, bir düğmeye bastı ve tavan yavaşça toplanarak açıldı. Bir düğmeyi çevirmesiyle Bruce Springsteen'in sesi etrafımızı sardı.

"Bruce'u sevmemek olmaz." Bana sırıtarak bakıp arabayı park alanından çıkardı ve kapının kalkması için durduğumuz dik rampaya sürdü.

Ve sonra Seattle'ın parlak mayıs sabahındaydık. Torpido gözüne uzandım ve beyzbol şapkalarını çıkardım. Mariners. Beyzbol seviyor muydu? Şapkalardan birini ona uzattım, taktı. Ben de saçlarımı benimkinin arkasından geçirip siperliği aşağı kadar çektim.

Sokaklarda yol alırken, insanlar bize bakıyordu. Bir an ona baktıklarını düşündüm... ve sonra çok paranoyak bir parçam, insanların, son iki saattir neler yaptığımı bildikleri için bana baktıklarını düşünmeye başladı. Ama sonunda araba yüzünden olduğunu fark ettim. Christian bakışlardan habersiz, düşüncelere dalmış gibiydi.

Trafik açıktı ve kısa süre sonra, saçlarımızı okşayan rüzgâr altında, Interstate 5'ten güneye doğru yol alıyorduk. Bruce ateşlenmek ve arzusu hakkında bir şarkı söylüyordu. Ne kadar yerindeydi. Sözleri dinlerken kızardım. Christian bana bakıyordu. Ray Ban'lerini taktığı için, ne hissettiğini göremiyordum. Ağzı hafifçe büküldü ve uzattığı elini dizimin üstüne yerleştirip hafifçe sıktı. Nefesim kesilmişti.

"Aç mısın?" diye sordu.

Yemeğe değil.

"Sayılmaz."

Ağzı düz bir çizgi halini aldı.

"Bir şeyler yemelisin, Anastasia," diye çıkıştı. "Olympia yakınında harika bir yer biliyorum. Orada dururuz." Dizimi bir kez daha sıktıktan sonra elini tekrar direksiyona götürdü ve gaza bastı. Koltuğumda arkaya yapıştım. Tanrım, bu araba gerçekten gidebiliyordu.

Ormanın ortasında ahşap bir kulübe olan restoran küçük ve samimiydi. Dekor rustikti: toplama sandalyeler ve masalar, pamuklu kumaştan örtüler, küçük vazolarda yaban çiçekleri. Kapının üstünde YABAN MUTFAĞI yazıyordu.

"Buraya gelmeyeli uzun zaman oldu. Seçme şansımız yok, ne yakalamışlarsa, ne toplamışlarsa onu pişirirler." Yapay bir korkuyla kaşlarını kaldırınca, kahkaha attım. Garson içki siparişlerimizi aldı. Christian'ı görünce kızarmıştı. Sarı uzun perçemlerinin arkasına gizlenerek göz temasından kaçınıyordu. Onu beğeniyordu. *Yalnız değilim!*

"İki kadeh Pinot Grigio," dedi Christian otoriter bir sesle. Sinirlenerek dudaklarımı büzdüm.

"Ne?" diye çıkıştı.

"Ben diyet kola istiyordum," diye fısıldadım.

Gri gözleri kısıldı, kafasını salladı.

"Pinot Grigio düzgün bir şaraptır ve şansımıza ne yemek çıkarsa onunla iyi gidecek," dedi sabırla.

"Şansımıza ne çıkarsa mı?"

"Evet." Göz alıcı kafa-yana-yatık gülümsemesiyle bakınca, midem dalağımın üstüne sıçradı. Muhteşem gülümsemesini ona geri yansıtmamak elimde değildi.

"Annem senden hoşlandı," dedi kuru bir sesle.

"Gerçekten mi?" Sözleri zevkten kızarmama neden olmuştu.

"Ah, evet. Her zaman gey olduğumu düşünmüştür."

Ağzım açıldı ve *röportajdaki... o soruyu anımsadım. Ah, hayır.*

"Neden gey olduğunu düşünüyordu?"

"Çünkü beni hiçbir kızın yanında görmedi."

"Ah, şu on beş taneden biriyle bile mi?"

Gülümsedi.

"Hatırlıyorsun. On beş tanenin hiçbiriyle."

"Ah."

Usulca, "Biliyorsun, Anastasia, bu benim için de bir ilkler hafta sonu oldu," dedi.

"Öyle mi?"

"Kimseyle birlikte uyumamış, kendi yatağımda seks yapmamış ve hiçbir kızı Charlie Tango'yla uçurmamış, hiçbir kadını annemle tanıştırmamıştım. Bana ne yapıyorsun böyle?" Gözleri yanıyor, yoğunlukları nefesimi kesiyordu.

Garson şarap kadehlerimizle geldi ve hızlı bir yudum içtim. Bana içini mi döküyordu yoksa gündelik bir gözlemde mi bulunuyordu?

"Bu hafta sonundan gerçekten keyif aldım," diye mırıldandım. Gözlerini bir kez daha kıstı.

"O dudağı ısırmayı kes," diye homurdandı. "Ben de," diye ekledi.

Dikkatimi bana gönderdiği yoğun, yakıcı ve seksi bakıştan uzaklaştırmak için, "Vanilya seks nedir?" diye sordum. Güldü.

"Dosdoğru seks, Anastasia. Oyuncak yok, ekleme yok." Omuz silkti. "Biliyorsun, şey... aslında bilmiyorsun, ama anlamı bu."

"Ah." Oysa ben bizim yaptığımızın, tepesinde vişne şekerlemesi olan çikolata dolgulu brownie seksi olduğunu sanıyordum. Ama hey, ben ne biliyordum ki?

Garson bize çorba getirdi. İkimiz de biraz şüpheyle baktık.

Garson dönüp hışımla mutfağa dönmeden önce, "Isırgan otu çorbası," diye açıkladı. Christian'ın onu görmezden gelmesinden hoşlandığını sanmıyordum. Çorbadan çekingen bir yudum aldım. Çok lezzetliydi. Rahatlama hissiyle, Christian'la aynı anda birbirimize baktık. Kıkırdadım, Christian başını yana yatırdı.

"Çok hoş bir ses bu," diye mırıldandı.

Merakım uyanarak, "Neden daha önce hiç vanilya seks yapmadın? Her zaman... Yani... şey, her zaman, o yaptığını mı yapıyordun?" diye sordum.

Başını ağır ağır salladı.

"Sayılır." Sesi temkinliydi. Kaşları kısa bir süreliğine çatıldı; içsel bir mücadeleye girmiş gibi görünüyordu. Sonra kararını vermiş halde, kafasını kaldırdı. "On beş yaşındayken, annemin arkadaşlarından biri beni baştan çıkardı."

"Ah." *Lanet olsun, çok küçük bir yaştı.*

"Çok özel zevkleri vardı. Altı yıl boyunca onun itaatkârı oldum." Omuz silkti.

"Ah." Bu itirafı karşısında beynim donmuş, işlemez hale gelmişti.

"Yani ne demek olduğunu biliyorum, Anastasia." Gözleri anlayışla parlıyordu.

Herhangi bir ses çıkarmayı başaramayarak durdum. Bilinçaltım bile sessizleşmişti.

"Yani seksle tanışmam sıradan değildi."

Merakım beni zorluyordu.

"Yani üniversitede kimseyle çıkmadın?"

"Hayır." Vurgulamak için kafasını salladı.

Kâselerimizi almaya gelen garson, konuşmamızı kısa bir kesintiye uğrattı.

O uzaklaşınca, "Neden?" diye sordum.

Küçümseyici bir gülümsemeyle baktı.

"Gerçekten bilmek istiyor musun?"

"Evet."

"İstemedim. Tek istediğim ve ihtiyaç duyduğum oydu. Hem ayrıca, canıma okurdu." Sevgiyle gülümsedi.

Ah, bu kadar bilgi çok fazla... Ama daha fazlasını istiyordum.

"Annenin arkadaşı olduğuna göre, kaç yaşındaydı?"

Sırıtarak, "Bunu yapmamayı akıl edecek kadar büyüktü," dedi.

"Onu hâlâ görüyor musun?"

"Evet."

"Peki hâlâ... şey..." Kızardım.

"Hayır." Kafasını salladı ve bana anlayışlı bir ifadeyle gülümsedi. "Çok iyi bir arkadaş."

"Ah, annen biliyor mu?"

Bana bir aptal-olma bakışı attı.

"Elbette hayır."

Garson geyik etiyle döndü, ama iştahım kaçmıştı. Ne *itiraftı* ama. *İtaatkâr Christian... Lanet olsun.* Pinot Grigio'dan büyük bir yudum aldım. Elbette haklıydı, çok lezzetliydi. Tanrım, bütün bu açıklamalar, düşünecek ne çok şeyim olmuştu. Bunları kafamda işlemek için zamana ihtiyacım vardı; yalnız kalınca, dikkatim varlığıyla dağılmazken. O kadar baskın, öylesine alfa erkeğiydi ki. Üstelik şimdi denkleme bu bombayı atmıştı. *Nasıl bir şey olduğunu biliyor.*

"Ama tam zamanlı değildi?" Kafam karışmıştı.

"Şey, her ne kadar onu sürekli görmesem de öyleydi. Zordu. Sonuçta önce lisede, sonra üniversiteydim. Yemeğini ye, Anastasia."

"Gerçekten aç değilim, Christian." *Açıkladığın sır başımı döndürmeye devam ediyor.*

İfadesi sertleşti. "Ye," dedi sessizce. Fazla sessizce.

Gözlerimi ona diktim. Ergenliğinde cinsel istismara uğramış bu adamın sesi fazla tehditkârdı.

Usulca, "Bana bir dakika verir misin?" diye mırıldandım. Gözlerini kırpıştırdı.

"Tamam," dedi ve yemeğini yemeğe devam etti.

İmzayı atarsam böyle olacaktı demek. Bana emir verip duracaktı. Kaşlarımı çattım. *Bunu istiyor muyum?* Çatal bıçağıma uzandım ve geyik etinden bir deneme lokması kestim. Çok lezzetliydi.

"Şeyimiz... ilişkimiz böyle mi olacak?" diye fısıldadım. "Senin bana emirler yağdıracağın bir ilişki?" Ondan tarafa bakamıyordum.

"Evet," diye mırıldandı.

"Anladım."

"Ve dahası, bunu yapmamı isteyeceksin," diye eklerken sesi alçaktı.

Bundan samimiyetle şüpheliyim. Geyik etinden bir dilim daha kesip ağzıma götürdüm.

"Büyük bir adım," diye mırıldandım ve lokmamı yedim.

"Öyle." Gözlerini yumdu ve kısa bir süre öyle kaldı. Tekrar açtığında, gözleri iri ve ciddiydi. "Anastasia, iç sesini dinlemelisin.

Araştırmanı yap, kontratı oku. Her yönünü tartışmaya açığım. Öncesinde konuşmak istersen, cumaya kadar Portland'da olacağım." Kelimeler ağzından hızla dökülüyordu. "Beni ara. Belki de bir akşam yemeği yeriz. Mesela çarşamba? Bu işin yürümesini gerçekten istiyorum. Aslında hiçbir şeyi bu işin yürümesini istediğim kadar istemedim."

Yakıcı samimiyeti, arzusu gözlerine yansıyordu. Anlamadığım, temel olarak buydu. *Neden ben?* Neden o on beş kişiden herhangi biri değil? Ah, hayır. Yoksa ben de bu mu olacaktım? Bir sayı? On altı kişiden biri?

"On beşinciye ne oldu?" deyiverdim.

Şaşkınlık içinde kaşlarını kaldırdı, sonra kaderine boyun eğmiş gibi kafasını salladı.

"Pek çok şey. Ama işin özü..." Duraksadı. Doğru sözcükleri bulmak için debelendiğini düşündüm. "Uyumsuzluk." Omuz silkti.

"Ve benim seninle uyumlu olabileceğimi düşünüyorsun?"

"Evet."

"Artık hiçbiriyle görüşmüyor musun?"

"Hayır, Anastasia, görüşmüyorum. İlişkilerimde tek eşliyimdir."

Ah, işte bu önemli bir haber.

"Anlıyorum."

"Araştırmanı yap, Anastasia."

Çatal bıçağımı bıraktım. Daha fazla yiyemeyecektim.

"Hepsi bu mu? Bu kadar mı yiyeceksin?"

Onaylayarak başımı salladım. Yüzünü buruşturdu, ama hiçbir şey söylememeyi seçti. Rahat bir nefes aldım. Bu yeni bilgi yüzünden midem yanıyor, şarap yüzünden biraz başım dönüyordu. Tabağındaki her şeyi silip süpürmesini seyrettim. Kurt gibi yiyordu. Böyle müthiş bir fiziği korumak için egzersiz yapıyor olmalıydı. Pijamalarının kalçalarından sarkışının davetsiz görüntüsü zihnimde canlandı. Görüntü büsbütün dikkat dağıtıcıydı. Rahatsız bir şekilde kıvrandım. Kafasını kaldırıp bana bakınca kızardım.

"Şu anda ne düşündüğünü öğrenmek için her şeyi verirdim," diye mırıldandı. İyice kızardım.

Bana muzip bir gülümsemeyle baktı.

"Tahmin edebiliyorum," diye takıldı.

"Aklımı okuyamadığına seviniyorum."

"Aklını hayır, Anastasia, ama vücudunu dünden beri gayet iyi tanır oldum." Sesi manidardı. Bir ruh halinden diğerine nasıl böyle hızla geçebiliyordu? O kadar değişkendi ki. Ona ayak uydurması güçtü.

Garsona işaret ederek hesabı istedi. Ödedikten sonra ayağa kalktı ve elini uzattı.

"Gel." Elimi tutup beni tekrar arabaya götürdü. Bu ten tene temas, normalliği ve mahremliğiyle, ondan o kadar beklenmeyecek bir şeydi ki. Bu sıradan ve şefkatli jesti, o odada, Kırmızı Acı Odası'nda yapmak istedikleriyle bağdaştıramıyordum.

Olympia ile Vancouver arasındaki yol boyunca sessizdik; her ikimiz de kendi düşüncelerimize dalmıştık. Dairemin önüne park ettiğimizde saat beşti. Işıklar yanıyordu. Kate evdeydi demek. Hiç şüphesiz toplanmakla meşguldü; tabii eğer Elliot hâlâ orada değilse. Christian motoru kapattı ve ondan ayrılmam gerektiğini fark ettim.

"İçeri gelmek ister misin?" diye sordum. Gitmesini istemiyordum. Birlikte geçireceğimiz zamanı uzatmak istiyordum.

"Hayır, yapmam gereken işler var," demekle yetindi. Bana bakarken, ifadesini anlamak güçtü.

Ellerime baktım ve parmaklarımı birbirine kenetledim. Birden duygusallaşmıştım. Gidiyordu. Uzanıp ellerimden birini tuttu ve usulca ağzına götürerek elimin üst kısmını öptü. Ne eski moda ve tatlı bir jestti. Yüreğim ağzıma gelmişti.

"Bu hafta sonu için teşekkürler, Anastasia. Gerçekten... en iyisiydi. Çarşamba? Seni işten ya da başka bir yerden alırım."

"Çarşamba," diye fısıldadım.

Elimi bir kez daha öptü ve kucağıma geri bıraktı. Arabadan indi. Benim tarafıma dolaşıp yolcu kapısını açtı. Neden böyle birden terk edilmiş gibi hissetmiştim kendimi? Gırtlağıma bir yumru oturdu. Beni böyle görmesine izin vermemeliydim. Yüzüme bir gülümseme yerleştirerek arabadan indim. Kate'le yüzleşmem gerektiğini bilerek ve Kate'le yüzleşmekten nefret ederek yoldan yukarı yürüdüm. Yolun yarısında durup ona baktım. Kendimi, *Çene yukarı, Steele*, diye azarladım.

"Ah, bu arada, üzerimde senin iç çamaşırın var." Ona küçük bir gülümseme gönderirken, görebilsin diye, üzerimdeki baksırın lastiğini yukarı çektim. Christian'ın ağzı şokla açılmıştı. Ne harika bir tepkiydi. Ruh halim o anda değişti ve için için, zıplayıp havayı yumruklama isteği duyarak eve girdim. *EVET!* İçimdeki tanrıça heyecan içindeydi.

Kate oturma odasında kitaplarını sandıklara yerleştirmekle meşguldü.

"Döndün demek. Christian nerede? Nasılsın?" Sesi hararetli, kaygılıydı ve daha ben merhaba diyemeden, yanıma sıçrayıp omuzlarımı kavrayarak dikkatle yüzümü incelemeye koyuldu.

Lanet olsun... Kate'in ısrarıyla baş etmem gerekecekti ve konuşamayacağımı söyleyen, imzalı, yasal bir evrak elimi kolumu bağlıyordu. Bu sağlıklı bir karışım değildi.

"Ee, nasıldı? Aklımı senden alamadım. Tabii Elliot gittikten sonra." Muzip bir ifadeyle sırıttı.

Endişesi ve yakıcı merakı karşısında gülümsemeden duramadım, ama birden utanmıştım. Kızardım. Çok özeldi. Her şeyiyle. Christian'ın sakladıklarını görmek ve bilmek. Ama ona bazı detaylar vermek zorundaydım; yoksa beni rahat bırakmayacaktı.

Kendimi ele veren mahcup gülümsememi gizlemeye çalışarak, usulca, "İyiydi, Kate. Çok iyiydi, sanırım," dedim

"Sanırım mı?"

Özür diler gibi omuz silktim. "Karşılaştıracak bir verim yok, değil mi?"

"Seni boşalttı mı?"

Lanet olsun. O kadar dobraydı ki. Kıpkırmızı kesildim.

"Evet," diye geveledim.

Kate beni kanepeye çekti, oturduk. Ellerimi sıkıca tuttu.

"Bu iyi." Bana hayretle bakıyordu. "İlk defandı. Vay canına, Christian ne yaptığını gerçekten biliyor olmalı."

Ah, Kate, bir bilsen.

"Benim ilk defam korkunçtu," diye devam ederek, üzgün bir komik surat yaptı.

"Ah?" İşte bu ilgimi çekmişti. Daha önce hiç açığa vurmadığı bir şeydi.

"Evet. Steve Patrone. Lise, penissiz sporcu." Ürperdi. "Çok sertti. Hazır değildim. İkimiz de sarhoştuk. Bilirsin, ti[illegible]mezuniyet sonrası ergen felaketi. Iykkk. Bir deneme daha yap[illegible]a karar vermem aylarımı aldı. Ve onunla, yüreksiz bay harikayla [illegible]ğil. Çok gençtim. Beklemekle doğru olanı yaptın."

"Kate, kulağa berbat geliyor."

Kate hüzünlü görünüyordu.

"Evet. Birleşmeyle ilk orgazmımı yaşamam neredeyse bir yılımı aldı ve sen... ilk defada yaşadın, öyle mi?"

Utangaç bir tavırla başımı salladım. İçimdeki tanrıça yüzündeki sinsi ve kendi kendini tebrik eden gülümseme dışında, son derece ağırbaşlı bir tavırla bağdaş kurmuş oturuyordu.

"Bekâretini kıçıyla dirseğini birbirinden ayırt edebilen birine vermene sevindim." Göz kırptı. Onu bir daha ne zaman göreceksin?"

"Çarşamba. Akşam yemeği yiyeceğiz."

"Ondan hâlâ hoşlanıyor musun, peki?"

"Evet. Ama şeyden emin değilim... gelecekten."

"Neden?"

"O karmaşık biri, Kate. Bilirsin işte. Benimkinden çok farklı bir dünyada yaşıyor." Büyük bahane. İnandırıcıydı da. *Kırmızı Acı Odası var ve beni seks kölesi yapmak istiyor*'dan çok daha iyiydi.

"Ah, lütfen. Parayı karıştırma, Ana. Elliot, Christian'ın biriyle çıkmasının sıra dışı olduğunu söyledi."

"Öyle mi?" Sesim birkaç oktav yükselmişti.

Kendini fazla ele veriyorsun, Steele! Bilinçaltım uzun, sıska parmağını sallayarak bana baktı, sonra çok fazla şey anlatırsam Christian'ın beni dava edebileceğini hatırlatmak için adaletin terazisine dönüştü. *Ha... Ne yapacaktı? Bütün paramı mı alacaktı?* "Araştırmamın" geri kalan kısmını yaparken, Google'da *gizlilik anlaşması ihlalinin yaptırımlarını* taratmayı unutmamalıydım. Okul ödevi almış gibiydim. Belki not bile alırdım. Bu sabahki banyo deneyinden aldığım A'yı hatırlayıp kızardım.

"Ana, ne oldu?"

"Christian'ın söylediği bir şeyi hatırladım, o kadar."

Kate sevecen bir sesle, "Farklı görünüyorsun," dedi.

"Farklı hissediyorum. Biraz sızlıyor," diye itiraf ettim.

"Sızlıyor mu?"

"Biraz." Kızardım.

Alaycı bir tiksintiyle, "Benimki de öyle. Şu erkekler," dedi. "Hayvanlar." İkimiz de güldük.

"Senin de mi sızlıyor?" dedim.

"Evet... Aşırı kullanımdan"

Kıkırdadım.

Kıkırdamam geçince, "Haydi bana aşırı kullanımcı Elliot'tan bahset," dedim. Barda sırada beklediğim zamandan bu yana ilk kez gevşediğimi hissediyordum. Bütün bunları başlatan telefon konuşmasından, Bay Grey'e uzaktan uzağa hayranlık beslediğim zamandan bu yana. Mutlu, karmaşıklıktan uzak günler.

Kate kızardı. *Aman Tanrım...* Katherine Agnes Kavanagh karşımda Anastasia Rose Steele'e dönmüştü. Bana bir ceylan bakışı attı. Daha önce bir erkekle ilgili böyle bir tepki verdiğini görmemiştim. Ağzım bir karış açık kalmıştı. *Kate nerede? Ona ne yaptın?*

"Ah, Ana," diye ağzından kaçırdı. "O, o kadar... her şey ki. Ve biz şeyde... ah... gerçekten iyi." İki kelimeyi bir araya getirmekte zorlanıyordu. Çok kötü çarpılmıştı.

"Bence bana ondan hoşlandığını söylemeye çalışıyorsun."

Deli gibi sırıtarak başını salladı.

"Ve cumartesi onu göreceğim. Taşınmamıza yardım edecek." Ellerini kavuşturdu, kanepeden fırlayıp parmak uçlarında pencereye gitti. Taşınma. Lanet olsun. Ben, etrafımızdaki paketleme kolilerine rağmen, o işi tamamen unutmuştum.

Takdirle, "Çok yardımsever bir davranış," dedim. Onu da tanıyabilecektim. Belki de garip, rahatsız edici ağabeyi konusunda daha fazla ipucu sağlayabilirdi.

"Dün gece ne yaptın?" diye sordum. Kafasını yana eğdi ve kaşlarını seni-aptal-ne-yaptık-sanıyorsun der gibi kaldırdı.

"Üç aşağı beş yukarı sizi yaptığınızı. Gerçi biz önce akşam yemeği yedik." Sırıttı. "Sen gerçekten iyi misin? Biraz sersemlemiş görünüyorsun."

"Sersemlemiş hissediyorum. Christian çok yoğun biri."

"Evet, nasıl olabildiğini gördüm. Ama sana karşı iyi miydi?"

Onu temin etmek için, "Evet," dedim. "Gerçekten çok acıktım. Bir şeyler pişireyim mi?"

Kafasını salladı ve sandığa koymak için iki kitap daha aldı.

"On dört bin dolarlık kitaplarınla ne yapmak istiyorsun?" diye sordu.

"Ona iade edeceğim."

"Gerçekten mi?"

"Gerçekten fazla büyük bir hediye. Kabul edemem, hele şimdi." Kate'e sırıttım, başını sallayarak onayladı.

"Anlıyorum. Sana birkaç mektup geldi ve José saat başı arıyor. Sesi çok mutsuz geliyordu."

"Ararım," diye geçiştirdim. Kate'e José'den bahsedersem onu çiğ çiğ yerdi. Mektupları yemek masasının üstünden toplayıp açmaya başladım.

"Hey, mülakatlarım var. Önümüzdeki haftadan sonraki hafta, Seattle'da, stajyer yerleştirmeleri için."

"Hangi yayıneviyle?"

"İkisiyle de!"

"Not ortalamanın kapıları açacağını söylemiştim, Ana."

Elbette Kate'in *The Seattle Times*'ta ayarlanmış bir stajyerliği vardı. Babası birilerini tanıyan birilerini tanıyordu.

"Elliot gitmen konusunda ne hissediyor?" diye sordum.

Kate mutfağa girdi ve bu akşam ilk kez kederli görünüyordu.

"Anlıyor. Bir yanım gitmek istemiyor, ama birkaç hafta güneşin altında yatma fikri çok cazip. Ayrıca, annem ısrar ediyor. Bu, Ethan ve ben ücretli çalışma dünyasına doğru yola çıkmadan önce, son gerçek aile tatilimiz olacak."

Ben Amerika Birleşik Devletleri'nden hiç ayrılmamıştım ve Kate, anne babası ve kardeşi Ethan'la birlikte, iki koca hafta için Barbados'a gidiyordu. Yeni dairemizde Kate'siz kalacaktım. Tuhaf olacaktı. Ethan geçen yıl mezun olmasından bu yana dünyayı dolaşıyordu. Kısa bir an, tatile çıkmadan önce onu görür müyüm acaba diye merak ettim. Öyle tatlı biriydi ki. Telefonun çalmasıyla düşüncelerimden sıyrıldım.

"José olmalı."

İç geçirdim. Onunla konuşmam gerektiğini biliyordum. Telefonu kaptım.

"Selam."

"Ana, dönmüşsün!" José büyük bir rahatlamayla haykırdı.

"Belli ki." Sesimden alaycılık akıyordu ve telefona gözlerimi çevirdim.

Kısa bir an sessiz kaldı.

"Seni görebilir miyim? Cuma gecesi için özür dilerim. Sarhoştum. Ve sen... şey, Ana, affet beni."

"Tabii ki. Seni affediyorum, José. Bir daha yapma, yeter. Sana karşı o tür duygularım olmadığını biliyorsun."

Hüzünlü, ağır bir iç geçirdi.

"Biliyorum, Ana. Ben sadece, seni öpersem, duygularını değiştirebilirim sandım."

"José seni kalpten seviyorum ve benim için çok önemlisin. Hiç sahip olmadığım ağabey gibisin. Bu değişmeyecek. Bunu biliyorsun." Onu hayal kırıklığına uğratmaktan nefret ediyordum, ama gerçek buydu.

"Yani artık onunla birlikte misin?" Sesi küçümseme doluydu.

"José, ben kimseyle birlikte değilim."

"Ama geceyi onunla geçirdin."

"Bu seni ilgilendirmez!"

"Mesele para mı?"

Cüreti karşısında afallayarak, "José! Bu ne cüret!" diye bağırdım.

"Ana," diye sızlandı ve aynı anda özür diledi. Şu anda dar kafalı kıskançlığıyla uğraşacak durumda değildim. İncindiğini biliyordum, ama tabağım Christian Grey'le dolup taşıyordu zaten.

"Belki yarın bir kahve falan içebiliriz. Seni ararım." Uzlaşmacı davranıyordum. O benim arkadaşımdı ve onu çok severdim. Ama şu anda buna ihtiyacım yoktu.

"O zaman yarın. Ararsın değil mi?" Sesindeki umut kalbimi burktu.

"Evet... iyi geceler, José." Cevabını beklemeden telefonu kapattım.

Katherine elleri kalçalarında, "Bu da neyin nesiydi böyle?" dedi. Dürüstlük politikasını benimsemeye karar verdim. Her zamankinden daha zorlu görünüyordu.

"Cuma günü bana asıldı."

"José mi? Ve Christian Grey? Ana feromonların fazla mesai yapıyor olmalı. O aptalın aklı neredeydi acaba?" Tiksintiyle başını salladı ve sandık toplama işine geri döndü.

Kırk beş dakika sonra, ev yapımı spesiyalitem lazanya için toplanma işine ara verdik. Kate bir şişe şarap açtı; kutuların arasında yemek yiyerek, ucuz şarabı kafamıza dikerek ve TV'deki saçmalıkları izleyerek oturduk. Normallik buydu. Son kırk sekiz saatlik deliliğin üstüne, o kadar hoş ve yere indiriciydi ki. O zaman diliminin ilk telaşsız, azarlamasız ve huzurlu yemeğini yiyordum. *Christian'ın yemekle sorunu ne?* Kate tabakları kaldırırken ben de oturma odasını toplama işini bitirdim. Geriye kanepe, televizyon ve yemek masası kalmıştı. Başka neye ihtiyacımız olabilirdi ki? Sadece mutfak ve yatak odalarımızın toplanması kalmıştı ve önümüzde koca bir hafta vardı.

Telefon bir kez daha çaldı. Elliot arıyordu. Kate bana göz kırptı ve on dört yaşındaymış gibi yatak odasına kaçtı. Tören konuşmasını yazması gerektiğini biliyordum, ama görünüşe bakılırsa Elliot daha önemliydi. Bu Grey erkeklerinde ne vardı? Onları böyle dikkat dağıtıcı, tamamen zapt edici ve dayanılmaz kılan neydi? Şarabımdan büyük bir yudum daha aldım.

TV kanallarını dolaştım, ama için için, işi ertelemeye çalıştığımın farkındaydım. O kontrat, çantamın yan tarafında parlak kırmızı bir delik açmak üzereydi. Bu akşam okuyacak gücüm ve donanımım var mıydı?

Başımı ellerimin arasına aldım. José ve Christian, her ikisi de benden bir şeyler istiyorlardı. José'yle baş etmesi kolaydı. Ama Christian... Christian'ı ele almak ve anlamak, beni aşan, bambaşka bir olaydı. Bir yanım kaçıp saklanmak istiyordu. Ne yapacaktım? Yakıcı gri gözleri ve dumanı tüten yoğun bakışları gözümde canlanırken vücudum kasıldı. İnledim. Burada bile değildi ve ben tahrik olmuştum. Konu sadece seks olamazdı, değil mi? Bu sabah kahvaltıdaki nazik şakalaşmasını, helikopter gezisine sevinmemin onu neşelendirmesini, piyano çalışını, tatlı, içli ve ah-çok-hüzünlü müziği hatırladım.

Çok karmaşık bir insandı. Ve şimdi nedeni konusunda bir fikre sahiptim. Ergenliğinden mahrum edilmiş, kötü kalpli Bayan Robinson figürünün cinsel tacizine uğramış genç bir adamdı. Vaktinden çok önce büyümesine şaşmamalıydı. Başından geçenleri düşününce kalbim hüzünle doldu. Tam olarak ne olduğunu bilmek için fazla naiftim, ama araştırma biraz ışık tutmalıydı. Gerçekten bilmek istiyor muydum? Hakkında hiçbir bilgi sahibi olmadığım bu dünyayı keşfetmek istiyor muydum? O kadar büyük bir adımdı ki.

Onunla tanışmasaydım hâlâ tatlı, mutlu bihaber halimde olacaktım. Aklım dün geceye ve bu sabaha ve yaşadığım inanılmaz, şehvetli cinselliğe kaydı. Buna veda etmek istiyordum. Bilinçaltım, *Hayır!* diye haykırdı. İçimdeki tanrıça, onunla sessiz, Zen'e özgü bir fikir birliği içinde, kafasını sallıyordu.

Kate, ağzı kulaklarında, oturma odasına geri döndü. Belki de âşık olmuştu. Ona ağzım açık bakakalmıştım. Daha önce hiç böyle davranmamıştı.

"Ana, ben yatıyorum. Çok yorgunum."

"Ben de, Kate."

Beni kucakladı.

"Tek parça halinde dönmene sevindim." Özür diler gibi, usulca ekledi. "Christian'da bir şey var." Ona küçük, güven veren bir gülümsemeyle bakarken, içimden, *Nereden biliyor,* diye geçiriyordum. İşte bu yüzden, şaşmaz önsezisi sayesinde harika bir gazeteci olacaktı.

Çantamı alıp kayıtsız adımlarla yatak odama yürüdüm. Son günün cinsel içerikli gayretinden ve karşı karşıya olduğum uç noktada ikilemden bitkin düşmüştüm. Yatağıma oturdum ve kahverengi zarfı çantamdan dikkatle çıkarıp elimde defalarca çevirdim. Christian'ın ahlaksızlığının boyutunu öğrenmeyi gerçekten istiyor muydum? Öylesine göz korkutucuydu ki. Derin bir nefes aldım ve yüreğim ağzımda, zarfı yırtıp açtım.

BÖLÜM ON BİR

Zarfın içinde bir yığın kâğıt vardı. Kalbim deli gibi çarpmayı sürdürürken kâğıtları çekip çıkardım ve arkama yaslanıp okumaya başladım.

KONTRAT

..... 2011 tarihinde hazırlanmıştır. ("Başlangıç Tarihi")

TARAFLAR

Bay CHRISTIAN GREY, 301 Escala, Seattle, WA 98889

("Hâkim")

Bayan ANASTASIA STEELE, 1114 SW Green Sokağı, Daire 7, Haven Heights, Vancouver, WA 98888

("İtaatkâr")

TARAFLAR

1 Aşağıdaki maddelerin, Hâkim ve İtaatkâr arasındaki bağlayıcı kontratın şartları olduğunu kabul ederler.

TEMEL ŞARTLAR

2 Bu kontratın temel amacı İtaatkâr'ın şehvetini ve sınırlarını, ihtiyaçlarına, sınırlarına ve sağl aygı duyularak güvenle keşfetmesidir.

3 Hâkim ve İtaatkâr, bu kontrat şartları altında yaşanan her şeyin rızayla ve gizli olacağını ve bu kontratla sabitlenen fikir birliğine varılmış sınırlara ve güvenlik prosedürlerine

tabi olacağını kabul ederler. Ek limitler ve güvenlik prosedürleri üzerinde yazılı olarak anlaşılabilir.

4 Hâkim ve İtaatkâr, HIV, uçuk ve hepatit dâhil olmak ve bunlarla sınırlı olmamak üzere, cinsel, ciddi, bulaşıcı ya da hayatı tehdit eden hastalıklardan muzdarip olmadıklarını garanti ederler. Bu kontratın süresi ya da uzatılmış süre boyunca (aşağıda belirtildiği gibi) taraflardan birine bu tür herhangi bir hastalığın teşhisinin konması ya da farkına varılması durumunda, söz konusu taraf diğerini derhal ve taraflar arasında herhangi bir fiziksel temas öncesinde bilgilendireceğini kabul eder.

5 Yukarıdaki garanti, anlaşma ve sorumluluklara (ve yukarıdaki 3. Madde altında kabul edilen her tür ek sınır ve güvenlik prosedürüne) bağlılık, bu kontrat için esastır. Her tür ihlal kontratı derhal geçersiz kılacaktır ve taraflar her tür ihlalin sonuçlarından birbirlerine karşı tam sorumlu olmayı kabul ederler.

6 Bu kontrattaki her şey, yukarıdaki 2-5 arası maddelerle sabitlenen temel amaç ve şartlar ışığında okunmalı ve yorumlanmalıdır.

ROLLER

7 Hâkim, İtaatkâr'ın sağlığından, düzgün eğitilmesinden, rehberliğinden ve disiplininden sorumludur. Bu eğitimin doğasına, rehberliğine ve disiplinine, gerçekleştirileceği zaman ve yere, bu kontratta sabitlenen ve yukarıdaki 3. Madde altında ek olarak kabul edilen anlaşılmış şartlar, sınırlamalar ve güvenliklere tabi olarak Hâkim karar vermelidir.

8 Hâkim'in bu kontratla belirlenmiş ya da yukarıdaki 3. Madde'ye ek olarak kabul edilmiş şartları, sınırlamaları ve güvenlik prosedürlerini yerine getirememesi durumunda, İtaatkâr kontratı bir an önce sonlandırmaya ve Hâkim'in hizmetini ihbarsız terk etmeye yetkilidir.

9 Bu hüküm ve yukarıdaki 2-5 maddelerine tabi olarak, İtaatkâr, Hâkim'e her konuda hizmet ve itaat etmek durumundadır. Bu kontratla belirlenmiş ya da yukarıdaki 3. Madde'ye ek olarak kabul edilmiş şartlar, sınırlamalar ve güvenlik prosedürlerine tabi olarak İtaatkâr, Hâkim'e sorgusuz ve tereddütsüz talep ettiği her tür zevki sunmalı ve eğitimini, rehberliğini ve disiplinini hangi biçim altında olursa olsun, kabul etmelidir.

BAŞLANGIÇ VE DÖNEM

10 Hâkim ve İtaatkâr bu kontrata, Başlangıç Tarihi'nde, doğasının tamamen farkında olarak girerler ve şartlarına istisnasız uyma sorumluluğunu yüklenirler.

11 Bu kontrat, Başlangıç Tarihi'nden itibaren üç takvim ayı boyunca ("Dönem") geçerli olacaktır. Dönemin sona ermesiyle, taraflar bu kontrat ve bu kontratın altında yapılan düzenlemelerin tatmin edici olup olmadığı ve her iki tarafın ihtiyaçlarının karşılanıp karşılanmadığı hususunda görüşeceklerdir. Her iki taraf da şartları, ya da altında yaptıkları ayarlamaları, düzenlemelere açık olan bu kontratın uzatılmasını talep edebilir. Böyle bir uzatmada anlaşılmaması durumunda, bu kontrat sonlanacak ve iki taraf da hayatlarına ayrı ayrı devam etmekte özgür olacaklardır.

MÜSAİTLİK

12 İtaatkâr, Dönem boyunca her hafta cuma akşamlarından pazar öğleden sonraya kadar, Hâkim tarafından belirlenecek zamanlarda ("Tahsis Edilmiş Zamanlar"), Hâkim için müsait olacaktır. Daha fazla tahsis edilmiş zaman olup olmayacağı, o duruma mahsus ve karşılıklı olarak belirlenecektir.

13 Hâkim, İtaatkâr'ı hizmetinden her an ve her sebeple kovma hakkını saklı tutar. İtaatkâr, salıverilmesini her an talep edebilir ve bu tür bir talep sadece Hâkim'in bile-

ceği şekilde ve sadece İtaakâr'ın yukarıdaki 2-5 ve 8 no'lu şartlardaki haklarına tabi olarak sunulabilir.

YER

14 İtaatkâr, Tahsis Edilmiş Zamanlar ve kabul edilmiş ek zamanlar süresince, Hâkim tarafından belirlenecek yerlerde hazır olacaktır. Hâkim, İtaatkâr'ın bu amaçla yaptığı her tür masrafın kendisi tarafından karşılanmasını sağlayacaktır.

HİZMET HÜKÜMLERİ

15 Aşağıda belirtilen hizmet hükümleri tartışılıp kabul edilmiştir ve Dönem boyunca, her iki tarafça sadık kalınacaktır. Taraflar bu kontratın şartlarının ya da hizmet hükümlerinin kapsamadığı birtakım durumların oluşabileceğini ve birtakım meselelerin tekrar pazarlık edilebileceğini kabul ederler. Böyle durumlarda, değişiklik olarak yeni maddeler önerilebilir. Her tür yeni madde ya da değişiklik her iki tarafça kabul edilmeli, belgelenmeli, imzalanmalı ve yukarıdaki 2 ve 5 no'lu maddeler altında belirlenen temel şartlara tabi olmalıdır.

HÂKİM

15.1- Hâkim her zaman İtaatkâr'ın sağlık ve güvenliğini önceliği kabul etmelidir. Hâkim hiçbir zaman Ek 2'de detaylandırılan ya da taraflardan birinin güvensiz kabul ettiği herhangi bir aktiviteye katılmasını talep ya da rica edemez ya da buyuramaz. Hâkim, İtaatkâr'ın hayatında ciddi bir hasara ya da riske neden olacak hiçbir eyleme girişmeyecek, girişilmesine izin vermeyecektir. 15. Madde'nin geri kalan alt maddeleri bu hükme ve yukarıdaki 2-5 no'lu maddelerde kabul edilen temel meselelere göre okunmalıdır.

15.2- Hâkim, Dönem boyunca, İtaatkâr'ı, sahiplenmek, hükmetmek ve disipline etmek üzere kendisinin olarak kabul etmektedir. Hâkim, Tahsis Edilen Zamanlar'da ya da herhangi bir ek zamanda İtaatkâr'ın bedenini cinsel olarak ya da sair şekillerde uygun gördüğü biçimde kullanabilir.

15.3- Hâkim, İtaatkâr'a kendisine gerektiği gibi hizmet edebilmesi için gerekli her tür eğitim ve rehberliği sağlayacaktır.

15.4- Hâkim, İtaatkâr'ın kendisine hizmetinde görevlerini yerine getirebileceği, istikrarlı ve güvenli bir ortam sağlayacaktır.

15.5- Hâkim, İtaatkâr'ı kendisine itaat rolünü tam olarak yerine getirebilmesi ve kabul edilemez davranışların men edilmesi için gerekli şekilde disipline edebilir. Hâkim, disiplin amacıyla, kendi kişisel zevki ya da belirtmek zorunda olmadığı başka herhangi bir nedenden İtaatkâr'ı kamçılayabilir, kırbaçlayabilir, tokatlayabilir veya bedenen uygun gördüğü şekilde cezalandırabilir.

15.6- Eğitim ve disiplinin idaresi sırasında, Hâkim, İtaatkâr'ın vücudunda hiçbir kalıcı iz bırakılmadığından ya da tıbbi bakımı gerektirecek hiçbir yaralanmanın yaşanmadığından emin olmalıdır.

15.7- Eğitim ve disiplinin idaresi sırasında, Hâkim, disiplinin ya da disiplin amacıyla kullanılan gereçlerin güvenli olduğundan, ciddi zarar verecek şekilde kullanılmadığından ve bu kontratla tanımlanmış ve detaylanmış sınırları aşmadığından emin olmalıdır.

15.8- Hastalık ya da yaralanma durumunda, Hâkim, kendisi tarafından gerekli görüldüğü durumlarda İtaatkâr'la ilgilenmeli, sağlığını ve güvenliğini sağlamalı ve tıbbi bakımı teşvik etmeli ya da gerekli durumlarda emretmelidir.

15.9 – Hâkim kendi sağlığını korumalı ve risksiz bir ortam sağlamak için, gerekli durumlarda tıbbi bakım almalıdır.

15.10- Hâkim, İtaatkâr'ını başka bir Hâkim'e ödünç veremez.

15.11- Hâkim, Tahsis Edilmiş Zamanlar'da ya da herhangi bir nedenden eklenen zamanda ya da uzatma döneminde,

İtaatkâr'ı, sağlık ve güvenliğine gereken saygıyı göstererek kısıtlayabilir, kelepçeleyebilir ya da bağlayabilir.

15.12- Hâkim, eğitim ve disiplin amacıyla kullanılan bütün gereçlerin her zaman temiz, hijyenik ve güvenli durumda korunmasını sağlayacaktır.

İTAATKÂR

15.13- İtaatkâr, Hâkim'i, artık Hâkim'in genel olarak Dönem boyunca ve özellikle Tahsis Edilmiş Zamanlar ya da kabul edilmiş ek zamanlarda, istediği şekilde muamele edeceği malı olduğu anlayışıyla efendisi olarak kabul eder.

15.14- İtaatkâr bu anlaşmanın Ek 1'inde belirtilmiş kurallara ("Kurallar") uyacaktır.

15.15- İtaatkâr, Hâkim'e onun uygun gördüğü her şekilde itaat edecek ve her zaman, becerileri el verdiğince, Hâkim'e zevk vermek üzere hareket edecektir.

15.16- İtaatkâr sağlığını korumak için gerekli her durumda, her tür tıbbi bakımı talep etmeli ve almalı, Hâkim'i oluşabilecek sağlık sorunları konusunda her zaman bilgilendirmelidir.

15.17- İtaatkâr oral doğum kontrolü uygulayacak ve hamileliği engellemek için, reçete edildiği şekilde ve zamanlarda aldığından emin olacaktır.

15.18- İtaatkâr, Hâkim'in gerekli gördüğü disiplin eylemini sorusuz kabul edecek ve Hâkim karşısında statü ve rolünü her zaman hatırlayacaktır.

15.19- İtaatkâr, Hâkim'in izni olmadan kendine dokunmayacak ya da cinsel anlamda zevk vermeyecektir.

15.20- İtaatkâr, Hâkim tarafından talep edilen her tür cinsel aktiviteye uyacak, bunu hiç tereddütsüz ve tartışmasız yapacaktır.

15.21- İtaatkâr, Hâkim'in uygulamaya karar verdiği her tür kırbaçlama, kamçılama, tokatlama, sopalama, kürekle vurma ya da diğer disiplinleri, tereddütsüz, sorgulamadan ya da yakınmadan kabul edecektir.

15.22- İtaatkâr, Hâkim tarafından özellikle talimat verilmediği sürece, doğrudan Hâkim'in gözlerine bakmayacaktır. Bakışlarını yerde tutacak ve Hâkim'in huzurunda sessiz ve saygılı bir tutum sergileyecektir.

15.23- İtaatkâr, Hakim'e karşı her zaman saygıyla davranacak ve ona sadece Efendim, Bay Grey ya da Hâkim'in yönlendireceği benzer bir unvanla hitap edecektir.

15.24- İtaatkâr, izni olmadan Hâkim'e dokunmayacaktır.

AKTİVİTELER

16 İtaatkâr taraflardan birinin güvensiz kabul ettiği aktivite ya da cinsel eylemlere ya da Ek 2'de detaylandırılan aktivitelere katılmayacaktır.

17 Hâkim ve İtaatkâr, Ek 3'te belirlenen aktiviteler üzerinde tartışmış ve Ek 3'te bu aktiviteler konusundaki anlaşmalarını yazılı olarak kayıt altına almışlardır.

GÜVENLİK KELİMELERİ

18 Hâkim ve İtaatkâr, Hâkim'in İtaatkâr'dan talebin yapıldığı zamanda fiziksel, zihinsel, duygusal, ruhsal ve benzeri zarar oluşmadan karşılanamayacak taleplerde bulunabileceğinin farkındadırlar. Buna bağlı durumlarda, İtaatkâr bir güvenlik kelimesi ("Güvenlik Kelimesi(leri)") kullanabilir. Taleplerin ciddiyetine bağlı olarak iki Güvenlik Kelimesi'ne başvurulacaktır.

19 "Sarı" Güvenlik Kelimesi, Hâkim'in dikkatini İtaatkâr'ın dayanıklılık sınırına yaklaştığına çekmek üzere kullanılacaktır.

20 "Kırmızı" Güvenlik Kelimesi, Hâkim'in dikkatini, İtaatkâr'ın daha fazla talebi kaldıramayacağına çekmek üzere kullanılacaktır. Kelime söylenince, Hâkim'in eylemi hızlı bir etkiyle tamamen son bulacaktır.

SONUÇ

21 Aşağıda imzası bulunan bizler, bu kontratın hükümlerini tam olarak okuduk ve anladık. Bu kontrat şartlarını özgürce kabul ettik ve bunu aşağıdaki imzalarımızla tasdikledik.

Hâkim: Christian Grey

Tarih

İtaatkâr: Anastasia Steele

Tarih

EK 1

KURALLAR

İtaat

İtaatkâr, Hâkim'in vereceği her tür talimata derhal, tereddüt ya da çekince olmadan ve süratle itaat edecektir. İtaatkâr, sert sınırlarla ana hatları belirtilmiş aktiviteler istisna olmak üzere (Ek 2), Hâkim tarafından uygun ya da zevk verici kabul edilen her tür cinsel faaliyeti kabul edecektir. Bunu hevesle ve tereddütsüz yapacaktır.

Uyku

İtaatkâr, Hâkim'le birlikte olmadığı zamanlarda minimum yedi saatlik bir uyku uyuduğundan emin olacaktır.

Yemek

İtaatkâr sağlığını ve iyiliğini korumak için önceden belirlenmiş yiyecek listesinden (Ek 4) düzenli olarak beslenecektir. İtaatkâr, meyve istisnası dışında, yemek aralarında atıştırmayacaktır.

Giysiler

Dönem boyunca, İtaatkâr sadece Hâkim'in onayladığı giysileri giyecektir. Hâkim, İtaatkâr'a, kullanması gereken bir giysi bütçesi tahsis edecektir. Hâkim, İtaatkâr'ın kıyafet alışverişine talep üzerine eşlik edecektir. Hâkim'in talep etmesi durumunda, İtaatkâr, Dönem sırasında, Hâkim'in varlığında ya da uygun göreceği zamanlarda, Hâkim'in talep edeceği her tür süsü takmakla mükelleftir.

Egzersiz

Hâkim, İtaatkâr'a, zamanları özel antrenör ve İtaatkâr arasında karşılıklı kararlaştırılmak üzere, haftada dört kez, özel antrenör eşliğinde birer saatlik seanslar sağlayacaktır. Özel antrenör, Hâkim'i, İtaatkâr'ın ilerlemesi hakkında bilgilendirecektir.

Kişisel Hijyen/Güzellik

İtaatkâr her zaman temiz, tıraşlı ya da ağdalı olmaya özen gösterecektir. İtaatkâr, Hâkim'in seçtiği bir güzellik salonunu Hâkim'in karar verdiği zamanlarda ziyaret edecek ve Hâkim'in uygun gördüğü her tür bakımı yaptıracaktır.

Kişisel Güvenlik

İtaatkâr aşırı içki içmeyecek, sigara içmeyecek ya da keyif verici ilaçlar almayacak ya da kendini herhangi bir gereksiz tehlikeye atmayacaktır.

Kişisel Özellikler

İtaatkâr, Hâkim dışında kimseyle cinsel ilişkiye girmeyecektir. İtaatkâr her zaman saygılı ve mütevazı bir tutum içinde olacaktır. Davranışının Hâkim üzerinde direkt bir yansıması olacağının farkında olmalıdır. Hâkim'in varlığı dışında işlenen her tür yanlış eylem, hatalı davranış ve kötü halden sorumlu tutulacaktır.

Yukarıdaki maddelerin herhangi birine uymadaki eksiklik derhal cezalandırılacak, cezanın içeriği Hâkim tarafından belirlenecektir.

EK 2

SINIRLAR

Ateşle oyun içeren eylem olmayacak.

İdrar yapma ya da dışkılamayı ya da bu eylemlerin ürünlerini içeren hiçbir hareket olmayacak.

İğne, bıçak, delme ya da kan içeren hiçbir eylem olmayacak.

Jinekolojik tıbbi aletleri içeren hiçbir eylem olmayacak.

Çocuk ya da hayvan içeren hiçbir eylem olmayacak.

Ciltte kalıcı iz bırakacak hiçbir eylem olmayacak.

Nefes kontrolünü içeren hiçbir eylem olmayacak.

Bedene elektrik akımı (dalgalı ya da direkt), ateş ya da alevin direkt temasını içeren hiçbir aktivite olmayacak.

EK 3

DİĞER SINIRLAR

Taraflar arasında tartışılmak ve üzerinde anlaşılmak suretiyle:

İtaatkâr aşağıdakilere rıza göstermekte midir?

- Mastürbasyon
- Vajinal ilişki
- Kadına oral seks
- Vajinal yumruk sokma
- Erkeğe oral seks
- Anal İlişki
- Meni yutma
- Anal yumruk sokma

İtaatkâr aşağıdakilerin kullanımına rıza göstermekte midir?

- Vibratör
- Kıç tıkacı
- Dildolar
- Diğer vajinal/anal oyuncaklar

İtaatkâr aşağıdakilere rıza göstermekte midir?

- İple bağlanma
- Deri kelepçelerle bağlanma
- Deri kelepçe/prangayla bağlanma
- Bantla bağlanma
- Diğer malzemelerle bağlanma

İtaatkâr aşağıdaki şekillerde kısıtlanmaya rıza göstermekte midir?

- Eller önde bağlı
- Ayak bilekleri bağlı

- Dirsekler bağlı
- Eller arkada bağlı
- Dizler bağlı
- El bilekleri ayak bileklerine bağlı
- Sabit nesnelere (mobilya vs) bağlanma
- Askıya bağlanma
- Hareketli askıya bağlanma

İtaatkâr gözlerinin bağlanmasına razı mıdır?

İtaatkâr ağzının bağlanmasına razı mıdır?

İtaatkâr ne kadar acıyı tecrübe etmeye isteklidir?

1 yoğun olarak hoşlanmak, 5 yoğun olarak hoşlanmamak olmak üzere:

1-2-3-4-5

İtaatkâr aşağıdaki acı, ceza, disiplin biçimlerini kabul etmeye razı mıdır?

- Şaplak
- Kırbaçlama
- Isırma
- Genital kıskaç
- Sıcak balmumu
- Bastonla vurma
- Sopayla vurma
- Meme ucu kıskaçları
- Buz
- Diğer acı türleri ve metotları

Lanet olsun. Kendimi yiyecek listesini gözden geçirmeye ikna edecek durumda bile değildim. Ağzım kupkuru bir halde, güçlükle yutkunarak tekrar okudum.

Başım uğulduyordu. Bütün bunları nasıl kabul edebilirdim ki? Ve görünüşte benim yararım içindi: *Şehvetimi ve sınırlarımı güvenli bir şekilde keşfetmem için*. Ah, haydi ama! Öfkeyle dudak büktüm. Her konuda hizmet ve itaat. Her *konuda*. İnanamayarak başımı salladım. Aslında, evlilik yeminleri de bu kelimeleri içermiyor muydu? *İtaat?* Bu beni sarsmıştı. Çiftler bunu hâlâ söylüyorlar mıydı? Sadece üç ay. Sayılarının bu kadar çok olmasının nedeni bu muydu? Onları uzun süre tutmadığı için mi? Yoksa üç ayın sonunda canlarına tak ettiği için mi? *Her hafta sonu mu?* Çok fazlaydı. Kate'i ya da yeni işimde –bir iş bulduğumu varsayarsak– edinebileceğim arkadaşlarımı göremeyecektim. Belki de ayın bir hafta sonu bana kalmalıydı. Belki de regl olduğum günlerde. Kulağa çok pratik geliyordu. Efendimmiş! Bana istediği gibi muamele edecekmiş! *Lanet olsun!*

Kamçılanma ya da kırbaçlanma düşüncesi karşısında ürperdim. Şaplak yemek büyük olasılıkla o kadar kötü olmazdı; gerçi aşağılayıcı olacağı kesindi. Ve bağlanmak? Pekâlâ, ellerimi birbirine bağlamıştı. Bu... şey, çok seksiydi, gerçekten seksi. Belki de o kadar da kötü olmazdı. Beni başka bir Hâkim'e ödünç veremeyecekmiş. Tabii ki vermeyecekti. Bu tamamen kabul edilmez bir şey olurdu. *Bütün bunları neden düşünüyorum ki sanki?*

Gözünün içine bakamayacakmışım. *Daha büyük bir tuhaflık olabilir mi acaba?* Ne düşündüğünü anlamamın tek yolu buydu. Aslında, kimi kandırıyordum ki? Ne düşündüğünü hiçbir zaman anlamıyordum, ama gözlerine bakmak hoşuma gidiyordu. Güzel gözleri vardı: büyüleyici, zeki, derin ve baskın sırları olan karanlık gözler. Yakıcı, dumanlı bakışlarını hatırladım ve bacaklarımı birbirine bastırdım.

Ve ona dokunamayacaktım. Pekalâ, bunda şaşılacak bir şey yoktu. Ve bu saçma kurallar... Hayır, hayır. Bunu yapamazdım. Başımı ellerimin arasına aldım. Böyle ilişki olmazdı. Biraz uyumaya ihtiyacım vardı. Harap haldeydim. Son yirmi dört saat içinde giriştiğim bütün fiziksel numaralar, açıkça çok yorucuydu. Ve zihinsel olarak... Ah, Tanrım. Bütün bunlar kaldıramayacağım kadar fazlaydı. José'nin de diyeceği gibi, gerçek bir zihin becerme durumu. Belki de sabah, bütün bunlar kötü bir şaka gibi gelmekten çıkacaktı.

Ayağa fırladım ve hızla üstümü değiştirdim. Belki de Kate'in pembe pazen pijamalarını ödünç almalıydım. Etrafımda güven veren, rahatlatıcı bir şey olsun istiyordum. Üzerimde tişörtüm ve uyku şortumla banyoya gidip dişlerimi fırçaladım.

Banyo aynasında kendime baktım. *Bunu ciddi ciddi düşünüyor olamazsın.* Bilinçaltım her zamanki alaycı hali gibi değil, çok aklı başında ve mantıklı konuşuyordu. İçimdeki tanrıça beş yaşındaki bir kız gibi el çırparak yukarı aşağı zıplıyordu. *Lütfen, yap bunu. Yoksa bir yığın kedi ve klasik romandan başka arkadaşlık edecek kimsemiz olmayacak.*

Hayatım boyunca çekim hissettiğim tek erkek, beraberinde lanet olası bir kontrat, bir kamçı ve daha bir dünya meseleyle gelmişti. Pekâlâ, en azından bu hafta sonu onun keyfini çıkarmıştım. İçimdeki tanrıça zıplamayı kesti ve dingin bir gülümseme takındı. Kendini beğenmiş bir tavırla kafasını sallayarak dudaklarını oynattı: *Ah, evet...* Christian'ın elleri ve ağzının üzerimde, vücudunun benimkinin içindeki varlığını hatırlayınca kızardım. Gözlerimi yumdum ve kaslarımın derinden, çok derinden çekilmesinin tanıdık, enfes duygusunu yaşadım. Bunu tekrar tekrar yapmak istiyordum. Belki de bu işe sadece seks için girsem, bunu kabul eder miydi? Şüpheliydim.

İtaatkâr bir insan mıydım? Belki de öyle bir izlenim yaratıyordum. Belki de röportajda onu yanlış yönlendirmiştim. Utangaçtım, evet... ama itaatkâr? Kate'in bana zorbalık etmesine izin veriyordum, aynı şey miydi? Ve o diğer sınırlar, Tanrım. Zihnim allak bullaktı, ama tartışmaya açık olduklarından emindim.

Ağır adımlarla yatak odama döndüm. Bütün bunlar düşünmek için biraz fazlaydı. Net bir dimağa, soruna taze sabah yaklaşımına ihtiyacım vardı. Can sıkıcı evrakları sırt çantama koydum. Yarın... yarın yeni bir gündü. Yatağa tırmanıp ışığı söndürdüm ve gözlerimi tavana dikip yattım. Ah, keşke onunla hiç tanışmasaydım. İçimdeki tanrıça kafasını sallıyordu. O da ben de bunun bir yalan olduğunu biliyorduk. Kendimi hiç bu kadar hayat dolu hissetmemiştim. Gözlerimi yumdum ve dört direkli yataklar, prangalar ve yoğun gri gözlerle dolu tek tük rüyalar gördüğüm derin bir uykuya daldım.

Ertesi sabah beni Kate uyandırdı.

"Ana, sana seslenip duruyorum. Baygın falan olmalısın."

Gözlerimi isteksizce açtım. Kate sadece kalkmakla kalmamış, koşuya da çıkmıştı. Çalar saatime baktım. Sabahın sekiziydi. Kutsal Musa aşkına, tam dokuz saattir uyuyordum.

Uyku mahmurluğuyla, "Ne var?" diye homurdandım.

"Kapıda sana bir şey teslim etmeye gelmiş bir adam var. İmza atman gerekiyor."

"Ne?"

"Haydi. Büyük bir şey. İlginç görünüyor." Heyecan içinde ağırlığını bir ayağından diğerine vererek oturma odasına geri döndü. Yataktan güçlükle kalktım ve kapının arkasında asılı duran sabahlığımı kaptım. Oturma odamızda, elinde büyük bir kutu tutan, atkuyruklu, şık bir adam duruyordu.

"Merhaba," diye mırıldandım.

"Size çay yapayım." Kate telaşla mutfağa yürüdü.

"Bayan Steele?"

Ve paketin kimden geldiğini hemen anladım.

Temkinli bir tavırla, "Evet," dedim.

"Burada sizin için bir paket var, ama kurmam ve size nasıl kullanacağınızı göstermem gerekiyor."

"Gerçekten mi? Bu saatte?"

"Ben sadece emirleri uyguluyorum, hanımefendi." Yüzünde etkileyici, ama profesyonel bir bana-zorluk-çıkartmayın gülümsemesi belirdi.

Az önce bana hanımefendi mi dedi? Bir gecede on yaş birden mi yaşlanmıştım. Öyleyse bile, nedeni şu kontrattı. Midem tiksintiyle buruştu.

"Pekâlâ, nedir bu?"

"Bir MacBook Pro."

"Eminim öyledir. Gözlerimi çevirdim.

"Henüz dükkânlarda satışa sunulmadı, hanımefendi, Apple'ın son ürünü."

Neden hiç şaşırmamıştım? Derin bir iç geçirdim.

"Şuradaki yemek masasının üstüne kurabilirsiniz."

Kate'in yanına mutfağa gittim.

Heyecanlı ve pür dikkat, büyük bir merakla, "Neymiş?" diye sordu. O da iyi uyumuş olmalıydı.

"Christian'dan bir dizüstü bilgisayar."

"Sana neden bir bilgisayar gönderdi ki? Benimkini kullanabileceğini biliyorsun." Kaşlarını çattı.

Onun aklındaki şey için kullanamam.

"Ah, sadece ödünç verdi. Denememi istedi." Bahanem cılız kaçmıştı. Ama Kate başını onaylar gibi salladı. *Ah, Tanrım.* Kate Kavanagh'ı kandırmıştım. Bu bir ilkti. Bana çayımı uzattı.

Mac bilgisayar havalı, gümüş rengi ve bayağı güzeldi. Çok büyük bir ekranı vardı. Christian Grey büyük şeyleri seviyordu. Oturma odasını, hatta bütün dairesini düşündüm.

"Son işletim sistemine ve tam program donanımına sahip. Ayrıca bir nokta beş terabaytlık bir sabit diski de var. Böylece bol yeriniz olacak ve otuz iki gigabaytlık bir RAM'ı da var. Ne için kullanmayı planlıyordunuz?"

"Imm. E-posta."

Tıkanır gibi, "E-posta mı?" dedi. Yüzünde hafifçe tiksinmiş bir ifadeyle kaşlarını kaldırdı

"Ve belki internette araştırma." Özür diler gibi omuz silktim.

İç geçirdi.

"Pekâlâ, bunda kablosuz N var ve sizin hesap detaylarınızı kurdum. Bu bebek bu gezegende hemen her yere gitmeye hazır." Bilgisayara gıptayla bakıyordu.

"Hesap mı?"

"Yeni e-posta adresiniz."

Bir e-posta adresim mi var?

Ekrandaki bir ikonu işaret ederek benimle konuşmayı sürdürdü, ama sesi arka plan sesinden farksızdı. Ne dediği hakkında en ufak bir fikrim yoktu ve dürüst olmam gerekirse ilgilenmiyordum da. Bana şunu nasıl açıp kapatacağımı gösterseler yeterdi. Gerisini hallederdim. Ne de olsa, dört yıldır Kate'inkini kullanıyordum. Kate gördüklerinden etkilenerek bir ıslık çaldı.

"Bu en son teknoloji." Bana kaşlarını kaldırarak baktı. Gülümsemesini bastırmaya çalışarak manidar bir sesle, "Pek çok kadına çiçek, haydi bilemedin mücevher gelir," dedi.

Ona yüzümü buruşturdum, ama kendime hâkim olamıyordum. İkimiz de kahkahaları koyuverince, bilgisayarı getiren adam bize şaşkın bir ifadeyle baktı. Sözünü tamamladı ve teslimat notunu imzalamamı rica etti.

Kate onu yolcu ederken ben çay fincanımla bilgisayar başına geçip e-posta programını açtım. Beni Christian'dan gelen bir e-posta bekliyordu. Yüreğim ağzıma geldi. Christian Grey'den bir e-postam vardı. Gerilerek açtım.

Kimden: Christian Grey

Konu: Yeni Bilgisayarınız

Tarih: 22 Mayıs 2011 23:15

Kime: Anastasia Steele

Sevgili Bayan Steele,

Umarım iyi uyumuşsunuzdur ve kararlaştırdığımız gibi, bu bilgisayarı iyi bir amaç için kullanırsınız.

Çarşamba akşamki yemek için sabırsızlanıyorum.

Öncesinde, arzu ederseniz, e-posta aracılığıyla her tür sorunuzu yanıtlamaktan mutluluk duyarım.

Christian Grey
CEO, Grey Şirketler Topluluğu

"Cevapla" tuşuna tıkladım.

Kimden: Anastasia Steele
Konu: Yeni Bilgisayarınız (ödünç)
Tarih: 23 Mayıs 2011 08:20
Kime: Christian Grey

Çok iyi uyudum, teşekkürler –tuhaf bir nedenden–, *Efendim.* Benim anladığım bu bilgisayarın bana ödünç verildiği, dolayısıyla benim olmadığıydı.

Ana

Neredeyse aynı anda bir cevap geldi.

Kimden: Christian Grey
Konu: Yeni Bilgisayarınız (ödünç)
Tarih: 23 Mayıs 2011 08:22
Kime: Anastasia Steele

Bilgisayar ödünçtür. Sınırsız olarak, Bayan Steele. Vurgunuzdan size verdiğim evrakı okuduğunuzu anlıyorum.

Şu ana kadar herhangi bir sorunuz var mı?

Christian Grey

CEO, Grey Şirketler Topluluğu

Kendimi sırıtmaktan alamadım.

Kimden: Anastasia Steele

Konu: Sorgulayan Zihinler

Tarih: 23 Mayıs 2011 08:25

Kime: Christian Grey

Çok fazla sorum var, ama e-posta için uygun değiller ve bazılarımızın yaşamak için çalışması gerekiyor.

Sınırsız kullanım için bir bilgisayar istemediğim gibi, ihtiyacım da yok.
Tekrar görüşene kadar, iyi günler, *Efendim*.
Ana

Cevabı yine hemen geldi ve beni gülümsetti.

Kimden: Christian Grey

Konu: Yeni Bilgisayarınız (yine söylüyorum ödünç)

Tarih: 23 Mayıs 2011 08:26

Kime: Anastasia Steele

Hadi kaçtım, bebek.

Not: Ben de hayatımı kazanmak için çalışıyorum.

Christian Grey

CEO, Grey Şirketler Topluluğu

Bilgisayarı kapatırken aptal gibi sırıtıyordum. Oyuncu bir Christian'a nasıl karşı koyabilirdim? İşe geç kalacaktım. Pekâlâ, son haftamdı; Bay ve Bayan Clayton büyük olasılıkla beni rahat bırakırlardı. Işık hızıyla duşa girdiğimde, yüzümü ortadan ikiye ayıran sırıtışımdan bir türlü kurtulamıyordum. Bana e-posta göndermişti. Küçük, delifişek bir çocuk gibiydi. Ve bütün endişeler kaybolmuştu. Saçlarımı yıkarken, ona e-postayla neler sorabileceğimi düşündüm. Elbette bu tarz şeyleri enine boyuna konuşmak daha iyiydi. Ya biri hesabını *hack*leyecek olursa? Bu düşünce kıpkırmızı kesilmeme neden olmuştu. Çabucak giyindim. Kate'e acele bir hoşça kal dedim ve Clayton's'taki son haftama doğru yola çıktım.

Saat on birde José aradı. "Hey, kahve içiyor muyuz?" Eski José gibiydi. Arkadaşım José gibi. Christian'ın dediği gibi, onun için ne demişti, "Talibim" gibi değildi. *Iykk.*

"Elbette. İşteyim. Mesela, saat on ikide burada olabilir misin?"

"O zaman görüşürüz."

Telefonu kapattı, ben de boya fırçalarının eksiklerini tamamlamaya ve Christian Grey ile kontratını düşünmeye geri döndüm.

José dakikti. Dükkândan içeri zıp zıp zıplayan koyu renk gözlü bir köpek yavrusu gibi daldı.

"Ana." Bütün dişlerini ortaya seren, göz alıcı İspanyol-Amerikalı gülümsemesiyle bakarken, ona daha fazla kızgın kalamazdım.

"Selam, José." Onu kucakladım. "Açlıktan ölüyorum. Bayan Clayton'a öğle yemeğine gideceğimi haber vereyim."

Yerel kafeye doğru yürürken, José'nin koluna girdim. Bu normallik için öylesine minnettardım ki. Tanıdığım ve anladığım biriyleydim.

"Hey, Ana," diye mırıldandı. "Beni gerçekten affettin mi?"

"José, sana hiçbir zaman uzun süre kızgın kalamayacağımı biliyorsun."

Sırıttı.

Eve dönmek için sabırsızlanıyordum. Christian'a e-posta göndermenin cazibesi büyüktü ve belki de araştırma projeme başlayabilirdim. Kate dışarıda bir yerdeydi; bu yüzden yeni dizüstü bilgisayarı hemen açtım ve e-postama tıkladım. Elbette gelen kutusunda, Christian Grey'den bir e-posta bekliyordu. Sevinçten neredeyse yerimden sıçrayacaktım.

Kimden: Christian Grey

Konu: Hayatını Kazanmak İçin Çalışmak

Tarih: 23 Mayıs 2011 17:24

Kime: Anastasia Steele

Sevgili Bayan Steele,

İşte iyi bir gün geçirdiğinizi umuyorum.

Christian Grey

CEO, Grey Şirketler Topluluğu

"Cevapla" tuşuna tıkladım.

Kimden: Anastasia Steele

Konu: Hayatını Kazanmak İçin Çalışmak

Tarih: 23 Mayıs 2011 17:48

Kime: Christian Grey

Efendim... İşte çok iyi bir gün geçirdim.

Teşekkürler,

Ana

Kimden: Christian Grey

Konu: İşi Yapın!

Tarih: 23 Mayıs 2011 17:50

Kime: Anastasia Steele

Bayan Steele,

İyi bir gün geçirmiş olmanıza çok sevindim.

E-posta göndermekle birlikte, araştırma yapmıyorsunuz.

Christian Grey

CEO, Grey Şirketler Topluluğu

Kimden: Anastasia Steele

Konu: Sıkıntı

Tarih: 23 Mayıs 2011 17:53

Kime: Christian Grey

Bay Grey, bana e-posta göndermeyi bırakırsanız görevime başlayabilirim.

Bir A daha almak isterim.

Ana

Kollarımla kendimi sardım.

Kimden: Christian Grey

Konu: Sabırsız

Tarih: 23 Mayıs 2011 17:55

Kime: Anastasia Steele

Bayan Steele,

Bana e-posta göndermeyi bırakın ve görevinizi yapın.

Ben de bir A daha vermek isterim.

İlki fazlasıyla hak edilmişti. ;)

Christian Grey

CEO, Grey Şirketler Topluluğu

Christian Grey bana göz kırpan bir gülen surat göndermişti... *Ah, Tanrım.* Google'ı açtım.

Kimden: Anastasia Steele

Konu: İnternet Araştırması

Tarih: 23 Mayıs 2011 17:59

Kime: Christian Grey

Bay Grey,

Arama motoruna ne yazmamı önerirsiniz?

Ana

Kimden: Christian Grey

Konu: İnternet Araştırması

Tarih: 23 Mayıs 2011 18:02

Kime: Anastasia Steele

Bayan Steele,

Her zaman Wikipedia'yla başlayın.

Sorunuz olmadığı sürece, başka e-posta yok.

Anlaşıldı mı?

Christian Grey
CEO, Grey Şirketler Topluluğu

Kimden: Anastasia Steele

Konu: Patronluk!

Tarih: 23 Mayıs 2011 18:04

Kime: Christian Grey

Evet... *Efendim.*

Fazla patronluk taslıyorsunuz.

Ana

Kimden: Christian Grey

Konu: Kontrol Bende

Tarih: 23 Mayıs 2011 18:06

Kime: Anastasia Steele

Anastasia, en ufak bir fikrin yok.

Pekâlâ, belki artık bazı ipuçları edinmişsindir.

İşini yap.

Christian Grey
CEO, Grey Şirketler Topluluğu

Wikipedia'ya İtaatkâr yazdım.

Yarım saat sonra biraz midem bulanıyordu ve dürüst olmam gerekirse iliklerime kadar şoke olmuştum. Bu ıvır zıvırları gerçekten kafamın içinde istiyor muydum? Tanrım, Kırmızı Acı Odası'nda yaptığı şey bu muydu? Gözlerim ekranda oturuyordum ve bir yanım, çok nemli ve çok yakın zamanda tanıştığım, bütünün ayrılmaz bir parçası olan bir yanım, ciddi anlamda tahrik olmuştu. Ah, Tanrım... Bu şeylerin bir kısmı o kadar seksiydi ki. Ama bana göre miydi? Lanet olsun... Bunu yapabilir miydim? Biraz nefes almaya ihtiyacım vardı. Düşünmeye ihtiyacım vardı.

BÖLÜM ON İKİ

Hayatımda ilk kez, isteyerek koşuya çıktım. Çirkin, hiç kullanılmayan spor ayakkabılarımı, bir eşofman altı ve bir tişört buldum. Hafızamda canlandırdıkları anılar karşısında kızararak saçlarımı iki yandan topladım ve iPod'umu taktım. O teknoloji harikasının karşısında daha fazla oturup biraz daha rahatsız edici materyal okuyamayacaktım. Bu fazla, sinir bozucu enerjinin bir kısmını atmalıydım. Samimi olmak gerekirse, aklımdan Heathman Oteli'ne kadar koşmak ve kontrol manyağından seks istemek geçiyordu. Ama bu, beş mil demekti ve beşi bırakın, bir mil koşabileceğimden bile emin değildim; elbette beni reddedebilirdi ve bu aşağılanmanın ötesine geçerdi.

Ben kapıdan çıkarken, Kate de arabasından eve doğru geliyordu. Beni görünce az kalsın alışveriş torbalarını düşürüyordu. Ana Steele spor ayakkabılarını giymiş. El salladım ve sorgu için durmadım. Ciddi ciddi yalnız kalmaya ihtiyacım vardı. Kulağımda Snow Patrol'la mat ve camgöbeği mavi alacakaranlığın içine daldım.

Parkın içinden koştum. *Ne yapacağım?* Onu istiyordum, ama onun şartlarıyla istiyor muydum? Bilmiyordum. Belki istediklerim konusunda pazarlık etmeliydim. O saçma sapan kontratı satır satır gözden geçirip neyin kabul edilebilir, neyin edilemez olduğuna bakmalıydım. Araştırmam, bunun yasal olarak dayatılamayacak bir şey olduğunu göstermişti. Bunu o da biliyor olmalıydı. İlişkideki parametreleri belirlediğini anlamıştım. Ondan neler bekleyebileceğimi ve onun benden neler –tam itaatimi– beklediğini açıklıyordu.

Ona bunu vermeye hazır mıydım? Bunu yapabileceğimden bile emin değildim.

Beni rahatsız eden tek bir soru vardı: Christian neden böyleydi? Çok küçük yaşta baştan çıkarıldığı için miydi? Bilmiyordum. Hâlâ o kadar gizemliydi ki.

Büyük bir ladin ağacının yanında durdum ve ellerimi dizlerime yaslayıp derin derin soluyarak mis gibi havayı içime çektim. Ah, çok iyi gelmişti, temizlendiğimi hissediyordum. Kararım güçleniyordu. Evet. Ona neyin uygun olduğunu, neyin olmadığını söylemeliydim. Ona düşüncelerimi e-postayla göndermeliydim; çarşamba günü de tartışırdık. Derin, arındırıcı bir nefes aldım ve daireye doğru geri koşmaya başladım.

Kate, Barbados tatili için, sadece onun yapabileceği bir alışveriş yapmıştı. Başlıca parçalar bikiniler ve onları tamamlayan pareolardan oluşuyordu. İçlerinde muhteşem görünecekti, ama yine de beni oturttu ve hepsini tek tek üstünde denerken yorum yaptırdı. "Muhteşem görünüyorsun, Kate," demenin çok farklı yolu yoktu. Bunu kasten yapmadığını biliyordum; ama koli toplama bahanesiyle, üzgün ve ter içinde kalmış popomu odama sürükledim. Kendimi daha yetersiz hissetmem mümkün müydü acaba? Müthiş teknolojiyi de yanımda götürerek bilgisayarı masamın üstüne koydum. Christian'a e-posta yazdım.

Kimden: Anastasia Steele

Konu: Şok!

Tarih: 23 Mayıs 2011 20:33

Kime: Christian Grey

Tamam, yeterince şey gördüm.

Seni tanımak güzeldi.

Ana

"Gönder" tuşuna bastıktan sonra, küçük şakama gülerek kendimi kucakladım. Bunu o da benim kadar komik bulacak mıydı acaba? *Ah, lanet olsun,* büyük olasılıkla hayır. Christian Grey, mizah duygusuyla ün yapmış biri değildi ki. Ama mizah duygusunun var olduğunu biliyordum; tecrübe etmiştim. Belki de fazla ileri gitmiştim. Cevabını bekledim.

Bekledim... bekledim. Çalar saatime baktım. On dakika geçmişti.

Dikkatimi karnımda çiçeklenen endişeden uzaklaştırmak için, Kate'e yapacağımı söylediğim şeyi yapmaya, odamı toplamaya başladım. İşe kitaplarımı bir sandığa tıkıştırmakla başladım. Saat dokuz olduğunda, hiç ses çıkmamıştı. *Belki de dışarıdaydı.* Ipod kulaklıklarımı takıp Snow Patrol'u dinlerken suratımı astım ve kontratı yeniden okuyup yorumlarımı yapmak için masanın başına geçtim.

Neden yukarı baktığımı bilmiyordum, belki gözümün ucuyla küçük bir hareket yakalamıştım, ama baktığımda, odamın girişinde durmuş beni dikkatle izliyordu. Gri pamuklu pantolon ve beyaz keten gömlek giymişti ve elindeki araba anahtarlarını çeviriyordu. Kulaklıkları çekip çıkardım ve donup kaldım. *Siktir.*

"İyi akşamlar, Anastasia." Sesi sakin, ifadesi tamamen örtülü ve anlaşılmazdı. Nutkum tutulmuştu. Onu beni uyarmadan içeri aldığı için içimden Kate'e sövdüm. Hâlâ eşofmanlı, duş almamış ve yapış yapış olduğumu hayal meyal fark ettim. O ise düpedüz muhteşemdi, pantolonu yine kalçasından düşecek gibi duruyordu ve dahası o burada, yatak odamdaydı.

Kuru bir sesle, "E-postanın kişisel bir cevabı gerektirdiğini hissettim," diye açıkladı.

Ağzımı açıp geri kapadım. İki defa. Şaka tersine dönmüştü. Bu ya da alternatif bir evrende, her şeyi bir kenara bırakıp çıkageleceğini asla ummazdım.

"Oturabilir miyim?" diye sorarken, gözlerinde muzip bir ışıltı dans ediyordu. *Tanrı'ya şükür, belki işin komik yanını görebilecekti.*

Başımı onaylayarak salladım. Konuşma gücüm benden kaçmayı sürdürüyordu. Christian Grey yatağımda oturuyordu.

"Yatak odanın neye benzediğini merak ediyordum," dedi.

Etrafıma bakınarak kaçacak bir yer aradım. Hayır, kapı ve pencereden başka seçeneğim yoktu. Odam kullanışlı ve rahattı. Az sayıda beyaz hasır mobilyam, annemin geleneksel Amerikan yorganına merak saldığı dönemde yaptığı yama işi bir örtünün tamamladığı beyaz çift kişilik demir karyolam vardı. Örtü, açık mavi ve krem rengiydi.

"Burası çok dingin ve huzurlu," diye mırıldandı. *Şu anda değil... Sen buradayken.*

Sonunda omurilik soğanım amacını hatırladı. Nefes aldım. "Nasıl olur da?.."

Gülümsedi. "Hâlâ Heathman'dayım."

Bunu biliyordum.

"Bir şey içmek ister misin?" Nezaket, söylemek istediğim diğer her şeye baskın gelmişti.

"Hayır, teşekkürler, Anastasia." Göz alıcı, çarpık bir gülümsemeyle başını hafifçe yana yatırdı.

Şey, benim bir içkiye ihtiyacım olacak gibi.

"Demek beni tanımak güzeldi?"

Hay, canına yandığım, *gücenmiş miydi?* Parmaklarıma baktım. Kendimi bu işten nasıl sıyıracaktım. Şaka olduğunu söylesem bile, etkileneceğini pek sanmıyordum.

"E-postayla cevap verirsin sanmıştım." Sesim cılız ve zavallıydı.

Gizemli bir sesle, "Alt dudağını kasten mi ısırıyorsun?" diye sordu.

Gözlerimi kırpıştırdım ve ağzımı aralayıp dudağımı serbest bıraktım.

Kalbim deli gibi çarpıyordu. Aramızdaki çekimi, o enfes elektriğin yüklendiğini, boşluğu statikle doldurduğunu hissedebiliyordum. O kadar yakınımda oturuyordu ki; gözleri koyu duman grisi, dirsekleri dizlerine dayalı, bacakları aralık. Öne uzanıp örgülerimden birini yavaşça çözdü ve parmaklarıyla saçlarımı özgür bıraktı. Nefesim sıklaşmıştı ve kıpırdayamıyordum. Elinin ikinci örgüme kaymasını, saç tokasını çekip örgüyü becerikli, uzun parmaklarıyla gevşetmesini hipnotize olmuş halde izledim.

"Demek egzersiz yapmaya karar verdin," diye solurken sesi yumuşak ve ahenkliydi. Parmakları saçlarımı kulağımın arkasına itti. "Neden, Anastasia?" Parmaklarını kulağımda dolaştırdı; çok ağır ve ritmik hareketlerle kulak mememi çekti. O kadar seksiydi ki.

"Düşünmek için zamana ihtiyacım vardı," diye fısıldadım. Araba farı/geyik, pervane/alev, kuş/yılan kıvamındaydım ve bana ne yaptığını çok iyi biliyordu.

"Neyi düşünmek için, Anastasia?"

"Seni."

"Ve beni tanımanın güzel olduğuna karar verdin. *İncil*'deki anlamıyla tanımaktan[2] mı bahsediyorsun?"

Ah, lanet olsun. Kızardım.

"*İncil*'e aşina olduğunu sanmıyordum."

"Pazar okuluna gittim, Anastasia. Bana çok şey öğretti."

"*İncil*'de meme ucu kıskaçları hakkında bir şey okuduğumu hatırlamıyorum. Belki de sen modern çevirisinden ders almışsındır."

Dudakları belli belirsiz bir gülümsemeyle kavislenirken gözlerim ağzına çevrilmişti.

"Pekâlâ, gelip sana beni tanımanın ne kadar *güzel* olduğunu hatırlatmak istedim."

Lanet olsun. Ağzım açık halde bakakalmıştım ve parmakları kulağımdan çeneme kayıyordu.

"Buna ne dersiniz, Bayan Steele."

Gözleri alev saçıyordu; meydan okuyan doğası bakışlarına yansımıştı. Dudakları aralık, darbesini indirmek için hazır bekliyordu. Şiddetli, akışkan ve için için tüten arzu, karnımın derinliklerinde alev alıyordu. Önce davrandım ve üzerine atıldım. Bir şekilde hareketlendi ve nasıl olduğu konusunda en ufak bir fikrim olmadan, göz açıp kapayana kadar kendimi yatağın üstünde, altına çivilen-

2 *İncil*'deki anlamıyla tanımak, argoda cinsel ilişkiye girmek anlamına geliyor. (yay. n.)

miş, kollarım başımın üstüne uzatılıp sabitlenmiş halde buldum. Boştaki ağzıyla yüzümü sıkıca kavramıştı ve ağzı ağzımı buluyordu

Dili ağzımda, beni istiyor ve sahipleniyordu ve ben kullandığı gücün tadını çıkarıyordum. Onu vücudumda hissediyordum. Beni istiyordu ve bu içime tuhaf, enfes şeyler yapıyordu. Küçük bikinisinin içindeki Kate'i, on beş kişiden birini değil, kötü kalpli Bayan Robinson'ı da değil. Beni. Bu güzel adam beni istiyordu. İçimdeki tanrıça, öylesine parlıyordu ki bütün Portland'ı aydınlatabilirdi. Beni öpmeyi bıraktı. Gözlerimi açınca, onu bana bakarken buldum.

"Bana güveniyor musun?" diye soludu.

İri iri açılmış gözlerimle, kalbim kaburgalarımdan fırlayacak gibi çarparak ve kanım bedenimde çağlayarak başımı salladım.

Uzandı ve pantolonunun cebinden gümüş grisi ipek kravatını çıkardı... tenimde dokumasının küçük izlerini bırakan şu gümüş grisi kravat. Çok seri hareket ediyordu. At biner gibi üstüme oturarak bileklerimi birbirine bağladı, ama bu kez, kravatın ucunu demir karyola başlığımın çubuklarından birine bağladı. Kravatı çekerek düğümlerin sağlamlığını kontrol etti. Hiçbir yere gitmiyordum. Kelimenin tam anlamıyla yatağıma bağlanmıştım ve fena tahrik olmuştum.

Üstümden kaydı ve yatağın yanında ayakta durup istekle kararmış gözlerle bana baktı. Bakışında rahatlamayla karışık bir zafer vardı.

"Böylesi daha iyi," diye mırıldandı ve ahlaksız, bilmiş bir gülümseme takındı. Eğilip spor ayakkabılarımın bağcıklarını çözmeye koyuldu. *Ah, hayır... hayır, ayaklarım.* Hayır. Koşudan yeni gelmiştim.

Onu ayağımla savuşturmaya çalışarak, "Hayır," diye itiraz ettim.

Durdu.

"Debelenirsen, ayaklarını da bağlarım. Ses çıkarırsan, ağzını tıkarım, Anastasia. Sessiz ol. Büyük olasılıkla Katherine şu anda dışarıda bizi dinliyordur."

Ağzımı tıkamak mı? Kate! Çenemi kapadım.

Ayakkabı ve çoraplarımı ustalıkla çıkardı ve eşofmanımı usulca kaydırdı. *Ah, hangi külotumu giymiştim ki?* Beni kaldırdı ve yatak örtüsünü ve yorganı altımdan çekerek beni sırtüstü çarşafların üstüne yatırdı.

"İşte." Yavaşça alt dudağını yaladı. "O dudağı ısırıyorsun, Anastasia. Üzerimde bıraktığı etkiyi biliyorsun." Uzun işaret parmağını, bir uyarı gibi, ağzımın üstüne yerleştirdi.

Ah, Tanrım, çaresizlik içinde yattığım yerden odamın içinde zarif hareketlerle dolaşmasını izlerken, kendimi tutmakta zorlanıyordum. Baş döndürücü bir afrodizyaktı. Yavaşça, neredeyse oyalanarak, ayakkabılarını ve çoraplarını çıkardı, pantolonunun önünü çözdü ve gömleğini başından çekip çıkardı.

Kurnaz bir gülüşle, "Bence çok şey gördün," dedi. Yine at biner gibi, üzerime oturdu ve tişörtümü sıyırdı. Çekip çıkaracak sandım, ama boynuma kadar kıvırdı, sonra ağzımı ve burnumu görebileceği ve gözlerimi örtecek şekilde başımdan yukarı çekti. Hiçbir şey göremiyordum.

Takdirle, "Mımmm..." diye soludu. "Bu iş gittikçe daha da iyi bir hal alıyor. Bir içki alacağım."

Eğilip, yumuşacık bir his bırakan dudaklarıyla dudaklarımı öptü ve sonra ağırlığı yataktan kaydı. Yatak odası kapısının sessiz gıcırtısını duydum. İçki almak mı? Nereden? Buradan mı? Portland? Seattle? Onu duymak için kendimi zorluyordum. Alçak mırıltılar duyabiliyordum ve Kate'le konuştuğunu anladım. *Ah, hayır, neredeyse çıplak.* Kate ne diyecekti? Cılız bir tıpa sesi duydum. Bu da neydi? Döndü, kapının gıcırtısını, ayak seslerinin yatak odasının zemininde kaydığını ve sıvının içinde dans eden buzun camdaki tıngırtısını duydum. Ne tür bir içkiydi acaba? Kapıyı kapattı ve hışırtılar eşliğinde pantolonunu çıkardı. Pantolon yere düşünce, çıplak olduğunu anladım. Bir kez daha, at biner gibi üzerime oturdu.

Dalga geçer gibi bir sesle, "Susadın mı, Ana?" dedi.

"Evet," diye soludum; çünkü ağzım bir anda kupkuru kesilmişti. Cama vuran buzun sesi duydum, sonra eğildi, beni öptü ve bunu yaparken ağzıma enfes, buruk bir sıvı döktü. Beyaz şaraptı. Çok beklenmedik ve soğutulmuş olmasına, Christian'ın dudaklarının serinliğine rağmen, o kadar ateşliydi ki.

"Daha?" diye fısıldadı.

Başımı onaylamak için salladım. Onun ağzından geldiğini bildiğim için tadı çok daha ilahi geliyordu. Eğildi ve dudaklarından bir yudum daha içtim. *Ah Tanrım...*

"Çok ileri gitmeyelim. Alkol kapasitenin sınırlı olduğunu biliyoruz, Anastasia."

Elimde değildi, sırıttım; enfes bir yudum daha vermek için bir kez daha eğildi. Yanıma uzanacak şekilde kaydı; ereksiyonunu kalçamda hissediyordum. Ah, onu içimde istiyordum.

"*Güzel* mi?" diye sordu, ama sesindeki gerilimi duyabilmiştim.

Gerildim. Bardağı bir kez daha kıpırdattı ve eğilip beni öperken ağzıma şarabın yanında küçük bir buz kırığı da bıraktı. Vücudumun tam ortasından aşağı doğru aheste ve soğuk öpücükler sıralıyordu; boynumun girintisinden memelerimin arasına, bedenimden karnıma. Göbeğimdeki serin şarap birikintisinin üzerine bir parça buz bıraktı. Buz karnımın derinliklerine kadar yakıp geçmişti. *Vay canına.*

"Şimdi kıpırdamaman gerekiyor," diye fısıldadı. "Kıpırdarsan, Anastasia, bütün yatak şarap içinde kalır."

Kalçalarım otomatik olarak gerildi.

"Ah, hayır. Şarabı dökerseniz sizi cezalandırırım, Bayan Steele."

İnledim ve var gücümü toplayarak kalçalarımı kaldırma dürtümü güçlükle bastırdım. Ah, hayır... *lütfen.*

Tek parmağıyla sutyen kuplarımı sırayla indirdi. Memelerim dışarı fırlamış, savunmasız halde ortaya serilmişti. Eğildi ve meme uçlarımı serin, soğuk dudaklarıyla tek tek öpüp [illegible] arıyla çekiştirdi. Tepki olarak yay gibi gerilmeye çabalayan bedenimle âdeta savaşıyordum.

Meme uçlarımdan birine nefesini üflerken, "Ne kadar güzel?" diye sordu.

Bir buz şıngırtısı daha duydum ve Christian dudaklarıyla sol meme ucumu çekiştirirken, buzu sağ meme ucumun etrafında hissettim. Bu tatlı ve acı veren bir işkenceydi.

"Şarabı dökersen, boşalmana izin vermem."

"Ah... Lütfen... Christian... Efendim... Lütfen..." Beni delirtiyordu. Gülümsediğini duydum. Göbeğimdeki buz eriyordu. Ilıklığın ötesine geçmiştim, ılık, üşümüş ve istekli. Onu istiyordum. İçimde. Şimdi.

Serin parmakları göbeğimin üzerinde aheste aheste dolaşıyordu. Tenim aşırı duyarlıydı; dudaklarım otomatik olarak kasıldı ve şimdi artık ılınan sıvı göbek deliğimden karnıma aktı. Christian hızlı bir hamleyle, şarabı diliyle yaladı ve beni öpüp usulca ısırarak emdi.

"Ah, sevgili Anastasia, kıpırdadın. Sana ne yapacağım?"

Sesli nefes alıp veriyordum. Konsantre olabildiğim tek şey, sesi ve dokunuşuydu. Başka hiçbir şey gerçek değildi. Başka hiçbir şeyin önemi yoktu, hiçbir şey radarıma takılmıyordu. Parmakları iç çamaşırımın içine kaydı ve hazırlıksız yakalandığım keskin iç çekişiyle ödüllendirildim.

"Ah, bebeğim," diye mırıldandı ve iki parmağını içime itti.

İnledim.

"Ne kadar çabuk hazır oldun bana," dedi. İki parmağını çıldırtacak kadar yavaş hareket ettirerek sokup çıkarıyordu. Kalçalarımı hafifçe kaldırarak kendimi ona doğru ittim.

Beni usulca, "Sen aç gözlü bir kızsın," diye azarlarken başparmağı klitorisimin etrafında bir daire çizdikten sonra aşağı bastırdı.

Bedenim uzman parmaklarının altında sıçrarken yüksek sesle inledim. Uzandı ve onu görebilmem için tişörtü gözlerimin üstünden itti. Başucu lambamın yumuşak ışığında gözlerimi kırpıştırdım. Ona dokunmak için yanıp tutuşuyordum.

"Sana dokunmak istiyorum," dedim.

"Biliyorum," diye mırıldandı. Eğildi ve parmaklarını içimde ritmik hareketlerle oynatmayı sürdürürken beni öptü. Diğer eliyle saçımı yakaladı ve başımı olduğu yere sabitledi. Dili parmaklarının hareketlerinin bir yansımasıydı; beni âdeta ele geçirmişti. Kendimi eline doğru bastırırken bacaklarım kasılmıştı. Elini yavaşlatınca, uçurumdan düşmek üzereyken geri döndüm. Bunu tekrar tekrar yaptı. O kadar fazlaydı ki. Kafamın içinde, *Ah, lütfen Christian*, diye haykırıyordum.

Kulağıma, "İşte cezan bu, bu kadar yakınken bir o kadar uzak olmak. *Güzel* mi?" diye soludu. Bitkin ve kontrolüme olabildiğince asılmış halde, kıvranıyordum. Çaresizdim ve erotik bir ıstırapta kaybolmuştum.

"Lütfen," diye yalvardım ve nihayet bana acıdı.

"Seni nasıl becereyim, Anastasia?"

Ah, bedenim titremeye başlamıştı. Bir kez daha durdu.

"Lütfen."

"Ne istiyorsun, Anastasia?"

"Biliyorsun..." diye sızlandım.

"Seni böyle mi becereyim, yoksa böyle mi, yoksa böyle mi? Sonsuz seçenek var." Nefesi dudaklarıma değiyordu. Elini çekti ve prezervatif paketi için baş ucu komodinime uzandı. Bacaklarımın arasında dizlerinin üstünde doğruldu ve külotumu, ışıldayan gözleriyle gözlerimin içine bakarak yavaşça aşağı kaydırdı. Prezervatifi taktı. Büyülenmiş, cezbolmuş halde onu izliyordum.

Kendini okşarken, "Ne kadar *güzel*?" dedi.

"Şaka yapmak istemiştim," diye sızlandım. *Lütfen becer beni, Christian.*

Eli heybetli uzunluğu boyunca bir aşağı bir yukarı gidip gelirken kaşlarını kaldırdı.

"Şaka mı?" Sesinde tehditkâr bir yumuşaklık vardı.

"Evet. Lütfen. Christian," diye yalvardım.

"Şimdi gülüyor musun?"

"Hayır," diye miyavladım

Gergin bir cinsel ihtiyaç topuna dönmüştüm. Bana bir süre ihtiyacımı ölçerek tepeden baktı, sonra aniden beni kavrayıp ters çevirdi. Hazırlıksız yakalanmıştım, ellerim bağlı olduğu için dirseklerime dayanmak zorunda kaldım. İki dizimi, popom havada kalacak şekilde yatağa bastırdı ve beni sertçe tokatladı. Bana tepki verme fırsatı bırakmadan, kendini içime itti. Tokatın ve ani hücumunun etkisiyle haykırdım ve daha o anda, Christian'ın bedeni benimkine çarparken, tekrar tekrar boşaldım. Durmuyordu. Tükenmiştim. Buna daha fazla dayanamayacaktım. İçime girip çıkmaya devam ediyordu... ve sonra yeniden dolmaya başladım... Herhalde olamazdı... hayır....

Sıkılı dişlerinin arasından, "Haydi, Anastasia, yeniden..." diye inledi. Bedenim, inanılmaz bir şekilde tepki verdi ve sıfırdan doruğa tırmanırken adını haykırarak içimde onunla sarsıldım. Bir kez daha tuzla buz oldum ve Christian nihayet kendini bırakarak sessizce boşalırken, hareket etmez oldu. Nefes nefese üzerime yığıldı.

Sıkılı dişlerinin arasından, "Ne kadar *güzel?*" diye sordu.

Ah, Tanrım.

Christian usulca içimden çekilince, tükenmiş halde, gözlerim kapalı, nefes nefese yatağa uzandım. Hemen kalkıp giyindi. Tamamen giyinince tekrar yatağa tırmandı ve nazik hareketlerle bileklerimdeki bağı çözerek tişörtümü çekip çıkardı. Parmaklarımı oynattım, bileklerimi ovaladım ve kravatın bıraktığı izleri görünce gülümsedim. Christian yorganı ve yatak örtüsünü üstüme çekerken, sutyenimi yerine indirdim. Ona tamamen sersemlemiş gözlerle baktım; o da sırıtarak karşılık verdi.

Cilveli bir gülümseme eşliğinde, "Gerçekten güzeldi," diye fısıldadım.

"İşte yine o kelime."

"Yoksa bu kelimeyi sevmiyor musun?"

"Hayır, bana hiç ama hiç uymuyor."

"Ah, bilmiyorum... Üzerinde bayağı faydalı bir etki bırakıyor gibi görünüyor."

"Şimdi de faydalı bir etki oldum, öyle değil mi? Egomu biraz daha yaralamanız mümkün mü, Bayan Steele?"

"Egonda bir sorun olduğunu hiç sanmıyorum." Ama daha bunu söylerken, sözlerimde sağlam bir inanç hissetmedim. Aklımdan yakalanması güç bir şey, anlık bir düşünce geçip gitti ve daha ben ucunu yakalayamadan kaybolmuştu bile.

"Öyle mi diyorsun?" Sesi yumuşaktı. Tamamen giyinik haliyle yanıma uzandı, başını dirseğine yasladı. Benim üzerimde sadece sutyenim vardı.

"Sana dokunulmasından neden hoşlanmıyorsun?"

"Hoşlanmıyorum işte." Uzanıp alnıma minik bir öpücük kondurdu. "Demek o e-posta senin espri anlayışındı."

Özür dilercesine gülümseyip omzumu silktim.

"Anlıyorum. Yani teklifimi hâlâ düşünüyorsun?"

"Ahlaksız teklifini... evet, düşünüyorum. Gerçi bazı meselelerim var."

Rahatlamış gibi gülümsedi.

"Olmasa hayal kırıklığına uğrardım."

"Sana e-postayla gönderecektim, ama sen, bir anlamda işimi yarıda bıraktın."

"*Coitus interruptus.*"

"Gördün mü bak, bir yerlerde senin de bir espri anlayışın varmış."

"Sadece bazı şeyler komiktir, Anastasia. Hiç tartışmadan, hayır dediğini sandım." Sesi alçalmıştı.

"Henüz bilmiyorum. Kararımı vermedim. Bana tasma takacak mısın?"

Kaşlarını kaldırdı. "Araştırmaya başlamışsın. Bilmiyorum, Anastasia, kimseye tasma takmadım."

Ah... buna şaşırmalı mıyım? *Bu olaylar* hakkında o kadar az şey biliyordum ki...

"Sana tasma takan oldu mu?" diye fısıldadım.

"Evet."

"Bayan Robinson mı?"

"Bayan Robinson!" Başını arkaya atmış, bulaşıcı bir kahkahayla, yüksek sesle, özgürce gülerken o kadar genç ve tasasız görünüyordu ki.

Ona sırıtarak baktım.

"Ona bunu söylediğini söyleyeceğim. Buna bayılacak."

"Hâlâ düzenli olarak konuşuyor musunuz?" Şaşkınlığımın sesime yansımasına engel olamamıştım.

"Evet." Ciddileşmişti.

Ah, ve bir yanım aniden delice bir kıskançlığa kapıldı. Duygumun derinliğinden rahatsız oldum.

"Anlıyorum." Sesim gergindi. "Yani senin alternatif hayat tarzını konuşabileceğin birisi var, ama bana izin yok."

Kaşlarını çattı.

"Hiç bu şekilde düşündüğümü sanmıyorum. Bayan Robinson o hayat tarzının bir parçasıydı. Söyledim ya şimdi artık iyi bir arkadaş. İstersen seni eski itaatkârlarımdan biriyle tanıştırabilirim. Onunla konuşabilirsin."

Ne? Beni kasten üzmeye falan mı çalışıyordu?

"Senin espri anlayışın da bu mu?"

"Hayır, Anastasia." Kafasını sallarken şaşkın görünüyordu.

"Hayır, bunu tek başıma yapacağım, çok teşekkürler," diye çıkışarak yorganı çeneme kadar çektim.

Bana şaşkın bir ifadeyle baktı.

"Anastasia, ben..." Ne diyeceğini bilemiyordu. Bir ilk, diye düşündüm. "Seni gücendirmek istemezdim."

"Gücenmedim. Afalladım."

"Afalladın mı?"

"Eski kız arkadaşlarından... kölelerinden... itaatkârlarından... ya da her ne diyorsan, biriyle konuşmak istemiyorum."

"Anastasia Steele, yoksa kıskandın mı?"

Kıpkırmızı –neredeyse bordo– oldum.

"Kalacak mısın?"

"Yarın sabah Heathman'da kahvaltılı bir toplantım var. Ayrıca, sana söylediğim gibi, kız arkadaşlarımla, kölelerimle, itaatkârlarımla ya da başka biriyle uyumam. Cuma ve cumartesi istisnaydı. Bir daha olmayacak." Yumuşak, boğuk sesindeki kararlılığı duyabiliyordum.

Dudaklarımı sarkıttım.

"Pekâlâ, yorgunum."

"Beni kapı dışarı mı ediyorsun?" Biraz muzip biraz hoşnutsuz, kaşlarını kaldırdı.

"Evet."

"Pekâlâ, bir ilk daha." Beni şüpheci bir bakışla süzdü. "Yani şu anda tartışmak istediğin hiçbir şey yok, öyle mi? Kontrat hakkında."

Aksi bir tavırla, "Hayır," dedim.

"Tanrım, sana güzel bir sopa çekmek isterdim. Sana da, bana da iyi gelirdi."

"Böyle şeyler söyleyemezsin. Henüz hiçbir şeyi imzalamadım."

"Hayal kurmak serbest, Anastasia." Üzerime eğilip çenemi tuttu. "Çarşamba?" diye mırıldandı ve dudaklarıma hafif bir öpücük kondurdu.

"Çarşamba," diye onayladım. "Seni geçireyim. Bana bir dakika verirsen." Oturup tişörtümü alırken onu hafifçe ittim. İstemeyerek de olsa, yataktan kalktı.

"Eşofmanımı uzatır mısın, lütfen?"

Eşofmanı yerden alıp bana verdi.

"Evet, hanımefendi." Gülümsemesini saklamak için yok yere çaba harcıyordu.

Eşofmanı üzerime geçirirken gözlerimi kıstım. Saçlarım berbat durumdaydı ve Christian gittikten sonra, Katherine Kavanagh'la yüzleşmek zorunda kalacağımı biliyordum. Bir saç tokası kaptım ve yatak odamın kapısına yürüyüp Kate'i kontrol etmek için açtım. Oturma odasında değildi. Odasından telefonla konuştuğunu duyar gibiydim. Christian da peşim sıra odadan çıktı. Yatak odasından ön kapıya kadar olan kısa mesafede, düşüncelerim ve duygularım gelip gidiyor, sürekli değişiyordu. Ona artık kızgın değildim; birden kendimi tahammül edemeyecek kadar utangaç hissetmeye başlamıştım. Gitmesini istemiyordum. İlk kez, on sayfalık bir anlaşma, bir kamçı ve oyun odasının tavanındaki askılara ihtiyaç duymayan *normal* bir ilişki yaşamak isteyen biri olmasını diliyordum.

Ona kapıyı açtım ve gözlerimi ellerime indirdim. Kendi evimde ilk seks yapışımdı ve seks açısından bayağı iyi olduğunu düşünüyordum. Ama kendimi boş bir kap, onun canının istediği zaman doldurulacak boş bir küvet gibi hissediyordum. Bilinçaltım başını salladı. *Seks için Heathman'a kadar koşmak istiyordun ve ekspres teslimatla ayağına kadar geldi.* Kollarını kavuşturdu ve yüzünde neden-yakınıyorsun ifadesiyle ayağını yere vurmaya başladı. Christian girişte durdu ve çenemi tutarak beni gözlerine bakmaya zorladı. Alnı kırışmıştı.

Başparmağıyla alt dudağımı usul usul okşayarak, şefkatle, "Sen iyi misin?" diye sordu.

"Evet," diye yanıtladım. Gerçi, dürüst olmam gerekirse, hiç emin değildim. Bir değer değişimi yaşıyordum. Bu şeyi onunla yaparsam incineceğimi biliyordum. Bana daha fazlasını sunmaya muktedir, ilgili ya da istekli değildi... Ve ben daha fazlasını istiyordum. *Çok daha fazlasını.* Daha birkaç dakika önce hissettiğim kıskançlık dalgası, ona karşı kendime itiraf ettiğimden daha derin duygular taşıdığımı gösteriyordu.

"Çarşamba," diye tekrarladı ve eğilip beni yavaşça öptü. Beni öperken bir şey değişti; dudakları dudaklarımda daha telaşlı bir hal aldı, elleri çeneme uzandı ve yüzümü ellerinin arasına aldı. Nefesi hızlanmıştı. Bana doğru eğilerek öpüşünü derinleştirdi. Ellerimi kollarına yerleştirdim. Saçlarının arasında dolaştırmak istiyordum, ama hoşlanmayacağını bildiğim için bu isteğime direndim. Alnını benimkine yaslarken, gözleri kapalı, sesi sıkıntılıydı.

"Anastasia," diye fısıldadı. "Bana ne yapıyorsun?"

Fısıltıyla karşılık verdim. "Ben de aynı şeyi sana sorabilirim."

Derin bir nefes alarak beni alnımdan öptü ve gitti. Giriş yolundan arabasına uzun ve kararlı adımlarla yürürken, elini saçlarının arasında dolaştırıyordu. Arabanın kapısını açarken, göz alıcı bir gülümsemeyle bana baktı. Cevabım, karşısında tamamen sersemlemiş, cılız bir gülümsemeydi ve bir kez daha güneşe fazla yaklaşan Ikarus'u hatırlamıştım. O, spor arabasına binerken kapıyı kapattım. Baskın bir ağlama isteğiyle dolmuştum; hüzün ve yalnızlıkla yüklü bir melankoli kalbimin etrafına kapanıyordu. Hızla odama geçtim, kapıyı kapattım ve duygularımı akla uygun hale sokmaya çalışarak arkama yaslandım. Yapamıyordum. Yere kaydım ve gözyaşlarım dökülmeye başlarken, başımı ellerimin arasına aldım.

Kate kapıyı yavaşça tıklattı.

"Ana?" diye fısıldadı. Kapıyı açtım. Bana şöyle bir baktı ve kollarını boynuma doladı.

"Sorun ne? O ürkütücü yakışıklı piç ne yaptı?"

"Ah, Kate, istemediğim hiçbir şey yapmadı."

Beni yatağa çekti, oturduk.

"Saçların korkunç seks sonrası saçına dönmüş."

Derin üzüntüme rağmen güldüm.

"İyi seksti, kesinlikle korkunç değildi."

Kate gülümsedi.

"Bu daha iyi. Neden ağlıyorsun? Sen hiç ağlamazsın." Komodinden fırçamı aldı ve arkama oturup ağır ağır düğümleri fırçalamaya koyuldu.

"İlişkimizin bir yere varacağını sanmıyorum, o kadar." Gözlerim parmaklarımdaydı.

"Onu çarşamba günü göreceğini söylediğini sanıyordum."

"Öyle. İlk planımız buydu."

"O zaman neden bugün buraya gelmiş?"

"Ona bir e-posta gönderdim."

"Uğramasını rica etmek için mi?"

"Hayır, onu artık görmek istemediğimi söylemek için."

"Ve kapına geldi. Ana, bu dâhice."

"Aslında şakaydı."

"Ah. İşte şimdi gerçekten kafam karıştı."

Sabırla, hiçbir şeyi ele vermeden e-postamın özünü açıkladım.

"Yani e-postayla cevap verir sandın?"

"Evet."

"Ama o buraya geldi."

"Evet."

"Bence sana tamamen abayı yakmış."

Kaşlarımı çattım. *Christian ve bana abayı yakmak?* Çok zordu. Kendine yeni bir oyuncak arıyordu o kadar. Yatağına atabileceği ve ağza alınmayacak şeyler yapabileceği uygun bir oyuncak. Kalbim acıyla sıkıştı. Gerçek buydu.

"Buraya beni becermeye geldi, hepsi bu."

Dehşet içinde, "Romantizmin öldüğünü kim söyledi?" diye fısıldadı. Kate'i şoka sokmuştum. Bunun mümkün olabileceğini sanmazdım. Özür dilercesine omuz silktim.

"Seksi silah olarak kullanıyor."

"Seni becererek itaate mi zorluyor?" Onaylamadığını gösterir gibi, kafasını salladı. Ona gözlerimi kırpıştırarak baktım ve kırmızılığın bütün yüzüme yayıldığını hissettim. *Ah, tam isabet. Katherine Kavanagh, Pulitzer Ödüllü gazeteci.*

"Ana, anlamıyorum. Öylece seninle sevişmesine izin mi verdin?"

"Hayır, Kate, biz sevişmiyoruz. Düzüşüyoruz. Christian'ın terminolojisi. Sevişme olayından hoşlanmıyor."

"Onda bir tuhaflık olduğunu anlamıştım. Bağlanma sorunu var."

Onaylar gibi başımı salladım. İçimden, *Ah, Kate...* diye sızlanıyordum. Keşke sana her şeyi, bu tuhaf, hüzünlü, garip adamla ilgili her şeyi anlatabilseydim ve sen de bana onu unutmamı söyleyebilseydin. Aptallığıma mani olsaydın.

"Sanırım bütün bunlar biraz fazla," diye mırıldandım. *Yılın hafife alma cümlesi bu olsa gerekti.*

Christian hakkında daha fazla konuşmak istemediğim için ona Elliot'ı sordum. Adını anmamla, Katherine'in tavırları bir anda değişti. Ağzı bir karış kulaklarına varırken içi aydınlanmıştı sanki.

"Cumartesi sabahı erkenden eşyaları yüklemeye yardıma geliyor." Saç fırçasına sarıldı –Tanrım, abayı fena yakmıştı– ve tanıdık bir gıpta sızısı duydum. Kate kendine normal bir adam bulmuştu ve çok mutlu görünüyordu.

Dönüp onu kucakladım.

"Ah, bu arada. Sen... şey... meşgulken, baban aradı. Sanırım Bob bir tür sakatlanma yaşıyormuş; bu yüzden annen ve o mezuniyete gelemeyeceklermiş. Ama baban perşembe burada olacakmış. Aramanı istedi."

"Ah, annem hiç aramadı. Bob iyi miymiş?"

"Evet. Anneni sabah ararsın. Çok geç oldu."

"Teşekkürler, Kate. Şimdi iyiyim. Ray'i de sabah ararım. Sanırım artık yatsam iyi olacak."

Gülümsedi, ama gözlerinin kenarları endişeyle kırışmıştı.

O gidince oturup kontratı baştan okudum ve okurken notlar aldım. İşim bitince cevap vermeye hazır halde, bilgisayarı açtım. Gelen kutumda Christian'dan bir e-posta vardı.

Kimden: Christian Grey

Konu: Bu Akşam

Tarih: 23 Mayıs 2011 23:16

Kime: Anastasia Steele

Bayan Steele,

Kontratla ilgili notlarınızı almak için sabırsızlanıyorum.

O zamana kadar iyi uyu, bebeğim.

Christian Grey

CEO, Grey Şirketler Topluluğu

Kimden: Anastasia Steele

Konu: Kafama Takılanlar

Tarih: 24 Mayıs 2011 00:02

Kime: Christian Grey

Sevgili Bay Grey,

Sorun listemi aşağıda bulabilirsiniz. Çarşamba akşam yemeğinde, daha detaylı olarak tartışmak için sabırsızlanıyorum.

Sayılar maddeleri işaret etmektedir:

2: Bunun neden sadece BENİM çıkarıma olduğundan emin değilim: Örn. BENİM şehvet ve sınırlarımı keşfetmem. Bunu yapmak için on sayfalık bir kontrata ihtiyacım olmadığından eminim. Bu kesinlikle SİZİN çıkarınıza.

4: Sizin de farkında olduğunuz gibi, tek cinsel partnerim sizsiniz. Uyuşturucu kullanmam ve hiçbir zaman kan nakli almadım. Büyük olasılıkla temizimdir. Ya siz?

8: Üzerinde anlaşılmış sınırlara bağlı kalmamanız durumunda, kontratı istediğim zaman sonlandırabilirim. Tamam, bunu sevdim.

9: Size her konuda itaat etmek? Disiplininizi tereddütsüz kabul etmek? Bunu konuşmamız gerekiyor

11: Bir aylık deneme süreci. Üç ay olmaz.

12: Her hafta sonu için söz veremem. Benim bir hayatım var, ya da olacak. Belki dört hafta sonundan üçü diyebiliriz?

15.2: Bedenimi cinsel olarak ya da çeşitli şekillerde uygun gördüğünüz biçimde kullanmanız: Lütfen "ya da çeşitli şekillerde" kısmını tanımlayınız.

15:5: Bu disiplin maddesinin tamamı. Kırbaçlanmak, kamçılanmak ya da bedenen cezalandırılmak istediğimden emin değilim. Bunların 2-5 no'lu maddelerin ihlali anlamına geleceğini düşünüyorum. Ayrıca, "başka herhangi bir nedenden" kısmı acımasızlıktan başka bir şey değildi. Ve bana sadist olmadığınızı söylemiştiniz.

15:10: Beni bir başkasına ödünç vermeniz gibi bir seçenek söz konusu olamaz zaten. Ama burada net bir şekilde ifade edilmesine sevindim.

15:14: Kurallar. Bu konuya daha sonra tekrar geleceğim.

15:19: İzniniz olmadan kendime dokunmak. Burada sorun ne ki? Bunu yapmadığımı zaten biliyorsunuz.

15:21: Disiplin… Yukarıdaki 15.5 nolu maddeye bakınız.

15:22: Gözlerinizin içine bakamaz mıyım? Neden?

15:24: Size neden dokunamıyorum?

Kurallar:

Uyku: Altı saati kabul ederim.

Yemek: Önceden belirlenmiş bir yiyecek listesine göre beslenemem. Ya yiyecek listesi gider ya da ben. Bu taviz veremeyeceğim bir madde.

Kıyafetler: Sizin kıyafetlerinizi sadece sizin yanınızdayken giymek zorunda olduğum sürece, tamam.

Egzersiz: Üç saat konusunda anlaşmıştık. Burada hâlâ dört diyor.

Diğer Sınırlar:

Bunları tek tek inceleyebilir miyiz? Yumruk olayı hiçbir şekilde olamaz. Askıya alma ne demek? Genital kıskaç. Şaka yapıyor olmalısınız.

Çarşamba günü için planlardan beni de haberdar edebilir misiniz? O gün akşamüstü beşe kadar çalışacağım.

İyi geceler,

Ana

Kimden: Christian Grey
Konu: Kafama Takılanlar
Tarih: 24 Mayıs 2011 00:07
Kime: Anastasia Steele

Bayan Steele,
Bu uzun bir liste. Neden hâlâ ayaktasınız?

Christian Grey
CEO, Grey Şirketler Topluluğu

Kimden: Anastasia Steele

Konu: Gece Yarısı İş Başında

Tarih: 24 Mayıs 2011 00:10

Kime: Christian Grey

Efendim,

Hatırlarsanız, dikkatim dağıtılıp yoldan geçen bir kontrol manyağı tarafından yatağa atıldığımda bu listeyi gözden geçirmekle meşguldüm.

İyi geceler,

Ana

Kimden: Christian Grey

Konu: Gece Yarısı İş Başında Olmaya Son Verin

Tarih: 24 Mayıs 2011 00:12

Kime: Anastasia Steele

YATAĞA ANASTASIA.

Christian Grey

CEO, Grey Şirketler Topluluğu

Ah, bağıran büyük harfler. Bilgisayarı kapattım. Altı mil uzaktan sinirimi nasıl bozabiliyordu? Başımı salladım. Kalbim hâlâ taş gibi ağırdı. Yatağa tırmandım ve derhal derin ama sıkıntılı bir uykuya daldım.

BÖLÜM ON ÜÇ

Ertesi gün, işten eve dönünce annemi aradım. Clayton's'ta görece li olarak huzurlu ve düşünmem için gereğinden fazla zaman bırakan bir gün geçirmiştim. Huzursuz ve Bay Kontrol Manyağı'yla ertesi günkü hesaplaşmamdan ötürü gergindim; zihnimin gerisinde, kontrata cevabımın fazla olumsuz olduğundan endişeliydim. Belki de tamamen vazgeçerdi.

Annem pişmanlık saçıyordu; mezuniyetime gelemeyeceği için son derece üzgündü. Bob bir bağını koparmıştı ve bu ortalıkta sekerek dolaşması anlamına geliyordu. Dürüst olmak gerekirse, Bob da benim gibi kazalara yatkındı. Tam anlamıyla iyileşebileceğini umuyordu, ama bu istirahat etmesini, annemin emrine amade olmasını gerektiriyordu.

Annem telefonda, "Ana, Tatlım, çok üzgünüm," diye sızlandı.

"Anne, sorun değil. Ray orada olacak."

"Ana, aklın başka yerde gibisin... İyi misin, bebeğim..."

"Evet, anne." *Ah bir bilseydin.* Korkunç zengin bir adamla tanıştım ve benden içinde çok fazla söz hakkımın olmadığı, tuhaf, sapkın bir cinsel ilişki istiyor.

"Biriyle falan mı tanıştın?"

"Hayır, anne." Şu anda bu konuya girmeye hiç niyetim yoktu.

"Şey, hayatım, perşembe günü hep aklımda olacaksın. Seni seviyorum... bunu biliyorsun, değil mi hayatım?"

Gözlerimi yumdum, kıymetli sözleri içimin ılık bir ışıkla aydınlanmasını sağlamıştı.

"Ben de seni seviyorum, anne. Bob'a selam söyle. Umarım çabucak iyileşir."

"Söyleyeceğim, tatlım. Hoşça kal."

"Hoşça kal."

Elimde telefonla yatak odama girmiştim. Ağır hareketlerle kötülük makinesini ve e-posta programını açtım. Christian'dan dün geceden ya da bakış açınıza bağlı olarak bu sabahın erken saatlerinden bir e-posta vardı. Kalp atışım derhal hızlandı ve kulaklarımda pompalanan kanı duyar gibi oldum. Lanet olsun... belki de hayır demişti. Buraya kadardı, belki de akşam yemeğini iptal etmişti. Düşüncesi bile o kadar acı vericiydi ki. Bunu hemen zihnimden kovalayıp e-postayı açtım.

Kimden: Christian Grey

Konu: Kafanıza Takılanlar

Tarih: 24 Mayıs 2011 01:27

Kime: Anastasia Steele

Sevgili Bayan Steele,

Sorularınızı enine boyuna incelememin ardından, izninizle, dikkatinizi itaatkâr kelimesinin anlamına çekmek isterim.

İtaatkâr – sıfat

1 İtaat etmeye eğilimli ya da hazır; direnç göstermeden ve tevazuuyla söz dinleyen: *itaatkâr hizmetkârlar.*

2 İtaatle belirlenmiş ya da itaati işaret eden: *itaatkâr cevap.*

Köken: 1580-90 itaat-kâr

Eş ve yakın anlamlı kelimeler: İtaatli, uysal, yumuşak başlı, boyun eğen, uyumlu. Zıt anlamlı kelimeler: İsyankâr, itaatsiz.

Çarşamba günkü toplantımızda lütfen bu da aklınızda bulunsun.

Christian Grey

CEO, Grey Şirketler Topluluğu

Hissettiğim ilk şey rahatlama oldu. En azından yorumlarımı tartışmaya istekliydi ve yarın buluşmayı hâlâ istiyordu. Biraz düşündükten sonra cevapladım.

Kimden: Anastasia Steele

Konu: Kafama Takılanlar... Ya Sizin Kafanıza Takılanlar?

Tarih: 24 Mayıs 2011 18:29

Kime: Christian Grey

Efendim,

Lütfen köken tarihine dikkat ediniz: 1580-90. Bütün hürmetimle, 2011 yılında olduğumuzu hatırlatmak isterim, Efendim. O zamandan bu yana uzun bir yol kat ettik.

Toplantımızda sizin göz önünde bulundurmanız için bir tanım önerebilir miyim?

Taviz – isim

1 Farklılıkların karşılıklı özveriyle giderilmesi; çelişen ya da zıt düşen isteklerin, prensiplerin vb. taleplerin karşılıklı olarak değiştirilmesiyle ulaşılan bir anlaşma. 2- Bu tür bir anlaşmanın sonucu. 3- Riske atmak, tehlike ya da şüpheye maruz bırakmak: kişinin saygınlığından taviz vermesi.

Ana

Kimden: Christian Grey

Konu: Neymiş Benim Kafama Takılanlar

Tarih: 24 Mayıs 2011 18:32

Kime: Anastasia Steele

İyi bir nokta, her zamanki gibi çok yerinde, Bayan Steele. Sizi yarın 19:00'da dairenizden alırım.

Christian Grey

CEO, Grey Şirketler Topluluğu

Kimden: Anastasia Steele

Konu: 2011- Kadınlar Araba Kullanabiliyorlar

Tarih: 24 Mayıs 2011 18:40

Kime: Christian Grey

Efendim,
Benim bir arabam var. Araba kullanabiliyorum.
Sizinle nerede buluşalım?

Saat 19:00'da, otelinizde?

Kimden: Christian Grey

Konu: İnatçı Genç Bayanlar

Tarih: 24 Mayıs 2011 18:43

Kime: Anastasia Steele

Sevgili Bayan Steele,
24 Mayıs 2011 tarihinde, 01:27'de gönderdiğim e-postaya ve oradaki tanıma istinaden.

Sizce, günün birinde size söyleneni yapmak gibi bir niyetiniz olacak mı acaba?

Christian Grey
CEO, Grey Şirketler Topluluğu

Kimden: Anastasia Steele
Konu: Dik Kafalı Erkekler
Tarih: 24 Mayıs 2011 18:49
Kime: Christian Grey

Bay Grey,
Arabayla gelmek isterim.

Lütfen.

Ana.

Kimden: Christian Grey
Konu: Çileden Çıkmış Erkekler
Tarih: 24 Mayıs 2011 18:52
Kime: Anastasia Steele

İyi.
Saat 19:00'da, benim otelde.

Mermer Bar'da buluşuruz.

Christian Grey
CEO, Grey Şirketler Topluluğu

E-posta üzerinden bile huysuzdu. Hızla uzaklaşmam gerekebileceğini anlamıyor muydu? Gerçi Kaplumbağam pek hızlı sayılmazdı ama... yine de bir kaçış aracına ihtiyacım vardı.

Kimden: Anastasia Steele

Konu: O Kadar da Dediğim Dedik Olmayan Erkekler

Tarih: 24 Mayıs 2011 18:55

Kime: Christian Grey

Teşekkürler.

Ana x

Kimden: Christian Grey

Konu: İnsanı Çileden Çıkaran Kadınlar

Tarih: 24 Mayıs 2011 18:59

Kime: Anastasia Steele

Rica ederim.

Christian Grey

CEO, Grey Şirketler Topluluğu

Ray'i aradıdığımda Salt Lake City'den bir futbol takımına karşı oynayacak Sounders'ı izlemek üzereydi; bu yüzden konuşmamız çok şükür ki kısa sürdü. Perşembe günü mezuniyete arabayla gelecekti. Sonrasında beni yemeğe çıkarmak istiyordu. Ray'le konuşurken yüreğim kabardı ve gırtlağıma kocaman bir yumru oturdu. Annemin romantik iniş çıkışları sırasında, Ray benim istikrarım olmuştu. Aramızda çok değer verdiğim özel bir bağ vardı. Üvey babam olmasına rağmen bana her zaman öz kızı gibi davranmıştı ve onu görmek için sabırsızlanıyordum. Görüşmeyeli çok uzun zaman olmuştu. Sessiz gücü şu anda tam ihtiyaç duyduğum şeydi. Belki yarınki toplantı için, içimdeki Ray'le iletişime geçebilirdim.

Kate ve ben, ucuz bir şişe kırmızı şarap paylaşarak toplanmaya konsantre olduk. Nihayet, odamı toplama işini neredeyse tamamlamış halde yatağıma girdiğimde, kendimi daha sakin hissediyordum. Her şeyi kolileme aktivitesi hoş bir kafa dağıtıcı olmuştu ve yorulmuştum. İyi bir gece uykusu istiyordum. Yatağıma kıvrıldım ve kısa süre içinde uykuya daldım.

Paul bir finans firmasında staja başlamak üzere New York'a doğru yola çıkmadan önce, Princeton'dan eve gelmişti. Bütün günü mağazada peşimde dolaşıp randevu koparmaya çalışarak geçirdi. Can sıkıcıydı.

"Paul, yüzüncü kez söylüyorum, bu akşam bir randevum var."

"Hayır, yok, sırf benden kaçmak için böyle söylüyorsun. Benden sürekli kaçıyorsun zaten."

Evet, insan mesajı alırsın sanıyor.

"Paul, patronun kardeşiyle çıkmak bana hiçbir zaman iyi bir fikir gibi gelmedi."

"Cuma günü burada işin bitiyor. Yarın da çalışmıyorsun."

"Ve cumartesi günü Seattle'da olacağım, sen de kısa süre sonra New York'ta olacaksın. Uğraşsak daha uzak düşemezdik. Ayrıca bu akşam gerçekten bir randevum var."

"José'yle mi?"

"Hayır."

"Kim o zaman?"

"Paul... ah..." İç çekişim öfkeliydi. Bu işin peşini bırakmayacaktı. "Christian Grey'le." Sesimdeki sıkıntıya mani olamamıştım. Ama işe yaramıştı. Paul'ün ağzı açık kalmıştı; bana şaşkın gözlerle bakıyordu. Hah, adı bile insanların nutkunun tutulması için yeterliydi.

Şoku atlatınca, sonunda, "Christian Grey'le randevunuz mu var?" diyebildi. Sesinde bariz bir hayret vardı.

"Evet."

"Anlıyorum."

Paul kelimenin tam anlamıyla üzgün, hatta afallamış görünüyordu ve bir yanım bunu şaşırtıcı bulmasına içerlemişti. İçimdeki tanrıça da öyle. Parmaklarıyla Paul'e çok bayağı ve itici bir hareket yaptı.

Sonrasında, Paul beni görmezden gelmeye başladı ve saat tam beşte kapıdan çıktım.

Kate bu akşam ve yarınki mezuniyet için bana iki elbise ve iki çift ayakkabı ödünç vermişti. Keşke kıyafetler konusunda daha heveslensem ve ekstra bir çaba harcasaydım, ama bu işler bana göre değildi. *Ne sana göre, Anastasia?* Christian'ın yumuşacık bir sesle sorduğu soru, kulaklarımdan gitmiyordu. Kafamı sallayarak ve sinirlerimi yatıştırmaya çalışarak, bu akşam için koyu mor, düz kesimli elbisede karar kıldım. Ağırbaşlı ve resmî görünüşlü bir elbiseydi. Ne de olsa, bir kontrat için pazarlık yapacaktım.

Duş aldım, bacaklarımı ve koltuk altlarımı tıraş ettim, saçlarımı yıkadım ve tam yarım saatimi göğüslerime ve sırtımdan aşağı dalga dalga dökülmesi için saçlarımı kurutmaya ayırdım. Yüzüme düşmesin diye, tek tarafına bir tarak tutturdum ve biraz rimel ile dudak parlatıcısı sürdüm. Nadiren makyaj yapardım; makyaj sinirimi bozuyordu. Edebi kahramanlarımın hiçbirinin makyajla uğraşması gerekmiyordu; uğraşsalar belki de ben de daha fazla bilgi sahibi olabilirdim. Elbiseyle uyumlu, mor, topuklu, açık ayakkabıları giydim. Saat altı otuzda hazırdım.

Kate'e, "Eee?" diye sordum.

Sırıttı.

"Tanrım, bu işi iyi beceriyorsun, Ana." Kafasını beğeniyle salladı. "Çok ateşli görünüyorsun."

"Ateşli mi? Amacım ağırbaşlı ve resmî olmaktı!"

"O da var tabii, ama daha çok ateşlisin. Elbise sana ve renklerine çok yakıştı. Hele vücudunu sarışı." Pis pis sırıtıyordu.

"Kate!" diye çıkıştım.

"Sadece gerçeği söylüyorum, Ana. Paketin tamamı iyi görünüyor. Elbise sende kalsın. Onu uysal bir kediye çevireceksin."

Ağzım düz bir çizgi halini aldı. *Ah, olayı nasıl da tersinden anlıyorsun.*

"Bana şans dile."

"Randevuda şansa ihtiyacın mı var?" Kafası karışmış gibi alnını kırıştırdı.

"Evet, Kate."

"Pekâlâ, o zaman. Bol şans." Beni kucakladı, sonra ön kapıdan çıktım.

Arabayı çıplak ayakla kullanmak zorundaydım. Deniz mavisi Kaplumbağam Wanda yüksek topuklu sandaletlerle kullanılmak için yapılmamıştı. Saat tam altı ellide Heathman'ın önündeydim; araba anahtarlarımı valeye teslim ettim. Göz ucuyla Kaplumbağama baktı, ama onu görmezden geldim. Derin bir nefes alarak ve zihnen kılıçlarımı kuşanarak otelden içeri girdim.

Christian rahat bir tavırla bara yaslanmış beyaz şarabını yudumluyordu. Üzerinde alışıldık beyaz keten gömleği, siyah kot pantolonu, siyah kravatı ve siyah ceketi vardı. Saçları her zamanki gibi dağınıktı. Barın kapısında birkaç saniye dikilip manzaranın tadını çıkararak onu izledim. Girişe doğru, bana göre gergin bir bakış attı ve beni görünce durdu. Gözlerini birkaç defa açıp kapamasının ardından, yüzü nutkumun tutulmasına, içimin erimesine neden olan ağır, aheste ve tembel bir gülümsemeyle büküldü. Dudağımı ısırmamak için üstün bir gayret sarf ederek, ben Sakarköylü Anastasia Steele'in yüksek topuklular giyiyor olduğunun bilinciyle harekete geçtim. Beni karşılamak için bütün zarafetiyle kapıya doğru yürüdü.

Yanağımı öpmek için eğilirken, "Göz kamaştırıyorsun," diye mırıldandı. "Bir elbise, Bayan Steele. Onaylıyorum." Kolumu tuttu ve beni gözden uzak bir masaya çekip garsona işaret etti.

"Ne içmek istersin?"

Sıraya yerleşirken, dudaklarım hızlı ve kurnaz bir gülümsemeyle büküldü. Pekalâ, en azından bana sormuştu.

"Seninkinden, lütfen." *Gördün mü? Ben de iyi ve uslu olabiliyorum.* Muzip bir tavırla bir kadeh Sancerre daha ısmarladı ve karşıma oturdu.

"Burada mükemmel bir şarap mahzenleri var," dedi. Dirseklerini masaya yaslayarak parmaklarını ağzının önünde kavuşturdu. Gözleri okunması güç bir duyguyla canlanmıştı. Ve işte, ondan yayılan o tanıdık çekim ve elektrik, içimde bir yere bağlanmıştı bile. Dikkatli bakışlarının altında huzursuzca kıpırdanırken kalbim pır pır ediyordu. Serinkanlılığımı korumam gerekiyordu.

Yumuşak bir sesle, "Gergin misin?" diye sordu.

"Evet."

Öne eğildi.

Sır verir gibi, "Ben de," diye fısıldadı. Gözlerim gözlerine çevrildi. *O? Gergin? Asla.* Gözlerimi kırpıştırdım ve o insanı hayran bırakan gülümsemesini takındı. Garson şarabımın yanında, küçük bir kâse karışık yemiş ve bir kâse zeytin getirdi.

"Bunu nasıl yapacağız?" diye sordum. "Benim değindiğim noktaların tek tek üstünden mi geçeceğiz?"

"Her zamanki kadar sabırsızsınız, Bayan Steele."

"Bugünkü hava hakkında ne düşündüğünü de sorabilirdim."

Gülümsedi ve uzun parmakları bir zeytin almak için kâseye uzandı. Zeytini ağzına attı ve gözlerim ağzına takıldı. O ağız üzerimde dolaşmıştı... her yerimde. Kızardım.

"Havanın bugün özellikle sıra dışı olduğunu düşündüm." Pis pis sırıtıyordu.

"Bana gülüyor musunuz, Bay Grey?"

"Gülüyorum, Bayan Steele."

"Bu kontratın yasal olarak dayatılamayacağını biliyorsunuz, değil mi?"

"Bunun tamamen farkındayım, Bayan Steele."

"Bunu herhangi bir noktada bana da söyleyecek miydin?"

Kaşlarını çattı. "Seni yapmak istemeyeceğin bir şeye zorlayacağımı ve sonra da yasal söz hakkım varmış gibi davranacağımı mı sandın?"

"Şey... evet."

"Hakkımda çok iyi şeyler düşünmüyorsun, öyle değil mi?"

"Soruma cevap vermedin."

"Anastasia, yasal olup olmamasının bir önemi yok. Seninle yapmak istediğim bir anlaşmayı temsil ediyor. Senden neler isteyebileceğimi, senin benden neler bekleyebileceğini. Hoşuna gitmediyse imzalama. İmzalar ve hoşuna gitmediğine karar verirsen yeterince çıkış maddesi olduğu için arkanı dönüp gidebilirsin. Yasal açıdan bağlayıcı olsaydı bile, kaçmaya karar vermen durumunda seni dava eder miydim sanıyorsun?"

Şarabımdan uzun bir yudum aldım. Bilinçaltım omzumu sıvazlıyordu. *Aklın başında kalmalı. Çok fazla içme.*

Sözlerini, "Bu tür ilişkiler dürüstlük ve güven üzerine kurulur," diyerek sürdürdü. "Bana güvenmiyorsan, seni nasıl etkilediğimi, seninle nereye kadar ileri gidebileceğimi, seni ne kadar ileri götürebileceğimi bilecek kadar güvenmiyorsan ve bana karşı dürüst olamayacaksan, o zaman bu işi gerçekten yapamayız."

Ah, tanrım, sadede ne çabuk gelmiştik. *Beni ne kadar ileri götürebileceğini mi?* Lanet olsun. Bu da ne demekti?

"Yani çok basit, Anastasia. Bana güveniyor musun, güvenmiyor musun?" Gözleri yanıyordu, alev alevdi.

"Bu tarz bir konuşmayı... ımm... on beşiyle de yaptın mı?"

"Hayır."

"Neden?"

"Çünkü hepsi tecrübeli itaatkârlardı. Benimle ilişkilerinden ne isteyeceklerini ve genel olarak benim ne beklediğimi biliyorlardı. Onlarla olay, diğer sınırlarda ufak değişiklikler yapmaktan ve buna benzer detaylardan ibaretti."

"Gittiğin bir mağaza mı var? İtaatkâr Süpermarketi mesela?"

Güldü. "Pek sayılmaz."

"O zaman nasıl?"

"Tartışmak istediğin bu mu? Yoksa konunun özüne mi inelim? Senin ifadenle, kafana takılan konulara."

Yutkundum. *Ona güveniyor muydum?* Her şey buna mı dayanıyordu... güvene. Elbette bu iki yönlü bir şey olmak zorundaydı. José'ye telefon açtığımda nasıl sinirlendiğini hatırlıyordum.

"Aç mısın?" diyerek beni düşüncelerimden sıyırdı.

Ah hayır... Yemek.

"Bugün yemek yedin mi?"

Ona dik dik baktım. *Dürüstlük*... Lanet olsun. Cevabımdan hiç hoşlanmayacaktı.

"Hayır." Sesim cılız çıkmıştı.

Gözlerini kıstı.

"Yemen gerek, Anastasia. Burada da yiyebiliriz, süitimde de. Ne tercih edersin?"

"Sanırım insanların arasında, tarafsız bölgede kalmalıyız."

Alaycı bir ifadeyle gülümsedi.

"Bunun beni durduracağını mı sanıyorsun?" Yumuşak ve şehvetli bir uyarıydı bu.

Gözlerim irileşti ve bir kez daha yutkundum.

"Umuyorum."

"Gel. Özel bir yemek salonu ayırttım. Gözlerden uzak." Bana gizemli bir gülümseme göndererek masanın arkasından çıktı ve elini uzattı.

"Şarabını da al," diye mırıldandı.

Elimi avucuna bırakıp sıradan kayarak çıktım ve yanında durdum. Elimi bırakıp dirseğime uzandı. Beni tekrar bardan geçirip geniş basamaklı merdivenden asma kata çıkardı. Baştan ayağa Heathman üniforması içindeki genç bir adam bizi karşıladı.

"Bay Grey, bu taraftan, efendim."

Gösterişli bir oturma alanını geride bırakıp özel bir yemek salonuna girdik. *Tecrit edilmiş tek bir masa.* Oda küçük ancak şatafatlıydı. Işıldayan bir avizenin hemen altında, kolalı örtüler, kristal kadehler, gümüş çatal bıçaklar ve beyaz bir gül buketiyle donatılmış bir masa duruyordu. Ahşap lambrili odaya eski zamanlardan kalma, sofistike bir cazibe hâkimdi. Garson sandalyemi çekti, oturdum. Peçetemi kucağıma yerleştirdi. Christian karşıma oturmuştu. Ona kaçamak bir bakış attım.

"Dudağını ısırma," diye fısıldadı.

Kaşlarımı çattım. Lanet olsun. Yaptığımın bile farkında değildim.

"Siparişimizi önceden verdim. Umarım senin için sakıncası yoktur."

Dürüst olmam gerekirse, rahatlamıştım. Daha fazla karar alabileceğimden emin değildim.

"Hayır, sorun değil," dedim.

"Yumuşak başlı olabildiğini görmek çok hoş. Şimdi, nerede kalmıştık?"

"Olayın özünde." Şarabımdan büyük bir yudum daha içtim. Gerçekten enfesti. Christian Grey şaraptan anlıyordu. Bana yatağımda verdiği son şarap yudumunu hatırladım. Ve bu davetsiz düşünce karşısında kızardım.

"Evet, kafana takılanlar." Ceketinin iç cebine uzandı ve bir kâğıt parçası çıkardı. Benim e-postam.

"Madde 2. Kabul edildi. Bu ikimizin de yararına. Maddeyi düzelttirmeliyim."

Gözlerimi kırpıştırdım. Lanet olsun... Maddeleri tek tek gözden geçirecektik. Yüz yüzeyken kendimi o kadar cesur hissetmiyordum. O kadar samimi görünüyordu ki. Şarabımdan yeni bir yudumla cesaret topladım. Christian sözlerini sürdürdü.

"Cinsel sağlığım. Pekâlâ, önceki seks partnerlerimin hepsi kan testi yaptırdılar ve ben de bahsettiğin bütün bu sağlık risklerine karşı, altı ayda bir düzenli olarak test yaptırıyorum. Yakın zamandaki testlerimin hepsi temiz çıktı. Hayatımda hiç uyuşturucu kullanmadım. Aslında ateşli bir uyuşturucu karşıtıyımdır. Uyuşturucu konusunda çalışanlarımın tamamına karşı çok sıkı bir hoşgörü yok politikası izliyorum ve rastgele uyuşturucu testlerinde ısrarcıyım."

Vay canına... Kontrol manyaklığı yoldan çıkmıştı. Şok içinde, gözlerimi kırpıştırdım.

"Hiç kan nakli almadım. Bu sorunu cevaplıyor mu?"

Hissiz bir ifadeyle başımı salladım.

"Bir sonraki noktandan daha önce bahsettim. İstediğin anda arkanı dönüp gidebilirsin, Anastasia. Seni durdurmayacağım. Ancak, gidersen bu son olur. Bilesin diye söylüyorum."

"Tamam," dedim yumuşak bir sesle. Gidersem her şey bitecekti. Düşüncesi bile şaşırtacak kadar acı vericiydi.

Garson ilk servislerle geldi. Nasıl yiyebilirdim ki? Tanrı aşkına, buz yatağında istiridye ısmarlamıştı.

"Umarım istiridye seviyorsundur." Christian'ın sesi yumuşacıktı.

"Daha önce yemedim." *Hiç.*

"Gerçekten mi? Pekâlâ." Bir tane aldı. Tek yapman gereken hafifçe eğip yutmak. Sanırım bunu yapabilirsin." Bana bakıyordu. Neye gönderme yaptığını anlamıştım. Kıpkırmızı kesildim. Bana sırıttı, istiridyesinin üstüne biraz limon sıkıp ağzına döktü.

"Hımm. Enfes. Deniz tadında." Gülümsedi. "Haydi," diye yüreklendirdi.

"Yani çiğnemiyor muyum?

"Hayır, Anastasia, çiğnemiyorsun." Gözleri muzip bir ışıltıyla aydınlanmıştı. Bu haliyle çok genç görünüyordu.

Dudağımı ısırdım ve yüz ifadesi bir anda değişti. Bana sert bir bakış gönderdi. Uzanıp hayatımın ilik istiridyesini aldım. Tamam... *Haydi bakalım.* Üzerine biraz limon sıktım ve ağzıma boşalttım. Gırtlağımdan aşağı, deniz suyu, tuz, keskin bir limon kokusu ve dolgunlukla kayıp gitti... *Ah.* Dudaklarımı yaladım. Beni düşük göz kapaklarının altından dikkatle izliyordu.

"Eee?"

"Bir tane daha yiyeceğim," dedim kuru bir sesle.

Gururla, "Aferin kızıma," dedi.

"Bunları kasıtlı olarak mı seçtin? Afrodizyak özellikleriyle bilinmiyorlar mı?"

"Hayır. Mönüdeki ilk seçenektiler. Senin yanında afrodizyağa ihtiyacım yok. Sanıyorum bunu sen de biliyorsun ve benim yanımda, sen de aynı tepkiyi veriyorsun," dedi basitçe. "Nerede kalmıştık?" Ben ikinci istiridyeme uzanırken, o e-postama döndü.

Aynı şekilde tepki veriyor. Onu etkiliyorum... Vay canına.

"Bana her şeyde itaat etmen. Evet, bunu yapmanı istiyorum. Bunu yapmana ihtiyacım var. Bunu rol yapmak gibi düşün, Anastasia."

"Ama beni incitmenden endişeliyim."

"Nasıl incitmemden?"

"Fiziksel olarak." *Ve duygusal.*

"Bunu yapacağımı gerçekten düşünüyor musun? Kaldırabileceğinin ötesine geçebileceğimi?"

"Daha önce birinin canını yaktığını söylemiştin."

"Evet, yaktım. Uzun zaman önceydi."

"Nasıl yaktın?"

"Onu oyun odamın tavanından sarkıttım. Aslında, sorularından biri de buydu. Askıya alma. Oyun odasındaki yaylı tutturma bilezikleri bunun için. İp oyunu. İplerden biri çok sıkı bağlanmıştı."

Elimi kaldırıp durması için yalvardım.

"Daha fazlasını bilmeme gerek yok. Yani beni asmayacaksın?"

"Gerçekten istemiyorsan asmam. Bunu sınırlara koyabilirsin."

"Tamam."

"İtaat konusunda... bunu başarabileceğini düşünüyor musun?"

Yoğun bakışlarını üzerime dikmişti. Saniyeler akıp gidiyordu.

"Deneyebilirim," diye fısıldadım.

"İyi." Gülümsedi. "Şimdi, dönem... Üç ay yerine bir ay çok kısa. Özellikle de sen ayın bir hafta sonunu benden uzakta geçirmek isterken. Senden o kadar uzun süre ayrı kalabileceğimi sanmıyorum. Şu anda bile zar zor becerebiliyorum." Durdu.

Benden uzak duramıyor mu? Ne?

"Ayda bir hafta sonunun bir gününü kendine ayırmana ve onun yerine hafta içi bir akşam almama ne dersin?"

"Tamam."

"Ve lütfen, üç ay deneyelim. Sana uygun değilse istediğin zaman bırakabilirsin."

"Üç ay mı?" Kendimi zora koşuluyor gibi hissediyordum. Şarabımdan bir yudum daha aldım ve kendime bir istiridye daha ikram ettim. Bunları sevmeyi öğrenebilirdim.

"Sahiplenme... bu sadece terminoloji ve kökeni itaat etme prensibine kadar iniyor. Ne demek istediğimi anlaman için seni doğru ruh haline sokmak demek. Ve bilmeni istiyorum ki, eşiğimden içeri itaatkârım olarak adım attığın anda, sana istediğimi yapabileceğim. Bunu kendi rızanla kabul etmelisin. Bana güvenmen bu yüzden şart. Seni istediğim her an, her şekilde, istediğim her yerde düzeceğim. Seni disiplin altına sokacağım, çünkü saçmalayacaksın. Seni bana zevk vereceğin şekilde eğiteceğim.

Ama bunu daha önce yapmadığını biliyorum. Başlangıçta işi ağırdan alacağız ve ben sana yardım edeceğim. Çeşitli senaryolar geliştireceğiz. Bana güvenmeni istiyorum ve güvenini kazanmam gerektiğini biliyorum; kazanacağım da. Şu 'çeşitli' kısmı yine seni havaya sokmak için. Her şeyin olabileceği anlamına geliyor."

O kadar tutkulu ve büyüleyiciydi ki. Bu hali belli ki saplantısıydı. Gözlerimi ondan ayıramıyordum. Bunu gerçekten ama gerçekten istiyordu. Konuşmayı bırakıp bana baktı.

"Hâlâ benimle misin?" diye fısıldarken sesi dolgun, sıcak ve baştan çıkarıcıydı. Şarabından bir yudum alırken, delici bakışlarını benimkilerden ayırmadı.

Garson kapıya gelince, Christian başını hafifçe eğerek garsonunun masamızı toplamaya gelmesine izin verdi.

"Biraz daha şarap ister misin?"

"Araba kullanmam gerek."

"O zaman su?"

Başımla onayladım.

"Maden suyu mu?"

"Maden suyu, lütfen."

Garson çıktı.

Christian, "Çok sessizsin," diye fısıldadı.

"Sen de çok ağız kalabalığı yapıyorsun."

Gülümsedi.

"Disiplin. Zevk ile acı arasında çok ince bir çizgi var, Anastasia. Bir madalyonun iki yüzü gibiler, biri olmadan diğeri de olmuyor. Sana acının ne kadar zevkli olduğunu gösterebilirim. Şu anda bana inanmıyorsun, ama güvenle kastettiğim bu. Acı olacak, ama altından kalkamayacağın bir acı değil. Bir kez daha, bütün mesele güvene bağlanıyor. Bana güveniyor musun, Ana?"

Ana!

Hiç duraksamadan ve düşünmeden, "Evet, güveniyorum," dedim. Çünkü doğruydu, ona *güveniyordum.*

"Peki, o zaman." Rahatlamışa benziyordu. "Bu şeyin geri kalanı sadece detaydan ibaret."

"Önemli detaylardan."

"Tamam, onları da konuşalım."

Sözleri başımı döndürüyordu. Bunu daha sonra tekrar dinleyebilmek için, Kate'in dijital kayıt cihazını getirmeliydim. Çok fazla bilgi, sindirilecek bir yığın şey vardı. Garson antrelerimizle geri geldi. Siyah morina, kuşkonmaz ve yanında hollandez soslu ezilmiş patates. Canımın yemeği daha az çektiği hiç olmamıştı.

"Umarım balık seviyorsundur," dedi usulca.

Yemeğimden bir lokma denedim ve maden suyumdan bir yudum aldım. Şarap olmasını deli gibi tercih ederdim.

"Kurallar. Onlardan bahsedelim. Yemek konusu, taviz vermeyeceğin bir konu, öyle mi?"

"Evet."

"Bu maddeyi günde en az üç öğün yiyeceğin şeklinde değiştirebilir miyim?"

"Hayır." Bu konuda asla geri adım atmayacaktım. Kimse bana ne yiyeceğimi dayatamazdı. Nasıl düzüşeceğimi evet, ama nasıl yiyeceğimi... asla.

Dudaklarını büzdü. "Aç olmadığından emin olmam gerek."

Kaşlarımı çattım. *Neden?* "Bana güvenmen gerekecek."

Bana bir an baktıktan sonra gevşedi.

"Yenildim, Bayan Steele," dedi usulca. "Yemek ve uyku konusunda pes ediyorum."

"Sana neden bakamıyorum?"

"Bu bir Hâkim/İtaatkâr olayı. Alışacaksın."

Alışacak mıyım gerçekten?

"Sana neden dokunamıyorum?"

Dudakları inatçı bir çizgiye dönüştü.

"Bayan Robinson yüzünden mi?"

Bana soran gözlerle baktı. "Neden böyle düşündün?" Ve hemen anladı. "Bana travma yaşattığını mı düşünüyorsun?"

Başımı salladım.

"Hayır, Anastasia. Sebep o değil. Ayrıca, Bayan Robinson bu tür şeylere asla boyun eğmezdi."

Ah... ama ben eğmek zorundaydım. Yüzümü sarkıttım.

"Yani onunla alakası yok."

"Hayır. Ve kendine dokunmanı da istemiyorum."

Ne? Ah, evet, şu mastürbasyon meselesi.

"Sırf meraktan... Neden?"

"Çünkü bütün hazzını kendime istiyorum[illegible]i boğuk ama kararlıydı.

Ah... Buna cevabım yoktu. Bir an konu "o dudağı ısırmak istiyorum"a kadar gelirken, sonrakinde bencilleşiveriyordu. Kaşlarımı çatarak morinamdan bir lokma aldım. Zihnimden ne tür ödünler kazandığımı hesaplamaya çalışıyordum. Yemek. Uyku. İşi ağırdan alacaktı ve henüz diğer sınırları tartışmamıştık. Ama bunlarla yemek sırasında yüzleşebileceğimi hiç sanmıyordum.

"Sana üzerinde düşünecek çok malzeme verdim, değil mi?"

"Evet."

"Diğer sınırların üstünden şimdi geçmemizi ister misin?"

"Akşam yemeği eşliğinde değil."

Gülümsedi. "Miden kolay mı bulanır?"

"Onun gibi bir şey..."

"Pek bir şey yemedin."

"Yeterince yedim."

"Üç istiridye, dört lokma morina ve bir kuşkonmaz sapı, patates yok, çerez yok, zeytin yok ve gün boyu hiçbir şey yememişsin. Sana güvenebileceğimi söylemiştin."

Tanrım. Envanter tutmuştu.

"Christian, lütfen. Her gün bu tarz konuşmalar yapmıyorum."

"Formda ve sağlıklı olmana ihtiyacım var, Anastasia."

"Biliyorum."

"Ve şu anda, o elbiseyi üzerinden çıkarmak istiyorum."

"Yutkundum. Kate'in elbisesini üzerimden çıkarmak. Karnımın derinliklerinde bir çekim hissettim. Artık daha aşina olduğum kaslar, sözleri karşısında kasılmıştı. Ama bunu yapamazdı. En güçlü silahını bir kez daha bana karşı kullanıyordu. Sekste iyiydi; bunu ben bile çözmüştüm.

"Bunun iyi bir fikir olduğu sanmıyorum," diye mırıldandım. "Tatlı yemedik."

"Tatlı mı istiyorsun?" diye homurdandı.

"Evet."

Manidar bir sesle, "Tatlı sen olabilirsin," dedi.

"Yeterince tatlı olduğumdan emin değilim."

"Anastasia, senin enfes bir tadın var. Biliyorum."

Ellerime bakarak, "Christian, seksi silah olarak kullanıyorsun. Bu hiç adil değil," dedim ve sonra doğrudan gözlerinin içine baktım. Şaşırarak kaşlarını kaldırdı ve sözlerimi değerlendirdiğini gördüm. Düşünceli bir tavırla çenesini sıvazladı.

"Haklısın. Kullanıyorum. Hayatta bildiklerini kullanırsın, Anastasia. Bu seni ne kadar istediğimi değiştirmiyor. Burada. Şimdi."

Nasıl oluyordu da beni sadece sesiyle baştan çıkarabiliyordu? Nefesim şimdiden hızlanmıştı; ısınan kanım damarlarımda çağlıyor, sinir uçlarım seğiriyordu.

"Bir şey denemek istiyorum," diye soludu.

Kaşlarımı çattım. Aklıma hazmedilecek bir yığın fikir sokmuştu ve şimdi de bunu yapıyordu.

"İtaatkârım olsaydın bunu düşünmene gerek kalmazdı. Kolay olurdu." Sesi yumuşak, baştan çıkarıcıydı. "Bütün o kararlar. Arkalarındaki yorucu düşünce süreci. Şu 'Bu doğru bir şey mi? Burada olmalı mı? Şimdi olabilir mi?' meselesi. Bütün bu detaylar için endişelenmene gerek kalmazdı. Hâkim'in olarak bunu ben yapardım. Ve şu anda beni istediğini biliyorum, Anastasia."

Kaş çatışım iyice derinleşti. *Nasıl anlayabiliyor?*

"Anlayabiliyorum, çünkü..."

Lanet olsun. Dile getirmediğim sorularımı yanıtlıyordu. Aynı zamanda psişik güçleri de mi vardı?

"... vücudun seni ele veriyor. Bacaklarını birbirine bastırıyorsun, kızardın ve nefes alıp verişin değişti."

Pekâlâ, bu kadarı çok fazla.

"Bacaklarıma ne olduğunu nereden biliyorsun?" Sesim alçak ve şaşkındı. Tanrı aşkına, bacaklarım masanın altındaydı.

"Masa örtüsünün kıpırdadığını hissettim ve yılların tecrübesine dayanarak yapılmış bir tahmindi. Haklıyım, değil mi?"

Kızararak ellerime baktım. Bu baştan çıkarma oyununda engellenmem bu yüzdendi. Kuralları bilen ve anlayan tek kişi oydu. Ben fazla naif ve tecrübesizdim. Tek referans noktam Kate'ti ve o da erkeklerin ona kötü davranmasına izin vermezdi. Diğer referanslarımın hepsi kurguydu. Elizabeth Benneth hiddetlenir, Jane Eyre fazla korkar ve Tess de benim gibi, yenilgiyi kabul ederdi.

"Balığımı bitirmedim."

"Soğuk morinayı bana tercih mi ediyorsun?"

Ona bakmak için hızla kafamı kaldırdım; gözleri zorlayıcı bir ihtiyaçla eriyik gümüş renginde parlıyordu.

"Tabağımdakileri bitirmemden hoşlandığını sanıyordum."

"Şu anda, Bayan Steele, yemeğiniz umurumda bile değil."

"Christian, hiç adil savaşmıyorsun."

"Biliyorum. Hiçbir zaman adil savaşmadım.

İçimdeki tanrıça bana kaşlarını çatmıştı. *Bunu yapabilirsin,* diye bastırdı. *Bu seks tanrısıyla onun oyununu oynayabilirsin.* Oynayabilir miydim? Tamam. Ne yapacaktım? Tecrübesizliğim boynumda bir lanetti. Bir kuşkonmaz sapını elime aldım ve ona bakarak dudağımı ısırdım. Sonra soğuk kuşkonmazımın ucunu ağzıma koyup emdim.

Christian'ın gözleri anlaşılmayacak kadar az açılsa da ben fark etmiştim.

"Anastasia. Ne yapıyorsun?"

Ucunu ısırdım.

"Kuşkonmazımı yiyorum."

Christian sandalyesinde kıpırdandı.

"Bence benimle oynuyorsunuz, Bayan Steele."

Masum numarası takındım. "Ben sadece yemeğimi bitiriyorum, Bay Grey."

Garson kapıyı tıklatmak ve davetsiz içeri girmek için o anı seçmişti. Christian'a baktı. Christian kaşlarını çatsa da, başıyla onay verince garson tabaklarımızı topladı. Garsonun gelişi büyüyü bozmuştu. Bu kıymetli netlik anına sıkı sıkıya tutundum. Gitmem gerekiyordu. Görüşmemiz ancak ben uzak durabilirsem son bulacaktı ve böyle yoğun bir konuşmanın üstüne birtakım sınırlara ihtiyacım vardı. Bedenim dokunuşu için kıvransa da zihnim baş kaldırıyordu. Bütün söylediklerini düşünmek için zamana ihtiyacım vardı. Hâlâ bir karar vermemiştim, üstelik cinsel çekiciliği ve gözü pekliği de işimi kolaylaştırmıyordu.

Christian her zamanki beyefendiliğiyle, "Tatlı ister misin?" diye sordu, ama gözleri parlamaya devam ediyordu.

"Hayır, teşekkürler. Sanırım gitsem iyi olacak." Gözlerimi önümdeki ellerime çevirdim.

"Gitmek mi?" Şaşkınlığını gizleyememişti.

Garson hızla çıktı.

"Evet." Doğru karar buydu. Burada, bu odada onunla kalırsam beni düzecekti. Kararlı bir tavırla ayaklandım. "İkimizin de yarın katılmamız gereken bir mezuniyet töreni var."

Christian da uzun yıllar boyunca kökleşen kibarlığını ortaya sererek otomatik olarak kalktı.

"Gitmeni istemiyorum."

"Lütfen... gitmem gerek."

"Neden?"

"Çünkü bana düşünmem gereken o kadar çok şey verdin ki... Biraz zamana ihtiyacım var."

"Kalmanı sağlayabilirim," diye tehdit etti.

"Evet, bunu kolayca yapabilirsin, ama yapmanı istemiyorum."

Elini saçlarının arasından geçirirken beni dikkatle süzüyordu.

"Biliyorsun, benimle röportaj yapmak için gelip ofisimde yere kapaklandığında, "Evet, efendim", "Hayır, efendim"ten başka bir şey söylemiyordun. Senin doğuştan itaatkâr olduğunu sandım. Ama dürüst olmam gerekirse Anastasia, o enfes vücudunda tek bir itaatkâr kemik olduğundan bile emin değilim." Konuşurken yavaşça bana doğru yaklaşıyordu. Sesi gergindi.

"Haklı olabilirsin," diye soludum.

Bana bakarak, "Olma ihtimalini keşfetme şansını istiyorum," diye mırıldandı. Uzanıp başparmağını alt dudağıma sürterek yüzümü okşadı. "Başka bir yol bilmiyorum, Anastasia. Ben buyum."

"Biliyorum."

Beni öpmek için eğildi, ama dudakları benimkilere değmeden önce durdu. Gözleriyle gözlerimi tarıyor, izin istiyordu. Dudaklarımı onunkilere kaldırdım ve beni öptü; onu tekrar öpüp öpmeyeceğimi bilemediğim için, kendimi bıraktım. Ellerim kendi bildikleri gibi hareket edip saçlarının arasında bükülerek onu bana doğru çektiler. Ağzım aralandı, dilim dilini okşamaya başladı. Öpüşünü derinleştirirken ve heyecanıma karşılık verirken, eli ensemi kavradı. Diğer eli sırtımdan aşağı kaydı ve belimin alt kısmında iyice açılıp beni kendi vücuduna bastırdı.

Öpüşlerin arasında nefes nefese, "Seni kalmaya ikna edemez miyim?" diye sordu.

"Hayır."

"Geceyi benimle geçir."

"Ve sana dokunmayayım, öyle mi? Hayır."

İnledi.

"Sen imkânsız bir kızsın." Geri çekildi ve bana baktı. "Neden bana veda ettiğini düşünüyorum?"

"Çünkü şu anda gidiyorum."

"Kastettiğim bu değil, biliyorsun."

"Christian, bunu düşünmem gerek. Senin istediğin türde bir ilişki yaşayabileceğimden emin değilim."

Gözlerini yumdu ve alnını alnıma bastırarak ikimize de soluklarımızı yavaşlatmak için fırsat verdi. Bir an sonra alnıma bir öpücük kondurdu, burnu, saçlarımın arasına gömülü, derin bir nefes aldı ve sonra beni bırakıp geri çekildi.

"Nasıl isterseniz, Bayan Steele," derken yüzü ifadesizdi. "Size lobiye kadar eşlik edeyim." Elini uzattı. Eğilip çantamı aldım ve elimi avucuna bıraktım. Lanet olsun, her şey son bulabilirdi. Geniş merdivenlerden lobiye, onu uysal adımlarla takip ederken, kafa derim karıncalanıyor, kanım pompalanıyordu. Hayır demeye karar verirsem, bu son vedamız olabilirdi. Kalbim, göğsümün içinde acıyla sancıdı. Ne dönüştü ama. Bir anlık bir netlik bir kızda ne büyük değişikliklere neden olabiliyordu.

"Vale biletin yanında mı?"

Elimi çantama daldırıp çıkardığım bileti kapı görevlisine uzattı. Beklerken ona kaçamak bir bakış attım.

"Yemek için teşekkürler," diye mırıldandım.

Derin düşüncelere dalmış ve dikkati tamamen dağılmış gibi görünse de, "Her zamanki gibi, bir zevkti, Bayan Steele," dedi kibarca.

Ona bakarken, güzel profilini hafızama kazıdım. Onu bir daha görememe düşüncesi bana bir türlü rahat vermiyordu. Fazla nahoş ve düşünmesi bile acı vericiydi. Aniden döndü ve ciddi bir ifadeyle bana baktı.

"Bu hafta sonu Seattle'a taşınıyorsun. Doğru kararı verirsen pazar günü seni görebilir miyim?" Sesi tereddütlüydü.

"Bakarız. Belki," dedim. Bir an için rahatlamış gibi göründü, sonra kaşlarını çattı.

"Hava serinledi. Ceketin yok mu?"

"Hayır."

Başını kızgınlıkla sallayarak ceketini çıkardı.

"Al. Üşütmeni istemem."

Ceketi açıp sırtıma tutarken ona gözlerimi kırpıştırarak baktım ve kollarımı arkama uzatırken, ofisinde paltomu omuzlarıma kaydırdığı zamanı –onunla ilk tanıştığım günü– ve üzerimde bıraktığı etkiyi hatırladım. Hiçbir şey değişmemişti; hatta daha da yoğundu. Sıcacık ceketi bana fazla büyüktü ve onun gibi kokuyordu.

Arabam kapının önünde durdu. Christian'ın ağzı açık kaldı.

"Bunu mu kullanıyorsun?" Afallamıştı. Elimi tutarak beni dışarı çıkardı. Vale arabadan atladı, anahtarları bana verdi ve Christian serinkanlı bir tavırla, avucuna biraz para sıkıştırdı.

"Bu araba trafiğe çıkabiliyor mu?" Şimdi gözlerini bana dikmişti.

"Evet."

"Seattle'a ulaşabilecek mi?"

"Evet, ulaşabilecek."

"Sağ salim?"

Öfkeli bir sesle, "Evet," diye çıkıştım. "Tamam, eski olabilir, ama o benim ve trafiğe çıkabilecek durumda. Onu bana üvey babam aldı."

"Ah, Anastasia, bence bundan daha iyisini yapabiliriz."

"Ne demek istiyorsun?" Bir anda anlamıştım. "Bana araba falan almayacaksın."

Bana dik dik bakarken çenesi kasılmıştı.

Gergin bir sesle, "Göreceğiz," dedi.

Şoför kapısını açıp binmeme yardım ederken yüzünü buruşturdu. Ayakkabılarımı çıkarıp camı indirdim. Bana yüzünde okunması imkânsız bir ifade ve koyu gözlerle bakıyordu.

"Dikkatli git," dedi yavaşça.

"Hoşça kal, Christian." Sesim davetsiz ve dökülem[illegible]n gözyaşları yüzünden boğuktu. *Tanrım, ağlamayacağım*. On[illegible] hafifçe gülümsedim.

Arabayla uzaklaşırken göğsüm sıkıştı, gözyaşlarım dökülmeye başladı ve hıçkırığımı güçlükle bastırdım. Kısa süre sonra yaşlar yüzümden oluk oluk akıyor ve ben gerçekten neden ağladığımı anlamıyordum. Duruşumu koruyordum. Her şeyi açıklamıştı. Açıktı. Beni istiyordu, ama işin gerçeği benim daha fazlasına ihtiyaç duymamdı. Onun beni, benim onu istediğim ve ihtiyaç duyduğum gibi istemesini istiyor ve için için bunun mümkün olmadığını biliyordum. Bütün bunlar çok fazla geliyordu.

Onu nasıl kategorize edeceğimi bile bilmiyordum. Bu şeyi yaparsam... erkek arkadaşım mı olacaktı? Onu arkadaşlarımla tanıştırabilecek miydim? Onunla birlikte barlara, sinemaya, hatta bowlinge gidebilecek miydim? İşin aslı, hiç sanmıyordum. Ona dokunmama ve onunla uyumama izin vermeyecekti. Bütün bunlara geçmişte de sahip olmadığımı biliyordum, ama geleceğimde olmalarını istiyordum. Ve onun tasarladığı gelecek bu değildi.

Ya evet dersem ve o üç ayın sonunda, beni uymadığım bir kalıba sokmaya çalışmaktan sıkıldığını söylerse ne olacaktı? Kendimi nasıl hissedecektim? Duygusal olarak üç ayımı vermiş, yapmak istediğimden emin olmadığım şeyler yapmış olacaktım. Ve sonra o hayır der ve anlaşma noktalanırsa bu düzeyde bir reddedilmeyle nasıl baş edecektim? Belki de şu anda fazla zarar görmemiş özgüvenimle geri çekilmek en iyisi olacaktı.

Ama onu tekrar görememe düşüncesi işkenceden farksızdı. Nasıl olup da bu kadar büyük bir hızla içime işlemişti? Konu sadece seks olamazdı, değil mi? Gözlerimdeki yaşları aceleyle sildim. Ona olan duygularımı incelemek istemiyordum. Bunu yapmam halinde keşfedebileceklerimden korkuyordum. *Ne yapacağım*?

Dubleksin önüne park ettim. Hiç ışık yoktu. Kate dışarıda olmalıydı. Rahat bir nefes aldım. Beni yine ağlarken yakalamasını istemiyordum. Soyunurken kötülük makinesini açtım ve gelen kutumda, Christian'dan bir mesaj vardı.

Kimden: Christian Grey

Konu: İyi geceler

Tarih: 25 Mayıs 2011 22:01

Kime: Anastasia Steele

Bu akşam neden kaçtığını anlamıyorum. Bütün sorularını seni tatmin edecek şekilde cevapladığımı samimiyetle umuyorum. Sana kafa yorman gereken çok şey verdiğimi biliyorum ve teklifi ciddi ciddi düşüneceğini hararetle umuyorum. Bu işin yürümesini gerçekten istiyorum. Ağırdan alacağız.

Bana güven.

Christian Grey
CEO, Grey Şirketler Topluluğu

E-postası daha fazla ağlamama neden oldu. Ben bir şirket birleşmesi değildim ki. Ya da satın alınan bir mal. Bu e-posta belki de öyle olduğum anlamına geliyordu. Cevap vermedim. Ona ne diyeceğimi bilmiyordum. Pijamalarımın içine girdim ve ceketine sarınarak yatağa tırmandım. Gözlerimi karanlığa dikip yatarken beni ondan uzak durmam için uyardığı bütün o zamanları düşündüm.

Anastasia, benden uzak durmalısın. Ben sana uygun bir adam değilim.

Kız arkadaşlar bana göre değil.

Ben kalpler ve çiçekler tarzı bir adam değilim.

Ben sevişmem.

Tek bildiğim bu.

Ve yastığıma gömülüp sessizce gözyaşı döktüm; aklımda kalan son düşünce bu oldu. Benim de tek bildiğim buydu. Belki de birlikte yeni bir yol çizebilirdik.

BÖLÜM ON DÖRT

Christian elinde katlı duran deri bir binici kamçısıyla başımda dikiliyordu. Üzerinde eski, soluk renkli, yıpranmış bir kot pantolondan başka hiçbir şey yoktu. Bana tepeden bakarken kamçıyı yavaşça avucuna vuruyordu. Zafer ifadesiyle gülümsüyordu. Kıpırdayamıyordum. Çıplaktım ve dört direkli bir karyolaya kollarım ve bacaklarım açık halde kelepçelenmiştim. Christian öne eğildi ve kamçının ucunu alnımdan burnuma doğru indirirken derinin kokusunu aldım. Sonra kamçıyı aralık haldeki nefes nefese dudaklarıma kaydırdı. Ucunu ağzımın içine itince pürüzsüz, dolgun derinin tadını duydum.

Yumuşak bir sesle, "Em," diye emretti. Ona itaat ederken, ağzım ucunun etrafına kapandı.

"Yeter," dedi.

Christian kamçıyı ağzımdan çıkarıp aşağı, çenemin altına, oradan boynuma ve boynumun alt kısmındaki girintiye kaydırırken, nefes nefeseydim. Orada yavaşça döndürüp ucunu göğüs kemiğim boyunca aşağı doğru kaydırmaya devam etti ve memelerimin arasından göbek deliğime kadar indi. Hızlı hızlı soluyor, el ve ayak bileklerimi zapt altında tutan kelepçeleri zorlayarak kıvranıyordum. Kamçının ucunu göbek deliğimin etrafında gezdirdikten sonra, deri ucunu iyice aşağıya kaydırdı; kasık tüylerimin arasından klitorisime ulaştı. Kamçıyla, tatlı noktamla keskin bir vuruşla buluşan bir fiske indirdi ve rahatlayışımı haykırarak, muhteşem bir şekilde boşaldım.

Ve bir anda, ter içinde, orgazmımın artçı şoklarını hissederek ve nefesim kesilerek uyandım. *Tanrım.* Yön duygumu büsbütün kaybetmiştim. *Az önce ne oldu öyle?* Yatak odamda tek başınaydım. Nasıl? Neden? Hızla doğrulup otururken, şok etkisi sürüyordu. Vay canına. Sabah olmuştu. Çalar saatime baktım; sekizdi. Başımı ellerimin arasına yerleştirdim. Seks rüyası görebileceğimi bilmezdim. Yediğim bir şey yüzünden miydi? Belki de istiridye ve internet araştırmam ilk ıslak rüyamda kendini göstermişti. Şaşırtıcıydı. Uykumda orgazm olabileceğim konusunda hiçbir fikrim yoktu.

Yalpalayarak içeri girdiğimde, Kate mutfakta bir o yana bir bu yana gidip geliyordu.

"Ana, sen iyi misin? Tuhaf görünüyorsun. Üzerindeki Christian'ın ceketi mi?"

"İyiyim." Lanet olsun, aynada kendime bakmam gerekirdi. Delici yeşil gözlerinden kaçındım. Sabah yaşadığım olay yüzünden hâlâ sersem gibiydim. "Evet, Christian'ın ceketi."

Kaşlarını çattı. "İyi uyudun mu?"

"Pek iyi değil."

Su ısıtıcısına yöneldim. Çaya ihtiyacım vardı.

"Yemek nasıldı?"

İşte başlıyor.

"İstiridye yedik. Arkasından da morina geldi. Bu yüzden bayağı balıklı olduğunu söyleyebilirim."

"Iykk... İstiridyeden nefret ederim ve yemekten bahsetmek istemiyorum. Christian nasıldı? Ne konuştunuz?"

"İlgiliydi." Duraksadım. Ne diyebilirdim ki? HIV durumu temiz, rol üstlenmek bayağı hoşuna gidiyor. Her emrine itaat etmemi istiyor. Oyun odasının tavanına bağladığı birinin canını yakmış ve... ve özel bir yemek salonunda beni becermek istedi. İyi bir özet olur muydu acaba? Christian'la yemeğimden, Kate'le konuşabileceğim bir şeyler hatırlamak için çaresizlik içinde debeleniyordum.

"Wanda'yı onaylamıyor."

"Kim onaylıyor ki, Ana? Bu eski haber. Neden bu kadar nazlanıyorsun? Pes et artık, arkadaşım."

"Ah, Kate. Pek çok şeyden bahsettik. Yemek konusunda ne kadar dırdırcı olduğunu biliyorsun. Bu arada, elbisene bayıldı." Su kaynamıştı; kendime bir çay hazırladım. "Çay ister misin? Ya da bugünkü konuşmanı dinlememi?"

"Evet, lütfen. Dün gece Becca'da konuşmam üzerine çalıştım. Gidip alayım. Ve evet, biraz çay çok iyi olur." Kate hızlı adımlarla mutfaktan çıktı.

Oh! Katherine Kavanagh bertaraf edilmişti. Bir simidi dilimleyip ekmek kızartma makinesine yerleştirdim. Capcanlı rüyamı hatırlayınca kızardım. Tanrı aşkına, o neyin nesiydi öyle?

Dün gece uyumakta bir hayli güçlük çekmiştim. Başımın içinde sayısız seçenek vınlıyordu. Aklım öylesine karışmıştı ki. Christian'ın ilişki anlayışı daha çok iş teklifi gibiydi. Belirli saatleri, bir iş tanımı ve hayli sert bir yakınma prosedürü vardı. İlk romantizmimi böyle hayal etmemiştim, ama tabii, Christian'ın romantizmle işi yoktu. Daha fazlasını istediğimi söylersem hayır diyebilirdi ve bana teklif ettiklerini tehlikeye atabilirdim. Ve beni en çok endişelendiren buydu. Çünkü onu kaybetmek istemiyordum. Ama itaatkâr olabilecek mideye sahip olduğumdan emin değildim. Bütün o bastonlar ve kırbaçlar hevesimi kaçırıyordu. Fiziksel anlamda bir korkaktım ve acıdan kaçınmak için ne gerekiyorsa yapabilirdim. Rüyamı düşündüm... Öyle mi olacaktı acaba? İçimdeki tanrıça, elinde amigo kız ponponlarıyla, evet diye haykırarak zıp zıp zıplıyordu.

Kate dizüstü bilgisayarıyla mutfağa döndü. Simidime konsantre oldum ve son sınıflar adına yapacağı konuşmayı okumasını sabırla dinledim.

Ray geldiğinde, giyinip hazırlanmıştım. Ön kapıyı açtığımda, üzerinden dökülen takım elbisesi içinde karşımda duruyordu. İçimden, bu karmaşıklıktan olabildiğince uzak adama sıcak bir minnet ve sevgi aktı ve benden beklenmeyecek bir sevgi gösterisiyle elimi boynuna doladım. Şaşırmış, afallamıştı.

Beni kucaklarken, "Hey, Annie, ben de seni gördüğüme sevindim," diye mırıldandı. Beni yere bıraktı ve ellerini omuzlarıma yerleştirip alnını kırıştırarak baştan ayağa süzdü. "İyi misin, evlat?"

"Tabii ki iyiyim, baba. Küçük bir kız babacığını gördüğüne sevinemez mi?"

Gülümseyince göz kenarları iyice kırıştı ve peşimden oturma odasına geldi.

"İyi görünüyorsun," dedi.

"Kate'in elbisesi." Boyundan atkılı gri şifon elbiseye baktım.

Kaşlarını çattı.

"Kate nerede?"

"Kampüse gitti. Konuşma yapacağı için erkenden orada olması gerekiyor."

"Biz de yola çıksak mı?"

"Baba, yarım saatimiz daha var. Çay içer misin? Bu arada bana Montesano'daki herkesin neler yaptığını anlatabilirsin. Yolculuk nasıldı?"

Ray arabasını kampüsün park alanına bıraktı ve birlikte, her tarafta göze çarpan siyah ve kırmızı cüppelerin beneklendirdiği, spor salonuna doğru akan insan selinin arasına karıştık.

"Bol şans, Ana. Fena gergin görünüyorsun. Bir şey yapman gerekecek mi?"

Lanet olsun... Ray iyi gözlemci olmak için neden bugünü seçmişti?

"Hayır, baba. Bugün büyük gün." *Ve onu göreceğim.*

"Evet, küçük kızım diplomasını alıyor. Seninle gurur duyuyorum, Annie."

"Ben... Teşekkürler, baba." Ah, bu adamı çok seviyordum.

Spor salonu kalabalıktı. Ray, diğer ebeveynler ve iyi dilek sahipleriyle birlikte katlı oturma sıralarına yönelirken ben de kendi sandalyeme doğru yürüdüm. Üzerimde kepim ve cüppem vardı ve anonim görüntümle, kendimi korunaklı hissediyordum. Kalbim gümbür gümbür atıyordu, kısa ve sığ nefesler alıyordum. Buralarda bir yerde olmalıydı. Kate onunla konuşuyor ve sorguya çekiyor olabilir mi diye merak ettim. Soyadı S'yle başlayan diğer öğrencilerin arasındaki yerime ulaştım. Arkama baktım ve Ray'i tribünlerin üst sıralarından birinde gördüm. El salladım. Çekingen bir tavırla yarı el sallamaya yarı selama benzeyen bir işaret yaptı. Oturup beklemeye koyuldum.

Oditoryum kısa sürede dolarken, heyecanlı seslerin uğultusu her saniye biraz daha artıyordu. Öndeki sıralar dolmuştu. İki tarafımda, farklı bölümlerden, tanımadığım iki kız oturuyordu. Belli ki yakın arkadaştılar ve benim üzerimden heyecanla konuşuyorlardı.

Saat tam on birde sahne gerisinden, arkasında hepsi siyah ve kırmızı cüppeleri içinde üç rektör yardımcısı ve kıdemli profesörlerle, rektör belirdi. Ayağa kalkıp eğitim kadromuzu selamladık. Bazı profesörler selam verip el sallarken, diğerleri sıkkın görünüyordu. Danışmanım ve en sevdiğim hocam olan Profesör Collins her zamanki gibi yataktan düşmüşe benziyordu. Sahneye en son Kate ve Christian çıktılar. Christian ısmarlama gri takım elbisesi içinde göz alıcıydı. Bakır rengi saçları oditoryumun ışıkları altında parlıyordu. Çok ciddi ve kendinden emin görünüyordu. Otururken tek sıra düğmeli ceketinin önünü açtı ve gözüm kravatına takıldı. Lanet olsun! O kravat! Refleks olarak bileklerimi ovaladım. Gözlerimi ondan ayıramıyordum. O kravatı kasten taktığına hiç şüphem yoktu. Ağzım düz bir çizgi halini aldı. İzleyiciler oturdular ve alkış sesleri kesildi.

Yanımda kızlardan biri arkadaşına heyecanla, "Şuna bir baksana!" diye tısladı.

"Çok seksi."

Gerildim. Profesör Collins'ten bahsetmediklerinden emindim.

"Christian Grey olmalı."

"Bekâr mı?"

Diken diken olmuş halde, "Sanmam," diye mırıldandım.

"Ah." Kızlar bana şaşkın gözlerle baktılar.

"Sanırım gey," diye mırıldandım.

Kızlardan biri, "Sanırım gey," diye mırıldandı.

Rektör ayağa kalkıp konuşmasıyla törenin açılışını yaparken, Christian'ın belli etmeden salonu taradığını gördüm. Omuzlarımı düşürüp sandalyeme iyice sinerek olabildiğince göze batmamaya çalışıyordum. Saniyeler sonra, gözlerinin gözlerimi bulmasıyla ne yazık ki yenildim. Donuk ve tamamen anlaşılmaz bir ifadeyle bana bakıyordu. Rahatsızlıkla kıpırdandım, bakışıyla hipnotize olmuş halde, yüzüm ağır ağır kızardı. İstemeyerek de olsa o sabahki rüyamı hatırlamıştım ve karnımın alt tarafındaki kaslar şu enfes kasılma olayına girişmişti. Derin bir nefes aldım. Dudaklarında bir gülümseme belirdi, ama anlıktı. Gözlerini yumdu ve geri açtığında yine kayıtsız ifadesine bürünmüştü. Rektöre hızlı bir bakışın ardından, gözlerini karşıya, girişin üstünde asılı duran WSUV amblemine odakladı. Ve bir daha bana çevirmedi. Rektör susmak bilmiyor, Christian hâlâ benden tarafa bakmıyordu. Gözlerini karşıya sabitlemişti.

Neden bana bakmıyordu? Belki de fikrini değiştirmişti. Bir huzursuzluk dalgasıyla sarsıldım. Belki de dün gece onu bırakıp gitmem, Christian için her şeyi bitirmişti. Kararımı vermemi beklemekten sıkılmıştı. Ah, hayır, şansımı tamamen kaybetmiş olabilirdim. Dün geceki e-postasını hatırladım. Belki de cevap vermememe sinirlenmişti.

Birden, Bayan Katherine Kavanagh sahnedeki yerini alırken salonda bir alkış koptu. Rektör yerine oturdu ve Katherine kâğıtlarını kürsüye yerleştirirken güzel, uzun saçlarını arkaya attı. Bin kişinin ona bakıyor olmasından hiçbir rahatsızlık duymuyor, telaşlanmıyordu. Hazır olunca gülümsedi, büyülenmiş kalabalığa baktı ve ustalıkla konuşmasına başladı. Sakin ve komikti; yanımdaki kızlar, daha ilk esprisinde kahkahayı bastılar. *Ah, Katherine Kavanagh, nasıl konuşulacağını iyi biliyorsun.* O anda onunla o kadar gurur duyuyordum ki Christian'la ilgili düşüncelerimi unuttum. Konuşmasını daha önce de dinlemiş olmama rağmen, dikkatle dinledim. Salona hâkimdi ve dinleyicilerini de önüne katmıştı.

Konuşmasının teması, "Üniversiteden Sonra Sırada Ne Var?"dı. Ah, gerçekten de, sırada ne vardı? Christian, Katherine'i kaşları havaya kalkmış halde, sanırım hayret içinde izliyordu. Evet, onunla röportaj yapmaya giden Kate olabilirdi. Evet, şu anda uygunsuz teklifler yaptığı kişi de Kate olabilirdi. Güzel Kate ve güzel Christian bir arada. Ve ben de, yanımdaki iki kız gibi, onu uzaktan hayranlıkla izliyor olabilirdim. Kate onunla konuşmayı reddetmezdi. Geçen gün onun için ne demişti? Ürkütücü. Kate ve Christian arasındaki bir karşılaşmanın düşüncesi beni huzursuz etmişti. Paramı hangisine yatıracağımı bilemezdim.

Kate konuşmasını gösterişli bir sonla tamamladı ve aynı anda herkes ayağa kalkıp ıslıklar ve tezahüratlar eşliğinde onu alkışlamaya başladı. Kate hayatının ilk ayakta alkışını alıyordu. Gülümseyerek adını seslenince bana bakıp gülümsedi. *Aferin sana, Kate.* Oturdu, izleyiciler de yerlerini aldı ve rektör ayağa kalkıp Christian'ı takdim etti... Lanet olsun, Christian konuşma yapacaktı. Rektör kısaca Christian'ın başarılarına değindi: Kendisine ait sıra dışı başarılara imza atan firmanın CEO'su ve gerçek anlamda, kendi kendini yoktan var etmiş bir adamdı.

"... ve ayrıca üniversitemizin önemli bağışçılarından biridir. Lütfen, Christian Grey'i alkışlayalım."

Rektör, Christian'ın elini sıktı ve kalabalıktan nazik bir alkış yükseldi. Yüreğim ağzımdaydı. Kürsüye yaklaşıp salonu süzdü. Hepimizin karşısında, kendisinden önce Kate'in de olduğu gibi, son derece özgüvenli görünüyordu. Yanımdaki iki kız mest olmuş halde öne eğildiler. Aslında, izleyicilerin arasındaki kadınların çoğu ve erkeklerin bir kısmı öne eğilmişlerdi. Christian, yumuşak, ölçülü ve büyüleyici sesiyle konuşmasına başladı.

"Bugün WSU yetkililerinin bana gösterdikleri büyük nezaket karşısında hem derinden etkilendim hem de büyük minnet duydum. Bu konuşma, burada, üniversitedeki çevre bilimi bölümünün etkileyici çalışmasından bahsetmem için nadide bir fırsat oldu. Amacımız, üçüncü dünya ülkeleri için, uygulanabilir ve ekolojik olarak sürdürülebilir çiftçilik metotları geliştirmek ve nihai amacımız dünyanın dört bir yanında açlık ve sefaleti kökünden yok etmek. Başta Afrika kıtasının Sahra'nın altında kalan kısmı olmak üzere, Güney Asya ve Latin Amerika sefil bir yoksulluk içinde yaşıyor. Dünyanın bu kısımlarında, tarımsal işlev bozukluğu çok yaygın; sonuçsa ekolojik ve sosyal yıkım. Ciddi anlamda açlık çekmenin nasıl bir şey olduğunu iyi bilirim. Bu benim için çok kişisel bir yolculuk."

Ağzım bir karış açık kalmıştı. *Ne?* Christian bir zamanlar açlık çekmişti. *Lanet olsun.* Bu, çok şeyi açıklıyordu. Röportajı hatırladım: Dünyanın karnını doyurmayı *gerçekten* istiyordu. Kate'in makalesinde ne yazdığını hatırlamak için zihnimi taradım. Dört yaşındayken evlat edinilmişti galiba. Grace'in onu aç bıraktığını hayal dahi edemiyordum; ondan önce, henüz küçük bir oğlanken yaşamış olmalıydı. Gri gözlü aç oğlanı düşününce kalbim sıkışarak yutkundum. *Ah, hayır.* Grey'ler onu sahiplenmeden ve kurtarmadan önce, ne tür bir hayat yaşamıştı kim bilir?

Ham bir öfkeyle dolmuştum. Zavallı, bombok, tuhaf, iyiliksever Christian. Gerçi onun kendisini böyle görmeyeceğinden ve her tür sempati ya da acıma duygusunu reddedeceğinden emindim. Bir anda herkes ayağa kalktı ve alkış koptu. Konuşmasının yarısını dinlememiş olmama rağmen, ben de onlara uydum. Bütün bu iyi işleri o yapıyor, kocaman bir şirket yönetiyor ve bir taraftan da benim peşimde dolaşıyordu. Baş döndürücüydü. Darfur'la ilgili kısa konuşma parçalarını hatırladım... ve her şey yerine oturdu. *Yiyecek.*

Sıcak alkışları –Kate bile alkışlıyordu– kısa bir gülümsemeyle yanıtladıktan sonra yerine döndü. Benden tarafa bakmıyordu; bense onunla ilgili bu yeni bilgiyi sindirmeye çalışırken dengemi kaybetmiştim.

Rektör yardımcılarından biri ayağa kalktı ve uzun, can sıkıcı diploma alma sürecimiz başladı. Diploma alacak dört yüzden fazla öğrenci vardı ve adımın okunduğunu duymak için bir saatten fazla bekledim. Kıkırdayan iki kızın arasında sahneye yürüdüm. Christian, sıcak fakat mesafeli bir ifadeyle bana baktı.

Elimi usulca sıkarken, "Tebrikler, Bayan Steele," dedi. Etinden etime geçen elektriği hissetmiştim. "Bilgisayarınızda bir sorun mu var?"

Diplomamı elinden alırken kaşlarımı çattım.

"Hayır."

"O zaman e-postalarımı neden görmezden geliyorsunuz?"

"Ben sadece şirket birleşmesi ve alımlarıyla ilgili olanı gördüm."

Bana şaşırmış gibi baktı.

"Daha sonra konuşuruz," dedi ve ilerlemek zorunda kaldım, çünkü sırayı bekletiyordum.

Yerime dönüp oturdum. E-postalar mı? Bir e-posta daha göndermiş olmalıydı. Ne diyordu acaba?

Törenin sona ermesi bir saat daha sürdü. Bitmek bilmiyordu. Nihayet, en önde Christian ve Kate'le, rektör eğitim kadrosunu sahneyi terk etmeye davet edince bir alkış daha yükseldi. Christian, bunu yapmasını ne kadar istesem de, bana bakmamıştı. İçimdeki tanrıça durumdan hiç hoşnut değildi.

Ayakta, sıramızın dağılmasını beklerken, Kate bana seslendi. Sahne arkasından bana doğru geliyordu.

"Christian seninle konuşmak istiyor," diye bağırdı.

Şimdi yanımda duran iki kız dönüp, şaşkınlıktan ağızları açık halde bana baktılar.

Kate, "Beni buraya gönderdi," diye devam etti.

Ah...

"Konuşman harikaydı, Kate."

"Öyleydi, değil mi?" Ağzı kulaklarındaydı. "Geliyor musun? Çok ısrarcı olabiliyor." Gözlerini devirdi ve ben de sırıttım.

"Aynen. Ray'i uzun süre bekletemem." Ray'e baktım ve parmaklarımı beş dakikayı işaret edecek şekilde kaldırdım. Kafasını sallayarak bana tamam işareti verdi ve Kate'in peşinden sahnenin arkasındaki koridora girdim. Christian, rektör ve eğitim kadrosundan iki görevliyle konuşuyordu. Beni görünce başını kaldırdı.

"İzninizle, beyler," diye mırıldandığını duydum. Bana doğru geldi ve Kate'e şöyle bir gülümsedi.

"Teşekkürler," dedi ve Kate cevap veremeden beni dirseğimden tutup erkekler soyunma odasına benzeyen bir odaya soktu. İçerisi boş mu diye kontrol ettikten sonra, kapıyı kilitledi.

Lanet olsun, aklından neler geçiyor acaba? Bana dönünce, ona gözlerimi kırpıştırarak baktım.

"Neden e-posta atmadın? Ya da bir mesaj?" Gözlerini bana dikmişti. Şaşırıp kalmıştım.

"Bugün ne bilgisayarıma ne de telefonuma baktım." Lanet olsun, beni aramaya mı çalışmıştı? Kate üzerinde hayli etkili olan dikkat dağıtma tekniğimi denedim. "Harika bir konuşmaydı."

"Teşekkürler."

"Yemekle ilgili sorununu açıklığa kavuşturmuş oldu."

Sinirli bir tavırla elini saçının arasından kaydırdı.

"Anastasia, şu anda o konuya girmek istemiyorum." Gözlerini yumdu. Acılı görünüyordu. "Senin için endişelendim."

"Endişelendin mi? Neden?"

"Çünkü eve, adına araba dediğin o ölüm tuzağıyla gittin."

"Ne? O bir ölüm tuzağı değil. Gayet iyidir. José benim için düzenli olarak bakımını yaptırıyor."

"Şu fotoğrafçı José mi?" Christian'ın gözleri kısıldı, yüzü dondurucuydu. *Ah, lanet olsun.*

"Evet, Kaplumbağa eskiden annesinindi."

"Evet ve büyük olasılıkla büyükannesinin ve büyük büyükannesinin de. Güvenli değil."

"Üç yılı aşkın süredir ben kullanıyorum. Endişelendiğin için üzgünüm. Neden aramadın?" Tanrım, kesinlikle aşırı tepki veriyordu.

Derin bir nefes aldı.

"Anastasia. Senden bir cevap almam gerek. Beklemek beni delirtiyor."

"Christian, ben... bak. Üvey babamı tek başına bıraktım."

"Yarın. Yarına kadar bir cevap istiyorum."

"Tamam. Yarın, o zaman söylerim."

Bir adım geri çekildi ve bana rahat bir tavırla bakarken omuzları gevşedi.

"İçki için kalıyor musunuz?" diye sordu.

"Ray'in ne yapmak istediğini bilmiyorum."

"Üvey baban mı? Onunla tanışmak isterim."

Ah, hayır... Neden?

"Bunun iyi bir fikir olduğundan emin değilim."

Kapının kilidini açarken, Christian'ın ağzı düz bir çizgi halini almıştı.

"Benden utanıyor musun?"

"Hayır!" Öfkelenme sırası bana gelmişti. "Seni babamla ne olarak tanıştıracağım? 'Bu adam kızlığımı bozan ve benden onunla itaat ve hâkimiyete dayalı bir ilişki kurmamı isteyen adam.' Ayağında koşu ayakkabıların yok."

Chritian bana bir an dik dik baktı, sonra dudakları bir gülümsemeyle büküldü. Ve ona çok kızıyor olmama rağmen, yüzümde istem dışı bir gülümseme oluştu.

"Sadece bilgin olsun diye söylüyorum, bayağı hızlı koşarım. Ona sadece arkadaşın olduğumu söyle, Anastasia."

Kapıyı açtı ve çıktım. Başım dönüyordu. Rektör, üç rektör yardımcısı, dört profesör ve Kate, ben yanlarından telaşlı adımlarla geçip giderken bana dik dik baktılar. *Lanet olsun.* Christian'ı öğretim görevlileriyle bırakarak, Ray'i aramaya gittim.

Ona arkadaşın olduğumu söyle.

Bilinçaltım, *çıkarları olan arkadaş,* diye azarladı. Biliyordum, biliyordum. Bu nahoş düşünceyi bir kenara ittim. Onu Ray'le nasıl tanıştıracaktım? Salonun yarısı hâlâ doluydu ve Ray yerinden kıpırdamamıştı. Beni gördü, el salladı ve bana doğru yürüdü.

"Hey, Annie, tebrikler." Kolunu omzuma sardı.

"Gelip çardakta bir şeyler içmek ister misin?"

"Tabii ki, gün senin günün. Yolu göster."

"İstemiyorsan yapmak zorunda değiliz." *Lütfen hayır de.*

"Annie, iki buçuk saat boyunca her türden gevezelik dinleyerek oturdum. Bir içkiye ihtiyacım var."

Koluna girdim ve kalabalığa karışıp öğleden sonranın ilk saatlerinin sıcaklığına adım attık. Resmî fotoğrafçının sırasının önünden geçtik.

"Ah, aklıma gelmişken..." Ray cebinden bir dijital kamera çıkardı. "Albüm için bir fotoğraf, Annie." Ray fotoğrafımı çekerken ona gözlerimi devirdim.

"Artık kep ve cüppeyi çıkarabilir miyim? Kendimi biraz ahmak gibi hissediyorum."

Zaten ahmak gibi görünüyorsun... Bilinçaltım alaycılıkta en başarılı halini sergiliyordu. *Ray'i düzüştüğün adamla mı tanıştıracaksın? Bana* kanat biçimindeki gözlüklerinin üzerinden bakıyordu. *Çok gurur duyacaktır.* Tanrım. Bazen ondan nefret ediyordum.

Çardak çok büyük ve kalabalıktı. Öğrenciler, ebeveynler, öğretmenler ve arkadaşlar, mutlu mutlu sohbet ediyorlardı. Ray bana bir kadeh şampanya ya da ucuz köpüklü şarap olduğundan şüphelendiğim bir şey uzattı. Soğutulmamıştı ve çok tatlıydı. Düşüncelerim Christian'a kaydı. *Bundan hoşlanmayacak.*

"Ana!" Dönmemle Ethan Kavanagh'ın beni kollarının arasına alması bir oldu. Beni etrafında, şarabımı dökmeden döndürmeyi başardı. Sıkı numaraydı!

"Tebrikler!" Bana yeşil gözlerinde ışıltılarla bakıyordu.

Ne sürprizdi ama. Kirli sarı saçları dağınık ve seksiydi. O da en az Kate kadar güzeldi. Ailedeki benzerlik çarpıcıydı.

"Vay canına, Ethan! Seni görmek ne güzel. Baba, bu, Ethan, Kate'in ağabeyi. Ethan, seni babam Ray Steele'le tanıştırayım." El sıkışırlarken, babam Bay Kavanagh'ı serinkanlı bir ifadeyle süzüyordu.

"Avrupa'dan ne zaman döndün?" diye sordum.

Ethan bir sır paylaşır gibi, "Döneli bir hafta oldu, ama küçük kardeşimi şaşırtmak istedim," dedi.

"Çok şeker." Sırıttım.

"Mezunlar adına konuşma yapacaktı, bunu kaçıramazdım." Kız kardeşiyle hayli gurur duyuyor gibi görünüyordu.

"Harika bir konuşma yaptı."

Ray, "Kesinlikle öyle oldu," diye onayladı.

Başımı kaldırıp Christian Grey'in dondurucu gri gözleriyle karşılaştığımda, Ethan'ın kolu belimdeydi. Kate de yanındaydı.

"Merhaba, Ray." Kate, Ray'i yanaklarından öperek kızarmasına neden oldu. "Ana'nın erkek arkadaşıyla tanıştınız mı? Christian Grey."

Lanet olsun! Kate! Siktir! Yüzümdeki kanın tamamı çekildi.

Christian pürüzsüz, sıcak bir ses ve Kate'in takdiminden hiç gerilmemiş bir ifadeyle, "Bay Steele, sizinle tanışmak zevk," dedi. Ray, Christian'ın uzattığı eli, takdire şayan bir şekilde, biraz önce yüzüne çarpılan, yüreğe inecek sürprize dair en ufak bir ipucu vermeyen bir tavırla sıktı.

Çok teşekkürler, Katherine Kavanagh. Burnumdan soluyordum. Sanırım bilinçaltım baygınlık geçiriyordu.

Ray belki de büyük kahverengi gözlerinin hafifçe irileşmesi dışında çözülmesi güç bir ifadeyle, "Bay Grey," diye mırıldandı. Sonra gözlerini bu-haberi-bana-ne-zaman-verecektin-acaba bakışıyla bana çevirdi. Dudağımı ısırdım.

"Ve bu da ağabeyim Ethan Kavanagh," dedi Kate, Christian'a.

Christian buz gibi bakışlarını kolunu belimden çekmeyen Ethan'a çevirdi.

"Bay Kavanagh."

El sıkıştılar. Christian elini bana uzattı.

"Ana, bebeğim," diye mırıldanırken, ben telaffuz ettiği sevgi sözcüğü karşısında neredeyse ruhumu teslim ediyordum.

Christian'ın ona çevrili dondurucu gülümsemesi altında Ethan'ın kolundan sıyrılıp yanındaki yerimi aldım. Kate bana sırıttı. Dişi tilki, ne yaptığını çok iyi biliyordu.

"Ethan, annem ve babam bir şey konuşmak istiyorlardı." Kate, Ethan'ı sürükleyerek uzaklaştırdı.

Ray, duygusuz bakışlarını Christian ile benim aramda gezdirerek, "İkiniz birbirinizi ne zamandır tanıyorsunuz, çocuklar?" diye sordu.

Konuşma yetim beni terk etmişti. Yerin yarılıp beni içine çekmesini diliyordum. Christian kolunu belime doladı ve eliyle omzumu kavramadan önce, başparmağıyla çıplak tenimi usulca okşadı.

Akıcı bir sesle, "Birkaç hafta oldu," dedi. "Anastasia okul gazetesi için benimle röportaj yapmaya gelince tanıştık."

"Okul gazetesinde çalıştığını bilmiyorum, Ana." Ray'in rahatsızlığını ele veren sesi, sakin bir azardan farksızdı. *Lanet.*

"Kate hastaydı," diye mırıldandım. Arkasını getiremedim.

"İyi konuşmaydı, Bay Grey."

"Teşekkürler efendim. Sıkı bir balıkçı olduğunuzu duydum."

Ray kaşlarını kaldırıp gülümsedi –nadir rastlanan, samimi, iyi niyetli bir Ray Steele gülümsemesiydi– ve kendilerini balık sohbetine kaptırdılar. Aslında kısa süre içinde kendimi yanlarında fazlalık gibi hissetmeye başladım. Christian babamı büyülemekle meşguldü... Bilinçaltım, *Tıpkı sana da yaptığı gibi,* diye yapıştırdı. Christian'ın gücü sınır tanımıyordu. İzin isteyip Kate'i aramak için yanlarından ayrıldım.

Her zamanki gibi son derece hoş görünen ve beni sevecenlikle selamlayan anne ve babasıyla konuşuyordu. Yaklaşan Barbados tatilleri ve bizim taşınmamız konusunda kısaca şakalaştık.

Duyulmayacağımızdan emin olduğum ilk fırsatta, "Kate, Ray'e nasıl söylersin?" diye tısladım.

"Senin bunu asla yapmayacağını biliyordum ve Christian'ın bağlanma sorunları konusunda yardımcı olmak istedim." Kate tatlı tatlı gülümsedi.

Yüzümü buruşturdum. *Ona bağlanmayan benim, seni aptal!*

"Bu konuda çok sakin görünüyordu, Ana. Boş yere kendini üzme. Ona bir baksana, Christian gözlerini senden ayıramıyor."

Kafamı kaldırdım; Ray de Christian da bana bakıyorlardı. "Şahin gibi seni izliyor."

"Ray'i kurtarmaya gitsem iyi olacak ya da Christian'ı. Hangisini bilmiyorum. Bu iş burada bitmedi, Katherine Kavanagh!" Ona dik dik baktım.

Arkamdan, "Ve sana bir iyilik yaptım," diye seslendi.

Geri dönünce, ikisine birden gülümsedim.

Fena görünmüyorlardı. Christian aralarındaki bir şakaya gülüyordu ve babam, sosyal durumu düşünüldüğünde, inanılmaz rahatlamış görünüyordu.

"Ana, tuvaletler nerede?"

"Çardağın ön tarafına çıkınca solda."

"Birazdan görüşürüz. Siz keyfinize bakın, çocuklar."

Ray uzaklaştı. Gergin gözlerle Christian'a baktım. Bir fotoğrafçı birlikte fotoğrafımızı çekerken kısa bir an duraksadık.

"Teşekkürler, Bay Grey." Fotoğrafçı hızla uzaklaştı. Ben flaş yüzünden gözlerimi kırpıştırdım.

"Demek babamı da büyüledin."

"Babanı da mı?" Christian'ın gözleri alev alevdi ve sorar gibi, tek kaşını kaldırmıştı. Elini uzattı ve parmaklarını çeneme boydan boya sürttü.

Gizemli bir sesle, "Ah, keşke ne düşündüğünü bilebilseydim, Anastasia," diye fısıldarken çenemi tuttu ve birbirimizin gözlerine derin derin bakabilmemiz için çenemi kaldırdı.

Nefesim tekledi. Nasıl olur da bu kalabalık çadırda bile, üzerimde bu etkiyi bırakırdı?

"Şu anda, tek düşündüğüm, *Güzel kravat*," diye soludum.

Kıkırdadı. "Son dönemde en sevdiğim kravatım oldu."

Kıpkırmızı kesildim.

"Çok güzel görünüyorsun, Ana. Boyundan bağlı elbise sana çok yakışmış ve sırtına dokunma şansım olunca güzel tenini hissediyorum."

Birden bir odada baş başa kalmış gibiydik. Sadece ikimiz. Bütün bedenim canlanmıştı; sinir uçlarım usul usul şakıyor, aramızda oluşan elektrik beni ona çekiyordu.

"İyi olacağını biliyorsun, değil mi, bebeğim?" diye fısıldadı. Gözlerimi yumdum; içim çözülmüş, eriyordu.

"Ama daha fazlasını istiyorum," diye fısıldadım.

"Daha fazlasını mı?" Bana şaşırmış gibi bakarken gözleri koyulaşmıştı. Başımı hafifçe eğerek yutkundum. *Artık biliyor.*

Bir kez daha yumuşacık bir sesle, "Daha fazlası," dedi. Kelimeyi sınar gibiydi: Küçük, basit bir kelimeydi, ama bir o kadar vaatle doluydu. Başparmağı alt dudağımın üstünde dolaştı. "Sen kalpler ve çiçekler istiyorsun."

Başımı bir kez daha eğdim. Bana gözlerini kırpıştırarak bakarken, iç mücadelesinin gözlerine yansıdığını görebiliyordum.

"Anastasia." Sesi yumuşaktı. "Bu bildiğim bir şey değil."

"Benim de."

Hafifçe gülümsedi.

"Çok fazla şey bildiğin söylenemez," diye mırıldandı.

"Sense bütün yanlış şeyleri biliyorsun."

"Yanlış mı? Bana göre değil." Başını salladı. Çok samimi görünüyordu. "Dene," diye fısıldadı. Bu, meydan okuyan ve bana kafa tutan bir bakıştı. Başını yana yatırırken, dudakları o göz alıcı çarpık gülümsemesiyle büküldü.

İç geçirdim. Ben Cennet Bahçesi'ndeki Havva, o ise yılandı ve ona karşı koyamıyordum.

"Tamam," diye fısıldadım.

"Ne?" Bütün dikkati, kesintisiz ve eksiksiz, üzerimdeydi. Yutkundum.

"Tamam. Deneyeceğim."

"Yani kabul ediyorsun?" Hayreti barizdi.

"Sınırlara tabi olarak, evet, deneyeceğim." Sesim o kadar cılızdı ki. Christian gözlerini yumdu ve beni kollarının arasına çekti.

"Tanrım, Ana, o kadar farklı bir kadınsın ki. Nefesimi kesiyorsun."

Christian geri çekilirken, birden Ray geri döndü ve çardaktaki gürültü kademeli olarak artıp kulaklarıma doldu. Yalnız değildik. *Lanet olsun, itaatkârı olmayı kabul etmiştim.* Ray'e gülümserken, Christian'ın gözlerinde neşe parıltıları dans ediyordu.

"Annie, öğle yemeği yiyelim mi?"

"Tamam." Ray'e gözlerimi kırpıştırarak bakarken, dengemi sağlamaya çalışıyordum. Bilinçaltım çığlık çığlığaydı: *Sen ne yaptın?* İçimdeki tanrıça ise bir Rus olimpiyat jimnastikçisinden beklenecek ters taklalar atmakla meşguldü.

Ray, "Christian, sen de bize katılmak ister misin?" dedi.

Christian mı? Ona, daveti geri çevirmesi için âdeta yalvararak baktım. Düşünmek için zamana ihtiyacım vardı. Ne halt etmiştim böyle?

"Teşekkürler, Bay Steele, ama planlarım var. Sizinle tanışmak güzeldi, efendim."

Ray, "Aynı şekilde," diye yanıtladı. "Küçük kızıma iyi bak."

"Ah, benim niyetim de bu."

El sıkıştılar. Midem bulanıyordu. Ray'in Christian'ın bana nasıl bakmak niyetinde olduğu konusunda en ufak bir fikri yoktu. Christian elimi tutup dudaklarına götürdü ve yakıcı gözlerini benimkilerden ayırmadan, parmak boğumlarımı şefkatle öptü.

"Sonra görüşürüz, Bayan Steele," diye fısıldarken, sesi vaat yüklüydü.

Bu düşünce, karnımın burulmasına neden oldu. Bir dakika... sonra mı?

Ray beni dirseğimden tuttu ve çadırın girişine doğru çekti.

"Sağlam bir genç adama benziyor. Üstelik başarılı. Çok daha kötüsü olabilirdi, Annie. Gerçi varlığını Katherine'den duymak zorunda olmam..." diye azarladı.

Özür dilercesine omzumu silktim.

"Balıktan anlayan her adam benim için uygun zaten."

Tanrım. Ray onaylamıştı. *Ah bir bilse.*

Ray beni eve alacakaranlıkta bıraktı.

"Anneni ara," dedi.

"Arayacağım. Geldiğin için teşekkürler, baba."

"Hayatta kaçırmazdım, Annie. Beni o kadar gururlandırıyorsun ki."

Ah, hayır. Duygusallaşmayacaktım. Gırtlağımda kocaman bir yumru oluştu ve ona sımsıkı sarıldım. Şaşırarak beni kollarıyla sardı. Elimde değildi; yaşlar gözlerime birikiverdi.

Beni yatıştırmak için, "Hey, Annie, tatlım," dedi. "Büyük bir gündü, ha? İçeri gelip sana çay yapmamı ister misin?"

Gözyaşlarıma rağmen güldüm. Ray'e göre, çay her şeyin ilacıydı. Annemin ondan yakındığını, çay konusunda her zaman iyi olduğunu, ama sempati konusunda o kadar da ateşli olmadığını söylediğini hatırladım.

"Hayır, baba, iyiyim. Seni görmek harikaydı. Seattle'a bir yerleşeyim, gerçekten, en kısa zamanda ziyaretine geleceğim."

"Mülakatlarında bol şans. Nasıl geçtiğini bana da haber ver."

"Elbette, baba."

"Seni seviyorum, Annie."

"Ben de seni, baba."

Gülümsedi. Kahverengi gözleri sıcak ve ışıltılı, arabasına bindi. Alacakaranlıkta gözden kayboluncaya kadar el salladım ve yorgun bir tavırla eve yürüdüm.

İlk işim, cep telefonumu kontrol etmek oldu. Şarj edilmeye ihtiyacı vardı bu yüzden mesajlarımı okumadan önce, şarj aletini bulup fişe takmak zorunda kaldım. Dört cevapsız çağrı, bir sesli mesaj ve iki kısa mesaj vardı. Çağrıların üçü Christian'dandı. Mesaj bırakmamıştı. Dördüncü çağrı José'dendi ve bana mezuniyet için her şeyin en iyisini dileyen bir mesaj bırakmıştı.

Kısa mesajları açtım.

Eve sağ salim vardın mı?

Beni ara.

İkisi de Christian'dandı. Evi neden aramamıştı. Yatak odasına gidip bilgisayarı açtım.

Kimden: Christian Grey

Konu: Bu Akşam

Tarih: 25 Mayıs 2011 23:58

Kime: Anastasia Steele

Umarım o arabayla eve ulaşabilmişsindir.

İyi olup olmadığını haber ver.

Christian Grey

CEO, Grey Şirketler Topluluğu

Tanrım... Kaplumbağam onu neden bu kadar endişelendirmişti? O araba üç yıl boyunca bana sadakatle hizmet etmişti ve José bakımını her zaman üstlenmişti. Christian'ın bir sonraki e-postası bugündendi.

Kimden: Christian Grey

Konu: Diğer Sınırlar

Tarih: 26 Mayıs 2011 17:22

Kime: Anastasia Steele

Şu ana dek söylemediğim ne söyleyebilirim?

Bunları istediğin zaman konuşmaktan memnuniyet duyarım.

Bugün çok güzeldin.

Christian Grey

CEO, Grey Şirketler Topluluğu

Onu görmek istiyordum. "Cevapla" tuşuna tıkladım.

Kimden: Anastasia Steele

Konu: Diğer Sınırlar

Tarih: 26 Mayıs 2011 19:23

Kime: Christian Grey

İstersen, konuşmak için bu akşam gelebilirim.

Ana

Kimden: Christian Grey

Konu: Diğer Sınırlar

Tarih: 26 Mayıs 2011 19:27

Kime: Anastasia Steele

Ben gelirim. O arabayı kullanmandan hoşnut olmadığımı söylerken ciddiydim.

Birazdan sende olurum.

Christian Grey

CEO, Grey Şirketler Topluluğu

Lanet olsun... Şimdi geliyordu. Onun için hazırlamam gereken bir şey vardı, Thomas Hardy kitaplarının ilk baskıları hâlâ oturma odasındaki rafta duruyordu. Bende kalamazlardı. Kitapları kahverengi kâğıda sardım ve paketin üstüne kitaptan, Tess'ten bir alıntı karaladım:

"Şartları kabul ediyorum, Angel; çünkü cezamın ne olması gerektiğini sen daha iyi bilirsin. Sadece, sadece, katlanabileceğimden daha fazla olmasın, yeter!"

BÖLÜM ON BEŞ

"Merhaba." Kapıyı açarken kendimi katlanılmayacak kadar utangaç hissediyordum. Christian, üzerinde kot pantolonu ve deri ceketiyle verandada duruyordu. "Merhaba," derken, yüzü ışık saçan gülümsemesiyle aydınlandı. Güzelliğinin tadını çıkarmak için bir an durdum. Ah, deriler içinde çok seksi görünüyordu.

"İçeri gelsene."

Keyifle, "İznin olursa," dedi. Elinde bir şişe şampanyayla içeri girdi. "Mezuniyetini kutlarız diye düşündüm. Hiçbir şey iyi bir Bollinger'ı alt edemez."

Kuru bir sesle, "İlginç bir kelime seçimi," dedim.

Sırıttı. "Hazır cevaplığın hoşuma gidiyor, Anastasia."

"Sadece çay fincanlarımız var. Bütün kadehleri topladık."

"Çay fincanı mı? Bence gayet uygun."

Mutfağa yöneldim. Gergindim, midemde kelebekler uçuşuyordu. Oturma odamda ne yapacağı belli olmayan yırtıcı bir panter ya da dağ aslanı olması gibi bir şeydi bu.

"Fincan tabağı da ister misin?"

Christian oturma odasından dalgın bir sesle, "Fincan yeterli, Anastasia," diye seslendi.

Döndüğümde, onu kahverengi kitap paketine bakarken buldum. Fincanları masaya bıraktım.

Kaygıyla, "Senin için," diye mırıldandım.

Lanet olsun... Büyük olasılıkla kavga çıkacak.

"Hımm. O kadarını anladım. Çok uygun bir alıntı." Uzun işaret parmağını dalgın bir tavırla yazının üstünde dolaştırdı. "Ben kendimi, d'Urberville sanıyordum, Angel değil. Kendini küçültmeyi seçmişsin." Bana kısa, kurnaz bir gülümsemeyle baktı. "Bu kadar uygun düşecek bir şey bulmana şaşırmadım."

"Aynı zamanda bir yakarış," diye fısıldadım. *Neden bu kadar gerginim?* Dilim damağım kurumuştu.

"Yakarış mı? Seni çok zorlamamam için mi?"

Başımla onayladım.

"Bunları sana aldım," dedi sakin bir ses ve duygusuz bakışlarla. "Kabul edersen, seni çok zorlamam."

Yutkundum.

"Christian, bu kitapları kabul edemem. Çok fazla."

"Görüyorsun ya, bahsettiğim buydu. Bana kafa tutman. Bu kitapları almanı istiyorum ve tartışma bitti. Bu kadar basit. Üzerinde düşünmene gerek yok. Bir itaatkâr olarak, kitaplara sadece minnettar kalacaksın. Sana aldıklarımı kabul edeceksin, çünkü bunu yapman hoşuma gidiyor.

"O kitapları aldığında, henüz itaatkâr değildim," diye fısıldadım.

"Hayır, ama artık kabul ettin, Anastasia." Gözlerini temkin bürümüştü.

İç geçirdim. Bu tartışmayı kazanamayacaktım; bu yüzden B planına geçtim.

"Yani bu kitaplarla istediğimi yapabilirim?"

Beni şüpheyle süzse de pes etti.

"Evet."

"O zaman onları bir yardım kuruluşuna bağışlamak istiyorum. Senin gönlüne de yakın göründüğü için, Darfur için çalışan bir kuruluşa. Açık artırmaya koyabilirler."

"İstediğin buysa." Ağzı düz bir çizgiye dönüştü. Bozulmuştu.

Kızardım.

"Düşüneceğim," diye mırıldandım. Onu rahatsız etmek istemiyordum ve sözlerini hatırlamıştım. *Beni memnun etmeni istiyorum.*

"Düşünme, Anastasia. Bu konuda değil." Sesi sakin ve ciddiydi.

Nasıl düşünmezdim? *Diğer malları gibi, bir arabaymışsın gibi yapabilirsin.* Bilinçaltım nahoş, iğneleyici bir karşılık vermişti. Onu duymazdan geldim. Ah, baştan başlayamaz mıydık? Aramızdaki hava gerilmişti. Ne yapacağımı bilmiyordum. Parmaklarıma baktım. Bu durumu nasıl toparlayabilirdim?

Şampanya şişesini masaya bırakıp karşıma dikildi. Ellerini çenemin altına yerleştirip başımı kaldırdı. Ciddi bir ifadeyle yüzüme baktı.

"Sana pek çok şey alacağım, Anastasia. Buna alış. Bunu yapacak gücüm var. Ben çok varlıklı bir adamım." Eğildi ve dudaklarıma hızlı ve masum bir öpücük kondurdu. "Lütfen." Beni bıraktı.

Bilinçaltım, ses çıkarmadan dudaklarını oynattı: *Fahişe.*

"Kendimi ucuz hissettiriyor," diye mırıldandım.

Christian sinirli bir tavırla, elini saçının arasından geçirdi.

"Hissettirmemeli. Bu işe gereğinden fazla kafa yoruyorsun, Anastasia. Kendine dair ahlaki yargılarını başkalarının neler düşünebileceği üzerine kurma. Enerjini boşa harcama. Bunun tek nedeni, aramızdaki düzenleme konusunda çekincelerinin olması ve bu da son derece normal. Kendini nasıl bir işin içine soktuğunu bilmiyorsun."

Sözlerine bir anlam vermeye çalışarak kaşlarımı çattım.

Çenemi bir kez daha avuçlayarak ve alt dudağımı dişlerimin arasından çekmemi sağlayarak, usulca, "Hey, kes şunu," diye emretti. "Sen asla ucuz olmamazsın, Anastasia. Böyle düşünmene izin vermemem. Ben sadece sana bir anlam ifade edebileceğini düşündüğüm eski kitaplar aldım, o kadar. Haydi. Biraz şampanya iç." Gözleri ısınıp yumuşayınca, çekingen bir ifadeyle gülümsedim. "Böylesi daha iyi," diye mırıldandı. Şampanyayı aldı, tepesindeki folyoyu ve teli çıkardı, mantar yerine şişeyi çevirip minik bir tıp sesiyle ve bir damlayı bile ziyan etmeyen, çok çalışılmış bir hareketle açtı. Fincanları yarıya kadar doldurdu.

Şaşkınlıkla, "Pembe," diye mırıldandım.

Beğeniyle, "Bollinger Grande Année Rosé 1999, mükemmel bir rekoltedir." dedi.

"Çay fincanında."

Sırıttı.

"Çay fincanında. Diploman kutlu olsun, Anastasia." Fincanlarımızı tokuşturduk ve bir yudum aldı, ama ben kendimi, kutlamanın anlaşmamızla ilgili olduğunu düşünmekten alamıyordum.

"Teşekkürler," diye mırıldandım ve bir yudum içtim. Elbette enfesti. "Diğer sınırları konuşalım mı?"

Gülümsedi. Kızardım.

"Her zaman çok heveslisin." Christian beni elimden tutup kanepeye götürdü ve otururken beni de yanında çekti.

"Üvey baban çok ketum bir adam."

Ah demek diğer sınırları konuşmayacaktık. Bu işi bir an önce halletmek istiyordum. Kaygı içimi kemiriyordu.

"Onu uysal bir kediye dönüştürmeyi başarmışsın." Yüzüm asılmıştı.

Christian yavaşça güldü.

"Sadece balık tutmayı bildiğim için."

"Balık tutmayı sevdiğini nereden anladın?"

"Sen anlatmıştın. Kahve içmeye gittiğimizde."

"Ah, öyle mi?" Bir yudum daha aldım. Vay canına, detaycı bir hafızası vardı. Hımm... Bu şampanya gerçekten çok güzeldi. "Resepsiyondaki şarabı denedin mi?"

Christian yüzünü buruşturdu.

"Evet, kötüydü."

"Tadını alınca aklıma sen geldin. Şarap konusunda bu kadar çok bilgiyi nasıl edindin?"

"Bilgi sahibi değilim, Anastasia. Sadece neyi sevdiğimi biliyorum." Gözleri neredeyse gümüş gibi parlıyor ve kızarmama neden oluyordu. Şampanyayı kastederek, "Biraz daha?" diye sordu.

"Lütfen."

Christian zarafetle kalkıp şişeyi aldı. Fincanımı doldurdu. Beni sarhoş etmeye mi çalışıyordu? Onu şüpheyle süzdüm.

"Burası bayağı çıplak görünüyor. Taşınmaya hazır mısınız?"

"Aşağı yukarı."

"Yarın çalışıyor musun?"

"Evet, Clayton's'ta son günüm."

"Taşınmanıza yardım ederdim, ama kız kardeşimi havaalanından alacağıma söz verdim."

Ah... al sana haber.

"Mia cumartesi sabahı erken saatte Paris'ten geliyor. Ben yarın Seattle'a dönüyorum, ama duyduğuma göre, Elliot size yardım edecekmiş."

"Evet, Kate bu konuda çok heyecanlı."

Christian kaşlarını çattı. "Evet, Kate ve Elliot, kimin aklına gelirdi?" diye mırıldanırken, nedense hoşnut görünmüyordu. "Seattle'da iş konusunda ne yapacaksın?"

Sınırları ne zaman konuşacağız? Nasıl bir oyun oynuyor?

"Stajyerlik için bir iki görüşmem var."

"Bunu bana ne zaman söyleyecektin?" Tek kaşını kaldırdı.

"Şey, şimdi söylüyorum işte."

Gözlerini kıstı.

"Nerede?"

Nedense, büyük olasılıkla nüfuzunu kullanabileceği için, söylemek istemedim.

"Bir iki yayınevi."

"İstediğin bu mu? Yayıncılıkla ilgili bir şey mi?"

Temkinle başımı salladım.

"Eee?" Daha fazla bilgi beklerken, bana sabırla baktı.

"Eee ne?"

Azarlar gibi, "Anlamazlıktan gelme, Anastasia. Hangi yayınevleri?" dedi.

"Sadece küçükler," diye mırıldandım.

"Bilmemi neden istemiyorsun?"

"Nüfuzunu kullanmaman için."

Kaşlarını çattı.

"Ah, şimdi de sen anlamazlıktan geliyorsun."

Güldü. "Anlamazlıktan mı? Ben mi? Tanrım. İnsana meydan okuyorsun. İçkini bitir, şu sınırları konuşalım." E-postamın ve listenin birer kopyasını çıkardı. Ortalıkta cebinde bu listelerle mi dolaşıyordu? Herhalde bendeki ceketinde de bir tane vardı. Kahretsin, ceketi unutmasam iyi olurdu. Fincanımın sonunu içtim.

Bana hızlı bir bakış attı.

"Daha?"

"Lütfen."

Şu çok-kibirli gülümsemesiyle bakarak şampanya şişesini kaldırdı ve durdu.

"Bir şeyler yedin mi?"

Ah, hayır... Yine aynı laf.

"Evet, Ray'le mükellef bir yemek yedim." Gözlerimi devirdim. Şampanya bana cesaret veriyordu.

Öne eğildi, çenemi tuttu ve dikkatle gözlerimin içine baktı.

"Gözlerini bir daha devirirsen, seni dizlerime yatırıp pataklarım."

Ne?

"Ah," diye soludum. Gözlerindeki heyecanı görebiliyordum.

Sesimi taklit ederek, "Ah," dedi. "İşte başlıyor, Anastasia."

Kalbim göğüs kafesimde deli gibi çarpıyordu ve midemden havalanan kelebekler sıkışan gırtlağıma takıldı. Neden böyle seksi gelmişti?

Fincanımı doldurdu, neredeyse tamamını içtim. Uysallaşmış halde, ona baktım.

"Dikkatini çekmeyi başardım, değil mi?"

Başımı evet der gibi salladım.

"Bana cevap ver."

"Evet. Dikkatimi çekmeyi başardın."

"İyi." Bilmiş bir gülümseme takındı. "Şimdi cinsel eylemler. Çoğunu yaptık."

Kanepede ona sokulup listeye baktım.

EK 3

DİĞER SINIRLAR

Taraflar arasında tartışılmak ve üzerinde anlaşılmak suretiyle: İtaatkâr aşağıdakilere rıza göstermekte midir?

- Mastürbasyon
- Kadına oral seks
- Erkeğe oral seks
- Meni yutma
- Vajinal ilişki
- Vajinal yumruk sokma
- Anal İlişki
- Anal yumruk sokma

Yumuşak bir sesle, "Yumruk sokma yok demiştin. İtiraz ettiğin başka bir şey?" diye sordu.

Yutkundum.

"Anal ilişkinin de beni heyecanlandırdığını söyleyemem."

"Yumruk olayı tamam, ama kıçına sahip olmayı gerçekten isterim, Anastasia. Ama bunun için bekleyeceğiz. Ayrıca öylece içine dalacağımız bir şey değil." Pis pis sırıttı. "Kıçının antrenmana ihtiyacı olacak."

"Antrenmana mı?" diye fısıldadım.

"Ah, evet. Özenli bir hazırlığa ihtiyacı olacak. Anal ilişki çok haz verici olabilir, bana güven. Ama denersek ve sen hoşlanmazsan tekrar yapmak zorunda değiliz." Sırıtıyordu.

Ona gözlerimi kırpıştırarak baktım. Bundan zevk alacağımı mı sanıyordu? Haz verici olacağını nereden biliyordu?

"Bunu yaptın mı?" diye fısıldadım.

"Evet."

Lanet olsun. Nefesim kesildi.

"Bir erkekle mi?"

"Hayır. Hiçbir erkekle seks yapmadım. Bana göre değil."

"Bayan Robinson?"

"Evet."

Lanet olsun... Nasıl? Kaşlarım çatılmıştı. Listede ilerlemeyi sürdürdü.

"Ve... meni yutmak. Şey, o konuda A alırsın."

Kızardım ve içimdeki tanrıça, gururla parlayarak dudaklarını birbirine bastırdı.

"Bu durumda," bana sırıtarak baktı, "meni yutmak sorun değil."

Gözlerine bakamayarak kafamı salladım ve bir kez daha fincanıma sığındım.

"Daha?" dedi.

"Daha." Ve fincanımı tekrar doldururken, bugün yaptığımız bir konuşmayı hatırladım. Kastettiği o muydu, yoksa şampanya mı? Bütün bu şampanya olayından daha fazlası mı vardı?

"Seks oyuncakları?" diye sordu.

Listeye bakarak omuz silktim.

İtaatkâr aşağıdakilerin kullanımına rıza göstermekte midir?

- Vibratör
- Kıç tıkacı
- Dildolar
- Diğer vajinal/anal oyuncaklar

"Kıç tıkacı? Kutunun üstünde yazan şeye mi yarıyor?" Tiksintiyle burnumu kırıştırdım.

"Evet." Gülümsedi. "Yukarıdaki anal ilişkiye dönüyorum. Antrenman."

"Ah... 'Diğer' kısmı neyi içeriyor?"

"Boncuklar, yumurtalar... O tür şeyler."

"Yumurtalar mı?" Telaşlanmıştım.

"Gerçek yumurta değil." Kafasını sallayarak sesli bir kahkaha attı.

Dudaklarımı büzdüm.

"Beni komik bulmana sevindim." İncinen duygularımın sesime yansımasına mani olamamıştım.

Gülmeyi bıraktı.

"Özür dilerim, Bayan Steele. Üzgünüm." Pişman görünmeye çalışıyordu, ama gözlerinde muzip pırıltılar dans ediyordu. "Oyuncaklar konusunda bir sıkıntı var mı?"

"Hayır," diye çıkıştım.

Beni yatıştırmak ister gibi, "Anastasia," dedi. "Üzgünüm. İnan bana. Gülmek istemedim. Bu konuşmayı bu kadar detaylı yaptığım hiç olmadı. O kadar tecrübesizsin ki. Özür dilerim." Gözleri kocaman, gri ve samimiydi.

Biraz gevşedim ve şampanyadan bir yudum daha aldım.

Listeye geri dönerek, "Pekâlâ, bağlama," dedi. Ben listeyi incelerken, içimdeki tanrıça dondurma bekleyen bir çocuk gibi zıp zıp zıplıyordu.

İtaatkâr aşağıdakilere rıza göstermekte midir?

- İple bağlanma
- Deri kelepçelerle bağlanma
- Deri kelepçe/prangayla bağlanma
- Bantla bağlanma

- Diğer malzemelerle bağlanma

Christian kaşını kaldırdı. "Eee?"

"Tamam," diye fısıldadım ve bakışlarımı hızla listeye çevirdim.

İtaatkâr aşağıdaki şekillerde kısıtlanmaya rıza göstermekte midir?

- Eller önde bağlı
- Ayak bilekleri bağlı
- Dirsekler bağlı
- Eller arkada bağlı
- Dizler bağlı
- El bilekleri ayak bileklerine bağlı
- Sabit nesnelere (mobilya vs) bağlanma
- Askıya bağlanma
- Hareketli askıya bağlanma

İtaatkâr gözlerinin bağlanmasına razı mıdır?
İtaatkâr ağzının bağlanmasına razı mıdır?

"Asılma konusunu konuşmuştuk. Ve bu konuyu sınırlara sokmak istersen, bana uyar. Zaten çok zaman alıyor ve seni kısa sürelerle görebileceğim. Başka bir şey?"

"Bana gülme, ama askıya bağlanma ne demek?"

"Gülmeyeceğime söz veriyorum. Zaten iki kez özür diledim." Bana baktı. "Bunu benden bir daha isteme," diye uyardı. Ve sanırım gözle görülür şekilde ufaldım. Ah Tanrım, nasıl üstünlük taslıyordu. "Askı denen şey bilekler ve/veya ayak bilekler için kelepçeleri olan bir çubuk. Eğlencelidir."

"Pekâlâ... Şey, ağzımın bağlanması konusunda... Nefes alamazsam diye endişelenirim."

"Nefes alamazsan diye asıl ben endişelenirim. Seni boğmak istemiyorum ki."

"Ve ağzım bağlıyken güvenli kelimeleri nasıl kullanabilirim?"

Duraksadı.

"Öncelikle, umarım o kelimeleri hiçbir zaman kullanmak zorunda kalmazsın. Ama ağzın bağlı olduğunda el işaretleri kullanacağız," demekle yetindi.

Gözlerimi kırpıştırdım. Ama eğer elim ayağım bağlıysa, nasıl mümkün olacaktı? Beynim puslanmaya başlamıştı... *hımm... alkol.*

"Ağzımın bağlanması konusunda gerginim."

"Tamam, aklımda tutarım."

Kafama dank eden şeyle, gözlerimi ona çevirdim.

"İtaatkârlarını sana dokunamasınlar diye mi bağlıyorsun?"

Bana gözlerini iri iri açarak baktı.

"Sebeplerden biri bu," dedi sakince.

"Benim ellerimi de bu yüzden mi bağladın?"

"Evet."

"Bundan bahsetmeyi sevmiyorsun," diye mırıldandım.

"Hayır, sevmiyorum. Bir içki daha ister misin? Sana cesaret veriyor ve acı konusunda ne hissettiğini bilmem gerek."

Lanet olsun. İşin zorlu kısmına gelmiştik. Fincanımı doldurdu, bir yudum aldım.

"Acı konusunda genel tavrın ne?" Christian bana beklentiyle bakıyordu. Gizemli bir sesle, "Dudağını ısırıyorsun," dedi.

Dudağımı ısırmayı hemen bıraktım, ama ne diyeceğimi bilemiyorum. Kızararak ellerime baktım.

"Çocukken fiziksel ceza aldın mı?"

"Hayır."

"Yani herhangi bir referans noktan yok."

"Hayır."

"Sandığın kadar kötü değil. Bu işte en kötü düşmanın hayal gücün," diye fısıldadı.

"Bunu yapmak zorunda mısın?"

"Evet."

"Neden?"

"İşin doğasında var, Anastasia. Yaptığım bu. Gergin olduğunu anlıyorum. Metotları tek tek gözden geçirelim."

Bana listeyi gösterdi. Bilinçaltım çığlıklar atarak kaçtı ve kanepenin arkasına saklandı.

-Şaplak

-Kırbaçlama

-Isırma

-Genital kıskaç

-Sıcak balmumu

-Bastonla vurma

-Sopayla vurma

-Meme ucu kıskaçları

-Buz

-Diğer acı tür ve metotları

"Pekâlâ, genital kıskaca hayır demiştin. Sorun değil. Ama en çok can acıtan sopayla vurmadır."

Benzim soldu.

"Bu konunun üstünde çalışabiliriz."

"Ya da hiç yapmayabiliriz," diye fısıldadım.

"Bu anlaşmanın bir parçası, bebek, ama hepsinin üstünde çalışacağız. Anastasia, seni fazla zorlamayacağım."

"Beni en çok şu cezalandırma olayı endişelendiriyor." Sesim cılızdı.

"Şey, bana söylemene sevindim. Şimdilik sopayla vurmayı liste dışı bırakacağız. Diğerlerinde rahatladıkça, yoğunluğu arttıracağız. İşi ağırdan alacağız."

Yutkundum, öne eğildi ve beni dudaklarımdan öptü.

"Bak, o kadar da kötü değilmiş, değil mi?"

Omuz silkerken, yüreğim yine ağzımdaydı.

"Dinle, konuşmak istediğim bir şey daha var, sonra seni yatağa götüreceğim."

"Yatağa mı?" gözlerimi kırpıştırdım. Kanım vücuduma pompalanıyor, yakın zamana dek varlığından haberdar olmadığım yerlerimi ısıtıyordu.

"Haydi, Anastasia. Bütün bunları konuştukça seni önümüzdeki haftaya kadar becermek istiyorum. Senin üzerinde de bir etki yaratmış olmalı."

Yüzümü buruşturdum. İçimdeki tanrıçanın nefesi hızlanmıştı.

"Gördün mü bak? Ayrıca denemek istediğim bir şey var."

"Acı verecek bir şey mi?"

"Hayır. Her yerde acı görmekten vazgeç. Bu işin özü zevk. Şu ana dek canını yaktım mı?"

Kızardım. "Hayır."

"İyi o zaman. Bak, bugün daha fazlasını istediğinden bahsettin." Birden emin değilmiş gibi, duraksadı.

Ah, Tanrım... Bu konuşma nereye gidiyor?

Ellerimi sıkıca tuttu.

"İtaatkârım olduğun zamanların dışında, belki deneyebiliriz. İşe yarar mı, bilmem. Her şeyi birbirinden ayırmayı bilmem. İşe yaramayabilir. Ama denemeye istekliyim. Belki haftada bir gece. Bilmiyorum."

Lanet olsun... Ağzım açık kalmıştı; bilinçaltım şoktaydı. Christian Grey daha fazlasına talipti! Denemeye istekliydi! Bilinçaltım, acımasız suratı hâlâ şaşkınlık içinde, kanepenin arkasından kaçamak bir bakış attı.

"Bir şartım var." Christian afallamış ifademe temkinle baktı.

"Ne?" dedim soluk soluğa. *Her şey. Sana her şeyi veririm.*

"Mezuniyet hediyemi zarafetle kabul edeceksin."

"Ah." Ve için için ne olduğunu biliyordum. Karnımda korku filizleri yeşermeye başladı.

Bana bakıyor, tepkimi ölçüyordu.

"Gel," diye mırıldandı ve beni de yanına çekerek ayağa kalktı. Ceketini çıkarıp omuzlarıma yerleştirdi ve kapıya yöneldi.

Dışarıya kırmızı, *hatchback* bir araba park edilmişti. İki kapılı spor bir Audi.

"Senin için. Mezuniyetin kutlu olsun," diye mırıldanarak beni kollarının arasına çekti ve saçlarımı öptü.

Bana lanet olası, görünüşe bakılırsa yepyeni bir araba almıştı. Tanrım... Kitaplarla başım yeterince beladaydı zaten. Bu konudaki hislerimi umutsuzca saklamaya çalışarak, ona boş boş baktım. Bir yandan şaşkın, diğer yandan minnettardım. Bunu gerçekten yapması beni şoke etmişti, ama en baskın duygu öfkeydi. Evet, öfkeliydim. Hele kitaplar konusunda söylediklerimden sonra... Ama ben kitaplar hakkında konuştuğumda, bunu çoktan almış olmalıydı. Elimi tuttu ve beni giriş yolundan aşağı, yeni arabama doğru çekti.

"Anastasia, senin şu Kaplumbağan eski ve gerçekten tehlikeli. Bu durumu düzeltmek benim için bu kadar kolayken, sana bir şey olsa kendimi asla affetmem."

Gözleri üzerimdeydi, ama ben ona bakmaya cesaret edemiyordum. Arabanın insanı hayran bırakan parlak kırmızı yeniliğine gözlerimi dikerek sessizce durdum.

"Üvey babana bahsettim. O da bana katılıyor," diye mırıldandı.

Dönüp ona bakarken, ağzım dehşetten açık kalmıştı.

"Bundan Ray'e mi bahsettin? Bunu nasıl yapabildin?" Kelimeleri güçlükle telaffuz etmiştin. *Bu ne cüretti?* Zavallı Ray. Babam adına duyduğum utançla, midem bulanıyordu.

"Bu bir armağan, Anastasia. Sadece teşekkür ederim deyip geçemez misin?"

"Ama çok fazla olduğunu sen de biliyorsun."

"Benim için değil. Benim iç huzurum için değil."

Ne diyeceğimi bilemeyerek çatık kaşlarla baktım. Anlamıyordu. Bütün hayatı boyunca çok parası olmuştu. Tamam, bütün hayatı boyunca değil –çocukluğunda çok parası yoktu– ve bakış açım değişti. Düşünce beni kendime getirmişti ve hoşnutsuzluğum için suçluluk duyarak araba konusunda yumuşadım. Niyeti iyiydi, yanlış bir hareketti, ama çıkış noktası kötü değildi.

"Bilgisayar gibi, bunu da ödünç vermenden mutlu olurum."

Derin bir iç geçirdi. "Tamam. Ödünç. Sonsuza dek." Bana temkinle bakıyordu.

"Sonsuza dek değil, şimdilik. Teşekkürler."

Kaşlarını çattı. Uzanıp yanağına bir öpücük kondurdum.

Elimden geldiğince tatlı bir sesle, "Araba için teşekkürler, efendim," dedim.

Birden, beni tuttu ve kendine çekti. Sırtıma yerleştirdiği eliyle beni kendine bastırırken diğer eliyle saçlarımı okşuyordu.

"Sen meydan okuyan bir kadınsın, Ana Steele." Beni tutkuyla öptü ve diliyle dudaklarımı aralanmaya zorlarken acıma nedir bilmiyordu.

Kalbim daha o anda ısındı ve öpüşüne kendi tutkumla karşılık verdim. Onu fena halde istiyordum, arabaya, kitaplara ve sınırlara rağmen... Sopayla vurma olayına rağmen... Onu istiyordum.

"Şu anda, sana benim olduğunu ve sana lanet olası bir araba almak istiyorsam lanet olası bir araba alacağımı göstermek için, seni bu arabanın kaputu üstünde becermemek için kendimi zor tutuyorum," diye homurdandı. "Şimdi seni içeri sokup soyalım." Beni hızlı ve sert bir öpücüğe boğdu.

Tanrım, öfkeliydi. Elimi kavradı ve beni dairenin içine sokup doğruca odama çekti... Yapılacak bir şey yoktu. Bilinçaltım yine kanepenin arkasındaydı ve başını ellerinin altına gizlemişti. Christian yan lambayı açıp durdu ve bana baktı.

"Lütfen bana kızma," diye mırıldandım.

Bakışları ifadesiz, gözleri soğuk, puslu cam kırıkları gibiydi.

"Araba ve kitaplar konusunda üzgünüm..." Sonunu getiremedim. Sessiz ve derin düşünceli hali devam ediyordu. Gözlerimi ona sabitleyerek, nefes nefese, "Kızdığın zaman beni korkutuyorsun," dedim.

Gözlerini yumup başını salladı. Tekrar gözlerini açtığında, ifadesi yumuşamıştı. Derin bir nefes alıp yutkundu.

"Arkanı dön," diye fısıldadı. "O elbiseyi çıkarmak istiyorum."

Bir değişken ruh hali durumu daha. Ona ayak uydurmak o kadar güçtü ki. İtaatkâr bir tavırla döndüm. Kalbim gümbürdüyordu, huzursuzluğun yerini son hızla alan arzu, karnımın alt kısmını karanlık ve özlem yüküyle doldurmuştu. Saçlarımı sırtımdan toplayıp göğsümde kıvrılacak şekilde, sağ tarafımdan aşağı sarkıttı. Başparmağını enseme yerleştirdi ve tırnağını tenime sürterek bel kemiğimden aşağı acı verecek şekilde sürükledi.

"Elbiseyi beğendim," diye mırıldandı. "Pürüzsüz tenini görmeyi seviyorum."

Parmağı bel kemiğimin tam ortasında, boyundan bağlı, sırtı açık elbisemin kenarına ulaştı ve parmağını kenarına geçirip beni ona bir adım daha yaklaşacağım şekilde kendine çekti. Öne eğilip saçlarımın kokusunu içine çekti.

"Çok güzel kokuyorsun, Anastasia. Çok tatlı." Burnu kulağımı yalayıp boynuma kadar doğru kaydı, omzumu boydan boya yumuşak ve kuş tüyü hafifliğinde öpücüklere boğdu. Bu işte o kadar iyiydi ki. Bedenim tepki verdi ve dokunuşunun altında aheste aheste kıvranmaya başladım.

Her kelimenin arasında enseme öpücükler kondurarak, "Kıpırdamadan. Durmayı. Öğrenmen. Gerekecek," dedi.

Boyun bağını çekmesiyle elbisenin yere düşüp ayaklarımın dibine yığılması bir oldu.

"Sutyeniniz yok, Bayan Steele. İşte bunu sevdim."

Elleri önüme uzanıp memelerimi avuçladı ve dokunuşuyla, meme uçlarım sertleşti.

Boynuma doğru, "Kollarını kaldır ve başımın etrafına yerleştir," diye mırıldandı.

Derhal itaat ettim ve uçları daha da sertleşen meme uçlarım yükselip avucunun içine doğru basıldılar. Parmaklarım saçlarının arasına kaydı ve yumuşak, seksi saçlarını usulca çekti. Boynuma daha kolay ulaşabilmesi için, başımı yana çevirdim.

Saçlarının arasındaki ellerimi taklit ederek, uzun parmaklarıyla meme uçlarımı çekip uzatırken, kulağımın arkasındaki boşluğa, "Mmmm..." diye mırıldandı.

Kasıklarımda keskin ve net bir hisle sarsılarak inledim.

"Seni böyle boşaltayım mı?" diye fısıldadı.

Memelerimi uzman ellerine iyice bastırmak için sırtımı bir yay gibi gerdim.

"Bunu seviyorsunuz, değil mi Bayan Steele."

"Mmmmm."

"Söyle bana." Yavaş ve şehvetli işkencesini sürdürerek meme uçlarımı usulca çekiştiriyordu.

"Evet."

"Evet, ne?"

"Evet, efendim."

"Aferin kızıma." Mememi sertçe sıkınca vücudum, Christian'ın önüne doğru kıvranarak büküldü.

Bu enfes ve keskin zevk acı karışımıyla nefesim kesildi. Onu arkamda hissediyordum. İnledim ve ellerim saçlarına yapışıp daha sert çekti.

Ellerini durdurarak, "Henüz gelmeye hazır olduğunu sanmıyorum," diye fısıldadı. Kulak mememi dişlerinin arasına alıp usulca çekti. "Ayrıca hoşuma gitmeyecek bir şey yaptın."

İnlerken, beynim, ihtiyaç yüklü bir arzunun sisi arasında söylediklerini algılamaya çalışıyordu. *Ah, hayır, bu da ne demek?*

"Bu yüzden belki de boşalmana hiç izin vermem." Parmaklarının ilgisini tekrar meme uçlarıma çevirdi ve onları yeniden çekmeye, bükmeye koyuldu. Popomu bir o yana bir bu yana hareket ettirerek ona sürttüm.

Elleri kalçalarıma doğru kayarken sırıttığını hisseder gibiydim. Parmaklarımı iç çamaşırımın arkasına takıp kumaşı esneterek başparmaklarıyla çekip parçaladı ve görebilmem için yere, önüme attı...

Lanet olsun. Parmakları aşağı, cinsel organıma kaydı ve arkadan parmağını usulca içime itti.

Beni yüzüm ona bakacak şekilde çevirirken, "Ah, evet. Tatlı kızım hazırmış," diye soludu. Nefes alıp verişi hızlanmıştı. Parmağını ağzına götürdü. "Tadınız o kadar güzel ki, Bayan Steele." İç geçirdi.

Lanet olsun. Parmakları tuzluydu. Benim tuzum.

Yarı örtülü göz kapaklarının arasından bana bakarak, usulca, "Beni soy," diye emretti.

Üzerimde sadece ayakkabılarım... şey, Kate'in yüksek topuklu ayakkabıları kalmıştı. Şaşkındım. Daha önce hiçbir erkeği soymamıştım.

Usulca, "Bunu yapabilirsin," dedi.

Gözlerimi kırpıştırdım. Nereden başlamalıydı? Tişörtüne uzandım, ellerimi tuttu ve kurnaz bir gülümsemeyle baktı.

"Ah, hayır." Sırıtarak kafasını salladı. "Hayır, tişörtü değil. Planladığım şey için bana dokunman gerekebilir."

Ah, işte bu yeni bir haberdi... Kıyafetlerle dokunabilecektim. Ellerimden birini alıp ereksiyonunun üstüne yerleştirdi.

"Üzerimde bıraktığınız etki bu, Bayan Steele."

İnledim ve parmaklarımı organının etrafına kapattım. Sırıttı. "İçinde olmak istiyorum. Pantolonumu çıkar. Kontrol sende."

Lanet olsun... Kontrol bende... Ağzım açık kalmıştı.

Alay eder gibi, "Bana ne yapacaksın?" dedi.

Ah, olasılıklar... İçimdeki tanrıça kükredi ve bunalım, ihtiyaç ve katıksız Steele cesaretinden gelen bir gözü peklikle onu yatağa ittim. Düşerken güldü ve ona zafer hissiyle baktım. İçimdeki tanrıça patlamak üzereydi. Hızlı ve beceriksiz hareketlerle önce ayakkabılarını, sonra çoraplarını çıkardım. Bana diktiği gözleri eğlence ve arzuyla pırıl pırıldı. Muhteşem görünüyordu... ve... *benimdi.* Yatağa tırmanıp at biner gibi üstüne oturdum, pantolonunun düğmelerimi çözdüm ve parmaklarımı belinden içeri kaydırıp çok-mutlu bölgesindeki tüyleri hissettim. Gözlerini yumdu ve kalçalarını kastı.

"Kıpırdamadan durmayı öğrenmen gerekecek," diye azarlayarak pantolonunun bel kısmının altında kalan tüyleri çekiştirdim.

Nefesi kesilir gibi oldu ve bana sırıtarak baktı.

Gözleri alev alev yanarak, "Evet, Bayan Steele," diye mırıldandı. "Cebimde, prezervatif var," diye soludu.

Cebine uzandım ve elimle yoklarken yüzünü izledi. Ağzı açıktı. Bulduğum iki paketi de çıkarıp yatağın üstüne, kalçasının yanına bıraktım. İki! Aşırı hevesli parmaklarım belindeki düğmeye uzandı ve biraz debelenerek açtım. Heyecanlanmanın ötesine geçmiştim.

"Çok heyecanlısınız, Bayan Steele," diye mırıldanırken sesi mizah yüklüydü. Fermuarı indirdim; ve işte şimdi de pantolonunu indirme sorunuyla karşı karşıyaydım... hımmm. Pantolonunu tutup aşağı çektim. Neredeyse hiç kıpırdamamıştı. Kaşlarımı çattım. Nasıl bu kadar zor olabilirdi ki?

"O dudağı ısırmaya devam edersen, kıpırdamadan duramam," diye uyardı ve sonra, pantolon ve iç çamaşırını aynı anda çekebilmem için kalçasını yataktan havalandırdı. Vay canına... özgür kalmıştı. Kıyafetlerini ayağıyla yere itti.

Tanrı aşkına... Oynamam için bütünüyle bana aitti ve birden Noel zamanı oluvermişti.

"Şimdi ne yapacaksın?" diye solurken, sesinde mizahtan eser kalmamıştı. Uzanıp ona dokunurken, yüz ifadesini izledim. Derin bir nefes alırken, ağzı O şeklini aldı. Teni o kadar pürüzsüz... kadifemsi ve sertti ki... Hımm... Ne enfes bir kombinasyondu. Öne eğildim, saçlarım iki yandan dökülürken, onu ağzımın içine aldım. Emdim... sertçe. Gözlerini yumdu. Kalçaları altımda titriyordu.

"Tanrım, Ana, sakin," diye inledi.

Kendimi öyle güçlü hissediyordum ki. Onunla ağzım ve dilimle oynamak ve onu sınamak o kadar coşku verici bir histi ki. Ağzımı bir aşağı bir yukarı hareket ettirerek sıkılı dudaklarımla onu gırtlağımın gerisine tekrar tekrar ağzıma alırken, altımda gerilmişti.

"Dur, Ana, Dur. Boşalmak istemiyorum."

Doğruldum ve onun gibi nefes nefese, ama kafam karışmış bir halde gözlerimi kırpıştırdım. *Kontrol bende sanıyordum.* İçimdeki tanrıça biri elinden dondurmasını kapmış gibi görünüyordu.

"Masumiyetin ve heyecanının insanı dağıtıyor," diye inledi. "Üstüme çık... yapmamız gereken bu."

Ah.

"Al, tak şunu." Bana paketlerden birini uzattı.

Lanet olsun. Nasıl? Paketi yırtıp açtım; lastiğimsi prezervatif parmaklarımın arasında yapış yapıştı sanki.

"Tepesini sık ve aşağı doğru kıvır. O şeyin ucunda hava kalsın istemezsin..." diye soludu.

Ve yavaşça, tamamen konsantre olarak bana söyleneni yaptım.

"Tanrı aşkına, beni burada öldürüyorsun, Anastasia," diye inledi.

Eserimi ve onu hayranlıkla süzdüm. Erkek türünün gerçekten iyi bir örneğiydi. Ona bakmak çok ama çok tahrik ediciydi.

"Şimdi. İçine gömülmek istiyorum," diye mırıldandı. Gözüm korkmuş halde ona baktım ve aniden kalkmaya davranınca, burun buruna geldik.

"Böyle," diye soluyarak elini kalçama uzatıp beni kaldırdı ve diğer eliyle kendini benimle arasına yerleştirip beni usulca üzerine yerleştirdi.

Christian beni esnetip içimi doldururken, tatlı, muhteşem, acı verici aşırı doluluk duygusu karşısında, ağzım hayretle açıldı. *Ah... lütfen.*

"İşte böyle, bebeğim. Hisset beni. Her şeyimi," diye inledi ve kısa bir an için gözlerini yumdu.

Ve içimdeydi. Sapına kadar ve beni saniyelerce... dakikalarca olduğum yerde tuttu. Ne olduğu konusunda hiçbir fikrim yoktu. Dikkatle gözlerime bakıyordu.

"Böyle çok derin," diye mırıldandı. Kalçalarını tek bir hareketle kasıp çevirdi ve inledim... ah, Tanrım... his bütün karnıma... her yerime yayılmıştı. *Siktir!*

"Tekrar," diye fısıldadım. Tembel bir sırıtışla itaat etti.

İnleyerek başımı arkaya attım. Saçlarım sırtımdan aşağı dökülüyordu. Ağır ağır yatağa gömüldü.

"Sen hareket et, Ana. Yukarı, aşağı. Nasıl istersen. Ellerimi tut," diye inlerken, sesi boğuk, alçak ve ah, çok seksiydi.

Ellerini, hayata tutunur gibi, sıkıca kavradım. Usulca kendimi yukarı çekip tekrar indirdim. Gözleri vahşi bir heyecanla yanıyordu. Nefesi benimki gibi kesik kesikti ve ben aşağı inerken kalçasını kaldırıp beni tekrar yukarı zıplatıyordu. Ritim kazandık... yukarı, aşağı, yukarı, aşağı... tekrar, tekrar ve o kadar... iyi geliyordu ki. Soluk soluğa nefeslerim, derinlerdeki o taşkın doluluk ve hızla gelişen ve içimde zonklayan o coşkulu his arasında, onu izliyordum. Gözlerimiz kilitlenmişti ve orada hayret gördüm... bana duyduğu hayreti.

Onu düzüyordum. Kontrol bendeydi. O benimdi. Ben de onun. Bu düşünce beni, betondan bir ağırlıkla uçurumdan aşağı itti ve Christian'ın üzerinde... tutarsız haykırışlarla... doruğa ulaştım. Kalçalarımı kavradı, gözlerini yumarak ve başını arkaya atarak sessizce boşalırken, çenesi kaskatıydı. Kendimi hayal ve gerçek arasında, sert ya da yumuşak sınırların olmadığı bir yerde kaybederek göğsüne yığıldım.

BÖLÜM ON ALTI

Dış dünya, hislerimi yavaş yavaş istila etti ve ah, Tanrım, ne istilaydı ama. Büsbütün tükenmiş halde, pelteye dönmüş uzuvlarımla havada süzülüyordum. Başım göğsünde, üzerinde yatıyordum ve temiz çamaşır, pahalı vücut şampuanı ve gezegendeki en baştan çıkarıcı esansların birbirine karıştığı, ilahi bir kokusu vardı... Christian. Kıpırdamak istemiyordum. Bu iksiri sonsuza dek solumak istiyordum. Arada tişört bariyerinin olmasına hayıflanarak burnumu ona sürttüm. Ve sağduyu geri dönerken, elimi göğsüne koydum. İlk kez orasına dokunuyordum. Sert ve güçlüydü. Eli havalanıp benimkini yakaladı, ama ağzına götürüp, boğumlarımı tatlılıkla öperek çıkışının etkisini yumuşattı. Bana yukarıdan bakabilmek için yatakta döndü.

"Yapma," diye mırıldandı ve beni usulca öptü.

Yumuşacık, gri gözlerine bakarak, "Sana dokunulmasından neden hoşlanmıyorsun?" diye fısıldadım.

"Çünkü içimde bombokluğun elli farklı tonu var Anastasia."

Ah... Dürüstlüğü beni tamamen hazırlıksız yakalamıştı. Gözlerimi kırpıştırdım.

"Hayata çok zorlu bir başlangıç yaptım. Seni detaylarla boğmak istemiyorum. Sadece yapma. Burnunu burnuma sürttü ve içimden çekilip oturdu.

"Sanırım tüm temel pozisyonları denedik. Nasıldı?"

Kendinden son derece hoşnut ve aynı zamanda, listedeki bir maddeyi daha halletmiş olduğundan, fazlasıyla rahat görünüyordu.

Bense, "hayata zorlu bir başlangıç" yorumunun sersemliğini yaşıyordum. Çok zorlayıcıydı ve daha fazlasını öğrenmek için can atıyordum. Ama anlatmayacaktı. Tıpkı onun yaptığı gibi, başımı yana yatırdım ve ona gülümsemek için büyük çaba harcadım.

"Kontrolü bana bir an olsun bıraktığını sandığımı düşünüyorsan, not ortalamamı hesaba katmamışsın demektir." Utangaç bir tavırla gülümsedim. "Ama yanılsama için teşekkürler."

"Bayan Steele, siz sadece güzel bir yüzden ibaret değilsiniz. Şu ana kadar altı orgazm yaşadınız ve hepsi bana ait," diye böbürlenirken yine oyuncu haline bürünmüştü.

Aynı anda hep kızarıp hem de gözlerimi kırpıştırdım. Christian bana bakıyordu. *Skor tutuyor!* Kaşları çatıldı.

"Bana söyleyecek bir şeyin mi var?" Sesi birden sertleşmişti.

Kaşlarımı çattım. *Lanet olsun.*

"Bu sabah bir rüya gördüm."

"Ah?" Bana dik dik bakıyordu.

Çifte lanet olası. Başım belada mı yoksa?

"Uykumda boşaldım." Kolumu gözlerimin üstüne attım. Hiçbir şey demedim. Ona kolumun altından bir bakış attım. Eğlenir gibiydi.

"Uykunda mı?"

"Beni uyandırdı."

"Uyandırdığından eminim. Rüyanda ne gördün?"

Lanet olsun.

"Seni."

"Ne yapıyordum?"

Kolumu bir kez daha gözlerimin üstüne attım. Ve küçük bir çocuk gibi bir süre ben onu göremiyorsam o da beni göremiyordur düşüncesiyle teselli buldum.

"Anastasia. Ne yapıyordum? Bunu bir daha sormayacağım."

"Bir binici kamçın vardı."

Kolumu çekti.

"Gerçekten mi?"

"Evet." Rengim koyu kırmızıya dönmüştü.

"Henüz senin için umut var," diye mırıldandı. "Sayısız binici kamçım var."

"Kahverengi örgü deri?"

Güldü. "Hayır, ama bir tane edinebileceğimden eminim."

Öne eğilip bana küçük bir öpücük verdi. Sonra ayağa kalkıp boksır çamaşırını aldı. Ah, hayır... Gidiyordu. Saate hızlı bir bakış attım. Henüz dokuz kırktı. Ben de yataktan doğruldum. Eşofman altımı ve askılı üstümü kaptım. Sonra tekrar yatağa oturup bacak bacak üstüne atarak onu izledim. Gitmesini istemiyordum. Ne yapabilirdim?

Düşüncelerimi yarıda bölerek, "Reglin ne zaman?" diye sordu.

Ne?

"Şu şeyleri takmaktan nefret ediyorum," diye homurdandı. Prezervatifi havaya kaldırdı, sonra yere bırakıp kot pantolonunu giydi.

Ben cevap vermeyince, "Eee?" diye bastırdı. Hava durumu konusunda görüşümü bekler gibi, heyecanla bakıyordu. Lanet olsun... Bunlar kişisel şeylerdi.

"Haftaya." Ellerime baktım.

"Bir tür doğum kontrol yöntemi edinmelisin."

Fazla patronluk taslıyordu. Ona boş gözlerle baktım. Yeniden yatağa oturup çorap ve ayakkabılarını giydi.

"Bir doktorun var mı?"

Başımı salladım. İşte yine şirket birleşmesi ve alımı havasına dönmüştü. 180 derecelik bir duygu değişimi daha.

Kaşlarını çattı. "Benimkinden gelip seni evinde görmesini sağlayabilirim. Pazar sabahı sen bana gelmeden önce. Ya da seni benim evimde de görebilir. Hangisini tercih edersin?"

Demek baskı yoktu. Parasını onun ödeyeceği bir şey daha... ama aslında bu kendi yararınaydı.

"Senin evin." Bu pazar günü onu görmemin garanti olduğu anlamına geliyordu.

"Tamam. Sana saatini haber veririm."

"Gidiyor musun?"

Gitme... Benimle kal, lütfen.

"Evet."

Neden?

"Nasıl döneceksin?" diye fısıldadım.

"Taylor alacak."

"Ben bırakabilirim. Çok güzel bir yeni arabam var."

Bana baktığında, ifadesi sıcacıktı.

"Öyle görünüyor. Ama sanırım çok fazla içki içtin."

"Beni bilerek mi sarhoş ettin?"

"Evet."

"Neden?"

"Çünkü her şeyi gereğinden fazla düşünüyorsun ve üvey baban gibi ketumsun. Bir damla şarap ve konuşmaya başlıyorsun ve benimle dürüstçe konuşmana ihtiyacım var. Aksi takdirde kendini kapatıyorsun ve ne düşündüğün konusunda hiçbir fikrim olmuyor. *Vino veritas,* Anastasia."

"Ve sen bana karşı her zaman dürüst olduğunu düşünüyorsun, öyle mi?"

"Olmak için özen gösteriyorum." Bana temkinli bir ifadeyle bakıyordu. "Bu iş ancak birbirimize karşı dürüst olursak yürür."

"Kalmanı ve şunu kullanmanı isterdim." İkinci prezervatifi havaya kaldırdım.

Gülümserken gözleri mizah duygusuyla parlıyordu.

"Anastasia, bu akşam burada bir yığın çizgiyi aştım. Gitmem gerek. Pazar günü seni görmeye gelirim. Kontratın düzeltilmiş halini senin için hazırlatırım; sonra gerçekten oynamaya başlarız."

"Oynamak mı?" *Lanet olsun.* Yüreğim ağzıma gelmişti.

"Seninle bir sahne yaratmak istiyorum. Ama bunu imzayı atıp hazır olduğundan emin olana dek yapmayacağım."

"Ah, yani imzayı atmazsam işi uzatabilirim, öyle mi?"

Beni tartar gibi baktı; sonra dudakları bir gülümsemeyle büküldü. "Şey, sanırım uzatabilirsin, ama bekleme sıkıntısı beni çıldırtabilir."

"Çıldırtmak mı? Nasıl?" İçimdeki tanrıça uyanmış ve kulak kesilmişti.

Christian usulca kafasını salladı ve sonra alay eder gibi sırıtarak, "Gerçekten çirkinleşebilir," dedi.

Sırıtışı bulaşıcıydı.

"Çirkin mi, nasıl?"

"Ah bilirsin işte, patlamalar, araba kovalamacaları, adam kaçırmalar, hapis."

"Beni kaçırır mısın?"

"Ah, evet," Sırıttı.

"Yani beni iradem dışımda alıkoyacaksın öyle mi?" *Tanrım, bu çok seksi.*

"Ah, evet." Başını salladı. "Ve tabii bir de TGD 7/24 söz konusu."

"Efendim?" diye solurken, kalbim gümbürdüyordu... ciddi miydi?

"Tam Güç Değişimi, yedi gün, yirmi dört saat." Gözleri parlıyordu ve heyecanını oturduğum yerden bile elle tutulur biçimde hissedebiliyordum.

Lanet olsun.

Alaycı bir sesle, "Yani seçme şansın yok," dedi.

"Belli oluyor." Gözlerim havaya çevrilirken, sesimdeki alaycılığı gizleyememiştim.

"Ah, Anastasia Steele. Sen az önce bana gözlerini mi devirdin yoksa?"

Lanet olsun.

Neredeyse cırlar gibi, "Hayır," dedim.

"Bence devirdin. Gözlerini bir daha devirirsen sana ne yapacağımı söylemedim mi ben?"

Siktir. Yatağın kenarına oturdu.

Yumuşak bir sesle, "Buraya gel," dedi.

Bembeyaz kesildim. Tanrım... ciddiydi. Tamamen hareketsiz halde, ona bakarak oturdum.

"Henüz imzalamadım," diye fısıldadım.

"Sana ne yapacağımı söyledim. Ben sözünü tutan bir adamım. Seni pataklayacağım sonra da hızla ve çok sert düzeceğim. Görünüşe bakılırsa, o prezervatife ihtiyacımız olacak."

Sesi son derece yumuşak, tehditkâr ve *çok* seksiydi. İçim güçlü, düşkün ve akışkan bir arzuyla neredeyse kıvrılıp bükülüyordu. Bana gözlerinden alevler saçarak bakıyordu. Çekine çekine bacaklarımı araladım. *Kaçmalı mıydım?* İşte buydu, ilişkimiz tam burada, tam şu anda dengede duruyordu. Bunu yapmasına izin mi verecektim, yoksa hayır mı diyecektim? Her şey son mu bulacaktı? Çünkü hayır dersem biteceğini biliyordum. İçimdeki tanrıça, *Yap şunu,* diye yalvarıyordu. Bilinçaltım da en az benim kadar felç haldeydi.

"Bekliyorum," dedi. "Ben sabırlı bir adam değilim."

Ah, kutsal olan her şeyin aşkına. Soluk soluğaydım, korkmuş ve tahrik olmuş haldeydim. Kanım bütün bedenimde pompalanırken, bacaklarım jöle kıvamına dönüşmüştü. Ağır ağır emekleyerek yanına sokuldum.

"Aferin kızıma," diye mırıldandı. "Şimdi ayağa kalk."

Ah, lanet olsun. Şu işi bir önce halledip bitiremez miydi sanki? Ayakta durabileceğimden emin eğildim. Tereddütle ayağa kalktım. Elini uzatınca prezervatifi avucuna bıraktım. Beni aniden kavrayıp kucağına devirdi. Tek bir hareketle bedenine, bedenim yanına, yatağın üstüne uzanacak bir açı verdi. Sağ bacağını benimkinin üstüne, sol kolunun alt kısmını bel girintime yerleştirdi ve beni hareket edemeyeceğim şekilde bastırdı. *Ah, siktir.*

"Ellerini başının iki yanına koy," diye emretti.

Derhal itaat ettim.

"Bunu neden yapıyorum, Anastasia?" diye sordu.

"Çünkü sana gözlerimi devirdim." Güçlükle konuşuyordum.

"Sence bu nazik bir hareket mi?"

"Hayır."

"Bir daha yapacak mısın?"

"Hayır."

"Bunu her yapışında benden bir şaplak yiyeceksin, anlıyor musun?"

Eşofman altımı usulca aşağı çekti. Ah, ne kadar küçültücüydü. Küçültücü, ürkütücü ve seksi. Bu işi nasıl da süsleyip püslüyordu. Yüreğim ağzımdaydı. Zorlukla nefes alıyordum. Lanet olsun. Canım yanacak mıydı?

Elini çıplak popoma yerleştirip beni usulca okşamaya, düz avuç içiyle daireler çizerek sıvazlamaya başladı. Sonra elini birden çekti ve bana vurdu. Sert. *Ayy!* Gözlerim acıya tepkiyle fal taşı gibi açıldı ve kalkmaya çalıştım, ama elini kürek kemiklerimin arasına kaydırıp beni olduğum yerde tuttu. Şimdi bir kez daha, az önce vurduğu yeri okşuyordu ve nefes alıp verişi değişmişti. Daha gürültülü ve sertti. Tekrar tekrar, hızla, art arda vurdu. Lanet olsun, canım yanıyordu. Hiç ses çıkarmıyordum; yüzüm acıyla buruşmuştu. Bedenimde son hız akan adrenalinle kıpırdanarak darbelerden sakınmak için kıvranıyordum.

"Kıpırdama," diye homurdandı. "Yoksa seni daha uzun süre tokatlarım."

Şimdi beni ovuyordu; arkasından bir darbe geldi. Ritmik bir döngü oluşmuştu: okşama, ovalama ve sert bir şaplak. Bu acıyla baş edebilmek için konsantre olmam gerekiyordu. Bu zorlu hissi sindirmeye gayret ederken, zihnim tamamen boşalmıştı. Aynı yere iki kez üst üste vurmuyor, acıyı yayıyordu.

"Ahhhh..." Onuncu şaplakla haykırdım; içimden darbeleri saydığımın farkında bile değildim.

"Daha yeni ısınıyorum."

Bir kez daha vurdu, sonra yavaşça okşadı. Sert, yakıcı şaplak ile nazik okşayışının kombinasyonu insanın zihnini uyuşturacak cinstendi. Bir kez daha vurdu... katlanması gittikçe zorlaşıyordu. Buruşturmaktan yüzüm acıyordu. Bir kez daha okşadı ve bir darbe daha. Bir çığlık daha attım.

"Seni duyacak kimse yok, bebek. Bir tek ben varım."

Ve bana tekrar tekrar vurdu. İçimden, derinlerden, durması için yalvarmak istiyordum. Ama yalvarmadım. Ona bu tatmini yaşatmak istemiyordum. Amansız ritmini sürdürüyordu. Altı kez daha haykırdım. Toplamda on sekiz şaplak. Bedenim bu insafsız saldırı karşısında âdeta çınlıyordu.

Boğuk bir sesle, "Yeterli," dedi. "Aferin sana, Anastasia. Şimdi seni becereceğim."

Popomu usulca okşadı. Döne döne, aşağı doğru kayarak okşadığı yerler alev alev yanıyordu. Birden iki parmağını içime iterek beni hazırlıksız yakaladı. Zihnimdeki uyuşukluğu ezip geçen bu yeni saldırıyla iç geçirdim.

"Bunu hisset. Bedeninin bundan ne kadar hoşlandığını anla, Anastasia. Sadece benim için sırılsıklamsın." Sesinde hayranlıkla karışık bir hayret vardı. Parmaklarını hızlı hızlı sokup çıkarıyordu.

İnledim. *Hayır, olamaz.* Sonra parmakları uzaklaştı ve ben istekle baş başa kaldım...

"Bir dahaki sefere sana saydıracağım. Şimdi, şu prezervatif neredeydi?"

Prezervatif için yanına uzandı ve beni usulca kaldırıp yüzüstü yatağa bastırdı. Fermuarının ve folyonun sesini duydum. Eşofmanımı tamamen çekip çıkardı ve artık fena halde sızlayan popomu usulca okşayarak beni dizüstü pozisyona yönlendirdi.

"Şimdi sana sahip olacağım. Boşalabilirsin," diye mırıldandı.

Ne? Sanki seçme şansım varmış gibi?

Ve işte içimdeydi, beni hızla doldurmuştu. Yüksek sesle inledim. Sızlayan popoma yoğun ve hızlı bir tempoyla çarparak içime girip çıkıyordu. Bu enfes ötesi, ham, küçültücü ve insanın aklını başından alan bir histi. Duyularım tahrip olmuş, kopmuştu ve sadece bana yaptığı şeye konsantre olabiliyordum. Şimdi bana karnımın alt kısmında, derinlerde hissettiğim o tanıdık gerilme, hızlanma duygusunu yaşatıyordu. HAYIR... Ve hain bedenim, yoğun ve vücudumu darmadağın eden bir orgazmla patladı.

Christian doruğa ulaşıp içime akarken beni olduğum yerde tutarak yüksek sesle, "Ah, Ana!" diye haykırdı. Nefes nefese, yanıma yığılıp beni üzerine çekti ve yüzünü saçlarımın arasına gömüp beni yakınında tuttu.

"Ah, bebeğim..." diye soludu. "Dünyama hoş geldin."

Nefeslerimizin yavaşlamasını bekleyerek, soluk soluğa, yan yana uzandık. Usulca saçlarımı okşadı. Başım yine göğsündeydi. Ama bu defa elimi kaldırıp onu hissedecek gücüm yoktu. Tanrım, bu işten sağ çıkmıştım. O kadar da kötü değildi. Sandığımdan daha metanetliydim. İçimdeki tanrıçanın takati kesilmişti. En azından sessizdi. Christian burnunu bir kez daha saçlarıma sürterek derin bir nefes çekti.

"Aferin sana, bebek," diye fısıldarken sesinde nazik bir sevinç saklıydı. Sözleri beni Heathman Oteli'nin yumuşacık, kabarık tüylü havluları gibi sarmıştı ve mutlu olmasına çok seviniyordum.

Tişörtümün askısını çekti.

"Bununla mı uyuyorsun?" diye sordu.

Uykulu bir sesle, "Evet," diye fısıldadım.

"İpekler ve satenlerle sarılmalısın, güzel kız. Seni alışverişe götüreceğim."

Rahatsız olmuş gibi görünmeye çalışarak, ama başarılı olamayarak, "Ben eşofmanlarımı seviyorum," diye mırıldandım.

Tekrar başımı öptü.

"Göreceğiz," dedi.

Birkaç dakika ya da kimbilir belki de birkaç saat daha öylece yattık. Sanırım içim geçmişti.

"Gitmem gerek," dedi ve eğilip alnıma küçük bir öpücük kondurdu. "Sen iyi misin?" Sesi yumuşacıktı.

Sorusunu düşündüm. Popom sızlıyordu. Pekâlâ, şu anda için için yanıyordu ve ben şaşılacak şekilde, bitkin olmanın dışında kendimi ışıl ışıl hissediyordum. Bu beklenmedik ve gurur kırıcı bir yüzleşmeydi. Anlamıyordum.

"Ben iyiyim," diye fısıldadım. Daha fazlasını söylemek istemiyordum.

Ayağa kalktı.

"Banyon nerede?"

"Koridorda, solda."

Diğer prezervatifi alıp odadan çıktı. Canım acıyarak doğruldum ve eşofmanımı tekrar üstüme giydim. Hâlâ sızlayan popumu biraz acıttı. Tepkim aklımı öylesine karıştırmıştı ki. Zamanını çıkaramasam da, iyi bir dayaktan sonra kendimi çok daha iyi hissedeceğimi söylediğini hatırlıyordum. Nasıl öyle olabilirdi ki? Gerçekten anlamıyordum. Ama işin tuhaf yanı, kendimi iyi hissediyordum. Bu tecrübeden keyif aldığımı söyleyemezdim. Hatta uzak durmak için hâlâ ne gerekiyorsa yapardım ama şimdi... güvenli, tuhaf, gün batımı kızılına batırılmış, doyuma ulaşmış bir duyguya bürünmüştüm. Başımı ellerimin arasına aldım. Anlamıyordum.

Christian odaya geri döndü. Gözlerine bakamıyordum. Bakışlarımı ellerime diktim.

"Bebe yağı buldum. İzin ver, arkana süreyim."

Ne?

"Hayır, ben hallederim."

"Anastasia," diye uyardı ve gözlerimi devirmek istedim, ama kendimi hemen tuttum. Yüzüm yatağa dönük, ayağa kalktım. Yanıma oturdu ve eşofmanımı nazikçe aşağı çekti. Bilinçaltım, iğneleyici bir ses tonuyla, *Fahişenin donu gibi bir yukarı bir aşağı*, dedi. İçimden ona defolup gitmesini söyledim. Christian bebe yağını avucuna döküp popomu özenli bir şefkatle ovaladı; makyaj temizleyicisinden, tokatlanmış bir kıç için rahatlatıcı losyona, böyle çok yönlü bir sıvı olacağı kimin aklına gelirdi ki?

"Ellerimin üzerinde olmasını seviyorum," diye mırıldandı. Ona katılmaktan başka seçeneğim yoktu, ben de seviyordum.

İşi bitince, "İşte," dedi ve eşofmanımı bir kez daha yukarı çekti.

Saate baktım. On otuzdu.

"Şimdi gidiyorum."

"Seni geçireyim." Ona hâlâ bakamıyordum.

Elimi tuttu ve beni ön kapıya götürdü. Neyse ki Kate hâlâ evde değildi. Anne babası ve Ethan'la birlikte yemekte olmalıydı. Yakınlarda olup bu cezalandırmaya kulak misafiri olmamasına seviniyordum.

Göz temasından kaçınarak, "Taylor'ı araman gerekmiyor mu?" diye sordum.

"Taylor dokuzdan beri burada. Bana bak," dedi.

Gözlerine bakmamak için çaba harcadım, ama göz göze geldiğimizde bana hayretle bakıyordu.

"Ağlamadın," diye mırıldandı ve beni birden kollarının arasına çekip hararetle öptü. Dudaklarıma doğru, "Pazar," diye fısıldadı. Bu hem bir vaat hem de bir tehditti.

Yürüyüş yolunda uzaklaşmasını ve büyük, siyah Audi'ye binmesini izledim. Arkasına bakmadı. Kapıyı kapattım, sadece iki gece daha geçireceğim dairenin oturma odasında çaresizlik içinde durdum. Neredeyse dört yıl boyunca, mutlu mesut yaşadığım bir yer... Ancak bugün, ilk defa, yalnız, huzursuz ve kendi varlığımdan mutsuz hissediyordum. Olduğum kişiden bu kadar mı uzaklaşmıştım? Uyuşuk dış görüntüme çok da uzak olmayan bir yerde bir gözyaşı kuyusunun beklediğini biliyordum. Ne yapıyordum? İşin ironik yanı oturup rahat rahat bir gözyaşı bile dökemeyecek olmamdı. Ayakta durmam gerekecekti. Geç olduğunu biliyordum, ama annemi aramaya karar verdim.

Hattın diğer ucundan coşkuyla, "Tatlım, nasılsın? Mezuniyet nasıldı?" diye sordu. Sesi rahatlatıcı bir merhem gibiydi.

"Çok geç oldu, üzgünüm," diye fısıldadım.

Duraksadı.

"Ana? Sorun ne?" Birden tamamen ciddiyete bürünmüştü.

"Bir şey yok, anne, sadece sesini duymak istedim."

Kısa bir an sessiz kaldı.

"Ana, sorun ne? Lütfen anlat." Sesi yumuşak ve rahatlatıcıydı; beni önemsediğini biliyordum. Davetsiz gözyaşlarım dökülmeye başladı. Son birkaç gündür o kadar sık ağlıyordum ki.

"Lütfen, Ana," derken, sıkıntısı benimkini yansıtıyordu.

"Ah, anne. Bir adam."

"Sana ne yaptı?" Telaşı elle tutulur cinstendi.

"Öyle değil..." *Gerçi öyleydi.* Ah, lanet olsun. Onu endişelendirmek istemiyordum. Sadece, şu anda birinin benim yerime güçlü olmasını istiyordum.

"Ana, lütfen beni endişelendiriyorsun."

Derin bir nefes aldım. "Bir adama âşık oldum sanırım, ama o benden çok farklı ve birlikte olmalı mıyız bilmiyorum."

"Ah, hayatım. Keşke yanında olabilseydim. Mezuniyetini kaçırdığım için o kadar üzgünüm ki. Sonunda âşık oldun demek. Ah, tatlım, erkekler zor yaratıklardır. Onlar farklı bir tür, tatlım. Onu ne zamandır tanıyorsun?"

Christian'ın farklı bir tür olduğu kesindi... *hem de farklı bir gezegenden.*

"Ah, yaklaşık üç hafta falan."

"Ana, hayatım, bu çok kısa bir zaman. Bu kadar kısa bir sürede bir insanı nasıl tanıyabilirsin ki? İşi ağırdan al ve sana layık olup olmadığından emin olana kadar bir kol boyu mesafede tut."

Vay canına... Annemin sezgilerinin bu denli iyi olması sinir bozucuydu, ama çok geç kalmıştı. Bana *layık* mıydı? İlginç bir bakış açısıydı. Ben sürekli kendimin ona layık olup olmadığımı merak ediyordum.

"Tatlım, sesin çok mutsuz geliyor. Eve, bizi görmeye gel. Seni özlüyorum, hayatım. Bob da seni gördüğüne sevinecek. Biraz uzaklaşıp farklı bir açıdan bakabilirsin. Biraz molaya ihtiyacın var. Çok çalıştın."

Ah, Tanrım. O kadar cazipti ki. Georgia'ya kaçmak. Biraz güneş, biraz kokteyl. Annemin keyifli hali... sevgi dolu kolları.

"Pazartesi günü Seattle'da iki mülakatım var."

"Ah, bu harika bir haber."

Kapı açıldı ve Kate sırıtarak içeri girdi. Ağladığımı görünce yüzü düştü.

"Anne, kapatmam gerek. Ziyaret konusunu düşüneceğim. Teşekkürler."

"Tatlım, lütfen, bir adamın içine işlemesine izin verme. Henüz çok gençsin. Git, hayatın tadını çıkar."

"Evet, anne, seni seviyorum."

"Ah, Ana, ben de seni seviyorum, hem de çok. Kendine dikkat et, tatlım." Telefonu kapatıp gözlerini bana dikmiş olan Kate'e döndüm.

"O insanı tiksindirecek kadar zengin piç seni yine mi üzdü?"

"Hayır... bir anlamda... şey... evet."

"Ona çekip gitmesini söyle, Ana. Onunla tanıştığından beri bir öyle bir böylesin. Seni hiç böyle görmedim."

Katherine Kavanagh'ın dünyası çok net, çok siyah beyazdı. Benim dünyamı renklendiren, soyut, gizemli, müphem gri tonları onda yoktu. *Dünyama hoş geldin.*

"Otur, haydi konuşalım. Biraz şarap içelim. Ah, sen şampanya içmişsin zaten." Şişeyi süzdü. "Hem de iyi mal."

Koltuğa kaygıyla bakarak aciz bir ifadeyle gülümsedim. Büyük bir dikkatle yaklaştım. *Hımm... oturmak...*

"Sen iyi misin?"

"Popomun üstüne düştüm."

Açıklamamı sorgulamak aklına bile gelmedi, çünkü ben Washington Eyaleti'nin en sakar insanlarından biriydim. Böyle olduğuma sevineceğim hiç aklıma gelmezdi. Çekinerek oturdum, iyi olmama sevinerek şaşırdım ve dikkatimi Kate'e çevirdim, ama zihnim bulanarak Heathman'a döndü. *Benim olsaydın, dün çektiğin numaradan sonra, bir hafta oturamazdın.* O bunu söylerken, benim konsantre olduğum tek şey onun olmaktı. Bütün uyarı işaretleri oradaydı, ama ben fark etmeyecek kadar bihaber ve fazla meftun haldeydim.

Kate elinde bir şişe kırmızı şarap ve yıkanmış çay fincanlarıyla oturma odasına döndü.

"Al bakalım." Bana bir fincan şarap uzattı. Tadı Bolly kadar iyi değildi.

"Ana, bu adam bağlanma sorunları olan pisliğin tekiyse bırak. Gerçi bağlanma derdini de anlamıyorum. Bugün çardakta gözünü senden ayıramıyordu; şahin gibi sürekli seni izliyordu. Ben körkütük âşık derdim, ama belki de bunu gösterme şekli bir acayiptir."

Âşık mı? Christian mı? Gösterme şekli acayip mi, diyesim geldi.

"Kate, karmaşık bir durum. Senin akşamın nasıldı?"

Olanları Kate'le çok fazla şeyi ele vermeden konuşmam imkânsızdı, ama gününe dair tek bir soru, Kate'i coşturmaya yeterdi. Oturup normal gevezeliğini dinlemek rahatlatıcıydı. Ancak havadis, Ethan'ın tatilden sonra bizimle birlikte yaşama ihtimali olmasıydı. Eğlenceli olacaktı. Ethan komik biriydi. Kaşlarımı çattım. Christian'ın onaylayacağını sanmıyordum. *Gerçi...* Bana alışması gerekecekti. Kate'le birkaç fincan şarap içtikten sonra, yatmaya karar verdim. Uzun bir gün olmuştu. Kate beni kucaklayıp Elliot'ı aramak için telefonu aldı.

Dişlerimi fırçaladıktan sonra, bilgisayarı açtım. Christian'dan bir e-posta gelmişti.

Kimden: Christian Grey

Konu: Sen

Tarih: 26 Mayıs 2011 23:14

Kime: Anastasia Steele

Sevgili Bayan Steele,

Kelimenin tam anlamıyla eşsizsiniz. Tanıdığım en güzel, akıllı, hazır cevap ve cesur kadın. Advil al. Bu bir rica değildir. Ve sakın bir daha Kaplumbağayı kullanayım deme. Haberim olur.

Christian Grey,
CEO, Grey Şirketler Topluluğu

Ah, arabama bir daha binmemek ha! Cevabımı yazdım.

Kimden: Anastasia Steele
Konu: Yalakalık
Tarih: 26 Mayıs 2011 23:20
Kime: Christian Grey

Sevgili Bay Grey,
Yalakalık sizi hiçbir yere götürmez, ama zaten daha önce *her yerde* olduğunuz için, bu konu tartışılabilir.

Satabilmek için Kaplumbağamı bir garaja götürmem gerekecek, bu konudaki saçmalıklarınızı nezaketle kabul edecek değilim.
Kırmızı şarap her zaman Advil'e yeğdir.
Ana.

Not: Sopa benim için sert bir sınır.

"Gönder"e tıkladım.

Kimden: Christian Grey
Konu: İltifat Kabul Edemeyen Bunaltıcı Kadınlar
Tarih: 26 Mayıs 2011 23:26

Kime: Anastasia Steele

Sevgili Bayan Steele,

Yağ çekmiyordum. Yatmalısınız.

Sert sınırlara eklemenizi kabul ediyorum.

Çok içmeyin.

Taylor arabanızı elden çıkarıp iyi bir fiyat alır.

Christian Grey

CEO, Grey Şirketler Topluluğu

Kimden: Anastasia Steele

Konu: Taylor – Görev için Doğru Adam mı?

Tarih: 26 Mayıs 2011 23:40

Kime: Christian Grey

Efendim,

Zaman zaman becerdiğiniz kadın yerine, sağ kolunuz olan adamınızın arabamı kullanmasına izin verip onu riske atmanız ilgimi çekti. Taylor'ın söz konusu araba için en iyi fiyatı alacak kişi olduğundan nasıl emin olabilirim? Geçmişte, büyük olasılıkla sizinle tanışmamdan önce, sıkı bir pazarlıkçı olarak bilinmişliğim vardır.

Ana

Kimden: Christian Grey

Konu: Dikkat!

Tarih: 26 Mayıs 2011 23:44

Kime: Anastasia Steele

Sevgili Bayan Steele,

Konuşanın KIRMIZI ŞARAP olduğunu ve çok uzun bir gün geçirdiğinizi varsayıyorum.

Bir akşam yerine, bir hafta boyunca oturamamanızı garantilemek için oraya geri gelmek çok cazip görünüyor.

Taylor eski bir ordu mensubudur ve motosikletten Sherman tankına kadar her şeyi kullanmaya muktedirdir. Arabanız onun için bir tehlike arz etmiyor.

Şimdi lütfen kendinizden "zaman zaman becerdiğim kadın" olarak bahsetmeyin; çünkü dürüst olmam gerekirse bu beni DELİRTİYOR ve kızgın halimden gerçekten hiç hoşlanmazsınız.

Christian Grey
CEO Grey Şirketler Topluluğu

Kimden: Anastasia Steele
Konu: Asıl Siz Dikkat Edin
Tarih: 26 Mayıs 2011 23:57
Kime: Christian Grey

Bay Grey,

Sizden hoşlandığımdan bile emin değilim. Hele şu anda.

Bayan Steele

Kimden: Christian Grey
Konu: Asıl Siz Dikkat Edin

Tarih: 27 Mayıs 2011 00:03

Kime: Anastasia Steele

Benden neden hoşlanmıyorsunuz?

Christian Grey

CEO, Grey Şirketler Topluluğu

Kimden: Anastasia Steele

Konu: Asıl Siz Dikkat Edin

Tarih: 27 Mayıs 2011 00:09

Kime: Christian Grey

Çünkü hiç yanımda kalmıyorsunuz.

İşte, ona üzerine düşünecek bir şey vermiştim. Makineyi gerçekten hissetmediğim coşkulu bir hareketle kapatıp yatağıma tırmandım. Başucu lambamı kapatıp gözlerimi tavana diktim. Duygusal savruluşların peş peşe geldiği, uzun bir gündü. Ray'le vakit geçirmek içimi ısıtmıştı. İyi görünüyordu ve tuhaf biçimde, Christian'ı onaylamıştı. Tanrım, Kate ve o koca çenesi. Christian'ın açlıkla ilgili söylediklerini dinlemek. O da neyin nesiydi? *Tanrım*... Ve araba... Kate'e yeni arabadan bahsetmemiştim bile. Christian'ın aklından neler geçiyordu?

Ayrıca bu akşam beni gerçekten dövmüştü. Daha önce hiç dayak yememiştim. Kendimi nasıl bir işe sokmuştum. Kate'in gelişiyle kesintiye uğrayan gözyaşlarım, yanaklarımdan aşağı, kulaklarımın içine akmaya başladı. Duygusal anlamda kendini kapatan bir adama âşık olmuştum. Bombok bir durumda olduğunu kendisi itiraf eden biri tarafından incitilecektim; için için bunu biliyordum. *Neden* böyle bomboktu? Onun gibi zarar görmüş biri olmak berbat bir şey olsa gerekti ve küçücük bir çocukken katlanılmaz acımasızlıklara maruz kaldığını düşünmek daha çok ağlamama neden olmuştu. Bilinçaltım küçümseyici bir tavırla, *Belki de normal olsaydı, seni istemezdi,* diye katkıda bulundu. Ve kalbimin derinliklerinde, bunun doğru olduğunu biliyordum. Yastığıma döndüm, bent kapakları açıldı ve yıllardır ilk kez, yastığıma gömülüp kontrolsüzce hıçkırmaya başladım.

Kate'in bağırmasıyla, dikkatim ruhun karanlık gecesinden sıyrıldı.

"Burada ne halt ettiğini sanıyorsun?"

"Pekâlâ! Bunu yapamazsın!"

"Ona bu kez ne yaptın?"

"Seninle tanıştığından beri sürekli ağlıyor."

"İçeri giremezsin!"

Christian odama daldı ve tavandaki lambayı teklifsizce açarak gözlerimi kısmama neden oldu.

"Tanrı aşkına, Ana," diye mırıldandı. Lambayı söndürdü ve bir an sonra yanı başımaydı.

Hıçkırıkların arasında, "Burada ne arıyorsun?" dedim. Lanet olsun. Ağlamamı durduramıyordum.

Komodin lambamı açarak gözlerimi bir kez daha kısmama neden oldu. Kate kapının girişinde duruyordu.

Termonükleer bir düşmanlık saçarak, "Bu pisliği dışarı atmamı ister misin?" dedi.

Christian ona kaşlarını kaldırarak baktı. Hakaretine ve vahşi düşmanlığına şaşırdığına hiç şüphe yoktu. Kafamı sallayınca bana gözlerini devirdi. *Ah... Bunu Bay G.'nin yakınında yapmanı hiç tercih etmem.*

Daha nazik bir sesle, "Bana ihtiyacın olursa seslenmen yeterli," dedi. "Grey, pislik listemdesin ve gözüm üstünde," diye tısladı. Christian ona gözlerini kırpıştırdı, Kate dönüp kapıyı çekti, ama tam kapatmadı.

Christian ciddi bir ifade ve kül rengi bir suratla bana bakıyordu. Üzerinde ince çizgili ceketi vardı; iç cebinden bir mendil çıkarıp bana uzattı. Diğer mendili de buralarda bir yerlerde olsa gerekti.

Sakin bir sesle, "Neler oluyor?" diye sordu.

Sorusunu duymazdan gelerek, "Neden buradasın?" diye sordum. Gözyaşlarım mucize eseri kesilmişti, ama geriye bedenimi sarsan hıçkırıklar kalmıştı.

"Rolümün bir parçası da ihtiyaçlarını karşılamak. Kalmamı istemiştin, o yüzden buradayım. Ve seni bu halde buldum." Gözlerini kırpıştırırken, gerçekten şaşkın görünüyordu. "Bundan benim sorumlu olduğumdan eminim, ama nedeni konusunda hiçbir fikrim yok. Sana vurduğum için mi?"

Acıyan popom yüzünden yüzümü buruşturarak doğruldum. Oturdum ve yüzümü ona çevirdim.

"Advil aldın mı?"

Başımı salladım. Gözlerini kıstı, ayağa kalktı ve odadan çıktı. Kate'le konuştuğunu duydum, ama ne söylediklerini duyamıyordum. Birkaç dakika sonra haplar ve bir fincan suyla geri geldi.

Yatağa yanıma otururken, "Şunları iç," diye talimat verdi.

Söyleneni yaptım.

"Konuş benimle," diye fısıldadı. "Bana iyi olduğunu söyledin. Böyle olduğunu bilseydim asla gitmezdim."

Ellerime bakıyordum. Daha önce söylemediğim ne söyleyebilirdim ki? Daha fazlasını istiyordum. Zırlayan bir enkaz olduğum için değil, benimle kalmak istediği için yanımda kalsın istiyordum. Ama beni dövmesini istemiyordum. Çok mu akıl dışıydı?

"Anladığım kadarıyla, iyi olduğunu söylediğinde aslında iyi değildin."

Kızardım. "İyi olduğumu sandım."

"Anastasia, bana duymak istediğimi sandığın şeyleri söylememelisin. Bu hiç dürüstçe değil," diye azarladı. "Bana söylediğin herhangi bir şeye nasıl güvenebilirim?"

Ona baktım. Kaşları çatık, gözleri donuktu. İki elini birden saçlarının arasından geçirdi.

"Ben sana vururken ve sonrasında neler hissettin?"

"Hoşuma gitmedi. Bunu bir daha yapmamanı tercih ederim."

"Hoşuna gitmesi gerekmiyordu."

"Senin neden hoşuna gidiyor?" Gözlerimi gözlerine diktim.

Sorum onu şaşırtmıştı.

"Gerçekten bilmek istiyor musun?"

"Ah, bana güven, büyülenmiş durumdayım." Ve alaycılığımın sesime yansımasına mani olamamıştım.

Bir kez daha gözlerini kıstı.

"Dikkatli ol," diye uyardı.

Yüzüm bembeyaz oldu. "Yoksa bana yine vuracak mısın?"

"Hayır, bu gece değil."

Fiyuvv. Bilinçaltım da ben de rahat birer nefes aldık.

"Eee?" diye bastırdım.

"Bana verdiği kontrolü seviyorum, Anastasia. Belli bir şekilde davranmanı istiyorum, bunu yapmazsan seni cezalandırırım ve sen de benim arzu ettiğim şekilde davranmayı öğrenirsin. Seni cezalandırmak hoşuma gidiyor. Bana gey olup olmadığımı sorduğun günden beri sana vurmak istiyordum."

Bunu hatırlayınca kızardım. Tanrım, o sorudan sonra ben de kendime vurmak istemiştim. Yani bütün bunlardan Katherine Kavanagh sorumluydu ve eğer o röportaja gidip gey sorusunu o sorsaydı, sızlayan bir popoyla burada oturan o olacaktı. Bu düşünce hoşuma gitmemişti. Ne kadar kafa karıştırıcıydı.

"Yani olduğum halimden hoşnut değilsin."

Bana şaşkın bir ifadeyle baktı. "Bence sen bu halinle çok hoşsun."

"O zaman neden beni değiştirmeye çalışıyorsun?"

"Seni değiştirmek istemiyorum. Saygılı olmanı ve sana koyduğum kurallara uyup bana kafa tutmamanı istiyorum. Basit," dedi.

"Ama beni cezalandırmak da istiyorsun."

"Evet, istiyorum."

"İşte anlamadığım bu."

İç geçirdi ve elini bir kez daha saçlarının arasından kaydırdı.

"Ben böyleyim, Anastasia. Seni kontrol etmeye ihtiyacım var. Belli bir şekilde davranmanı isterim ve eğer davranmazsan da güzel kaymak taşı teninin elimin altında pembeleşip ısınmasını izlemek isterim. Bu beni tahrik ediyor."

Lanet olsun. İşte şimdi bir yerlere varıyorduk.

"Yani mesele bana çektirdiğin acı değil, öyle mi?"

Yutkundu.

"Belki biraz; kaldırıp kaldıramayacağını görmek, ama nedenin tamamı bu değil. Mesele, benim uygun gördüğüm gibi davranabileceğim şekilde benim olduğun gerçeği ve birinin üstünde tam kontrole sahip olmak. Ve bu beni tahrik ediyor. Çok önemli, Anastasia. Bak kendimi çok iyi ifade edemiyorum. Daha önce bunu yapmam hiç gerekmedi. Bunu derinlemesine hiç düşünmedim. Her zaman bana yakın zihniyetteki insanlarla birlikte oldum." Özür diler gibi omuz silkti. "Ve sorumu hâlâ cevaplamadın. Sonrasında ne hissettin?"

"Kafam karıştı."

"Cinsel anlamda tahrik oldun, Anastasia." Gözlerini yumdu ve tekrar açıp baktığında, alev saçıyorlardı.

İfadesi karnımın derinliklerinde saklı duran en karanlık yönüme, onunla uyanan ve evcilleşen, ama şu anda bile, doymak bilmeyen libidoma dokunmuştu.

"Bana öyle bakma," diye mırıldandı.

Kaşlarımı çattım. *Tanrım, yine ne yapmıştım?*

"Yanımda prezervatif yok, Anastasia ve üzgün olduğunu biliyorsun. Ev arkadaşının inancının aksine ben cinselliğe aşırı düşkün bir canavar değilim. Yani, kafanın karıştığını hissettin."

Yoğun bakışlarının karşısında yüzümü buruşturdum.

"Yazarken bana karşı dürüst olmakta hiç sıkıntı çekmiyorsun. E-postaların bana her zaman tam olarak ne hissettiğini söylüyor. Bunu neden konuşurken de yapamıyorsun? Seni bu kadar mı rahatsız ediyorum."

Annemin mavi-krem rengi yatak örtüsünde hayali bir nokta seçtim.

"Aklımı başımdan alıyorsun, Christian. Beni tamamen büyülüyorsun. Kendimi güneşe fazla yakın uçan İkarus gibi hissediyorum," diye fısıldadım.

İç geçirdi. "Pekâlâ, bence tam tersi," diye fısıldadı.

"Ne?"

"Ah, Anastasia. Beni büyüledin. Çok açık değil mi?"

Ah, hayır, bu ben değilim. Büyülemek... İçimdeki tanrıça ağzı bir karış açık bakıyordu. O bile buna inanamamıştı.

"Soruma hâlâ cevap vermedin. Bana bir e-posta yaz, lütfen. Ama şu anda gerçekten uyumak istiyorum. Kalabilir miyim?"

"Kalmak mı istiyorsun?" Sesimdeki umudu gizleyememiştim.

"Beni burada istedin."

"Soruma cevap vermedin."

Aksi bir tavırla, "Sana bir e-posta yazarım," diye mırıldandı.

Ayağa kalkıp kot pantolonun cebinden BlackBerry'sini, anahtarlarını, cüzdanını ve parasını çıkardı. Tanrı aşkına, erkekler ceplerinde bir yığın ıvır zıvır taşıyorlardı. Saatini, ayakkabılarını, çoraplarını, kot pantolonunu çıkardı ve ceketini sandalyemin üstüne yerleştirdi. Yatağın diğer tarafına dolaşıp içine girdi.

"Yat," diye emretti. Yavaşça örtülerin arasına kayarken, ona yüzümü buruşturarak baktım. Tanrım... Kalıyordu. Sanırım sevinç şokundan uyuşmuştum. Tek dirseğine yaslanıp bana baktı.

"Ağlayacaksan, benim önümde ağla. Bilmem gerek."

"Ağlamamı mı istiyorsun?"

"Özellikle değil. Sadece nasıl hissettiğini bilmek istiyorum. Parmaklarımın arasından kayıp gitmeni istemiyorum. Işıkları söndür. Geç oldu ve yarın ikimizin de çalışması gerek."

Buradaydı ve hâlâ fazlasıyla patronluk taslıyordu, ama şikâyet edemezdim, yatağımdaydı. Nedenini tam olarak anlamamıştım; belki de karşısında daha sık ağlamalıydım. Başucu lambamı söndürdüm.

Karanlıkta, "Yanlamasına ve yüzün diğer tarafa dönük yat," diye mırıldandı.

Beni göremeyeceğinden emin olduğum için gözlerimi devirsem de söylediğini yaptım. Büyük bir dikkatle kaydı, kolunu bana doladı ve beni göğsüne çekti.

"Uyu, bebeğim," diye mırıldandı ve derin bir nefes alırken, burnunu saçlarımın arasında hissettim.

Lanet olsun. Christian Grey benimle uyuyordu; kollarının konforu ve tesellisinde, derin bir uykuya daldım.

BÖLÜM ON YEDİ

Mumun alevi çok sıcaktı. Fazla ılık esintide, sıcaktan nefes aldırmayan esintide titreşip dans ediyordu. Karanlıkta yumuşak incecik kanatlar, ışık çemberinde tozlu pullar saçarak öne arkaya kıpırdanıp duruyorlardı. Direnmek için mücadele ediyor, ama çekiliyordum. Ve sonra o kadar parlak bir hal aldı ki, ışıktan gözlerim kamaşarak güneşin çok yakınına uçtum. Sıcaktan kızarıp eriyerek, havada kalma çabalarımdan yorgun düşerek. O kadar ısınmıştım ki. Sıcaklık... boğucu ve bunaltıcıydı. Beni uyandırdı.

Gözlerimi açtığımda, Christian Grey tarafından sarmalanmıştım. Bir zafer bayrağı gibi etrafıma dolanmıştı. Başı göğsümde derin uykudaydı, üzerime attığı koluyla beni sıkıca sarmıştı ve bacaklarından birini, bacaklarımın her ikisinin de üstüne atıp kanca gibi dolamıştı. Vücut ısısıyla beni boğuyordu; üstelik ağırdı. Hâlâ yatağımda ve derin uykuda olduğunu hazmetmek için bir an durdum; dışarısı aydınlanmıştı. Bütün geceyi benimle geçirmişti.

Sağ kolumu, hiç şüphesiz serin bir nokta arayışıyla uzatmıştım ve hâlâ benimle olduğu gerçeğini idrak ederken, kafama ona dokunabilecek olduğum dank etti. Uyuyordu. Çekinerek elimi kaldırdım ve parmak uçlarımı sırtından aşağı kaydırdım. Gırtlağının derinliklerinden cılız, sıkıntılı bir iniltinin yükseldiğini duydum ve kıpırdandı. Burnunu göğsüme sürttü ve uyanırken derin bir nefes aldı. Dağınık saç püskülünün altından, uykulu, kırpışan gözleri benimkilerle buluştu.

"Günaydın," diye mırıldanırken kaşlarını çattı. "Tanrım, uykumda bile sana çekiliyorum." Ağır ağır hareket ediyordu. Kendine gelirken uzuvlarını üzerimden çekti. Ereksiyonunu kalçamda hissettim. Gözlerimi fal taşı gibi açan tepkimi fark etti ve tembel, seksi bir gülümseme takındı.

"Hımm... bayağı bir olasılık var, ama sanırım pazara kadar beklemeliyiz." Eğilip burnunu kulağıma sürttü.

Kızardım ve sıcaklığında kırmızının yedi tonunu hissettim.

"Çok sıcaksın," diye mırıldandım.

"Sen de fena değilsin," diye mırıldandı ve bedenini manidar bir tavırla benimkine bastırdı.

Biraz daha kızardım. *Benim kastettiğim bu değildi.* Dirseğine yaslanarak doğruldu ve bana muzip bir ifadeyle baktı. Eğildi ve beni şaşırtarak dudaklarıma nazik bir öpücük kondurdu.

"İyi uyudun mu?" diye sordu.

Gözlerimi ondan ayırmadan başımı salladım ve belki de fazla sıcakladığım son yarım saat dışında çok iyi uyuduğumu fark ettim.

"Ben de öyle." Kaşlarını çattı. "Evet, gerçekten iyi." Kafasını karıştıran bir şaşkınlıkla kaşlarını kaldırdı. "Saat kaç?"

Çalar saatime baktım.

"Yedi otuz."

"Yedi otuz... Siktir." Yataktan fırladı ve kot pantolonunu üzerine geçirdi.

Doğrulup otururken eğlenme sırası bendeydi. Christian Grey geç kalmış ve telaşlanmıştı. Bu daha önce görmediğim bir şeydi. Sevinçle popomun artık acımadığını fark ettim.

"Üzerimde çok kötü bir etkin var. Toplantım var. Gitmem gerek. Saat sekizde Portland'da olmalıyım. Sen bana gülüyor musun yoksa?"

"Evet."

Gülümsedi. "Geç kaldım. Ben hiç geç kalmam. Bir ilk daha, Bayan Steele." Ceketini üzerine geçirdi ve ellerini iki yanına yerleştirdiği başımı sıkıca tuttu.

"Pazar," dedi. Kelime dile getirilmemiş bir vaade gebeydi. Vücudumdaki her şey gevşedi ve enfes bir beklentiyle yeniden kasıldı. Müthiş bir duyguydu.

Lanet olsun. Bir de zihnim bedenime ayak uydurabilseydi. Eğildi ve beni çabucak öptü. Komodinin üstündeki ıvır zıvırlarını ve ayakkabılarını aldı, ama giymedi.

"Taylor gelip Kaplumbağa işini halledecek. Ciddiyim. Sakın kullanma. Pazar günü benim evde görüşürüz. Sana saati e-postayla bildiririm." Ve bir hortum gibi, gidivermişti.

Christian Grey geceyi benimle geçirmişti; kendimi dinlenmiş hissediyordum. Üstelik seks de yoktu, sadece sarılmıştık. Bana kimseyle birlikte uyumadığını söylemişti, ama benimle üç kez uyumuştu. Sırıtarak yatağımdan çıktım. Kendimi son bir iki gündür hissetmediğim kadar iyimser hissediyordum. Bir fincan çaya ihtiyaç duyarak mutfağa yöneldim.

Kahvaltıdan sonra duş alıp Clayton's'taki son günüm için giyindim. Bir dönemin sonuna gelmiştim. Bay ve Bayan Clayton'a, WSU'ya, Vancouver'a, daireye, Kaplumbağama veda ediyordum. Bilgisayara baktım. Saat daha 07:52'ydi. Vaktim vardı.

Kimden: Anastasia Steele

Konu: Saldırı ve Dayak: Sonraki Etkileri

Tarih: 27 Mayıs 2011 08:05

Kime: Christian Grey

Sevgili Bay Grey,

Sizin beni –nasıl demeli bilmem– tokatlamanızdan, cezalandırmanızdan, dövmenizden, bana saldırmanızdan sonra kafamın neden karıştığını bilmek istiyordunuz. Bütün o telaşlandırıcı süreç boyunca kendimi küçülmüş, aşağılanmış ve taciz edilmiş hissettim. Ve utanarak söylüyorum, haklısınız, tahrik oldum ve bu beklenmedik bir şeydi. Farkında olduğunuz gibi, cinsel içerikli her şey benim için çok yeni. Keşke daha tecrübeli ve dolayısıyla daha hazırlıklı olsaydım. Tahrik olmam beni şoke etti.

Beni asıl endişelendiren, sonrasında hissettiklerim oldu. Ve onları dile getirmek çok daha zor. Sizin mutlu olmanızdan mutlu oldum. Sandığım kadar acı verici olmaması beni rahatlattı. Ve kollarınızın arasında yatarken kendimi... doyuma ulaşmış hissettim. Ama böyle hissetmek bile beni rahatsız etti ve kendimi suçlu hissetmeme neden oldu. Bu bana çok uyan bir durum değil ve sonuç olarak kafam karıştı. Bu, sorunuzu yanıtlıyor mu?

Şirket Birleşmesi ve Alımı dünyasının her zamanki kadar uyarıcı olduğunu... ve çok geç kalmadığınızı umarım.

Benimle kaldığınız için teşekkürler.

Ana

Kimden: Christian Grey

Konu: Zihnini Özgür Bırak

Tarih: 27 Mayıs 2011 08:24

Kime: Anastasia Steele

Biraz aşırıya kaçan bir başlık olsa da ilginç, Bayan Steele.

Bahsettiğiniz konulara cevap olarak:

-Ben şaplaklama kelimesini tercih ederim, çünkü olan buydu.

-Demek kendinizi küçülmüş, aşağılanmış, tacize ve saldırıya uğramış hissettiniz. Ne kadar Tess Durbeyfieldvari bir durum. Yanlış hatırlamıyorsam, kararını aşağılanmadan yana veren sizdiniz. Gerçekten böyle mi hissediyorsunuz? Yoksa böyle hissetmeniz gerektiğini mi düşünüyorsunuz. İkisi çok farklı şeyler. Eğer böyle hissediyorsanız, sizce de benim için bu duyguları benimsemeyi ve onlarla baş etmeyi deneyebilir misiniz? Bir itaatkârın yapacağı şey bu olurdu.

-Tecrübesizliğinize minnettarım. Kıymet veriyorum ve ne anlama geldiğini yeni yeni anlamaya başlıyorum. Basitçe ifade etmek gerekirse, her açıdan bana ait olduğunuz anlamına geliyor.

-Evet, tahrik oldunuz; bu benim açımdan da tahrik ediciydi ve bunda herhangi bir sorun yok.

-Mutlu kelimesi hissettiklerimi anlatmanın yanından bile geçmez. Coşkun bir sevinç çok daha uygun.

-Ceza şaplaklaması, şehvetsel şaplaklamadan biraz daha fazla acır; yani sizi cezalandırmak için bir donanım kullanacağım; büyük bir ihlalde bulunmadığınız sürece, bundan kötü olmayacaktır. Elim çok sızlıyor. Ama hoşuma gidiyor.

-Ben de kendimi doyuma ulaşmış hissettim. Tahmin edebileceğinizden çok daha fazla.

-Enerjinizi suçluluk ve hata yapma duygularıyla ziyan etmeyin. Bizler kendi rızasıyla hareket eden yetişkinleriz ve kapalı kapılar ardında yaptıklarımız bizim aramızdadır. Zihninizi boşaltmalı, bedeninizi dinlemelisiniz.

-Şirket Birleşmesi ve Alım dünyası sizin kadar uyarıcı değil, Bayan Steele.

Christian Grey

CEO, Grey Şirketler Topluluğu

Tanrı aşkına... *Her açıdan bana ait.* Nefesim kesilmişti.

Kimden: Anastasia Steele

Konu: Kendi Rızasıyla Hareket Eden Yetişkinler

Tarih: 27 Mayıs 2011 08:26

Kime: Christian Grey

Sen toplantıda değil misin?

Elinin acımasına çok memnun oldum.

Ve vücudumu dinleseydim çoktan Alaska'da olurdum.

Ana.

Not: Bu duyguları benimseme konusunu düşüneceğim.

Kimden: Christian Grey

Konu: Polisleri Aramadınız

Tarih: 27 Mayıs 2011 08:35

Kime: Anastasia Steele

Bayan Steele,

Gerçekten ilgileniyorsanız, gelecekteki piyasaları tartıştığımız bir toplantıdayız.

Kayıtlara girmesi için, ne yapacağımı bile bile yanımda kaldınız.

Herhangi bir noktada benden durmamı istemediğiniz gibi, güvenli kelimelerden birini de kullanmadınız.

Siz bir yetişkinsiniz, seçenekleriniz var.

Dürüst olmam gerekirse, avucumun acıyla sızlayacağı bir dahaki seferi sabırsızlıkla bekliyorum.

Görünüşe bakılırsa, bedeninizin doğru kısmına kulak vermiyorsunuz.

Alaska çok soğuktur ve kaçılacak yer değildir. Sizi bulurum.

Cep telefonunuzun izini sürebildiğimi unuttunuz mu?

Christian Grey

CEO, Grey Şirketler Topluluğu

Ekrana yüzümü buruşturarak baktım. Elbette haklıydı. Seçme şansım vardı. *Hımmm...* beni bulmaya gelmek konusunda ciddi miydi? Bir süre kaçmaya karar verse miydim? Aklım kısa bir an için annemin davetine kaydı. "Cevapla"ya tıkladım.

Kimden: Anastasia Steele

Konu: Takipçi

Tarih: 27 Mayıs 2011 08:36

Kime: Christian Grey

Sapık takipçi eğilimleriniz için bir terapiste başvurdunuz mu?

Ana

Kimden: Christian Grey

Konu: Sapık Takipçi mi? Ben mi?

Tarih: 27 Mayıs 2011 08:38

Kime: Anastasia Steele

Sapık takipçilik ve diğer eğilimlerim için ünlü Dr. Flynn'e küçük bir servet ödüyorum.

İşe gidin.

Christian Grey

CEO, Grey Şirketler Topluluğu

Kimden: Anastasia Steele

Konu: Pahalı Şarlatanlar

Tarih: 27 Mayıs 2011 08:40

Kime: Christian Grey

Naçizane, ikinci bir görüş almanızı önerebilir miyim?

Dr. Flynn'in pek etkili olduğundan emin değilim.

Bayan Steele

Kimden: Christian Grey

Konu: İkinci Görüşler

Tarih: 27 Mayıs 2011 08:43

Kime: Anastasia Steele

Naçizane ya da değil, bu sizin üzerinize vazife olmasa da, Dr. Flynn ikinci görüş zaten.

Yeni arabanızda hız yapıp kendinizi gereksiz riske atacaksınız. Bence bu kurallara aykırı.

İŞE GİDİN.

Christian Grey

CEO, Grey Şirketler Topluluğu

Kimden: Anastasia Steele

Konu: BAĞIRIR GİBİ BÜYÜK HARFLER

Tarih: 27 Mayıs 2011 08:47

Kime: Christian Grey

Takipçi eğilimlerinizin nesnesi olarak, ben gerçekten de üzerime vazife olduğunu düşünüyorum.

Henüz imza atmadım. Yani kurallar murallar beni bağlamaz. Ve işe saat 09:30'da başlıyorum.

Bayan Steele

Kimden: Christian Grey

Konu: Betimleyici Dil Bilimi

Tarih: 27 Mayıs 2011 08:49

Kime: Anastasia Steele

"Murallar"? Bu kelimenin sözlükte olduğundan emin değilim, bulamadım.

Christian Grey

CEO, Grey Şirketler Topluluğu

Kimden: Anastasia Steele

Konu: Betimleyici Dil Bilimi

Tarih: 27 Mayıs 2011 08:53

Kime: Christian Grey

Kontrol manyağı ile sapık takipçi arasında bir yerde.
Ve betimleyici dil bilimi benim için sert sınırdır.

Artık beni rahatsız etmeyi bırakır mısınız?

Yeni arabamla işime gitmek istiyorum.

Ana

Kimden: Christian Grey

Konu: Zorlu Ama Eğlenceli Genç Kadınlar

Tarih: 27 Mayıs 2011 08:56

Kime: Anastasia Steele

Avcum kaşınıyor.

Arabayı dikkatli kullanın, Bayan Steele.

Christian Grey

CEO, Grey Şirketler Topluluğu

Audi'yi kullanmak büyük bir keyifti. İnsanda güç duygusu uyandırıyordu. Kaplumbağam Wanda'nın –hiçbir yerinde– güç yoktu ve bu yüzden günlük idmanım, yani Wanda'yı kullanmak, son buluyordu. Ah, ama Christian'ın kurallarına göre, uğraşmam gereken özel bir antrenörüm olacaktı. Kaşlarımı çattım. Egzersiz yapmaktan nefret ediyordum.

Araba kullanırken bir yandan da e-posta alışverişimizi analiz etmeye çalışıyordum. Bazen patronluk taslayan bir orospu çocuğuna dönüşüyordu. Sonra Grace'i düşünüp kendimi suçlu hissettim. Ama elbette, Grace biyolojik annesi değildi. *Hımmm.* Bu da bambaşka bir bilinmeyen acı dünyasıydı. Bu durumda, patronluk taslayan orospu çocuğu son derece uygundu. Evet, ben bir yetişkindim. Bunu hatırlattığınız için çok teşekkürler, Christian Grey; ve tercih benimdi. Sorun şuydu ki ben Christian'ı istiyordum, bütün bu... yükleri değil. Üstelik adamın 747 kargo uçağı dolusu yükü vardı. Arkama yaslanıp benimsemeyi başarabilir miydim? Bir itaatkâr gibi? Deneyeceğimi söylemiştim. Bu acayip büyük bir talepti.

Clayton's'ın park alanına girdim. Kapıdan girerken, son günüm olduğuna inanamıyordum. Neyse ki mağaza kalabalıktı ve zaman hızla geçti. Öğle arasında Bay Clayton beni depo odasına çağırdı. Yanında motosikletli bir kurye duruyordu.

Kurye, "Bayan Steele?" diye sordu. Soran gözlerle, kaşlarımı çatarak Bay Clayton'a baktım, ama o da en az benim kadar şaşkın halde omuz silkti. Tadım kaçmıştı. Christian şimdi ne göndermişti? Paket için bir imza attım ve hemen açtım. Bu bir BlackBerry'ydi. Tadım büsbütün kaçtı. BlackBerry'yi açtım.

Kimden: Christian Grey
Konu: ÖDÜNÇ BlackBerry
Tarih: 27 Mayıs 2011 11:15
Kime: Anastasia Steele

Seninle her zaman temas kurabilmem gerek ve bu, en dürüst iletişim şekli olduğu için, bir BlackBerry'ye ihtiyaç duyacağına karar verdim.

Christian Grey
CEO, Grey Şirketler Topluluğu

Kimden: Anastasia Steele
Konu: Tüketim Çılgınlığı
Tarih: 27 Mayıs 2011 13:22
Kime: Christian Grey

Dr. Flynn'i hemen aramanız gerektiğini düşünüyorum.

Takipçilik eğilimleriniz kontrolden çıkıyor.

İşteyim. Eve dönünce e-posta atarım.

Yine de bu yeni aygıt için teşekkür ederim.

Müthiş bir tüketici olduğunuzu söylerken yanılmamıştım.

Bunu neden yapıyorsunuz?

Ana

Kimden: Christian Grey
Konu: Bu Kadar Genç Birinden Bilgelik
Tarih: 27 Mayıs 2011 13:24
Kime: Anastasia Steele

Her zamanki gibi haklı bir noktaya değindiniz, Bayan Steele.
Dr. Flynn tatilde.

Ve bunu yapabildiğim için yapıyorum.

Christian Grey
CEO, Grey Şirketler Topluluğu

O şeyden şimdiden nefret ederek arka cebime tıktım. Christian'a e-posta göndermek bağımlılık yapıcıydı, ama çalışıyor olmam gerekiyordu. Popomda bir kez daha titreşti... Alaycı bir tavırla, *Ne kadar da uygun düştü*, diye düşündüm, ama bütün irademi toplayarak onu yok saydım.

Bay ve Bayan Clayton saat dörtte mağazadaki diğer bütün çalışanları topladılar ve saçlarımın kıvrılmasına neden olacak kadar mahcup edici bir konuşma eşliğinde bana üç yüz dolarlık bir çek sundular. O anda, son üç haftada yaşanan olaylar zihnimde canlandı: sınavlar, mezuniyet, yoğun ve bombok bir trilyoner, bekaretimi kaybetmek, sert ve yumuşak sınırlar, oyun konsolu olmayan oyun odaları, helikopter yolculukları ve yarın taşınacak olmam. Hayret verici bir biçimde kendime hâkim olmayı başardım. Bilinçaltım hayranlıkla karışık bir hayret içindeydi. Clayton'lara sıkı sıkı sarıldım. Nazik ve cömert işverenlerdi ve onları özleyecektim.

Eve vardığımda, Kate arabasından iniyordu.

Audi'yi işaret ederek, suçlar gibi bir sesle, "Bu da ne?" diye sordu. Karşı koyamadım.

"Bir araba," deyiverdim. Gözlerini kıstı ve kısa bir an için, o da beni dizine yatıracak mı acaba diye merak ettim. "Mezuniyet hediyem." Umursamaz görünmeye çalışıyordum. *Evet, bana her gün pahalı arabalar verilir.* Ağzı açık kalmıştı.

"Cömert, haddini bilmeyen piçin teki, değil mi?"

Başımı salladım. "Kabul etmemeye çalıştım, ama dürüst olmak gerekirse kavgaya değmez."

Kate dudaklarını büzdü. "Etkilenmiş olmana şaşmamak gerek. Burada kaldığı gözümden kaçmadı."

"Evet." Özlemle gülümsedim.

"Toplanma işini bitirmeye ne dersin?"

Başımla onaylayıp Kate'in arkasından eve girdim. Christian'dan e-posta var mı diye baktım.

Kimden: Christian Grey

Konu: Pazar

Tarih: 27 Mayıs 2011 13:40

Kime: Anastasia Steele

Pazar saat 13:00'da görüşelim mi?

Doktor saat 13:30'da seni görmek için Escala'da olacak.

Şimdi Seattle'a gitmek üzere yola çıkıyorum.

Umarım taşınma işi yolunda gider.

Christian Grey

CEO Grey Şirketler Topluluğu

Tanrım, hava durumundan bahseder gibiydi. Ona toplanma işini bitirince yazmaya karar verdim. Bir an çok eğlenceliyken bir an sonra fazla resmî ve kasıntı olabiliyordu. Ayak uydurmak güçtü. Dürüst olmam gerekirse, bunun bir çalışana yazılmış bir e-postadan farkı yoktu. Meydan okur gibi gözlerimi çevirdim ve toplanmak üzere Kate'in yanına gittim.

Kapı vurulduğunda, Kate ve ben mutfaktaydık. Taylor takım elbisesi içinde kusursuz görüntüsüyle verandada duruyordu. Asker tıraşında, bakımlı fiziğinde ve serinkanlı bakışlarında bir eski ordu mensubundan izler taşıdığını fark ettim.

"Bayan Steele," dedi. "Arabanız için geldim."

"Ah, tabii ki. İçeri gelsene. Anahtarları getireyim."

Elbette bu görev tanımının dışında kalan bir şeydi. Bir an, Taylor'ın görev tanımını merak ettim. Ona anahtarları verdim ve rahatsız edici –benim için– bir sessizlik içinde açık mavi Kaplumbağama yürüdük. Kapıyı açtım ve torpidodan el fenerini aldım. İşte bu kadar. Wanda'da özel bir tek eşyam yoktu. *Güle güle, Wanda. Teşekkürler*. Yolcu kapısını kapatırken, tavanını okşadım.

"Ne zamandır Bay Grey için çalışıyorsun?" diye sordum.

"Dört yıldır, Bayan Steele."

Birden onu soru bombardımanına tutma arzusuyla doluvermiştim. Bu adam Christian ve sırları hakkında kim bilir neler biliyor olmalıydı. Ama belki de o da bir gizlilik anlaşması imzalamıştı.

Ona gergin bir bakış attım. Yüzünde Ray'inkini andıran ketum bir ifade vardı; ona ısınıverdim.

Gülümseyerek, "O iyi bir adam, Bayan Steele," dedi. Sonra beni selamladı ve arabama binip uzaklaştı.

Daire, Kaplumbağa, Clayton's... her şey değişiyordu artık. Ağır adımlarla içeri yürürken başımı salladım. Ve en büyük değişim, Christian Grey'di. Taylor onun iyi bir adam olduğunu düşünüyordu. Ona inanabilir miydim?

Saat sekizde, José Çin yemeğimizi paylaşmak için bize katıldı. İşimiz bitmişti. Toplanmıştık ve artık gitmeye hazırdık. José yanında birkaç şişe bira getirmişti ve o aramızda, yerde bağdaş kurmuş otururken, Kate ve ben kanepenin tepesindeydik. Televizyondaki zırvalıkları seyrederek bira içtik ve gece ilerledikçe ve biralar etkisini gösterdikçe sevgiyle ve gürültülü bir şekilde anıları yad etmeye başladık. Çok güzel bir dört seneydi.

José'yle aramız normale dönmüş, öpme girişimi unutulmuştu. Pekâlâ, içimdeki tanrıçanın üzerinde uzandığı, üzüm yiyip parmaklarını yere vurarak pazar gününü pek de sabırlı denemeyecek şekilde beklediği halının altına süpürülmüştü. Kapı vuruldu ve yüreğim ağzıma geldi. Yoksa?..

Kate kapıyı açtı ve Elliot tarafından ayakları yerden kesildi. Elliot onu hızla Avrupai sanat galerisi kucaklaşmasına dönüşen Hollywood tarzı bir sarılışla havalandırmıştı. *Haydi ama... kendinize bir oda bulun.* José'yle birbirimize baktık. Utanmadan yoksunlukları beni afallatmıştı.

José'ye, "Bara yürüyelim mi?" diye sordum; çılgın gibi kafasını salladı. İkimiz de önümüze serilen bu kontrolsüz cinsel gösteriden fazlasıyla rahatsız olmuştuk. Kate bana kızarmış bir yüz, parıl parıl gözlerle baktı.

"José ve ben bir şeyler içip geleceğiz." Ona gözlerimi devirdim. *Ha!* Kendime ait zamanlarda hâlâ gözlerimi devirebiliyordum.

"Tamam," diye sırıttı.

"Merhaba, Elliot. Hoşça kal, Elliot."

Eliott bana iri, mavi gözünü kırptı ve José'yle birlikte ergenler gibi kıkırdayarak kapıdan çıktık.

Bara doğru yürürken José'nin koluna girdim. Tanrım, karmaşadan o kadar uzaktı ki. Bu özelliğini daha önce gerçekten takdir edememiştim.

"Sergimin açılışına yine de geleceksin, değil mi?"

"Elbette, José, ne zaman?"

"Haziranın dokuzu."

"Hangi gün?" Birden paniğe kapılmıştım.

"Perşembe."

"Evet, gelebilirim sanırım... Sen Seattle'a bizi ziyarete gelecek misin?"

"İstersen beni durdurmayı bir dene." Sırıttı.

Bardan eve döndüğümde saat hayli ilerlemişti. Kate ve Elliot ortalıkta görünmüyorlardı, ama Tanrım, sesleri pekâlâ duyulabiliyordu. *Siktir.* Kate kadar kadar gürültülü olmadığımı umuyordum. Christian'ın olmadığını biliyordum. Bu düşünceyle kızarıp odama kaçtım. Kısa bir Tanrı'ya-şükürler-olsun-hiç-de-tuhaf-olmayan kucaklaşmanın ardından José gitmişti. Onu bir daha ne zaman göreceğimi bilmiyordum. Belki fotoğraf sergisinin açılışında görürdüm. Bir kez daha, sonunda bir sergi açacak olmasına sevindim. Onu ve çocuksu şirinliğini özleyecektim. Kaplumbağa konusunu açmayı bir türlü başaramamıştım. Öğrenince deliye döneceğini biliyordum ve bir defada sadece bir adamın deliye dönmesini kaldırabilirdim. Odama girince, bilgisayarı açtım ve tabii ki Christian'dan bir e-posta vardı.

Kimden: Christian Grey

Konu: Neredesin?

Tarih: 27 Mayıs 2011 22:14

Kime: Anastasia Steele

"İşteyim. Eve dönünce e-posta atarım."

Hâlâ işte misin yoksa telefonunu, BlackBerry'ni ve MacBook'unu da mı paketledin?

Beni ara yoksa Elliot'ı aramak zorunda kalacağım.

Christian Grey

CEO, Grey Şirketler Topluluğu

Lanet olsun... *José*... Siktir.

Telefonumu kaptım. Beş cevapsız çağrı ve bir sesli mesaj. Çekinerek mesajı dinledim. Christian'dı.

"Sanırım beklentilerimi karşılamayı öğrenmen gerek. Sabırlı bir adam değilim. İşini bitirince benimle temas kuracağını söylüyorsan bunu yapma inceliğini göstermelisin. Aksi takdirde endişelenirim ve bu aşina olduğum bir duygu olmadığından pek iyi kaldıramam. Beni ara."

Çifte lanet olası. Beni hiç rahat bırakmayacak mıydı? Telefona yüzümü buruşturarak baktım. Beni boğuyordu. Mideme kıvrılan derin bir korkuyla, numarasını buldum ve "ara" tuşuna bastım. Cevap vermesini beklerken yüreğim ağzımdaydı. Büyük olasılıkla canıma okuyacaktı. Düşüncesi bile can sıkıcıydı.

Yumuşacık bir sesle, "Merhaba," diyerek beni iyice afallattı, çünkü öfkelenmesini bekliyordum, ama o rahatlamış gibiydi.

"Merhaba," diye mırıldandım.

"Seni merak ettim."

"Biliyorum. Cevap vermediğim için özür dilerim, ama iyiyim."

Bir an durdu.

"Hoş bir akşam geçirdin mi?" Sesinde soğuk bir nezaket vardı.

"Evet. Toplama işini bitirdik ve Kate ve José'yle Çin yemeği ısmarladık." José'nin adını söylerken gözlerimi sımsıkı yumdum. Christian hiçbir şey söylemedi.

"Ya sen?" Sessizliğin sağır edici ani boşluğunu doldurmak için sormuştum. José konusunda kendimi suçlu hissetmeme neden olmasına izin vermeyecektim.

Bir süre sonra derin bir iç çekti.

"Bir bağış toplama yemeğim vardı. Fena halde can sıkıcıydı. Elimden geldiğince erken ayrıldım."

Çok üzgün ve kaderine boyun eğmiş gibiydi. Kalbim sıkıştı. Onu bütün o geceler boyunca, kocaman oturma odasındaki piyanonun başında, çaldığı müziğin o katlanılmaz buruk melankolisinin ortasında hayal ettim.

"Keşke burada olsaydın," diye fısıldadım, çünkü ona sarılmak için müthiş bir istekle dolmuştum. Ve onu sakinleştirmek için. Bana izin vermeyecek bile olsa. Yakınlığını istiyordum.

Duygusuz bir sesle, "Öyle mi?" diye mırıldandı. Lanet olsun. Kendi gibi değildi sanki ve bu yeni farkındalıkla kafa derim karıncalanmaya başladı.

"Evet," diye soludum. Sonsuzluk kadar uzun süren bir sessizliğin ardından iç geçirdi.

"Seni pazar günü görecek miyim?"

"Evet, pazar," derken, bedenimden bir heyecan dalgası geçip gitti.

"İyi geceler."

"İyi geceler, Efendim."

Hitabımın onu hazırlıksız yakaladığını keskin nefes alışından anladım.

"Yarınki taşınma için bol şans, Anastasia." Sesi yumuşaktı. Ve ikimiz de, ergenler gibi telefona yapışmıştık sanki, ikimiz de kapatmak istemiyorduk.

"Sen kapat," diye fısıldadım. Sonunda gülümsediğini hissettim.

"Hayır, sen kapat." Ve sırıttığını biliyordum.

"Kapatmak istemiyorum."

"Ben de öyle."

"Bana çok kızdın mı?"

"Evet."

"Hâlâ kızgın mısın?"

"Hayır."

"Yani beni cezalandırmayacak mısın?"

"Hayır, ben anı anına yaşayan bir adamım."

"Fark ettim."

"Artık kapatabilirsiniz, Bayan Steele."

"Beni gerçekten istiyor musunuz, Efendim?"

"Yatağına git, Anastasia."

"Evet, Efendim."

İkimiz de hatta kaldık.

"Bir gün sana söyleneni yapabileceğini düşünüyor musun?" Aynı anda hem eğlenir hem sinirlenir gibiydi.

"Belki. Pazardan sonra göreceğiz." Ve telefondaki kapatma düğmesine bastım.

Elliot ayağa kalktı ve eserini hayranlıkla süzdü. Televizyonumuzu Pike Place Market'taki dairemizdeki uydu sistemine bağlamıştı. Kate ve ben, Elliot'ın elektrikli matkap konusundaki hünerinden etkilenmiş halde, kıkırdayarak kanepeye tünemiştik. Düz ekran, depodan bozma dairenin tuğla duvarında tuhaf görünüyordu, ama alışacağıma hiç şüphe yoktu.

"Gördün mü, bebeğim, ne kadar kolay." Kate'e geniş, bembeyaz dişli bir gülümsemeyle baktı. Kate neredeyse gerçekten eriyip kanepeye karışacaktı.

İkisine gözlerimi devirerek baktım.

"Kalmak isterdim, bebeğim, ama kız kardeşim Paris'ten döndü. Bu akşam mecburi bir aile yemeğimiz var."

Kate yumuşacık ve ondan hiç beklenmeyecek bir sesle, "Sonra gelebilir misin?" diye sordu.

Sandıkları boşaltma bahanesiyle ayağa kalkıp mutfak bölümüne geçtim. Yapış yapış kıvama geçmeleri an meselesiydi.

Eliot, "Kaçabilir miyim bir bakarım," diye söz verdi.

"Seninle aşağıya kadar geleyim." Kate gülümsüyordu.

"Hadi kaçtım, Ana," dedi Elliot sırıtarak.

"Güle güle, Elliot, Christian'a benden selam söyle."

"Sadece selam mı?" Manidar bir ifadeyle kaşlarını kaldırdı.

"Evet." Kızarmıştım. Bana göz kırptı ve o Kate'in peşinde daireden çıkarken kıpkırmızı oldum.

Elliot harika ve Christian'dan son derece farklıydı. Sıcak ve açıktı ve Kate'le fiziksel, fazla fiziksel, aşırı fizikseldi. Ellerini birbirlerinin üstünden çekemiyorlardı ve dürüst olmak gerekirse bu utanç vericiydi; bense kıskançlıktan kuduruyordum.

Kate yirmi dakika kadar sonra pizzayla döndü ve etrafımız sandıklarla çevrili halde, yeni oturma alanımıza oturup kutudan yemeğe koyulduk. Kate'in babası bizi hayal kırıklığına uğratmamıştı. Daire faza geniş değildi, ama üç yatak odası ve Pike Place Market'ın kendisine bakan geniş oturma alanıyla yeterince büyüktü. Her taraf parke zemin ve kırmızı tuğlayla kaplıydı; mutfak tezgâhları düz betondu. Hayli kullanışlı ve hayli moderndi. İkimiz de şehrin merkezinde olmaya bayılıyorduk.

Saat sekizde girişteki telefon çaldı. Kate ayağa fırlarken, benim de yüreğim ağzıma geldi.

"Bayan Steele ve Bayan Kavanagh için teslimat." Hayal kırıklığı damarlarımda özgürce ve davetsizce dolaşmaya başladı. Christian değildi.

"İkinci kat, daire iki."

Kate teslimatçı çocuğu içeri aldı. Kate'i dar kot pantolonu, tişörtü ve birkaç tutamı özgürlüğünü ilan etmiş, tepede toplu saçlarıyla gören çocuğun ağzı açık kalmıştı. Arkadaşım, erkeklerin üzerinde bu etkiyi bırakırdı. Çocuğun elinde, üzerine helikopter biçiminde bir balon tutturulmuş bir şampanya şişesi vardı. Kate onu göz kamaştırıcı bir gülümsemeyle geçirdikten sonra, kartı yüksek sesle okumaya koyuldu.

Bayanlar,

Yeni evinizde bol şans.

Christian Grey

Kate onaylamayan bir ifadeyle kafasını sallıyordu.

"Neden sadece 'Christian'dan' yazamıyor ki? Ve şu acayip helikopter balonu da neyin nesi?"

"Charlie Tango."

"Ne?"

"Christian beni Seattle'a helikopteriyle götürdü." Omzumu silktim.

Kate bana ağzı açık bakıyordu. Bu gibi durumlara –sessiz ve sersemlemiş Katherine Kavanagh'a– bayıldığımı söylemek zorundayım. Nadir rastlanan durumlardı. Kısa ama lüks bir an boyunca tadını çıkardım.

Gururla, "Evet, bir helikopteri var ve onu bizzat kendisi kullandı," diye belirttim.

"Elbette insanı rahatsız edecek kadar zengin olan piçin helikopteri vardır. Neden bana söylemedin?" Kate bana suçlar gibi bakıyordu, ama bir yandan da gülümseyerek kafasını sallıyordu.

"Son zamanlarda kafam o kadar dolu ki."

Kaşlarını çattı.

"Ben yokken iyi olabilecek misin?"

Güven veren bir sesle, "Elbette," dedim. *Yeni şehir, iş güç yok... kafadan kontak bir erkek arkadaş da cabası.*

"Ona adresimizi sen mi verdin?"

Umursamaz bir tavırla, "Hayır ama sapık takipçilik önemli özellikleri arasındadır," diye mırıldandım.

Kate'in kaşları iyice çatıldı.

"Nedense şaşırmadım. Beni endişelendiriyor, Ana. Neyse ki en azından iyi bir şanıpanya; soğutulmuş da."

Elbette. Sadece Christian soğutulmuş şampanya gönderebilirdi. Ya da bunu sekreterine veya belki de Taylor'a yaptırırdı. Şişeyi oracıkta, hemen açtık ve çay fincanlarımızı bulduk. Paketlenen son eşyalar onlar olmuştu.

"Bollinger Grande Année Rosé 1999, kusursuz bir rekolte." Kate'e sırıttım ve fincanlarımızı tokuşturduk.

Şaşırtıcı derecede tazeleyici bir gece uykusunun ardından, gri bir pazar sabahına uyandım ve sandıklarıma bakarak bir süre uyanık yattım. Bilinçaltım, dudaklarını büzerek, *Şimdi şu kutuları açıyor olman gerek*, diye söyleniyordu. *Hayır... Bugün büyük gün.* İçimdeki tanrıça, bilinçaltımın hemen yanında duruyor, bir ayağından diğerine zıplayıp duruyordu. Beklenti, başımın üstünde koyu renkli tropik bir fırtına bulutu gibi ağır ve uğursuz asılı duruyordu. Bana neler yapacağını hayal etmeye çalışırken, daha karanlık, daha şehvetli ve büyüleyici bir acının yanında, kelebekler de karnıma üşüştüler. Ve tabii ki o lanet olası kontratı imzalamaya mecburdum, ya da gerçekten mecbur muydum? Yatağımın yanında yerde duran bilgisayardan gelen e-postayı haber veren sesi duydum.

Kimden: Christian Grey

Konu: Sayılarla Hayatım

Tarih: 29 Mayıs 2011 08:04

Kime: Anastasia Steele

Arabayla gelirsen, Escala'nın yer altı garajı için giriş koduna ihtiyacın olacak.

Beşinci bölüme park et. Benimkilerden biridir.

Asansör için kod: 1880

Christian Grey
CEO, Grey Şirketler Topluluğu

Kimden: Anastasia Steele
Konu: Mükemmel Bir Rekolte
Tarih: 29 Mayıs 2011 08:08
Kime: Christian Grey

Evet, Efendim. Anlaşıldı.

Şampanya ve şu anda yatağıma bağlı duran şişme Charlie Tango için teşekkürler.

Ana

Kimden: Christian Grey
Konu: Gıpta
Tarih: 29 Mayıs 2011 08:11
Kime: Anastasia Steele

Rica ederim.
Geç kalma.

Şanslı Charlie Tango.

Christian Grey
CEO, Grey Şirketler Topluluğu

Patronluk taslayan hali karşısında gözlerimi devirdiysem de son satırlar beni gülümsetmişti. Elliot'ın düne gece geri dönüp dönmediğini merak ederek ve sinirlerimi yatıştırmaya çalışarak banyoya yürüdüm.

Audi'yi yüksek topuklularla kullanabiliyordum! Saat tam 12:55'te Escala'nın otoparkına girdim ve beş numaralı alana park ettim. Kaç bölüm ona aitti acaba? Daha küçük iki Audi SUV ile birlikte, Audi SUV ve R8 de oradaydılar... Siperliğimdeki ışıklı makyaj aynasında nadiren sürdüğüm rimelimi kontrol ettim. Kaplumbağamda bu aynalardan yoktu.

Haydi kızım! İçimdeki tanrıça, elinde ponponlarıyla amigo kız havasındaydı. Asansörün sonsuzluk aynalarında, mürdüm eriği rengi elbisemi –pekâlâ, Kate'in elbisesini– kontrol ettim. Bu elbiseyi son giyişimde, üstümden hemen çıkarmak istemişti. Vücudum bu düşünceyle kasıldı. Bu enfes bir histi, nefesimi tuttum. İçime Taylor'ın aldığı iç çamaşırlarını giymiştim. Asker tıraşlı kafasının Agent Provocateur ya da her nereden aldıysa o mağazanın koridorlarında dolaştığını düşününce kızardım. Kapılar açıldı ve kendimi bir numaralı dairenin holünün tam karşısında buldum.

Ben asansörden çıkarken, Taylor çift kanatlı kapıda duruyordu.

"İyi öğleden sonralar, Bayan Steele," dedi.

"Ah, lütfen bana Ana de."

"Ana." Gülümsedi. "Bay Grey sizi bekliyor."

Buna hiç şüphe yok.

Christian oturma odasındaki kanepede pazar gazetelerini okuyordu. Taylor beni oturma odasına buyur ederken, kafasını kaldırıp baktı. Oda aynı hatırladığım gibiydi; buraya gelişimin üstünden bir hafta geçmişti, ama bana çok daha uzun geliyordu. Üzerinde beyaz, bol bir keten gömlek ve kot pantolon vardı. Ayağında ayakkabı ya da çorap yoktu. Saçları dağınık ve kendi haline bırakılmıştı; gözleri muzip bir ışıltıyla parlıyordu. Ayağa kalktı ve güzel, biçimli dudaklarında memnun, beğeni dolu bir gülümsemeyle bana doğru yürüdü.

Odanın girişinde, güzelliğiyle ve birazdan olacakların heyecanıyla felç olmuş gibi, hiç kıpırdamadan durdum. Aramızdaki o tanıdık elektrik yine oradaydı; karnımın alt kısmında kıvılcımlar saçarak beni ona çekiyordu.

Beni hayranlık dolu gözlerle süzerken, "Hımmm... şu elbise," diye mırıldandı. "Hoş geldiniz, Bayan Steele," diye fısıldadı ve çenemi tutup eğilerek dudaklarıma nazik, hafif bir öpücük kondurdu. Dudaklarının dudaklarıma temasının etkisi bütün vücudumda yankı buldu. Nefesim kesildi.

Yanaklarım kızararak, "Merhaba," diye fısıldadım.

"Tam zamanında geldin. Dakikliği severim. Gel." Elimi tutup beni kanepeye yönlendirdi. "Sana göstermek istediğim bir şey var," dedi ve oturduk. Bana *Seattle Times'ı* uzattı. Sekizinci sayfada, ikimizin mezuniyet töreninde çekilmiş bir fotoğrafımız vardı. *Lanet olsun.* Gazeteye çıkmıştım. Başlığa baktım.

Christian Grey ve arkadaşı, WSU Vancouver'da mezuniyet töreninde.

Güldüm. "Demek şimdi 'arkadaşın' oldum."

"Öyle görünüyor. Ve gazetede çıktığına göre, doğru olmalı." Sırıtıyordu.

Yanımda, vücudu tamamen bana dönük, bacağını altına almış halde oturuyordu. Uzandı ve uzun işaret parmağıyla saçımı kulağımın arkasına sıkıştırdı. Vücudumun canlanması, beklenti ve ihtiyaçla dolması için dokunuşu yetmişti.

"Öyleyse, Anastasia, ne olduğum konusunda buraya son gelişine göre daha fazla fikir sahibisin."

"Evet." *Konuyu nereye vardırmaya çalışıyor?*

"Yine de geri geldin."

Utanarak başımı salladım; gözleri alev alevdi. Düşünceyle savaşır gibi, kafasını salladı.

Pat diye, "Bir şeyler yedin mi?" diye sordu

Siktir.

"Hayır."

"Aç mısın?" Rahatsız görünmemek için gerçekten çaba harcıyordu.

"Yemeğe değil," diye fısıldayınca, burun delikleri tepki olarak kabardı.

Öne eğildi ve kulağıma, "Her zamanki gibi hevesli ve heyecanlısınız, Bayan Steele. Benden size küçük bir sır, ben de öyleyim. Ama Dr. Greene birazdan burada olacak," dedi. Doğruldu. Beni usulca azarladı. "Keşke bir şeyler yeseydin." Isınan kanım bir anda soğumuştu. Lanet olsun, doktoru tamamen unutmuştum.

İkimizin de dikkatini başka yere kaydırmak için, "Bana Dr. Greene hakkında ne söyleyebilirsin?" diye sordum.

"Seattle'ın en iyi jinekoloğudur. Başka ne diyebilirim ki?" Omuz silkti.

"Senin doktorunla görüşeceğimi sanıyordum; sakın bana kadın olduğunu söyleme, çünkü sana inanmam."

Bana saçmalama dercesine bir bakış attı.

Usulca, "Bir uzmana görünmenin daha uygun olacağını düşünüyorum," dedi. "Sence de öyle değil mi?"

Başımı salladım. Tanrı aşkına, kadın Seattle'ın en iyi jinekoloğuysa, Christian onu beni görmesi için pazar günü, hem de tam öğle yemeği saatine ayarlamıştı. Maliyetini hayal dahi edemiyordum. Christian nahoş bir şey anımsamış gibi, aniden kaşlarını çattı.

"Anastasia, annem bu akşam yemeğe gelmeni istiyor. Sanırım Elliot da Kate'i davet edecek. Bu konuda ne hissedersin bilmem. Seni ailemle tanıştırmak benim için tuhaf olacak."

Tuhaf mı? Neden?

"Benden utanıyor musun?" Kırgınlığımın sesime yansımasına mani olamamıştım.

"Elbette, hayır." Gözlerini devirdi.

"Neden tuhaf?"

"Çünkü bunu daha önce hiç yapmadım."

"Neden senin gözlerini devirmene izin var da benim yok?"

Gözlerini kırpıştırdı. "Gözlerimi devirdiğimin farkında bile değildim."

"Ben de olmam, genelde," diye lafı yapıştırdım.

Christian bana tek kelime etmeden baktı. Taylor kapıda belirdi.

"Dr. Greene geldi, efendim."

"Bayan Steele'nin odasına al."

Bayan Steele'nin odası!

Ayağa kalkıp bana elini uzatırken, "Biraz doğum kontrolüne hazır mısın?" diye sordu.

Şok içinde, "Sen de gelmeyeceksin, değil mi?" diye sordum.

Güldü. "İnan bana izlemek için çok iyi bir para verirdim, Anastasia, ama doktorun onaylayacağını sanmıyorum."

Elini tuttum ve beni ayağa kaldırıp uzun uzun öptü. Şaşkınlık içinde, kollarını sıkı sıkı kavradım. Saçlarımın arasındaki eli başımı tutuyor ve alnı alnımda, beni kendine çekiyordu.

"Burada olmana çok memnunum," diye fısıldadı. "Seni çırılçıplak soymak için sabırsızlanıyorum."

BÖLÜM ON SEKİZ

Dr. Greene, uzun boylu, sarışın ve lacivert takımı içinde son derece şıktı. Bana Christian'ın ofisinde çalışan kadınları hatırlatmıştı. Kalemle çizilmiş gibi görünen Stepford kadınlarından bir başkası gibiydi. Uzun saçlarını zarif bir topuzla toplamış. Kırklı yaşların başında olsa gerekti.

"Bay Grey." Christian'ın uzattığı eli sıktı.

"Bu kadar kısa süre içinde geldiğiniz için teşekkürler," dedi Christian.

"Ben de hizmetimin karşılığını fazlasıyla ödediğiniz için teşekkür ederim, Bay Grey. Bayan Steele." Gülümserken yüzünde, serinkanlı ve inceler gibi bir ifade vardı.

El sıkıştık ve aptallara tahammülü olmayan kadınlardan biri olduğunu anladım. Kate gibi. Ondan hemen hoşlanmıştım. Christian'a keskin bir bakış attı ve Christian, tuhaf bir duraksamanın ardından, mesajı aldı.

"Ben aşağıda olacağım," diye mırıldandı ve yatak odam olacak yerden ayrıldı.

"Pekâlâ, Bayan Steele. Bay Grey sizinle ilgilenmem için bana küçük bir servet ödüyor. Sizin için ne yapabilirim?"

Uzun uzadıya bir muayene ve uzun bir tartışmanın ardından, Dr. Greene ve ben mini haplarda karar kıldık. Bana ödemesi halledilmiş bir reçete yazdı ve hapları yarın almamı söyledi. Konunun sadedinden ayrılmayan tarzını sevmiştim. İlacı her gün aynı saatte almam konusunda uzun bir söylev çekti. Ve Mr. Grey'le sözüm ona ilişkim konusunda meraktan öldüğünü anlamak güç değildi. Ona hiçbir detay vermedim. Nedense, Christian'ın Kırmızı Acı Odası'nı görmüş olsa bu kadar sakin ve kontrollü kalabileceğini sanmıyordum. Kapalı kapının önünden geçip alt kata, Christian'ın oturma odası olarak kullandığı sanat galerisine inerken yanaklarım al al olmuştu.

Christian kanepesinde oturmuş kitap okuyordu. Müzik sisteminden yükselen nefes kesici arya, Christian'ın etrafında dönerek onu kucaklıyor ve odayı tatlı, insanın ruhuna işleyen bir melodiyle dolduruyordu. Christian dingin görünüyordu. Biz içeri girerken dönüp baktı ve bana gülümsedi.

Samimi bir ilgiyle, "Bitirdiniz mi?" diye sordu. Uzaktan kumandayı şöminesinin altında duran ve iPod'unu barındıran ince beyaz kutuya doğrultunca enfes müziğin sesi kısıldı, ama geri planda çalmayı sürdürdü. Christian ayağa kalkıp bize yaklaştı.

"Evet, Bay Grey. Ona iyi bakın. Çok güzel, zeki bir genç bayan."

Christian da benim gibi şaşırmıştı. Bir doktorun ağzından çıkmak için ne uygunsuz bir cümleydi. Yoksa Christian'a pek de incelikli olmayan bir uyarıda mı bulunuyordu? Christian derhal toparlandı.

"Niyetim de bu zaten," diye mırıldanırken düşünceliydi.

Ona baktım ve mahcup bir tavırla omuz silktim.

Doktor, Christian'ın elini sıkarken soğuk bir tavırla, "Faturamı iletirim," dedi.

"İyi günler ve bol şans, Ana." Biz el sıkışırken, gülümsemesiyle gözleri kırışmıştı.

Taylor bir anda ortaya çıkıp doktora çift kanatlı kapıdan dışarı, asansöre doğru eşlik etti. Bunu nasıl başarıyordu? Nerede bekliyordu?

Christian, "Nasıldı?" diye sordu.

"İyi, teşekkürler. Önümüzdeki dört hafta boyunca, her tür cinsel aktiviteden uzak durmam gerektiğini söyledi."

Christian'ın ağzı şaşkınlıkla açılınca kendimi daha fazla tutamayıp aptal gibi sırıttım.

"Kandırdım!"

Gözlerini kıstı ve gülmeyi hemen kestim. Aslında bayağı haşin görünüyordu. *Ah, siktir*. Yüzümdeki kan çekilirken bilinçaltım köşede titriyordu ve Christian'ın beni tekrar dizine yatırdığını görür gibi oldum.

"Kandırdım!" dedi ve pis pis sırıttı. Beni belimden yakalayıp kendine çekti. Parmaklarını saçlarımın arasından geçirip gözlerimin içine bakarken, "İflah olmazsınız, Bayan Steele," diye mırıldandı. Beni hararetle öptü; destek almak için kaslı kollarına sıkı sıkı tutundum.

"Sana hemen şimdi ve burada sahip olmak istesem de bir şeyler yemen gerek. Benim de. Birazdan üstümde bayılmanı istemem," diye mırıldandı.

"Beni sadece bunun için mi istiyorsun, vücudum için?" diye fısıldadım.

"O ve bir de şu çok bilmişliğin için," dedi nefes nefese.

Beni bir kez daha tutkuyla öptü; sonra aniden çekilip elimi tuttu ve beni mutfağa götürdü. Başım dönüyordu. Bir an şakalaşırken, bir sonrakinde... Isınan yüzümü elimle yelpazeledim. Bu adam ayaklı seksti ve şimdi dengemi geri kazanıp bir şeyler yemem gerekiyordu. Arya geri planda çalmayı sürdürüyordu.

"Müzik ne?"

"Villa Lobos, *Bachianas Brasileiras*'tan bir arya. İyi, değil mi?"

Ona tamamen katılarak, evet diye mırıldandım.

Kahvaltı barı iki kişi için hazırlanmıştı. Christian dolaptan bir salata kâsesi çıkardı.

"Tavuklu Sezar salatası senin için uygun mu?"

Ah, Tanrı'ya şükür, ağır bir şey yok.

"Evet, uygun, teşekkürler."

Zarif hareketlerle mutfağın içinde dolaşmasını izledim. Bedeniyle bir yandan o kadar barışıkken diğer yandan ona dokunulmasını istemiyordu... Belki de için için barışık değildi. Hiçbir adam bir ada değildir diye düşündüm; belki de Christian Grey dışında hiçbir adam.

Beni daldığım düşüncelerden çekerken, "Ne düşünüyorsun?" diye sordu.

"Hareketlerini izliyorum."

Tek kaşını kaldırırken eğlenir gibiydi.

Kuru bir sesle, "Ve?" dedi

Biraz daha kızardım.

"Çok zarifsin."

"Teşekkürler, Bayan Steele," diye mırıldandı. Elinde bir şarap şişesiyle yanıma oturdu. "Chablis?"

"Lütfen."

"Salatadan al," derken sesi yumuşaktı. "Anlat bakalım, hangi metotta karar kıldınız?"

Sorusuyla bir an afalladım, ama sonra Doktor Greene'nin ziyaretinden bahsettiğini anladım.

"Mini hap."

Kaşlarını çattı.

"Ve her gün doğru saatte almayı hatırlayacaksın, öyle mi?"

Tanrım, elbette hatırlayacağım. Nereden biliyordu? Düşününce yüzüm kızardı. Belki de on beşten biri ya da birkaçı sayesinde biliyordu.

Kuru bir mırıltıyla, "Senin bana hatırlatacağından eminim," dedim.

Bana eğlenir gibi, lütufkâr bir edayla baktı.

"Takvimime alarm eklerim." Sırıttı. "Ye."

Sezar salatası muhteşemdi. Ne kadar acıktığımı görmek beni şaşırtmıştı ve onunla birlikte olmaya başladığımdan beri ilk kez, yemeğimi ondan önce bitirdim. Şarap buruk, temiz ve meyveliydi.

"Her zamanki gibi heveslisin, Bayan Steele?" Boşalan tabağıma gülümseyerek baktı.

Ona kirpiklerimin arasından baktım.

"Evet," diye fısıldadım.

Nefesi durdu. Ve bana bakarken, aramızdaki hava ağır ağır değişmeye, elektriklenmeye başladı. Koyu gözlerinde ihtiras ateşleri yanarken beni de yanına kattı. Christian ayağa kalktı, aramızdaki boşluğu kapatıp beni bar sandalyesinden kollarının arasına çekti.

Gözlerimin içine bakarak, "Bunu istiyor musun?" diye soludu.

"Hiçbir şey imzalamadım."

"Biliyorum, ama bugünlerde bütün kuralları çiğniyorum."

"Bana vuracak mısın?"

"Evet, ama canın yanmayacak. Şu anda seni cezalandırmak istemiyorum. Beni dün akşam yakalasaydın, bambaşka bir hikâye olurdu."

Tanrı aşkına. Canımı yakmak istiyordu... Bununla nasıl baş edebilirdim ki? Korkumun yüzüme yansımasına engel olamadım.

"Kimsenin seni aksine ikna etmesine izin verme, Anastasia. Benim gibi insanların bunu yapma nedenlerinden biri, acı vermeyi ya da çekmeyi sevmemizdir. Çok basit. Sense sevmiyorsun ve ben günün büyük kısmını buna kafa yorarak geçirdim."

Beni tekrar kendine çektiğinde, ereksiyonunu karnımda hissettim. Kaçmalıydım, ama kaçamıyordum. Ona, anlamanın yakınından bile geçmediğim derin ve köklü bir yerden çekiliyordum.

"Herhangi bir sonuca vardın mı?" diye fısıldadım.

"Hayır ve şu anda tek istediğim seni bağlayıp aklını başından alana dek düzmek. Buna hazır mısın?"

Bedenimdeki her şey aynı anda kasılırken, "Evet," diye soludum.

"İyi. Gel." Elimi tuttu ve kirli bulaşıkları kahvaltı barının üstünde bırakarak üst kata yürüdük.

Kalbim gümbürdemeye başlamıştı bile. İşte buydu. Bu işi yapacaktım. İçimdeki tanrıça dünya çapında bir balerin gibi parmak ucunda dönüyor, dönüyordu. Christian oyun odasının kapısını açtı, benim geçmem için kenara çekildi. Ve işte bir kez daha Kırmızı Acı Odası'ndaydım.

Aynıydı; deri kokusu, limon esanslı cila ve koyu renk ahşap... Her şey çok şehvetliydi. Isınan kanım vücudumda korkuyla çağlıyordu. Adrenalin, şehvet ve özlemle karışmıştı. Baş döndürücü, güçlü bir kokteyldi. Christian'ın duruşu tamamen değişmiş, daha sert ve acımasız bir hal almıştı. Bana bakarken, gözleri yakıcı, şehvetli... hipnotize ediciydi.

Her kelimesi ağır ve ölçülü, "Bu odadayken, tamamen benimsin," diye soludu. "Sana uygun gördüğüm şekilde davranabilirim. Anlıyor musun?"

Bakışları o kadar yoğundu ki. Ağzım kupkuru, yüreğim göğsümden fırlayıp çıkacakmış gibiydi; başımı salladım.

Usulca, "Ayakkabılarını çıkar," diye emretti.

Yutkundum ve biraz sarsakça, ayakkabılarımı çıkardım. Eğildi, ayakkabılarımı alıp kapının yanına bıraktı.

"İyi, senden bir şey yapmanı istediğimde tereddüt etme. Şimdi o elbiseyi üstünden çıkaracağım. Yanlış hatırlamıyorsam bu, günlerdir yapmak istediğim bir şeydi. Bedeninle barışık olmanı istiyorum, Anastasia. Güzel bir vücudun var ve ben ona bakmaya bayılıyorum. Onu izlemek bir keyif. Aslında sana gün boyu bakabilirim ve çıplaklığından utanç ya da mahcubiyet duymamanı istiyorum. Anlıyor musun?"

"Evet."

"Evet, ne?" Gözlerimin içine bakarak üzerime eğildi.

"Evet, Efendim."

"Bunda ciddi misin?" diye çıkıştı.

"Evet, Efendim."

"İyi. Kollarını başının üstüne kaldır."

Bana söyleneni yaptım. Uzanıp elbisenin etek ucunu tuttu. Elbiseyi yavaşça bacaklarımdan, kalçalarımdan, göbeğimden, memelerimden, omuzlarımdan ve başımdan yukarı çekti. Beni incelemek için geri çekildi ve gözlerini benden bir an ayırmadan, dalgın tavırlarla elbisemi katladı. Kapının yanındaki büyük bir şifonyerin üstüne koydu. Uzandı ve çenemi tuttu. Dokunuşu tenimi âdeta yakıyordu.

"Dudağını ısırıyorsun," diye soludu. Gizemli bir sesle, "Bunun ne anlama geldiğini biliyorsun," diye ekledi. "Arkanı dön."

Hemen, hiç tereddütsüz döndüm. Sutyenimin kopçasını çözdü ve iki askısından tutup kollarımdan aşağı çekti. Sutyeni kaydırırken, parmakları ve başparmaklarının tırnakları tenime sürtünüyordu. Dokunuşu belkemiğimden aşağı ürpertiler gönderiyor, vücudumdaki bütün sinir uçlarını uyandırıyordu. Christian, yanımda, ondan yayılan ısıyı hissedebileceğim kadar yakınımda duruyor ve beni baştan ayağa ısıtıyordu. Saçlarımı sırtımdan aşağı dökülecek şekilde çekti, ensemdeki bir tutamı yakalayıp başımı yana yatırdı. Burnunu açığa çıkan boynumdan aşağı ve sonra tekrar yukarı doğru sürterken, kokumu içine çekiyordu. Karın kaslarım, şehvet ve istekle kasılmıştı. Tanrım bana doğru dürüst dokunmamıştı bile ve onu istiyordum.

Kulağımın altında bir öpücük kondururken, "Her zamanki gibi ilahi kokuyorsun, Anastasia," dedi.

İnledim.

"Yavaş," diye soludu. "Ses çıkarmak yok."

Saçlarımı arkama çekti ve şaşkın bakışlarım altında, hızlı ve hünerli parmaklarıyla tek bir örgü halinde örmeye başladı. İşi bitince, ucunu görünmeyen bir saç bandıyla tutturdu ve sertçe tutup beni kendine doğru çekti.

"Buradayken saçlarının örgülü olmasını seviyorum," diye fısıldadı.

Hımm... neden?

Saçımı bıraktı.

"Dön," diye emretti.

Söyleneni yaptım; nefesim sığ, korkum ve özlemim birbirine geçmiş durumdaydı. Baş döndürücü bir karışımdı.

"Senden bu odaya gelmeni istediğimde üzerinde bu kıyafet olacak. Sadece külotun. Anlıyor musun?"

"Evet."

"Evet, ne?" Bana dik dik bakıyordu.

"Evet, Efendim."

Ağzının bir köşesi bir gülümsemenin gölgesiyle kıvrıldı.

"Aferin kızıma." Gözleri gözlerimi delip geçiyordu sanki. "Sana buraya gelmeni söylediğimde, şurada diz çökmeni istiyorum demektir." Kapının yanındaki bir noktayı işaret ediyordu. "Şimdi dediğimi yap."

Sözlerini zihnimde işleyerek gözlerimi kırpıştırdım ve sonra dönüp, emrettiği gibi, biraz sarsak hareketlerle diz çöktüm.

"Topuklarının üstüne oturabilirsin."

Oturdum.

"Ellerini ve kollarının alt kısmını, bacaklarının üstüne yerleştir. İyi. Şimdi bacaklarını arala. Biraz daha. Biraz daha. Mükemmel. Yere bak."

Yanıma geldi; ayakları ve kaval kemikleri görüş alanımın içindeydi. Çıplak ayaklar. Sonradan hatırlamamı istiyorsa, not almam gerekecekti. Elini aşağı uzattı ve saç örgümü bir kez daha kavrayıp arkaya çekerek ona bakmamı sağladı. Canım acımamıştı.

"Bu pozisyonu aklında tutacak mısın, Anastasia?"

"Evet, Efendim."

"İyi. Burada kal, sakın kıpırdama." Odadan çıktı.

Dizlerimin üstünde bekledim. Nereye gitmişti. Bana ne yapacaktı. Zaman ilerliyordu. Beni ne kadar uzun bir süre böyle bıraktığı konusunda hiçbir fikrim yoktu. Birkaç dakika, beş, on? Nefesim sıklaştı. Beklenti içimi kemiriyordu.

Birden geri geldi ve ben kendimi aynı anda hem daha sakin hem daha heyecanlı hissettim. *Bundan daha heyecanlı olabilir miydim?* Ayaklarını görebiliyordum. Kot pantolonunu değiştirmişti. Üzerindeki daha eski, yıpranmış, yumuşak ve çok yıkanmış bir pantolondu. Tanrım. Bu pantolon cidden seksiydi. Kapıyı kapattı ve arkasına bir şey astı.

"Aferin kızıma. Anastasia, böyle çok hoş görünüyorsun. Aferin. Ayağa kalk."

Kalktım, ama yüzümü yerden kaldırmadım.

"Bana bakabilirsin."

Ona kaçamak bir bakış attım. Bana dikkatle, âdeta inceleyerek bakıyordu, ama gözleri yumuşamıştı. Gömleğini çıkarmıştı. Ah Tanrım.... Ona dokunmak istiyordum. Kot pantolonunun üst düğmesi açıktı.

"Şimdi seni zincirleyeceğim, Anastasia. Sağ elini bana ver."

Ona elimi verdim. Avucumu yukarı çevirdi ve ben ne olduğunu anlamadan, sağ elinde varlığını fark etmediğim binici kamçısını elime indirdi. O kadar hızlı olup bitmişti ki, şaşkınlıktan anlayamadım bile. Daha da şaşırtıcı olan, canımın acımamasıydı. Şey, çok fazla değil. Sadece hafif bir batma hissi.

"Kendini nasıl hissediyorsun?" diye sordu.

Anlamayarak gözlerimi kırpıştırdım.

"Bana cevap ver."

"Tamam." Kaşlarımı çattım.

"Kaşlarını çatma."

Gözlerimi kırpıştırdım ve duygusuz görünmeyi denedim. Başardım.

"Canın yandı mı?"

"Hayır."

"Acımayacak. Anladın mı?"

"Evet." Sesim şüpheliydi. *Gerçekten acımayacak mıydı?*

"Ciddiyim," dedi.

Tanrım, nefesim o kadar sıklaşmıştı ki. Ne düşündüğümü biliyor muydu yoksa? Bana kamçıyı gösterdi. Kahverengi deriden örülmüştü. Gözlerim hızla gözlerine çevrildiğinde, bakışları alev almış ve âdeta eğlenir gibiydi.

"Amacımız zevk vermek, Bayan Steele," diye mırıldandı. "Gel." Dirseğimi tuttu ve beni ızgaranın altına çekti. Uzandı ve siyah deri bileklikli birkaç pranga indirdi.

"Bu ızgara, prangalar üstünde hareket edecek şekilde tasarlandı."

Kafamı kaldırdım. *Lanet olsun.* Metro haritasına benziyordu.

"Burada başlayacağız, ama seni ayakta düzmek istiyorum. Bu yüzden, şuradaki duvarda son bulacağız." Binici kamçısıyla büyük, ahşap X'in durduğu duvarı işaret etti.

"Ellerini başının üstüne koy."

Kendimi bedenimden ayrılmış, etrafımda olup bitenleri rahat bir gözlemcinin gözlerinden izler gibi hissediyordum. Bu, büyüleyici ötesiydi. Erotik ötesi. Kesinlikle yaptığım en heyecan verici ve ürkütücü şeydi. Kendimi, kendi ifadesine göre, bombokluğun elli tonunu bir arada barındıran güzel bir erkeğin insafına sunuyordum. İçimden geçen anlık korkuyu bastırdım. Kate ve Elliot burada olduğumu biliyorlardı.

Bileklikleri takarken, çok yakınımda duruyordu. Gözlerimi göğsüne sabitledim. Yakınlığı muhteşemdi. Vücut şampuanı ve Christian kokuyordu; insana heyecan veren bir karışımdı bu ve bu koku beni şimdiki zamana geri sürükledi. Burnumu ve dilimi o göğüs tüylerinin arasında dolaştırmak istiyordum. Tek yapmam gereken öne eğilip...

Bir adım geri çekildi ve yüzünde örtülü, şehvetli, dünyevi bir ifadeyle bana baktı. Ve ben, ellerim bağlı, çaresiz bir durumdaydım. Sadece güzel yüzüne bakmıyordum, bana duyduğu ihtiyaç ve özlemi okurken bacaklarımın arasındaki ıslaklığı hissediyordum. Etrafımda ağır adımlarla dönüyordu.

"Böyle yukarı bağlanmış halinizle iyi görünüyorsunuz, Bayan Steele. Üstelik o çok bilmiş çeneniz şimdilik kapalı. Hoşuma gitti."

Bir kez daha karşıma dikildi ve parmaklarını külotuma takıp hiç telaşsız bir hızla, bacaklarımdan aşağı kaydırdı. Beni acı verici bir yavaşlıkla soyarak en sonunda önümde dizlerinin üstüne indi. Gözlerini gözlerimden ayırmadan külotumu avucunun içinde buruşturdu ve burnuna götürüp derin derin kokladı. *Siktir. Bunu gerçekten yaptı mı?* Bana günahkâr bir sırıtışla bakarak, külotumu kot pantolonunun cebine soktu.

Yerden bir orman kedisi gibi, aheste hareketlerle doğruldu ve binici kamçısının ucunu göbek deliğime tutup aheste aheste çevirerek benimle âdeta alay etmeye başladı. Derinin temasıyla ürperip inledim. Kamçının ucunu bel çevremden ayırmadan, bir kez daha etrafımda döndü. İkinci turda kamçıyı aniden savurdu ve tam popomun altına... cinsel organımın yakınına... isabet ettirdi. Bütün sinir uçlarım dikkat kesilirken, şaşkınlıkla haykırdım. Bileğimdeki prangalara asıldım. Şokun etkisi içimde akıyordu; bu olabilecek en tatlı, en tuhaf ve hedonist duyguydu.

Etrafımda dönmeyi sürdürürken, "Sessiz," diye fısıldadı. Kamçı belimin biraz üstündeydi. Bu kez, aynı noktaya bir kez daha indiğinde, bekliyordum. Bedenim tatlı ve yakıcı ısırışıyla sarsıldı.

Çevremde dönerken, kamçıyı bir kez daha savurdu. Bu kez meme ucuma denk gelmişti ve sinir uçlarım haykırırken, başımı arkaya attım. Diğerine vurdu… kısa, hızlı ve tatlı bir ceza. Meme uçlarım saldırının etkisiyle sertleşip uzamıştı; deri bilekliklere sertçe asılırken, yüksek sesle inledim.

"İyi geliyor mu?" diye soludu.

"Evet."

Bir kez daha, bu kez kaba etlerime vurdu. Canım bu kez acımıştı.

"Evet, ne?"

Ağlamaklı bir sesle, "Evet, Efendim," dedim.

Durdu. Ama onu artık göremiyordum. Bedenimde çağlayan sayısız hissi özümsemeye çalışırken, gözlerim kapalıydı. Çok ağır hareketlerle, karnımdan aşağı güney istikametinde, küçük, ısırıcı kamçı darbeleri indiriyordu. Bu işin nereye gittiğini biliyordum ve kendimi şartlamaya çalıştım, ama klitorisime isabet edince, yüksek sesle haykırdım.

"Ah… lütfen!" diye inledim.

"Sessiz," diye emretti ve arkama bir darbe daha indirdi.

Böyle olmasını beklemiyordum. Kaybolmuştum. Bir his denizinde kayıptım. Ve birden kamçıyı kasık tüylerimin arasına, cinsel organıma, vajinamın girişine doğru sürükledi.

"Ne kadar ıslandığını gör, Anastasia. Gözlerini ve ağzını aç."

Tamamen baştan çıkmış halde, emrine itaat ettim. Kamçının ucunu tıpkı rüyamdaki gibi, ağzıma itti. *Ah, Tanrım.*

"Tadına bak. Em. İyice em, bebek."

Gözlerim gözlerine kilitlenirken, ağzım kamçının etrafına kapandı. Dolgun deri tadını ve uyarılmamın tuzunun tadını alabilmiştim. Christian'ın gözleri çakmak çakmaktı. Halinden hoşnut görünüyordu.

Kamçının ucunu ağzımdan çekti, öne uzanıp beni yakaladı ve ağzıyla ağzımı âdeta istila ederek, sertçe öptü. Kollarımı etrafına dolayıp beni kendine çekti. Göğsü göğsüme yaslandı. Ona dokunmak için can atıyordum, ama dokunamazdım; ellerim başımın üstünde, işe yaramaz durumdaydı.

"Ah, Anastasia, muhteşem bir tadın var," diye soludu. "Seni boşaltayım mı?"

"Lütfen," diye yalvardım.

Kamçı popoma indi. *Ahh!*

"Lütfen, ne?"

"Lütfen, Efendim," diye sızlandım. Bana zafer dolu bir ifadeyle gülümsedi.

"Bununla mı?" Görebilmem için kamçıyı havaya kaldırdı.

"Evet, Efendim."

"Emin misin?" Bana sert bir ifadeyle bakıyordu.

"Evet, lütfen, Efendim."

"Gözlerini kapat."

Odayı ve onu... ve kamçıyı dışarıda bırakarak gözlerimi yumdum. Bir kez daha, kamçıyla belime küçük, ısırıcı darbeler indirmeye başladı. Aşağı kayarak klitorisimin etrafına yumuşacık, küçük dokunuşlarla, bir, iki, üç defa tekrar tekrar vurdu. Ta ki ben nihayet –buraya kadar– daha fazlasını kaldıramayacak hale gelene kadar. Muhteşem bir şekilde, gürültüyle ve güçsüzlükten eğilip bükülerek boşaldım. Bacaklarım jöle kıvamını alırken, Christian'ın kolları etrafıma örtüldü. Başımı göğsüne yaslayıp kollarının arasında çözüldüm; orgazmın artçı şokları beni mahvederken mırıldanıyor, inliyordum. Beni havalandırdı ve birden, ellerim başımın üstünde bağlı halde, hareket etmeye başladık; sonra, cilalı çarpının serin ahşabını sırtımda hissettim. Christian kot pantolo[illegible] düğmelerini çözüyordu. Prezervatifini takarken, beni kısa bir an için yere bırakıp haça yasladı ve sonra, beni tekrar kaldırırken, elleri bacaklarımın etrafına sarıldı.

"Bacaklarını kaldır ve bana dola, bebek."

Kendimi o kadar güçsüz hissediyordum ki... Yine de Christian bacaklarımı kalçalarına dolayıp altıma yerleşirken, söylediğini yaptım. Tek bir hareketle içimdeydi ve kulağımda onun boğuk iniltisiyle, bir kez daha haykırdım. Christian kendini içime iterken, kollarım omuzlarındaydı. Tanrım, bu şekilde bayağı derinlere ulaşabilmişti. Kendini tekrar tekrar içime iterken, yüzü boynumda, sert nefesi boğazımdaydı. Hazzın içimde tekrar oluştuğunu hissettim. *Tanrım, hayır... Yine olmaz.* Bedenimin yeri yerinden oynatan bir ana daha dayanabileceğini sanmıyordum. Ama başka seçeneğim yoktu ve artık aşina olduğum bir kaçınılmazlıkla, kendimi bırakıp tekrar boşaldım. Tatlı, eziyetli ve yoğundu. Benlik duygumu tamamen yitirmiştim. Christian rahatlamasını sıkılı dişlerinin arasından haykırarak ve bunu yaparken bana sımsıkı tutunarak arkamdan geldi.

İçimden çabucak çıktı ve bedeniyle benimkine destek vererek, sırtımı haça yasladı. Bileklikleri çözüp ellerimi serbest bıraktı ve birlikte yere çöktük. Beni kucağına çekip kucakladı. Ben de başımı göğsüne yasladım. Gücüm olsa ona dokunurdum ama yoktu. Kot pantolonunun üstünde olduğunu neden sonra fark ettim.

"Aferin sana, bebek," diye mırıldandı. "Canın yandı mı?"

"Hayır," diye soludum. Gözlerimi açık tutmakta güçlük çekiyordum. Neden bu kadar yorgundum?

Beni göğsüne bastırıp parmaklarıyla firari saç tutamlarımı yüzümden çekerken, "Yanmasını bekliyor muydun?" diye sordu.

"Evet."

"Görüyorsun ya, korkunun büyük kısmı senin kafanda, Anastasia." Duraksadı. "Yine yapar mıydın?"

Yorgunluk zihnimi bulutlandırırken bir an düşündüm... *Yine mi?*

"Evet." Sesim o kadar yumuşaktı ki.

Beni sıkıca sardı.

"İyi. Ben de öyle," diye fısıldadı ve eğilip başımın tepesine bir öpücük kondurdu.

"Ve seninle işim henüz bitmedi."

Benimle işi henüz bitmemiş. Tanrı aşkına. Daha fazlasını kaldırmam imkânsızdı. Tamamen bitik durumdaydım ve baskın bir uyku isteğiyle mücadele ediyordum. Gözlerim kapalı halde, göğsüne yaslanmıştım. Beni tamamen –kolları ve bacaklarıyla– sarmıştı ve kendimi... güvende ve ah, çok rahat hissediyordum. Uyumama ve, olur ya, rüya görmeme izin verir miydi acaba? Bu saçma düşünceyle dudaklarım kıvrıldı ve yüzümü Christian'ın göğsüne çevirip eşsiz kokusunu içime çekerek burnumu sürttüm. Ama derhal gerildi... Ah, lanet olsun. Gözlerimi açıp ona baktım. Bana tepeden bakıyordu.

"Yapma," diye uyardı.

Kızardım ve göğsüne bir kez daha, özlemle baktım. Dilimi tüylerin arasında dolaştırmak ve onu öpmek istiyordum; göğsünde rastgele birkaç küçük, açık renk yuvarlak noktacığın olduğunu ilk kez fark ettim. Dalgın dalgın *Suçiçeği ya da Kızamık?* diye merak ettim.

Kendini geri çekip ellerini dizlerine yerleştirerek beni tamamen serbest bırakırken, "Kapının yanında diz çök," diye emretti. Sıcaklığını kaybeden sesinin ısısı birkaç derece düşmüştü.

Sakar hareketlerle ayağa kalktım ve hızlı adımlarla kapıya gidip emrettiği şekilde diz çöktüm. Titrek, çok ama çok yorgun bir haldeydim ve fena halde afallamıştım. Bu odada bu denli haz bulabileceğim kimin aklına gelirdi? Ve bu kadar yorucu olacağı? Uzuvlarım hoş bir şekilde ağırlaşmış, doyuma ulaşmıştı. İçimdeki tanrıçanın odasının kapısında "RAHATSIZ ETMEYİN" yazısı vardı.

Christian görüş alanımın kıyısında kıpırdıyordu. Göz kapaklarım inmeye başladı.

"Yoksa sizi sıkıyor muyum, Bayan Steele?"

Sıçrayarak uyandığımda Christian kollarını göğsünde kavuşturmuş karşımda duruyor ve bana dik dik bakıyordu. Ah, lanet olsun, şekerleme yaparken yakalanmıştım. Bu hiç iyi olmayacaktı. Kafamı kaldırıp ona bakınca bakışları yumuşadı.

"Ayağa kalk," diye emretti.

Ürkerek ayaklandım. Gözleri üzerimdeydi; dudakları büküldü.

"Bitkinsin, değil mi?"

Utana sıkıla başımı salladım.

"Dayanıklılık, Bayan Steele." Gözlerini kıstı. "Henüz size doymadım. Ellerini dua eder gibi önünde tut."

Gözlerimi kırpıştırdım. *Dua etmek! Bana nazik olman için dua ediyorum!* Söyleneni yaptım. Bir kablo alıp bileğimin etrafına sardı ve plastiği sıktı. Lanet olsun. Gözlerim hızla gözlerine kaydı.

Gülümsemesini gizleyemeyerek, "Tanıdık geldi mi?" dedi.

Tanrım... Plastik kablolar. Clayton's'ta raflardaki eksikleri doldururken... Bir anda her şey netlik kazanmıştı. Bütün bedenim sil baştan adrenalin hücumuna uğrarken, ağzım açık halde ona baktım.

"Burada makasım var." Görmem için makası havaya kaldırdı. "Seni bir saniyede içinden çıkarabilirim."

Bileklerimi ayırmayı deneyerek, bağları zorladım ve bunu yaparken plastik bileğime battı. Acımıştı, ama bileklerimi serbest bıraktığım zaman sorun yoktu. Kablo etimi kesmiyordu.

"Gel." Beni ellerimden tutup yatağa götürdü. Yatağın bu kez koyu kırmızı çarşaflarla kaplı olduğunu ve her köşede bir pranganın beklediğini gördüm.

Eğildi ve kulağıma, "Daha fazlasını istiyorum," diye fısıldadı. "Çok daha fazlasını."

Ve kalbim yine gümbürdemeye başladı. *Ah, Tanrım.*

"Ama elimi çabuk tutacağım. Yorgunsun. Karyolanın direğine tutun," dedi.

Kaşlarımı çattım. Yatağın üstünde olmayacaktı demek. Oymalı ahşap direği sıkıca kavrarken ellerimi aralayabildiğimi fark ettim.

"Daha aşağı," diye emretti. "İyi. Bırakma. Bırakırsan, sana şaplak atarım. Anlaşıldı mı?"

"Evet, Efendim."

"İyi."

Arkamda durdu, kalçalarımı kavradı ve sonra beni, direğe tutunur halde öne doğu eğileceğim şekilde geri çekti.

"Sakın bırakma, Anastasia," diye uyardı. "Seni arkadan fena becereceğim. Ağırlığını desteklemek için direğe tutun. Anladın mı?"

"Evet."

Eliyle popoma bir şaplak indirdi. *Ah*... Canım yanmıştı.

Aceleyle, "Evet, Efendim," diye mırıldandım.

"Bacaklarını arala." Bacağını benimkilerin arasına koydu ve kalçalarımı sıkıca tutarak sağ bacağımı yana çekti.

"Böylesi daha iyi. Bundan sonra uyumana izin vereceğim."

Uyumak mı? Nefes nefeseydim. Uyku artık aklımdan bile geçmiyordu. Uzanıp usulca sırtımı okşadı.

Eğilip bel kemiğim boyunca nazik, kuş tüyü hafifliğinde öpücükler kondururken, "O kadar güzel bir tenin var ki," diye soludu. Aynı anda elleri önüme dolandı ve memelerimi avuçlarken, meme uçlarımı parmaklarının arasına alıp usulca çekti.

Bütün bedenimin uyandığını ve onun için bir kez daha canlandığını hissederek iniltimi bastırdım.

Christian belimi usulca ısırıp emerek meme uçlarımı çekiştirirken, ellerim muhteşem oymalı karyola direğini daha sıkı kavradı. Elleri geri çekildi ve folyonun bana artık tanıdık gelen yırtılma sesini ve kot pantolonunu tekmeleyerek çıkarışını dinledim.

"Öylesine büyüleyici, seksi bir popon var ki, Anastasia Steele. Ona neler neler yapmak istiyorum." Elleri kalçalarımın iki tarafına kaydırıp popomu avuçladı. Sonra parmakları aşağı kaydı ve Christian iki parmağını içime itti.

"Çok ıslak. Beni hiç hayal kırıklığına uğratmıyorsunuz, Bayan Steele," diye fısıldarken, sesindeki hayreti duyabiliyordum. "Sıkı tutun... çabuk olacak, bebek."

O kalçalarımı kavrayıp pozisyon alırken, ben de kendimi hücumuna hazırladım. Ama o uzandı, örgümü ucuna yakın bir yerden çekti ve enseme kadar bileğine dolayıp, başımı sabitledi. Çok yavaşça içime kayarken, bir yandan saçımı çekiyordu. *Ah, bu doluluk hissi.* Yavaşça içimden çıktı, diğer eliyle kalçamı kavrayıp sıkıca tuttu, sonra hızla içime girerek beni öne doğru sarstı.

Sıkılı dişlerinin arasından, "Sıkı tutun, Anastasia," diye bağırdı.

Direği daha sıkı tuttum ve Christian parmaklarını kalçama geçirip amansız hücumunu tekrar tekrar sürdürürken darbelerine direndim. Kollarım acıyor, bacaklarım titriyor ve kafa derim saçlarımı çeken elinin altında acıyordu. Ve içimde bir şeylerin biriktiğini hissedebiliyordum. *Ah hayır*... Ve ilk kez orgazmımdan korkuyordum... Boşalırsam... yere yıkılırdım. Christian bütün haşinliğiyle içime girip çıkmaya devam ederken nefesi boğuktu; inliyor, homurdanıyordu. Bedenim ona karşılık veriyordu... *Nasıl?* Bir hızlanma hissettim. Ama Christian birdenbire durdu ve iyice derine girdi.

"Haydi, Ana, onu bana ver," diye inledi ve dudaklarından dökülen adım, beni önce yalnızca bir bedenden, sonra baş döndürücü bir his ve tatlı, çok tatlı bir boşalmadan ibaret kılarken, tamamen, büsbütün aklımı yitirmiş bir hale sürüklerken, beni uçurumdan aşağı itiverdi.

Aklım başıma geldiğinde, Christian'ın üzerinde yatıyordum. O yerdeydi bense sırtım göğsüne yaslı, yüzüm tavana dönük halde üzerinde yatıyordum. Cinsel birleşme sonrasının ışıltısıyla dağılmış haldeydim. *Ah... yaylı tutturma bilezikleri* diye düşündüm. Onları tamamen unutmuştum. Christian burnunu kulağıma sürttü.

Usulca, "Kollarını kaldır," dedi.

Kollarım kurşundan yapılmış gibiydi, ama yine de kaldırdım. Makası açtı ve bıçaklardan birini plastiğin altından geçirdi.

Nefes nefese, "Bu Ana'nın açılışını ilan ediyorum," diyerek plastiği kesti.

Kıkırdayarak, özgür kalan bileklerimi birbirine sürttüm. Sırıtışını hissediyordum.

Özlem dolu bir sesle, "Bu çok tatlı bir ses," dedi. Aniden, beni de beraberinde kaldırarak ve bir kez daha kucağına oturtarak doğruldu.

Beni omuzlarımı ve kollarımı ovabileceği şekilde kaydırırken, "Benim hatam," dedi. Masajla uzuvlarıma yeniden hayat vermeye başladı.

Ne?

Ne demek istediğini anlamaya çalışarak arkama baktım.

"Daha sık kıkırdamıyor olman."

Uykulu bir sesle, "Çok iyi bir kıkırdayıcı sayılmam," diye mırıldandım.

"Ah, ama bunu yaptığınız zaman, görülmeye değer bir neşe ve mucize yaratıyorsunuz."

Gözlerimi açık tutmaya çalışarak, "Fazla çiçek böceklik ediyorsunuz, Bay Grey," diye mırıldandım.

Gözleri yumuşadı ve gülümsedi.

"Tamamen becerilmiş ve uykuya ihtiyacınız varmış gibi görünüyorsunuz."

İşveyle, "İşte bu hiç çiçekli böcekli olmadı," diye homurdandım.

Sırıttı ve beni usulca kucağından indirip muhteşem çıplaklığıyla ayağa kalktı. Bir an, onu gerçekten hayranlıkla süzebilmek için daha uyanık olmayı istedim. Kot pantolonunu aldı ve iç çamaşırı olmadan, üzerine geçirdi.

"Taylor'ı ya da Bayan Jones'u ürkütmek istemem," dedi.

Hımm... Christian'ın tuhaf zevkleri olan bir piç olduğunu biliyor olmalıydılar. Bu düşünce kafama takılmıştı.

Ayağa kalkmama yardım etmek için eğildi ve beni arkasında gri, pamuklu bir sabahlığın asılı olduğu kapıya götürdü. Küçük bir çocukmuşum gibi sabırla giydirdi. Kolumu kaldıracak takatim yoktu. Ben tamamen örtünüp saygın bir görüntüye kavuşunca eğildi ve beni usulca öptü. Dudakları bir gülümsemeyle kıvrıldı.

"Yatağa," dedi.

Ah... hayır.

Yüzümün aldığı şekli görünce, "Uyku için," diye güvence verdi.

Sonra beni kucakladı ve göğsünün altına yaslayarak, daha birkaç saat önce, Doktor Greene'nin beni muayene ettiği odaya taşıdı. Başım göğsüne düştü. Bitkindim. Bu kadar yorulduğumu hatırlamıyordum bile. Yorganı açtı, beni yatırdı ve daha da şaşırtıcı yanı, yanıma tırmanıp sıkıca sarıldı.

"Şimdi uyu, muhteşem kız," diye fısıldadı ve saçlarımı öptü.

Ve alaycı bir yorum yapma fırsatını bulamadan uykuya dalıverdim.

BÖLÜM ON DOKUZ

Şakağıma sürtünen yumuşacık dudaklar geride tatlı, şefkatli öpücükler bırakırken, bir yanım dönüp karşılık vermek istiyordu ama uyumayı daha çok istiyordum. İnleyerek yastığıma gömüldüm.

"Anastasia, uyan." Christian'ın sesi yumuşak, baştan çıkarıcıydı.

"Hayır," diye inledim.

"Annemlerdeki akşam yemeği için yarım saat içinde çıkmamız gerek." Sesi neşeliydi.

İstemeyerek gözlerimi açtım. Dışarısı alacakaranlıktı. Christian üzerime eğilmiş, beni dikkatle süzüyordu.

"Haydi, uykucu. Kalk bakalım." Eğilip beni bir kez daha öptü. "Sana içecek bir şey getirdim. Ben aşağıda olacağım. Sakın tekrar uyuma, yoksa başın belaya girer," diye tehdit etti, ama ses tonu yumuşacıktı. Beni kısacık öptü ve serin, sade odada uykulu gözlerimi kırpıştırır halde bırakarak çıktı.

Tazelenmiş, ama birden gerilmiştim. Tanrı aşkına, ailesiyle tanışacaktım. Beni bir binici kamçısıyla hırpalamış ve ona kendi ellerimle sattığım bir kabloyla ellerimi bağlamıştı ve şimdi ailesiyle tanışacaktım. Bu, Kate'in de onlarla ilk tanışması olacaktı; en azından ondan destek alabilecektim. Omuzlarımı çevirdim. Kaskatıydılar. Christian'ın özel antrenör talepleri artık o kadar saçma gelmiyordu. Aslında, ona ayak uydurma umudum olsun istiyorsam mutlaka gerekliydi.

Yataktan ağır hareketlerle kalktım ve elbisemin gardırop kapağında asılı, sutyenimin sandalyenin üstünde olduğunu gördüm.

Ya külotum? Sandalyenin altına baktım. Yoktu. Sonra hatırladım; kot pantolonunun cebine tıkmıştı. Hatırlamak kızarmama neden olmuştu. Hani şeyden sonra... Düşünmeye bile mecalim yoktu; o kadar... gaddardı ki. Kaşlarımı çattım. *Külotumu bana neden geri vermemişti?*

İç çamaşırımın olmaması karşısında şaşkın, hızla banyoya girdim. Keyifli ama kısa bir duşun ardından kendimi kurularken, bunu kasten yaptığını fark ettim. Mahcup olmamı ve külotumu geri istememi istiyordu ve ya evet ya da hayır diyecekti. İçimdeki tanrıça bana sırıtıyordu. *Lanet olsun... Bu oyun iki kişilikti.* Orada ve o anda, ona o tatmini yaşatmamayı kafaya koyarak ailesini ziyarete külotsuz gitmeye karar verdim. Bilinçaltım, *Anastasia Steele,* diye çıkıştı, ama onu dinlemek istemiyordum ve bunun onu deli edeceğini bildiğim için, kendimi coşkuyla kucaklamak istiyordum.

Yatak odama dönünce sutyenimi taktım, elbisemi üzerime geçirip ayakkabılarımı giydim. Örgüyü çözüp saçlarımı hızlı hızlı fırçaladım ve bıraktığı içeceğe baktım. Açık pembeydi. Neydi ki bu? Yaban mersini ve soda. *Hımm...* tadı enfesti ve susuzluğumu gidermişti.

Hızla banyoya döndüm ve aynada kendimi inceledim: parlak gözler, hafifçe pembeleşmiş yanaklar ve iç çamaşırı planım yüzünden biraz kibirli bir bakışla alt kata indim. On beş dakika. *Hiç fena değil, Ana.*

Christian, üzerinde sevdiğim ve inanılmaz seksi bir biçimde kalçalarından sarkan gri, pamuklu pantolonu ve elbette beyaz keten gömleğinin içinde, manzaraya açılan pencerenin önünde duruyordu. Başka renk kıyafetleri yok muydu? Hoparlörlerinden, Frank Sinatra'nın yumuşak sesi yükseliyordu.

Ben içeri girince, Christian dönüp gülümsedi. Bana beklentiyle bakıyordu.

Yumuşacık bir sesle, "Merhaba," dedim. Gizemli gülümsemem onunkiyle buluştu.

"Selam," dedi. "Kendini nasıl hissediyorsun?" Gözlerinde muzip bir pırıltı dans ediyordu.

"İyi, teşekkürler. Sen?"

"Bayağı iyi hissediyorum, Bayan Steele."

Bir şey söylememi deli gibi bekliyordu.

"Frank. Seni bir Sinatra hayranı olarak düşünmemiştim."

Kaşlarını kaldırdı; bakışları şüpheciydi.

"Zevklerim çok çeşitlidir, Bayan Steele," diye mırıldandı ve bir panter edasıyla bana yaklaşıp tam karşımda durdu. Bakışının yoğunluğu nefesimi kesmişti.

Frank, Ray'in en sevdiklerinden, eski bir şarkısını söylemeye başlamıştı: *Witchcraft.* Christian parmak uçlarını hiç telaşsız, yanağımda dolaştırdı ve etkisini aşağıda, ta *orada* hissettim.

Boğuk bir sesle, "Dans et benimle," diye mırıldandı.

Uzaktan kumandayı cebinden çıkarıp sesi açtı ve gri gözlerinde vaat, özlem ve keyifle, elini bana uzattı. Büsbütün ayartıcıydı ve ben büyülenmiştim. Elimi avucuna bıraktım. Bana sırıtarak baktı ve beni kollarının arasına çekip kolunu belime doladı.

Boştaki elimi omzuna koydum ve bulaşıcı, oyunbaz ruh haline kapılarak sırıttım. Şöyle bir salındı ve dansa başladık. Tanrım, gerçekten iyi dans ediyordu. Pencereden mutfağa kadar gidip tekrar geri gelirken, müzik eşliğinde dönüp savrularak basmadığımız yer bırakmadık. Ve bunu ona hiç çaba harcamadan ayak uydurmamı sağlayacak şekilde kolaylaştırıyordu.

Yemek masasının etrafında kayarak döndük, piyanoya kadar gidip geri geldik ve ilerleyip cam duvara ulaştık. Seattle, dışarıda, dansımıza fon olan karanlık ve sihirli bir duvar resmi gibi göz kırpıyordu. Neşeli kahkahama mani olamadım. Şarkı sona ererken, Christian da bana gülümseyerek baktı.

"Senden daha hoş bir cadı yok," diye mırıldandı ve dudaklarımı tatlılıkla öptü. "Pekâlâ, sözlerimle yanağınıza biraz renk geldi, Bayan Steele. Dans için teşekkürler. Gidip annemlerle tanışalım mı?"

Nefes nefese, "Rica ederim, ve evet, onlarla tanışmak için can atıyorum," dedim.

"İhtiyaç duyduğun her şeyi bulabildin mi?"

Tatlı bir sesle, "Ah, evet," diye yanıtladım.

"Emin misin?"

Yoğun ve keyifli süzüşü altında elimden geldiğince aldırmaz bir tavırla başımı salladım. Yüzü kocaman bir gülümsemeyle aydınlandı ve kafasını salladı.

"Pekâlâ, madem böyle oynamak istiyorsunuz, Bayan Steele..."

Elimi tutup bar taburelerinden birinin üstünde duran ceketini aldı ve beni koridordan asansöre çekti. Ah, Christian Grey'in sayısız yüzü. *Bu değişken adamı anlamayı bir gün başarabilecek miydim?*

Asansörde ona kaçamak bir bakış attım. Güzel dudaklarında oynaşan bir gülümseme imasıyla, kendine özel bir esprinin tadını çıkarır gibiydi. Esprinin konusunun ben olmamdan korktum. Ne düşünüyordum ki? Ailesini görecektim ve altımda iç çamaşırım yoktu. Bilinçaltım bana, hiç de yardımcı olmayan bir *sana-söylemiştim* bakışı attı. Dairesinin göreceli güvenliğinde, bu bana komik, oyuncu bir fikir gibi gelmişti. Şimdi ise iç çamaşırım yoktu ve neredeyse dışarıya çıkmak üzereydik. Bana baktı ve işte, aramızdaki elektrik yine hissedilmeye başlamıştı. Yüzündeki muzip gülümseme kayboldu, ifadesi bulutlandı; gözleri karardı... *Ah, Tanrım.*

Zemin katta, asansörün kapıları açıldı. Christian düşüncelerini arındırmak ister gibi başını salladı ve son derece centilmence bir tavırla önden çıkmamı işaret etti. *Kimi kandırıyordu?* Centilmen falan değildi. Külotum ondaydı.

Taylor büyük Audi'yi kapının önüne çekti. Christian benim için arka kapıyı açtı ve hafifmeşrep çıplaklığımı göz önünde bulundurarak, elimden geldiğince zarif hareketlerle binmeye çalıştım. Kate'in elbisesinin vücudumu sarıyor olmasına ve dizimin üstüne kadar inmesine minnettardım.

Interstate 5'te hızlanırken ikimiz de, hiç şüphesiz Taylor'un ön koltuktaki varlığıyla kısıtlandığımız için, sessizdik. Christian'ın ruh hali neredeyse elle tutulur kıvamdaydı ve değişmişti; kuzeye doğru yol aldıkça keyfi kaçar gibiydi. Asık bir suratla pencereden dışarıyı izlerken, benden uzaklaştığını hissediyordum. Ne düşünüyordu acaba? Ona soramazdım. Taylor'ın önünde ne söyleyebilirdim ki?

Çekinerek, "Dans etmeyi nerede öğrendin?" diye sordum. Geçip giden sokak lambalarının kesik kesik ışığında, gözlerini okumak imkânsızdı.

Yumuşak bir sesle, "Gerçekten bilmek istiyor musun?" diye sordu.

Keyfim kaçtı; artık bilmek istemiyordum, çünkü tahmin edebiliyordum.

İsteksizce, "Evet," diye mırıldandım.

"Bayan Robinson dans etmeye bayılırdı."

Ah, en kötü şüphelerim doğrulanmıştı. Gayet de iyi öğretmişti ve benim ona öğretebileceğim hiçbir şeyin olmaması düşüncesi tadımı kaçırdı. Hiçbir özel becerim yoktu. "İyi bir öğretmen olsa gerek."

"Öyleydi."

Kafa derim karıncalanıyordu. Christian'ın en iyi yanlarını o kadın mı yaşamıştı? Bu kadar kapanmadan önce? Yoksa onu dışarı mı açmıştı? Christian'ın çok komik ve oyunbaz bir yanı vardı. Beni oturma odasında, öylesine beklenmedik bir şekilde, döndürürken kollarının arasında oluşumu ve külotumun üzerinde bir yerlerde olduğunu düşününce, istem dışı gülümsedim.

Ve bir de Kırmızı Acı Odası vardı. Refleks olarak bileklerimi ovaladım; ince plastik şeritler bir kıza bunu yapabilirdi. Bütün bunları da Bayan Robinson öğretmiş ve belki de onu mahvetmişti; bakış açısına göre değişirdi. O anda, kadından nefret ettiğimi fark ettim. Onunla hiç karşılaşmamayı umdum, çünkü aksi takdirde, davranışlarımdan ben sorumlu olmayacaktım. Hiç kimse hakkında bu kadar tutkulu bir hisse kapıldığımı hatırlamıyordum; hele hiç tanışmadığım biri hakkında. Pencereden dışarı hiçbir şey görmeyen gözlerle bakarak, akıl dışı öfkemi ve kıskançlığımı yatıştırmaya çalıştım.

Aklım yeniden öğleden sonraya kaydı. Tercihlerinden anladığım kadarıyla, bana yumuşak davrandığını düşünüyordum. *Bunu yine yapar mıyım?* Bu konuda bir tartışma başlatıyormuş gibi bile yapamazdım. İsterse, canımı yakmadığı ve onunla birlikte olmanın tek yolu bu olduğu sürece, elbette yapardım.

İşin özü buydu. Onunla olmak istiyordum. İçimdeki tanrıça derin bir nefes aldı. Düşünmek için genelde beyni yerine anatominin başka bir bölgesini kullandığı sonucuna vardım ve şu anda o bölge hayli açıktaydı.

"Yapma," diye mırıldandı.

Kaşlarımı çatarak ona döndüm.

"Neyi yapmayayım?" Ona dokunmamıştım ki.

"Olayları gereğinden fazla düşünme, Anastasia." Uzandı, elimi tutup dudaklarına götürdü ve parmak boğumlarımı nezaketle öptü. "Harika bir öğleden sonra geçirdim. Teşekkürler."

Ve işte yine benimleydi. Gözlerimi kırpıştırarak utana sıkıla gülümsedim. O kadar kafa karıştırıcıydı ki. Aklımı kurcalayan bir soruyu dile getirdim.

"Neden bir kablo kullandın?"

Bana sırıttı.

"Çabuk, kolay, hissetmen ve tecrübe etmen için farklı bir şey. Bayağı gaddarca olduklarını biliyorum, ama kısıtlayıcı donanımların öyle olmasını severim." Usulca gülümsedi. "Seni yerinde tutmada bayağı etkili oldular."

Kızardım ve gözleri yolda, hiç istifini bozmayan Taylor'a gergin bir bakış attım. *Buna ne demem gerekiyor?* Christian masum bir tavırla omuz silkti.

"Hepsi benim dünyamdan parçalar, Anastasia." Elimi sıkıp bıraktı ve tekrar pencereden dışarı baktı.

Gerçekten de onun dünyasıydı. O dünyaya ait olmak istiyordum, ama onun şartlarıyla mı? Bilmiyordum. O lanet olası kontrattan bahsetmemişti. Derin düşüncelerimin beni neşelendirmeye en ufak bir faydası olmuyordu. Pencereden dışarı baktım; manzara değişmişti. Zifirî karanlıkla çevrili bir köprüden geçiyorduk. Kasvetli gece içe dönük ruh halimi yansıtıyor, üzerime kapanıp beni boğuyordu.

Christian'a kaçamak bir bakış attım. O da bana bakıyordu.

"Kim bilir ne düşünüyorsun," dedi.

İç geçirip kaşlarımı çattım.

"O kadar kötü ha," dedi.

"Keşke senin ne düşündüğünü bilebilseydim."

Sırıttı. Taylor bizi gecenin koynunda son hızla Bellevue'ye yaklaştırırken, "Al benden de o kadar, bebek," dedi.

Audi, koloni dönemini mimarisinde inşa edilmiş malikânenin araç girişine saptığında, saat sekize geliyordu. Ev, kapının etrafını saran güle kadar, her şeyiyle nefes kesiciydi. Resimli kitaplardan çıkıp gelmiş gibi mükemmeldi.

Taylor ihtişamlı ön kapının önünde dururken, Christian, "Buna hazır mısın?" diye sordu.

Başımı salladım, elimi bir kez daha, güven vermek ister gibi, sıktı.

"Benim için de bir ilk," diye fısıldadı ve sonra muzip bir ifadeyle güldü. "Her iddiasına girerim şu anda iç çamaşırını giymiş olmayı diliyorsun," diye takıldı.

Kızardım. Külotumun olmadığını unutmuştum. Neyse ki Taylor kapıları açmak için arabadan indiği için bu konuşmamızı duyamıyordu. Christian'a yüzümü buruşturdum. Ben dönüp inerken pis pis sırıtıyordu.

Dr. Grace Trevelyan Grey kapı eşiğinde bizi bekliyordu. Açık mavi ipek elbisesi içinde çok zarif ve seçkin görünüyordu. Arkasında Bay Grey olduğunu tahmin ettiğim, uzun boylu, sarışın ve kendi tarzında en az Christian kadar yakışıklı bir erkek vardı.

"Anastasia, annemle tanışmıştın. Bu, babam, Carrick."

"Bay Grey, sizinle tanışmak ne büyük zevk." Gülümseyerek bana uzattığı eli sıktım.

"O keyif bana ait, Anastasia."

"Lütfen bana Ana deyin."

Mavi gözleri yumuşacık ve nazikti.

"Ana, seni yeniden görmek ne güzel." Grace beni sevecen bir kucaklamayla sardı. "İçeri gel, hayatım."

"Geldi mi?" Evin içinden bir çığlık duydum. Christian'a gergin bir bakış attım.

Biraz hırçın sayılabilecek bir sesle, "Bu küçük kardeşim Mia olsa gerek," dedi.

Sözlerinde, sesinin yumuşayıp gözlerinin kırışmasında bir şefkat iması vardı. Christian'ın kardeşine taptığı belli oluyordu. Bu da yeni bir haberdi. Ve Mia kuzguni saçları, uzun boyu ve balıketi kıvamındaki vücuduyla, koridorda göründü. Bana yakın bir yaşta olmalıydı.

"Anastasia! Hakkında o kadar çok şey duydum ki!" Beni sımsıkı kucakladı.

Sınır tanımayan heyecanı karşısında elimde olmadan gülümsedim.

"Ana, lütfen." Mia beni geniş sahanlığa çekerken mırıldandım. Koyu renk ahşap parkeler ve antika halıları, ikinci kata kıvrılarak çıkan bir merdiven tamamlıyordu.

Mia koyu renk gözleri heyecandan ışıl ışıl, "Daha önce hiçbir kızı eve getirmedi," dedi.

Gözlerini deviren Christian'a bir bakış attım ve tek kaşımı kaldırdım. O da bana gözlerini kısarak karşılık verdi.

Grace usulca, "Mia, sakin ol," diye azarladı. Christian'ı yanaklarından öperken, "Merhaba, hayatım," dedi. Christian annesine sevgiyle gülümsedikten sonra, babasıyla el sıkıştı.

Hep birlikte oturma odasına yöneldik. Mia elimi bırakmamıştı. Geniş oda krem, kahverengi ve açık mavi tonlarda zevkle döşenmişti. Rahat, abartısız ve tarz sahibiydi. Kate ve Elliot ellerinde şampanya kadehleriyle, bir kanepede yan yana oturuyorlardı. Kate beni kucaklamak için ayağa fırlarken, Mia sonunda elimi bıraktı.

"Merhaba, Ana!" diye gülümsedi. "Christian." Ona başıyla nazik bir selam verdi.

"Kate." Christian da eşit derecede resmîydi.

Selamlaşmaları karşısında kaşlarımı çattım. Elliot beni sevgiyle kucakladı. Bu da neyin nesiydi böyle, Ana'yı Kucaklama Haftası mı? Bu göz kamaştırıcı sevgi gösterilerine alışık değildim. Christian kolunu belime atmış, yanımda duruyordu. Elini kalçama kaydırıp parmaklarını iyice açtı ve beni kendine çekti. Herkes bize bakıyordu. O kadar sinir bozucuydu ki.

"İçki?" Bay Grey kendini toplamışa benziyordu. "*Prosecco*?"

Christian ve ben aynı anda, "Lütfen," dedik.

Ah... Bu iş tuhaf ötesiydi. Mia el çırptı.

"Aynı şeyleri söylüyorsunuz! İçkileri ben getiririm." Odadan uçarcasına çıktı.

Kıpkırmızı kesildim ve Kate'i Elliot'la otururken görünce, birden, Christian'ın beni davet etmesinin tek nedeninin Kate'in burada olması olduğunu fark ettim. Elliot ise büyük olasılıkla, Kate'i ailesiyle tanışmaya özgürce ve mutlulukla davet etmişti. Christian da Kate'den öğreneceğimi bildiği için kapana kısılmıştı. Gerçeği fark etmek, tatsız ve can sıkıcıydı. Bilinçaltım suratında *nihayet-anladın-salak* ifadesiyle, bilmiş bir tavırla kafasını sallıyordu.

Grace, Mia'nın peşinden odadan ayrılmadan önce, "Yemek neredeyse hazır," dedi.

Christian bana çatık kaşlarla baktı.

Kabarık minderli kanepeyi işaret ederek, "Otur," diye emretti. Dikkatle bacak bacak üstüne atarak itaat ettim. Yanıma oturdu, ama bana dokunmuyordu.

"Biz de tatillerden bahsediyorduk, Ana," dedi Bay Grey kibarca. "Elliot, Kate ve ailesine Barbados'ta katılmaya karar verdi."

Kate'e baktım, ışık saçan iri gözleriyle sırıtıyordu. Çok mutluydu. *Katherine Kavanagh, kendine gel!*

Bay Grey, "Artık mezun olduğuna göre, sen de mola verecek misin?" diye sordu.

"Birkaç günlüğüne Georgia'ya gitmeyi düşünüyorum," diye yanıtladım.

Christian bana gözlerini kırpıştırarak şaşkın şaşkın baktı. İfadesinden ne düşündüğünü anlamak güçtü. *Ah, lanet olsun.* Bundan ona bahsetmemiştim.

"Georgia mı?" diye mırıldandı.

"Annem orada yaşıyor ve onu bir süredir görmedim."

"Ne zaman gitmeyi düşünüyordun?" Sesi alçaktı.

"Yarın, akşam geç saatte."

Mia hızla oturma odasına girdi ve açık pembe *prosecco*'yla dolu şampanya kadehlerini bize uzattı.

Bay Grey, "Sağlığınıza!" diyerek kadeh kaldırdı. Bir doktor eşine çok uygun bir kadeh kaldırma şekliydi; gülümsedim.

"Ne kadar bir süre için?" diye sorarken, Christian'ın sesinde aldatıcı bir yumuşaklık hâkimdi.

Lanet olsun... Kızmıştı.

"Henüz bilmiyorum. Yarınki mülakatlarımın nasıl geçeceğine bağlı."

Çenesi kasıldı ve Kate'in yüzünde o bildik müdahaleci ifade belirdi. Gereğinden fazla bir tatlılıkla gülümsedi.

Christian'a dik dik bakarak, "Ana'nın biraz molaya ihtiyacı var," dedi. Kate ona neden bu kadar düşmanca davranıyordu? Sorunu neydi?

Bay Grey, "Mülakatların mı var?" diye sordu.

"Evet, yarın. İki yayınevinde stajyerlik için."

"Şansının yaver gitmesini dilerim."

Grace, "Akşam yemeği hazır," diye seslendi.

Hepimiz ayağa kalktık. Kate ve Elliot, Bay Grey ve Mia'nın peşinden odadan çıktılar. Ben de arkalarından gidecektim, ama Christian dirseğimi sıkıca kavrayıp beni durdurdu.

"Gideceğini bana ne zaman söyleyecektin?" diye sordu. Sesi yumuşaktı ama öfkesini maskeliyordu.

"Gitmiyorum, annemi göreceğim ve sadece düşünüyordum."

"Ya anlaşmamız?"

"Henüz bir anlaşmamız yok."

Gözlerini kıstı, ama sonra kendine gelir gibi oldu. Elimi bıraktı, dirseğimi tutarken beni odadan dışarı çıkardı.

Yemek salonuna girerken, tehditkâr bir tonla, "Bu konuşma burada bitmedi," diye fısıldadı.

Ah, lanet. Boş yere öfkelenme. Ona dik dik baktım.

Yemek odası bana Heathman'daki özel yemek odasını hatırlatmıştı. Koyu ahşap masanın üstünde kristal bir avize sarkıyordu ve duvarda kocaman, oymalı bir ayna asılıydı. Bembeyaz, keten bir örtünün süslediği masa, ortasındaki açık pembe şakayık aranjmanıyla göz alıcıydı.

Masadaki yerlerimizi aldık. Bay Grey masanın başına yerleşmişti. Ben sağ tarafında, Christian ise benim yanımda oturuyordu. Bay Grey açılmış şarap şişesine uzandı ve Kate'e biraz şarap doldurdu. Mia, Christian'ın diğer yanındaki yerini aldı ve elini tutup sıktı. Christian ona sevgiyle gülümsedi.

Mia ağabeyine, "Ana'yla nerede tanıştınız?" diye sordu.

"Benimle WSU okul gazetesi için röportaj yaptı."

Sohbeti kendimden başka bir istikamete yönlendirmek için, "Editörlüğünü Kate'in yaptığı okul gazetesi," dedim.

Mia, karşımda Elliot'ın yanında oturan Kate'e gülümsedi ve ikisi okul gazetesi hakkında sohbete koyuldular.

Bay Grey, "Şarap, Ana?" diye sordu.

"Lütfen." Ona gülümsedim. Bay Grey diğer kadehleri doldurmak için ayağa kalktı.

Christian'a bir bakış attım ve bana bakmak için, başı yana eğik halde döndü.

"Ne?" diye sordu.

"Lütfen bana kızma," diye fısıldadım.

"Sana kızmadım."

Gözlerimi ondan ayırmıyordum. İç geçirdi.

"Evet, sana kızdım." Gözlerini yumdu.

Gergin bir sesle, "Avucunu karıncalandıracak kadar mı?" diye sordum.

Kate, "Siz ikiniz ne fısıldaşıyorsunuz?" diyerek araya girdi.

Ben kızarırken, Christian, Kate'e bu-işe-burnunu-sokma-Kavanagh bakışı attı. Kate bile bu bakış karşısında cesaretini kaybetmiş gibiydi.

Karşılıklı düşmanlıklarını dağıtmayı umarak, tatlı bir sesle, "Georgia yolculuğumdan bahsediyorduk," dedim.

Kate gözlerinde muzip bir ışıltıyla gülümsedi.

"Cuma akşamı birlikte bara gittiğinizde José nasıldı?"

Lanet olsun, Kate. Gözlerimi iri iri açtım. Ne yapıyordu? O da gözlerini açtı ve Christian'ı kıskandırmaya çalıştığını fark ettim. *Dünyadan haberi yok.* Bundan kazasız belasız kurtulduğumu sanmıştım.

"İyiydi," diye mırıldandım.

Christian bana doğru eğildi.

"Avucum karıncalanacak kadar kızgınım," diye fısıldadı. "Özellikle şimdi." Sesi sakin ve ölümcüldü.

"Ah, hayır." Yüzümü buruşturdum.

Grace elinde iki tabakla ve arkasında üzeri tabaklarla dolu bir tepsi taşıyan, sarı saç örgülü hoş bir genç bayanla içeri girdi. Kızın bakışları derhal Christian'ı buldu ve rimelli kirpiklerinin arasından ona bakarken kızardı. *Ne?*

Evin içinde bir yerde telefon çalmaya başladı.

Bay Grey, "İzninizle," diyerek ayağa kalkıp çıktı.

Grace nazik bir sesle, "Teşekkürler, Gretchen," dedi ve odadan çıkan Bay Grey'i çatık kaşlarla izledi. "Tepsiyi konsolun üstüne bırak." Gretchen başını eğdi ve Christian'a kaçamak bir bakış daha attıktan sonra çıktı.

Demek Grey'lerin evinde çalışan bir personel vardı ve o çalışanlar, benim müstakbel Hâkimime göz süzüyorlardı. Bu akşamın daha kötüye gitmesi gibi bir olasılık var mıydı acaba. Ellerim kucağımda, yüzümü buruşturdum.

Bay Grey geri döndü.

Grace'e, "Telefon sana hayatım, hastane," dedi.

Grace bana tabağımı uzatırken, "Lütfen herkes başlasın," dedi ve çıktı.

Yemekler enfes kokuyordu. Kırmızı biber ve arpacık soğanıyla, üzerine maydanoz serpiştirilerek fırınlanmış, baharatlı domuz sucuğu ve deniz tarağı. Ve Christian'ın üzeri örtülü tehditleri, Bayan Küçük Saç Örgüsü'nün kaçamak bakışları ve külotumun üzerimde olmaması felaketi yüzünden midemin kaynıyor olmasına rağmen, açlıktan ölüyordum. İştahımı bu kadar açan şeyin, bu öğleden sonranın fiziksel çabası olduğunu fark edince, kıpkırmızı kesildim.

Dakikalar sonra, Grace alnında kırışıklıklarla içeri girdi. Bay Grey başını yana eğdi... Aynı Christian'ın yaptığı gibi.

"Her şey yolunda mı?"

"Bir kızamık vakası daha," dedi Grace.

"Ah, hayır."

"Evet. Bir çocuk. Bu ay dördüncü vaka. İnsanlar çocuklarını aşılatsalar." Üzgün bir tavırla başını salladı ve gülümsedi. "Çocuklarımızın bunları yaşamamış olmasına o kadar seviniyorum ki. Suçiçeğinden daha beter bir hastalığa yakalanmadılar, Tanrı'ya şükür." Otururken oğluna anlayışlı bir gülümseme göndererek, "Zavallı Elliot," dedi. Elliot lokmasını çiğnerken, kaşlarını çattı ve oturduğu yerde, huzursuzca kıpırdandı. "Christian ve Mia şanslıydılar. Çok hafif atlattılar."

Mia kıkırdarken Christian gözlerini devirdi.

"Mariners maçına yetiştin mi, baba?" Elliot sohbeti başka yöne kaydırmaya hevesli görünüyordu.

Ordövrler çok lezzetliydi; Elliot, Christian ve Bay Grey beyzbol konuşurken, dikkatimi yemeğe verdim. Christian ailesiyle sohbet ederken sakin ve rahat görünüyordu. Zihnim deli gibi çalışıyordu. Lanet olası Kate ne tür bir oyun oynuyordu? *Christian beni cezalandıracak mıydı acaba?* Bu düşünceyle titredim. Kontratı henüz imzalamamıştım. Belki de imzalamazdım. Belki de bana ulaşamayacağı Georgia'da kalırdım.

Grace kibarca, "Yeni dairenize yerleşebildiniz mi, hayatım?" diye sordu.

Beni karmaşık düşüncelerimden uzaklaştıran sorusuna minnettar kalarak ona taşınmamızı anlattım.

Ordövrlerimizin sonuna gelirken, Gretchen çıkageldi ve elimi, bombokluğun elli tonunu taşısa da benim olduğunu göstermek için, özgürce Christian'ın üzerine koyabilmeyi diledim. Bu ilk değildi. Kız masayı toplarken, Christian'a isteyeceğimden daha fazla sürtünür gibiydi. Neyse ki Christian ona aldırmaz görünüyordu, ama içimdeki tanrıça, hiç de hoş sayılmayacak şekilde ateş püskürüyordu.

Kate ve Mia kendilerini coşkulu bir Paris sohbetine kaptırmışlardı.

Mia bütün masumiyetiyle, "Ana, Paris'e gittin mi?" diye sorarak beni kıskanç düşüncelerimden uyandırdı.

"Hayır, ama gitmek isterdim." Masada ABD'den dışarı adımını atmamış tek kişinin ben olduğumu biliyordum.

Grace, Bay Grey'e gülümseyerek, "Biz balayımızı Paris'te yapmıştık," dedi. Bay Grey de gülümseyerek karşılık verdi.

Şahit olması insanı utandıran bir sahneydi. Birbirlerine derin bir sevgi duydukları belli oluyordu ve kısa bir an için, insanın anne babası bir arada büyümesinin nasıl bir şey olacağını merak ettim.

Mia, "Güzel bir şehir," diye onayladı. "Parislilere rağmen." Sonra kararlı bir sesle, "Christian, Ana'yı Paris'e götürmelisin," diye ekledi.

Christian yumuşak bir sesle, "Bence Anastasia Londra'yı tercih eder," dedi.

Ah... *hatırlıyordu.* Elini dizime yerleştirdi ve parmakları bacaklarımdan yukarı kaydı. Bütün bedenim kasılmıştı. *Hayır, burada, şimdi olmaz.* Kızardım ve elinden kurtulmak için oturduğum yerde kıpırdandım. Bacağıma sımsıkı yapışan eli, beni olduğum yere sabitlemişti. Çaresizlik içinde şarabıma uzandım.

Küçük Bayan Avrupalı Saç Örgüsü, nazlı bakışları, sallanan kalçaları ve giriş yemeği tabaklarımızla geri geldi. Sanırım Wellington usulü biftekti. Neyse ki, her ne kadar Christian'ınkini uzatırken biraz fazla oyalansa da bize tabaklarımızı verip gitti. Ben kızın yemek odasının kapısını kapatışını izlerken, Christian bana soran bir bakış attı.

Elliot, kızkardeşine, "Parislilerin nesi var?" diye sordu. "Yoksa senin sevimliliğine alışamadılar mı?"

"Ah, hayır, alışamadılar. Ve yanında çalıştığım öcü Mösyö Flobert, tahakkümcü zorbanın tekiydi."

Şarabımın içine öksürdüm.

Christian elini bacağımdan çekerken endişeyle, "Anastasia iyi misin?" diye sordu.

Sesi yeniden keyiflenmişti. *Ah, Tanrı'ya şükür.* Kafamı sallayınca, sırtımı usulca sıvazladı ve elini ancak toparlandığımdan emin olunca çekti.

Biftek çok lezzetliydi ve fırınlanmış tatlı patates, havuç, karakavza ve taze fasulyeyle servis edilmişti. Christian yemeğin sonraki kısmında neşesini korumayı başarınca, daha da lezzetli bir hal aldı. Nedeninin yemeğimi iştahla yemem olduğundan şüphelenmiştim. Sıcak, sevecen ve birbirleriyle kibarca şakalaşan Grey'lerin arasında sohbet, kolayca akıp gidiyordu. Limonlu puding eşliğinde, Mia bizi Paris'teki maceralarıyla eğlendirirken, bir noktada akıcı bir Fransızcaya geçiş yapınca, hepimiz ona bakakaldık. O da şaşırarak bize baktı ve Christian eşit derecede akıcı Fransızcasıyla ne yaptığını izah edince, bir kahkaha krizine girdi. Kahkahası bulaşıcıydı ve bir süre sonra hepimiz gülmekten yerlere yatıyorduk.

Elliot, Seattle'ın kuzeyinde çevre dostu bir site olan, son bina projesini anlatmaya koyuldu. Kate'e baktım. Elliot'ın her kelimesini içine çeker gibi dinlerken, gözleri şehvet-aşk arası bir şeyle parlıyordu. Henüz hangisi olduğuna karar verebilmiş değildim. Elliot ona sırıtınca, aralarında dile dökülmeyen bir vaat aktı sanki. *Daha sonra, bebeğim,* der gibiydi ve seksiydi; acayip seksi. Onları izlerken bile kızarıyordum.

İç geçirerek, Elli Ton'a baktım. Ona sonsuza dek bakabilirdim. Çenesinde sakallar belirlemeye başlamıştı ve parmaklarımla ona dokunmak, sakallarını yüzümde, göğüslerimde... bacaklarımın arasında hissetmek için can atıyordum. Düşüncelerimin istikameti daha da kızarmama neden oldu. Bana baktı ve çenemi tutmak için elini kaldırdı.

Boğuk bir sesle, "Dudağını ısırma," dedi. "Bunu ben yapmak istiyorum."

Grace ve Mia tatlı kadehlerimizi toplayıp mutfağa yönelirken, Bay Grey, Kate ve Eliot, Washington Eyaleti'nde güneş enerjisi panellerinin faydalarını tartışıyorlardı. Sohbetleriyle ilgilenir gibi görünen Christian, elini bir kez daha dizime koyup parmaklarını bacağımdan yukarı kaydırdı. Nefesim kesildi ve ilerlemesine mani olmak için bacaklarımı birbirine bastırdım. Pis pis sırıttığını görebiliyordum.

Bana açıkça, "Sana etrafı göstermemi ister misin?" diye sordu.

Evet demem gerektiğini biliyordum, ama ona güvenmiyordum. Ancak ben yanıt veremeden, o çoktan ayağa kalkmış ve elini bana uzatmıştı. Elimi avucuna bıraktım ve karanlık, aç bakışları karşısında karnımın derinliklerindeki bütün kasların gerildiğini hissettim.

Bay Grey'e, "İzninizle," dedim ve Christian'ın peşinde odadan çıktım.

Beni koridordan, Mia ve Grace'in bulaşık makinesini doldurmakla meşgul oldukları mutfağa götürdü. Avrupalı Saç Örgüsü ortalıkta görünmüyordu.

Christian masum bir tavırla, annesine, "Anastasia'ya arka bahçeyi göstereceğim," dedi. Mia yemek salonuna dönerken, Dr. Grey bize gülümseyerek el salladı.

Kayaların içine gizlenmiş ışıkların aydınlattığı, gri parke taşlı avluya adım attık. Gri taş küvetlerin içine fundalar ekilmiş, bir köşeye şık metal bir masa ve sandalyeler yerleştirilmişti. Christian masanın yanından geçip birkaç basamak çıktı ve körfeze kadar uzanan geniş bir çimenliğe çıktık. *Ah, Tanrım...* çok güzeldi. Seattle ufukta göz kırpıyor, serin, parlak mayıs ayı suyun üzerinden, iki teknenin bağlı durduğu rıhtıma doğru ışıltılı gümüş bir yol çiziyordu. Rıhtımın yanında bir kayıkhane vardı. O kadar görülesi, öylesine huzur vericiydi ki. Bir süre ağzım açık, olduğum yerde durdum.

Christian beni arkasından çekince, topuklarım yumuşacık çimlere gömüldü.

Peşinde tökezleyerek, "Lütfen, dur," dedim.

Durdu ve anlaşılmaz bir ifadeyle bana baktı.

"Topuklarım. Ayakkabılarımı çıkarmam gerek."

"Zahmet etme," dedi ve beni kucaklayıp omzuna attı. Şoka uğrayarak küçük bir çığlık atınca, popoma can yakan bir şaplak indirdi.

"Sesini yükseltme," diye homurdandı.

Ah, hayır... Bu hiç iyi değil. Bilinçaltımın dizleri titriyordu. Christian bir şeye kızmıştı. José de olabilirdi, Georgia da, külotsuz olmam da, dudağımı ısırmam da. Tanrım. Onu delirtmek ne kolaydı.

Soluk soluğa, "Nereye gidiyoruz?" dedim.

Sertçe, "Kayıkhaneye," dedi.

Baş aşağı sarktığım için kalçalarına sıkıca tutundum. Çimlerin üstünde, uzun ve kararlı adımlarla ilerledi.

Omzunda zıplarken, nefes nefese, "Neden?" diye sordum.

"Seninle yalnız kalmalıyım."

"Ne için?"

"Çünkü seni önce pataklayacak, sonra da becereceğim."

"Neden?" diye sızlandım.

"Nedenini biliyorsun," diye tısladı.

Nefes nefese, "Senin anı yaşayan bir adam olduğunu sanıyordum," diye yalvardım.

"Anastasia, güven bana, şu anda anı yaşıyorum."

Ah, lanet olsun.

BÖLÜM YİRMİ

Christian kayıkhanenin ahşap kapısından içeri daldı ve birkaç şalter kaldırmak için duraksadı. Keskin beyaz ışık geniş ahşap binayı doldurmadan önce, floresan lambalar titreşip vızlayarak canlandılar. Tepetaklak dururken, karanlık suyun üstünde süzülen rıhtımda gösterişli bir tekne olduğunu görebiliyordum, ama beni ahşap merdivenlerden yukarıdaki odaya taşımadan önce, sadece kısa bir süre bakabildim.

Kapı eşiğinde durdu ve bir şalteri daha kaldırdı. Bu defaki daha yumuşak ve daha loş bir halojen lambaydı ve eğimli tavanı olan bir çatı odasındaydık. New England deniz temasıyla dekore edilmişti. Arada kırmızı dokunuşların da göze çarptığı, lacivertler ve kremler. Fazla eşya yoktu. Tek görebildiğim iki kanepeden ibaretti.

Christian beni ahşap zemine, ayaklarımın üstüne bıraktı. Etrafımı inceleyecek vaktim olmadı; gözlerimi ondan alamıyordum. Büyülenmiştim... Onu nadir rastlanan tehlikeli bir yırtıcı hayvanı izler gibi izliyor, darbesini indirmesini bekliyordum. Kesik kesik soluyordu, ama beni çimlerin üstünden üst kata kadar taşımıştı. Gri gözleri öfke, ihtiyaç ve saf, katıksız şehvetle alev alev yanıyordu.

Lanet olsun. Sadece bakışıyla bile anında tutuşabilirdim.

Yalvarır gibi, "Lütfen bana vurma," diye fısıldadım.

Alnı kırıştı, irileşen gözlerini kırpıştırdı.

"Bana vurmanı istemiyorum. Burada ve şimdi değil. Lütfen vurma."

Ağzı şaşkınlıktan açık kalmıştı ve cesaretin ötesine geçerek çekingen bir tavırla elimi uzatıp parmaklarımı yanağında, favorisinde dolaştırdım. Yumuşak ve diken diken arası, tuhaf bir karışımdı. Gözlerini usulca kapatıp yüzünü dokunuşuma yasladı ve nefesi gırtlağında takılıp kaldı. Diğer elimi uzatıp parmaklarımı saçlarının arasından geçirdim. Saçlarına bayılıyordum. Yumuşacık inlemesi zar zor duyulacak cinstendi ve gözlerini açtığında, bakışı, ne yaptığımı anlamaz gibi, temkinliydi.

Bedenim onunkine yaslanacak şekilde öne çıktım, saçlarından yavaşça çekerek ağzını ağzıma yaklaştırdım ve onu, dilimi dudaklarının arasından ağzının içine iterek öptüm. İnledi, kollarını bedenime sararak beni kendine çekti. Elleri saçlarımın arasına kaydı ve öpüşüme, sert ve sahiplenici bir tavırla karşılık verdi. Dili dilime dolandı; birbirlerini âdeta tüketir gibiydiler. Tadı ilahiydi.

Aniden geri çekilince, kesik nefeslerimiz birbirine karıştı. Ellerim kollarına kayarken, gözlerini gözlerime sabitledi.

Kafası karışmış gibi, "Bana ne yapıyorsun?" diye fısıldadı.

"Seni öpüyorum."

"Hayır dedin."

"Ne?" *Neye hayır dedim?*

"Yemek masasında. Bacaklarınla."

Ah, demek bütün mesele bu.

"Ama anne ve babanın sofrasındaydık." Tamamen şaşkın halde, gözlerine baktım.

"Bana daha önce hiç kimse hayır demedi. Ve bu... çok ateşli..."

Hayret ve şehvetle dolu gözleri irileşmişti. Baş döndürücü bir karışımdı. İçgüdüsel olarak yutkundum. Elleri popomdan aşağı kaydı ve beni sertçe kendine, ereksiyonuna bastırdı.

Ah, Tanrım...

"Hayır dediğim için kızdın ve tahrik oldun, öyle mi?" diye solurken, hayret içindeydim.

"Bana Georgia'dan hiç bahsetmediğin için kızdım. Seni sarhoşken baştan çıkarmaya çalışan ve kusarken bir yabancıyla yalnız bırakan o adamla içki içmeye gitmene kızdım. Bunu ne tür bir arkadaş yapar ki? Ve bacaklarını kapatman beni hem öfkelendirdi hem de tahrik etti." Gözleri tehlikeli bir ışıkla parlarken, elbisemin eteğini usulca yukarı kaydırıyordu.

"Seni istiyorum, seni hemen şimdi istiyorum ve seni tokatlamama izim vermeyeceksen –ki bunu hak ediyorsun– seni şu anda bu kanepenin üstünde, senin değil, kendi zevkim için çabucak becereceğim."

Elbisem artık çıplak popomu örtmüyordu bile. Christian eliyle cinsel organımı kavradı ve parmaklarından biri yavaşça içime kaydı. Belimi sardığı diğer koluyla beni olduğum yere sabitlemişti. İnlememi bastırdım.

Saldırgan bir fısıltıyla, "Bu benim," diye fısıldadı. "Hepsi benim. Anlıyor musun?" Parmağını içeri dışarı kaydırırken tepkimi ölçmek için, yanan gözleriyle bana bakıyordu.

"Evet, senin." Sıcak ve ağır arzum, kan dolaşımımla çağlarken ve... sinir uçlarımdan nefesime kadar her şeyimi etkilerken inledim. Kalbim göğsümden fırlamaya çalışarak gümbürderken, kulaklarım pompalanan kanla zonkluyordu.

Birden, aynı anda birden fazla şey yaparak harekete geçti; parmaklarını geri çekerek beni arzuyla baş başa bıraktı, fermuarını indirdi ve beni kendisi yukarıda kalacak şekilde kanepenin üstüne itti.

Dizlerinin üstünde doğrulup bacaklarımı daha fazla açmaya zorlarken, sıkılı dişlerinin arasından, "Eller başının üstüne," diye emretti ve ceketinin iç cebine uzandı. Folyo paketi çıkardı ve ceketini üzerinden sıyırıp yere atmadan önce, karanlık bir ifadeyle bana baktı. Prezervatifi göz alıcı erkekliğinin üzerine kaydırdı.

Ellerimi başımın üstüne koyarken, bunun ona dokunmamam için olduğunu biliyordum. Fena halde tahrik olmuştum. Kalçalarımın onunla buluşmak için –onu böyle, sert ve haşin, içimde isteyerek– şimdiden havalandığını hissedebiliyordum. Ah... şu beklenti...

Sıkılı dişlerinin arasından, "Çok fazla vaktimiz yok. Çabuk ve sadece benim için olacak. Senin için değil. Anlıyor musun? Sakın boşalma, yoksa sana şaplak atarım," dedi.

Tanrı aşkına... Nasıl durabilirim ki?

Tek bir itişle, tamamen içimdeydi. Gırtlağımdan yükselen bir sesle inledim ve bana sahip oluşunun verdiği doluluk hissinin zevkine vardım. Ellerini, başımın üzerine, benimkilerin üstüne yerleştirdi. Dirsekleriyle kollarımı açık ve aşağıda tutmamı sağlıyor, bacaklarıyla beni kanepeye çiviliyordu. Tutsak alınmıştım. Her yerdeydi; hâkimiyeti ele geçirmişti, beni neredeyse boğuyordu. Ama bu aynı zamanda muhteşem bir histi. Bu benim gücümdü; ona bunu ben yapıyordum ve bu, haz ve zafer dolu bir histi. İçimde hızla ve hiddetle hareket ediyordu; kulağımın dibinde sertçe soluyordu ve bedenim etrafında âdeta eriyerek tepki verdi. *Boşalmamalıydım.* Hayır. Ama kusursuz bir eş olarak, kendini her itişine karşılık veriyordum. Ve birden, biraz fazla çabuk, içime son bir kez girdi ve dişlerinin arasından soluyarak boşalırken hareketsizleşti. Bir an için gevşedi ve muhteşem ağırlığının tamamını üzerimde hissettim. Onu bırakmaya hazır değildim, bedenim rahatlamak için kıvranıyordu, ama çok ağırdı ve o anda onu üzerimden itemezdim. Birdenbire, kendini geri çekerek beni daha fazlasının özlemi ve açlığıyla baş başa bıraktı. Gözlerini gözlerime sabitledi.

"Sakın kendine dokunma. Tatmin olmamanı istiyorum. Benimle konuşmayarak, bana ait olanı bana çok görerek yaptığın bu." Gözleri yeniden öfkeyle yanmaya başlamıştı.

Nefes nefese, başımı salladım. Ayağa kalktı, prezervatifi çıkardı ve ucuna düğüm atarak pantolon cebine koydu. Hâlâ delice olan nefesimle ona baktım ve biraz olsun rahatlama arzusuyla, istem dışı, bacaklarımı birbirine bastırdım. Christian fermuarını kapattı ve ceketini yerden almak üzere eğilirken elini saçlarının arasında geçirdi. Bakışları beni yeniden bulduğunda, ifadesi daha yumuşaktı.

"Eve dönsek iyi olur."

Sersemlemiş halde, sarsak hareketlerle doğruldum.

"Al, bunu giyebilirsin."

İç cebinden külotumu çıkardı. Çamaşırımı ondan alırken sırıtmadım, ama için için biliyordum ki bir ceza düzülmesine karşılık, külot konusunda bir zafer kazanmıştım. İçimdeki tanrıça, yüzünde tatmin olmuş bir gülümsemeyle, hemfikir olduğunu göstermek ister gibi kafasını sallıyordu. *İstemek zorunda kalmadın.*

Mia alt kattan, "Christian!" diye seslendi.

Christian döndü ve bana kaşlarını kaldırdı. "Tam zamanında, Tanrım, Mia gerçekten sinir bozucu olabiliyor."

Ona yüzümü buruşturarak telaşla külotumu ait olduğu yere kaydırdım ve az-önce-becerildim halimle, takınabildiğim en saygın ifadeyi takınarak ayağa kalktım. Aceleyle, az-önce-becerildim saçlarımı düzeltmeye koyuldum.

Christian, "Yukarıdayız, Mia," diye seslendi. Yumuşak bir sesle, "Pekâlâ, Bayan Steele, kendimi daha iyi hissediyorum, ama sizi şaplaklama isteğim henüz geçmedi," dedi.

"Bunu hak ettiğime inanmıyorum, Bay Grey, hele kışkırtılmamış saldırınıza tahammül ettikten sonra."

"Kışkırtılmamış mı? Beni öptün." İncinmiş görünmek için büyük çaba harcıyordu.

Dudaklarımı büzdüm. "En iyi savunma biçimi olarak geliştirilmiş bir saldırıydı."

"Neye karşı savunma?"

"Size ve kaşınan avucunuza."

Başını yana eğdi ve Mia koşarak merdivenleri çıkarken bana gülümsedi. "Ama tahammül edilebilirdi, değil mi?" diye sordu.

Kızardım. "Güçlükle," diye fısıldadım, ama sırıtmama mani olamıyordum.

"Ah, demek buradasınız." Mia gülümseyerek karşımıza dikildi.

"Anastasia'ya etrafı gösteriyordum." Christian gri gözlerinde yoğun bir bakışla, bana elini uzattı.

Avcuna yerleştirdiğim elimi usulca sıktı.

"Kate ve Elliot gitmek üzereler. O ikisine inanabiliyor musunuz? Birbirlerine dokunmadan duramıyorlar." Mia tiksinmiş gibi yaptı ve bir Christian'a bir bana baktı. "Siz burada ne yapıyordunuz?"

Tanrım, fazla açık sözlüydü. Kıpkırmızı oldum.

Christian hiç sektirmeden, kusursuz bir poker suratıyla, "Anastasia'ya kürek kupalarını gösteriyordum," dedi. "Haydi, gidip Kate ve Elliot'a güle güle diyelim."

Kürek kupası mı? Beni usulca önüne çekti ve Mia gitmek üzere arkasını dönünce popoma vurdu. Şaşırarak iç geçirdim.

Kulağıma sokularak, "Bunu yine yapacağım, Anastasia ve çok yakında," diye tehdit etti ve sonra beni kollarının arasına çekip sırtımı göğsüne bastırarak saçlarımı öptü.

Eve girdiğimizde, Kate ve Eliot, Grace ve Bay Grey'le vedalaşmaktaydılar. Kate bana sıkı sıkı sarıldı.

O bana sarılırken kulağına usulca, "Christian'a ters davranman konusunda konuşmamız gerek," diye tısladım.

"Gerçekten nasıl biri olduğunu görebilmen için, böyle yapılması gerek. Dikkatli ol, Ana. Fazla kontrolcü bir tip," diye fısıldadı. "Sonra görüşürüz."

Ona içimden, GERÇEKTEN NASIL BİRİ OLDUĞUNU BEN BİLİYORUM! SEN BİLMİYORSUN, diye haykırdım. Kate'in davranışlarının çıkış noktasının iyi olduğunu biliyordum, ama bazen sınırları aşıyordu ve şu anda işi komşu eyalete varacak kadar ileri götürmüştü. Ona yüzümü buruşturdum, karşılığında bana dil çıkardı ve beni istem dışı gülümsetti. İşveli Kate yepyeni bir şeydi; Elliot etkisi olsa gerekti. Onlara kapıdan el salladık ve Christian bana döndü.

"Biz de gitmeliyiz, yarın mülakatların var," dedi.

Vedalaşırken Mia beni sevgiyle kucakladı.

"Birini bulacağını hiç sanmıyorduk!" deyiverdi.

Kızardım ve Christian gözlerini bir kez daha devirdi. Dudaklarımı büzdüm. Neden ben yapamazken o bunu yapabiliyordu? Ben de ona gözlerimi devirmek istedim, ama buna cüret edemezdim; hele kayıkhanedeki tehdidinin üstüne.

"Ana, tatlım, kendine iyi bak," dedi Grace kibarca.

Christian, geriye kalan Grey'lerden gördüğüm cömert ilgiden utanarak ya da bunalarak elimi tuttu ve beni yanına çekti.

"Onu aşırı şefkatle korkutup kaçırmayalım ya da şımartmayalım," diye homurdandı.

Oğlunu anlayışlı bir tavırla azarlarken, Grace'in gözleri ona beslediği sevgi ve şefkatle parlıyordu: "Christian, dalga geçmeyi bırak."

Nedense ben dalga geçtiğini düşünmüyordum. Aralarındaki iletişimi kendimi ele vermeden izliyordum. Grace'in Christian'a koşulsuz anne sevgisi beslediği belliydi. Christian eğildi ve gergin bir tavırla annesini öptü.

"Anne," derken sesinde üzeri örtülü bir şey vardı sanki. Hürmet olabilir miydi?

"Bay Grey, hoşça kalın ve teşekkürler." Ona elimi uzattım ama Bay Grey de beni kucakladı!

"Lütfen bana Carrick de. Seni yakın zamanda yine görmeyi umuyorum, Ana."

Vedalaşma faslı sona erince, Christian beni Taylor'ın beklediği arabaya götürdü. *Bunca zamandır bizi mi bekliyor?* Taylor kapımı açtı; Audi'nin arka koltuğuna yerleştim.

Omuzlarımdaki gerginliğin kısmen azaldığını hissettim. Tanrım, ne gündü ama. Fiziksel ve duygusal anlamda bitkin düşmüştüm. Christian, Taylor'la kısa bir konuşmanın ardından, arabaya binip yanıma oturdu. Yüzünü bana çevirdi.

"Görünüşe bakılırsa ailem de senden hoşlanıyor," diye mırıldandı.

Ailem *de* mi? Nasıl olup da davet aldığıma dair can sıkıcı ve davetsiz düşünce bir kez daha su yüzüne çıkmıştı. Taylor arabayı çalıştırdı ve araç yolundaki ışık çemberinden yolun karanlığına yöneldi. Christian'a baktım. O da bana bakıyordu.

Sakin bir sesle, "Ne?" diye sordu.

Anlık bir tereddüt yaşadım. Hayır, ona söyleyecektim. Sürekli olarak onunla konuşmamamdan yakınıyordu.

"Bence beni ailenle tanıştırmaya getirmek konusunda kendini tuzağa düşmüş gibi hissettin." Sesim yumuşak ve tereddütlüydü. "Elliot, Kate'i davet etmeseydi sen beni asla çağırmazdın." Karanlıkta yüzünü göremiyordum, ama bana bakarken başını yana yatırdı.

"Anastasia, ailemle tanışmandan çok mutluyum. Neden kendinden bu kadar şüphe duyuyorsun? Bu halin beni hep şaşırtıyor. Sen çok güçlü, kendine yeten bir genç kadınsın, ama kendine dair çok olumsuz düşüncelere sahipsin. Onlarla tanışmanı istemeseydim, burada olmazdın. Orada geçirdiğin zaman boyunca hep böyle mi hissettin?"

Ah! Beni orada istemişti; işte bu ilginç bir haberdi. Beni yanıtlarken, gerçeği saklıyor olması durumunda olacağı kadar rahatsız görünmüyordu. Orada olmamdan samimi bir hoşnutluk duyar gibiydi... Damarlarıma sıcacık bir ışık yayıldı. Kafasını sallarken elime uzandı. Taylor'dan tarafa gergin bir bakış attım.

"Taylor için endişelenme. Konuş benimle."

Omuz silktim.

"Evet. Böyle düşündüm. Ve bir şey daha var, Georgia'dan bahsetmemin tek nedeni Kate'in Barbados'tan bahsetmesiydi. Henüz kararımı vermedim."

"Gidip anneni görmek istiyor musun?"

"Evet."

Bana içsel bir mücadele yaşıyormuş gibi, tuhaf bir ifadeyle bakıyordu.

Bir süre sonra, "Ben de gelebilir miyim?" diye sordu.

Ne!

"Hmm... Bunun iyi bir fikir olduğunu sanmıyorum."

"Neden?"

"Olup bitenleri enine boyuna düşünmek için... bütün bu olanlardan... bu yoğunluktan biraz uzaklaşmayı umuyordum."

Bana dik dik baktı.

"Fazla mı yoğunum?"

Bir kahkaha patlattım. "Hafif bir ifade şekli."

Geçip giden sokak lambalarının ışığında, dudaklarının yukarı doğru kıvrıldığını gördüm.

"Yoksa bana gülüyor musunuz, Bayan Steel?"

"Buna cüret etmem, Bay Grey." Yapay bir ciddiyetle cevap verdim.

"Bence ediyorsun ve bence bana sık sık gülüyorsun."

"Bayağı komiksin."

"Komik mi?"

"Ah, evet."

"Tuhaf komik mi? Komik komik mi?"

"Ah, birinden bolca ve diğerinden de bir miktar."

"Hangisi daha fazla?"

"Bunu çözmeyi sana bırakıyorum."

Alaycı bir sesle, "Senin yakınındayken herhangi bir şeyi çözebileceğimden emin değilim, Anastasia," dedi, ama sonra sakin bir sesle devam etti. "Georgia'da düşünmen gereken ne?"

"Biz," diye fısıldadım.

Bana duygusuz bir yüzle baktı.

"Deneyeceğini söylemiştin," diye mırıldandı.

"Biliyorum."

"Tereddütlerin mi var?"

"Belki de."

Rahatsız olmuş gibi kıpırdandı.

"Neden?"

Lanet olsun. Bu nasıl olup da yoğun ve anlam[illegible] konuşmaya dönüşmüştü? Hazırlanmadığım bir sınav gibi, karşıma çıkıvermişti. Ne demeliydim? Çünkü sanıyorum seni seviyorum ve sen beni sadece bir oyuncak olarak görüyorsun. Çünkü sana dokunamıyorum ve irkilmenden ya da elimi çekmemi söylemenden ya da daha beteri beni dövmenden korktuğum için sana şefkat gösteremiyorum. Ne diyebilirdim ki?

Bir süre pencereden dışarı baktım. Araba köprünün üstünden ters yönde ilerliyordu. İkimiz de gömüldüğümüz karanlıkta, düşünce ve duygularımızı maskeliyorduk, ama bunun için geceye ihtiyacımız yoktu.

"Neden, Anastasia?" Christian bir cevap almak için bastırdı.

Omuz silktim; köşeye kısılmıştım. Onu kaybetmek istemiyordum. Bütün taleplerine, kontrol ihtiyacına, ürkütücü eylemlerine rağmen kendimi hiç şimdiki kadar hayat dolu hissetmemiştim. Burada yanında olmak bile bir heyecandı. Öylesine ne yapacağı belli olmayan, seksi, zeki ve komik bir erkekti ki. Ama o ruh halleri... Ah, bir de canımı yakmak istemesi. Çekincelerimi düşüneceğini söylemişti, ama beni yine de korkutuyordu. Gözlerimi yumdum. Ne diyebilirdim? İçin için, daha fazla, biraz daha fazla şefkat, biraz daha oyunbaz Christian istiyordum. Ve daha fazla sevgi.

Elimi sıktı.

"Konuş benimle, Anastasia. Seni kaybetmek istemiyorum. Geçtiğimiz hafta..."

Köprünün ucuna yaklaşıyorduk ve yol bir kez daha sokak lambalarının neon ışığıyla yıkanırken, Christian'ın yüzü bir aydınlıkta, bir karanlıkta kalıyordu. O kadar yerinde bir mecazdı ki bu. Bir zamanlar romantik bir kahraman, cesur, parıldayan beyaz atlı şövalye –ya da kendi ifadesiyle karanlık bir şövalye– sandığım bu adam bir kahraman değildi; ciddi, derin duygusal pürüzleri olan bir adamdı ve beni de karanlığa çekiyordu. Onu ışığa yönlendirebilir miydim?

"Hâlâ daha fazlasını istiyorum," diye fısıldadım.

"Biliyorum," dedi. "Deneyeceğim."

Gözlerimi kırpıştırdım; elimi bırakıp çenemi kavradı ve tutsak alınmış dudağımı serbest bıraktı.

"Senin için, Anastasia, deneyeceğim." Samimiyet yayıyordu.

Ve beklediğim işaret buydu. Emniyet kemerimi çözdüm, uzanıp kucağına tırmanarak onu büsbütün şaşırttım. Kollarımı başının etrafına sararak onu uzun uzun, hararetle öptüm ve bir nanosaniye içinde o da karşılık vermeye başladı.

"Bu gece benimle kal," dedi nefes nefese. "Gidersen, seni bütün hafta göremeyeceğim. Lütfen."

"Evet," diyebildim. "Ve ben de deneyeceğim. Kontratını imzalayacağım." Bu, anın coşkusuyla aldığım bir karardı.

Bana baktı.

"Georgia'dan sonra imzala. Düşün. İyice düşün, bebeğim."

"Düşüneceğim." Bir ya da iki mil boyunca sessiz oturduk.

Christian onaylamayan bir sesle, saçlarımın arasından, "Kemerini takmalısın," diye fısıldadı, ama beni kucağından kaldırmak için herhangi bir hamle yapmadı.

Yüzümü ona gömdüm. Başımı boynuna yasladım ve gözlerim kapalı, burnum boynunda, seksi Christian ve baharatlı misk kokulu vücut şampuanı kokusunu içime çektim. Aklımın hayaller âlemine süzülmesine ve beni sevdiğini hayal etmesine izin verdim. Ah, o kadar gerçekti ki; neredeyse elle tutulabilirdi. Ve kötü ve pis bilinçaltımın küçücük parçası, kendinin dışına çıkarak umut etme cüretini gösterdi. Beni kollarının arasında sıkı sıkı tutarken, göğsüne dokunmamaya, kollarının arasına kıvrılmakla yetinmeye dikkat ediyordum.

İmkânsız gündüz düşümden biraz erken koparıldım.

Christian, "Eve geldik," diye mırıldandı. Bu, öylesine umut veren, potansiyel dolu bir cümleydi ki.

Christian'la bir ev. Gerçi evi bir yuvadan çok bir sanat galerisine benziyordu.

Taylor bize kapıyı açtı. Sohbetimize kulak misafiri olacak mesafede olduğunun bilinciyle, ona utangaç bir tavırla teşekkür ettim, ama nazik gülümsemesi güven telkin ediyor ve duygularını ele vermiyordu. Arabadan çıkınca, Christian beni eleştirir gibi süzdü. *Ah, hayır... Şimdi ne yapmıştım?*

Kendininkini üzerinden çıkarıp omuzlarıma yerleştirirken, "Neden bir ceketin yok?" diye sordu.

Derin bir rahatlamayla doldum.

Esneyerek, uykulu bir sesle, "Yeni arabamda," dedim.

Bana sırıttı.

"Yorgun musunuz, Bayan Steele?"

"Evet, Bay Grey." Alaycı süzüşü altında sıkıldığımı hissettim. Yine de bir izahın gerekli olduğunu düşünüyordum. "Bugün mümkün olabileceğini sanmadığım şekillerde hükmedildim."

Elimi tutup beni binaya doğru çekerken, "Pekalâ, gerçekten şanssızsan sana biraz daha hükmedebilirim," dedi. *Ah lanet olsun... Yine mi?*

Asansörde ona baktım. Onunla uyumamı isteyeceğini sanmıştım, ama neden sonra, her ne kadar benimle birkaç kez uyumuş olsa da, kimseyle uyumadığını hatırladım. Kaşlarımı çatmamla gözlerinin kararması bir oldu. Uzandı, çenemi tuttu ve dilimi dişlerimin arasından kurtardı.

"Bir gün seni bu asansörde becereceğim, Anastasia, ama şu anda yorgunsun ve sanırım yatsak iyi olacak."

Eğildi, dişlerini alt dudağımın üstüne kapatıp hafifçe çekti. İçim özlemle çekilirken, nefesim kesildi ve âdeta eridim. Dişlerimi üst dudağına kapatıp onunla oynayarak karşılık verdim. İnledi. Asansör kapısı açılınca elimi tuttu, beni hole çıkardı, çift kanatlı kapılardan geçirip hole soktu.

"İçecek bir şeye ihtiyacın var mı?"

"Hayır."

"İyi. O zaman yatağa gidelim."

Kaşlarımı kaldırdım. "Yoksa sade, eski usul vanilyayla mı yetineceksin?"

Başını yana eğdi. "Vanilyada sade ya da eskilikten bahsedilemez. Çok ilgi uyandıran bir esanstır," diye soludu.

"Ne zamandan beri?"

"Geçen cumartesiden beri. Neden? Yoksa daha egzotik bir şey mi umuyordun?"

İçimdeki tanrıça kafasını korkuluğun üstünden uzattı.

"Ah, hayır. Bugünlük yeterince egzotiklik gördüm." İçimdeki tanrıça, hayal kırıklığını saklamayı başaramayarak dudaklarını büzdü.

"Emin misin? Burada bütün zevklere hizmet ediyoruz. En az otuz bir esansımız var." Bana şehvetli bir gülümsemeyle bakıyordu.

Kuru bir sesle, "Fark ettim," dedim.

Başını salladı. "Haydi, Bayan Steele. Yarın sizin için büyük bir gün. Yatağa ne kadar çabuk girerseniz o kadar çabuk becerilir ve o kadar çabuk uyursunuz."

"Bay Grey, siz doğuştan romantiksiniz."

"Bayan Steele, siz de ukalasınız. Bu yönünüzü bir şekilde bastırmam gerekebilir. Gel." Beni koridordan yatak odasına götürdü ve kapıyı ayağıyla itip kapattı.

"Eller havaya," diye emretti.

İtaat ettim ve elbisemi etek ucundan tutup pürüzsüzce ve hızla başımdan yukarı çekerek, nefesimi kesen tek bir hareketle ve bir sihirbaz edasıyla çıkardı.

Oyunbaz bir tavırla, "Ta-da!" dedi.

Kıkırdadım ve kibarca alkışladım. Zarafetle eğilirken sırıtıyordu. Böyle olduğu zaman ona nasıl karşı koyabilirdim ki? Elbisemi şifonyerin yanındaki sandalyenin üstüne bıraktı.

"Sıradaki numaranız?" diye takıldım.

"Ah, sevgili Bayan Steele. Yatağıma girin," diye homurdandı, "orada göstereyim."

Cilveli bir tavırla, "Sizce bir kez olsun elde edilmesi zor kadını oynamalı mıyım?" diye sordum.

Şaşkınlıktan iri iri açılan gözlerinde bir heyecan parıltısı gördüm. Alaycı bir sesle, "Pekâlâ... Kapı kapalı. Benden kaçabileceğinden emin değilim," dedi. "Sanırım bu iş bitmiştir."

"Ama ben iyi bir pazarlıkçıyımdır."

"Ben de öyle." Bana baktı, ama bunu yaparken yüzünün ifadesi değişti, kafası karışmış gibi bakarken odanın atmosferi bir anda gerildi. "Düzüşmek istemiyor musun?" diye sordu.

"Hayır," diye soludum.

"Ah." Kaşlarını çattı.

Pekâlâ, işte başlıyoruz... Derin bir nefes.

"Benimle sevişmeni istiyorum."

Durdu ve bana boş gözerle baktı. İfadesi kararmıştı. Ah, lanet olsun, hiç iyi görünmüyordu. Bilinçaltım, *Ona bir dakika ver,* diye çıkıştı.

"Ana, ben..." Ellerini saçlarının arasından geçirdi. İki elini birden. Tanrım. Gerçekten afallamıştı. "Ben seviştiğimizi sanıyordum," dedi sonunda.

"Sana dokunmak istiyorum."

Yüzünde anlık bir korkuyla istem dışı hareket ederek bir adım uzaklaştı, ama korkusunu hemen dizginledi.

"Lütfen," diye fısıldadım.

Kendini topladı. "Ah, hayır, Bayan Steele bu akşam benden yeterince ödün kopardınız. Ve hayır diyorum."

"Hayır mı?"

"Hayır."

Ah, buna itiraz edemem, değil mi?

Beni dikkatle süzerek, "Bak, yorgunsun. Ben de öyle. Yatağa gidelim," dedi.

"Yani dokunmak senin için sert bir sınır?"

"Evet, bu zaten bildiğin bir şeydi."

"Lütfen bana nedenini söyle."

Kızgın bir sesle, "Ah, Anastasia, lütfen. Şimdilik kapat bu konuyu," diye mırıldandı.

"Benim için önemli."

Ellerini bir kez daha saçlarının arasından geçirirken, ağzının içinde bir küfür geveledi. Topuklarının üstünde dönüp şifonyere yürüdü, bir tişört çıkardı ve bana attı. Şaşkınlık içinde yakaladım.

"Şunu üzerine geçir ve uyu," diye çıkışırken sinirliydi.

Kaşlarımı çattım, ama suyuna gitmeye karar verdim. Arkamı döndüm, sutyenimi çıkarıp, çıplaklığımı örtmek için, tişörtü olabildiğince çabuk üzerime geçirdim. Külotumu çıkarmadım; akşamın büyük kısmında üstümde değildi.

"Banyoya ihtiyacım var." Sesim bir fısıltıydı.

Şaşırarak, kaşlarını çattı.

"Şimdi izin ister mi oldun?"

"Şey... hayır."

"Anastasia. Banyonun yerini biliyorsun. Bugün, tuhaf anlaşmamızın bu noktasında, banyoyu kullanmak için iznime ihtiyacın yok." Sıkıntısını gizleyemiyordu. Gömleğini üzerinden çıkarırken banyoya kaçtım.

Aşırı büyük aynada kendime baktım ve hâlâ aynı görünüyor olmama şaşırdım. Bugün yaptığım onca şeyden sonra, aynı sıradan kız bana bakıyordu. Bilinçaltım, *Ne bekliyordun ki,* diye çıkıştı. *Boynuzlarının ve küçük sivri bir kuyruğunun çıkmasını mı? Ve ne halt ettiğini sanıyorsun? Dokunmak onun sert sınırı. Çok erken, seni salak. Koşmadan önce yürümesi gerek.* Bilinçaltım öfkeliydi ve kızınca Medusa'ya benzemişti. Saçları uçuşuyordu, elleri Edvard Munch'ın *Çığlık*'ındaki gibi yüzünü sıkıca kavramıştı. Onu görmezden geldim, ama kutusuna dönmemekte direniyordu. *Onu delirtiyorsun, bütün söylediklerini, ödünlerini bir düşün.* Yansımama yüzümü buruşturarak baktım. Ona şefkat gösterebilmeliydim. Belki o zaman o da karşılığını verirdi.

Pes ederek iç geçirdim ve Christian'ın diş fırçasını aldım. Bilinçaltım elbette haklıydı. Ona acele ettiriyordum. Hazır değildi, ben de öyle. Tuhaf anlaşmamızın tahterevallisinde, sallanan ve bir o yana bir bu yana yatan iki farklı ucunda dengedeydik. İkimizin de ortaya biraz yaklaşmamız gerekiyordu. Bunu yapmaya çabalarken ikimizden birinin düşmeyeceğini umuyordum. Her şey o kadar hızlıydı ki. Belki biraz mesafeye ihtiyacım vardı. Georgia her zamankinden çekici görünüyordu. Dişlerimi fırçalamaya başlarken, kapıyı tıklattı.

Ağız dolusu diş macunun arasından, "Gel," diye seslendim.

Christian kalçalarından düşecek gibi duruşuyla, vücudumdaki bütün hücrelerin ayaklanıp dikkat kesilmesine neden olan pijamalarıyla kapı eşiğinde duruyordu. Göğsü çıplaktı, susuzluktan deliye dönmüşüm, o ise berrak, serin dağ kaynak suyuymuş gibi onu içtim. Bana duygusuz bir ifadeyle baktı, sonra gülerek yanıma geldi. Gözlerimiz, gri ve mavi, aynada buluştu. Diş fırçasıyla işimi bitirdim, bakışlarımı bakışlarından bir an ayırmadan durulayıp ona verdim. Fırçayı tek kelime etmeden aldı ve ağzına götürdü. Ona sırıttım ve gözleri bir anda keyifle parlamaya başladı.

"Diş fırçamı gönlünce ödünç alabilirsin." Sesi alaycıydı.

"Teşekkür ederim, Efendim." Tatlı tatlı gülümsedim ve banyodan çıkıp yatağa yürüdüm.

Birkaç dakika sonra o da geldi.

Huysuzca, "Biliyor musun, bu gecenin böyle sonuçlanacağını düşünmemiştim," diye mırıldandı.

"Sana bana dokunamayacağını söylediğimi düşünsene."

"Anastasia, sana söyledim. Elli ton. Hayata zorlu bir başlangıç yaptım, o saçmalıkların kafana dolmasını istemezsin. Neden isteyesin ki?"

"Çünkü seni daha iyi tanımak istiyorum."

"Beni yeterince iyi tanıyorsun."

"Bunu nasıl söyleyebiliyorsun?" Dizlerimin üstünde doğrulup yüzümü ona çevirdim.

Gözlerini devirdi, bunalmıştı.

"Gözlerini deviriyorsun. Bunu son yaptığımda, kendimi dizlerinde buldum."

"Ah, seni tekrar dizlerime yatırmak isterim."

Bir anda ilham geldi.

"Anlatırsan yatırırsın."

"Ne?"

"Beni duydun."

"Benimle pazarlık mı ediyorsun?" Sesinde hayret verici bir inanmazlık vardı.

Başımı salladım. *Evet... Yolu buydu.*

"Pazarlık yapıyorum."

"İşler böyle yürümüyor, Anastasia."

"Tamam. Anlat, ben de gözlerimi devireyim."

Güldü ve umursamaz Christian'ı görür gibi oldum. Uzunca bir süredir görmüyordum. Ciddileşti.

"Bilgi almaya her zaman ne kadar hevesli ve isteklisin." Bana şüpheyle baktı. Sonra, zarif hareketlerle yataktan kalktı. "Gitme," dedi ve odadan çıktı.

Bir ürpertiyle sarsılarak kendime sarıldım. Ne yapıyordu? Yoksa kötü bir planı mı vardı. Lanet olsun. Ya elinde bir bastonla ya da tuhaf bir teçhizatla dönerse? *Lanet olsun, o zaman ne yapacaktım?* Döndüğünde elinde küçük bir şey vardı. Ne olduğunu göremiyor ve meraktan ölüyordum.

"Yarınki ilk mülakatın kaçta?" diye sordu.

"İki."

Muzip bir gülümseme ağır ağır bütün yüzünü kapladı.

"İyi." Ve gözlerimin önünde birden değişti. Daha sert ve dik kafalı bir ifadeye bürünmüştü. Ve seksi. Bu Hâkim Christian'dı.

"Yataktan kalk. Şurada ayakta dur." Yatağın yanını işaret ediyordu. Son hızla kalkıp yere indim. Bana büyük bir dikkat ve gözlerinde vaat parıltısıyla bakıyordu. "Bana güveniyor musun?" diye sordu.

Başımı evet der gibi salladım. Elini açtı. Avucunda birbirine kalın siyah bir iplikle bağlı, parlak gümüş rengi iki küçük top duruyordu.

"Bunlar yeni," dedi sevecen bir sesle.

Ona soran gözlerle baktım.

"Bunları içine yerleştireceğim ve sonra, ceza için değil, hem senin hem benim zevkim için, sana şaplak atacağım." Durup gözlerimin fal taşı gibi açılışını izledi.

"İçime mi?" Nefesim kesilirken, karnımın derinliklerindeki kaslar gerildi. İçimdeki tanrıça dansına başladı.

"Sonra düzüşeceğiz ve eğer hâlâ uyanık olursan seni, beni şekillendiren yıllar hakkında bilgilendireceğim. Anlaştık mı?"

İznimi istiyordu! Nefessiz, başımı salladım. Nutkum tutulmuştu.

"Aferin kızıma. Ağzını aç."

Ağzımı mı?

"Daha fazla."

Usulca, topları ağzıma yerleştirdi.

Soğuk, pürüzsüz şaşırtıcı derecede ağır ve metallik bir tattaydılar. Dilim bu yabancı nesneleri keşfederken, kuru ağzım tükürükle doldu. Christian'ın gözleri gözlerimi terk etmiyordu. Lanet olsun, bu iş beni tahrik ediyordu. Kıvrandım.

"Kıpırdama, Anastasia," diye uyardı.

"Dur." Topları ağzımdan çıkardı. Yaklaştı, yorganı çekip yatağın kenarına oturdu.

"Buraya gel."

Karşısında durdum.

"Şimdi arkanı dön, eğil ve ayak bileklerini tut."

Ona gözlerimi kıpıştırarak baktım. İfadesi kararlıydı.

Sesinde üzeri örtülü bir imayla, "Tereddüt etme," diye azarladı ve topları ağzına attı.

Siktir, bu diş fırçasından bile daha seksiydi. Emirlerine derhal itaat ettim. Tanrım, bileklerime değebilir miydim? Kolaylıkla değebildiğimi gördüm. Tişört sırtımdan yukarı kayıp popomu açığa çıkarmıştı. Tanrıya şükür ki külotum üzerimdeydi, ama uzun süre orada kalacağından şüpheliydim.

Ellerini usulca popoma yerleştirdi ve bütün avucuyla, çok yumuşak bir hareketle okşadı. Açık gözlerimle, bacaklarımın arasından onun bacakları dışında bir şey göremiyordum. Külotumu yana kaydırıp parmaklarını cinsel organımın üstünden geçirirken gözlerimi sımsıkı yumdum. Bedenim, baş döndürücü, vahşi bir beklenti ve tahrik karışımıyla kendini hazırladı. Tek parmağını içime kaydırdı ve enfes bir yavaşlıkla döndürdü. Ah, harika bir histi. İnledim.

Nefesi duraksadı ve hareketi tekrarlarken, iç geçirdiğini duydum. Parmaklarını geri çekti ve onları çok yavaşça içime itti. İki enfes topu, sırayla, tek tek. *Ah, Tanrım.* Ağızlarımızın ortak çalışması sonucu tam vücut ısımdaydılar. Tuhaf bir histi. İçime tamamen girdiklerinde onları gerçekten hissedemez oldum, ama orada olduklarını biliyordum.

Külotumu düzeltti ve öne eğildi ve dudaklarıyla popoma yumuşacık bir öpücük kondurdu.

"Ayağa kalk," diye emretti ve titrek hareketlerle ayaklarımın üstünde doğruldum.

Ah. Şimdi onları hissedebiliyordum... bir anlamda. Dengemi sağlarken, kalçalarımdan tutup destek verdi.

"İyi misin?" derken sesi sertti.

"Evet."

"Dön." Ona doğru döndüm.

Toplar aşağı çekildi ve istem dışı etraflarında kasıldım.

"Nasıl bir his?" diye sordu.

"Değişik."

"Değişik iyi mi, değişik kötü mü?"

Kızararak, "Değişik iyi," diye itiraf ettim.

"İyi." Gözlerinde bir keyif ışıltısı vardı.

"Bir bardak su istiyorum. Gidip getirir misin, lütfen."

Ah.

"Ve geri döndüğünde, seni dizime yatıracağım. Bunu düşün, Anastasia."

Su mu? Su istiyor, hem de şimdi. Neden?

Odadan çıkarken, ortalıkta dolaşmamı neden istediği netlik kazandı. Yürürken, toplar içime masaj yaparak, aşağı sarkıyordu. Çok tuhaf bir duyguydu; tamamen nahoş olduğu söylenemezdi. Hatta, mutfak dolabından bir bardak almak için uzanınca nefesim hızlandı ve iç geçirdim. *Ah, Tanrım.* Bu şeylerin bende kalmasını isteyebilirdim. Seks ihtiyacı duymama neden oluyorlardı.

Geri döndüğümde, Christian beni dikkatle izliyordu.

Bardağı elimden alırken, "Teşekkürler," dedi.

Yavaşça bir yudum aldı ve bardağı komodinin üstüne bıraktı. Orada benim gibi hazır bekleyen folyo bir paket vardı. Ve bunu beklentiyi artırmak için yaptığını biliyordum. Nabzım hızlanmıştı. Parlak gri gözlerini benimkilere çevirdi.

"Gel. Yanımda dur. Geçen seferki gibi."

Yanına sokulurken kalbim damarlarımda çağlıyordu ve bu defa... heyecanlanmıştım. Ve tahrik olmuş.

"Sor," dedi yavaşça.

Kaşlarımı çattım. *Ne soracaktım?*

Biraz daha sert bir sesle, "Sor," dedi.

Ne? Suyun nasıldı mı? Ne istiyor ki?

"Sor, Anastasia, bir daha söylemeyeceğim." Ve sözcüklerinde öylesine bir tehdit gizliydi ki, birden kafama dank etti. Ondan beni şaplaklamasını istememi istiyordu.

Lanet olsun. Beklenti dolu gözlerle bana bakarken, bakışları gittikçe soğuyordu. *Lanet olsun.*

"Bana şaplak atın, lütfen... Efendim," diye fısıldadım.

Gözlerini kısa bir an kapatıp sözlerimin tadını çıkardı. Elini uzattı, sol elimi yakaladı ve beni dizlerinin üstüne çekti. Hemen düştüm, kucağından kayarken beni tutup düzeltti. Eli popomu okşarken yüreğim ağzımdaydı. Kucağında, bedenim yatağa, yanına uzanacak şekilde açılanmıştım. Bu defa bacağını bacağımın üstüne atmadı, ama saçlarımı yüzümden çekip kulağımın arkasına kıstırdı. İşi bitince, saçlarımı ensemde kavrayıp beni olduğum yere sabitlemek için sıkıca tuttu. Yavaşça çekince, başım arkaya kaydı.

"Seni tokatlarken yüzünü görmek istiyorum, Anastasia," diye mırıldanırken, popomu usul usul sıvazlıyordu.

Elini popomun iki yanağından aşağı kaydırıp cinsel organıma bastırdı ve yarattığı his... İnledim. Ah, bu muhteşem bir histi.

"Bu zevk için, Anastasia, hem senin, hem benim zevkimiz için," diye fısıldadı.

Elini kaldırdı ve yankılanan bir tokatla bacaklarımın, popomun ve cinsel organımın kesiştiği noktaya indirdi. Toplar içimde ileri doğru itildiler ve bir duygu çıkmazında kayboldum. Popomdaki yanma hissi, topların içimi dolduruşu ve beni aşağıya bastırması. Becerilerim bu yabancı duyguları sindirmeye çalışırken, yüzümü buruşturdum. Zihnimde bir yerde, şaplağının geçen seferki kadar sert olmadığını fark ettim. Avucunu tenimin ve iç çamaşırımın üstünde gezdirerek, popomu bir kez daha okşadı.

Külotumu neden çıkarmamıştı acaba? Ve sonra avucu kayboldu ve tekrar indi. His yayılırken inledim. Bir döngü başlatmıştı. Soldan sağa ve sonra aşağı. Aşağıya denk gelenler en iyileriydi. İçimde her şey, ileri doğru hareket ediyordu sanki. Ve şaplakların arasında beni okşuyor, yoğuruyordu. Böylece bedenime içten ve dıştan masaj yapılmış gibi oluyordu. Bu çok uyarıcı, erotik bir histi ve benim şartlarıma uygun olduğu için, acıya aldırmıyordum. Çok da acı verici değildi, tamam acı vardı ama katlanılmaz değildi. Bir şekilde baş edilebilirdi ve evet, haz vericiydi. İnledim. Evet, bunu yapabilirdim.

Külotumu yavaşça bacaklarımdan aşağı kaydırmak için duraksadı. Bacaklarının üstünde kıvrandım. Amacım darbelerinden kaçmak değildi, ama daha fazlasını istiyordum, boşalmak ya da her neyse. Duyarlılık kazanmış tenime dokunuşu şehvetli bir karıncalanma etkisi yaratıyordu. Baş döndürücüydü ve işte, yeniden başlıyordu. Birkaç yumuşak tokat ve sonra içimde biriken o his, soldan sağa ve aşağıya. *Ah o aşağılar*. İnledim.

"Uslu kız Anastasia," diye inlerken, nefesi kesik kesikti.

Beni iki kez daha tokatladı ve sonra topların bağlı olduğu küçük ipi çekip içimden bir anda çıkardı. Neredeyse orgazma ulaşıyordum; bu o kadar aykırı bir duyguydu ki. Hızlı hareketlerle, beni çevirdi. Folyonun yırtılmasını görmekten çok duydum ve ardından, Christian yanıma uzandı. Ellerimi tuttu, başımın üstüne kaldırdı ve üzerime, içime abandı. Yavaşça kayarken az önce gümüş kürelerin durduğu yeri bu kez kendisi doldurdu. Yüksek sesle inledim.

Beni hissederek, tadımı çıkararak, ağır, şehvetli bir tempoyla arkaya öne hareket ederken, "Ah, bebeğim," diye fısıldadı.

Hiç bu kadar nazik olmamıştı ve uçurumun kenarından düşmem, enfes, vahşi ve tüketici bir orgazma döne döne yuvarlanmam çok zaman almadı. Organının etrafında kasılmam, boşalmasını tutuşturdu ve çaresiz bir hayretle adımı haykırarak son bir kez içime kayıp taş kesildi.

"Ana!"

Üzerimde sessiz ve soluk soluğa yatarken, elleri başımın üstündeki ellerime dolanmıştı. Nihayet geri çekilip bana baktı.

"Çok keyif aldım," diye fısıldadı ve beni tatlı bir öpücükle öptü.

Daha fazla tatlı öpüşle oyalanmadan kalktı, yorganı üzerime çekip banyoda gözden kayboldu. Geri geldiğinde yanında bir şişe beyaz losyon vardı. Yatağa yanıma oturdu.

"Dön," diye emretti ve istemeyerek yüzüstü döndüm.

Dürüst olmak gerekirse bütün bu şamataya gerek yoktu. Çok uykum vardı.

Onaylarcasına, "Poponun rengi muhteşem," dedi ve serinletici losyonla pembe popoma masaj yapmaya başladı.

"Ağzındaki baklayı çıkar, Grey." Esnedim.

"Bayan Steele. Anı mahvetmeyi iyi biliyorsunuz."

"Bir anlaşma yaptık."

"Kendini nasıl hissediyorsun?"

"Kısa devre yapmış gibi."

İç geçirerek yanıma, örtünün altına kaydı ve beni kollarının arasına çekti. Acıyan popoma dokunmamaya özen göstererek, yine kaşık pozisyonu aldık. Kulağımın yanına minik bir öpücük kondurdu.

"Beni bu dünyaya getiren kadın uyuşturucu bağımlısı bir kaltaktı, Anastasia. Haydi, uyu."

Lanet olsun... Ne demek bu?

"Kaltak*tı*?"

"Öldü."

"Ne kadar oldu?"

İç geçirdi.

"Ben dört yaşındayken öldü. Onu gerçekten hatırlamıyorum. Carrick bazı detayları anlattı. Sadece belli şeyleri hatırlıyorum. Lütfen uyu."

"İyi geceler, Christian."

"İyi geceler, Ana."

Ve sersem, bitkin bir uykuya dalınca, rüyamda karanlık, ürkütücü ve sefil bir yerde, gri gözlü bir oğlan çocuğu gördüm.

BÖLÜM YİRMİ BİR

Her yer aydınlıktı. Parlak, sıcak ve delici bir ışık vardı... Işığı birkaç kıymetli dakika daha uzağımda tutmak için çaba harcadım. Saklanmak istiyordum. Sadece birkaç dakika daha. Ama parlaklık fazla güçlüydü ve nihayet, uyanıklığa teslim oldum. Beni muhteşem bir Seattle sabahı selamladı; boydan boya camlardan içeri dolan güneş, fazla aydınlık ve parlaktı. Dün gece storları neden indirmemiştik? Christian Grey yoktu ve Christian Grey'in geniş yatağındaydım.

Bir süre arkama yaslanıp pencereden Seattle'ın heybetli manzarasını seyrettim. Bulutlarda hayat kesinlikle gerçek dışı gibiydi. İhmal, açlık ve uyuşturucu bağımlısı annelerden çok uzak bir hayal; yerden çok yüksekte, havada süzülen, hayatın gerçeklerinden korunaklı bir şato... Küçük bir çocukken yaşadıklarını düşünmek içimi ürpertiyordu. Neden burada, etrafı kıymetli sanat eserleriyle çevreli halde tek başına yaşadığını anlayabiliyordum. Hayata başladığı yerden olabildiğince uzakta... Kaşlarımı çattım, çünkü ona neden dokunamayacağımın izahı değildi.

İşin ironik yanı, burada, bu gösterişli kulede ben de aynı şeyi hissediyordum. Gerçekten uzakta süzüldüğümü. Bu hayal dairesinde, hayali erkek arkadaşımla fantezi seks yapıyordum ve her ne kadar daha fazlasını deneyeceğini söylese de acı gerçek onun özel bir düzenleme istediğiydi. Daha fazlasını denemek tam olarak ne anlama geliyordu? Tahterevallide hâlâ iki ayrı uçta mıyız, yoksa birbirimize santim santim yaklaşıyor muyuz görmek için, bunu netleştirmem gerekiyordu.

Yataktan, kaskatı ya da daha yerinde bir ifadeyle kendimi bolca kullanılmış hissederek kalktım. Evet, seks bu olsa gerekti. Bilinçaltım, onaylamayan bir tavırla dudaklarını büktü. Avucu kaşınan kontrol manyağının odada olmamasına şükran duyarak gözlerimi devirirken, ondan özel antrenörü istemeyi kafaya koydum. Tabii eğer anlaşmayı imzalarsam. İçimdeki tanrıça bana çaresiz gözlerle bakıyordu.*Tabii ki imzalayacaksın.* İkisini de görmezden geldim ve kısa bir banyo ziyaretinin ardından, Christian'ı aramaya çıktım.

Sanat galerisinde değildi, ama zarif, orta yaşlı bir kadın mutfak bölümünü temizlemekle meşguldü. Onu görünce, olduğum yerde durdum. Kısa sarı saçları, açık mavi gözleri vardı ve sade kesimli beyaz bir gömlek ve lacivert kalem etek giymişti. Beni görünce yüzüne geniş bir gülümseme yayıldı.

"Günaydın, Bayan Steele. Kahvaltı alır mısınız?" Ses tonu sıcak, ama profesyoneldi ve şaşırmıştım. Christian'ın mutfağındaki bu çekici sarışın da kimdi? Üzerimde, Christian'ın tişörtünden başka bir şey yoktu. Kılıksızlığım yüzünden utanmıştım.

"Korkarım siz benden avantajlı durumdasınız." Sesim cılız çıkmıştı; endişemin sesime yansımana mani olamamıştım.

"Ah, çok üzgünüm. Adım Bayan Jones, Bay Grey'in yardımcısıyım."

Ah.

"Nasılsınız?" demeyi başardım.

"Kahvaltı alır mıydınız, efendim?"

Efendim mi?

"Biraz çay iyi olurdu, teşekkürler. Bay Grey'in nerede olduğunu biliyor musunuz?"

"Çalışma odasında."

"Teşekkürler."

Utançtan yerine dibine geçmiş bir halde çalışma odasına yöneldim. Christian yanında neden sadece çekici sarışınları çalıştırıyordu acaba? Ve nahoş bir düşünce davetsizce aklıma süzülüverdi. Hepsi eski itaatkârları olabilir miydi? Bu korkunç fikre kafa yormayı reddettim. Kafamı çekingen bir tavırla kapıdan uzattım. Christian yüzü pencereye dönük halde telefondaydı. Üzerinde siyah bir pantolon ve beyaz gömlek vardı. Saçları duş sonrası ıslaktı ve dikkatim negatif düşüncelerimden tamamen uzaklaştı.

"O firmanın kâr-zarar durumu iyileşmediği sürece ilgilenmiyorum, Ros. Ölü ağırlık taşıyacak değiliz. Daha fazla boş bahaneye ihtiyacım yok. Marco'ya beni arattır; ya kazanma ya da kaybetme zamanı. Evet, Barney'ye ara yüzden emin olamasam da prototipin iyi göründüğünü söyle. Hayır, sadece bir şey eksik... Bu öğleden sonra onunla bir araya gelip... Aslında onunla ve ekibiyle bir araya gelmek istiyorum. Beyin fırtınası yapabiliriz... Tamam. Beni tekrar Andrea'ya aktar." Pencereden dışarı bakarak bekledi. Kendi kâinatının efendisi olarak, gökyüzündeki şatosundan aşağıdaki küçük insanlara tepeden bakıyordu. "Andrea..."

Kafasını kaldırınca, kapıda beni gördü. Güzel yüzüne ağır, seksi bir gülümseme yayıldı ve içim erirken, nutkumun tutulduğunu hissettim. Bu gezegendeki en güzel adam olduğuna hiç şüphe yoktu. Aşağıdaki küçük insanlar için de, benim için de fazla güzeldi. İçimdeki tanrıça, *Hayır,* diyerek yüzünü buruşturdu, *benim için hiç de fazla güzel değil. Şimdilik, bir anlamda benim sayılır.* Bu düşünce kanımın kaynamasına neden oldu ve kendime dönük akıl dışı şüphelerimi dağıttı.

Christian, gözlerini benimkilerden bir an bile ayırmadan, konuşmasını sürdürüyordu.

"Bu sabahki programımı boşalt, ama Bill'in beni aramasını sağla. Saat ikide geleceğim. Bu öğleden sonra Marco'yla konuşmam gerek; en az yarım saate ihtiyacım olacak. Barney ve ekibini Marco'dan sonraya al ve bu hafta Claude'u her gün görebileceğim şekilde plan yap... Beklemesini söyle. Ah... Hayır, Darfur için reklam istemiyorum... Sam'e halletmesini söyle... Hayır... Hangi organizasyon?.. Önümüzdeki cumartesi miydi?.. Bekle."

"Georgia'dan ne zaman döneceksin?" diye sordu.

"Cuma."

Telefon konuşmasına döndü.

"Fazladan bir bilete daha ihtiyacım olacak, çünkü yanımda bir arkadaşım olacak. Evet, Andrea, bir bayan dedim. Bayan Anastasia Steele bana eşlik edecek... Hepsi bu." Telefonu kapattı. "Günaydın, Bayan Steele."

"Bay Grey." Utangaç bir tavırla gülümsedim.

Her zamanki zarafetiyle masanın etrafını dolaşıp karşıma dikildi. Parmaklarının tersiyle yanağımı usulca okşadı.

"Seni uyandırmak istemedim; o kadar huzurlu görünüyordun ki. İyi uyudun mu?"

"Çok iyi dinlendim, teşekkürler. Duştan önce gelip merhaba demek istedim."

Ona, onu içime çekerek bakıyordum. Eğildi, beni yavaşça öptü ve kendimi tutamadım. Kollarımı boynuna doladım ve ellerim hâlâ nemli olan saçlarının arasına kaydı. Bedenimi onunkine bastırarak öpüşüne karşılık verdim. Onu istiyordum. Saldırım onu hazırlıksız yakalamıştı, ama kısa bir sektenin ardından, gırtlağında alçak bir iniltiyle karşılık verdi. Elleri saçlarımın arasına ve sırtımdan aşağı kayıp çıplak popomu avuçlarken, dili ağzımı keşfe çıkmıştı. Geri çekildiğinde, göz kapakları yarı örtülüydü.

"Uyku sana iyi gelmişe benziyor," diye mırıldandı. "Gidip duşunu almanı öneriyorum, yoksa seni hemen şu anda masamın üstüne mi yatırmalıyım?"

Arzu, yolundaki her şeyi uyandırarak sistemimde adrenalin misali son hızla dolaşırken, kayıtsızca, "Masayı seçiyorum," dedim.

Bana saniyenin binde biri kadar bir süre şaşkınlıkla baktı.

"Bu işten gerçekten keyif alıyorsunuz, değil mi, Bayan Steele? Doyurulması güç birine dönüşüyorsunuz," diye mırıldandı.

"Ben sadece senden keyif alıyorum," diye fısıldadım.

Elleri çıplak sırtımı yoğururken gözleri irileşip koyuldu.

"Aynen öyle, sadece ben," diye inledi ve birden tek bir hareketle, masasının üstündeki bütün plan ve kâğıtları yerlere saçarak itti, beni kucaklayıp, başım neredeyse kenardan sarkacak şekilde, masanın dar enine yatırdı.

"İstediğini alacaksın, bebek," diye mırıldanarak arka cebinden bir folyo çıkarıp fermuarını indirdi. *Ah, Bay İzci Çocuk.* Kondomu uyanmış organından aşağı kaydırırken bana bakıyordu. Yüzünde pervasız bir gülümsemeyle, "Hazır olduğunu umarım," diye soludu. Ve bir an sonra, bileklerimi iki yana bastırarak, kendini içime itti ve beni tamamen doldurdu.

İnledim... *Ah, evet.*

Büyük bir hayranlıkla, "Tanrı aşkına, Ana. O kadar hazırsın ki," diye fısıldadı.

Bacaklarımı beline dolayarak ona elimden gelen tek şekilde sarıldım. O ayakta duruyor, gri gözleri tutku ve sahiplenme duygusuyla parlayarak bana bakıyordu. Bu sevişmek değil düzüşmekti ve buna bayılıyordum. İnledim. Öylesine şehvetliydi ve beni öylesine azdırıyordu ki. Şehvetiyle benimkini dindirirken, bana sahip oluşunu kutluyordum. İçimde olmanın keyfini çıkararak, tadıma vararak, kolayca hareket ediyordu. Nefesi hızlanırken, dudakları hafifçe aralanmıştı. Kalçalarını bir o yana bir yana büktü; enfes bir duyguydu.

İçimde gittikçe artan birikimi, o leziz, ağır ve merdiven tırmanırcasına birikimi hissederek gözlerimi yumdum. Beni havadaki şatoda yükseğe, daha yükseğe itiyordu. *Ah, evet...* darbeleri kademeli olarak hızlanıyordu. Yüksek sesle inledim. Sanki sadece duyudan... sadece ondan ibarettim. Kendini içime her bastırışının, beni dolduran her itişinin tadını çıkarıyordum. Ve gittikçe hızlandı... sertleşti... bütün vücudum ritmiyle hareket ediyordu ve bacaklarımın kasıldığını, içimin titreyip hızlandığını hissettim.

Sıkılı dişlerinin arasından, "Haydi bebeğim, benim için bırak kendini..." diye mırıldandı ve sesindeki ateşli ihtiyaç beni uçurumun kıyısından yuvarladı.

Güneşe değip yanarken, sözsüz, tutkulu bir yalvarışla haykırarak etrafına yığıldım, yeryüzünde nefes kesen, parlak bir zirveye geri düştüm. İçime bir kez daha çarptı ve orgazma ulaşırken, bileklerimi çekerek zarafetle ve sözsüz, üzerime yığılıverdi.

Vay canına... Bu, beklenmedik bir şeydi. Ağır ağır dünyaya döndüm.

Burnunu boynuma gömerek, "Bana ne yapıyorsun böyle?" diye soludu. "Beni tamamen büyülüyorsun. Sen güçlü bir sihir yayıyorsun."

Bileklerimi bırakınca, yüksekten yere inerken, parmaklarımı saçlarının arasından geçirdim. Etrafını saran bacaklarımı sıktım.

"Büyülenen benim," diye fısıldadım.

Bana baktı. İfadesi dalgın, hatta telaşlıydı. Ellerini yüzümün iki yanına yerleştirerek başımı sabitledi.

Kelimelerin üstüne basa basa, "Sen. Benimsin," dedi. "Anlıyor musun?"

O kadar samimi ve ateşliydi ki... Bir inancın peşine düşmüş bir mürit gibi. Yakarısının gücü o kadar beklenmedik ve o kadar yatıştırıcıydı ki, neden böyle hissettiğini merak ettim. Coşkusuyla raydan çıkarak, "Evet, seninim," dedim.

"Georgia'ya gitmen gerektiğinden emin misin?"

Başımı evet der gibi salladım. Ve o kısacık anda yüz ifadesinin değişmesini ve kepenklerin inmesini izledim. Aniden geri çekilerek yüzümü buruşturmama neden oldu.

Üzerime eğilerek, "Sızlıyor mu?" diye sordu.

"Biraz," diye itiraf ettim.

"Sızlayan halini seviyorum." Gözleri bulutlandı. "Sana az önce nerede olduğumu hatırlatıyordur. Sadece benim olduğunu."

Çenemi tuttu ve beni sertçe öptükten sonra ayağa kalkıp kalkmama yardım etmek için elini uzattı. Yanımdaki kondom paketine baktım.

"Her zaman hazırlıklı," dedim.

Fermuarını kapatırken bana anlamamış gibi baktı. Boş paketi havaya tuttum.

"Bir adamın umudu ve hayalleri bitmez, Anastasia. Ve bazen hayalleri gerçek olur."

Sesi bir tuhaf çıkıyor, gözleri yanıyordu. Anlamıyordum. Birleşme sonrası ışıltım hızla kayboluyordu. Derdi neydi ki?

Havayı dağıtmak için mizahı deneyerek, kuru bir sesle, "Demek masanın üstünde yapmak bir hayaldi," dedim.

Gözlerine ulaşmayan gizemli bir gülümseme takındı ve o anda bunun masasında ilk seks yapışı olmadığını hemen anladım. Hoş bir düşünce değildi. Birleşme sonrası ışıltım hızla yok olurken, rahatsız bir tavırla kıpırdandım.

"Gidip bir duş alsam iyi olacak." Ayağa kalkıp yanından geçtim.

Kaşlarını çattı ve elini saçlarına götürdü.

"Yapmam gereken birkaç konuşma daha var. Duştan çıktığın zaman, kahvaltıda sana katılırım. Sanırım Bayan Jones dünkü kıyafetlerini temizledi. Dolaptalar."

Ne? Bunu hangi ara yapmıştı ki? Tanrım, bizi duyabiliyor muydu acaba? Kızardım.

"Teşekkürler," diye mırıldandım.

Otomatik olarak, "Rica ederim," dedi, ama sesinde bir sertlik vardı.

Sana beni becerdiğin için teşekkür etmedim. Her ne kadar gerçekten...

"Ne?" diye sorunca, kaşlarımı çattığımı fark ettim.

Yumuşak bir sesle, "Sorun ne?" diye sordum.

"Ne demek istiyorsun?"

"Şey... her zamankinden biraz tuhafsın."

"Beni tuhaf mı buluyorsun?" Gülümsemesini bastırmaya çalıştı.

"Bazen."

Beni şüpheci bakışlara süzdü. "Her zamanki gibi beni şaşırttınız, Bayan Steele."

"Nasıl şaşırttım?"

"Beklenmedik bir ikramdı diyelim."

Başımı onun sık sık yaptığı gibi yana eğdim ve ona kendi sözcükleriyle cevap verdim: "Amacımız zevk vermek, Bay Grey."

"Ve gerçekten veriyorsun," dedi, ama huzursuz görünüyordu. "Duş alacağını sanıyordum."

Ah, beni kovuyordu.

"Evet... şey, birazdan görüşürüz." Tamamen afallamış halde, hızlı hareketlerle ofisinden çıktım.

Kafası karışmış gibi görünüyordu. Neden? Yaşananın, fiziksel tecrübe olarak çok tatminkâr olduğunu söylemek zorundaydım. Ancak duygusal anlamda... tepkisi beni sarsmıştı ve duygusal açıdan zenginleştiriciliği, pamuk şekerin besleyiciliğiyle yarışırdı.

Bayan Jones hâlâ mutfaktaydı. "Çayınızı şimdi mi alırdınız, Bayan Steele."

"Önce duş alacağım, teşekkürler," diye mırıldandım ve alev alev yanan suratımı odadan hızla uzaklaştırdım.

Duşta Christian'a ne olduğunu çözmeye çalıştım. Tanıdığım en karmaşık insandı ve sürekli değişen ruh halini anlayamıyordum. Çalışma odasına girdiğimde iyi görünüyordu. Seks yapmıştık ve sonra... artık iyi değildi. Hayır, anlamıyordum. Bilinçaltıma baktım. Elleri arkasında, ıslık çalıyor ve benden başka her yere bakıyordu. Hiçbir fikri yoktu ve içimdeki tanrıça hâlâ birleşme sonrası ışıltısının kalıntılarının tadını çıkarıyordu. Hayır, hiçbirimizin bir fikri yoktu.

Saçlarımı havluyla kurutup Christian'ın tarağıyla taradım ve tepede topuz yaptım. Kate'in mürdüm eriği rengi elbisesi temizlenip ütülenmiş halde, sutyen ve külotumun yanında, dolapta asılı duruyordu. Bayan Jones bir harikaydı. Kate'in ayakkabılarını ayağıma geçirip elbiseyi düzelttim, derin bir nefes aldım ve tekrar büyük salona yöneldim.

Christian ortalıkta yoktu ve Bayan Jones, erzak dolabının içeriğini kontrol etmekle meşguldü.

"Şimdi çay alır mısınız, Bayan Steele?" diye sordu.

"Lütfen." Gülümsedim. Artık giyinik olduğum için, kendimi bir nebze daha özgüvenli hissediyordum.

"Yiyecek bir şey ister misiniz?"

"Hayır, teşekkürler."

Christian dik dik bakarak, "Elbette bir şeyler yiyeceksin," diye çıkıştı. "Krep, jambon ve yumurta seviyor, Bayan Jones."

"Evet, Bay Grey. Siz ne isterdiniz, efendim?"

"Omlet lütfen ve biraz da meyve." Gözlerini benden ayıramıyordu; ifadesini çözmek güçtü. Bar taburelerinden birini işaret ederek, "Otur," diye emretti.

İtaat ettim. Bayan Jones kahvaltı hazırlığına girişirken, Christian da yanıma oturdu. Tanrım, konuşmalarımızı bir başkasının dinlemesi sinir bozucuydu.

"Uçak biletini aldın mı?"

"Hayır, eve dönünce alacağım. İnternetten."

Çenesini sıvazlayarak dirseğine yaslandı.

"Bilet için paran var mı?"

Ah, hayır.

Küçük bir çocukla konuşuyormuşum gibi yapay bir sabırla, "Evet," dedim.

Eleştiren bir ifadeyle kaşını kaldırdı. *Lanet olsun.*

Hızla, "Evet, var, teşekkürler," diye düzelttim.

"Bir jetim var. Üç günlük programı açık, emrinde."

Ona ağzım açık bakıyordum. Elbette bir jeti vardı ve vücudumun doğal olarak ona gözlerini devirme eğilimine karşı koymakta güçlük çekiyordum. Gülmek istedim. Ama gülemedim. Ruh halini çözemiyordum.

"Şirketinin hava filosunu ciddi şekilde kötüye kullandık zaten. Bunu tekrar etmek istemem."

"Şirket de benim, jet de." Neredeyse incinmiş gibiydi. Ah, oğlanlar ve oyuncakları!

"Teklifin için teşekkürler. Ama ticari bir uçuşla gitmeyi tercih ederim."

Daha fazla tartışmak ister gibi bakıyordu, ama kararını tartışmamaktan yana verdi.

"Nasıl istersen." İç geçirdi. "Mülakatın için çok hazırlık yapman gerekecek mi?"

"Hayır."

"İyi. Hangi yayınevine gittiğini bana söylememekte kararlı mısın?"

"Evet."

Dudakları istemsiz bir gülümsemeyle büküldü. "Ben imkânları olan bir erkeğim, Bayan Steele."

"Bunun fazlasıyla farkındayım, Bay Grey. Cep telefonumun izini mi süreceksiniz?" Masum bir sesle sormuştum.

"Aslında bu öğleden sonra hayli yoğun olacağım, bu yüzden, bu işi başkasına yaptırmam gerekecek." Pis pis sırıttı.

Şaka mı yapıyor?

"Birilerini bu işe ayırabiliyorsanız, gereğinden fazla elemanınız var demektir."

"İnsan kaynaklarının başındaki kişiye bir e-posta gönderip kafa sayımı yapmasını sağlarım." Dudakları gülümsemesini saklama çabasıyla büküldü.

Ah, Tanrı'ya şükür. Espri anlayışı geri gelmişti.

Bayan Jones kahvaltı servisini yaptı ve birkaç dakika, konuşmadan yemeğimizi yedik. Kadın tavaları becerikli hareketlerle kaldırdıktan sonra, oturma alanından ayrıldı. Christian'a baktım.

"Ne var, Anastasia?"

"Biliyor musun, sana dokunulmasından neden hoşlanmadığını bana hâlâ söylemedin."

Benzi attı; tepkisi sorduğum için kendimi suçlu hissetmeme neden olmuştu.

"Sana hiç kimseye anlatmadığım kadar çok şey anlattım." Bana duygusuz gözlerle bakarken, sesi alçaktı.

Ve içini kimseye açmadığını anlamıştım. Hiç yakın arkadaşı yok muydu? Belki de Bayan Robinson'a söylemişti. Sormak istedim, ama soramadım. Üzerine gidip kurcalayamazdım. Bunu fark edince, başımı salladım. Christian gerçekten bir adaydı.

"Burada yokken, anlaşmamızı düşünecek misin?"

"Evet."

"Beni özleyecek misin?"

Sorusuna şaşırarak gözlerimi ona diktim.

Dürüstçe, "Evet," dedim.

Bu kadar kısa sürede, nasıl olup da benim için bu kadar anlamlı olabilmişti. İçime işlemişti âdeta... Kelimenin tam anlamıyla. Gülümseyince gözleri aydınlandı.

"Seni özleyeceğim. Tahmin ettiğinden daha çok," diye soludu.

Sözleri yüreğimi ısıtmıştı. Gerçekten çaba harcıyordu. Usulca yanağımı okşadı ve eğilip beni öptü.

Akşamüstü, lobide oturmuş, gerilimden yerimde duramayarak Seattle Bağımsız Yayıncılık'tan Bay J. Hyde'ı bekliyordum. Bugünkü ikinci ve beni daha çok endişelendiren mülakatımdı. İlki iyi gitmişti, ama Amerika Birleşik Devletleri'nin dört bir yanında ofisleri olan daha büyük bir holding içindi ve oradaki çok sayıdaki yazı işleri asistanından biri olacaktım. Böylesi bir kurumsal makinede çabucak çiğnenip tükürülebileceğimi hayal edebiliyordum. Olmak istediğim Yer SBY'ydi. Küçük, gelenekselin dışına çıkan, yerel yazarları destekleyen bir yayıneviydi ve ilginç, değişken bir müşteri portföyüne sahipti.

Etrafımda çok fazla mobilya yoktu, ama bunun sadelikten ziyade bir tasarım tercihi olduğunu düşündün. Christian'ın oyun odasındakinden çok da farklı olmayan, deriden yapılma, koyu yeşil renkli, Chesterfield tarzı iki kanepeden birinde oturuyordum. Deriyi hayranlıkla okşarken, Christian'ın o kanepede neler yaptığını merak ettim. Olasılıkları düşünürken aklım bir anda dağıldı. Ah, hayır, şu anda bu konuya girmemeliydim. İçe dönük ve uygunsuz düşüncelerim karşısında kızardım. Resepsiyon görevlisi, büyük gümüş küpeleri ve uzun, düzleştirilmiş saçları olan Afrikalı-Amerikalı bir kadındı. Bohem bir havası vardı; sıcak bir diyalog kurabileceğim tarzda birine benziyordu. Bu, rahatlatıcı bir düşünceydi. Birkaç dakikada bir bilgisayarından kafasını kaldırıp bana bakıyor ve güven verici bir gülümseme gönderiyordu. Gülümsemesine çekingen bir karşılık verdim.

Biletimi ayırtmıştım ve ziyaretim, annemin havalara uçmasına neden olmuştu. Eşyalarımı toplamıştım ve Kate beni havaalanına götürmeyi kabul etmişti. Christian BlackBerry'mi de yanıma almamı emretmişti ve aşırıya kaçan patronvari tavrını hatırlayıp gözlerimi devirdim, ama öyle biri olduğunu artık anlamıştım. Ben de dâhil, her şeyin üstünde kontrol sahibi olmayı seviyordu. Diğer yandan, beklenmedik anlarda insanı eritecek kadar hoş ve uyumlu da olabiliyordu. Şefkatli, keyifli, hatta tatlı. Ve öyle olduğu zamanlar o kadar nadir ve beklenmedikti ki. Aşağıya, garajdaki arabama kadar bana eşlik etmekte ısrar etmişti. Tanrım, sadece birkaç günlüğüne gidiyordum ve haftalar boyu olmayacakmışım gibi davranıyordu. Beni hep şaşırtıyordu.

"Ana Steele?" Resepsiyon bankosunun yanında duran, Ön-Raffaelocu dönemden çıkma uzun, siyah saçları olan kadının sesiyle, daldığım düşüncelerimden uyandım. Resepsiyonistle aynı bohem ve dingin havaya sahipti. Otuzlarının sonunda ya da kırkların başında olabilirdi. Yaşı daha ileri olan kadınlarda, tam olarak kestirmesi güçtü.

Sarsak hareketlerle ayağa kalkarken, "Evet," diye yanıtladım.

Bana nazik bir gülümseme gönderirken, kahverengi serinkanlı bakışları beni süzüyordu. Kate'in elbiselerinden birini –beyaz bir bluz üzerine, siyah bir jile– ve siyah, topuklu ayakkabılarımı giymiştim. Bana göre, tam mülakatlıktı. Saçlarım sıkı bir topuzla sabitlenmişti ve buklelerim her zamankinin aksine uslu duruyordu. Bana elini uzattı.

"Merhaba, Ana, adım Elizabeth Morgan. Burada, SBY'de, İnsan Kaynakları'nın başındayım."

“Nasılsınız?” Elini sıktım. İK yöneticisi olmak için fazla rahat görünüyordu.

“Lütfen beni takip edin.”

Resepsiyon alanının arkasındaki çift kanatlı kapılardan, parlak renklerle dekore edilmiş, geniş bir açık ofise, oradan da küçük bir toplantı odasına yürüdük. Açık yeşil duvarlara kitap kapaklarının fotoğrafları dizilmişti. Akçaağaç toplantı masasının başında, kızıl saçlarını atkuyruğu yapmış genç bir adam oturuyordu. Her iki kulağında da küçük gümüş küpeler ışıldıyordu. Kravatsız, açık mavi bir gömlek giymişti ve bana okunması güç bir çift koyu mavi gözle bakıyordu.

“Ana Steele. Adım Jack Hyde, burada SBY'de satın alma editörü olarak görev yapıyorum ve sizinle tanıştığıma çok memnun oldum.”

El sıkıştık ve koyu mavi gözlerinin anlaşılmaz olsa da dost canlısı olduğunu düşündüm.

Hoş bir tavırla, “Çok uzun bir yolculuk muydu?” diye sordu.

“Hayır, yakın zamanda Pike Street Market bölgesine taşındım.”

“Ah, o zaman hiç de uzak değilmiş. Lütfen oturun.”

Oturdum, Elizabeth de genç adamın yanına oturdu.

“Neden, SBY'de bizimle staj yapmak istiyorsunuz, Ana?” diye sordu.

Adımı çok yumuşak bir sesle ve tanıdığım biri gibi, kafasını yana yatırarak söylemişti. Sinir bozucuydu. Uyandırdığı akıl dışı mahcubiyeti yok saymaya çalışarak, pembemsi bir kızarıklığın yanaklarıma yayıldığının bilinciyle, özenle hazırlanmış konuşmama başladım. Katherine Kavanagh'a Özgü Başarılı Mülakat Teknikleri dersimi hatırlayarak her ikisine de bakıyordum. *Göz temasını koru, Ana!* Tanrım, o kadın da bazen bayağı bayağı patronluk taslıyordu hani. Jack ve Elizabeth dikkatle dinliyorlardı.

“Çok etkileyici bir not ortalamanız var. WSU'da hangi ders dışı hangi faaliyetlerin keyfini çıkardınız?”

Keyfini çıkarmak mı? Ne tuhaf bir kelime seçimiydi bu böyle? Kampüs merkez kütüphanesinde görev alışımın ve öğrenci gazetesi için, fena halde zengin bir zorbayla yaptığım röportaj tecrübesinin detaylarını anlatmaya koyuldum. Makaleyi aslında benim yazmadığım gerçeğini ört bas ettim. Üye olduğum iki edebi topluluktan bahsettim ve sözümü Clayton's'ta çalıştığımı, nalburluk ve Kendin Yap konularında nasıl gereksiz bilgi sahibi olduğumu anlatarak tamamladım. İkisi de güldüler; umut ettiğim tepkiyi almıştım. Yavaş yavaş gevşemeye ve keyif almaya başladım.

Jack Hyde sivri, zekice sorular yöneltiyordu, ama şaşmadan ayak uydurabildim; okuma tercihlerimi ve en sevdiğim kitapları tartışırken, kendimi iyi ifade ettiğimi düşündüm. Diğer yandan, Jack sadece 1950 sonrası kaleme alınan Amerikan edebiyatını beğenir gibiydi. O kadar. Klasik sevmiyordu, Henry James, Upton Clair ya da F. Scott Fitzgerald'ı bile. Elizabeth hiç konuşmuyor, zaman zaman kafa sallayarak not alıyordu. Tartışmaya açık olmakla birlikte, Jack'in kendine göre bir cazibesi vardı ve konuştukça başlangıçtaki mahcubiyetim dağıldı.

"Beş yıl sonra kendinizi nerede görüyorsunuz?" diye sordu.

Christian Grey'le, düşüncesi istem dışı aklıma girivermişti. Yoldan çıkan zihnim kaşlarımın çatmasına neden oldu.

"Belki editörlük. Belki de edebi menajerlik. Emin değilim. İmkânlara açığım."

Sırıttı. "Çok iyi, Ana. Başka sorum yok. Sizin var mı?" Soruyu bana yöneltmişti.

"İşe alacağınız kişinin ne zaman başlamasını istiyorsunuz?" diye sordum.

Elizabeth, "Olabildiğince çabuk," diye araya girdi. "Siz ne zaman başlayabilirsiniz?"

"Önümüzdeki haftadan itibaren uygunum."

"Bunu bildiğimiz iyi oldu," dedi Jack.

"Herkesin söyleyecekleri bittiyse," Elizabeth ikimize bakıyordu, "sanırım mülakatın sonuna geldik." Kibarca gülümsedi.

Jack elimi tutarken, nazik bir sesle, "Sizinle tanışmak zevkti, Ana," dedi. Elimi hafifçe sıkınca, veda ederken ona gözlerimi kırpıştırmak ihtiyacı duydum.

Nedenini bilmesem de, arabama giderken huzursuzdum. Mülakatın iyi gittiğini düşünüyordum, ama emin olmak zordu. Mülakatlar yapay durumlardı; herkes profesyonel bir görüntünün arkasına çaresizce saklanmak için en iyi halini sergilerdi. Yüzüm bu işe uygun muydu? Bekleyip görmem gerekecekti.

Audi A3'üme bindim ve hiç acele etmeden, daireye doğru yola çıktım. Atlanta'da bir aktarmayla gece yolculuğu yapacaktım, ama uçağım akşam 10:25'ten önce kalkmayacağı için bol bol vaktim vardı.

Eve döndüğümde, Kate mutfak kutularını boşaltıyordu.

Heyecanla, "Nasıl gitti?" diye sordu. Sadece Kate, üzerine büyük gelen bir tişört, eski püskü bir kot pantolon ve lacivert bir bandanayla bu kadar muhteşem görünebilirdi.

"İyi, teşekkürler, Kate. Gerçi bu kıyafetin ikinci mülakat için yeterince havalı olduğundan emin değilim."

"Ah?"

"Boho kızı görüntüsü daha uygun kaçarmış."

Kate kaşını kaldırdı.

"Sen ve boho kızı görüntüsü." Başını yana yatırdı... Ah! Neden herkes bana en sevdiğim Elli Ton'u hatırlatıyordu sanki? "Aslında Ana, sen o stili gerçekten kıvırabilecek az sayıdaki insandan birisin."

Sırıttım. "İkinci yerden gerçekten hoşlandım. Sanırım oraya uyum sağlayabilirim. Gerçi mülakat yaptığım adam biraz sinir bozucuydu..." Cümlemi havada bıraktım; lanet olsun, burada Megafon Kavanagh'la konuşuyordum. *Kes sesini, Ana!*

"Ah?" İlginç –sadece uygunsuz ve utanç verici bir anda yüzeye çıkacak– bir bilgi kırıntısı peşinde olan Katherine Kavanagh radarı derhal devreye girmişti. Ki bu da aklıma bir şey getirmişti.

"Bu arada, Christian'ı germekten vazgeçer misin? Dün akşamki yemekte, José'yle ilgili yorumun çizmeyi aştı. Adam kıskanç biri. Hiç iyi olmuyor, haberin olsun."

"Bak, Elliot'ın kardeşi olmasaydı daha kötüsünü de söylerdim. Adam gerçek bir kontrol manyağı. Nasıl katlanabildiğini anlamıyorum. Onu kıskandırmaya ve şu bağlanma sorunu konusunda biraz yardım etmeye çalışıyordum." Ellerini, kendini savunur gibi havaya kaldırdı. Yüzümü buruşturduğumu görünce aceleyle ekledi: "Ama müdahale etmemi istemiyorsan, etmem."

"İyi. Christian'la hayat yeterince karmaşık zaten, bana güven."

Tanrım, aynı Christian gibi konuşuyorum.

"Ana." Kate durmuş bana bakıyordu. "Sen iyisin, değil mi? Annene kaçmak için gitmiyorsun ya?"

Kızardım. "Hayır, Kate. Biraz molaya ihtiyacım olduğunu söyleyen sendin."

Bana yaklaşıp ellerimi tuttu. Bu hiç de Kate'lik iş değildi. *Ah, hayır...* Gözyaşları tehdit ediyordu.

"Sen sadece. Bilmiyorum... Farklısın. Umarım iyisindir ve Bay Paraçuvalıyla ne tür sorunların varsa, benimle konuşabilirsin. Onu kızdırmamaya çalışacağım, gerçi dürüst olmam gerekirse söz konusu o olunca, bu hiç kolay değil. Bak, Ana, yolunda gitmeyen bir şey varsa bana anlatabilirsin. Yargılamayacağım. Anlamaya çalışacağım."

Gözyaşlarımı bastırmak için gözlerimi kırpıştırdım. "Ah, Kate." Ona sarıldım. "Sanırım ben ona gerçekten âşık oldum."

"Ana, bunu kim olsa anlar. Ve o da sana âşık oldu. Senin için deli oluyor. Gözlerini senden ayıramıyor."

Şüpheci bir gülüşle, "Öyle mi dersin?" diye sordum.

"Sana söylemedi mi?"

"Kelimelere dökerek değil."

"Sen ona söyledin mi?"

"Kelimelere dökerek değil." Özür diler gibi omuz silktim.

"Ana! Birinin ilk hamleyi yapması lazım, aksi takdirde hiçbir yere varamazsınız."

Ne?.. Ona ne hissettiğimi söylemek mi?

"Onu korkutup kaçırmaktan çekiniyorum."

"Aynı duyguları paylaşmadığını nereden biliyorsun?"

"Christian ve çekinmek? Herhangi bir şeyden çekindiğini hayal bile edemem." Ama bu sözleri söylerken, onu çocuk haliyle hayal ettim. Belki de o zaman korkudan başka bildiği yoktu. Bu düşünce kalbimi hüzünle doldurmuştu.

Kate bana, belki biraz bilinçaltım gibi, büzülmüş dudaklar ve kısılmış gözlerle bakıyordu. Tek ihtiyacı yarım gözlüklerdi.

"İkinizin oturup konuşmaya ihtiyacınız var."

"Son zamanlarda çok fazla konuştuğumuz söylenemez." Kızardım. Başka şeyler yapıyorduk. Sözsüz iletişim de hiç fena değildi. Pekâlâ, fena değilden daha iyiydi.

Sırıttı. "Seks yapıyoruz desene! İyi gidiyorsa savaşın yarısını kazanmışsın demektir, Ana. Ben biraz Çin yemeği almaya gidiyorum. Gitmeye hazır mısın?"

"Birazdan olacağım. Daha çıkmamıza birkaç saat var."

"Hayır, yirmi dakikaya görüşürüz." Ceketini alıp çıkarken kapıyı kapatmayı unuttu. Ben arkasından kapattım ve söylediklerini düşünerek, odama yürüdüm.

Christian bana olan duygularından korkuyor muydu? Bana karşı bir şeyler hissediyor muydu ki? Çok hevesli görünüyordu ve onun olduğumu söylüyordu, ama bu sadece her şeye-sahip-olmalıyım'cı kontrol manyağı Hâkim yanıydı. Evden uzaktayken, sohbetlerimizi tekrar gözden geçirmem ve herhangi bir ipucu bulacak mıyım diye bakmam gerekiyordu.

Seni özleyeceğim. Tahmin ettiğinden daha çok...

Beni tamamen büyülüyorsun...

Başımı salladım. Şu anda bunu düşünmek istemiyordum. BlackBerry'yi şarjda bıraktığım için bütün öğleden sonra yanımda değildi. Temkinle yaklaştım ama hiç mesaj olmadığını görünce bozuldum. Bilgisayarı açtım, orada da mesaj yoktu. Bilinçaltım bana, *İkisi aynı e-posta adresi*, Ana, diyerek gözlerini devirdi ve bunu yaptığım zaman Christian'ın beni neden pataklamak istediğini ilk kez anladım.

Pekâlâ. Ben ona bir e-posta yazacaktım.

Kimden: Anastasia Steele

Konu: Mülakatlar

Tarih: 30 Mayıs 2011 18:49

Kime: Christian Grey

Sevgili Efendim,

Bugünkü mülakatlarım iyi gitti.

İlginizi çekebilir diye düşündüm.

Gününüz nasıldı?

Ana

Gözlerimi ekrana dikip oturdum. Christian'ın tepkileri genelde hızlıydı. Bekledim... bekledim ve sonunda mesaj geldiğine işaret eden o sesi duydum.

Kimden: Christian Grey

Konu: Benim Günüm

Tarih: 30 Mayıs 2011 19:03

Kime: Anastasia Steele

Sevgili Bayan Steele,

Yaptığınız her şey beni ilgilendiriyor. Siz tanıdığım en büyüleyici kadınsınız.

Mülakatlarınızın iyi geçmesine sevindim.

Benim sabahım beklentilerin çok ötesindeydi.

Öğleden sonramsa, sabaha göre çok sıkıcıydı.

Christian Grey

CEO, Grey Şirketler Topluluğu

Kimden: Anastasia Steele

Konu: Güzel Sabah

Tarih: 30 Mayıs 2011 19:05

Kime: Christian Grey

Sevgili Efendim,

O kusursuz masa seksinden sonra garipleseniz de, benim için de emsal teşkil edecek bir sabahtı. Fark etmediğimi sanmayın.

Kahvaltı için teşekkürler. Ya da Bayan Jones'a teşekkürlerimi iletin.

Size onunla ilgili sorular sormak isterdim; tabii siz yine gariplemeden.

Ana

Parmağım "gönder" tuşunun üstünde bir süre asılı kaldı ve sonra yarın bu saatlerde, kıtanın diğer ucunda olacak olmamdan güç aldım.

Kimden: Christian Grey

Konu: Yayıncılık ve Sen?

Tarih: 30 Mayıs 2011 19:10

Kime: Anastasia Steele

Anastasia,

"Gariplemek" bir fiil değildir ve yayıncılık sektörüne girmek isteyen biri tarafından kullanılmamalıdır. Kusursuz? Neye göre kusursuz olduğunu sorabilir miyim? Ve Bayan Jones hakkında sormanız gereken ne? Merak ettim.

Christian Grey

CEO, Grey Şirketler Topluluğu

Kimden: Anastasia Steele

Konu: Siz ve Bayan Jones

Tarih: 30 Mayıs 2011 19:17

Kime: Christian Grey

Sevgili Efendim,

Dil ilerliyor ve gelişiyor. Dil organik bir şeydir. Duvarlarında pahalı sanat eserlerinin asılı olduğu, Seattle'ın çoğuna tepeden bakıp çatısında bir helikopter pisti bulunan fildişi bir kuleye kapatılmış bir şey değil.

Daha önceki... ah, sizin kullandığınız kelime neydi? Ah, evet... düzüşmelerimize göre kusursuzdu... Aslında düzüşmek, benim mütevazı görüşüme göre hayli kusursuzdu, nokta, ama ne de olsa, sizin de bildiğiniz gibi, tecrübem çok kısıtlı.

Bayan Jones eski İtaatkârlarınızdan biri mi?

Ana

Parmağım "gönder" tuşunun üstünde bir kez daha bekledi ve sonunda bastım.

Kimden: Christian Grey

Konu: Dil, Sözlerine Dikkat Et!

Tarih: 30 Mayıs 2011 19:22

Kime: Anastasia Steele

Anastasia,

Bayan Jones değerli bir çalışandır. Onunla hiçbir zaman profesyonel ilişkimizin ötesine geçen bir ilişkim olmadı. Cinsel ilişki yaşadığım kimseyi yanımda çalıştırmıyorum. Böyle düşünebilmene şaşırdım. Bu kurala tek istisna sen olabilirdin; çünkü sen hatırı sayılır pazarlık becerileri olan parlak bir genç kadınsın. Gerçi bu tür bir dil kullanmaya devam edersen seni burada işe almayı bir daha düşünmem gerekebilir. Sınırlı tecrüben olmasına memnunum. Tecrüben sadece benimle sınırlı kalmaya devam edecek. Kusursuzu iltifat olarak alıyorum; gerçi sen söz konusu olunca söylemek istediğin gerçekten bu mu, yoksa alaycılık duygun mu öne çıkıyor asla emin olamıyorum. Her zamanki gibi.

Christian Grey

CEO, Grey Şirketler Topluluğu, Fildişi Kule

Kimden: Anastasia Steele

Konu: Çin'deki Bütün Çayı Ayaklarıma Serseler Olmaz

Tarih: 30 Mayıs 2011 19:27

Kime: Christian Grey

Sevgili Bay Grey,

Firmanızda çalışma konusundaki çekincelerimi yeterince ifade edemediğimi düşünüyorum. Bu konudaki görüşlerim değişmedi, değişmiyor ve asla da değişmeyecek. Kate yemek getirdiği için artık çıkmam gerekiyor. Alaycılık duygum ve ben size iyi geceler dileriz.

Georgia'ya varınca sizinle tekrar temas kurarım.

Ana

Kimden: Christian Grey

Konu: Twinings İngiliz Kahvaltı Çayını Serseler Bile mi?

Tarih: 30 Mayıs 2011 19:29

Kime: Anastasia Steele

İyi geceler, Anastasia,

Umarım sen ve alaycılık duygun iyi bir uçuş geçirirsiniz.

Christian Grey

CEO, Grey Şirketler Topluluğu

Kate ve ben Sea-Tac Havaalanı'nın gidiş terminalinin yolcu indirme alanında durduk. Kate eğilip beni kucakladı.

"Barbados'un tadını çıkar, Kate. Harika bir tatil geçir."

"Döndüğümde görüşürüz. O yaşlı paraçuvalının seni ezmesine izin verme."

"Vermem."

Tekrar kucaklaştık; artık tek başınaydım.

Check-in kısmına gittim, el bagajımla sırada bekledim. Valiz yapmakla uğraşmamış, Ray'in geçen doğum günümde hediye ettiği sırt çantasıyla yetinmiştim.

"Bilet, lütfen?" Masanın arkasında duran sıkkın görünüşlü genç adam bana bakmadan elini uzattı.

Sıkkınlığını ona geri yansıtarak biletimi ve kimlik olarak ehliyetimi uzattım. Mümkünse bir pencere kenarı koltuk umuyordum.

"Pekâlâ, Bayan Steele, biletiniz birinci sınıfa yükseltilmiş.

"Ne?"

"Hanımefendi, birinci sınıf salonuna gitmek ve uçuşunuzu orada beklemek isterseniz..." Uyanmış gibiydi ve bana Noel Baba ve Paskalya Tavşanı'nın bir araya getirilmiş haliymişim gibi bakıyordu.

"Bir hata olmalı."

"Hayır, hayır." Bilgisayar ekranını tekrar kontrol etti. "Anastasia Steele, sınıf yükseltme."

Ighh. Gözlerimi kıstım. Biniş kartımı uzattı ve kendi kendime söylenerek birinci sınıfa ait bekleme salonuna yürüdüm. *Lanet olası müdahaleci, kontrol manyağı Christian Grey.* Adam rahat bırakmak nedir bilmiyordu.

BÖLÜM YİRMİ İKİ

Manikürüm ve masajım yapılmıştı ve iki kadeh şampanya içmiştim. Birinci sınıf bekleme salonunun bekleme durumunu telafi edecek sayısız özelliği vardı. Moet'den her yudum alışımda, Christian'ı ve müdahalesini affetmeye biraz daha meylediyordum. Gezegen üzerinde her yerde çalışacağı teorisini test etmeyi umarak, MacBook'umu açtım.

Kimden: Anastasia Steele

Konu: Aşırı Müsrif Jestler

Tarih: 30 Mayıs 2011 21:53

Kime: Christian Grey

Sevgili Bay Grey,

Hangi uçuşta olduğum bilmeniz beni gerçekten telaşlandırdı.

Sapık takipçiliğiniz sınır tanımıyor. Dr. Flynn'in seyahatten döndüğünü umalım.

Manikür ve sırt masajı yaptırdım, iki kadeh şampanyayı mideye indirdim. Tatilim için çok hoş bir başlangıç oldu.

Teşekkürler.

Ana

Kimden: Christian Grey

Konu: Rica Ederim

Tarih: 30 Mayıs 2011 21:59

Kime: Anastasia Steele

Sevgili Bayan Steele,

Dr. Flynn döndü ve bu hafta bir randevum var.

Sırtınıza kim masaj yaptı?

Christian Grey

Doğru Yerlerde Dostları Olan CEO,

Grey Şirketler Topluluğu

Aha! Ödeşme zamanı. Uçuş anonsumuz yapıldığı için ona uçaktan e-posta atmam gerekecekti. Böylesi daha güvenli olacaktı. Muzip bir neşeyle kendime sarılmamak için zor duruyordum.

Birinci sınıfta oturma alan çok genişti. Kabin yavaş yavaş dolarken, elimde şampanya kokteylimle, pencere kenarındaki gösterişli koltuğuma yerleştim. Nerede olduğumu haber vermek için Ray'i aradım. Onun için geç bir saat olduğu için, insaflı sayılacak kadar kısa bir konuşmaydı.

"Seni seviyorum, baba," diye mırıldandım.

"Ben de seni, Annie. Annene selam söyle. İyi geceler."

"İyi geceler." Telefonu kapattım.

Ray formdaydı. Mac'ime baktım ve içimde aynı çocuksu coşkuyla dizüstü bilgisayarımı ve e-postamı açtım.

Kimden: Anastasia Steele

Konu: Güçlü, Becerikli Eller

Tarih: 30 Mayıs 2011 22:22

Kime: Christian Grey

Sevgili Efendim,

Sırtıma çok hoş bir genç adam masaj yaptı. Evet. Aslında çok keyifliydi. Standart bekleme salonunda Jean-Paul'le karşılaşamazdım. Bu yüzden bu ikramınız için bir kez daha teşekkürler. Uçak kalkınca e-posta göndermeme izin olacağından emin değilim ve son zamanlarda çok iyi uyuyamadığım için güzellik uykusuna ihtiyacım olacak.

Güzel rüyalar, Bay Grey... Aklımdasınız.

Ana

Ah, delirecekti ve ben havada, ulaşamayacağı mesafede olacaktım. Bunu hak etmişti. Standart bekleme salonunda olsaydım, Jean Paul bana elini süremezdi. Sarışın, daimi yanık teniyle çok hoş bir genç adamdı. Yani, Seattle'da kim yanık tenle dolaşırdı ki? Yanlıştı işte. Bence geydi, ama bu detayı kendime saklayacaktım. Gözlerimi e-postama sabitlemiştim. Kate haklıydı. Christian'ı kızdırmak çocuk oyuncağıydı. Bilinçaltım bana dudaklarını çirkin bir şekilde çarpıtarak bakıyordu. *Onu kızdırmayı gerçekten istiyor musun?* Yaptığının çok şeker bir şey olduğunu sen de biliyorsun! Seni önemsiyor ve senin şık bir şekilde seyahat etmeni istiyor. Evet, ama bana sorabilir ya da söyleyebilirdi. Check-in'de tam bir salak gibi görünmeme neden olmuştu. "Gönder" tuşuna basıp beklerken kendimi çok yaramaz bir kız gibi hissediyordum.

Aşırı makyajlı hostes, kibarca, "Bayan Steele, kalkış için bilgisayarınızı kapatmanız gerekecek," dedi. Beni yerimden sıçratmıştı. Suçluluk duygum iş başındaydı.

"Ah, özür dilerim."

Lanet olsun. Şimdi cevap verip vermediğini görmek için beklemem gerekecekti. Hostes bana kusursuz dişlerini göstererek, yumuşacık bir battaniye ve yastık uzattı. Battaniyeyi dizlerime serdim. Arada bir şımartılmak iyi geliyordu.

Birinci sınıf, yanımdaki koltuk dışında dolmuştu. Ah... hayır... Aklımdan rahatsız edici bir düşünce geçti. Belki de bu koltuk Christian'a ayrılmıştı. Ah, lanet olsun... Hayır. Bunu yapmazdı. Yapar mıydı? Benimle gelmesini istemediğimi söylemiştim. Kaygıyla saatime baktım ve o sırada kokpitten anons yükseldi: "Kabin ekibi, kapılar otomatikte, kabin ekibi yerine."

Ne demekti bu? Kapıları mı kapatıyorlardı? İçimi pır pır ettiren bir heyecanla otururken, kafa derim karıncalanıyordu. Yanımdaki koltuk on altı koltuklu kabindeki tek boş koltuktu. Uçak kapıdan sarsılarak ayrıldı ve derin bir oh çektim, ama aynı anda biraz hayal kırıklığı da yaşıyordum. Dört gün boyunca, Christian'sızdım. BlackBerry'me kaçamak bir bakış attım.

Kimden: Christian Grey

Konu: Hazır Yapabiliyorken Keyfini Çıkar

Tarih: 30 Mayıs 2011 22:25

Kime: Anastasia Steele

Sevgili Bayan Steele,

Ne yapmaya çalıştığınızı biliyorum ve bana güvenin, amacınıza ulaştınız. Bir dahaki sefere elleriniz, ayaklarınız ve ağzınız bağlı halde, bir sandığın içinde, kargo bölümünde olacaksınız. O haldeyken size eşlik etmenin biletinizin sınıfını yükseltmekten daha çok zevk vereceğini söylediğimde bana inanın.

Dönüşünüzü sabırsızlıkla bekliyorum.

Christian Grey
Avucu Karıncalanan CEO,
Grey Şirketler Topluluğu

Lanet olsun. Christian'ın mizah anlayışının sorunu buydu. Şaka mı yapıyordu, cidden kızgın mıydı asla emin olamıyordum. Bu durumda cidden kızdığından şüphelendim. Hostesin görememesi için gizlice, battaniyenin altından bir cevap yazdım.

Kimden: Anastasia Steele

Konu: Şaka Mı Yapıyorsunuz?

Tarih: 30 Mayıs 2011 22:30

Kime: Christian Grey

Görüyorsunuz ya şaka yapıp yapmadığınız konusunda hiçbir fikrim yok ve eğer yapmıyorsanız, sanırım ben Georgia'da kalacağım. Sandıklar benim için sert sınırdır. Sizi delirttiğim için özür dilerim. Affettiğinizi söyleyin.

A

Kimden: Christian Grey

Konu: Şaka

Tarih: 30 Mayıs 2011 22:31

Kime: Anastasia Steele

Nasıl oluyor da e-posta gönderebiliyorsun? BlackBerry'ni kullanarak, kendin de dâhil, uçaktaki herkesin hayatını riske mi atıyorsun? Sanırım bu kural ihlali demek.

Christian Grey
İki Avucu Birden Karıncalanan CEO,
Grey Şirketler Topluluğu

İki avuç mu? BlackBerry'mi kaldırdım ve uçak pistte ağır ağı ilerlerken arkama yaslanıp harap haldeki *Tess* nüshamı çıkardım. Yolculuk için hafif bir okuma. Havalanınca, koltuğumu arkaya yatırdım ve kısa süre sonra uykuya daldım.

Hostes beni Atlanta'ya inişe geçerken uyandırdı. Yerel saat 05:45'ti, ama sadece dört saat kadar uyumuştum. Bana uzattığı portakal suyu bardağını uyku mahmuru, ama minnettar bir tavırla aldım. BlackBerry'me gergin bir bakış attım. Christian'dan başka e-posta yoktu. Şey, Seattle'da neredeyse sabahın üçüydü ve büyük olasılıkla beni uçağın elektronik sistemini ya da uçakları cep telefonu açıkken uçmaktan alıkoyan her neyse onu tamamen mahvetmekten caydırmak istiyordu.

Atlanta'daki bekleme sadece bir saat sürecekti. Bir kez daha birinci sınıfın şatafatına bıraktım kendimi. Ağırlığımın altında ezilen kabarık ve davetkâr kanepelerden birine kıvrılıp uyumak çok cazip geliyordu. Ama yeterince zaman yoktu. Kendimi uyanık tutmak için bilgisayarımda Christian'a uzun bir bilinçakışı e-postası yazmaya koyuldum.

Kimden: Anastasia Steele

Konu: Beni korkutmaktan hoşlanıyor musun?

Tarih: 31 Mayıs 2011 06:52

Kime: Christian Grey

Benim için para harcamandan ne kadar nefret ettiğimi biliyorsun. Evet, çok zenginsin, ama bu beni yine de rahatsız ediyor. Bana seks için para ödüyormuşsun gibi. Bununla birlikte birinci sınıfta seyahat etmek hoşuma gitti, ekonomi sınıfından çok daha medeni. Bu yüzden teşekkürler. Ciddiyim... ve Jean Paul'ün masajından gerçekten keyif aldım. Fazla geydi. Seni kızdırmak için e-postamda o kısmı atladım, çünkü sana sinir olmuştum ve bunun için özür dilerim.

Ama her zamanki gibi, aşırı tepki veriyorsun. Bana bir sandıkta eli, ayağı ve ağzı bağlı gibi şeyler yazamazsın. (Ciddi miydin yoksa şaka mıydı?) Bu beni korkutuyor. Sen beni korktuyorsun... Sihrine tamamen kapılmış durumdayım. Varlığından geçen haftaya kadar haberdar bile olmadığım hayat tarzını kabullenmeyi göze alacak kadar sihrine kapılmış durumdayım, ama sen böyle bir şey yazıyorsun ve ben arkama bile bakmadan kaçmak istiyorum. Elbette, kaçmam, çünkü seni özlerim. Gerçekten özlerim. Bu işin yürümesini istiyorum, ama sana olan duygularımın derinliği ve senin beni saptırdığın karanlık yol, beni dehşete düşürüyor. Bana sunduğun şey erotik ve seksi; merakla doluyum, ama diğer yandan, beni fiziksel ve duygusal olarak incitmenden de korkuyorum. Üç ayın sonunda bana güle güle dersen, nasıl bir durumda kalırım? Ama sanırım bu risk her ilişkide var. Bu, sahip olmayı hayal ettiğim bir ilişki değil, hele Ilk ilişki olarak. Benim için büyük bir risk.

Vücudumda tek bir itaatkâr kemik bulunmadığını söylerken haklıydın... Şimdi sana ben de katılıyorum. Yeri gelmişken, seninle birlikte olmak istiyorum ve yapmam gereken buysa, denemek isterim, ama sanırım yüzüme gözüme bulaştıracağım, her yerim mosmor olacak ve bu düşünceden hiç hoşlanmıyorum.

Daha fazlasını deneyeceğini söylediğin için seviniyorum. Benim "daha fazlasının" bana ne ifade ettiğini düşünmek için biraz zamana ihtiyacım var; araya mesafe koymak isteme nedenlerimden biri buydu. Gözümü öylesine kamaştırıyorsun ki birlikte olduğumuz zamanlarda net düşünmekte zorlanıyorum.

Uçuş için anons yapıyorlar. Gitmem gerek.

Daha fazlası için görüşmek üzere.

Ana'n

"Gönder" tuşuna bastım ve farklı bir uçağa binmek için, uyku sersemliği içinde çıkış kapısına yöneldim. Bu uçakta birinci sınıfta sadece altı koltuk vardı ve uçak havalanınca, yumuşacık battaniyemin altına kıvrılıp uyuyakaldım.

Çok geçmeden, Savannah Uluslararası Havaalanı'na inişimize başlarken, portakal suyu ikram eden hostes tarafından uyandırıldım. Portakal suyumu yudumlarken, yorgun olmanın ötesine geçmiştim ve kendime bir miktar heyecan duyma izni verdim. Altı ay sonra annemi ilk kez görecektim. BlackBerry'me kaçamak bir bakış daha atarken, Christian'a uzun ve derme çatma bir e-posta gönderdiğimi hayal meyal hatırladım, ama cevap yoktu. Seattle'da saat beşti ve umarım, hüzünlü ağıtlar çaldığı piyanosunun başında değil, derin uykudaydı.

Sırt çantalarının en güzel yanı havaalanından çabucak çıkabilmek ve bagaj bandının başında sonsuz bir bekleyişe mecbur olmamaktı. Birinci sınıfta seyahat etmenin güzelliğiyse, uçaktan herkesten önce inmekti.

Annem, Bob'la birlikte bekliyordu ve onları görmek harikaydı. Nedeni bitkinlik miydi, uzun yolculuk mu, yoksa Christian mı bilmiyordum, ama kendimi annemin kollarına atmamla gözyaşlarına boğulmam bir oldu.

"Ah, Ana, tatlım. Çok yorgun olmalısın." Bob'a kaygılı bir bakış attı.

"Hayır, anne, sadece... Sizi gördüğüme çok sevindim." Ona sıkıca sarıldım.

O kadar iyi ve sıcacık gelmişti ki... Yuva gibi. İstemeyerek de olsa annemi bıraktım ve Bob bana tek koluyla, beceriksizce sarıldı. Ayağının üstünde sağlam duramıyor gibi bir hali vardı ve o zaman bacağını incitmiş olduğunu hatırladım.

"Hoş geldin, Ana. Neden ağlıyorsun?" diye sordu.

"Ah, Bob, seni de gördüğüme çok sevindim." Yakışıklı, çenesi köşeli suratına ve bana sevgiyle bakan ışıltılı, mavi gözlerine baktım. *Bu kocayı seviyorum, Anne. Onu tutabilirsin.* Bob sırt çantamı aldı.

"Tanrım, Ana, bu çantada neler var?"

Mac'ten bahsediyor olmalıydı. Park alanına doğru yürürken, ikisi dekollarını bana sardılar.

Savannah'ta havanın katlanılmayacak kadar sıcak olduğunu hep unutuyordum. Varış terminalinin serin, klimalı sınırlarından çıkınca, kendimizi Georgia sıcağının içinde bulduk. *Vay canına!* Sıcak her şeyi yutmuştu. Üstümdeki kapüşonlu montu çıkarabilmek için annemle Bob'un kollarından sıyrılmak zorunda kaldım. Yanıma şort aldığıma o kadar memnun olmuştum ki. Bazen on yedi yaşındayken annem ve Bob'la birlikte yaşadığım Las Vegas'ın kuru sıcağını özlüyordum. Bu nemli sıcağa alışmak, sabahın 08:30'unda bile zaman alıyordu. Bob'un mükemmel klimalı Tahoe SUV'nin arka koltuğuna yerleştiğimde elim ayağım boşalmış ve saçlarım sıcağa karşı kıvırcık bir protestoya başlamıştı. SUV'nin arka koltuğundada, Ray, Kate ve Christian'a gönderilmek üzere hızlı bir kısa mesaj yazdım.

Savannah'a sapasağlam vardım. A.

"Gönder" tuşuna basarken, düşüncelerim kısa bir an José'ye kaydı ve yorgunluğumun pusunun arasında, sergisinin bu hafta olduğunu hatırladım. José konusundaki hislerini bile bile, Christian'ı da davet etmeli miydim? O e-postadan sonra, Christian beni görmek isteyecek miydi acaba? Bu düşünce içimi titretmişti; zihnimden derhal uzaklaştırdım. Daha sonra uğraşırdım. Şu anda annemin varlığının tadını çıkaracaktım.

"Tatlım, yorgun olmalısın. Eve gidince uyumak ister misin?"

"Hayır, anne, kumsala gitmek istiyorum."

Atlantik okyanusuna bakan bir deniz yatağı üstünde uzanır ve mavi, boyundan bağlı tankinimin içinde diyet kolamı yudumlarken, daha dün Pasifik'e doğru baktığımı düşündüm. Annem komik denecek kadar geniş, kenarları düşük güneş şapkası ve Jackie O. gözlükleriyle yanıma uzanmış, kendi kolasını yudumluyordu. Eve sadece üç blok mesafedeki Tybee Island kumsalındaydık. Elimi tuttu.

Yorgunluğum dinmişti ve güneşle yıkanırken kendimi rahat, güvenli ve sıcacık hissediyordum. Hayatımda ilk defa gevşemeye başladım.

"Haydi, Ana... Bana başını bu denli döndüren adamı anlatsana."

Döndürmek mi? Nasıl anlamıştı? Ne diyebilirdim. Gizlilik anlaşması yüzünden Christian'dan detaylı olarak bahsedemezdim, ama öyle olmasa bile, anneme olanlardan bahsetmeyi seçer miydim acaba? Düşüncesi bile betimin benzimin atmasına yetmişti.

Elimi sıkarak, "Eee?" diye bastırdı.

"Adı Christian. Yakışıklı ötesi. Varlıklı... fazla varlıklı. Karmaşık ve değişken biri."

Evet, kısa ve doğru özetimden fazlasıyla memnundum. Yüzümü ona çevirmek için yan döndüm, annem de aynı hareketi yaptı. Bana kristal berraklığında mavi gözlerle baktı.

"Karmaşık ve değişken, konsantre olmak istediğim iki özellik, Ana."

Ah, hayır.

"Ah, anne, ruh halinin değişimleri beni sersemletiyor. Zorlu bir çocukluk yaşamış, çok kapalı ve anlaşılması zor biri."

"Ondan hoşlanıyor musun?"

"Hoşlanmanın ötesine geçtim."

"Gerçekten mi?" Annem bana bakakalmıştı.

"Evet, anne."

"Erkekler aslında karmaşık değildirler, Ana tatlım. Çok basit, yalın yaratıklardır. Genelde söylediklerini kastederler. Ve ne söyledikleri barizken bizler analiz etmeye çalışarak saatler geçiririz. Senin yerinde olsam, onu olduğu gibi ele alırdım. Faydası olabilir."

Anneme bakakaldım. Kulağa iyi bir tavsiye gibi geliyordu. Christian'ı olduğu gibi ele almak. Daha o anda, söylediği birkaç şey aklımda belirdi.

Seni kaybetmek istemiyorum.

Beni büyüledin.

Beni tamamen büyüledin.

Ben de seni özleyeceğim. Tahmin edeceğinden fazla...

Anneme baktım. Dördüncü evliliğini sürdürüyordu. Belki de sonuçta erkekler konusunda bir bildiği vardı.

"Pek çok erkek dengesizdir, hayatım, bazıları diğerlerinden de çok. Örneğin babanı ele alalım..." Babamı düşününce gözleri yumuşadı ve hüzünlendi. Gerçek babam, hiç tanımadığım efsanevi adam bizden, bir muharebe eğitiminde acımasız bir şekilde koparılmış bir denizciydi. Bir yanım annemin bunca zamandır babam gibi birine ihtiyaç duyduğunu düşünüyordu... Belki de sonunda, aradığını Bob'da bulmuştu. Ray'de bulamamış olması çok yazıktı.

"Babanın dengesiz olduğu düşünürdüm, ama şimdi geriye dönüp bakınca, kendini işine fazla kaptırdığını ve bizlere bir hayat sağlamak için çok uğraştığını görüyorum." İç geçirdi. "Çok gençti, ikimiz de öyleydik, belki de sorun buydu."

Hımm... Christian da yaşlı sayılmazdı. Anneme sevgiyle gülümsedim. Babamı düşünürken hassaslaşabiliyordu, ama babamın Christian'la hiçbir benzerliği olmadığından emindim.

"Bob bu akşam bizi yemeğe çıkarmak istiyor. Golf kulübüne."

"Ah, hayır! Bob golfe mi başladı?" Hayretle dudak büktüm.

Annem gözlerini devirerek "Ne demezsin," diye homurdandı.

Evde hafif bir öğle yemeğinin ardından eşyalarımı boşaltmaya başladım. Kendime bir siesta ziyafeti çekecektim. Annem mum dökmeye ya da mumlarla her ne yapıyorsa onu yapmaya çekilmişti ve Bob işteydi; bu yüzden biraz uyku takviyesi yapacak zamanım vardı. Mac'i açtım. Georgia'da öğleden sonra ikiydi; Seattle'da ise sabahın on biri. Christian'dan cevap var mı diye merak ediyordum. E-postamı açtım.

Kimden: Christian Grey

Konu: Nihayet!

Tarih: 31 Mayıs 2011 07:30

Kime: Anastasia Steele

Anastasia,

Aramıza biraz mesafe koyar koymaz benimle açıkça ve dürüstçe iletişim kurabilmen canımı sıkıyor. Bunu neden biz birlikteyken yapamıyorsun?

Evet, zenginim. Buna alış. Sana neden para harcamayacak mışım? Babana erkek arkadaşın olduğumu söyledik, Tanrı aşkına. Erkek arkadaşlar bunu yapmaz mı? Hâkim'in olarak sana ne harcarsam harcayayım tartışmasız kabul etmeni bekliyorum. Bu arada, annene de anlat.

Kendini fahişe gibi hissetme yorumuna nasıl karşılık vereceğimi bilemiyorum. Yazdığının bu olmadığı biliyorum, ama ima ettiğin bu. Bu duyguları yok etmek için ne yapabilirim ya da ne diyebilirim bilmiyorum. Her şeyin en iyisine sahip olmanı isterim. Paramı canımın çektiği şekilde harcayabilmek için olağanüstü çalışıyorum. Sana canın ne isterse alabilirim, Anastasia ve almak istiyorum. İstersen, bunu bir varlık paylaşımı olarak düşün. Ya da basitçe, seni asla tarif ettiğin biçimde düşünmeyeceğimi ve düşünemeyeceğimi bil yeter. Ve kendini bu şekilde algılamana kızdım. Senin gibi zeki, hazırcevap ve güzel bir kadına yakışmayacak özgüven sorunların var ve sana Dr. Flynn'le bir randevu ayarlamayı ciddi ciddi düşünüyorum. Seni korkuttuğum için özür dilerim. İçine korku salma düşüncesini tiksindirici buldum. Elin kolun bağlı halde seyahat etmene izin vereceğimi gerçekten düşündün mü? Tanrı aşkına, sana özel jetimi kullanmanı teklif ettim. Diğer yandan, elin, ayağın ve ağzın bağlı halini düşünmenin beni tahrik ettiği gerçek. (Ve bu bir şaka değil.) Sandıktan vazgeçebilirim, sandıkların bende bir etkisi yok. Ağzının bağlanmasıyla sorunun olduğunu biliyordum –bunu konuşmuştuk– ve ağzını bağladığımda/bağlarsam bunu konuşacağız. Anlamayı beceremediğin şu: Hâkim/İtaatkâr ilişkilerinde bütün güç İtaatkâr'ın elindedir. Bu sensin. Tekrar ediyorum, bütün güç senin elinde. Benim değil. Kayıkhanede hayır dedin. Bana hayır dersen sana elimi bile süremem; bu yüzden ne yapıp yapmayacağımıza dair bir anlaşmamız var ya zaten. Bazı şeyleri denersek ve seni hoşuna gitmezse anlaşmayı elden geçirebiliriz. Sana kalmış, Ana, bana değil. Ve bağlanıp bir sandığa tıkılmak istemiyorsan öyle bir şey olmayacak.

Hayat tarzımı seninle paylaşmak istiyorum. Böyle bir şeyi hiç istememiştim. Samimi olmam gerekirse, sana, bu kadar masum birinin denemeye istekli olmasına hayret ve hayranlıkla bakıyorum. Bu bana tahmin edebileceğinden çok daha fazlasını anlatıyor. Bunu sana defalarca söylememe rağmen, benim de senin sihrine kapıldığımı anlayamıyorsun. Seni kaybetmek istemiyorum. Yakınımdayken net düşünemediğin için benden birkaç gün uzak kalmak için üç bin mil yol kat ettiğini düşünmek beni geriyor. Aynı şey benim için de geçerli, Anastasia. Birlikteyken, mantığım kayboluyor. Sana olan duygularımın derinliği budur.

İnadını anlıyorum. Senden uzak kalmayı denedim. Tecrübesiz olduğunu biliyordum ve ne kadar masum olduğunu tam olarak bilseydim asla peşine düşmezdim, ama bir şekilde, beni daha önce hiç kimsenin çözemediği şekilde çözmeyi başarıyorsun. Mesela e-postan, bakış açını anlayabilmek için defalarca okudum, okudum. Üç ay keyfî bir zaman. Bunu altı ay ya da bir yıl da yapabiliriz. Ne kadar olsun istersin? Seni ne rahat ettirir? Söyle bana.

Bunun senin için çok büyük bir adım olduğunun farkındayım. Güvenini kazanmam gerek, ama aynı şekilde, bunu yapmakta başarısız olduğum zamanlarda senin de benimle iletişim kurman gerek. Çok güçlü ve kendi kendine yeten biri gibi görünüyorsun, ama buraya yazdıklarını okuyunca bambaşka bir yönünü görüyorum. Birbirimize rehberlik etmek zorundayız, Anastasia, ben ipuçlarımı sadece senden yakalayabilirim. Bana karşı dürüst olmalısın ve ikimizin de bu anlaşmanın sürmesi için bir yol bulmamız şart.

İtaatkâr olmamaktan endişelisin. Pekâlâ, bu belki de doğrudur. Yeri gelmişken, bir itaatkâr için doğru tavrı takındığın tek yer oyun odası. Üzerinde adam gibi kontrol kurmama izin verdiğin ve sana söyleneni yaptığın tek yer. Aklıma "ibret" kelimesi geliyor. Ve asla her yerini morartmayacağım, ben pembeyi hedefliyorum. Oyun odasının dışında bana kafa tutmanı seviyorum. Bu çok yeni ve tazeleyici bir tecrübe ve bunu değiştirmek istemem. Bu yüzden, evet, daha fazlası derken benden ne istediğini söyle. Zihnimi açık tutmaya çalışacak ve sana ihtiyaç duyduğun mesafeyi sağlamak için Georgia'da olduğun sürece senden uzak durmaya çabalayacağım. Bir sonraki e-postanı sabırsızlıkla bekliyorum.

Bu arada, keyfine bak. Ama çok fazla değil.

Christian Grey

CEO, Grey Şirketler Topluluğu

Lanet olsun. Okuldaymışız gibi, bir deneme yazmıştı *ve büyük kısmı iyiydi.* Mektubunu tekrar okurken, yüreğim ağzımdaydı ve geniş yatağa Mac'imi neredeyse kucaklayarak kıvrıldım. Anlaşmayı bir yıllık yapmak mı? Güç bendeydi! Tanrım, bunu düşünmem gerekecekti. Annem, *onu olduğu gibi ele al,* demişti. Beni kaybetmek istemiyordu. Bunu iki kez söylemişti. O da bu işin yürümesini istiyordu. *Ah, Christian, ben de!* Uzak durmak için çabalayacaktı. Bu uzak durmayı başaramayabileceği anlamına mı gelirdi? Birden öyle olduğunu umdum. Onu görmek istiyordum. Ayrılalı yirmi dört saatten az olmuştu ve onu dört gün daha göremeyeceğimi hatırlayarak onu ne kadar özlediğimi fark ettim. Ne kadar sevdiğimi.

"Ana, tatlım." Ses yumuşak ve sıcacıktı, sevgi ve geçmişte kalan günlerimin anılarıyla doluydu.

Nazik bir el yüzümü okşadı. Annem beni uyandırırken, göğsüme bastırdığım bilgisayarıma sıkıca sarılmıştım.

Alacakaranlığın açık pembe ışığında, uykumdan yüzeye çıkarken, yumuşak ve müzikli sesiyle, "Ana, tatlım," dedi.

"Merhaba, anne." Gülümseyerek gerindim.

"Otuz dakika sonra yemek için çıkıyoruz. Hâlâ gelmek istiyor musun?"

"Ah, evet, anne, elbette." Ne kadar uğraşsam da esnememi bastıramadım.

"Etkileyici bir teknoloji." Bilgisayarımı işaret ediyordu.

Ah, lanet olsun.

"Ah... bu mu?" Rahat ve şaşırmış gibi umursamaz bir tavır takınmaya çalıştım.

Annem fark edecek miydi acaba? Bir "erkek arkadaş" edinmemden bu yana daha kurnaz bir kadına dönüşmüştü sanki.

"Christian ödünç verdi. Sanırım bununla bir uzay aracına pilotluk yapabilirim, ama ben sadece e-posta ve internet için kullanıyorum."

Gerçekten, önemli değil. Annem beni şüpheyle süzerek yatağıma oturdu ve saçımı kulağımın arkasına itti.

"Sana e-posta göndermiş mi?"

Ah, çifte lanet olsun.

"Evet." Umursamazlığım etkisini gittikçe kaybederken kızardım.

"Belki de seni özlüyordur, hımm?"

"Umarım öyledir, anne."

"Ne diyor?"

Ah üç kere lanet olsun. Çılgın gibi, e-postada anneme söyleyebileceğim, kabul edilebilir bir şey bulmaya çalışıyordum. Hâkimler, el ayak bağlamalar ve ağız tıkama hakkında bir şey duymak istemediğinden emindim, ama zaten anlatamazdım da, çünkü gizlilik anlaşması vardı.

"Keyfime bakmamı, ama çok da abartmamamı söylemiş."

"Kulağa mantıklı geliyor. Seni bırakayım, hazırlan." Öne eğilip alnımı öptü. "Burada olmana çok seviniyorum, Ana. Seni görmek harika." Ve bu sevgi ilanının ardından odadan çıktı.

Hımm, Christian ve mantıklı... Birbirini dışladıklarını düşündüğüm iki kavramdı ama bu e-postadan sonra, belki de her şey mümkündü. Kafamı salladım. Sözlerini sindirmek için zamana ihtiyacım olacaktı. Büyük olasılıkla akşam yemeğinden sonra ona cevap yazabilirdim. Yataktan inip tişörtümü ve şortumu üzerimden sıyırarak duşa yöneldim.

Kate'in, mezuniyetimde de giydiğim gri, boyundan bağlı, sırtı açık elbisesini yanımda getirmiştim. Yanımdaki tek şık parça oydu. Sıcaklığın iyi yanı, kırışıkların açılmış olmasıydı; sanırım golf kulübünde idare edebilirdi. Giyinirken bilgisayarı açtım. Chrisian'dan yeni bir şey yoktu. Bozulmuştum. Çok hızlı bir e-posta yazdım.

Kimden: Anastasia Steele

Konu: Laf ebesi?

Tarih: 31 Mayıs 2011 19:08 Yerel Saat

Kime: Christian Grey

Efendim, ne geveze bir yazarsınız! Bob'un golf kulübüne akşam yemeğine gitmeliyim ve sırf bilin diye söylüyorum, düşüncesi bile gözlerimi devirmem için yeterli. Ama siz ve kaşınan avucunuz benden çok uzakta olduğunuz için popom güvende. Şimdilik. E-postanıza bayıldım. İlk fırsatta cevaplayacağım. Sizi şimdiden özledim. Öğleden sonranın tadını çıkarın.

Ana'nız

Kimden: Christian Grey

Konu: Popon

Tarih: 31 Mayıs 2011 16:10

Kime: Anastasia Steele

Sevgili Bayan Steele,

Bu e-postanın konusu dikkatimi dağıttı. Güvende olduğunu –şimdilik– söylemeye gerek yok.

Akşam yemeğinin tadını çıkar; ben de seni özledim. Özellikle poponu ve çok bilmişliğini.

Öğleden sonram sıkıcı olacak, sadece senin ve gözlerini devirmenin düşüncesiyle aydınlanacak. Sanırım, makul bir şekilde, benim de aynı kötü alışkanlıktan muzdarip olduğumu sen söylemiştin.

Christian Grey
CEO & Göz Devirici,
Grey Şirketler Topluluğu

Kimden: Anastasia Steele
Konu: Göz Devirme
Tarih: 31 Mayıs 2011 19:14 Yerel Saat
Kime: Christian Grey

Sevgili Bay Grey,
Bana e-posta göndermeye son verin. Akşam yemeği için hazırlanmaya çalışıyorum. Kıtanın diğer ucundayken bile fazlasıyla dikkat dağıtıcısınız. Ve evet, siz gözlerinizi devirdiğinizde sizi kim patakliyor?

Ana'nız

"Gönder"e tıkladim ve aynı anda zihnimde, o kötü kalpli cadı Bayan Robinson'ın görüntüsü belirdi. Gözümde canlandıramıyordum. Christian'ın annem yaşında biri tarafından dövülmesi çok yanlıştı, o kadar. Bir kez daha bunun onda nasıl bir hasar bıraktığını merak ettim. Ağzım dümdüz bir çizgi halini almıştı. İğne saplamak için bir bez bebeğe ihtiyacım vardı; belki o zaman bu yabancıya hissettiğim öfkenin bir kısmını boşaltabilirdim.

Kimden: Christian Grey

Konu: Popon

Tarih: 31 Mayıs 2011 16:18

Kime: Anastasia Steele

Sevgili Bayan Steele,

Ben hâlâ kendi konu başlığımı sizinkine –çok çeşitli açılardan– tercih ediyorum. Kendi kaderimin efendisi olmam ve beni kimsenin cezalandırmaması büyük şans. Elbette, zaman zaman annem ve Dr. Flynn dışında. Ve de sen.

Christian Grey

CEO, Grey Şirketler Topluluğu

Kimden: Anastasia Steele

Konu: Cezalandırmak mı… Ben mi?

Tarih: 31 Mayıs 2011 19:22 Yerel Saat

Kime: Christian Grey

Sevgili Efendim,

Ben sizi cezalandırma cüretini ne zaman gösterdim, Bay Grey? Sanırım beni başka biriyle karıştırıyorsunuz… ki bu, endişe verici. Gerçekten hazırlanmalıyım.

Ana'nız

Kimden: Christian Grey

Konu: Popon

Tarih: 31 Mayıs 2011 16:25

Kime: Anastasia Steele

Sevgili Bayan Steele,

Yazarken her zaman cezalandırıyorsunuz. Fermuarınızı ben çekebilir miyim?

Christian Grey

CEO, Grey Şirketler Topluluğu

Bilinmeyen bir nedenden ötürü, sözleri ekrandan fırlayıp iç geçirmeme neden oldular. Ah... Demek oynamak istiyordu.

Kimden: Anastasia Steele

Konu: 18 üstü

Tarih: 31 Mayıs 2011 19:28 Yerel Saat

Kime: Christian Grey

Ben fermuarı açmanızı tercih ederim.

Kimden: Christian Grey

Konu: Tuttuğun dileğe dikkat et...

Tarih: 31 Mayıs 2011 16:31

Kime: Anastasia Steele

BEN DE ÖYLE.

Christian Grey

CEO, Grey Şirketler Topluluğu

Kimden: Anastasia Steele

Konu: Nefes nefese

Tarih: 31 Mayıs 2011 19:33 Yerel Saat

Kime: Christian Grey

Ağır ağır…

Kimden: Christian Grey
Konu: İnliyor
Tarih: 31 Mayıs 2011 16:35
Kime: Anastasia Steele

Keşke orada olsaydım.

Christian Grey
CEO, Grey Şirketler Topluluğu

Kimden: Anastasia Steele
Konu: İnliyor
Tarih: 31 Mayıs 2011 19:37 Yerel Saat
Kime: Christian Grey

BEN DE ÖYLE

Annem, "Ana!" diye seslenerek beni yerimden sıçrattı.

Lanet. Neden kendimi bu kadar suçlu hissediyordum ki? "Hemen geliyorum, anne."

Kimden: Anastasia Steele
Konu: İnliyor
Tarih: 31 Mayıs 2011 19:39 Yerel Saat

Kime: Christian Grey

Gitmeliyim.

Hadi kaçtım, bebek.

Kendimi koridora attım. Bob ve annem beni bekliyorlardı. Annemin kaşları çatıldı.

"Hayatım, sen iyi misin? Yanakların al al olmuş."

"Anne, ben iyiyim."

"Çok hoş görünüyorsun, hayatım."

"Ah, bu, Kate'in elbisesi. Hoşuna gitti mi?"

Kaşları daha da çatıldı.

"Neden Kate'in elbisesini giyiyorsun?"

Ah... hayır.

"Şey... ben bu elbiseyi seviyorum ama o sevmiyor," diye uydurdum.

Bob perişan ve aç haliyle etrafına sabırsızlık yayarken annem bana aksi bir bakış attı.

"Yarın seni alışverişe götürüyorum," dedi.

"Ah, anne, bunu yapmana gerek yok. Bir yığın kıyafetim var."

"Kızım için bir şey yapamaz mıyım? Haydi, Bob açlıktan ölüyor."

Bob midesini sıvazlayarak ve yapay bir acı çeker ifade takınarak, "Çok doğru," diye inledi.

O gözlerini devirirken ben kıkırdadım ve kapıdan çıktık.

Daha sonra, duşta, ılık suyun altında gevşerken, annemin ne kadar değiştiğini düşündüm. Onu akşam yemeğinde görünce, tam olması gereken yerde olduğunu düşünmüştüm: komikti, işveliydi ve golf kulübünde bir yığın arkadaşın arasındaydı. Bob da sıcak ve ilgiliydi... Birbirlerine çok uygun görünüyorlardı. Annemin adına gerçekten sevinmiştim. Artık onun için endişelenmekten, kararlarından şüphelenmekten vazgeçebilir ve Üç Numaralı Koca'nın sebep olduğu karanlık günleri ikimiz adına da geride bırakabilirdim. Bob koruyucu bir adamdı. Ve annem bana yerinde akıllar veriyordu. *Bu ne zaman başladı?* Christian'la tanıştığımda. *Ama neden?*

İşim bitince, bir an önce Christian'a dönme heyecanıyla, hızla kurulandım. Beni bekleyen bir e-posta vardı. Birkaç saat önce, akşam yemeği için çıkmamdan hemen sonra yazılmıştı.

Kimden: Christian Grey

Konu: Eser Hırsızlığı

Tarih: 31 Mayıs 2011 16:41

Kime: Anastasia Steele

Repliğimi çalmışsın.

Ve beni askıda bıraktın.

Yemeğin tadını çıkar.

Christian Grey

CEO, Grey Şirketler Topluluğu

Kimden: Anastasia Steele

Konu: Bana hırsız diyene bak

Tarih: 31 Mayıs 2011 22:18 Yerel Saat

Kime: Christian Grey

Efendim, sanırım bunun orijinal olarak Elliot'a ait bir replik olduğunu siz de hatırlayacaksınızdır.

Nasıl askıda?

Ana'n

Kimden: Christian Grey

Konu: Yarım Kalan İş

Tarih: 31 Mayıs 2011 19:22

Kime: Anastasia Steele

Bayan Steele,

Dönmüşsünüz. Gidişiniz o kadar ani oldu ki. Tam işler ilginç bir hal alırken.

Elliot çok orijinal biri değildir. Bu repliği de bir yerlerden çalmış olmalı. Yemek nasıldı?

Christian Grey

CEO, Grey Şirketler Topluluğu

Kimden: Anastasia Steele

Konu: Yarım Kalan İş mi?

Tarih: 31 Mayıs 2011 22:26 Yerel Saat

Kime: Christian Grey

Akşam yemeği doyurucuydu. Gereğinden fazla yediğimi duymak hoşuna gidecektir.

İlginç bir hal mi alıyordu? Nasıl?

Kimden: Christian Grey

Konu: Evet, Yarım Kalan İş

Tarih: 31 Mayıs 2011 19:30

Kime: Anastasia Steele

Kasten mi kalın kafalılık ediyorsun? Sanırım benden elbisenin fermuarını indirmemi istemiştin.

Ve ben de bunu yapmak için sabırsızlanıyordum. Bir şeyler yediğini duyduğuma da memnun oldum.

Christian Grey
CEO, Grey Şirketler Topluluğu

Kimden: Anastasia Steele

Konu: Pekâlâ... Hafta Sonuna Az Kaldı

Tarih: 31 Mayıs 2011 22:36 Yerel Saat

Kime: Christian Grey

Elbette yiyorum... Beni yemekten soğutan tek şey senin yanında hissettiğim belirsizliktir.
Ve hiçbir zaman farkında olmadan kalın kafalılık etmem, Bay Grey.

Herhalde bunu çoktan anlamışsınızdır. ;)

Kimden: Christian Grey

Konu: Sabırsızlanıyorum

Tarih: 31 Mayıs 2011 19:40

Kime: Anastasia Steele

Bunu aklımda tutarım, Bayan Steele ve hiç şüphesiz bu bilgiyi kendi lehime kullanacağım.

Sizi yemekten soğuttuğumu duyduğuma üzüldüm. Üzerinizde daha kösnül bir etkim olduğunu sanıyordum. Tecrübem buydu ve aynı zamanda olabilecek en keyifli tecrübeydi.

Bir dahaki seferi sabırsızlıkla bekliyorum.

Christian Grey
CEO, Grey Şirketler Topluluğu

Kimden: Anastasia Steele
Konu: Jimnastik Dilbilimi
Tarih: 31 Mayıs 2011 22:36 Yerel Saat
Kime: Christian Grey

Yoksa yine eş anlamlılar sözlüğüyle mi oynuyorsunuz?

Kimden: Christian Grey
Konu: Gümbürdemek
Tarih: 31 Mayıs 2011 19:40
Kime: Anastasia Steele

Beni çok iyi tanıyorsunuz, Bayan Steele.

Eski bir arkadaşla yemek yiyeceğim, bu yüzden araba kullanıyor olacağım.

Hadi kaçtım, bebek.©

Christian Grey
CEO, Grey Şirketler Topluluğu

Hangi eski arkadaş? Christian'ın hiç eski arkadaşı olduğunu sanmıyordum... O kadının dışında. Ekrana kaşlarımı çatarak baktım. Neden onu görmeye devam etmek zorundaydı sanki? İçimde beklenmedik bir şekilde yakıcı, yeşil ve saframsı bir kıskançlık akmaya başladı. Bir şeye vurmak istiyordum; Bayan Robinson öncelikli tercihimdi. Öfkeyle bilgisayarı kapatıp yatağıma tırmandım.

Bu sabahki uzun e-postasına gerçekten cevap vermem gerekiyordu, ama birden çok öfkelenmiştim. Onu neden gerçek yüzüyle –çocuk tacizcisi olarak– göremiyordu? Işığı kapattım ve öfkeden köpürerek, gözlerimi karanlığa dikip yattım. Buna nasıl cüret edebilmişti? Savunmasız bir ergeni nasıl gözüne kestirebilmişti? Hâlâ yapıyor muydu acaba? Neden son vermişlerdi? Zihnimde sayısız senaryo dönüyordu. Madem Christian ona doymuştu, o zaman neden onunla hâlâ arkadaşlık ediyordu? O demişken, kadın evli miydi acaba? Ya da boşanmış? Tanrı aşkına, çocuğu var mıydı ki? *Christian'la çocukları olmuş olabilir miydi?* Bilinçaltım çirkin kafasını kaldırmış pis pis sırıtıyordu ve bu düşünce karşısında hem şaşırmış hem tiksinmiştim. Dr. Flynn'in ondan haberi var mıydı acaba?

Yataktan debelenerek çıktım ve bilgisayarı tekrar açtım. Bir görevim vardı. Mavi ekranın belirmesini parmaklarımı sabırsızca vurarak bekledim. Google görsellere tıkladım ve arama motoruna "Christian Grey" yazdım. Ekran birden Christian'ın görüntüleriyle doldu: smokinli, takım elbiseli, Tanrım, José'nin Heathman'da beyaz gömlek ve keten pantolonla çektiği fotoğraflar. internete nasıl düşmüşlerdi? Tanrım, çok iyi görünüyordu.

Hızlı hızlı devam ettim. İş ortaklarıyla birkaç fotoğraf, sonra da yakından tanıdığım en fotojenik adamın peş peşe muhteşem fotoğrafları. *Yakından mı? Christian'ı yakından tanıyor muydum?* Onu cinsel anlamda tanıyordum ve orada daha keşfedilecek çok şey olduğunun farkındaydım. Değişken, zor, komik, soğuk, sıcak olduğunu biliyordum. *Tanrım...* Adam ayaklı bir çelişkiler yumağıydı. Bir sonraki sayfaya tıkladım. Kate'in geylikle ilgisi sorusunun çıkış noktası olarak, Christian'ın yanında bir kız arkadaşın olduğu bir fotoğrafını bulamadığından bahsettiğini hatırladım. Sonra üçüncü sayfada, benim onunla bir fotoğrafım vardı. Mezuniyetten. Bir kadınla fotoğrafı vardı. Ve o kadın bendim.

Tanrı aşkına! Google'daydım. İkimizin haline baktım. Kamera yüzünden şaşkın, gergin ve hazırlıksız yakalanmış görünüyordum. Denemeyi kabul etmemden hemen önceydi. Christian ise inanılmaz derecede yakışıklı, sakin ve kontrollü görünüyordu; boynunda o kravat vardı. Ona baktım, öylesine güzel bir yüz, şu anda Bayan Lanet Olası Robinson'a bakıyor olması olası güzel bir yüz. Fotoğrafı favorilerime kaydettim ve arama sonuçlarının geri kalan on sekiz sayfasını tek tek tıkladım. Bayan Robinson'ı Google'da bulamayacaktım. Ama onunla olup olmadığını bilmem gerekiyordu. Christian'a hızlı bir e-posta yazdım.

Kimden: Anastasia Steele

Konu: Uygun Yemek Refakatçileri

Tarih: 31 Mayıs 2011 23:58 Yerel Saat

Kime: Christian Grey

Umarım siz ve arkadaşınız hoş bir yemek yemişsinizdir.

Ana

Not: Bayan Robinson muydu?

"Gönder"e bastım ve Christian'a o kadınla ilişkisini sormayı kafaya koyarak umutsuzluk içinde yatağıma tırmandım. Bir yanım daha fazlasını öğrenmek için can atıyor, diğer yanımsa bana söylediğini bile unutmak istiyordu. Ve reglim başlamıştı; bu yüzden sabah hapımı almayı unutmamam gerekiyordu. Hemen BlackBerry'min takvimine bir uyandırma ayarladım. BlackBerry'yi başucu komodinime bırakıp yatağıma uzandım ve bir süre sonra, yirmi beş bin mil uzakta değil, aynı şehirde olmuş olmayı dileyerek huzursuz bir uykuya daldım.

Alışverişte geçen bir sabah ve kumsalda geçen bir öğleden sonranın ardından annem akşamı barda geçirmemize karar vermişti. Bob'u TV'yle baş başa bıraktık ve kendimizi Savannah'ın en seçkin otelinde, üst düzey bir barda bulduk. İkinci Cosmopolitan'ımı yudumluyordum. Annemse üçüncüye geçmişti. Kırılgan erkek egosu hakkında yeni bilgiler sunuyordu. Çok endişe vericiydi.

"Görüyorsun ya, Ana, erkekler bir kadının ağzından çıkan her şeyin çözülmesi gereken bir sorun olduğunu düşünürler. Ortaya atıp üzerinde bir süre konuştuktan sonra unutmak isteyeceğimiz, muğlak bir fikir değil. Erkekler eylemi tercih ederler."

Kızgınlığımı saklamayı başaramayarak, "Anne, bana bunu neden anlatıyorsun?" diye sordum. Bütün günü böyle geçirmişti.

"Hayatım, o kadar kaybolmuş görünüyorsun ki. Eve bir tek erkek arkadaş getirmedin. Hatta Vegas'tayken bir tane bile erkek arkadaşın olmadı. Üniversitede tanıştığın şu çocukla, José'yle aranızda bir şeyler olur sanmıştım."

"Anne, José sadece bir arkadaş."

"Biliyorum, tatlım. Ama bir şeyler oluyor ve senin bana her şeyi söylediğini sanmıyorum." Bana bakarken yüzünü annelere özgü kaygı bürümüştü.

"Düşüncelerimi düzene koymak için, Christian'dan biraz uzaklaşmam gerekiyordu... Hepsi bu. Beni fena halde etki altına almaya meyilli."

"Etki altına almak?"

"Evet. Gerçi onu özlüyorum da." Kaşlarımı çattım.

Gün boyunca Christian'dan haber almamıştım. Ne bir e-posta ne başka bir şey. İçimden, iyi olup olmadığını öğrenmek için aramak geçiyordu. En büyük korkum, bir araba kazası geçirmiş olmasıydı, ikinci en kötü korkumsa Bayan Robinson'ın kötücül pençelerini ona tekrar geçirmiş olması. Mantıksız olduğunu biliyordum, ama o kadın söz konusu olunca, bütün bakış açımı kaybeder gibiydim.

"Tatlım, tuvalete gitmem gerek."

Annemin kısa süreli yokluğu BlackBerry'mi kontrol etmem için fırsat oldu. Bütün gün e-postamı gizli gizli kontrol etmeye çalışmıştım. Nihayet, Christian'dan bir yanıt!

Kimden: Christian Grey

Konu: Akşam Yemeği Refakatçileri

Tarih: 1 Haziran 2011 21:40 Yerel Saat

Kime: Anastasia Steele

Evet, Bayan Robinson'la yemek yedim. O sadece eski bir arkadaş, Anastasia.

Seni tekrar görmek için sabırsızlanıyorum. Seni özledim.

Christian Grey
CEO, Grey Şirketler Topluluğu

Onunla yemek yiyordu demek. Adrenalin ve öfke bedenimde cirit atıyordu. En kötü korkularım gerçeğe dönüşmüştü. Bunu nasıl yapabilmişti? İki günlüğüne uzaklaşmıştım ve o anında o kötü kalpli kaltağa koşmuştu.

Kimden: Anastasia Steele

Konu: YAŞLI Akşam Yemeği Refakatçileri.

Tarih: 1 Haziran 2011 21:42 Yerel Saat

Kime: Christian Grey

O sadece eski bir arkadaş değil.

Dişlerini geçirecek yeni bir ergen delikanlı bulmuş mu?

Sen onun için çok mu yaşlandın yoksa?

İlişkinizin bitme nedeni bu muydu?

Annem gelirken "gönder" tuşuna bastım.

"Ana, rengin atmış. Ne oldu?"

Başımı salladım.

İnatla, "Hiçbir şey," diye mırıldandım. "Birer içki daha içelim."

Alnını kırıştırdı, ama kafasını kaldırdı ve garsonlardan birinin dikkatini çekip kadehlerimizi işaret etti. Garson başını eğdi. Evrensel, "Birer tane daha, lütfen," mesajını almıştı. Annem bunu yaparken, ben aceleyle BlackBerry'me baktım.

Kimden: Christian Grey

Konu: Dikkatli...

Tarih: 1 Haziran 2011 21:45 Yerel Saat

Kime: Anastasia Steele

Bu e-posta üzerinden tartışmak isteyeceğim bir konu değil.

Daha kaç tane Cosmopolitan içeceksin?

Christian Grey
CEO Grey Şirketler Topluluğu

Siktir. Burada.

BÖLÜM YİRMİ ÜÇ

Barda etrafıma bakındım, ama onu göremedim.

"Ana, neyin var? Hayalet görmüş gibisin."

"Christian, o burada."

"Ne? Gerçekten mi?" Annem de çevresine bakındı.

Anneme Christian'ın sapık takipçi eğilimlerinden bahsetmeyi atlamıştım.

Onu gördüm. Yüreğim yerinden oynadı ve Christian bize doğru yaklaşırken, gergin bir gümbürtü tutturdu. *Gerçekten burada... benim için.* İçimdeki tanrıça tezahüratlarla yerinden fırladı. Kalabalığın arasından kayarcasına ilerlerken, saçları tavana gömülü halojenlerin altında ışıltılı bir bakır kızılla kıvılcımlanıyordu. Parlak gri gözlerinde dans eden neydi... Öfke? Gerilim? Ağzı düz bir çizgi şeklinde, çenesi gergindi. *Ah, lanet olsun... Hayır.* Ona bu kadar öfkeliyken, buradaydı. Annemin önünde ona öfkemi nasıl gösterebilirdim ki?

Masamıza ulaştı ve bana temkinli bir bakış gönderdi. Her zamanki keten gömlek, kot pantolon ikilisini giymişti.

Onu etten kemikten karşımda bulmanın şok ve şaşkınlığıyla, "Merhaba," dedim.

"Merhaba," diye cevapladı ve eğilip yanağımı öperek beni iyice şaşırttı.

"Christian, annem, Carla."

Kökleşmiş nezaketim baskın gelmişti.

Annemi selamlamak için döndü. "Bayan Adams, tanıştığımıza çok memnun oldum."

Adını nereden biliyordu? Anneme o yürek hoplatan, Christian Grey patentli, tam yol, insaf nedir bilmeyen gülümsemesini gönderdi. Annemin hiç şansı yoktu. Alt çenesi neredeyse masaya çarpacaktı. *Tanrım, anne, kendine gel.* Christian'ın uzattığı eli tuttu, el sıkıştılar. Annem cevap vermemişti. Ah, tamamen afallama, nutku tutulma hali genetikti; bunu bilmiyordum.

Annem en sonunda, nefesi kesilmiş gibi, "Christian," demeyi başardı.

Christian ona bilmiş bir gülümseme ve gri gözlerinde ışıltıyla bakıyordu. Her ikisine de gözlerimi kıstım.

"Burada ne arıyorsun?" Sorum kulağa niyet ettiğimden daha nazik geliyordu. Christian'ın gülümsemesi yerini korunaklı ifadesine bıraktı. Onu gördüğüme çok sevinmiştim, ama tamamen hazırlıksız yakalanmıştım. Üstelik Bayan Robinson konusundaki öfkem, damarlarımda dolaşıyordu. Ona bağırmak mı istiyordum yoksa kollarına atılmak mı bilemiyordum –ama sanırım her ikisinden de hoşlanmazdı– ve bizi ne zamandır izlediğini öğrenmek istiyordum. Ayrıca, biraz önce gönderdiğim e-posta konusunda da biraz gergindim.

"Elbette, seni görmeye geldim." Bana ifadesiz gözlerle bakıyordu. Ah, kim bilir ne düşünüyordu? "Bu otelde kalıyorum."

"Burada mı kalıyorsun?" Sesim amfetamin alan bir ikinci sınıf öğrencisi gibi, kendi kulaklarım için bile fazla tiz çıkmıştı.

"Dün burada olmamı dilediğini söyledin." Tepkimi ölçmeye çalışarak durdu. "Amacımız zevk vermek, Bayan Steele." Mizahtan eser taşımayan sesi sakindi.

Lanet olsun, kızgın mıydı? Belki Bayan Robinson yorumları yüzündendi. Ya da üçüncü –birazdan dördüncü– Cosmo'mu içiyor olmamdan. Annem kaygıyla ikimize bakıyordu.

"Bizimle bir içki içmez misin, Christian?" Bir nanosaniyede yanında biten garsona işaret etti.

"Bir cin tonik alayım," dedi. Christian. "Hendricks varsa ya da Bombay Sapphire. Hendricks ise salatalıkla, Bombay ise limonla."

Tanrım... Sadece Christian içki ısmarlama işini böyle dallanıp budaklandırabilirdi.

Christian'a kaygıyla bakarak, "Ve iki Cosmo daha lütfen," diye ekledim. Annemle içki içiyordum, buna kızması imkânsızdı.

"Lütfen bir sandalye çek, Christian."

"Teşekkürler, Bayan Adams."

Christian yakındaki bir sandalyeyi çekti ve zarif bir hareketle yanıma oturdu.

Sesimin rahatlığını korumak için büyük bir çaba harcayarak, "Demek tesadüfen bizim içki içtiğimiz otelde kalıyorsun?" diye sordum.

"Ya da siz tesadüfen benim kaldığım otelde içki içiyorsunuz," diye yanıtladı. "Akşam yemeğimi biraz önce bitirdim, buraya geldim ve sizi gördüm. Son e-postan yüzünden aklım dağılmışken kafamı kaldırıp seni gördüm. Büyük bir tesadüf değil mi?" Başını yana eğince, bir gülümseme görür gibi oldum. *Tanrı'ya şükür*. Sonuçta akşamı kurtarabilirdik.

"Annemle bu sabah alışveriş yaptık, öğleden sonra da kumsaldaydık." Ona bir açıklama borçlu olduğumu hissederek, "Akşam da birkaç kokteyl içmeye karar verdik," diye mırıldandım.

"Bu bluzu bugün mü aldınız?" Başıyla yeni yeşil ipek bluzumu işaret ediyordu. "Bu renk sana çok yakışmış, Ana. Hem biraz güneşlenmişsin de. Çok hoş görünüyorsun."

İltifatı karşısında ne diyeceğimi bilemeyerek kızardım.

"Pekâlâ, yarın seni ziyarete gelecektim, ama işte, buradasın."

Uzanıp elimi tuttu ve usulca sıkarken, başparmağını öne arkaya, parmak boğumlarımın üstünde dolaştırdı. Ve yine o tanıdık çekimi hissettim. Başparmağının yumuşak baskısıyla tenimin altında bir elektriklenme oluyor, damarlarımda dolaşıp bedenimin dört bir yanında atarak yolundaki her şeyi ısıtıyordu. Onu görmeyeli iki günden çok olmuştu. *Ah Tanrım*... Onu istiyordum. Nefesim tekledi. Ona gözlerimi kırpıştırarak utangaç bir gülümsemeyle baktım ve dudaklarında bir gülümsemenin oynaştığını gördüm.

"Sana sürpriz yaparım diye düşünmüştüm. Ama her zamanki gibi, sen burada olarak beni şaşırttın, Ana."

Gözlerini Christian'dan ayırmayan anneme hızlı bir bakış attım... evet, gözlerini Christian'a sabitlemişti. *Kes şunu, Anne.* Daha önce görülmemiş egzotik bir yaratığa bakar gibi bakıyordu. Demek istediğim, daha önce hiç erkek arkadaşım olmadığını biliyordum, ama bir adamı cezbedebilmem bu kadar mı inanılmazdı? Bu adamı? Bilinçaltım, *Evet, dürüst olalım, ona bir baksana,* diye çıkıştı. *Ah, kapa çeneni! Seni partiye davet eden kim?* Anneme yüzümü buruşturdum, ama fark etmişe benzemiyordu.

Christian samimiyetle, "Annenle geçirdiğiniz zamanı bölmek istemem. Hızlı bir içki içip odama çekileceğim. Yapmam gereken işler var," dedi.

Annem sesini nihayet bularak, "Christian, sonunda seninle tanışmak çok hoş," diye araya girdi. "Ana senden sevgiyle bahsetti."

Christian anneme gülümsedi. "Gerçekten mi?" Sonra yüzünde muzip bir ifadeyle bana kaşını kaldırdı ve bir kez daha kırmızıya döndüm.

Garson içkilerimizle geldi.

Zafer kazanmış gibi gösterişli hareketler eşliğinde, "Hendricks, efendim," dedi.

Christian, "Teşekkürler," diye mırıldandı.

Son Cosmo'mdan gergin bir yudum aldım.

Annem, "Georgia'da ne kadar kalacaksın, Christian?" diye sordu.

"Cumaya kadar, Bayan Adams."

"Yarın akşam bizimle yemek yer misin? Ve lütfen bana Carla de."

"Çok sevinirim, Carla."

"Harika. Şimdi izninizle, lavaboyu ziyaret etmem gerek."

Anne... daha yeni gittin. Ayağa kalkıp bizi baş başa bırakmak üzere uzaklaşırken, ona umutsuz gözlerle baktım.

"Demek eski bir arkadaşımla yemek yedim diye bana kızgınsın." Christian yakıcı ve tedbirli bakışlarını bana çevirirken, elimi dudaklarına götürüp bütün boğumları tek tek öpmeye başladı.

Tanrım, bunu şimdi mi yapmak istiyor?

Isınan kanım damarlarımda çağlarken, "Evet," diye mırıldandım.

"Cinsel ilişkimiz uzun zaman önceydi, Anastasia," diye fısıldadı. "Ben senden başka kimseyi istemiyorum. Bunu henüz anlamadın mı?"

Gözlerimi kırpıştırdım. "Onu bir çocuk tacizcisi olarak düşünüyorum, Christian." Tepkisini nefesimi tutarak bekledim.

Christian'ın rengi attı. "Çok yargılayıcı bir görüş. Öyle değildi," diye fısıldarken şoke olmuş gibiydi. Elimi bıraktı.

Yargılayıcı mı?

"Ah, öyleyse nasıldı?" diye sordum. Cosmolar beni cesur kılıyordu.

Şaşkın bir ifadeyle kaşlarını çattı. Sözlerimi sürdürdüm. "On beş yaşındaki savunmasız bir çocuktan yararlanmış. On beş yaşında bir kızın olsaydı ve Bayan Robinson kızını bir köle-efendi hayat tarzına ayartan bir Bay Robinson olsaydı memnun olur muydu? O kız Mia olsaydı mesela?"

İç geçirdi ve yüzünü buruşturdu. "Ana, öyle değildi."

Ona dik dik bakıyordum.

Sözlerini, "Tamam, bana öyle gelmedi," diye sürdürdü. "Hayatımda olumlu bir güçtü. İhtiyaç duyduğum şeydi."

"Anlamıyorum." Şaşkın görünme sırası bendeydi.

"Anastasia, annen birazdan dönecek. Şu anda bunu konuşurken rahat değilim. Daha sonra, belki. Beni burada istemiyorsan, Hilton Head'de beklemede olan bir uçağım var. Gidebilirim."

Bana kızmıştı... *Hayır.*

"Hayır, gitme. Lütfen... Burada olmandan çok mutluyum. Sadece anlamanı sağlamaya çalışıyorum. Ben gider gitmez onunla yemek yemiş olmana kızgınım. José'nin yakınında olduğum zamanlarda ne hissettiğini bir düşün. José iyi bir arkadaş. Onunla hiç cinsel ilişkim olmadı. Oysa sen ve o..." Düşünceyi daha ileri taşımaya gönlüm razı gelmediği için sustum.

"Kıskandın mı?" Bana afallamış gibi baktı ve sonra gözleri ağır ağır yumuşayıp ısındı.

"Evet, sana yaptıkları için de kızgınım."

"Anastasia, o bana yardım etti. Bu konuda tek söyleyeceğim bu. Ve kıskançlığına gelince, kendini benim yerime koy. Son yedi yıldır hareketlerimi kimseye haklı göstermem gerekmedi. Tek bir kişiye bile. Ben istediğimi yaparım, Anastasia. Otonomimden memnunum. Bayan Robinson'ı seni üzmek için görmedim. Gittim; çünkü arada sırada birlikte bir akşam yemeği yeriz. O hem bir arkadaş hem de bir iş ortağı."

İş ortağı mı? Lanet olsun. İşte bunu bilmiyordum.

Gözlerini bana dikmiş ifademi tartmaya çalışıyordu. "Evet, iş ortağıyız. Aramızdaki ilişki çoktan bitti. Seneler oldu."

"İlişkiniz neden bitti?"

Ağzı gerildi, gözleri parladı. "Kocası öğrendi."

Lanet olsun.

"Bunu bir başka zaman, baş başa kalabileceğimiz bir yerde konuşabilir miyiz?" diye homurdandı.

"Beni onun bir tür pedofil olmadığına ikna edebileceğini sanmıyorum."

"Ben onu öyle düşünmüyorum. Hiçbir zaman da düşünmedim. Şimdi, artık yeter!" diye çıkıştı.

"Onu sevdin mi?"

"Nasıl gidiyor?" Annem ikimiz tarafından da fark edilmeden geri gelmişti.

Christian da ben de aceleyle ve suçlu bir tavırla arkamıza yaslanırken, yüzüme sahte bir gülümseme yapıştırdım. Annem bana bakıyordu.

"İyi, anne."

Christian içkisini yudumlarken, korunaklı bir ifadeyle beni süzüyordu. Ne düşünüyordu acaba? Onu sevmiş miydi? Sanırım eğer sevmişse aklımı kaybedecektim, hem de çok fena.

"Pekâlâ, bayanlar. Artık ikinizi baş başa bırakayım."

Hayır... Hayır... Beni böyle havada bırakamaz.

"Lütfen bu içkileri oda 612'ye, benim hesabıma yazdırın. Sabah seni ararım, Anastasia. Yarın görüşmek üzere, Carla."

"Ah, birinin tam adını kullandığını duymak ne güzel."

Christian annemin uzattığı eli sıkarken, "Güzel bir kız için güzel bir ad," diye mırıldandı; annem gerçekten pişmiş kelle gibi sırıtıyordu.

Ah, anne, sen de mi Brütüs? Ayağa kalktım ve Christian'a sorumu yanıtlaması için yalvarır gibi baktım. Yanağıma masum bir öpücük kondurdu.

Kulağıma, "Hadi kaçtım, bebek," dedi ve gitti.

Kahrolası kontrol manyağı piç. Öfkem tam gaz geri dönmüştü. Sandalyeme çöktüm ve anneme döndüm.

"Tanrım, çok şaşırdım, Ana. Harika bir adam. Gerçi ikinizin arasında neler olduğunu anlayabilmiş değilim. Sanırım birbirinizle konuşmanız gerek. Vay, buradaki cinsel gerilim dayanılmaz." Dramatik bir tavırla kendini yelpazeliyordu.

"ANNE!"

"Git, konuş onunla."

"Yapamam. Buraya seni görmeye geldim."

"Ana, buraya o çocuk yüzünden kafan karışık olduğu için geldin. İkinizin birbirinize deli olduğunuz ortada. Onunla konuşmalısın. Seni görmek için üç bin mil uçmuş, Tanrı aşkına. Ve uçmanın berbat bir şey olduğunu bilirsin."

Kızardım. Ona Christian'ın özel uçağından bahsetmemiştim.

"Ne?" diye çıkıştı.

Utana sıkıla, "Kendine ait bir uçağı var," diye geveledim. "Ve ayrıca, sadece iki bin beş yüz mil, anne."

Neden utanıyorum ki? Annem kaşlarını kaldırdı.

"Vay canına," diye mırıldandı. "Ana, aranızda bir şeyler oluyor. Buraya geldiğinden beri anlam vermeye çalışıyorum. Ama her neyse, sorunu çözmenin tek yolu, onunla enine boyuna konuşman. İstediğin kadar kafa patlatabilirsin, ama konuşana kadar hiçbir yere varamazsın."

Anneme kaşlarımı çattım.

"Ana, tatlım her zaman her şeyi gereğinden fazla analiz etmeye meyilliydin. İç sesini dinle. Sana ne diyor, tatlım?"

Parmaklarıma baktım.

"Sanırım ona âşığım," diye mırıldandım.

"Biliyorum hayatım. Ve o da sana âşık."

"Hayır!"

"Evet, Ana. Lanet olsun, daha neye ihtiyacın var? Alnında yanıp sönen bir neon tabelasına mı?"

Anneme ağzım açık bakarken, gözpınarlarım yaşarmaya başlamıştı.

"Ana, tatlım, ağlama."

"Beni sevdiğini sanmıyorum."

"Ne kadar zengin olduğu umurumda değil, sadece bir akşamüstü çayı içmek için her şeyi bırakıp, özel uçağına atlayıp koca bir kıtanın diğer ucuna gitmezsin. Git ona! Burası çok güzel bir yer, çok da romantik. Ayrıca tarafsız bölge."

Annemin bakışları altında eziliyordum. Gitmeyi hem istiyor hem istemiyordum.

"Hayatım, benim için dönmek zorundaymışsın gibi hissetme. Ben mutlu olmanı istiyorum ve şu anda mutluluğunun anahtarının yukarıda, 612 no'lu odada olduğunu düşünüyorum. Daha sonra eve dönmek istersen, anahtar ön verandadaki yukka çiçeğinin altında. Eğer kalırsan da... Artık kocaman bir kızsın. Kendine dikkat et, yeter."

Bayrak kırmızısına dönmüştüm. *Tanrım, Anne.*

"Önce Cosmolarımızı bitirelim."

"İşte benim kızım." Annem sırıtıyordu.

612 no'lu odanın kapısını çekinerek tıklattım ve bekledim. Christian kapıyı açtı. Telefonla konuşuyordu. Bana tam bir şaşkınlıkla gözlerini kırpıştırdı. Sonra kapıyı iyice açıp içeri girmemi işaret etti.

"İhtiyaç fazlası bütün paketler sonuçlandırıldı mı?.. Ya maliyet?.." Christian bir ıslık çaldı. "Tanrım... pahalı bir hata olmuş... Ya Lucas?.."

Odada etrafıma bakındım. Heathman'daki gibi bir daireydi. Mobilyalar ultra modern ve fazlasıyla şimdiye aitti. Duvarlarda bronz yıldız yağmurlarıyla yumuşatılmış koyu morlar ve altın tonları vardı. Christian koyu ahşap bir üniteye yürüdü ve kapıyı açınca ortaya bir mini bar çıktı. İstediğimi almam için işaret etti, sonra ağır adımlarla yatak odasına yürüdü. Konuşmanın devamını duymamı istemediği sonucuna vardım. Omuz silktim. Geçen sefer çalışma odasına girdiğimde, konuşmasını yarıda kesmemişti. Suyun sesini duydum. Küveti dolduruyordu. Kendime bir portakal suyu aldım. Odaya geri geldi.

"Andrea bana şemayı göndersin. Barney sorunu çözdüğünü söyledi..." Güldü. "Hayır, cuma... Burada ilgilendiğim bir arazi var... Evet, Bill'e arattır... Hayır, yarın... Buraya gelmemiz halinde, Georgia'nın neler sunacağını görmek istiyorum." Christian gözlerini benden ayırmıyordu. Bana bir bardak verdi ve buz kovasını işaret etti.

"Teşvikleri yeterince cazipse... Sanırım göz önünde bulundurmak iyi olabilir. Gerçi buradaki lanet olası sıcaktan hiç emin değilim... Detroit'in de kendine göre avantajları olduğuna katılıyorum; üstelik daha serin..." Yüzü bir an kararır gibi oldu. *Neden?* "Bill'e arattır. Yarın... Çok erken olmasın." Telefonu kapattı ve yüzünde anlaşılmaz bir ifadeyle bana baktı. Aramızda derin bir sessizlik oldu.

Pekâlâ... Konuşma sırası bendeydi.

"Sorumu cevaplamadın," diye mırıldandım.

"Hayır." dedi sakince. Gri gözleri iri ve temkinliydi.

"Hayır, sorumu cevaplamadın mı, yoksa, hayır onu sevmedin mi?"

Kollarını göğsünde kavuşturup duvara yaslanırken, dudaklarında küçük bir gülümseme belirmişti.

"Burada ne arıyorsun, Anastasia?"

"Söyledim ya."

Derin bir nefes aldı.

"Hayır, onu sevmedim." Bana hem eğlenir hem sorar gibi kaşlarını çattı.

Nefesimi tuttuğuma inanamıyordum. Nefesimi bırakırken, eski bez bir çanta gibi çöktüm. *Pekâlâ, Tanrı'ya şükürler olsun.* O cadıyı sevse ne hissederdim?

"Tam bir kıskanç tanrıçasın, Anastasia. Kimin aklına gelirdi?"

"Benimle alay mı ediyorsunuz, Bay Grey?"

"Seninle alay etmeye cüret etmem." Ağırbaşlı bir tavırla kafasını sallasa da gözlerinde muzip bir ışıltı vardı.

"Ah, bence edersin ve ediyorsun da... sık sık."

Ona, bana daha önce söylediği sözleri söylediğimi fark edince sırıttı. Gözleri koyuldu.

"Lütfen dudağını ısırmayı kes. Odamdasın, seni üç gündür görmüyorum ve seni görmek için çok uzun bir yoldan geldim." Sesi yumuşak ve şehvetli bir hale bürünmüştü.

BlackBerry'sinin titreşmesi ikimizin de dikkatini dağıttı ve Christian arayanın kim olduğuna bakmadan kapattı. Nefesim kesildi. Bu işin nereye gittiğini biliyordum, ama konuşmamız gerekiyordu. Seksi yırtıcı hayvan bakışıyla, bana bir adım yaklaştı.

"Seni istiyorum, Ana. Sen de beni istiyorsun. Bu yüzden buradasın."

Savunma olarak, "Gerçekten öğrenmek istedim," diye fısıldadım.

"Şey, artık öğrendiğine göre, geliyor musun, gidiyor musun?"

Karşıma dikilirken kıpkırmızı kesildim.

Ona endişeyle bakarak, "Geliyorum," dedim.

"Ah, öyle olduğunu umarım." Bana yukarıdan bakıyordu. "Bana çok kızmışsın," diye soludu.

"Evet."

"Ailem dışında kimsenin bana kızdığını hatırlamıyorum. Hoşuma gitti."

Parmak uçlarını yanağımda dolaştırdı. Ah Tanrım, bu yakınlığı, enfes Christian kokusu. Konuşuyor olmamız gerekiyordu, ama kalbim gümbür gümbür atıyor, kanım damarlarımda çağlıyor, arzu birikiyor, her yeri... kaplıyordu. Christian eğildi ve burnunu omzumdan kulağımın altına kadar sürtüp parmaklarını saçlarımın arasına kaydırdı.

"Konuşmalıyız," diye fısıldadım.

"Daha sonra."

"Söylemek istediğim çok şey var."

"Benim de."

Parmakları saçlarımı sıkıca kavrarken, kulak mememin hemen altına minik bir öpücük kondurdu. Saçımı arkaya çekerek, boynumu dudaklarına açtı. Dişleri çeneme sürtünerek kaydı ve boynumu öpmeye başladı.

"Seni istiyorum," diye soludu.

İnleyerek uzandım ve kollarını kavradım.

"Kanaman var mı?"

Lanet olsun. Gözünden kaçan hiçbir şey yok muydu?

Utanarak, "Evet," diye fısıldadım.

"Sancın var mı?"

"Hayır." Kızardım. *Tanrım...*

Durup bana baktı.

"Hapını aldın mı?"

"Evet." Daha ne kadar utandırıcı olabilirdi?

"Haydi, gidip banyo yapalım

Ah?

Beni elimden tutup yatak odasına götürdü. Ortada işlemeli örtülerle süslenmiş, dev bir yatak duruyordu. Ama orada durmadık. Beni cam göbeği ve beyaz kireç taşının hâkim olduğu, iki bölümden oluşan banyoya çekti. Çok büyüktü. İkinci odada, dört kişiyi içine alacak büyüklükte, basamaklarla inilen, gömme bir küvet vardı. Yavaş yavaş doluyordu. Köpüklerin üstü buharla kaplanmıştı. Banyonun dört bir yanını çevreleyen taş sırayı fark ettim. Bir yanda mumlar titreşiyordu. Vay canına, bütün bunları telefondayken yapmıştı demek.

"Tokan var mı?"

Gözlerimi kırpıştırarak kotumun cebine uzandım ve lastik bir toka çıkardım.

Usulca, "Saçlarını tepede topla," diye emretti. İsteğini yerine getirdim.

Küvetin yanı ılık ve boğucuydu ve bluzum üzerime yapışmaya başlamıştı. Christian eğilip musluğu kapattı. Beni yeniden banyoya girdiğimiz kısma çekti ve yüzlerimiz iki cam lavabonun üzerindeki duvar boyutlarındaki aynaya dönük halde, arkamda durdu.

"Sandaletlerini çıkar," diye mırıldandı ve ben derhal itaat edip sandaletlerimi kum taşı zemine bıraktım.

"Kollarını kaldır," diye soludu. Bana söyleneni yaptım ve askılı bluzumu üstümden çekip çıkarınca, karşısında üstüm çıplak halde kaldım. Gözlerini gözlerimden ayırmadan uzandı ve kot pantolonumun en üst düğmesini ve fermuarımı açtı.

"Sana banyoda sahip olacağım, Anastasia."

Eğilip boynumu öptü. Daha kolay ulaşabilmesi için başımı yana eğdi. Başparmaklarını kotumun kenarına takarak yavaşça bacaklarımdan aşağı kaydırıp pantolonumu ve iç çamaşırımı yere indirirken kendisi de arkamda yere çöktü.

"Pantolonunun içinden çık."

Lavabonun kenarına tutunarak dediğini yaptım. Artık çıplaktım, aynada kendime bakıyordum ve Christian arkamda dizlerinin üstündeydi. Popomu önce öptü, sonra usulca ısırarak iç geçirmeme neden oldu. Ayağa kalktı ve bana aynadan bir kez daha baktı. Doğal örtünme güdümü yok sayarak, kıpırdamamak için zor duruyordum. Elini belimden aşağı indirdi, neredeyse bir kalçamdan diğerine kadar uzanıyordu.

"Kendine bir bak. O kadar güzelsin ki," diye mırıldandı. "Ne hissettirdiğini gör." Ellerimi ellerinin içine alıp avuçlarını ellerimin üstüne bastırdı ve parmaklarını benimkilerin arasına geçirip iyice aralanmalarını sağladı. Ellerimi karnımın üstüne yerleştirdi. "Teninin ne kadar yumuşak olduğunu gör." Sesi yumuşak ve alçaktı. Ellerini, bir daire çizerek ağır ağır hareket ettirdikten sonra, yukarı, memelerime doğru kaydırdı. "Memelerinin ne kadar dolgun olduğunu hisset." Ellerimi memelerimi avuçlayacak şekilde tuttu. Parmaklarıyla meme uçlarımı tekrar tekrar okşadı.

Aralık dudaklarımın arasından inledim ve sırtımı, memelerim avuçlarımı dolduracak şekilde yay gibi gerdim. Meme uçlarımı başparmaklarımızın arasına sıkıştırdı, usulca çekip uzattı. Karşımda kıvranan şehvetli yaratığı büyülenerek izliyordum. *Ah, harika bir his.* Aynadaki seks düşkünü kadının kendi elleri –ve onun elleri– altında dağıldığını görmeyi daha fazla istemeyerek inledim ve gözlerimi yumdum. Tenimi tıpkı onun gibi hissediyor, sadece dokunuşu ve sakin, yumuşak emirlerinin ne kadar tahrik edici olduğunu tecrübe ediyordum.

"İşte böyle, bebek," diye mırıldandı.

Ellerimi vücudumun iki yanından kaydırıp belimden kalçalarıma, oradan kasık tüylerime götürdü. Bacağını aralarına itip bacaklarımı iyice araladı ve bir ritim oluşturarak, ellerimi sırayla cinsel organımın üstünden geçirdi. Çok erotikti. Gerçekten bir kuklaya dönmüştüm ve Christian da kukla ustasıydı.

Omzuma öpücükler ve yumuşak ısırıklar kondururken, "Işıltına bir bak, Anastasia," dedi. İnledim. Birden bıraktı.

"Geride durup beni izlerken, "Devam et," diye emretti.

Kendime dokunmaya başladım. Hayır, bunu onun yapmasını istiyordum. Aynı değildi. Onsuz kayıptım. Tişörtünü başından çekti ve hızla kot pantolonunu çıkardı.

"Benim yapmamı mı tercih ederdin?" Gözleri aynadan benimkileri âdeta yakıyordu.

"Ah, evet... lütfen," diye soludum.

Kollarını bir kez daha bana sardı ve elimi tutup cinsel organımın, klitorisimin üzerinde şehvetli okşayışını sürdürdü. Göğüs kılları beni okşuyor, sertleşen erkekliği arkama bastırıyordu. *Ah, hemen... lütfen.* Ense kökümü ısırdı ve sayısız hissin keyfini çıkararak gözlerimi yumdum. Ensem, kasıklarım, onu arkamda hissetmek... Aniden durdu, beni çevirdi, bileklerimi tek eliyle sarıp ellerimi arkamda esir alırken, diğer eliyle atkuyruğumu çekti. Ona büsbütün yaslanmıştım; beni vahşice öpüyor, ağzıyla ağzımı tahrip ediyordu. Beni olduğum yere sabitlemişti.

Nefesi kesik kesikti. Tıpkı benimki gibi.

Birden bana tepeden bakarak, "Reglin ne zaman başladı, Anastasia?" diye sordu.

Hayli tahrik olmuş halimle, "Şey... dün," diye mırıldandım.

"İyi." Beni bıraktı ve olduğum yerde çevirdi.

"Lavaboya tutun," diye emretti ve daha önce oyun odasında yaptığı gibi, kalçalarımı arkaya çekip eğilmemi sağladı.

Bacaklarımın arasına uzandı ve mavi ipi çekti. *Ne?!* Ve tamponumu yavaşça çıkarıp yakındaki klozete attı. *Siktir. Tanrı aşkına...* Ve sonra içimdeydi. Ah! Ten tene... Başlangıçta ağır ağır hareket ediyordu... Kolayca, beni sınayarak, iterek... *Ah, Tanrım...* Nefes nefese lavaboya tutunup kendimi ona bastırırken, onu içimde hissediyordum. Ah, bu tatlı eziyet. Elleri kalçalarımı kavrıyordu. Cezalandırırcasına bir ritim tutturmuştu. İçeri, dışarı... ve sonra uzanıp klitorisimi buldu ve beni okşamaya başladı. Ah Tanrım... Hızla boşalmaya yaklaştığımı hissedebiliyordum.

Kalçalarına açı verip kendini içime bastırırken, "İşte böyle, bebek," diye soludu ve bu, beni çok yükseklere uçurmak için yeterliydi.

Vay canına... Ve geldim... Gürültüyle ve orgazmımla helezonlar çizerek yere düşerken, lavaboya can havliyle tutunarak boşaldım. Her şey aynı anda hem fırıl fırıl dönüyor hem de kasılıyordu. Christian da peşimden geldi ve önü arkama yaslı halde, beni sımsıkı kavrayarak ve adımı bir ayin, bir dua gibi haykırarak doruğa ulaştı.

"Ah, Ana!" Kulağıma kesik kesik vuran nefesi benimkiyle kusursuz bir uyum içindeydi. "Ah, bebek, bir gün sana doyabilecek miyim?" diye fısıldadı.

Yavaşça yere indik ve beni kollarının arasına tutsak etti. Her zaman böyle mi olacaktı? Böyle baş döndürücü, tüketici, şaşırtıcı ve büyüleyici. Konuşmak istiyordum, ama tükenmiş, sevişmesiyle sersemlemiştim ve bir gün ona doyabilecek miyim diye merak ediyordum?

Başım göğsünde kucağına kıvrıldım; ikimiz de sakindik. Tatlı, baş döndürücü Christian kokusunu usulca içime çektim. *Burnumu sürtmemeliyim. Burnumu sürtmemeliyim.* Aksini yapmayı canım fena halde çekse de bu parolayı zihnimde tekrar edip duruyordum. Elimi kaldırmak ve parmak ucumla göğüs tüylerinin arasına desenler çizmek istiyordum. Ama bunu yapmamdan nefret edeceğini bildiğim için, direndim. İkimiz de sessizdik; kendi düşüncelerimize dalmıştık. Ben onun içinde kaybolmuştum. Kendimi onda kaybetmiştim.

Âdetimin sürdüğünü hatırladım.

"Kanıyorum," diye mırıldandım.

"Beni rahatsız etmiyor," diye soludu.

"Fark ettim." Sesimdeki kuruluğa mani olamamıştım.

Gerildi. Usulca, "Seni rahatsız ediyor mu?" diye sordu.

Beni rahatsız ediyor muydu? Belki de etmeliydi... Etmeli miydi? Hayır, etmiyordu. Arkama yaslanıp ona baktım. O da yumuşacık bulutlu gri gözleriyle, tepeden bana bakıyordu.

"Hayır, hiç etmiyor."

Sırıttı. "İyi. Haydi banyo yapalım."

Kolları çözüldü ve ayağa kalkarken beni yere bıraktı. O bunu yaparken, bir kez daha göğsündeki küçük, yuvarlak, beyaz yara izlerini fark ettim. Dalgın bir şekilde, bunlar suçiçeği izleri değil, diye düşündüm. Grace, Christian'ın neredeyse hiç etkilenmediğini söylemişti. Lanet olsun... Yanık izleri olmalıydı. Ne yanığı? Şok ve tiksintiyle sarsılırken, benzim atmıştı. Sigara? Bayan Robinson, biyolojik annesi, kim? Ona bunu kim yapmıştı? Belki akla yatkın bir açıklaması vardı ve ben aşırı tepki veriyordum. Göğsümde vahşi umut çiçekleriyle, yanıldığımı umdum.

Christian telaştan irileşmiş gözlerle, "Ne oldu?" diye sordu.

"Yara izlerin," diye fısıldadım. "Suçiçeğinden değil."

Bir saniyenin onda biri kadar bir sürede içine kapandığını, duruşunun sakin ve gevşemiş durumdan savunmacı hatta öfkeliye kaydığını fark ettim. Kaşları çatılmış, yüzü kararmıştı ve ağzı düz ve sert bir çizgiye dönüştü.

"Hayır, değiller," dedi, ama daha fazla detaya girmedi. Ayağa kalktı, elini uzatıp beni ayağa çekti.

"Bana öyle bakma." Elimi bırakırken sesi soğuk ve azarlar gibiydi.

Azar işitmenin sıkıntısıyla kızardım ve elime baktım. Birinin Christian'ın üzerinde sigara söndürdüğünü biliyordum. Midem bulanıyordu.

Kendimi tutamayarak, "Bunu o mu yaptı?" diye sordu.

Hiçbir şey söylemeyince, ona bakmaya mecbur kaldım. Bana dik dik bakıyordu.

"O? Bayan Robinson mu? O bir hayvan değil, Anastasia. Elbette o yapmadı. Onu neden şeytanlaştırmak zorunda hissettiğini anlamıyorum."

Karşımda muhteşem çıplaklığı ve üzerinde benim kanımla duruyordu ve nihayet bu konuşmayı yapıyorduk. Ve ben de çırılçıplaktım. İkimizin de –belki banyo küveti dışında– saklanacak bir yerimiz yoktu. Derin bir nefes alarak yanından geçtim ve suya adım attım. Tam kıvamında bir ısıda, rahatlatıcı ve derindi. Kokulu köpüklerin arasına karışıp, kabarcıkların arasına saklanarak ona baktım.

"Onunla hiç tanışmamış olsan nasıl biri olurdun, ben sadece bunu merak ediyorum. Seni şu... hayat tarzıyla tanıştırmamış olsa..."

İç geçirdi ve küvete girip karşıma oturdu. Çenesi gergin, gözleri buzluydu. Bedenini zarif hareketlerle suya daldırırken, bana dokunmamaya özen göstermişti. *Tanrım... Onu bu kadar mı kızdırdım?*

Duygusuz bir ifade ve anlaşılmaz bir yüzle, hiçbir şey söylemeden bana bakıyordu. Sessizlik aramızda uzayıp gitti, ama ben duruşumdan vazgeçmedim. *Sıra sende, Grey ve bu defa teslim olan ben olmayacağım.* Bilinçaltım gergindi; endişe içinde tırnaklarını yiyordu. Bu olay iki şekilde de gelişebilirdi. Christian'la gözlerimizi birbirimize dikmiştik, ama ben geri adım atmayacaktım. Bana bin yıl kadar uzun gelen bir sürenin sonunda, başını salladı ve güldü.

"Bayan Robinson'ın izinden gitmeseydim, büyük olasılıkla biyolojik annemin izinden giderdim."

Ah! Gözlerimi kırpıştırdım. Uyuşturucu bağımlısı ya da fahişe? Ya da ikisi birden?

Omuz silkerek, "Beni... kabul edilebilir bulduğum bir şekilde severdi..." diye ekledi.

Bu da ne demek oluyor şimdi?

"Kabul edilebilir?" diye fısıldadım.

"Evet." Bana dikkatle baktı. "Beni düştüğüm yok edici yoldan uzaklaştırdı. Kusursuz olmadığın zaman, kusursuz bir ailenin arasında büyümek çok zordur."

Ah hayır. Sözcüklerini sindirirken dilim damağım kurudu. Anlaşılmaz bir ifadeyle bana bakıyordu. Daha fazlasını anlatmayacaktı. Ne kadar bunaltıcıydı. Başım dönüyordu; kendinden ne çok nefret eder gibiydi. Ve Bayan Robinson onu sevmişti. Lanet olsun... hâlâ seviyor muydu? Mideme bir tekme yemiş gibi hissediyordum.

"Seni hâlâ seviyor mu?"

"Sanmıyorum, o şekilde değil." Bunu hiç düşünmemiş gibi, kaşlarını çattı. "Sana çok eskide kaldığını söyleyip duruyorum. Geçmişte. İstesem bile, ki istemiyorum, değiştiremem. Beni kendimden kurtardı." Öfkelenmişti, ıslak elini saçlarının arasından geçirdi. "Bunu kimseyle konuşmadım." Duraksadı. "Dr. Flynn dışında, elbette. Ve şu anda konuşuyor olmamamın tek nedeni bana güvenmeni istemem."

"Ben sana güveniyorum, ama seni daha iyi tanımak istiyorum. Seninle ne zaman konuşmak istesem dikkatimi dağıtıyorsun. Bilmek istediğim o kadar çok şey var ki."

"Ah, Tanrı aşkına, Anastasia. Ne bilmek istiyorsun ki? Ne yapmam gerek?" Gözleri çakmak çakmaktı ve sesini yükseltmese de, öfkesini dizginlemeye çalıştığını anlamıştım.

Köpükler dağılmaya başladığı için suyun altında açıkça görünen ellerime baktım.

"Ben sadece anlamaya çalışıyorum; öyle büyük bir gizemsin ki. Daha önce tanıdığım herkesten çok farklısın. Bilmek istediklerimi bana anlatmana seviniyorum."

Tanrım, belki de beni cesurlaştıran Cosmopolitanlar yüzündendi, ama birden aramızdaki mesafeye katlanamaz oldum. Suyun içinde yanına kaydım ve tenlerimiz birbirine değecek şekilde uzandım. Gerildi ve bana ısırabilirmişim gibi, temkinle baktı. *Pekâlâ, bu bir U dönüşü.* İçimdeki tanrıça ona sessiz ve şaşkın bir ifadeyle bakıyordu.

"Lütfen bana kızma," diye fısıldadım.

"Sana kızmadım, Anastasia. Ben sadece bu tür konuşmalara, böyle incelenmeye alışkın değilim. Bunu sadece Dr. Flynn ve..." Durdu. Kaşları çatıldı.

"Onunla yapıyorsun. Bayan Robinson'la. Onunla konuşuyor musun?" Kendi öfkemi dizginlemeye çalışarak bastırdım.

"Evet, konuşuyorum."

"Ne hakkında?"

Küvetin içinde, yüzü bana dönecek şekilde kayarak suların yanlardan yere taşmasına neden oldu. Kolunu omzumun etrafından uzatıp küvetin kenarına yerleştirdi.

Rahatsızlığının yansıdığı bir sesle, "Israrcısın, değil mi?" diye sordu. "Hayat, kâinat, iş, Anastasia; Bayan R ve benim geçmişimiz çok eskiye dayanıyor. Her şey hakkında konuşabiliriz."

"Ya benim hakkımda?" diye fısıldadım.

"Evet." Grey beni dikkatle izliyordu.

Aniden yüzeye çıkan öfke dalgasını yatıştırmaya çalışırken alt dudağımı ısırdım.

"Neden benim hakkımda konuşuyorsunuz?" Sızlanır gibi ve huysuz görünmemek için çaba harcasam da başaramadım. Durmam gerektiğini biliyordum. Onu fazla zorluyordum. Bilinçaltım yine Munch'un *Çığlık* tablosundaki ifadeyi takınmıştı.

"Senin gibi birini hiç tanımadım, Anastasia."

"Bu da ne demek? Evraklarını hiç soru sormadan otomatik olarak imzalayan birini mi?"

Başını salladı. "Öğüde ihtiyacım var."

"Ve o öğüdü Bayan Pedo'dan mı alıyorsun?" diye çıkıştım. Öfke kontrolüm sandığımdan daha da yetersizdi.

Gözlerini kısarak sertçe, "Anastasia, yeter," diye çıkıştı.

İncecik bir buzun üstünde paten yapıyor ve tehlikeye doğru yol alıyordum. "Yoksa seni dizime yatırırım. Ona cinsel ya da romantik anlamda hiçbir ilgi beslemiyorum. O sevdiğim, değerli bir arkadaş ve bir iş ortağı. Hepsi bu. Bir geçmişimiz ve onun evliliğini berbat etse de bana muazzam fayda sağlamış, ortak bir tarihimiz var. Ama ilişkimizin o yönü bitti."

Tanrım... anlayamadığım bir şey daha. Kadın evliydi de. Bunu nasıl bu kadar uzun sürdürebilmişlerdi?

"Ve seninkiler hiç öğrenmediler?"

"Hayır," diye homurdandı. "Bunu sana söylemiştim."

Ve hepsinin bu olduğunu anladım. Onun hakkında daha fazla soru soramazdım yoksa bana deli gibi sinirlenecekti.

"Bitti mi?" diye çıkıştı.

"Şimdilik."

Derin bir nefes aldı ve omuzlarından bir yük kalkmış gibi, gözümün önünde gözle görülür şekilde gevşedi.

"Pekâlâ, benim sıram," diye mırıldanırken, bakışlarını çelik gibi soğuk ve şüpheci bir ifade bürüdü. "E-postamı yanıtlamadın."

"Yanıtlayacaktım. Ama artık buradasın."

"Olmamamı tercih mi ederdin?" diye solurken, ifadesi yine anlaşılmazdı.

"Hayır, memnunum."

"İyi." Bana samimi, rahatlamış bir gülümsemeyle baktı. "Ben de burada olduğum için memnunum. Sorgulamana rağmen. Söylesene, beni sorguya çekmen kabul edilebilir olsa da, seni görmek için bunca yolu kat ettiğim için bir tür diplomatik dokunulmazlık iddia edebileceğini mi sanıyorsun? Yutmuyorum, Bayan Steele. Ne hissettiğini bilmek istiyorum."

Ah, hayır...

Cılız bir sesle, "Sana söyledim," dedim. Burada olmana memnunum. Bunca yolu geldiğin için teşekkür ederim."

"Benim için zevk." Uzanıp beni öperken gözleri parlıyordu. Kendimi otomatik olarak karşılık verirken buldum. Su hâlâ sıcak, banyo buharlıydı. Durdu, geri çekilip bana baktı.

"Hayır. Sanırım daha fazlasını yapmadan önce, bazı cevaplar istiyorum."

Daha fazlası mı? İşte yine o iki kelime. Ve cevap istiyordu... Neye cevap? Sır dolu bir geçmişim yoktu. Ya da asap bozucu bir çocukluğum. Hakkımda zaten bilmediği neyi öğrenmek istiyor olabilirdi ki?"

Teslim olarak iç geçirdim. "Bilmek istediğin ne?"

"Şey, ilk olarak şu muhtemel anlaşmamız konusunda ne hissediyorsun?"

Gözlerimi kırpıştırdım. Gerçek ya da cesaret zamanı gelmişti. Bilinçaltım ve içimdeki tanrıça gergin gözlerle birbirlerine baktılar.

"Uzun bir süre boyunca yapabileceğimi sanmıyorum. Koca bir hafta sonu olmadığım biri gibi davranabileceğimi." Yanaklarım kızararak ellerime baktım.

Çenemi kaldırdı; muzip bir ifadeyle sırıtıyordu.

"Hayır, ben de sanmıyorum."

Bir yanım hakarete uğramış ve meydan okunmuş gibi hissediyordu. "Sen bana gülüyor musun?"

"Evet, ama iyi bir şekilde," dedi, minik bir gülümsemeyle.

Uzandı ve bana kısa, yumuşacık bir öpücük verdi.

Çenemi tutmayı sürdürerek gözlerinde muzip bir ışıltıyla, "Harika bir itaatkâr sayılmazsın," dedi.

Bir süre ona şaşkın şaşkın baktım, ama sonra kahkahayı koyuverdim. O da bana katıldı.

"Belki de iyi bir öğretmenim yoktur."

Bir homurtu çıkardı. "Belki. Belki de sana daha sert davranmalıyım." Başını yana eğdi ve bana şeytani bir gülümseme gönderdi

Yutkundum. *Tanrım, hayır.* Ama aynı anda, kaslarım derinlerde enfes bir şekilde gerilmişti. Bu onun önemsediğini gösterme şekliydi. Belki de önemsediğini gösterebilmesinin tek yoluydu; bunun farkındaydım. Tepkimi ölçmek için bana bakıyordu.

"Sana ilk şaplak atışım o kadar kötü müydü?"

Ona gözlerimi kırpıştırarak baktım. *O kadar kötü müydü?* Tepkimin kafamı karıştırdığını hatırlıyordum. Canım yanmıştı, ama geriye dönüp baktığımda, o kadar da kötü değildi. Defalarca, bunu zihnimde kurduğumu söylemişti. Ve ikinci defasında... Şey, iyiydi... Ve seksi.

"Hayır, tam olarak değil," diye fısıldadım.

"Daha çok düşüncesi kötü, değil mi?" diye bastırdı.

"Sanırım. Zevk almıyor olmak gerekirken, zevk alıyor olmak."

"Ben de aynı şeyi hissettiğimi hatırlıyorum. İnsanın aklının yatması biraz zaman alıyor."

Lanet olsun. Bunu çocukken yaşamıştı.

"Güvenli kelimeyi her zaman kullanabilirsin, Anastasia. Bunu sakın unutma. Ve içimdeki kontrol ve seni güvende tutma ihtiyacına hizmet eden kurallara uyduğun sürece, belki de ilerlemenin bir yolunu bulabiliriz."

"Beni kontrol etmeye neden ihtiyaç duyuyorsun?"

"Çünkü bu benim içimdeki, hayatımın ilk yıllarında karşılanmamış bir ihtiyacı tatmin ediyor."

"Yani bir terapi biçimi, öyle mi?"

"Hiç böyle düşünmemiştim, ama sanırım öyle."

Bunu anlayabilirdim. Faydası olacaktı.

"Ama şu var, bir an, 'Bana kafa tutma,' derken, bir sonrakinde sana meydan okunmasından hoşlandığını söylüyorsun. Bu üzerinde başarıyla ilerlenemeyecek kadar ince bir çizgi."

Bana bir an baktı ve sonra kaşlarını çattı.

"Bunu görebiliyorum. Ama şu ana kadar gayet iyi iş çıkarıyorsun."

"Ama ya kişisel bedeli? Burada elim kolum bağlı haldeyim."

"Elin kolun bağlı halini seviyorum," diye sırıttı.

"Demek istediğim bu değildi!" Öfkeyle üzerine su sıçrattım.

Bana tek kaşını kaldırarak baktı.

"Sen bana su mu attın?"

"Evet." *Lanet olsun... o bakış.*

"Ah, Bayan Steele." Beni tutup kucağına çekerken her yanı su içinde bıraktı. "Sanırım şimdilik yeterince konuştuk."

Ellerini başımın iki yanına yerleştirip beni öptü. Uzun uzun... Ağzımı esir alarak. Başımı istediği açıda tutarak... Beni kontrol ederek. Dudaklarına doğru inledim. Bundan hoşlanıyordu. Ve bu işte iyiydi. İçimdeki her şey tutuşuverdi ve parmaklarım saçlarının arasına kayıp onu kavradı. Ben de öpüşüne karşılık veriyor ve bildiğim tek yoldan onu istediğimi söylüyordum. İnledi ve beni ata biner pozisyonda ereksiyonun üzerine yerleştirdi. Geri çekilip yarı örtülü ışıltılı ve şehvetli gözlerle bana baktı. Küvetin kenarına tutunmak için ellerimi indirdim, ama iki bileğimi birden yakaladı ve ellerimi arkamda birleştirip tek eliyle bir arada tuttu.

"Şimdi sana sahip olacağım," diye fısıldarken beni ona tepeden bakacağım şekilde kaldırdı. "Hazır mısın?" diye soludu.

"Evet," diye fısıldadım. Beni yavaşça, çok yavaşça üzerine indirdi... içimi doldurdu... Bana sahip olurken gözlerini benden ayırmıyordu.

Gözlerimi yumup inleyerek yarattığı hissin ve esneten doluluğun tadını çıkardım. Kalçalarını gerdi, iç geçirdim ve öne eğilip alnımı alnına yasladım.

"Lütfen ellerimi bırak," diye fısıldadım.

"Bana dokunma," diye yalvardı ve bileklerimi bırakıp kalçalarımı tuttu.

Küvetin çıkıntısına sıkıca tutunup yukarı kalktım, ağır ağır aşağı inerken ona bakmak için gözlerimi açtım. Ağzı açık, nefesi tutulmuş halde beni izlerken dili dişlerinin arasına kaymıştı. O kadar... seksi görünüyordu ki. İkimiz de ıslak ve kaygandık ve birlikte hareket ediyorduk. Eğildim ve onu öptüm. Gözlerini yumdu. Çekinerek elimi başına götürdüm ve dudaklarımı ağzından ayırmadan, parmaklarımı saçlarında dolaştırdım. Buna izin vardı. Hoşuna gitmişti. Benim de öyle. Birlikte hareket ettik. Saçlarını çekip başını arkaya yatırdım ve öpüşü derinleştirirken üzerinde inip kalkmaya başladım. Bir ritim tutturarak, gittikçe artan bir hızla. İnlemelerim ağzında kayboluyordu. Kalçalarımdan tutarak beni hızlı, daha hızlı kaldırmaya başladı. Öpüşüme karşılık veriyordu. Islak saçlar ve diller, karışmış saçlar ve birlikte hareket eden kalçalardan ibarettik. Ve histen... Bir kez daha her şeyi tüketen histen. Çok yaklaşmıştım... Enfes sıkılığı ve hızlanmayı tanımaya başlıyordum. Ve su... Etrafımızda kendi girdabımızla dönüyordu; hareketlerimiz daha çılgın bir hal aldıkça girdap da hızlanıyordu. Her yeri sırılsıklam ederken, içimde olup bitenlerin bir yansıması gibiydi ve... umurumda bile değildi.

Bu adamı seviyordum. Tutkusunu, üzerinde bıraktığım etkiyi. Beni görmek için bu kadar uzun bir yol kat etmiş olmasını. Beni önemsemesini... Beni önemsiyordu. Bu o kadar beklenmedik, o kadar doyurucuydu ki. O benimdi. Ben de onun.

"İşte böyle, bebek," diye soludu.

Ve orgazmımla yırtılırcasına boşaldım. Beni tek lokmada yiyip bitiren, çalkantılı, tutkulu bir zirve. Ve birden Christian bedenimi kendi bedenine bastırdı... Boşalırken, kolları sırtıma dolanmıştı.

"Ana, bebeğim," diye haykırdı ve bu vahşi yakarı ruhumun derinliklerini birbirine katarak içime işledi.

Dev boyutlardaki yatakta, gri gözler mavi gözlerde, yüz yüze, birbirimize bakarak ve ikimiz de önümüzdeki yastıklara sarılarak yan yana yatıyorduk. Çıplak. Birbirimize değmeden. Çarşaflara dolanmış halde, hayranlıkla birbirimizi süzerek.

"Uyumak istiyor musun?" diye sorarken Christian'ın sesi yumuşacık ve endişeliydi.

"Hayır, yorgun değilim." Tuhaf bir şekilde kendimi enerji dolu hissediyordum. Konuşmak o kadar iyi gelmişti ki, durmak istemiyordum.

"Ne yapmak istersin?" diye sordu.

"Konuşmak."

Gülümsedi. "Hangi konuda?"

"Her şey."

"Her şey?"

"Sen."

"Ne olmuş bana?"

"En sevdiğin film hangisi?"

Sırıttı. "Bugün, *Piyano*."

Gülümsemesi bulaşıcıydı.

"Elbette. Ne aptalım. Ne kadar hüzünlü ve heyecan verici bir müziği vardı, çalabiliyorsundur hiç şüphesiz? On parmağınızda on marifet, Bay Grey."

"Ve en büyüğü sizsiniz, Bayan Steele."

"Ben sadece on yedi numarayım."

Anlamayarak kaşlarını çattı.

"On yedi?"

"Hani... ımm... seks yaptığın kadın sayısı."

Dudakları kıvrıldı, gözleri şüpheyle parlıyordu.

"Tam olarak değil."

"On beş demiştin." Aklımın karıştığı belli oluyordu.

"Oyun odasındaki kadınlardan bahsediyordum. Kastettiğinin bu olduğunu sanmıştım. Bana kaç kadınla seks yaptığımı sormadın."

"Ah." *Lanet olsun... dahası da var. Kaç kişi?* Ağzım açık bakakaldım. "Vanilya?"

"Hayır, tek vanilya fethim sensin." Sırıtmayı sürdürerek kafasını salladı.

Bunu neden komik buluyordu. Ve neden ben de aptal gibi sırıtıyordum acaba?

"Sana bir sayı veremem. Karyola direğine çentik atmıyorum."

"Neden bahsediyoruz, onlar, yüzler... binler?" Sayı büyüdükçe, gözlerim de irileşiyordu.

"Onlar. Tanrı aşkına, onun katlarındayız."

"Hepsi itaatkâr mıydı?"

"Evet."

"Bana sırıtmayı kes." Suratımı düz tutmak için boşuna çaba harcayarak onu usulca azarladım.

"Kesemem. Çok komiksin."

"Tuhaf komik mi, ha-ha komik mi?"

"Sanırım ikisinden de biraz." Sözleri benimkilerin taklidiydi.

"Böyle konuşman küstahlık."

Öne uzanıp burnumun ucunu öptü. "Bu seni şoke edecek, Anastasia. Hazır mısın?"

Gözlerim fal taşı gibi açık, suratımda o aptal sırıtışla başımı salladım.

"Ben de eğitimdeyken gördüğüm, hepsi eğitim sürecinde olan itaatkârlardı. Seattle'da gidip pratik yapabileceğin yerler var. Benim yaptıklarımı yapmayı öğrenebileceğin," dedi.

Ne?

"Ah." Gözlerimi kırpıştırdım.

"Evet, seks için para ödedim, Anastasia."

Mağrur bir tavırla, "Bu gurur duyulacak bir şey değil," diye söylendim. "Ve haklısın. Derinden şoke oldum. Ve seni şoke edemediğim için kızgınım."

"İç çamaşırımı giydin ya."

"Seni şoke etti mi?"

"Evet."

İçimdeki tanrıça beş metre yükseklikten sırıkla atladı.

"Annemlerle tanışmaya gelirken külotunu giymedin."

"Bu seni şoke etti mi?"

"Evet."

Tanrım yüksek atlama çıtası beş buçuk metreye yükseldi.

"Sanırım seni sadece iç çamaşırı konusunda şoke edebiliyorum."

"Bana bakire olduğunu söylemiştin. Bu yaşadığım en büyük şoktu."

"Evet, yüzün fotoğraflıktı. Kodak anı." Kıkırdadım.

"Seni binici kamçısıyla azdırmama izin verdin."

"Bu seni şoke etti mi?"

"Evet."

Sırıttım. "Pekâlâ, yine yapmana izin verebilirim."

"Ah, öyle olacağını umarım, Bayan Steele. Bu hafta sonu?"

Utanarak, "Tamam," dedim.

"Tamam."

"Evet, Kırmızı Acı Odası'na yine geleceğim."

"Adımı söyle."

"Bu da mı seni şoke ediyor?"

"Hoşuma gitmesi şoke ediyor."

"Christian."

Sırıttı. "Yarın bir şey yapmak istiyorum." Gözleri heyecanla parlıyordu.

"Ne?"

"Sürpriz. Senin için." Sesi alçak ve yumuşacıktı.

Tek kaşımı kaldırırken, bir yandan da esnememi bastırıyordum.

"Sizi sıkıyor muyum, Bayan Steele." Sesi alaycıydı.

"Asla."

Eğildi ve usulca dudaklarımı öptü.

"Uyu," diye emretti ve ışığı söndürdü.

Ve o sessiz anda, bitkin ve doygun gözlerimi kapatırken, fırtınanın tam ortasında olduğumu düşündüm. Bütün söylediklerine ve söylemediklerine rağmen, hiç bu kadar mutlu olduğumu sanmıyordum.

BÖLÜM YİRMİ DÖRT

Christian çelik parmaklıklı bir kafeste duruyordu. Üzerinde yumuşak ve yıpranmış kot pantolonu vardı ve ağız sulandıran çıplak göğsüyle bana bakıyordu. Güzel yüzüne, kimsenin bilmediği bir espriye gülen gülümsemesi kazınmıştı ve gözleri eriyik bir griydi. Elinde bir kâse çilek tutuyordu. Dikkatle bana bakarak atletik bir zarafetle kafesin önüne yürüdü. İrice, olgun bir çileği havaya kaldırdı ve elini parmaklıkların arasından uzattı.

"Ye," dedi. "Y" harfini telaffuz ederken, dili damağının ön kısmını okşamıştı.

Ona doğru hareket etmeyi denedim, ama bağlıydım ve bileğimin etrafını saran görünmeyen bir güç beni alıkoyuyordu. *Bırakın beni...*

O enfes çarpık gülümsemesiyle, "Gel, ye," dedi.

Çektim, çektim... *Bırak gideyim...* Haykırmak, çığlık atmak istiyordum ama hiç ses çıkmadı. Dilsizdim. Christian biraz daha uzandı ve çilek dudaklarımdaydı.

"Ye, Anastasia." Ağzı her hecede şehvetle duraksayarak adımı biçimlendirdi.

Ağzımı açıp ısırdım; kafes kayboldu ve ellerim özgürdü. Ona dokunmak, parmaklarımı göğüs tüylerinin aras [illegible] lolaştırmak için uzandım.

"Anastasia."

Hayır. İnledim.

"Haydi, bebeğim."

Hayır, sana dokunmak istiyorum.

"Uyan."

Hayır. Lütfen. Gözlerim kısacık bir an için, istemeden aralandı. Yataktaydım ve biri burnunu kulağıma sürtüyordu.

"Uyan, bebeğim," diye fısıldadı ve tatlı sesinin etkisi erimiş, sıcak karamel misali damarlarıma yayıldı.

Christian'dı. Tanrım. Hâlâ karanlıktı ve rüyamdan kalma görüntüleri bütün şaşırtıcılığı ve baştan çıkarıcılığıyla, ısrarla aklımdaydı.

"Ah... hayır," diye inledim. Göğsüne ve rüyama geri dönmek istiyordum. Beni neden uyandırıyordu ki? Gecenin bir yarısıydı, bana öyle geliyordu. *Lanet olsun...* Şimdi seks mi istiyordu yoksa?

"Kalkma zamanı, bebek, başucu lambasını yakacağım." Sesi alçaktı.

"Hayır," diye inledim.

Yüzümü, göz kapaklarımı burnumun ucunu ve ağzımı öperek, "Şafağı seninle izlemek istiyorum," dedi. Gözlerimi açtım. Başucu lambasını yakmıştı. "Günaydın, güzellik," diye mırıldandı.

İnledim, gülümsedi. "Hiç sabah insanı değilsin," diye mırıldandı.

Işığın pusunda gözlerimi kıstım ve Christian'ın gülümseyen bir yüzle üzerime eğildiğini gördüm. Eğleniyordu. Benimle eğleniyordu! Ve giyinikti. Siyahlar içinde.

"Seks istediğini sandım," diye homurdandım.

"Anastasia, ben seninle seks yapmayı her zaman isterim. Senin de aynı hisleri taşıdığını bilmek içimi ısıtıyor," dedi kuru bir sesle.

Gözlerim ışığa uyum sağlarken ona baktım, ama hâlâ keyifliydi. *Tanrı'ya şükür.*

"Elbette istiyorum, ama bu kadar geç saatte değil."

"Geç değil, erken. Haydi, kalk bakalım. Dışarı çıkıyoruz. Seks hakkımı daha sonraya saklıyorum."

"Öyle güzel bir rüya görüyordum ki," diye sızlandım.

Sabırla, "Ne hakkında?" diye sordu.

"Sen." Kızardım.

"Bu kez ne yapıyordum."

"Bana çilek yedirmeye çalışıyordun."

Dudakları belli belirsiz bir gülümsemeyle büküldü. "Dr. Flynn bununla psikolojide yeni bir alan yaratabilir. Kalk, giyin. Duşa zahmet etme, daha sonra da yapabiliriz."

Yapabilir*iz!*

Kalkıp oturunca, çarşaf belime inip vücudumu gözler önüne serdi. Christian bana yer açmak için ayağa kalkarken, gözleri kararmıştı.

"Saat kaç?"

"Sabahın beş buçuğu."

"Bana üç gibi geliyor."

"Çok fazla zamanımız yok. Olabildiğince uzun uyumana izin verdim. Gel."

"Duş alamaz mıyım?"

İç geçirdi.

"Duş alırsan, ben de seninle duşa girmek isteyeceğim ve sen de ben de o zaman neler olacağını çok iyi biliyoruz. Gün kaçacak. Haydi."

Heyecanlıydı. Küçük bir çocuk gibi, beklenti ve heyecanla parlıyordu. Bu hali beni gülümsetti.

"Ne yapıyoruz?"

"Sürpriz. Söylemiştim."

Kendimi ona sırıtmaktan alamadım. "Tamam." Yataktan kalkıp kıyafetlerimi aradım. Elbette düzgünce katlanmış halde, yatağımın başucundaki sandalyenin üstünde duruyorlardı. Jarse baksır çamaşırlarından birini de yanına bırakmıştı... Ralph Lauren. Aşağısı kurtarmazdı. Çamaşırı üzerime geçirince bana sırıttı. Hımm... Bir Christian Grey çamaşırı daha... Araba, BlackBerry, Mac, siyah ceket ve bir dizi kıymetli birinci baskı kitapla birlikte, koleksiyonuma eklenecek yeni bir parça. Cömertliği karşısında başımı salladım ve *Tess*'ten bir sahne aklıma süzülünce kaşlarımı çattım. Çilek sahnesi. Rüyamı çağrıştırmıştı. Dr. Flynn'in canı cehenneme, Freud için bile sıkı saha çalışması olurdu, sonra da zaten büyük olasılıkla Elli Ton'la baş etmeye çalışırken ölürdü.

"Artık uyandığın için seni biraz rahat bırakacağım." Christian oturma alanına geçerken ben de banyoya yürüdüm. İcabına bakmam gereken ihtiyaçlarım vardı ve hızlı bir duş istiyordum. Yedi dakika sonra, ovulmuş, fırçalanmış halde, üzerimde kot pantolonum, askılı bluzum ve Christian'ın çamaşırıyla oturma alanındaydım. Christian kahvaltı ettiği küçük yemek masasından bana baktı. *Kahvaltı! Tanrım, bu saatte.*

"Ye," dedi.

Lanet olsun... Rüyam. Damağındaki dilini düşünerek ona ağzım açık bakakaldım. *Hımmm... Uzman dili.*

Sert bir sesle, "Anastasia," diyerek beni daldığım düşüncelerden uyandırdı.

Benim için gerçekten çok erkendi. Bunu nasıl halledebilirdim?

"Biraz çay içeceğim. Daha sonra yemek üzere bir kruvasan alabilir miyim?"

Beni şüpheyle süzerken ona tatlı tatlı gülümsedim.

Bütün yumuşaklığıyla, "Planlarımı mahvetme, Anastasia," diye uyardı.

"Daha sonra, midem uyanınca yiyeceğim. Saat yedi otuz gibi, olur mu?"

"Olur." Bana bakıyordu.

Dürüst olmam gerekirse, ona suratımı buruşturmamak için kendimi çok zorluyordum.

"Sana gözlerimi devirmek iştiyorum."

"Çekinme, devir ve günümü güzelleştir," dedi ciddi bir sesle.

Tavana baktım.

"Şey, sanırım biraz şamar beni uyandırırdı." Sessiz bir derin düşünce halinde dudaklarımı büzdüm.

Christian'ın ağzı açık kalmıştı.

"Diğer yandan, senin sıcaklayıp zahmete girmeni istemem. Burada iklim yeterince sıcak." Umursamaz bir tavırla omuz silktim.

Christian ağzını kapattı ve rahatsız görünmek için büyük çaba harcasa da umutsuzca başarısız oldu. Gözlerinin gerisinde bekleyen muzipliği görebiliyordum.

"Her zamanki gibi, kafa tutuyorsunuz, Bayan Steele. Çayını iç."

Twinings etiketini fark ettim ve kalbim şakımaya başladı. Bilinçaltım dudaklarını oynatarak, *Gördün mü, önemsiyor*, dedi. Karşısına oturup güzelliğini içime çektim. Bu adama bir gün doyabilecek miydim?

Odadan çıkarken, Christian bana bir *sweatshirt* attı.

"Buna ihtiyacın olacak."

Ona şaşkın şaşkın baktım.

"Bana güven." Sırıttı ve eğilip dudaklarıma hızlı bir öpücük kondurdu. Elimi tuttu ve dışarı çıktık.

Dışarıda, şafak öncesinin yarı aydınlığının göreceli serinliğinde, vale Christian'a üstü açılan bir spor arabanın anahtarlarını uzattı. Christian'a kaşımı kaldırdım; o da bana sırıttı.

İmrenmemenin elimde olmadığı komplocu ama kibirli bir sırıtış eşliğinde, "Biliyorsun, bazen ben olmak harika bir şey oluyor," dedi. Oyunbaz ve umursamaz olduğu zamanlarda öylesine sevilesiydi ki. Arabamın kapısını abartılı bir reveransla açtı; bindim. Keyfi gayet yerindeydi.

"Nereye gidiyoruz?"

Arabayı araç girişine saptırırken, "Göreceksin," dedi. Ardından Savannah Park Yolu'na doğru yola koyulduk. GPS'i programlayıp direksiyondaki bir düğmeye bastı ve araba klasik bir orkestra parçasıyla doldu.

Yüzlerce kemanın tatlı mı tatlı sesi etrafımızı sararken, "Bu da ne?" diye sordum.

"*La Traviata*'dan. Verdi'nin bir operası."

Ah, Tanrım... Çok hoştu.

"*La Traviata?* Duymuştum. Ama nerede olduğunu hatırlamıyorum. Ne demek?"

Christian bana yan gözle bakıp sırıttı.

"Şey, kelime anlamı olarak baştan çıkarılmış kadın. Alexandre Dumas'nın *Kamelyalı Kadın*'ından uyarlanmıştır."

"Ah, okumuştum."

"Okumuş olabileceğini tahmin ettim."

"Zengin fahişesi." Rahat deri koltukta huzursuzca kıpırdandım. *Bana bir şey söylemeye mi çalışıyor?* "Hımm, tatsız bir hikâye," diye mırıldandım.

"Çok mu? Başka bir müzik seçmek ister misin? Benim iPod'umdan." Christian'ın yüzünde yine gizemli gülümsemesi belirmişti.

iPod'unu ortalıkta göremiyordum. Aramızdaki konsolun üstündeki ekrana vurdu ve dikkatle bakınca, orada bir şarkı listesi olduğunu gördüm.

"Sen seç." Dudakları bir gülümsemeyle bükülmüştü; bunun bir meydan okuma olduğunu anladım.

Christian Grey'in iPod'u ilginç olsa gerekti. Dokunmatik ekranda aşağı kaydım ve mükemmel şarkıyı buldum. "Çal"a tıkladım. Onu bir Britney hayranı olarak düşünmezdim. Club-mix tekno ritmi üzerimize çullanınca, Christian sesi kıstı. Belki de bunun için fazla erkendi; Britney en şehvetli kıvamındaydı.

"*Toxic*, hımm?" Christian sırıtıyordu.

Masum ayağına yatarak "Ne demek istediğini anlamadım," dedim.

Müziği biraz daha kıstı ve içimden kendimi kucakladım. İçimdeki tanrıça kürsüde altın madalyasını bekliyordu. Christian müziğin sesini kısmıştı. *Zafer!*

Rahat bir tavırla, "O şarkıyı iPod'uma ben koymadım," dedi ve gazı kökleyip otobanda hızlanarak koltuğa yapışmama neden oldu.

Ne? Piç kurusu ne yaptığını çok iyi biliyordu. *O zaman kim koydu?* Britney'nin sonu gelmeyen şarkısını dinlemek zorunda kalmıştım. *Kim... kim?*

Şarkı sona erdi ve iPod yas tutan Damien Rice'a geçti. *Kim? Kim?* Pencereden dışarı bakarken, midem kaynıyordu. *Kim?*

Dile getirmediğim düşüncelerimi, "Leila'ydı," diye yanıtladı. *Bunu nasıl başarıyor?*

"Leila?"

"Şarkıyı iPod'a koyan, eskilerden biriydi."

Ben afallamış bir halde otururken, Damien fonda şakıyordu. Eskilerden biri mi? Eski itaatkârlardan biri mi? Eski bir...

"On beşten biri mi?" diye sordum.

"Evet."

"Ona ne oldu."

"Bitirdik."

"Neden?"

Ah, Tanrım, bu tür bir konuşma için çok erkendi. Ama gevşemiş hatta mutlu ve dahası konuşkan bir hali vardı.

"Daha fazlasını istedi." Christian'ın sesi alçak, hatta kendi kendisiyle konuşur gibiydi ve yine o güçlü iki küçük kelimeyle başladığı cümleyi aramızda asılı bırakmıştı.

Beyin ağız arası filtremi devreye sokamadan, "Ve sen istemedin, öyle mi?" deyiverdim. Lanet olsun, bilmek istiyor muydum ki?

Başını salladı. "Ben hiçbir zaman daha fazlasını istemedim. Seninle tanışana kadar."

Nefesim kesilmişti, başım dönüyordu. İstediğim bu değil miydi? Daha fazlasını istiyordu. *Daha fazlasını o da istiyordu!* İçimdeki tanrıçam kürsüden geri perendeyle atlamıştı ve stadyumun etrafını perende atarak dönüyordu. Yalnız değildim.

"Diğer on dördüne ne oldu?" diye sordum.

Tanrım, hazır konuşurken fırsattan istifade et.

"Liste mi istiyorsun? Boşandı, kellesi uçtu ve öldü?"

"Sen VIII. Henry değilsin."

"Pekâlâ, belli bir sıraya bağlı kalmadan, Elena dışında sadece dört kadınla uzun süreli ilişkim oldu."

"Elena?"

"Senin Bayan Robinson." Gizli ve kişiye özel espri gülümsemesiyle sırıtıyordu.

Elena! Siktir! Şeytanın bir adı ve o adın yabancı bir tınısı vardı. Zihnime kuzguni saçlı, yakut kırmızısı dudaklı, açık tenli, muhteşem, vamp bir kadının görüntüsü doldu ve güzel olduğunu anladım. *Kurcalamamalıyım. Kurcalamamalıyım.*

Dikkatimi dağıtmak için, "Diğer dörde ne oldu?" diye sordum.

Beni oyunbaz bir tavırla azarladı. "Çok araştırmacı ve bilgiye fazlasıyla heveslisiniz, Bayan Steele."

"Öyle mi, Bay Âdetin Ne Zaman?"

"Anastasia, bir erkeğin bu tür şeyleri bilmesi gerekir."

"Öyle mi?"

"Benim gerekir."

"Neden?"

"Çünkü seni hamile bırakmak istemiyorum."

"Ben de hamile kalmak istemiyorum. En azından birkaç sene daha."

Christian şaşkınlık içinde gözlerini kırpıştırdı ve sonra gözle görülür biçimde gevşedi. Pekâlâ. Christian çocuk istemiyordu. Şimdi mi yoksa hiçbir zaman mı? Ani ve öngörülmemiş açık sözlülük saldırısı başımı döndürmüştü. Belki sabahın körü olduğu içindi. Ya da Georgia suyundaki bir şey yüzünden. Georgia havası ya da. Başka ne bilmek istiyordum? Günü yakala.

"Pekâlâ, diğer dördüne ne oldu?" diye sordum.

"Biri bir başkasıyla tanıştı. Diğer üçü daha fazlasını istedi. O zaman, daha fazlasına açık değildim."

"Ya diğerleri?"

Bana şöyle bir baktı ve başını salladı.

"Yürümedi, o kadar."

Vay canına, sindirilecek bir dolu bilgi. Arabanın yan aynasına baktım ve gökyüzünde pembe ve camgöbeği karışımı yumuşacık bir rengin belirdiğini gördüm. Şafak peşimizdeydi.

"Nereye gidiyoruz?" Interstate 95'e bakarak, şaşkınlıkla sordum. Güneye gidiyorduk, tek bildiğim buydu.

"Bir havaalanına."

Telaşa kapılarak "Seattle'a dönmüyoruz, değil mi?" dedim. Annemle vedalaşmamıştım. Tanrı aşkına, bizi akşam yemeğine bekliyordu.

Güldü. "Hayır, Anastasia en sevdiğim ikinci boş vakit uğraşımın tadını çıkaracağız?"

"İkinci?" Kaşlarımı çattım.

"Evet. İlkini bu sabah söyledim."

Beynimi zorlarken, muhteşem profiline kaşlarımı çatarak baktım.

"Sizin tadınızı çıkarmak, Bayan Steele. Listemde en üst sırada o var. Yapabildiğim her şekilde."

Ah.

Kızararak, "Bu benim de dikkat dağıtıcı ve acayip öncelikler listemde üst sıralarda yer alıyor," diye mırıldandım.

Kuru bir sesle, "Bunu duyduğuma sevindim," diye mırıldandı.

"Havaalanı derken?"

Sırıttı. "Uçuş"

Terim zihnimde belli belirsiz bir zil çalmıştı. Daha önce de bahsetmişti.

"Şafağın peşine düşeceğiz, Anastasia." GPS bir sanayi sitesini andıran bir yere doğru, sağa sapmasını işaret ederken dönüp bana sırıttı. Üzerinde BRUNSWICK UÇUŞ BİRLİĞİ yazılı bir tabelanın asılı durduğu büyük beyaz bir binanın önüne çekti.

Planör! Planörle uçmaya mı gidiyoruz?

Motoru durdurdu.

"Var mısın?" diye sordu.

"Sen mi uçuracaksın?"

"Evet."

"Evet, lütfen!" Tereddüt etmemiştim. Sırıtarak öne eğildi ve beni öptü.

Arabadan inerken, "Bir ilk daha, Bayan Steele," dedi.

İlk mi? Ne tür bir ilk? Bir planörü ilk uçuruşu mu? Lanet olsun! Hayır, bunu daha önce yaptığını söylemişti. Gevşedim. Arabanın etrafını dolaşıp kapımı açtı. Gökyüzü çok hoş bir opal rengini almıştı ve tek tük çocuksu bulutların arasından usulca parlıyordu. Şafak sökmek üzereydi.

Christian beni elimden tuttu ve birkaç uçağın park halinde beklediği bir hangara götürdü. Uçakların yanında kafası tıraşlı ve vahşi bakışlı bir adam duruyordu. Taylor da yanı başındaydı.

Taylor! Christian bu adam olmadan herhangi bir yere gidiyor muydu acaba? Ben sırıtınca o da nazik bir gülümsemeyle karşılık verdi.

"Bay Grey, yedek pilotunuz Bay Mark Benson," dedi Taylor. Christian ve Benson el sıkıştılar ve rüzgâr hızı, istikametler ve ona benzer şeyler hakkında kulağa çok teknik gelen bir konuşmaya girdiler.

Utangaç bir tavırla, "Merhaba, Taylor," dedim.

"Bayan Steele." Beni başıyla selamladı. Kaşlarımı çatınca, "Ana," diye düzeltti. Sır verir gibi, "Son birkaç gündür ayaklı kasırga gibiydi. Burada olmamıza çok memnunum," dedi.

Ah, işte bu ilginç bir haber. Neden acaba? Herhalde benim yüzümden değildi. Açılma perşembesi! Savannah'nın suyunda bu adamları biraz olsun gevşeten bir şey olmalıydı.

"Anastasia." Christian beni çağırıyordu. "Gel." Elini uzattı.

Taylor'a gülümsedim. "Sonra görüşürüz." Bana kısa bir selam verdikten sonra park alanına doğru yürüdü.

"Bay Benson, kız arkadaşım Anastasia Steele."

El sıkışırken, "Tanıştığımıza memnun oldum," dedim.

Benson bana göz kamaştıran bir gülümsemeyle bakıyordu.

"Ben de öyle," dedi. Aksanından İngiliz kökenli olduğunu çıkardım.

Christian'ın elini tutarken, karnımda bir heyecan dalgası kıpırdıyordu. Vay canına! Planörle uçmak ha! Marc Benson'ın peşi sıra hangardan çıkıp kalkış pistine yöneldik. O ve Christian konuşmayı sürdürüyorlardı. İşin özünü kapmıştım. Tartışmaya açık olsa da, görünüşe göre, L-13'ten daha iyi olan bir Blanik-23'te olacaktık. Benson ise bir Piper Pawnee kullanıyor olacaktı. Yaklaşık beş senedir kuyruktan çekerli uçaklarla uçuyordu. Bütün bunlar bana hiçbir şey ifade etmiyordu, ama Christian'a baktığımda çok canlı ve tam havasında olduğunu gördüm. Onu izlemek zevkti.

Uçağın kendisi, beyaz üzerine turuncu çizgili, uzun ve gösterişliydi. İki koltuğunun önlü arkalı yerleştirildiği küçük bir kokpiti vardı. Uzun beyaz bir kabloyla küçük, geleneksel tek pervaneli bir uçağa bağlıydı. Benson kokpiti çevreleyen büyük, şeffaf Perspex kubbeyi açarak binmemize yardım etti.

"Önce paraşütünüzü bağlamalıyız."

Paraşüt mü!

Christian, "Ben hallederim," diyerek araya girdi ve kemeri uysal bir ifadeyle gülümseyen Benson'dan aldı.

Benson, "Ben biraz balast getireyim," dedi ve uçağa yöneldi.

Kuru bir sesle, "Beni bir şeylere bağlamaya bayılıyorsun," dedim.

"Bayan Steele, bilemezsiniz. Haydi, kolunu kayışlara geçir."

Kolumu omzuna yerleştirerek söyleneni yaptım. Christian hafifçe gerilse de kıpırdamadım. Ayaklarım ilmiklerden geçince, paraşütü yukarı çekti, kollarımı omuz kayışlarından geçirdim. Kemeri maharetle bağlayıp bütün kayışları sıktı.

"İşte, tamamdır," dedi, ama gözleri parlıyordu. "Dünkü tokan yanında mı?"

Başımı evet der gibi salladım.

"Saçımı toplamamı mı istiyorsun?"

"Evet."

Hızlı hareketlerle isteğini yerine getirdim.

"Önden bin," diye talimat verdi. Hâlâ fazla patronluk taslıyordu. Arka tarafa tırmanacak oldum.

"Hayır, öne. Pilot arkada oturur."

"Ama göremeyeceksin."

"Çok şey göreceğim." Sırıttı.

Onu hiç bu kadar mutlu görmemiştim. Tırmanıp deri koltuğa yerleştim. Şaşırtıcı derecede rahattı. Christian uzandı, kemeri omuzlarımdan geçirdi, aşağıdaki kemer için bacaklarıma uzandı ve göbeğimin üstündeki tokaya tutturdu. Bütün kemerleri iyice sıktı.

"Hımm... Aynı sabah içinde iki defa. Şanslı bir adamım," diye fısıldadı ve beni çabucak öptü. "Fazla uzun sürmeyecek, en çok yirmi, otuz dakika. Sabahın bu saatinde termaller çok iyi olmaz, ama bu saatte yukarısı nefes kesicidir. Umarım gergin değilsindir."

"Heyecanlıyım." Gülümsedim.

Bu saçma sapan sırıtış da nereden çıkmıştı? Aslında bir yanım dehşete kapılmıştı. İçimdeki tanrıça kanepenin arkasında, bir battaniyenin altındaydı.

"İyi."

Christian da sırıttı ve yüzümü okşadıktan sonra, görüş alanımdan kayboldu.

Arkama tırmanırken hareketlerini duyuyor ve hissediyordum. Elbette beni fazla sıkı bağladığı için dönüp ona bakamıyordum. Tipik Christian! Çok alçaktaydık. Önümde kadranlar, levyeler ve büyük bir sopanın durduğu bir panel vardı. Hiçbir şeye dokunmadım.

Mark Benson neşeli bir sırıtışla geri geldi, kemerlerimi kontrol ettikten sonra eğilip kokpit zeminine bir şey baktı. Sanırım balasttı.

"Evet, sağlam. İlk defa mı?" diye sordu.

"Evet."

"Bayılacaksınız."

"Teşekkürler, Bay Benson."

"Bana Mark deyin." Christian'a döndü. "Tamam mı?"

"Evet. Haydi gidelim."

Hiçbir şey yemediğim için çok memnundum. Çok heyecanlıydım ve midemin yiyecek, heyecan ve yerden ayrılmayı bir anda kaldırabileceğinden emin değildim. Bir kez daha kendimi bu güzel adamın becerikli ellerine teslim ediyordum. Mark kokpit kapağını kapattı, öndeki uçağa yürüyüp tırmandı.

Piper'ın tek pervanesi dönmeye başladı ve gergin midem kendine gırtlağımda yeni bir yer edindi. *Tanrım... Bunu gerçekten yapıyordum.* Mark kalkış pistinde ağır ağır ilerlemeye başladı ve kablonun gerilmesiyle, öne doğru sarsıldık. Harekete geçmiştik. Arkamdaki telsizden konuşmalar duyuyordum. Sanırım Mark kuleyle konuşuyordu, ama ne dediğini çıkaramıyordum. Piper hızlandıkça biz de hızlandık. Zemin çok engebeliydi ve önümüzde, tek pervaneli uçak hâlâ yerdeydi. Tanrım, hiç kalkacak mıydık acaba? Ve birden, midem gırtlağımdan kaydı ve bedenimden zemine doğru serbest düşüşe geçti. Havalanmıştık.

Christian arkamda, "İşte gidiyoruz, bebek!" diye bağırdı. Ve kendi baloncuğumuzun içinde, yalnız ikimizdik. Tek duyabildiğim yanımızdan geçip giden rüzgâr ve Piper'ın motorunun uzak homurtusuydu.

Koltuğumun kenarına iki elimle o kadar sıkı tutunmuştum ki, parmak boğumlarım bembeyaz kesilmişti. Karaya doğru, batıya, yükselmekten olan güneşten ters istikamete yönelerek yükseklik kazandık. Tarlaların, ormanların, evlerin ve Interstate 95'in üstünden uçuyorduk.

Ah, Tanrım. Bu müthiş bir şeydi. Üstümüzde sadece gökyüzü vardı. Göğün her yerine nüfuz eden ışık, sıra dışı ve sıcak bir tondaydı. José'nin "sihirli saatten", günün, fotoğrafçıların bayıldıkları "sihirli saat"inden bahsedişini hatırladım. Buydu demek. Tam şafaktan sonra... ve ben Christian'la birlikte oradaydım.

Birden aklıma José'nin sergisi geldi. *Hımm.* Bundan Christian'a bahsetmem gerekecekti. Kısa bir an nasıl tepki vereceğini merak ettim. Ama bu konuda endişelenmeyecektim. Şimdi değil, şimdi uçuşun keyfini çıkarıyordum. Yükseklik kazanırken kulaklarım doldu ve yer gittikçe uzaklaştı. O kadar huzurluydu ki. Christian'ın burada olmayı neden sevdiğini tamamen anlıyordum. BlackBerry'sinden ve işinin bütün baskılarından uzakta.

Telsiz cızırdayarak çalışmaya başladı ve Mark üç bin fitten bahsetti. Tanrım, kulağa çok yüksek geliyordu. Yere baktım; artık aşağıdaki hiçbir şeyi net olarak ayırt edemiyordum.

Christian telsize, "Bırak," deyince Piper birden gözden kayboldu ve küçük uçağın sağladığı çekilme duygusu kesildi. Georgia'nın üzerinde süzülüyor, süzülüyorduk.

Aman Tanrım, bu heyecan vericiydi. Kanat eğilirken, uçak yan yatarak döndü ve güneşe doğru helezonlar çizmeye başladık. *İkarus. Buydu işte.* Güneşe yakın uçuyordum, ama Christian yanımdaydı, beni yönlendiriyordu. Bunu fark etmek nefesimi kesmişti. Döndük, döndük, sabah ışığında manzara görülmeye değerdi.

"Sıkı tutun!" diye bağırdı ve bir kez daha daldık; ancak bu kez durmadı. Birden, baş aşağı döndüm, yere kokpitin tepesinden bakıyordum.

Yüksek sesle haykırdım, kollarım otomatik olarak açılmış, ellerim beni düşmekten durdurması için Perspex yüzeye tutunmuştu. Christian'ın güldüğünü duyabiliyordum. *Piç!* Ama neşesi bulaşıcıydı ve o uçağı düzeltirken, ben de gülüyordum.

Ona, "Kahvaltı etmediğime memnunum!" diye seslendim.

"Evet, etmemiş olman iyi, çünkü bunu tekrar yapacağım."

Uçağı, tekrar tepetaklak gelene kadar eğdi. Bu defa hazırlıklı olduğum için, kemere tutundum, ama aptal gibi sırıtıyor, kıkırdıyordum. Uçağı bir kez daha düzeltti.

"Güzel, değil mi?" diye seslendi.

"Evet."

Havada ihtişamla süzülerek, sabahın ilk ışıklarında rüzgârı ve sessizliği dinleyerek uçtuk. Daha fazlasını kim isteyebilirdi ki?

"Önündeki kolu görüyor musun?" diye bağırdı.

Bacaklarımın arasındaki çubuğa baktım. *Ah, hayır, bununla nereye varmaya çalışıyor?*

"Sıkıca tut."

Ah, lanet olsun. Uçağı bana uçurtacaktı. Hayır!

Daha büyük bir hararetle, "Haydi, Anastasia, tut şunu," diye bastırdı.

Çekinerek tuttum ve dümen, kürek ya da bu şeyi havada tutan her neyse onun fırladığını ve yalpaladığını hissettim.

"Sıkı tut ve olduğu yerde kalmasını sağla. Önünde, ortadaki kadranı görüyor musun? İğneyi tam merkezde tut."

Yüreğim ağzımdaydı. Lanet olsun. Bir planörü uçuruyordum.

"Aferin kızıma!" Christian çok neşeli görünüyordu.

"Kontrolü almama izin vermene şaşırdım," diye bağırdım.

"Neler yapmana izin vereceğimi bilsem şaşırırdın, Bayan Steele. Şimdi tekrar bende."

Kolun aniden hareket ettiğini hissettim ve birkaç fiti helezon çizerek inerken, elimden bıraktım. Kulaklarım yine dolmaya başlamıştı. Yer yaklaşıyordu ve birazdan çarpacakmışız gibi geliyordu. Tanrım, korkutucuydu.

"BMA, BG N Papa Üç Alfa konuşuyor, rüzgâr yönünde yediden çime giriş yapıyoruz, BMA." Christian her zamanki otoriter haline dönmüştü. Kule telsizden bir şeyler söyledi, ama ne dediklerini anlayamadım. Geniş bir daire çizip bir kez daha süzülerek, ağır ağır yere yaklaştık. Havaalanını, iniş pistlerini görebiliyordum ve tekrar Intęrstate 95'ün üstünde uçuyorduk.

"Sıkı dur, bebek. Biraz sarsılabiliriz."

Bir daire daha çizdikten sonra dalışa geçtik, aniden kısa bir çarpmayla indik ve çimlerin üstünde hızla ilerledik. *Lanet olsun.* Telaş uyandırıcı bir hızla yerde zıplarken, dişlerim birbirine çarpıyordu. Nihayet durdu. Uçak iki yana sallandı ve sağa yattı. Christian uzanıp kokpit kapağını açarken, ciğerlerimi dolduran derin bir nefes aldım. Planörden çıkıp gerindi.

Göz alıcı bir griyle parlayan gözleriyle, "Nasıldı?" diye sordu. Beni çözmek için üzerime eğildi.

"Olağanüstüydü. Teşekkürler," diye fısıldadım.

Sesinde bir umut tınısıyla, "Daha fazlası var mıydı?" diye sordu.

Ben, "Çok daha fazlası," diye soluyunca, sırıttı.

"Gel." Bana elini uzatıp kokpitten çıkmama yardım etti.

Dışarı çıktığım anda beni yakaladı ve sımsıkı sarılarak bedenine bastırdı. Elini saçlarımın arasına uzatıp başım arkaya yatana kadar çekerken, diğer elini bel kemiğimin köküne kaydırdı. Beni uzun uzun ve tutkuyla, dilinin de karıştığı bir sertlikle öptü. Nefesi gittikçe hızlanıyordu. *Tanrı aşkına,* ereksiyonu... burada, bir hava alanındaydık. Ama umurumda değildi. Ellerim saçlarının arasına kıvrılıp onu bana sabitledi. Onu istiyordum, burada, hemen şimdi, yerde. Geri çekildi ve sabahın ilk ışıklarıyla aydınlanan, ham ve küstah bir şehvetle dolu koyulaşmış gözleriyle gözlerime baktı. *Vay canına.* Nefesimi kesiyordu.

"Kahvaltı." Kelimeyi enfes, erotik bir kelime gibi fısıldamıştı.

Jambon ve yumurtanın kulağa yasak meyve gibi gelmesini nasıl sağlıyordu? Bu olağan üstü bir beceriydi. Döndü, elimi sıkıca tuttu ve birlikte arabaya yürüdük.

"Planör ne olacak?"

"Birileri icabına bakar," diye geçiştirdi. "Şimdi bir şeyler yiyeceğiz." Ses tonu gayet açıktı.

Yemek! Asıl istediğim oyken yemekten bahsediyordu.

"Gel." Gülümsedi.

Onu hiç böyle görmemiştim ve izlemek büyük keyifti. Kendimi, yüzümde aptal ve ahmak bir sırıtışla onunla el ele, yanında yürürken buldum. Bana on yaşındayken, koca bir günü Ray'le birlikte Disneyland'da geçirdiğim zamanı hatırlatıyordu. Kusursuz bir gündü ve bugün de aynı yolda ilerliyordu.

Arabaya dönüp Interstate 95'ten Savannah'a doğru yol alırken, telefonumun alarmı çalmaya başladı. *Ah, evet... hapım.*

Christian merakla bana baktı. "Bu da ne?"

Çantamda paketi aramaya koyuldum.

Yanaklarım kızarırken, "Hap için alarm," dedim.

Dudakları kıvrıldı.

"İyi, aferin. Kondomlardan nefret ediyorum."

Biraz daha kızardım. Her zamanki gibi patronluk taslıyordu.

"Beni Mark'la kız arkadaşın olarak tanıştırman hoşuma gitti," diye mırıldandım.

"Öyle değil misin?" Kaşını kaldırdı.

"Öyle miyim? Ben kendine bir itaatkâr istediğini sanıyordum."

"İstiyordum, Anastasia ve hâlâ istiyorum. Ama sana söyledim, daha fazlasını da istiyorum."

Ah, Tanrım. Fikri değişiyordu ve bedenime yayılan umut nefesimi kesti.

"Daha fazlasını istemene çok sevindim," diye fısıldadım.

"Amacımız zevk vermek, Bayan Steele" Uluslararası Krep Evi'ne saparken sırıtıyordu.

"UKE." Ben de ona sırıttım. İnanamıyordum. Kimin aklına gelirdi. Christian Grey, UKE'de.

Saat 08.30 olmasına rağmen restoran sakindi. İçerisi tatlı hamur, kızarmış yiyecek ve dezenfektan kokuyordu. *Hımm... çok ayartıcı bir aroma sayılmaz.* Christian beni bir sıraya yönlendirdi.

Masalardan birine yerleşirken, "Seni asla burada hayal etmezdim," dedim.

"Annem ne zaman bir tıp konferansına gitse babam bizi buraya getirirdi. Aramızda sırdı." Bana gülümserken, gözleri âdeta dans ediyordu. Mönüye uzanırken, elini asi saçlarında dolaştırdı.

Ah, ben de elimi o saçların arasında dolaştırmak istiyorum. Bir mönü alıp incelemeye koyuldum. Midemin açlıktan zil çaldığını fark ettim.

"Ne istediğimi biliyorum," derken sesi boğuk ve alçaktı.

Kafamı kaldırdığımda bana karnımdaki bütün kasları gerecek ve nefesimi kesecek bir ifade ve dumanı tüten, koyu gözlerle bakıyordu. *Lanet olsun.* Ona kanım damarlarımda çağlayarak baktım ve çağrısını yanıtladım.

"Ben de senin istediğinden istiyorum," diye fısıldadım.

Derin bir nefes aldı.

Tek kaşını kaldırarak manidar bir sesle, "Burada mı?" diye sorarken dilinin ucunu dişlerinin arasına götürüp muzip bir ifadeyle gülümsedi.

Ah, Tanrım... UKE'de seks. Yüz ifadesi değişip koyulaştı.

"Dudağını ısırma," diye emretti. "Burada ve şimdi olmaz." Bakışları sertleşti ve bir an için müthiş tehlikeli göründü. "Sana burada sahip olamayacaksam, sakın beni baştan çıkarma."

"Merhaba, adım Leandra. Sizin için... şey... bu sabah... nasıl..." Karşımda oturan Bay Güzel'e şöyle bir bakınca gevelemeye başladı ve cümlesi yarıda kaldı. Kıpkırmızı kesildi ve bilincimde ona karşı bir miktar sempati kabarıverdi, çünkü Christian bende hâlâ bu etkiyi yaratıyordu. Garson kızın varlığı, kısa bir an için bile olsa Christian'ın şehvetli bakışından kaçmama olanak sağlamıştı.

Christian kızı yok sayarak, "Anastasia?" diye üsteledi. Ve sanırım hiç kimse adıma onun o anda sıkıştırdığı şehveti katamazdı.

Zavallı Leandra'yla aynı renge bürünmemek için dua ederek yutkundum.

"Söyledim ya, senin istediğinden istiyorum." Sesim yumuşak ve alçaktı. Christian bana aç gözlerle bakıyordu. İçimdeki tanrıça, *Tanrım,* diye sızlandı. *Ben bu oyuna ayak uydurabilir miyim?*

Leandra bir ona bir bana baktı. Parlak kırmızı saçlarıyla neredeyse aynı renge dönmüştü.

"Karar vermeniz için size bir iki dakika vereyim mi?"

"Hayır. Ne istediğimizi biliyoruz." Christian'ın ağzı küçük, seksi bir gülümsemeyle kıvrıldı.

Gözlerini benden ayırmadan, "İki porsiyon orijinal tereyağlı krep, yanında akçaağaç şurubu ve jambon, iki bardak portakal suyu, yağsız sütlü kahve ve varsa bir İngiliz kahvaltı çayı," dedi.

"Teşekkürler, efendim. Hepsi bu kadar mı?" Leandra ikimizden başka her yere bakarak âdeta fısıldamıştı. İkimiz birden dönüp ona bakınca, bir kez daha kıpkırmızı oldu ve hızla uzaklaştı.

"Biliyorsun, bu hiç adil değil." Bakışlarımı formika masaya diktim ve aldırmaz görünmeye çalışarak işaret parmağımla desenler çizmeye başladım.

"Adil olmayan nedir?"

"İnsanları etkisiz hale getirmen. Kadınları. Beni."

"Seni etkisiz hale mi getiriyorum?"

Bir homurtu çıkardım. "Her zaman."

"Sadece görüntü, Anastasia," dedi usulca.

"Hayır, Christian, daha fazlası var."

Alnını kırıştırdı. "Siz beni büsbütün etkisiz hale getiriyorsunuz, Bayan Steele. Masumiyetiniz. Bütün saçmalıkları bir kenara itiyor."

"Fikrini bu yüzden mi değiştirdin?"

"Fikrimi değiştirmek?"

"Evet... Yani... Bizim hakkımızda?.."

Uzun, becerikli parmaklarıyla, düşünceli bir tavırla çenesini sıvazladı. "Fikrimi tamamen değiştirdiğimi sanmıyorum. Sadece parametrelerimizi yeniden tanımlamaya, savaş hatlarımızı yeniden çizmeye ihtiyacımız var, o kadar. Bu işi yürütebileceğimizden eminim. Seni oyun odamda itaatkârım olarak istiyorum. Kuralları ihlal edersen seni cezalandıracağım. Onun dışında, her şeyin tartışmaya açık olduğunu düşünüyorum. Benim taleplerim bunlar, Bayan Steele. Buna ne dersin?"

"Yani seninle uyuyabilecek miyim? Senin yatağında?"

"İstediğin bu mu?"

"Evet."

"O zaman kabul ediyorum. Ayrıca, sen yatağımdayken çok iyi uyuyorum. Bunu hiç tahmin etmemiştim." Sesi duyulmaz olurken, alnı kırıştı.

"Her şeyi kabul etmezsem beni bırakmandan korktum," diye fısıldadım.

"Hiçbir yere gitmiyorum, Anastasia. Ayrıca..." Sustu ve bir süre sonra ekledi. "Tavsiyene ve tanımına uyuyoruz: Uzlaşma. Bana e-postanda yazmıştın. Ve şu ana dek benim açımdan işe yarıyor."

Utana sıkıla, "Daha fazlasını istemeni seviyorum," diye mırıldandım.

"Biliyorum."

"Nereden biliyorsun?"

"Bana güven. Biliyorum işte." Sırıttı. Sakladığı bir şey vardı. *Ama ne?*

Aynı anda Leandra kahvaltımızla geri geldi ve konuşmamız yarıda kaldık. Midem, ne kadar acıktığımı hatırlatmak ister gibi guruldıyordu. Tabağımdaki her şeyi silip süpürürken, Christian beni can sıkıcı bir onayla izliyordu.

"Bir jestte bulunabilir miyim?" diye sordum.

"Nasıl bir jest?"

"Bu yemeği ben ödeyebilir miyim?

Christian bir homurtu çıkardı.

"Hiç sanmıyorum," dedi.

"Lütfen, ödemek istiyorum."

Kaşlarını çattı.

"Beni tamamen iğdiş etmeye falan mı çalışıyorsun?"

"Büyük olasılıkla hesabı ödemeye gücümün yeteceği tek yer burası."

"Anastasia, düşünceni takdir ediyorum. Gerçekten. Ama hayır."

Dudaklarımı büzdüm.

"Surat asma," diye tehdit ederken, gözlerinde şeytani bir pırıltı dans ediyordu.

Elbette annemin adresini sormadı bile. Sapık takipçi olarak, zaten biliyordu. Evin önünde durunca yorum yapmadım. Ne anlamı vardı ki?

Utana sıkıla, "İçeri gelmek ister misin?" diye sordum.

"Çalışmam gerek, Anastasia, ama akşama geri geleceğim. Saat kaçta?"

Tatsız hayal kırıklığımı yok saydım. Neden her anımı bu kontrol meraklısı seks tanrısıyla geçirmek istiyordum ki? Ah, evet, ona âşık olmuştum ve uçabildiğine göre elimden de uçup kaçabilirdi.

"Teşekkürler… daha fazlası için."

"Benim için zevkti, Anastasia." Beni öperken seksi Christian kokusunu içime çektim.

"Sonra görüşürüz."

"İstersen beni durdurmayı dene," diye fısıldadı.

Georgia güneşinde uzaklaşırken, arkasından el salladım. Üzerimde hâlâ onun *sweatshirt*ü ve iç çamaşırı vardı; çok sıcaklamıştım.

Mutfakta annem tam bir telaş halindeydi. Her gün bir multizilyoner ağırlamıyordu ve fena stres yapmıştı.

"Nasılsın hayatım?" diye sorunca kıpkırmızı kesildim; çünkü dün gece ne yaptığımı çok iyi biliyor olmalıydı.

"İyiyim. Christian beni bu sabah planör uçuşuna götürdü." Bu yeni bilginin dikkatini dağıtmasını umuyordum.

"Planör mü? Motorsuz küçük bir uçak olan planör?"

Başımla onayladım.

"Vay canına."

Nutku tutulmuştu ve bu annem için yeni bir kavramdı. Bana ağzı açık bakakaldı, ama sonra hemen toparlanıp geleneksel soru dizisine döndü.

"Dün gece nasıldı? Konuştunuz mu?"

Tanrım. Kıpkırmızı kesildim.

"Konuştuk. Dün gece de, bugün de. Daha iyiye gidiyor."

"İyi." Dikkatini yeniden mutfak masasında açık duran dört yemek kitabına çevirdi.

"Anne… İstersen bu akşam için yemeği ben yapabilirim."

"Ah, tatlım, çok naziksin ama ben yapmak istiyorum."

"Tamam." Annemin yemek pişirmesinin ya müthiş bir başarı ya da fiyasko olduğunu bildiğim için yüzümü buruşturdum. Belki de Bob'la Savannah'a taşındıktan sonra ilerleme kaydetmişti. Hiç kimseyi –hatta, hımmm nefret ettiğim kim vardı, evet Bayan Robinson, Elena– onun yemeklerine maruz bırakmak istemeyeceğim zamanlar olmuştu. Şey, pekâlâ, belki Elena'yı maruz bırakmak isteyebilirdim. *Bu kahrolası kadınla bir gün tanışacak mıyım acaba?*

Christian'a hızlı bir teşekkür göndermeye karar verdim.

Kimden: Anastasia Steele

Konu: Sızlama yerine Süzülme

Tarih: 2 Haziran 2011 10:20 Yerel Saat

Kime: Christian Grey

Bazen bir kıza nasıl iyi vakit geçirteceğini çok iyi biliyorsun.

Teşekkürler

Ana x

Kimden: Christian Grey

Konu: Sızlama'ya karşı Süzülme

Tarih: 2 Haziran 2011 10:24 Yerel Saat

Kime: Anastasia Steele

Her ikisini de horlamana tercih ederim. Ben de iyi vakit geçirdim.

Ama seninleyken her zaman iyi vakit geçiriyorum.

Christian Grey

CEO, Grey Şirketler Topluluğu

Kimden: Anastasia Steele

Konu: HORLAMA

Tarih: 2 Haziran 2011 10:26 Yerel Saat

Kime: Christian Grey

BEN HORLAMAM. Ve horluyorsam da bunu belirtmeniz centilmenlik dışı bir hareket.

Hiç beyefendi değilsiniz, Bay Grey! Ve üstelik Derin Güney'desiniz.

Ana

Kimden: Christian Grey

Konu: Sayıklama

Tarih: 2 Haziran 2011 10:28 Yerel Saat

Kime: Anastasia Steele

Ben hiçbir zaman beyefendi olduğumu iddia etmedim, Anastasia ve sanırım sana bunu sayısız olayda gösterdim. BAĞIRAN büyük harflerin beni rahatsız etmedi. Ama sana küçük beyaz bir yalanı itiraf edeceğim: Horlamıyorsun ama konuşuyorsun. Ve bu büyüleyici.

Öpücüğüme ne oldu?

Christian Grey

CEO, Grey Şirketler Topluluğu

Lanet olsun. Uykumda konuştuğumu biliyordum. Kate bana yeterince söylemişti. Ne söylemiştim, kim bilir. *Ah, hayır.*

Kimden: Anastasia Steele

Konu: Ağzındaki Baklaları Çıkar

Tarih: 2 Haziran 2011 10: 32 Yerel Saat

Kime: Christian Grey

Sen kaba, kötü bir adamsın ve kesinlikle beyefendi değilsin.

Eee, ne dedim? Konuşana kadar sana öpücük yok!

Kimden: Christian Grey

Konu: Uyuyan ve Konuşan Güzel

Tarih: 2 Haziran 2011 10:35 Yerel Saat

Kime: Anastasia Steele

Söylemem centilmenliğe aykırı düşer ve bunun için azar işittim bile.

Ama uslu durursan bu akşam söyleyebilirim. Şimdi bir toplantıya girmem gerek.

Hadi kaçtım, bebek.

Christian Grey

CEO, Kaba & Kötü Adam, Grey Şirketler Topluluğu

Pekâlâ! Bu akşama kadar sessizliğimi koruyacaktım. *Tanrım.* Ya uykumda ondan nefret ettiğimi ya da daha beteri onu sevdiğimi söylediysem! Ah, öyle olmadığını umuyordum. Ona bunu söylemeye hazır değildim ve onun da duymaya hazır olmadığından emindim. Tabii bir gün duymak istiyorsa. Ekrana yüzümü buruşturarak baktım ve annem her ne pişiriyor olursa olsun, hamuru yoğururken sıkıntımı atmak için ekmek yapmaya karar verdim.

Annem tercihini soğuk domates çorbası ve zeytinyağı, sarımsak ve limonla marine edilmiş bifteklerle barbekü yapmaktan yana kullanmıştı. Christian eti seviyordu ve yapması basitti. Bob mangalın başına geçmeyi kabul etmişti. Markette alışveriş arabasıyla annemin peşinde dolaşırken, *Şu erkeklerin ateşe merakı neden acaba,* diye düşünüyordum.

Et reyonunda dolaşırken telefonum çaldı. Arayanın Christian olabileceği düşüncesiyle telaşla atıldım. Numarayı tanımıyordum.

Nefes nefese, "Alo?" dedim.

"Anastasia Steele?"

"Evet."

"SBY'den Elizabeth Morgan."

"Ah, merhaba."

"Size Bay Jack Hyde'ın asistanlığı görevini teklif etmek için aradım. Pazartesi başlamanızı istiyoruz."

"Vay canına. Harika. Teşekkürler."

"Maaş detaylarını biliyor musunuz?"

"Evet. Evet... Bu... demek istediğim, teklifinizi kabul ediyorum. Sizinle çalışmayı çok isterim."

"Harika. O zaman pazartesi sabahı saat 08:30'da görüşürüz?"

"Görüşürüz. Hoşça kalın. Ve teşekkürler."

Anneme kocaman bir gülümsemeyle baktım.

"İşi aldın mı?"

Kafamı coşkuyla salladım. Annem Publix marketinin orta yerinde bir çığlık koyuverip beni kucakladı."

"Tebrikler, hayatım! Şampanya da almalıyız!" El çırparak zıplıyordu. *Annem kırk iki yaşında mı yoksa on iki mi?*

Telefonuma baktım ve kaşlarımı çattım. Christian'dan cevapsız bir çağrı vardı. Beni hiç aramazdı. Hemen aradım.

Derhal açtı. "Anastasia."

Utangaç bir sesle, "Merhaba," dedim.

"Seattle'a dönmek zorundayım. Bir şey çıktı. Şu anda Hilton Head yolundayım. Lütfen annene özürlerimi ilet, yemeğe gelemeyeceğim." Sesi fazla resmîydi.

"Ciddi bir şey değildir, umarım."

"Halletmem gereken bir durum var. Yarın görüşürüz. Kendim gelemezsem seni alması için havaalanına Taylor'ı gönderirim." Sesi soğuktu. Hatta öfkeli. Ama ilk kez, hemen benim yüzümden olduğunu düşünmedim.

"Tamam. Umarım durumu çözersin. İyi uçuşlar."

"Sana da, bebeğim." Ve bu sözcüklerle Christian'ın geri dönmüştü. Sonra telefonu kapattı.

Ah, hayır. Yaşadığı son "durum" benim bekâretimdi. *Tanrım, umarım öyle bir şey değildir.* Anneme baktım. Biraz önceki çocuksu neşesi endişeye dönüşmüştü.

"Christian'dı. Seattle'a dönmesi gerekiyormuş. Özür diliyor."

"Ah, çok yazık hayatım. Yine de barbekümüzü yapacağız. Ne de olsa kutlayacak bir şeyimiz var: Yeni işin! Bana her şeyi anlatmalısın."

Akşamüstü saatlerinde, annemle havuz başında yatıyorduk. Bay Megapara akşam yemeğine gelmeyeceği için annem kelimenin tam anlamıyla gevşeyip pelteye dönmüştü. Tenimin solgunluğundan kurtulma çabasıyla güneşte yatarken, önceki akşamı ve bugünkü sabah kahvaltısını düşündüm. Christian'ı düşünürken aptal sırıtışım bir türlü geçmiyordu. Çeşitli konuşmalarımızı ve yaptıklarımızı... onun yaptıklarını düşününce, davetsiz bir misafir gibi suratıma yerleşiyordu.

Christian'ın tavırlarında bir gelgit eğilimi vardı sanki. Bunu inkâr ediyordu, ama daha fazlası için çaba harcadığını kabul ediyordu. Ne değişmiş olabilirdi ki? Uzun e-postasından ve dün onu görüşümden bu yana ne değişmişti? Ne yapmıştı? Aniden doğrulup otururken, az kalsın kolamı deviriyordum. Onunla yemek yemişti... Elena'yla.

Lanet olsun!

Bu fark ediş kafa derimin karıncalanmasına neden olmuştu. Yoksa Elena ona bir şey mi söylemişti? Ah, o yemekte duvarda bir sinek olmak için neler vermezdim. Çorbasına ya da şarap kadehine konup onu boğabilirdim.

Annem uyuşukluğundan irkilerek, "Ne oldu, Ana, tatlım?" diye sordu.

"Aklıma bir şey geldi, anne. Saat kaç?"

"Altı buçuğa geliyor."

Hımm... Henüz inmemişti. Ona sorabilir miydim? Sormalı mıydım? Belki kadının bununla hiçbir ilgisi yoktu. Hararetle öyle olduğunu umuyordum. Uykumda ne demiştim? *Ah, lanet...* her iddiasına girerim, onu rüyamda görürken, kontrolsüz bir yorum yapmıştım. Her neyse ya da her ne idiyse, değişimin o kadından değil, Christian'ın içinden geldiğini umdum.

Bu lanet sıcakta bunalmıştım. Havuza bir kez daha dalsam iyi olacaktı.

Yatmaya hazırlanırken bilgisayarımı açtım. Christian'dan hiç haber almamıştım. Sapasağlam vardığına dair tek bir kelime bile yoktu.

Kimden: Anastasia Steele

Konu: Sapsağlam Vardın Mı?

Tarih: 2 Haziran 2011 22:32 Yerel Saat

Kime: Christian Grey

Sevgili Efendim,

Lütfen sapasağlam vardığınıza dair bir haber verin. Endişelenmeye başlıyorum. Aklım sizde.

Ana'nız x

Üç dakika sonra e-posta gelen kutumun ikaz sesini duydum.

Kimden: Christian Grey

Konu: Özür Dilerim

Tarih: 2 Haziran 2011 19:36

Kime: Anastasia Steele

Sevgili Bayan Steele,

Sapasağlam vardım ve lütfen size haber vermediğim için özrümü kabul edin. Sizi endişelendirmek istemezdim. Beni önemsediğinizi bilmek içimi ısıtıyor. Ben de sizi düşünüyorum ve her zamanki gibi yarın görmek için sabırsızlanıyorum.

Christian Grey

CEO, Grey Şirketler Topluluğu

İç geçirdim. Christian ciddiyete dönüş yapmıştı.

Kimden: Anastasia Steele

Konu: Durum

Tarih: 2 Haziran 2011 22:40 Yerel Saat

Kime: Christian Grey

Sevgili Bay Grey,

Sizi fazlasıyla önemsediğimin apaçık ortada olduğunu düşünüyorum. Bundan nasıl şüphe duyabilirsiniz?

Umarım "durum"unuz kontrol altındadır.

Ana'nız x

Not: Bana uykumda ne söylediğimi söyleyecek misiniz acaba?

Kimden: Christian Grey

Konu: Cevap Vermeme Hakkımı Kullanıyorum

Tarih: 2 Haziran 2011 19:45

Kime: Anastasia Steele

Sevgili Bayan Steele,

Beni önemsemeniz çok hoşuma gidiyor. Buradaki "durum" henüz çözülmedi.

Notunuza gelince, cevabım hayır.

Christian Grey

CEO, Grey Şirketler Topluluğu

Kimden: Anastasia Steele

Konu: Deliliğe Sığınıyorum

Tarih: 2 Haziran 2011 22:48 Yerel Saat

Kime: Christian Grey

Umarım eğlenceliydi. Ama bilincim yerinde değilken ağzımdan çıkan şeyler için hiçbir sorumluluk kabul etmeyeceğimi bilmelisiniz. Aslında büyük olasılıkla beni yanlış duymuşsunuzdur.

Sizin gibi ileri yaşta bir adam herhalde biraz sağırdır.

Kimden: Christian Grey

Konu: Suçu Kabul Ediyorum

Tarih: 2 Haziran 2011 19:52

Kime: Anastasia Steele

Sevgili Bayan Steele,
Biraz yüksek sesle konuşabilir misiniz? Sizi duyamıyorum.

Christian Grey
CEO, Grey Şirketler Topluluğu

Kimden: Anastasia Steele
Konu: Yine Deliliğe Sığınıyorum
Tarih: 2 Haziran 2011 22:54 Yerel Saat
Kime: Christian Grey

Beni deli ediyorsunuz.

Kimden: Christian Grey
Konu: Öyle Olduğunu Umarım
Tarih: 2 Haziran 2011 19:59
Kime: Anastasia Steele

Sevgili Bayan Steele,
Cuma gecesi tam olarak bunu yapmayı planlıyorum. Sabırsızlıkla bekliyorum.

;)

Christian Grey
CEO, Grey Şirketler Topluluğu

Kimden: Anastasia Steele

Konu: Grrrrrr

Tarih: 2 Haziran 2011 23:02 Yerel Saat

Kime: Christian Grey

Size resmen kızmış bulunuyorum.

İyi geceler.

Bayan A.R. Steele

Kimden: Christian Grey

Konu: Vahşi Kedi

Tarih: 2 Haziran 2011 20:05

Kime: Anastasia Steele

Yoksa siz bana hırlıyor musunuz, Bayan Steele?

Hırlaması için bir kedim var.

Christian Grey
CEO, Grey Şirketler Topluluğu

Kedisi mi vardı? Dairesinde kedi falan görmemiştim. Hayır, ona cevap vermeyecektim. Bazen insanı o kadar sinir ediyordu ki. Sinir etmenin elli tonu. Yatağa tırmandım ve karanlığa alışmak için gözlerimi tavana dikip yattım. Bilgisayarımdan bir ikaz sesi daha duydum. Bakmayacaktım. Hayır, kesinlikle bakmayacaktım. Hayır, bakmayacaktım. Peh! Aptalın teki olduğum için, Christian Grey'in sözlerinin çekimine karşı koyamıyordum.

Kimden: Christian Grey

Konu: Uykunuzda Söyledikleriniz

Tarih: 2 Haziran 2011 20:20

Kime: Anastasia Steele

Anastasia,

Uykunda mırıldandığın kelimeleri bilincin yerindeyken söylemeni tercih ederim. İşte bu yüzden sana söylemeyeceğim. Artık uyu. Yarın için aklımdan geçenler için dinlenmiş olman şart.

Christian Grey
CEO, Grey Şirketler Topluluğu

Ah, hayır... Ne söylemiştim? Sandığım kadar kötü olduğundan emindim.

BÖLÜM YİRMİ BEŞ

Annem bana sıkıca sarıldı.

Kulağıma, "Kalbinin sesini dinle, hayatım ve lütfen, lütfen hiçbir şeyi gereğinden fazla düşünmemeye çalış. Gevşe ve keyfine bak. Çok gençsin, tatlım. Hayatta tecrübe edeceğin o kadar çok şey var ki, bırak olsun. Sen her şeyin en iyisini hak ediyorsun," diye fısıldadı. İçten sözleri rahatlatıcıydı. Saçlarımı öptü.

"Ah, anne..." Ona sımsıkı sarılırken, sıcak, davetsiz yaşlar gözlerimde parlıyordu.

"Hayatım, ne derler bilirsin. Prensini bulmadan önce, çok kurbağa öpmen gerekir."

Ona çarpık, buruk bir gülümsemeyle baktım.

"Sanırım ben bir prensi öptüm, anne. Umarım bir kurbağaya dönüşmez."

Bana en sevecen, annece ve kesinlikle koşulsuz sevgi gülümsemesiyle baktı ve tekrar kucaklaşırken bu kadına hissettiğim sevginin boyutuna şaşırdım.

"Ana, senin uçuşunu anons ediyorlar," derken Bob'un sesi endişeliydi.

"Ziyarete gelecek misin, anne?"

"Elbette, hayatım. En kısa zamanda. Seni s[illegible]um."

"Ben de seni."

Benden ayrılırken, gözleri dökülmemiş yaşlar yüzünden kızarmıştı. Ondan ayrılmaktan nefret ediyordum. Bob'u kucakladım ve dönüp kapıya yürüdüm. Bugün birinci sınıf salonuna vaktim yoktu.

Kendime arkama bakma izni vermeyecektim. Ama verdim. Bob anneme sarılmıştı ve annemin yüzünden yaşlar akıyordu. Ben de benimkileri daha fazla tutamadım. Başımı önüme eğdim ve yaşlarla bulanıklaşan gözlerimi parlak beyaz zeminden ayırmadan kapıya yürüdüm.

Uçağa binince, birinci sınıfın lüks ortamında koltuğuma kıvrılıp kendimi toplamaya çalıştım. Annemden kopmak her zaman acı verici oluyordu. Biraz kaçık, biraz düzensizdi ve yeni yeni kendini buluyordu, ama beni seviyordu. Koşulsuz sevgi her çocuğun ebeveynlerinden görmeyi hak ettiği şeydi. Asi düşüncelerim karşısında kaşlarımı çatarak BlackBerry'mi çıkardım ve umutsuz gözlerle baktım.

Christian sevgi hakkında ne biliyordu ki. Erken çocukluğunda hak ettiği koşulsuz sevgiyi almamışa benziyordu. Kalbim buruldu ve annemin sözleri bir meltem gibi aklıma süzüldü. *Evet, Ana. Lanet olsun, daha neye ihtiyacın var? Alnında yanıp sönen bir neon tabelasına mı?* Christian'ın beni sevdiğini sanıyordu, ama tabii ki o benim annemdi ve böyle düşünecekti. Her şeyin en iyisini hak ettiğimi düşünüyordu. Kaşlarımı çattım. Bu doğruydu. Ve şaşırtıcı bir netlik anında, anladım. Çok basitti: Aşkını istiyordum. Christian Grey'in beni sevmesine ihtiyacım vardı. İlişkimiz konusunda çok ketum olma nedenim buydu. Çünkü temel bir düzeyde, içimde derine yerleşmiş bir sevilme ve değer görme dürtüsü olduğunun farkındaydım.

Ve onun elli tonu yüzünden, kendimi tutuyordum. Bu köle-efendi ilişkisi, aklımı gerçek sorundan uzak tutan bir şeydi. Seks müthişti, Christian zengindi, güzeldi, ama bütün bunlar aşk olmadığı sürece anlamsızdı. Ve asıl sorun sevgiye muktedir olup olmadığını bilmememdi. Christian kendini bile sevmiyordu. Kendinden nasıl nefret ettiğini, Elena'nın sevgisinin kabul edilebilir bulduğu tek sevgi olduğunu hatırladım. Cezalandırılırken –kırbaçlanıp dövülürken ya da ilişkilerinin gerektirdiklerini yaşarken– sevgiyi hak etmediğini düşünüyordu. Neden böyle hissediyordu? Nasıl böyle hissedebiliyordu. Sözleri aklımdan çıkmıyordu: *Kusursuz olmadığın zaman, kusursuz bir ailenin arasında büyümek çok zordur.*

Gözlerimi yumup acısını hayal etmeye çalıştım, ama anlamanın yakınından bile geçemiyordum. Gereğinden fazlasını açık etmiş olabileceğimi hatırlayıp ürperdim. Uykumda Christian'a ne itiraf etmiştim? Hangi sırlarımı ifşa etmiştim?

BlackBerry'ye bana cevap verebileceği umuduyla baktım. Beklenileceği üzere, fazla açık sözlü olduğu söylenemezdi. Uçak henüz kalkışa geçmediği için Elli Tonum'a bir e-posta göndermeye karar verdim.

Kimden: Anastasia Steele
Konu: Eve Dönüş Yolunda
Tarih: 3 Haziran 2011 12:53 Yerel Saat
Kime: Christian Grey

Sevgili Bay Grey,

Bir kez daha birinci sınıfa yerleştim ve bunun için size teşekkür ederim. Sizi bu akşam göreceğim ve muhtemelen de uyku sırasındaki itiraflarım için işkence edeceğim zamana dakikaları sayıyorum.

Ana'nız x

Kimden: Christian Grey
Konu: Eve Dönüş Yolunda
Tarih: 3 Haziran 2011 09:58
Kime: Anastasia Steele

Anastasia, seni görmek için sabırsızlanıyorum.

Christian Grey
CEO, Grey Şirketler Topluluğu

Cevabı kaşlarımın çatılmasına neden oldu. Kısa kesilmiş ve resmî görünüyordu. Her zamanki hazırcevap ve etkileyici tarzından eser yoktu.

Kimden: Anastasia Steele

Konu: Eve Dönüş Yolunda

Tarih: 3 Haziran 2011 13:01 Yerel Saat

Kime: Christian Grey

Sevgili Bay Grey,

Umarım "durum" konusunda her şey yolundadır. E-postanızın tonlaması endişe verici.

Ana x

Kimden: Christian Grey

Konu: Eve Dönüş Yolunda

Tarih: 3 Haziran 2011 10:04

Kime: Anastasia

Anastasia,

Durum daha iyi olabilirdi. Daha kalkmadınız mı? Kalktıysanız e-posta atmamalısın. Kendini tehlikeye atıyor ve kişisel güvenliğinle ilgili kuralı doğrudan ihlal ediyorsun. Cezalar konusunda söylediklerimde ciddiydim.

Christian Grey

CEO, Grey Şirketler Topluluğu

Lanet olsun. Tamam. Tanrım. Onu yiyip bitiren neydi? "Durum"du muhtemelen. Belki de Taylor firar etmişti ya da borsada birkaç milyon kaybetmişti. Sebebi her neyse.

Kimden: Anastasia Steele
Konu: Aşırı Tepki
Tarih: 3 Haziran 2011 13:06 Yerel Saat
Kime: Christian Grey

Sevgili Bay Huysuz,

Uçağın kapıları hâlâ açık. Rötarımız var, ama sadece on dakika. Benim ve etrafımdaki yolcuların iyiliği güvencede. Kaşınan avucunuzu şimdilik bir kenara kaldırabilirsiniz.

Bayan Steele

Kimden: Christian Grey
Konu: Özür-Kaşınan Avuç Bir Kenara Kaldırıldı
Tarih: 3 Haziran 2011 10:08
Kime: Anastasia

Sizi ve o ukalalığınızı özledim, Bayan Steele.
Eve sapasağlam dönmenizi istiyorum.

Christian Grey
CEO, Grey Şirketler Topluluğu

Kimden: Anastasia Steele

Konu: Özür Kabul Edildi

Tarih: 3 Haziran 2011 13:10 Yerel Saat

Kime: Christian Grey

Kapıları kapatıyorlar. Benden bir gık daha duymayacaksınız, özellikle sağırlığınız göz önünde bulundurulursa...

Hadi kaçtım.

Ana

BlackBerry'yi kapatırken, kaygılarımdan kurtulamamıştım. Christian'da bir şeyler vardı. Belki de "durum" kontrolden çıkmıştı. Arkama yaslandım ve çantalarımı kaldırdığım başüstü dolabına baktım. Bu sabah, annemin yardımıyla, Christian'a birinci sınıf ve planör uçuşu için teşekkür etmek için bir hediye almıştım. Henüz saçma sapan hediyemi vereceğimden emin değildim. Çocuksu bulabilirdi ve eğer tuhaf bir ruh halinde olursa, belki de bulmazdı. Hem geri dönmek için hevesli hem de seyahatimin sonunda beni neyin beklediği konusunda kaygılıydım. "Durum"a dair her tür senaryoyu zihnimden geçirirken, bir kez daha tek boş koltuğun benim yanımdaki olduğunu fark ettim. Aklımdan Christian'ın kimseyle konuşamamam için o koltuğu da satın almış olduğu ihtimali geçerken, kafamı salladım. Saçma bir düşünceydi, hiç kimse o kadar kontrol meraklısı, o kadar kıskanç olamazdı. Uçak kalkış pistine doğru ilerlerken gözlerimi yumdum.

Sekiz saat sonra, Sea-Tac gelen yolcu terminaline çıktığımda, Taylor'ı üzerinde BAYAN A. STEELE yazan bir tabelayla beni beklerken buldum. *Cidden*! Ama onu görmek güzeldi.

"Merhaba, Taylor."

"Bayan Steele." Beni resmî bir tavırla karşılasa da, keskin kahverengi bakışlarında bir gülümseme iması görür gibi oldum. Her zamanki kusursuz halindeydi; şık kömür grisi takım elbise, beyaz gömlek, kömür grisi kravat.

"Neye benzediğini biliyorum, Taylor; tabelaya ihtiyacın yok. Ayrıca bana Ana diye hitap etmeni tercih ederim."

"Ana, çantalarını alabilir miyim, lütfen."

"Ben halledebilirim. Teşekkürler."

Dudakları gözle görülür biçimde gerildi.

"A-ama... Sen alınca daha rahat edeceksen," diye kekeledim.

"Teşekkürler." Sırt çantamı ve annemin benim için aldığı kıyafetleri barındıran çekçekli çantayı aldı. "Bu taraftan, efendim."

İç geçirdim. O kadar kibardı ki. Hafızamdan silmeyi çok istesem de, bu adamın benim için iç çamaşırı satın aldığını hatırladım. Aslında benim için iç çamaşırı satın alan tek erkek oydu ve bu düşünce beni rahatsız ediyordu. Ray bile böylesi bir zorluğa katlanmamıştı. Sessizlik içinde, havaalanı park alanında bekleyen siyah Audi SUV'ye yürüdük; benim için kapıyı açık tuttu. Seattle'a dönüşte bu kadar kısa bir etek giymenin iyi bir fikir olup olmadığını düşünerek, arabaya tırmandım. Georgia'da serin tutuyor ve iyi geliyordu. Buradaysa kendimi teşhirci gibi hissetmiştim. Taylor çantalarımı bagaja yerleştirince, Escala'ya doğru yola çıktık.

Akşam trafiğine takıldığımız için ağır ilerliyorduk. Taylor gözünü yoldan ayırmıyordu. Ketum kelimesi onu anlatmakta yetersiz kaldırdı.

Sessizliğe daha fazla dayanamadım.

"Taylor, Christian nasıl?"

"Bay Grey endişeli, Bayan Steele."

Ah, "durum" yüzünden olsa gerekti. Bir altın madenini kazıyordum.

"Endişeli mi?"

"Evet, efendim."

Taylor'a kaşlarımı çattım, dikiz aynasından bana bakınca, göz göze geldik. Daha fazlasını söylemedi. Tanrım, en az kontrol manyağının kendisi kadar sıkı ağızlı olabiliyordu.

"İyi mi?"

"Sanırım, efendim."

"Bana Bayan Steele diye hitap edince daha rahat mı ediyorsun?"

"Evet, efendim."

"Ah, peki."

Bu, sohbetimizin sonunu getirdi ve bir süre daha konuşmadan devam ettik. Taylor'ın yakın zamanda Christian'ın ayaklı kasırgadan farksız olduğunu ağzından kaçırmasının anormal bir durum olduğunu düşünmeye başlıyordum. Belki de bunu yaptığı için utanıyor, sadakatsizlik etmiş olmaktan endişeleniyordu. Sessizlik boğucuydu.

"Biraz müzik açabilir misin, lütfen?"

"Elbette, efendim. Ne dinlemek istersiniz?"

"Rahatlatıcı bir şeyler."

Gözlerimiz aynada bir kez daha buluşurken, Taylor'ın dudaklarında bir gülümsemenin belirdiğini gördüm.

"Evet, efendim."

Direksiyonda birkaç düğmeye bastı ve Pachelbel'in yumuşacık ezgileri aramızdaki boşluğa süzüldü. *Ah, evet...* İhtiyaç duyduğum buydu.

"Teşekkürler." Interstate 5'ten Seattle'a doğru ağır ağır ama sabit bir hızla ilerlerken, arkama yaslandım.

Yirmi beş dakika sonra, Taylor beni Escala'nın girişini oluşturan görkemli cephede indirdi.

Kapıyı benim için açarak, "İçeri buyurun, efendim," dedi. "Ben valizinizi getiririm." İfadesi yumuşak, sıcak ve hatta babacandı.

Tanrım... Taylor amca, ne düşünceydi ama.

"Beni karşıladığın için teşekkür ederim."

"Benim için zevkti, Bayan Steele." Gülümsedi. Binadan içeri yürüdüm. Kapıcı beni başıyla selamlayıp el salladı.

Otuzuncu kata çıkarken, bin kadar kelebek midemde kanatlarını açmış deli gibi çırpınıyorlardı. *Neden bu kadar gerginim?* Nedeninin içeri girdiğimde Christian'ın nasıl bir ruh halinde olacağını bilmemem olduğunun farkındaydım. İçimdeki tanrıça bir ruh halinden umutluydu. Bilinçaltımsa, benim gibi gergindi.

Asansör kapıları açıldı ve kendimi holde buldum. Taylor tarafından karşılanmamak tuhaftı. Elbette, o, arabayı park etmekle meşguldü. Geniş salonda, Christian alçak sesle telefonla konuşurken cam kapılardan, akşamın ilk saatlerinin Seattle göğüne bakıyordu. Üzerinde ceketinin önü açık, gri bir takım elbise vardı ve elini saçlarının arasında dolaştırıyordu. Gergin, hatta sinirliydi. Ah, hayır. Yolunda gitmeyen neydi? Gergin olsun ya da olmasın, güzel bir manzaraydı. Nasıl bu kadar dikkat çekici olabiliyordu?

"Hiç iz yok... Tamam... Evet." Döndü, beni gördü ve duruşu bir anda değişti. Gerilimden rahatlamaya ve rahatlamadan başka bir şeye. Doğrudan içimdeki tanrıçaya bakan, şehvet yüklü gözleri yakıcıydı.

Dilim damağım kurudu ve arzu bedenimde çiçeklendi... *Vay canına.*

"Beni bilgilendirin," dedi ve kararlı adımlarla bana doğru yürürken telefonu kapattı. Beni gözleriyle yiyip bitirerek aramızdaki mesafeyi kapatırken, taş kesildim. *Lanet olsun...* Bir şeyler yolunda değildi. Çenesindeki gerilim; göz çevresindeki kaygı. Ceketinden sıyrıldı, kravatını çözdü ve bana doğru yürürken ikisini de yolun üstündeki bir koltuğun üstüne attı. Sonra kollarıyla beni sardı ve sertçe kendine çekti, başımı kaldırmak için atkuyruğumu tuttu ve beni hayatı buna bağlıymış gibi öpmeye başladı. Bu da neyin nesiydi! Saç tokasını canımı acıtarak çekip çıkardı, ama umurumda değildi. Öpüşünde umutsuz, ilkel bir yan vardı. Nedeni ne olursa olsun, zamanda bu noktada bana ihtiyacı vardı ve hiç bu kadar arzulanıp istendiğimi hissetmemiştim. Aynı anda hem karanlık, hem şehvetli, hem de telaşlandırıcıydı. Onu denk bir hararetle, parmaklarımı saçlarının arasında dolaştırarak öptüm. Dudaklarımız birbirine dolanırken, tutkumuz ve ateşimiz patlamalar yaşıyordu. İlahi bir tadı vardı; ateşli, seksi ve kokusu –vücut şampuanı ve Christian karışımı kokusu– tahrik ediciydi. Ağzını benimkinden ayırdı ve adı konmamış bir duygunun pençesinde bana bakıyordu.

"Sorun ne?" diye soludum

"Döndüğüne o kadar memnunum ki. Benimle duş yap... şimdi."

Bu bir rica mıydı yoksa bir emir mi, karar veremedim.

"Evet," diye fısıldadım, beni elimden tutup büyük salondan kendi yatak odasındaki banyoya götürdü.

Oraya varınca elimi bıraktı ve fazlasıyla geniş duşun suyunu açtı. Yavaşça arkasına döndü ve yarı örtülü gözlerle bana baktı.

"Eteğini sevdim. Çok kısa," dedi alçak sesle. "Harika bacakların var."

Ayakkabılarını çıkardı ve çoraplarını tek tek çıkarmak için eğilirken, gözünü benden ayırmadı. Gözlerindeki aç bakışla nutkum tutulmuştu. *Vay canına...* Bu Yunan tanrısı tarafından isteniyor olmak. Ben de onu taklit ederek siyah babetlerimi çıkardım. Birden uzanıp beni duvara yasladı. Yüzümü, boynumu, dudaklarımı öpüyor, ellerini saçlarımın arasında dolaştırıyordu. Üzerime abanınca, serin, pürüzsüz seramikle kaplı duvarı sırtımda hissettim ve ısısıyla, seramiğin serinliği arasında yamyassı oldum. Çekinerek, kollarımı kollarının üst kısmına yerleştirdim. İyice sıkmamla inlemesi bir oldu.

"Seni şimdi istiyorum. Burada, hızlı ve sert..." diye soludu. Bacaklarımdaki elleri eteğimi yukarı itiyordu. "Kanaman sürüyor mu?"

"Hayır." Kızardım.

"İyi."

Başparmağını beyaz pamuklu çamaşırıma taktı ve çekip indirirken, bir anda dizlerinin üstüne çöktü. Eteğim yukarı sıyrıldığı için belimden aşağısı çıplaktı; nefes nefese ve arzu doluydum. Kalçalarımı kavradı ve beni tekrar duvara yaslayıp, bacaklarımın birleştiği tepe noktasını öptü. Bacaklarımı üst tarafından tutup iyice açılmaya zorladı. Dilinin klitorisimin etrafında çemberler çizdiğini hissederek yüksek sesle inledim. *Ah... Tanrım.* Parmaklarım saçlarının arasına kayarken, başımı istem dışı arkaya atıp inledim.

Dili acımasız, güçlü ve ısrarcıydı. Etrafımda tekrar tekrar dönüyordu... Hiç durmadan. Duygunun yoğunluğu muhteşemdi... neredeyse can acıtacak kadar muhteşem. Bedenim canlanmaya başlarken, Christian beni birdenbire bıraktı. *Ne? Hayır*! Hızlı hızlı solurken, nefesim kesik kesikti ve ona enfes bir beklentiyle bakıyordum. Yüzümü iki eliyle kavrayıp sıkıca tuttu ve kendi uyarılmamın tadını almam için dilini ağzıma bastırarak sertçe öptü. Fermuarını indirip kendini özgür bıraktı ve bacaklarımı arka tarafından kavrayıp beni havaya kaldırdı.

"Bacaklarını bana dola, bebek," diye emrederken, sesi telaşlı ve sıkıntılıydı.

Benden isteneni yaptım ve kollarımı boynuna götürdüm. Hızlı ve keskin bir hareketle içimi doldurdu. *Ah!* O iç geçirirken ben inledim. Popomu sıkıca tutup parmaklarını yumuşak etime bastırarak, önce ağır ağır, sabit bir tempoyla hareket etmeye başladı. Ancak kontrolü çözüldükçe, hızlandı... hızlı... daha hızlı. *Ah...* Başımı arkaya attım ve beni ileri, yükseğe, yukarı, daha yukarı iten bu istilacı, cezalandırıcı ve cennetten çıkma hisse konsantre oldum. Ve daha fazla kaldıramaz hale gelince, yoğun ve tüketici bir orgazmla sarmalanarak etrafında patladım. Derin bir inlemeyle kendini bıraktı ve içime iyice gömülürken, gürültülü ve uyumsuz bir inlemeyle yüzünü boynuma gömerek, boşaldı.

Nefesi çılgın gibiydi, ama beni şefkatle, kıpırdamadan ve içimden çıkmadan öptü. Ve ben hiçbir şey görmeden gözlerimi kırpıştırdım. Nihayet odağımda belirirken, yavaşça içimden çıktı ve ayaklarımı yere koyarken, dengemi sağlamam için beni tuttu. Banyo buharla bulutlanmış ve ısınmıştı. Kendimi fazla giyinik hissediyordum.

Utangaç bir gülümsemeyle, "Beni gördüğüne sevinmiş gibisin," dedim.

Dudakları büküldü. "Evet, Bayan Steele. Sanırım aldığım zevk kendini gösteriyor. Gel... Seni duşa sokayım."

Gömleğinin sıradaki üç düğmesini de çözdü, kol düğmelerini çıkarıp gömleği başının üstünden çekti ve yere attı. Kumaş pantolonunu ve iç çamaşırını çıkarıp ayağıyla bir tarafa fırlattı. Ben uzanıp göğsünü okşamak için yanıp tutuşarak onu izlerken –ve kendimi tutarken– bluzumun düğmelerini çözmeye başladı.

Yumuşak bir sesle, "Yolculuk nasıldı?" diye sordu. Şimdi artık çok daha sakin görünüyordu. Endişesi gitmiş, cinsel ilişki sonucu dağılmıştı.

"İyi, teşekkürler," diye mırıldanırken nefesim hâlâ düzene girmemişti. "Birinci sınıf için bir kez daha teşekkürler. Gerçekten de seyahat etmenin çok daha hoş bir yoluymuş." Ona utangaç bir ifadeyle gülümsedim. Biraz gergin, "Haberlerim var," diye ekledim.

"Ah?" Son düğmeyi açıp bluzu kollarımdan kaydırırken ve bir kenara attığı kıyafetlerinin üstüne fırlatırken bana bakıyordu.

"Artık bir işim var."

Durdu, sonra sıcacık ve yumuşacık gözlerle gülümsedi.

"Tebrikler, Bayan Steele. Artık nerede olduğunu söyleyecek misiniz?" diye takıldı.

"Bilmiyor musun?"

Kaşları çatık, kafasını salladı. "Neden bileyim?"

"Takip becerilerinle, sandım ki bilebilmen..." Yüzü düşünce, cümlemi yarıda kestim.

"Anastasia, kariyerine müdahale etmeyi, sen istemediğin sürece, aklımdan bile geçirmem." İncinmiş gibiydi.

"Yani hangi firma olduğu konusunda hiçbir fikrin yok, öyle mi?"

"Hayır. Seattle'da dört yayınevi olduğunu biliyordum; bu yüzden içlerinden biri olduğunu var sayıyorum."

"SBY."

"Ah, küçük olan, iyi. Aferin." Öne eğildi ve alnımı öptü. "Akıllı kız. Ne zaman başlıyorsun?"

"Pazartesi."

"O kadar çabuk mu? Bu durumda elimde hâlâ imkân varken senden faydalanmalıyım. Arkanı dön."

Bu rahat emri beni hazırlıksız yakalamıştı, ama isteğini yerine getirdim. Sutyenimi çözdü, eteğimin fermuarını indirdi. Eteğimi aşağı çekerken popomu avuçluyor, omzumu öpüyordu. Bana yaslandı, burnunu saçlarıma sürtüp derin bir nefes aldı. Kalçalarımı sıktı.

"Beni sarhoş ediyorsunuz, Bayan Steele ve sakinleştiriyorsunuz. Baş döndürücü bir karışım." Saçlarımı öptü. Beni elimden tutup duşa çekti.

"Ay," diye çığlık attım. Su neredeyse kaynıyordu. Su üzerinden çağlarken bana sırıtarak baktı.

"Sadece biraz sıcak su."

Ve aslında haklıydı. Yapış yapış Georga sabahını ve sevişmemizin yapışkanlığını üzerimden atışı, cennetten farksızdı.

"Arkanı dön," diye emretti ve yüzümü duvara dönerek itaat ettim. "Seni yıkamak istiyorum," diye mırıldandı ve vücut şampuanına uzandı. Avucuna bir miktar sıktı.

Elleri omuzlarıma uzanırken, "Sana söyleyecek bir şeyim daha var," dedim.

"Ah, öyle mi?" dedi.

Derin bir nefesle güç topladım. "Arkadaşım José'nin fotoğraf sergisi bu Perşembe günü Portland'da açılıyor."

Elleri göğüslerimin üstünde asılı halde, durdu. "Arkadaş" kelimesini iyice vurgulamıştım.

Sert bir sesle, "Evet, ne olmuş?" diye sordu.

"Gideceğimi söyledim. Benimle gelmek ister misin?"

Bana muazzam gelen bir sürenin sonunda, yavaşça, beni tekrar yıkamaya koyuldu.

"Kaçta?"

"Açılış akşam yedi otuzda."

Kulağımı öptü.

"Tamam."

İçimde bilinçaltım gevşedi ve eski, yıpranmış bir koltuğa yığıldı.

"Bana sormak seni gerdi mi?"

"Evet, nasıl anladın?"

"Anastasia, bütün bedenin bir anda gevşedi," dedi kuru bir sesle.

"Şey, sen biraz... kıskanç biri gibisin..."

"Evet, öyleyim," dedi gizemli bir sesle. "Ve bunu hatırlamakla iyi edersin. Ama sorduğun için teşekkürler. Charlie Tango'yu alırız."

Ah, tabii ya, helikopter. Ne salaktım. Yine uçacaktık... harika! Sırıttım.

"Seni yıkayabilir miyim?"

"Sanmıyorum," diye mırıldandı ve itirazının acısını gidermek için, boynuma minik bir öpücük kondurdu. Sabunla sırtımı okşarken, duvara bakarak yüzümü astım.

Cesurca, "Sana dokunmama hiç izin verecek misin?" diye sordum.

Eli popomda, bir kez daha durdu.

Kalçalarımı sıkıca kavrarken, "Ellerini duvara yasla, Anastasia. Sana bir kez daha sahip olacağım," dedi ve tartışmanın bittiğini o anda anladım.

Bir süre sonra, kahvaltı barının başında, bornozlarımızın içinde, Bayan Jones'un mükemmel *pasta alle vongole*'sini mideye indirmiş halde oturuyorduk.

Christian gri gözlerinde ışıltıyla, "Biraz daha şarap?" diye sordu.

"Küçük bir kadeh lütfen." Sancerre buruk ve lezzetliydi. Christian ikimize de birer kadeh doldurdu.

Çekinerek, "Şey... Seni Seattle'a döndüren 'durum' nasıl?" diye sordum.

Kaşlarını çattı. Buruk bir sesle, "Kontrol dışı," dedi. "Ama endişelenmeni gerektiren bir şey değil, Anastasia. Bu akşam senin için planlarım var."

"Ah?"

"Evet. On beş dakika sonra, oyun odasında hazır ve beklemede olmanı istiyorum." Ayağa kalktı ve bana yukarıdan baktı.

"Odanda hazırlanabilirsin. Bu arada, giyinme odası senin için kıyafetlerle dolu. Bu konuda herhangi bir itiraz istemiyorum." Gözlerini kısarak bir şey söylemem için kafa tuttu. Söylemediğimi görünce, çalışma odasına yürüdü.

Ben! İtiraz etmek! Size, Bay Elli Ton? Bedeli popomun ederinden fazla olurdu. Bar taburesinde anlık bir sersemlik haliyle bir süre daha oturarak bana verdiği bilgi kırıntısını sindirmeye çalıştım. Bana kıyafetler almıştı. Beni göremeyeceğini çok iyi bildiğim için, gözlerimi abartılı bir şekilde çevirdim. Araba, telefon, bilgisayar... kıyafetler. Yakında lanet olası bir ev de alırdı ve o zaman gerçekten metresi olacaktım.

Fahişe! Bilinçaltım alaycı yüzünü takınmıştı. Onu yok sayarak üst kata, odama çıktım. Yani hâlâ benimdi. Neden? Onunla birlikte uyumamı kabul ettiğini sanıyordum. Özel alanını kimseyle paylaşmaya alışık olmadığını düşündüm, ama aynı şey benim için de geçerliydi. Kendimi, en azından ondan kaçabileceğim bir yerim olduğu düşüncesiyle teselli ettim.

Kapıyı inceleyince bir kilidinin olduğunu, ama anahtarının olmadığını gördüm. Bir an, Bayan Jones'ta yedek bir anahtar olabilir mi, diye merak ettim. Ona soracaktım. Dolap kapağını açmamla kapatmam bir oldu. Tanrı aşkına, koca bir servet harcamıştı. Kate'inkine benziyordu, askıya yan yana bir yığın kıyafet sıralanmıştı. İçimden bir ses, hepsinin üzerime olacağını söylüyordu. Ama şimdi bunları düşünecek zamanım yoktu. Kırmızı... Acı –ya da umarım bu akşam için Zevk– Odasında dizlerimin üzerine çöküp beklemem gerekiyordu.

Kapının yanında diz çöktüğümde, külotum dışında tamamen çıplaktım. Yüreğim ağzımdaydı. *Tanrım.* Banyodan sonra doymuş olacağını düşünmüştüm. Adam doymak nedir bilmiyordu, ya da belki de erkeklerin hepsi onun gibiydi. Hiçbir fikrim ya da karşılaştırma yapacağım kimsem yoktu. Gözlerimi yumup kendimi yatıştırmaya ve içimdeki itaatkârla irtibat kurmaya çalıştım. Oralarda bir yerde, içimdeki tanrıçanın arkasına gizleniyordu.

Beklenti, damarlarımda soda gibi köpürerek akıyordu. Ne yapacaktı? Derin, sakinleştirici bir nefes aldım, ama heyecanlı, uyarılmış ve şimdiden ıslak olduğumu inkâr edemezdim. *Bu o kadar... yanlış ki,* diye düşünmek istiyordum ama bir şekilde öyle gelmiyordu. Christian için doğruydu. İstediği buydu ve son birkaç günün üstüne, bütün yaptıklarının ardından, biraz erkek olmalı ve ne istediğine karar verirse ya da neye ihtiyacı olduğunu düşünürse, kabul etmeliydim.

Bu akşam geldiğimde yüzünde taşıdığı ifadenin, özlemin, çölde bir vahaymışım gibi bana doğru kararlı yürüyüşünün anısı. O bakışı tekrar görmek için neredeyse her şeyi yapabilirdim. Bu enfes anı karşısında, bacaklarımı birbirine bastırdım ve bu, bana dizlerimi aralamam gerektiğini hatırlattı. Beni ne kadar bekletecekti acaba? Bekleme beni elden ayaktan kesiyordu, karanlık ve vaat dolu bir arzuyla beni felce uğratıyordu. Loş odada etrafıma baktım. Duvardaki çarpı, masa, kanepe, sıra... o yatak kırmızı saten örtüler arasında o kadar heybetli görünüyordu ki. Hangi aleti kullanacaktı acaba?

Kapı açıldı ve Christian beni tamamen yok sayarak içeri girdi. Gözlerimi hemen önüme indirip iki yana açılmış bacaklarımın üstüne dikkatle yerleştirdiğim ellerime indirdim. Kapının yanındaki büyük şifonyerin üstüne bir şey bıraktıktan sonra, rahat adımlarla yatağa yürüdü. En üst düğmesi açık bırakılmış yumuşak ve yıpranmış kot pantolonu dışında çıplaktı. Tanrım o kadar seksiydi ki. Bilinçaltım kendini deli gibi yelpazelerken, içimdeki tanrıça ilkel bir şehvet ritmiyle kıvrılıp bükülerek bir o yana bir bu yana sallanıyordu. O kadar hazırdı ki. İçgüdüsel olarak dudaklarımı yaladım. Kanım bedenimde koyu ve ağır, şehvetle çağlıyordu. *Bana ne yapacaktı?*

Döndü ve umursamaz bir tavırla şifonyere yürüdü. Çekmecelerden birini açtı, içindekileri çıkarıp şifonyerin üstüne yerleştiremeye başladı. Meraktan yanıp tutuşuyor, hatta ölüyordum, ama baskın kaçamak bir bakış atma arzuma direndim. İşini bitirince, karşıma dikildi. Çıplak ayaklarını görüyor ve her santimini öpmek istiyordum… Dilimi ayak tabanındaki girintide dolaştırmak, parmaklarını tek tek emmek. *Lanet olsun.*

"Harika görünüyorsun," diye soludu.

Neredeyse tamamen çıplak olan bedenime baktığının bilinciyle başımı önümde tuttum. Yüzüme ağır ağır yayılan sıcaklığı hissediyordum. Eğildi, çenemi tuttu ve beni yukarı, ona bakmaya zorladı.

"Sen çok güzel bir kadınsın, Anastasia ve tamamen benimsin," diye mırıldandı. "Ayağa kalk." Emri yumuşak ve şehvetli bir vaatle yüklüydü.

Titrek hareketlerle kalktım

"Bana bak," diye soludu. Gözlerimi dumanı tüten bakışlarına çevirdim. Bu, Hâkim bakışıydı; soğuk, sert ve seksi. Tek bir büyüleyici bakışta, günahın yedi tonu. Ağzım kurudu ve istediği her şeyi yapacağımı anladım. Dudaklarında neredeyse acımasız bir gülümseme dans ediyordu.

"İmzalı bir kontratımız yok, Anastasia. Ama tartışılmış sınırlarımız var. Ve güvenli kelimelerimiz olduğunu vurgulamak istiyorum, tamam mı?"

Lanet olsun… Güvenli kelimelere ihtiyaç duyacağım ne planlamış olabilirdi ki?

Otoriter bir sesle, "Neydi o kelimeler?" diye sordu.

"Sarı," diye mırıldandım.

"Ve?" diye bastırırken, ağzı düz bir çizgiye dönüşmüştü.

"Kırmızı," diye soludum.

"Aklında tut."

Elimde değildi. Kaşlarımı kaldırdım ve tam ona not ortalamamı hatırlatmaya hazırlanırken buz grisi gözlerindeki soğuk ışıltı beni durdurdu.

"O bilmiş ağzınızı açmayın, Bayan Steele. Yoksa sizi burada dizlerinizin üstünde beceririm. Anladınız mı?"

İçgüdüsel olarak yutkundum. *Tamam.* Azarın etkisiyle gözlerimi kırpıştırdım. Aslında beni rahatsız eden, tehdidin kendisinden çok, ses tonuydu.

"Evet?"

"Evet, Efendim," diye mırıldandım.

"Aferin sana." Bana bakmak için durdu. "Niyetim güvenli kelimeyi acı hissettiğin için kullanman değil. Sana yapmak niyetinde olduğum şey yoğun olacak. Çok yoğun; ve senin bana rehberlik etmen gerek. Anladın mı?"

Tam olarak anlamadım. Yoğun mu? Vay canına.

"Bütün olay, dokunmakla ilgili Anastasia. Beni göremeyecek ya da duyamayacaksın. Ama hissedebileceksin."

Kaşlarım çatıldı. Onu duyamayacak mıydım? Nasıl olacaktı? Döndü. Şifonyerin üstünde yassı, ince ve mat siyah bir kutunun durduğunu fark etmemiştim. Elini önünde sallayınca, kutu ortadan ikiye ayrıldı ve kapakların iki yana kaymasıyla ortaya bir CD oynatıcı ve bir dizi düğme çıktı. Christian bu düğmelerin birkaç tanesine sırayla bastı. Hiçbir şey olmadı, ama tatmin olmuşa benziyordu. Büyülenmiştim. Yüzünü tekrar bana döndüğünde, yüzünde, küçük, bir-sırrım-var gülümsemesini taşıyordu.

"Seni şu yatağa bağlayacağım, Anastasia, ama önce gözlerini bağlayacağım ve..." Elindeki iPod'u açığa çıkardı. "Ve beni duyamayacaksın. Duyacağın tek şey senin için çalacağım müzik olacak."

Pekâlâ. Müzikli bir oyun. İşte bunu beklemiyordum. Bir gün beklediğim bir şeyi yaptığı olacak mıydı acaba? *Tanrım, umarım rap değildir.*

"Gel." Beni elimden tutup dört direkli antika karyolaya götürdü. Her köşeye prangalar, uçlarında deri bilekliklerin olduğu, kırmızı satenin üstünde parlayan ince metal zincirler tutturulmuştu.

Ah, hayır. Yüreğim göğsümden fırlayacak gibiydi ve arzu içimde akarken, içim dışım eriyordu. Daha heyecanlı olabilir miydim?

"Şurada dur."

Yüzüm yatağa dönüktü. Eğildi ve kulağıma fısıldadı. "Burada bekle. Gözlerini yataktan ayırma. Kendini burada elin kolun bağlı ve insafıma kalmış şekilde yatarken hayal et."

Ah Tanrım.

Bir an için uzaklaştı ve kapının yanına bir şey getirmeye gittiğini duydum. Bütün duyularım ayaklanmış, işitme duyum şiddetlenmişti. Kapının yanındaki kamçılar ve kürekler rafından bir şey almıştı. *Lanet olsun. Ne yapacak?*

Onu arkamda hissettim. Saçlarımı tuttu, atkuyruğu haline getirip örmeye başladı.

"İki küçük örgünü sevsem de, Anastasia, şu anda sana sahip olmak için sabırsızlanıyorum. Bu yüzden tek bir örgüyle yetineceğiz." Sesi alçak ve yumuşaktı.

Usta parmakları saçlarımla uğraşırken arada sırtıma da değiyordu ve her dokunuşu tenimde tatlı bir elektrik şoku etkisi yaratıyordu. Saçının ucunu bir tokayla tutturdu, sonra örgüyü yavaşça çekip beni kendine yasladı. Sonra örgüyü, bu defa başımı yana yatırmam ve boynuma daha kolayca ulaşabilmesi için yana çekti. Eğildi. Burnunu boynuma sürterken, dişleri ve diliyle kulağımın altından omzuma uzanan bir yol çizdi. Bunu yaparken usulca mırıldanıyor ve ses, içimde yankılanıyordu. Aşağıda, *orada,* içimde. İstemeden, usulca inledim.

Nefesi tenimi yakarak, "Şşşt," dedi. Kollarıyla benimkilere dokunarak ellerini önümde tuttu. Sağ elinde bir kamçı vardı. Bu odayla ilk tanışmamdan hatırlıyordum.

"Dokun," diye fısıldarken şeytanın ta kendisiydi sanki. Bedenim alevlendi. Çekingen bir tavırla uzandım ve uzun ipliklerine dokundum. Süetten yapılma, uçları boncuklu çok sayıda uzun püskülü vardı.

"Bunu kullanacağım. Canını yakmayacak, ama kanını teninin yüzeyine çıkaracak ve seni çok duyarlı hale getirecek."

Ah, acımayacağını söylüyordu.

"Güvenli kelimeler neler, Anastasia?"

"Imm... sarı ve kırmızı, Efendim," diye fısıldadım.

"Aferin kızıma. Unutma ki acının büyük kısmı zihnindedir."

Kamçıyı yatağın üstüne bıraktı ve ellerini belime kaydırdı.

"Buna ihtiyacın olmayacak," dedi ve parmaklarını külotuma geçirip bacaklarımdan aşağı çekti. Sarsak hareketlerle içinden çıktım ve karyolanın oymalı başucundan destek aldım.

"Kıpırdama," diye emretti, popomu öptü ve ardından beni iki defa çimdikleyerek gerilmeme eden oldu. Popoma bir şaplak indirip beni yerimden sıçratarak, "Şimdi uzan. Sırtüstü," diye ekledi.

Yatağın sert ve düz döşeğine çabucak tırmanıp uzanarak ona baktım. Altımdaki saten çarşaf tenimde yumuşacık ve serindi. Dizginlenemeyen bir heyecanla parlayan gözleri dışında, yüzü ifadesizdi

"Eller başının üstüne," diye emretti ve emrini yerine getirdim.

Tanrım, bedenim açlığıyla kıvranıyordu. Onu daha şimdiden istiyordum.

Döndü ve göz ucuyla şifonyere gittiğini, bir iPod ve Atlanta'ya uçuşum sırasında kullandığıma benzeyen bir göz bandıyla geri geldiğini gördüm. Düşünce gülümseme isteği duymama neden olmuştu, ama dudaklarımı koordine edemiyordum. Beklenti beni fazlasıyla tüketmişti. Ona bakarken yüzümün tamamen hareketsiz, gözlerimin kocaman olduğunu biliyordum.

Yatağın ucuna oturdu ve bana iPod'u gösterdi. Kulaklığın yanı sıra tuhaf bir anteni vardı. Çok acayipti. Ne olduğunu çözmeye çalışırken kaşlarımı çattım.

Christian eliyle antene dokunarak "Bu, iPod'da çalan şeyi odadaki sisteme aktarıyor," diye açıkladı. "Senin duyduğunu ben de duyabiliyorum ve bunun için küçük bir kontrol ünitem var." Her zamanki kendine özel espri gülümsemesini takındı, tıkaçları kulağıma yerleştirdi ve iPod'u yatağa, başımın üstünde bir yere koydu.

"Başını kaldır," diye emretti ve emrini derhal yerine getirdim.

Maskeyi yerleştirdi ve lastiğini başımın arkasından kaydırdı; kör olmuştum. Maskenin lastiği tıkaçları da yerinde tutuyordu. Yataktan kalkarken, ses artık boğuk olsa da onu hâlâ duyabiliyordum. Kendi nefes sesimle sağır olmuştum. Sığ ve çılgın gibiydi;

heyecanımı yansıtıyordu. Christian sol kolumu tuttu, usulca çekti ve deri kelepçeyi bileğime taktı. İşi bitince uzun parmaklarını koluma boydan boya sürttü. Ah! Dokunuşu enfes, iç gıdıklayıcı bir ürpertiye neden olmuştu. Yavaşça yatağın diğer tarafına geçtiğini, sağ kolumu tutup kelepçelediğini duydum. Uzun parmakları bir kez daha kolumda oyalandı. *Ah, Tanrım...* Şimdiden patlamaya hazırdım. Neden bu kadar erotikti?

Yatağın ayakucuna geçti ve bileklerimi tuttu.

"Başını tekrar kaldır," dedi.

İtaat ettim ve beni kollarım iki yana açılacak ve kelepçeleri neredeyse zorlayacak şekilde aşağı kaydırdı. Lanet olsun, kollarımı oynatamıyordum. Vücudumu boydan boya dolaşan, vaat dolu coşkuyla karışık ürperti daha da ıslanmama neden olmuştu. İnledim. Bacaklarımı araladı ve önce sağ, sonra sol bileğimi kelepçeleyerek beni kollarım ve bacaklarım iki yana tamamen açık ve ona karşı savunmasız hale getirdi. Onu göremiyor olmam çok sinir bozucuydu. Kulak kesildim... Ne yapıyordu? Kendi nefes alıp verişimden ve kanımın kulaklarımda zonklayışının gürültüsünden başka hiçbir şey duymuyordum.

Pat diye, iPod'un yumuşak sesi duyuldu. Kafamın içinde yalnız, melek gibi bir ses, uzun ve tatlı bir melodiyi eşliksiz seslendiriyordu. Hemen arkasından ona bir ses daha katıldı, ardından başka sesler de geldi. Lanet olsun , göksel bir koro kafamın içinde eski, çok eski bir ilahiyi enstrümansız seslendiriyordu. *Tanrı aşkına, bu da ne böyle?* Hiç böyle bir şey duymamıştım. Dayanılmaz yumuşaklıkta bir şey kulağıma sürtündü, aheste aheste boynumdan göğsüme, memelerimin üstünden beni okşayarak... meme uçlarımı çekiştirerek daha aşağı kaydı. *O kadar yumuşak ve okşar gibi ki... Ve beklenmedik. Küktü bu! Kürk bir eldiven?*

Christian elini telaşsızca ve ne yaptığını bilerek göbeğime kaydırdı; elini göbek deliğimin etrafında dolaştırdıktan sonra, bir kalçamdan diğerine geçirirken, ben bir sonraki varış noktasının neresi olacağını tahmin etmeye çalışıyordum. Ama müzik kafamın içindeydi... beni alıp götürüyordu... kürk, kasık tüylerimin bitiminde...

bacaklarımın arasında, boylu boyunca bacağımın üstü kısmında, bir bacağımdan aşağı, diğerinden yukarı kayarken... sanki beni gıdıklıyordu, ama tam olarak yaptığı bu değildi... Cennet korosunun her bir üyesi farklı farklı parçaları seslendirirken, sesleri daha önce duyduğum her şeyin ötesinde melodik bir uyum ve tatlılıkla birbirine karışıyordu. Tek bir kelimeyi yakalayabildim: *Deus*. Ve söyledikleri ezginin Latince olduğunu anladım. Kürk kollarımdan aşağı, elimin etrafında ve tekrar göğüslerimin üstünde dolaşıyordu. Yumuşacık dokunuşu altında meme uçlarım sertleşiyor ve nefes nefese, diğer elin bundan sonra nereye gideceğini merak ediyordum. Birden kürk çekildi ve bu kez kamçının püskülleri kürkün çizdiği güzergâhta ilerlemeye başladılar. Kafamın içindeki müzikle konsantre olmak güçtü. Sanki yüzlerce ses şakırken, kafamın içinde, tenimde dolaşan... her yerimi okşayan... süete karışan incecik ipekten altın ve gümüş rengi göksel bir halı dokuyordu. *Ah, Tanrım*. Birden kamçının dokunuşu kesildi ve süet göbeğime keskin bir vuruşla iniverdi.

"Ahhh!" diye haykırdım. Beni hazırlıksız yakalamıştı, ama canımı tam olarak acıtmamış, sadece her yanımın seğirmesine neden olmuştu. Bir kez daha vurdu. Daha sert.

"Ahhh!"

Kıpırdamak, kıvranmak... kaçmak ya da her darbeyi kucaklamak istiyordum. Bilmiyordum... Öylesine baş döndürücüydü ki... Kollarımı çekemiyordum... bacaklarım esir alınmıştı... olduğum yere sabitlenmiştim ve bir kez daha, bu kez göğüslerime vurdu. Haykırdım. Ve bu tatlı bir eziyetti, katlanılabilir, sadece... hoş, hayır, hemen değil, ama tenim, her darbenin ardından kafamın içindeki müziğe kusursuz bir karşılıkla şakırken, ruhumun en erotik hisse teslim olan o karanlık, en karanlık kısmına sürükleniyordum. *Evet, anlıyorum*. Bu kez kalçalarıma vurdu, sonra seri darbelerini kasık tüylerime, bacaklarımın üst kısmına, bacaklarımın iç tarafına ve yeniden bedenime, kalçalarımın üstüne indirdi. Müzik zirveye ulaşırken, hiç durmadan vurdu ve sonra, müzik aniden durdu. Christian da. Sonra şarkı yeniden başladı... gittikçe artarak ve Christian üzerime bir darbe yağmuru indirirken, inleyerek kıvrandım. Müzik bir kez daha durdu; çılgın nefesim ve vahşi kıvranışım dışında, her şey sessizleşti. *Ah... Neler oluyor? Şimdi ne yapacak?* Heyecan neredeyse katlanılmazdı. Çok karanlık ve şehvetli bir yere giriş yapmıştım.

Üzerime tırmandığını hissederken yatak kıpırdandı ve şarkı tekrar başladı. Parçayı tekrara ayarlamıştı. Bu kez kürkün yerini boynumdan aşağı... memelerime kadar öperek, emerek kayan dudakları aldı. Meme uçlarımla sırayla oynuyor, diliyle birinin etrafında daireler çiziyor, parmaklarıyla diğerini sıkıyordu... İnledim, duyamasam da, yüksek sesle sanırım. Kaybolmuştum. Onda... Astral melek seslerinde... kaçamayacağım bütün duygularda. Tamamen, usta dokunuşlarının insafına kalmıştım.

Kamçı ve kürkün yolunu takip ederek, karnıma doğru kaydı, dilini göbek deliğimin etrafında dolaştırdı... İnledim. Beni ısırıyor, emiyor, dişliyordu... Aşağı doğru kaydı ve işte... dili oradaydı. Bacak aramda. Başımı arkaya attım ve orgazma neredeyse infilak ederek ulaşacakken haykırdım... Tam kıyıdaydım ki durdu.

Hayır! Yatak kıpırdadı; Christian bacaklarımın arasında diz çökmüş olmalıydı. Karyolanın direğine uzandı ve ayak bileğimdeki kelepçe bir anda gitti. Bacağımı yatağın ortasına çekip ona yasladım . Karşıdaki direğe uzanıp diğer bacağımı da özgür bıraktı. Elleri yavaşça bacaklarımdan aşağı kayarken bir yandan etimi sıkarak ve yoğurarak beni canlandırmaya çalışıyordu. Sonra kalçalarımı kavradı ve beni sırtım artık yatağa değmeyecek şekilde kaldırdı. Omuzlarımın üstünde bir yay çiziyordum. *Ne?* Bacaklarımın arasında diz çökmüştü, hızlı ve sert bir vuruşla içime girdi. *Ah... siktir...* Haykırdım. Askıda kalan orgazmımın titremesi başlamıştı ki durdu. Titreme dindi... *Ah, hayır...* bana daha da işkence edecekti.

"Lütfen!" diye sızlandım.

Beni daha sıkı tuttu... Bu bir uyarı mıydı yoksa? Bilmiyordum ve parmakları arkamda, etime batarken nefes nefese ve hiç kıpırdamadan durdum. Çok ağır hareketlerle, tekrar kıpırdamaya başladı... dışarı ve içeri... işkenceden farksız bir yavaşlıkla. *Lanet olsun, lütfen!* İçimde çığlıklar kopuyordu... Ve korodaki sesler çoğalırken, Christian'ın hızı da neredeyse ölçülemeyecek kadar arttı. O kadar kontrollü, müziğe öylesine uyumluydu ki. Daha fazla dayanamayacaktım.

"Lütfen," diye yalvardım, tek bir hareketle beni tekrar yatağa indirdi ve ağırlığını desteklemek için, ellerini memelerimin iki yanına, yatağa yerleştirdi ve kendini içime itti. Müzik doruk noktasına ulaşırken, yaşadığım en yoğun ve ıstırap dolu orgazma... düştüm. Christian da kendini üç kez içime iterek ve nihayet durup üzerime yığılarak arkamdan geldi.

Bilincim her neredeyse oradan geri dönerken, Christian içimden çıktı. Müzik durmuştu ve sağ bileğimdeki kelepçeyi çözmek için üzerime uzandığını hissettim. Elim özgür kalırken inledim. Hızla diğer elimi de çözdü, maskeyi gözlerimden çekip kulak tıkaçlarını çıkardı. Loş, yumuşak ışıkta gözlerimi kırpıştırdım ve yoğun gri gözlerine baktım.

"Merhaba," diye mırıldandı.

Biraz utangaç, "Sana da merhaba," diye mırıldandım. Dudakları bir gülümsemeyle büküldü ve eğilip beni usulca öptü.

"Aferin sana," diye fısıldadı. "Arkanı dön."

Lanet olsun... Şimdi ne yapacaktı? Bakışları yumuşadı.

"Sadece omuzlarını ovacağım."

"Ah, tamam."

Kaskatı bir halde yüzüstü döndüm. O kadar yorgundum ki. Christian bacaklarını iki yana açıp üzerime oturdu ve omuzlarıma masaj yapmaya koyuldu. Sesli olarak inledim, o kadar güçlü ve ne yaptığını bilen parmakları vardı ki. Eğilip başımı öptü.

Neredeyse hiç ses çıkarmadan mırıldandım. "Müzik neydi?"

"Adı *Spem in Alium*, Thomas Tallis'in kırk sesli müziksiz ilahisi."

"Gerçekten... büyüleyiciydi."

"Her zaman bu müzik eşliğinde düzüşmek istemişimdir."

"Yoksa bir ilk daha mı, Bay Grey?"

"Kesinlikle öyle, Bayan Steele."

Parmakları omuzlarımda sihirlerini konuştururken inledim.

Uykulu bir sesle, "Şey, benim de bu müzik eşliğinde ilk düzüşmemdi," diye mırıldandım.

"Hımm... sen ve ben... Birbirimize pek çok ilk yaşatıyoruz." Sesi umursamazdı.

"Uykumda sana ne dedim, Christ...şey... Efendim?"

Elleri hizmetlerine kısa bir an ara verdiler.

"Pek çok şey söyledin, Anastasia. Kafeslerden ve çileklerden bahsettin. Ve daha fazlasını istediğinden ve beni özlediğinden."

Ah, Tanrı'ya şükür.

"Hepsi bu kadar mı?" Sesimdeki rahatlama barizdi.

Christian cennetten çıkma masajına son verdi ve dirseğinin üstünde doğrularak yanıma uzandı. Kaşları çatılmıştı.

"Ne dediğini sandın ki?"

Ah, lanet olsun.

"Seni çirkin, kibirli bulduğumu ve yatakta umutsuz vaka olduğunu."

Alnındaki kırışıklık derinleşti.

"Şey, doğal olarak bütün bunların hepsiyim ve şimdi ilgimi gerçekten uyandırdın. Benden sakladığınız nedir, Bayan Steele?"

Masum masum gözlerimi kırpıştırdım. "Hiçbir şey saklamıyorum."

"Anastasia, çok beceriksiz bir yalancısın."

"Seksten sonra beni kıkırdatacağını sanıyordum; bu, işe yaramıyor."

Dudakları kıvrıldı. "Ben espri yapamam."

"Bay Grey! Yapamayacağınız bir şey mi var yoksa?" O bana ben ona sırıttık.

"Hayır, espri konusunda çok beceriksizim." Öyle gururlu görünüyordu ki, kıkırdamaya başladım.

"İşte bu çok güzel bir ses," diye mırıldandı ve öne eğilip beni öptü.

"Ve benden bir şey saklıyorsun, Anastasia. Ne olduğunu işkenceyle öğrenebilirim."

BÖLÜM YİRMİ ALTI

İrkilerek uyandım. Sanırım rüyamda bir merdivenden düşmüştüm. Bir an için nerede olduğumu bilemeyerek yatakta doğruldum. Karanlıktı ve Christian'ın yatağında yalnızdım. Bir şey, zihnimi kurcalayan bir düşünce beni uyandırmıştı. Başucumdaki çalar saate baktım. Sabahın beşiydi, ama kendimi dinlenmiş hissediyordum. Nedendi acaba? *Ah, saat farkı.* Georgia'da saat sabahın sekizi olacaktı. Lanet olsun... Hapımı almalıydım. Beni uyandıran her neyse, büyük bir minnet duyarak yataktan kalktım. Piyanodan yükselen cılız tınıyı duyabiliyordum. Christian çalıyordu. Bunu görmeliydim. Onu piyano çalarken seyretmeye bayılıyordum. Çıplak halimle sandalyenin üstünde duran bornozumu aldım ve üzerime geçirerek koridora çıkıp geniş salondan gelen melodik ağıtın sihirli sesini dinleyerek ilerledim.

Christian karanlığın ortasında, ışıktan bir baloncuğun ortasında oturuyor, saçları parlak bakır gölgeleriyle âdeta parlıyordu. Pijama altını giymiş olduğunu bilmeme rağmen, çıplakmış gibi görünüyordu. Müziğin melankolisinde kaybolmuş, tamamen konsantre olmuştu ve çok güzel çalıyordu. Duraksadım ve bölmek istemediğim için, onu karanlık köşemden izlemeye başladım. Kaybolmuş, hatta üzgün ve acı verecek kadar yalnız görünüyordu. Ya da belki de müziğin dokunaklı hüznü yüzündendi. Parçayı tamamladı, kısa bir süre duraksadı ve sonra tekrar çalmaya başladı. Ateşe çekilen pervane gibi, usul usul ilerlemeye başladım. Bu düşünce beni gülümsetmişti. Kafasını kaldırıp baktı ve bakışları ellerine dönmeden önce, kaşlarını çattı.

Ah lanet olsun, onu rahatsız ettiğim için kızmış mıydı yoksa?

Usulca, "Uyuyor olmalısın," diye azarladı.

Aklının bir şeylerle meşgul olduğunu anlamak güç değildi.

"Sen de öyle," derken sesim onunki kadar yumuşak çıkmamıştı.

Kafasını kaldırdığında dudaklarında bir gülümseme saklıydı.

"Yoksa beni azarlıyor musunuz, Bayan Steele?"

"Evet, Bay Grey, azarlıyorum."

"Şey, uyuyamıyorum." Yüzünden bir kızgınlık ya da öfke izi geçerken bir kez daha kaşlarını çattı. Bana mı kızmıştı? Herhalde, hayır.

Yüz ifadesini yok sayarak cesurca piyano taburesine, yanına oturup usta ve kıvrak parmaklarının piyano tuşlarını okşamasını izlemek için başımı çıplak omzuna yasladım. Kısa bir an durdu ve sonra parçanın sonuna kadar devam etti.

"Neydi bu?" diye sordum.

"Chopin. Prelüd Opus 28/4. İlgini çekiyorsa, E minör'de."

"Yaptıkların her zaman ilgimi çekiyor."

Döndü ve dudaklarını saçlarıma bastırdı.

"Seni uyandırmak istememiştim."

"Sen uyandırmadın. Diğerini çalsana."

"Diğeri?"

"Burada kaldığım ilk gece çaldığın Bach parçası."

"Ah, *Marcello*."

Ağır ağır ve ustalıkla çalmaya koyuldu. Ellerinin hareketlerini omuzlarında hissederek ona yaslandım ve gözlerimi kapadım. Üzgün ve insanın içine işleyen notalar etrafımızda ağır ağır ve yasla dönüyor, duvarlarda yankılanıyordu. Chopin'den bile daha hüzünlü, insana musallat olacak kadar güzel bir parçaydı ve kendimi ağıtın güzelliğinde kaybettim. Bir dereceye kadar benim hislerimi yansıtıyordu. Bu olağanüstü adamı daha iyi tanımak ve hüznünü anlamak için duyduğum derin, keskin özlemi. Ve parça, hiç beklemediğim bir anda son buldu.

"Neden sadece hüzünlü müzikler çalıyorsun?"

Doğruldum ve sorumu temkinli bir ifadeyle omuz silkerek geçiştirmesini izledim.

"Demek çalmaya başladığında daha altı yaşındaydın," diye bastırdım.

Başını salladı. Mesafeli ifadesi gittikçe yoğunlaşıyordu. Bir an sonra kendiliğinden, "Annemi memnun etmek için kendimi piyano çalmaya adadım," dedi.

"Kusursuz aileye uyum sağlamak için?"

Kaçamak bir, "Evet, öyle de denebilir," dedi. "Sen neden uyanıksın? Dünün uğraşlarından sonra dinlenmen gerekmiyor mu?"

"Benim için sabahın sekizi. Ve hapımı almam gerek."

Şaşırarak kaşlarını kaldırdı. "İyi hatırlamışsın," diye mırıldandı. Etkilendiğini görebiliyordum. "Sadece sen farklı bir saat diliminde tam saatinde alınması gereken doğum kontrol hapına başlayabilirdin. Belki de bugün yarım saat, yarın yarım saat bekleyip öyle almalısın. Böylece bir süre sonra mantıklı bir saatte alabilirsin."

"İyi plan," dedim. "Bu durumda önümüzdeki yarım saatte ne yapabiliriz?" Masum masum gözlerimi kırpıştırdım.

"Aklıma birkaç şey geliyor." Şehvet dolu bir sırıtışla bakıyordu. Ne yaptığını bilen bakışları altında içim kasılıp erirken, duygusuz bir ifadeyle baktım.

"Diğer yandan, konuşabiliriz de," dedim.

Alnı kırıştı.

"Ben, benim aklımdan geçeni tercih ederim." Beni kucağına çekti.

"Sen seksi her zaman konuşmaya tercih edersin," diye gülerken, düşmemek için kollarına tutundum.

"Doğru. Özellikle de seninle." Burnunu saçlarıma sürttü ve kulağımdan boynuma doğru öpücükler sıralamaya başladı. "Belki de piyanomun üstünde..." diye fısıldadı.

Ah Tanrım. Düşüncesi bile bütün bedenimi kasmaya yetmişti. *Piyano. Vay canına.*

Nabzım hızlanırken, "Bir şeyi netleştirmek istiyorum," diye fısıldadım. İçimdeki tanrıça gözlerini yummuş, Christian'ın dudaklarının tenimde bıraktığı hissin tadını çıkarıyordu.

Christian şehvet saldırısına devam etmeden önce, bir an duraksadı.

"Bilgiye her zaman açsınız, Bayan Steele. Netleştirilmesi gereken nedir?" Yumuşacık öpüşlerini sürdürürken nefesi boynumun alt kısmını yakıyordu.

Gözlerimi yumarken, "Biz," diye fısıldadım.

"Hımm... Ne olmuş bize?" Omzuma kondurduğu öpücükler silsilesinin arasında durdu.

"Kontrat."

Bana bakmak için kafasını kaldırdığında gözlerinde muzip bir ışıltı vardı. İç geçirdi. Parmak uçlarını yanağıma sürttü.

"Pekâlâ, bence kontrat tartışmaya açık, sence de öyle değil mi?" Sesi alçak ve boğuk, gözleri yumuşacıktı.

"Tartışmaya açık mı?"

"Tartışmaya açık." Gülümsedi. Ona anlamamış gibi baktım.

"Ama çok hevesliydin."

"O öncedendi. Her neyse, Kurallar tartışmaya açık değil, varlıkları sabit." Yüz ifadesi biraz sertleşmişti.

"Önceden? Neden önce?"

"Neden önce..." Durdu. Temkinli ifadesi geri gelmişti. "Daha fazlasından." Omuz silkti.

"Ah."

"Ayrıca, oyun odasında iki kez bulunduk ve çığlıklar atarak kaçmadın."

"Kaçmamı mı bekliyordun?"

"Hiçbir zaman beklenen şeyler yapmıyorsun, Anastasia."

"O zaman daha açık olayım. Benden kontratın Kurallar kısmına uymamı bekliyorsun, geri kalan kısmına değil, öyle mi?"

"Oyun odası dışında. Oyun odasında kontratın ruhuna uymanı istiyorum, ve evet, Kurallara her zaman uymanı istiyorum. O zaman güvende olduğunu ve sana istediğim zaman sahip olacağımı bilirim."

"Ya Kurallardan birini çiğnersem?"

"O zaman seni cezalandırırım."

"Ama iznime ihtiyacın olmayacak mı?"

"Evet, olacak."

"Ya hayır dersem?"

Bana bir an kafası karışmış gibi baktı.

"Hayır dersen hayır dersin. Seni ikna etmenin bir yolunu bulmam gerekir."

Ondan uzaklaşıp ayağa kalktım. Biraz mesafeye ihtiyacım vardı. Ona bakarken bana kaşlarını çattı. Yine şaşkın ve temkinli görünüyordu.

"Yani ceza konusu geçerliliğini koruyor."

"Evet ama sadece Kuralları çiğnersen."

Detayları hatırlamaya çalışarak, "Tekrar okumam gerekecek," dedim.

"Gidip getireyim." Ses tonu birden resmîleşmişti.

Vay canına. Bu iş birden fazla ciddileşmişti. Piyanosundan kalktı ve kayarcasına çalışma odasına yürüdü. Kafa derim seğiriyordu. *Tanrım.* Biraz çaya ihtiyacım vardı. Sözüm ona ilişkimizin geleceği sabahın 05:45'inde, Christian'ın aklı başka bir şeye takılıyken tartışılıyordu. Akıllıca bir hareket miydi? Hâlâ karanlık olan mutfağa yürüdüm. Elektrik düğmeleri neredeydi acaba? Buldum, ışıkları yaktım ve ısıtıcıyı doldurdum. Hapım! Kahvaltı masasına bıraktığım çantamı karıştırdım ve hapları çabucak buldum. Ağzıma attım ve tamamdı. İşim bittiğinde Christian geri gelmiş, oturduğu bar taburesinden beni izliyordu.

"Al bakalım." Bir kâğıdı bana doğru itti ve bazı yerlerin üstünü çizmiş olduğunu fark ettim.

KURALLAR

İtaat

İtaatkâr, Hâkim'in vereceği her tür talimata derhal, tereddüt ya da çekincesiz ve süratle itaat edecektir. İtaatkâr, sert sınırlarla ana hatları belirtilmiş aktiviteler istisna olmak üzere (Ek 2), Hâkim tarafından uygun ya da zevk verici kabul edilen her tür cinsel faaliyeti kabul edecektir. Bunu hevesle ve tereddütsüz yapacaktır.

Uyku

İtaatkâr, Hâkim'le birlikte olmadığı zamanlarda minimum yedi saatlik bir uyku uyuduğundan emin olacaktır.

Yemek

~~İtaatkâr sağlığını ve iyiliğini korumak için önceden belirlenmiş yiyecek listesinden (Ek 4) düzenli olarak beslenecektir. İtaatkâr meyve istisnası dışında, yemek aralarında atıştırmayacaktır.~~

Giysiler

Dönem boyunca, İtaatkâr sadece Hâkim'in onayladığı giysileri giyecektir. Hâkim, İtaatkâr'a, kullanması gereken bir giysi bütçesi tahsis edecektir. Hâkim, İtaatkâr'ın kıyafet alışverişine talep üzerine eşlik edecektir. Hâkim'in talep etmesi durumunda, İtaatkâr, Dönem sırasında, Hâkim'in varlığında ya da uygun göreceği zamanlarda, Hâkim'in talep edeceği her tür süsü takmakla mükelleftir.

Egzersiz

Hâkim, İtaatkâr'a, zamanları özel antrenör ve İtaatkâr arasında karşılıklı kararlaştırılmak üzere, haftada ~~dört~~ üç kez, özel antrenör eşliğinde birer saatlik seanslar sağlayacaktır. Özel antrenör, Hâkim'i, İtaatkâr'ın ilerlemesi hakkında bilgilendirecektir.

Kişisel Hijyen/Güzellik

İtaatkâr her zaman temiz, tıraşlı ya da ağdalı olmaya özen gösterecektir. İtaatkâr, Hâkim'in seçtiği bir güzellik salonunu, Hâkim'in karar verdiği zamanlarda ziyaret edecek ve Hâkim'in uygun gördüğü her tür bakımı yaptıracaktır.

Kişisel Güvenlik

İtaatkâr aşırı alkol kullanmayacak, sigara içmeyecek, keyif verici ilaçlar almayacak ya da kendini herhangi bir gereksiz tehlikeye atmayacaktır.

Kişisel Özellikler

İtaatkâr, Hâkim dışında kimseyle cinsel ilişkiye girmeyecektir. İtaatkâr her zaman saygılı ve mütevazı bir tutum içinde olacaktır. Davranışının Hâkim üzerinde doğrudan bir yansıması olacağının farkında olmalıdır. Hâkim'in varlığı dışında işlenen her tür yanlış eylem, hatalı davranış ve kötü halden sorumlu tutulacaktır.

Yukarıdaki maddelerin herhangi birine uymadaki eksiklik derhal cezalandırılacak, cezanın doğası Hâkim tarafından belirlenecektir.

"Yani itaat olayı geçerliliğini koruyor?"

"Ah, evet." Sırıttı.

Kafamı keyifle salladım ve daha ne olduğunu anlamadan gözlerimi devirdim.

"Sen az önce bana gözlerini mi devirdin?" diye soludu.

Ah, siktir.

"Olabilir, tepkinin ne olduğuna bağlı."

Gözlerinde heyecan pırıltısıyla kafasını sallayarak, "Her zamankinden," dedi.

İçgüdüsel olarak yutkundum ve içimden bir coşku ürpertisi geçti.

"Yani..." *Lanet olsun. Ne yapacağım?*

"Evet?" Alt dudağını yaladı.

"Şimdi beni şaplaklamak istiyorsun."

"Evet. Ve bunu yapacağım da."

Sırıtarak, "Ah, gerçekten mi Bay Grey?" diye meydan okudum. Bu oyunu iki kişi de oynayabilirdi.

"Beni durduracak mısın?"

"Önce beni yakalaman gerekecek."

Gözleri bir an irileşti, sonra sırıttı ve yavaşça ayağa kalktı.

"Ah, gerçekten mi, Bayan Steele?"

Kahvaltı barı aramızdaydı. Varlığına hiç bu kadar minnettar kalmamıştım.

"Üstelik dudağını ısırıyorsun," diye soludu ve ben kendi soluma ilerlerken, o da sola hamle yaptı.

"Sen ısırmıyorsun sanki," diye takıldım. "Hem sen de gözlerini deviriyorsun." Onu konuşarak ikna etmeye çalışıyordum. O soluna doğru yürümeyi sürdürünce ben de aynısını yaptım.

"Ama bu oyunla heyecan çıtasını yükseltmiş oldun." Gözleri çakmak çakmaktı ve etrafa buram buram vahşi beklenti yayıyordu.

Umursamaz görünmeyi deneyerek, "Bayağı hızlıyımdır, bilirsin," dedim.

"Ben de öyle."

Kendi mutfağında peşime düşmüştü.

"Sakince gelecek misin?"

"Hiç yaptığım oldu mu?"

"Bayan Steele? Ne demek istiyorsunuz?" Pis pis sırıttı. "Ben gelip seni yakalarsam senin için çok daha kötü olur."

"Sadece beni yakalarsan, Christian. Ve şu anda beni yakalamana izin vermek gibi bir niyetim yok."

"Anastasia, düşüp bir yerini incitebilirsin. Bu da kural yediyi, şimdiki kural altıyı, ihlal anlamına gelir."

"Ben sizinle tanıştığım andan beri tehlike alt[illegible]ım, Bay Grey. Kurallar olsa da olmasa da."

"Evet, öyle." Durdu. Alnını kırıştırdı.

Birden üzerime atıldı ve bir çığlık koyuvererek yemek odası masasına doğru koşmama neden oldu. Kaçmayı ve masayı aramıza sokmayı başarmıştım. Kalbim gümbür gümbür atıyor, damarlarımdan adrenalin akıyordu. *Tanrım...* Cidden heyecan vericiydi. Çocukluğuma dönmüş gibiydim. Bana doğru ilerlerken, bütün dikkatimle onu izliyordum.

"Bir adamın dikkatini nasıl dağıtacağını çok iyi biliyorsun, Anastasia."

"Amacımız zevk vermek, Bay Grey. Dikkatini neden dağıttım ki?"

"Hayattan, evrenden." Bir elini havada salladı.

"Piyano çalarken çok düşünceli görünüyordun."

Durdu ve muzip bir ifadeyle kollarını kavuşturdu.

"Bunu bütün gün yapabiliriz, bebek, ama seni yakalayacağım ve bunu yaptığım zaman, senin için çok daha kötü olacak."

"Hayır, yakalamayacaksın." Kendime aşırı güvenli olmamalıydım. Bunu bir mantra gibi tekrarlıyordum. Bilinçaltım Nike'larını bulmuş ve başlama çizgisine yerleşmişti.

"Gören de, seni yakalamamı istemediğini düşünür."

"İstemiyorum ki. Konu da bu. Ceza konusunda, senin sana dokunmam konusunda hissettiklerini hissediyorum."

Bir nanosaniyede bütün duruşu değişti. Oyuncu Christian gitmişti ve yerine gelen adam bana ona tokat atmışım gibi bakıyordu. Benzi solmuştu.

"Öyle mi hissediyorsun?" diye fısıldadı.

Bu üç kelime, telaffuz ediş şekli çok şey anlatıyordu. *Ah, hayır.* Bana o ve ne hissettiği konusunda o kadar çok şey anlatıyorlardı ki. Korkusunu ve nefretini. Kaşlarımı çattım. Hayır, ben *o kadar* kötü hissetmiyordum. Asla. Hissediyor muydum?

Ona kaygıyla bakarak, "Hayır," dedim. "Beni o kadar etkilemiyor, ama sana bir fikir versin."

"Ah," dedi.

Lanet olsun. Ayağının altındaki halıyı çekmişim gibi, tamamen ve büsbütün kaybolmuş gibiydi.

Derin bir nefes alarak masanın arkasından çıktım ve karşısına dikilip endişeli gözlerine baktım.

Onu rahatlatmak için, "Şey, hayır," dedim. *Tanrım, insanların ona dokunması konusunda böyle mi hissediyor?* "Hayır, bu konuda karmaşık hislerim var. Sevmiyorum, ama nefret de etmiyorum."

"Ama dün gece, oyun odasında, sen..."

"Senin için yapıyorum, Christian çünkü buna ihtiyacın var. Benim yok. Dün gece canımı yakmadın. Farklı bir bağlamdaydı ve bunu içsel olarak bir mantığa dayadırabiliyor, sana güveniyorum. Ama beni cezalandırmak istediğinde, canımı yakmandan endişe duyuyorum."

Gözleri kasırga misali karardı. Usulca cevap vermeden önce bekledi, bekledi, bekledi..

"Canını yakmak istiyorum. Ama kaldırabileceğinin ötesinde değil."

Siktir.

"Neden?"

Elini saçlarının arasından geçirdi ve omuz silkti.

"İhtiyacım var, o kadar." Durdu ve bana sıkıntıyla bakarak gözlerini yumup başını salladı. "Sana anlatamam," diye fısıldadı.

"Anlatamaz mısın, anlatmaz mısın?"

"Anlatmam."

"Yani nedenini biliyorsun."

"Evet."

"Ama bana söylemeyeceksin."

"Söylersem bu odadan koşarak kaçarsın ve asla dönmek istemezsin." Bana temkinli bir ifadeyle bakıyordu. "Bu riski alamam, Ana."

"Kalmamı mı istiyorsun?"

"Tahmin edemeyeceğin kadar. Seni kaybetmeye dayanamam."

Ah, Tanrım.

Bana baktı ve birden kollarının arasına çekip öpmeye, tutkuyla öpmeye başladı. Tamamen hazırlıksız yakalanmıştım, öpüşünde paniğini ve çaresiz ihtiyacını hissedebiliyordum.

Dudaklarını dudaklarımdan uzaklaştırmadan, "Beni bırakma. Uykunda beni bırakmayacağını söyledin ve seni bırakmamam için yalvardın," diye fısıldadı.

Ah... gece itiraflarım.

"Gitmek istemiyorum." Kalbim içi dışına çıkmış halde, kaskatı kesilmişti.

Bu adam ihtiyaçları olan bir adamdı. Korkusu çıplak ve barizdi, ama... karanlıkta bir yerde yolunu kaybetmişti. Gözleri eziyet çekmiş birinin iri, kasvetli gözleriydi. Onu rahatlatabilir, karanlıkta kısa bir süre buluşup aydınlığa çıkarabilirdim.

"Göster," diye fısıldadım.

"Göstereyim mi?"

"Ne kadar acıtabileceğini göster?"

"Ne?"

"Beni cezalandır. Ne kadar kötü olabileceğini görmek istiyorum."

Christian afallamış gibi geri çekildi.

"Deneyecek misin?"

"Deneyeceğimi söyledim." Ama bambaşka bir nedenim vardı. Belki onun için bunu yaparsam, ona dokunmama izin verirdi.

Gözlerini kırpıştırdı. "Ana, o kadar kafa karıştırıcısın ki."

"Benim de kafam karışık. Çözmeye çalışıyorum. Sen de ben de, bunu yapıp yapamayacağımızı anlamış olacağız. Bunun altından kalkabilirsem, belki o zaman sen..." Sözlerimin arkası gelmedi. Christian'ın gözleri tekrar açılmıştı. Dokunma meselesinden bahsettiğimi biliyordu. Bir an altüst olmuş gibi baktı, ama sonra yüz hatlarına çelikten bir kararlılık yerleşti. Gözlerini kıstı ve bana seçeneklerini tartar gibi baktı.

Birden kolumu sıkıca kavradı ve beni de beraberinde çekerek geniş odadan yukarıya, üst kattaki oyun odasına doğru yürüdü.

Zevk ve acı, ödül ve ceza. Çok önceden kalma kelimeleri zihnimde yankılanıyordu.

"Kendi kararını verebilmen için sana ne kadar kötü olabileceğini göstereceğim." Kapıda durdu. "Buna hazır mısın?"

Başımı evet der gibi salladım. Kararımı vermiştim, başım dönüyordu ve yüzümdeki bütün kan çekilirken kendimi biraz güçsüz hissediyordum.

Kapıyı açtı ve kolumu bırakmadan, kapının hemen yanındaki raftan kemere benzeyen bir şey alıp beni odanın uzak ucundaki kırmızı, deri sıraya sürükledi.

"Bankın üstüne eğil."

Pekâlâ. Bunu yapabilirdim. Pürüzsüz, yumuşak derinin üstüne eğildim. Bornozumu üstümden çıkarmamıştı. Beynimin sakin bir köşesi, bornozu çıkarmamış olmasına şaşırmakla meşguldü. *Lanet olsun. Canım yanacak. Biliyorum.*

"Evet dediğin için buradayız. Ve benden kaçtığın için. Sana altı kez vuracağım ve sen de benimle birlikte sayacaksın."

Neden hemen başlayıp bitirmiyordu ki? Cezalandırma olayını her zaman böyle uzatıyordu. Beni göremeyeceğinden emin olduğum için, gözlerimi devirdim.

Bornozun etek ucunu kaldırdı ve her nedense bu bana çıplak olmaktan daha mahrem geldi. Sıcak elini bacaklarımın üst kısmına kadar, her iki yuvarlakta da dolaştırarak kalçalarımı usulca okşadı .

"Bunu benden kaçmaman gerektiğini hatırlayasın diye yapıyorum. Ve ne kadar heyecan verici olsa da, benden kaçmanı asla istemiyorum," diye fısıldadı.

İşin ironisini anlamamış değildim. Bundan kaçınmak için kaçmıştım. Kollarını açsa, ondan uzağa değil, ona koşardım.

"Ve bana gözlerini devirdin. Bu konuda ne hissettiğimi iyi biliyorsun." Birden sesindeki o gergin öfke kaybolmuş, sevdiğim adam her nereye gittiyse geri gelmişti. Bunu ses tonunda, parmaklarını popoma yerleştirişinde, beni tutuşunda hissedebiliyordum. Odadaki hava değişmişti.

Gözlerimi kapatıp kendimi darbeye hazırladım. Çok sert indi, yan tarafımda patlarken kemerin bıraktığı acı tam korktuğum gibiydi. İstem dışı bağırdım ve derin bir nefes aldım.

"Say, Anastasia!" diye emretti.

"Bir!" diye bağırdım. Küfür gibi çıkmıştı.

Bana bir kez daha vurdu ve acı, kemerin bıraktığı iz boyunca zonklayarak yankılandı. *Lanet olsun, fena acıyordu.*

"İki!" diye haykırdım. Haykırmak iyi geliyordu.

Nefesi kesik kesik ve boğuktu. Oysa biraz içsel güç bulmak için umutsuzca ruhumu kurcalarken, bende nefes diye bir şey kalmamıştı. Kemer etime bir kez daha indi.

"Üç!" Gözlerim davetsiz yaşlarla dolmuştu. Tanrım, sandığımdan daha zordu. Şaplak yemekten çok daha zor. Christian hiç sakınmıyordu.

Kemer beni bir kez daha ısırırken, "Dört!" diye haykırdım ve artık yaşlar gözlerimden oluk oluk akıyordu. Ağlamak istemiyordum. Ağlıyor olmam beni öfkelendiriyordu. Bir kez daha vurdu.

"Beş." Sesim daha çok boğuk bir hıçkırığa benziyordu ve o anda ondan nefret ettiğimi düşündüm. Bir tane daha. Bir tane daha kaldırabilirdim. Popom alev almış gibiydi.

Tenimi dağlayan acıyla bir kez daha sarsılırken, "Altı," diye fısıldadım ve kemeri yere attığını duydum. Nefes nefese ve şefkatle beni kollarına çekti... Oysa ben ona dair hiçbir şey istemiyordum.

"Bırak... Hayır..." Ve kendimi kollarından kurtulmak için debelenirken ve onu iterken buldum. Onunla itişirken.

"Sakın bana dokunma!" diye tısladım. Doğruldum ve gözlerimi ona diktim. İri iri açılmış şaşkın gözlerle bana her an fırlayıp kaçabilirmişim gibi bakıyordu. Gözlerimdeki yaşları ellerimin tersiyle silerken, bakışlarımı ondan ayırmıyordum.

"Gerçekten hoşuna giden bu mu? Benim bu halim?" Burnumu silmek için bornozun kolunu kullandım.

Bana temkinle baktı.

"Sen bombok orospu çocuğunun tekisin."

Şoka uğramış gibi, "Ana," dedi.

"Sakın bana Ana demeye kalkma! Kendi pisliğini kendin halletmek zorundasın, Grey!" Bu son sözün ardından oyun odasından çıktım ve kapıyı arkamdan sessizce kapattım.

Arkamdaki kapı koluna sıkıca tutundum ve bir süre kapıya yaslanıp durdum. Nereye gidecektim? Kaçacak mıydım? Kalacak mıydım? O kadar öfkeliydim ki. Yanaklarımdan oluk oluk akan gözyaşlarını elimin tersiyle sildim. Tek istediğim, bir yere kıvrılmaktı. Kıvrılmak ve bir şekilde iyileşmekti. Darmadağın olan inancımı iyileştirmek. Nasıl bu kadar aptal olabilmiştim? Elbette acıyordu.

Çekinerek popomu ovaladım. Ah! Çok acıyordu. Nereye gitmeliydim? Odasına olmazdı. Ya da odama, ya da benim olacak olan, hayır benim olan... eskiden benim olan odaya. O odanın durmasını bu yüzden istemişti. Araya mesafe koymak isteyeceğimi biliyordu.

Kaskatı vücudumu o yöne sürüklerken, Christian'ın arkamdan gelebileceğinin farkındaydım. Şafak henüz ufukta sadece bir fısıltıdan ibaret olduğu için, oda hâlâ karanlıktı. Beceriksiz hareketlerle, acıyan, hassas durumdaki popomun üstüne oturmamaya özen göstererek yatağa tırmandım. Bornozu çıkarmak yerine iyice sarındım ve iyice kıvrılıp kendimi gerçekten bıraktım. Hıçkırıklarım yastığa gömülüyordu.

Ne düşünmüştüm ki? Bunu bana yapmasına neden izin vermiştim sanki? Karanlığı, ne kadar kötü olacağını keşfetmek istemiştim. Ama benim için fazla karanlıktı. Bunu yapamazdım. Ama onun yaptığı buydu. Onu coşturan, keyif veren buydu.

Ne muhteşem bir kendine gel çağrısı. Ve ona haksızlık edemezdim, beni uyarmıştı. Tekrar tekrar, defalarca. O normal değildi. Benim karşılayamayacağım ihtiyaçları vardı. Bunu şimdi fark ediyordum. Bana bir daha asla öyle vurmasını istemiyordum. Bana vurduğu birkaç defayı ve bu sefere göre nasıl daha nazik olduğunu düşündüm. Bu onun için yeterli miydi? Hıçkırıklarım daha da artmıştı. Onu kaybedecektim. Ona bunu veremezsem benimle olmak istemeyecekti.

Neden Elli Ton'a âşık olmuştum sanki? Neden? Neden José'yi, Paul Clayton'ı ya da benim gibi birini sevememiştim?

Ah, ben odadan çıkarken yüzündeki o çılgına dönmüş ifade. O kadar acımasızdım ve vahşetten öylesine şoke olmuştum ki. Beni affedecek miydi? Ben onu affedecek miydim? Düşüncelerim allak bullak ve karmakarışık halde, kafatasımın içinde yankılanıyor ve oradan oraya zıplıyordu. Bilinçaltım üzüntüyle kafasını sallıyordu ve içimdeki tanrıça ortalıkta görünmüyordu. Ah, bu benim için ruhun karanlık sabahıydı. O kadar yalnızdım ki. Annemi istiyordum. Havaalanındaki veda sözlerini hatırladım. *Kalbinin sesini dinle, hayatım, ve lütfen, lütfen hiçbir şeyi gereğinden fazla düşünmemeye çalış. Gevşe ve keyfine bak. Çok gençsin, tatlım. Hayatta tecrübe edeceğin o kadar çok şey var ki, bırak olsun. Sen her şeyin en iyisini hak ediyorsun.*

Kalbimin sesini dinlemiştim ve elimde acıyan bir kıçım ve kırık, kederli bir ruhum vardı. Gitmeliydim. Bu kadardı. Buradan gitmeliydim. Christian benim için doğru adam değildi; ben de onun için doğru değildim. Bu işi nasıl sürdürebilirdik ki? Ve onu bir daha görmeme düşüncesi beni neredeyse boğacaktı... Elli Tonum'u bir daha görmemek.

Kapının aralandığını duydum. Ah, hayır, buradaydı. Başucumdaki komodine bir şey bıraktı ve arkama tırmanınca, yatak sallandı.

"Şşşt," dedi ve ondan uzaklaşmak, yatağın diğer ucuna kaymak istedim, ama felç olmuştum. Kıpırdayamadan, kaskatı, hiç gevşemeden yattım. "Bana direnme, Anastasia, lütfen," diye fısıldadı. Beni yavaşça kollarının arasına çekip burnunu saçlarımın arasına gömerek boynumu öptü.

Tenime doğru, "Benden nefret etme," diye fısıldarken, sesi can acıtacak kadar üzgündü. Kalbim tekrar kasıldı ve yeni bir sessiz hıçkırık dalgası boşandı. Christian beni usulca, şefkatle öpmeye başladı, ama ben soğukluğumu ve mesafemi korudum.

İkimiz de asırlar kadar uzun gelen bir süre boyunca, tek söz etmeden böyle yan yana yattık. Bana sadece sarılıyordu, yavaş yavaş gevşedim ve ağlamayı kestim. Şafak geldi, geçti ve sabah ilerleyip ışık yumuşaktan parlağa dönüşürken, sessizce yattık.

Uzun bir süre sonra, "Sana Advil ve arnika kremi getirdim," dedi.

Ona bakabilmek için kollarının arasında döndüm. Başım kolunun üstündeydi. Gözleri sert bir gri tonunda ve mesafeliydi.

Güzel yüzüne baktım. Ne düşündüğünü belli etmese de, gözlerini neredeyse hiç kırpmadan gözlerime bakıyordu. Nefes kesici bir yakışıklılığı vardı. Bu kadar kısa sürede, benim için çok ama çok kıymetli birine dönüşmüştü. Uzandım, yanağını okşadım ve parmaklarımın ucunu yeni yeni çıkan sakallarında gezdirdim. Gözlerini yumdu ve nefesini bıraktı.

"Özür dilerim," diye fısıldadım.

Gözlerini açtı ve bana şaşkın şaşkın baktı.

"Ne için?"

"Söylediklerim için."

"Bana bilmediğim bir şey söylemedin." Gözleri büyük bir rahatlamayla yumuşamıştı. "Canını yaktığım için üzgünüm."

Omuz silktim. "Ben istedim." Ve artık biliyordum. Yutkundum. Zamanıydı. Sözümü söylemem gerekiyordu. "Benden olmamı istediğin şeyi olabileceğimi sanmıyorum." İrileşen gözlerini kırpıştırırken, korkulu ifadesi geri gelmişti.

"Sen tam olmanı istediğim gibisin."

Ne?

"Anlamıyorum. İtaatkâr değilim ve bana o şeyi bir daha yapmana izin vermeyeceğimden emin olabilirsin. Ve sen ona ihtiyaç duyuyorsun. Kendin söyledin."

Gözlerini tekrar yumdu ve yüzünden sayısız duygunun geçip gittiğini gördüm. Tekrar gözlerini açtığında, bakışları hüzünlüydü.

Ah, hayır.

"Haklısın. Gitmene izin vermeliyim. Ben sana uygun değilim."

Bedenimdeki her tüy ayağa dikilirken, kafa derim uyuşuyordu. Ve dünya ayaklarımın altından kayıp beni içine düşeceğim geniş bir boşlukla baş başa bırakıyordu.

"Gitmek istemiyorum," diye fısıldadım. *Siktir.* Buydu işte. Oyunu oyna ya da git. Gözlerim yeniden yaşardı.

"Gitmeni ben de istemiyorum," derken sesi kırıktı. Uzandı, yanağımı okşadı ve başparmağıyla düşen bir damla yaşı sildi. "Seni tanıdığımdan beri hayata döndüm." Parmağı altı dudağımın dış çizgisinde dolaşıyordu.

"Ben de," diye fısıldadım. "Ben sana âşık oldum, Christian."

Gözleri bir kez daha irileşti, ama bu defa nedeni su katılmamış, saf korkuydu.

Nefesini kesmişim gibi, "Hayır," dedi.

Ah, hayır.

"Beni sevemezsin, Ana... Hayır... Bu yanlış." Dehşete kapılmıştı.

"Yanlış mı? Neden yanlış olsun?"

"Haline bir baksana. Ben seni mutlu edemem." Sesi sıkıntılıydı.

"Ama ediyorsun." Kaşlarımı çattım.

"Şu anda değil. Yapmayı istediğim şeyi yaparken değil."

Lanet olsun. Gerçekten buraya kadardı. İşin özü uyumsuzluktu ve zihnimde bütün o zavallı itaatkârlar canlandı.

"Bunu asla aşamayacağız, değil mi?" diye fısıldarken, kafa derim korkuyla karıncalanıyordu.

Üzgün bir tavırla başını salladı. Gözlerimi yumdum. Ona bakmaya dayanamıyordum.

Doğrulurken yüzümü buruşturdum ve, "O zaman... Sanırım gitsem iyi olacak," diye mırıldandım.

"Hayır, gitme." Paniğe kapılmış gibiydi.

"Kalmamın bir anlamı yok." Birden kendimi yorgun, gerçekten bitkin hissettim. Hemen gitmek istiyordum. Yataktan kalktım. Christian da arkamdan geldi.

Onu yatak odasının ortasında ayakta bırakıp çıkarken, "Giyineceğim. Biraz mahremiyet rica ediyorum," dedim. Sesim duygusuz, bomboştu.

Alt kata indim ve daha birkaç saat önce piyano çalarken başımı onun omzuna yasladığım geniş salona baktım. O zamandan bu yana çok şey yaşanmıştı. Gözlerim açılmış, sapkınlığının boyutunu görmüştüm ve artık sevgiye –almaya ya da vermeye– muktedir olmadığını biliyordum. En beter korkularım gerçekleşmişti. Ve işin tuhaf yanı, beni özgürleştirmişti.

Acı, kabullenmeyi reddedeceğim kadar derindi. Uyuşmuş gibiydim. Bir şekilde bedenimden ayrılmış ve önüme serilen trajedide sıradan bir izleyiciye dönüşmüştüm. Beni bekleyen saniyeleri tek tek düşünerek, hızla ve sistemli bir şekilde duş aldım. Şimdi biraz vücut şampuanı al. Şişeyi rafa bırak. Bezi yüzüne, omuzlarına sür... vesaire. Basit, mekanik düşünceler gerektiren basit mekanik hareketler.

Duşumu tamamladım ve saçlarımı yıkamadığım için kolayca kurulandım. Kot pantolonumu ve tişörtümü küçük valizimden çıkarıp banyoda giydim. Kot pantolon popomu acıtıyordu, ama bu, dürüst olmam gerekirse, aklımı paramparça olan, kırık dökük kalbimin başına gelenlerden uzaklaştırdığı için kucakladığım bir acıydı.

Valizimi kapatmak için eğilince, gözüme Christian'a aldığım hediyenin durduğu torba takıldı. Bu kendi elleriyle yapacağı bir Blanik L23 planör maketiydi. Gözyaşlarım yine kapıya dayanmışlardı. *Ah, hayır.* Daha fazlası için umudun olduğu, daha mutlu zamanlar. Ona vermem gerekeceğini düşünerek, valizden çıkardım. Defterimden küçük bir kâğıt kopardım ve onun için hızlı bir not karalayıp kutunun üstüne bıraktım.

Bana mutlu bir zamanı hatırlatmıştı.
Teşekkürler.

Ana

Aynada kendime baktım. Karşımda solgun ve uğursuz bir hayalet duruyordu. Saçlarımı topuz yaparken, ağlamaktan şişen gözlerimi yok saydım. Bilinçaltım onaylar gibi kafasını sallıyordu. O bile şu anda alaycı olmaması gerektiğini bilir gibiydi. Dünyamın ufalanarak steril bir kül yığını halinde üstüme yağdığına, umutlarımın ve hayallerimin acımasızca parçalandığına inanamıyordum. Hayır, hayır bunu düşünme. Şimdi olmaz, henüz değil. Derin bir nefes alarak valizimi aldım, planör kutusunu ve notu yastığına bıraktıktan sonra geniş salona çıktım.

Christian telefondaydı. Siyah bir kot pantolon ve bir tişört giymişti. Ayakları çıplaktı.

"Ne dedi dedin?" Bağırışı beni yerimden sıçrattı. "Lanet olası gerçeği bize de söyleyebilirdi. Numarası ne? Onu aramalıyım.... Welch, bu gerçek bir fiyasko." Kafasını kaldırdı ve derin düşüncelere dalmış, karanlık gözlerini benden ayırmadan, "Onu bul," diye çıkıştı ve telefonun kapatma düğmesine bastı.

Onu yok saymak için elimden geleni yaparak kanepeye yürüdüm ve sırt çantamı aldım. Mac'i çıkardım, mutfağa dönüp BlackBerry ve araba anahtarlarıyla birlikte, büyük bir dikkatle kahvaltı barının üstüne bıraktım. Ona döndüğümde, dehşetten sersemlemiş bir ifadeyle bana bakıyordu.

"Taylor'ın Kaplumbağa için aldığı paraya ihtiyacım olacak." Sesim duygulardan arınmış, net ve sakindi... *Sıra dışı.*

"Ana o şeyleri istemiyorum, onlar senin," dedi hayretle. "Al onları."

"Hayır, Christian. Ben onları sadece göz yumarak kabul ettim ve artık istemiyorum."

"Ana, mantıklı ol," diye azarladı. Bu durumda bile azarlıyordu.

"Bana seni hatırlatacak hiçbir şeyi istemiyorum. Sadece Taylor'ın arabama karşılık aldığı paraya ihtiyacım var." Sesim monotondu.

İç geçirdi. "Gerçekten beni incitmeye mi çalışıyorsun?"

Gözlerimi ona dikerken, kaşlarımı çattım. "Hayır." *Tabii ki hayır, ben seni seviyorum.* "Hayır, seni incitmeye çalışmıyorum. Ben sadece kendimi korumaya çalışıyorum," diye fısıldadım. *Çünkü sen beni, benim seni istediğim şekilde istemiyorsun.*

"Lütfen, Ana, bu şeyleri al."

"Christian, kavga etmek istemiyorum. Sadece paraya ihtiyacım var."

Gözleri kısıldı, ama artık ondan korkmuyordum. Şey, belki biraz. Duygusuz gözlerle, gözümü kırpmadan ve geri adım atmadan baktım.

İğneleyici bir sesle. "Çek alır mısın?" dedi.

"Evet, sanırım çekine güvenilecek bir adamsın."

Gülümsemedi. Topuklarının üstünde dönüp çalışma odasına gitmekle yetindi. Dairesine, duvarlardaki hepsi soyut, dingin ve hatta soğuk sanat eserlerine son bir kez, uzun uzun baktım. İçimden, *Çok uygun,* diye geçirdim. Gözlerim piyanoya kaydı. Tanrım, çenemi kapalı tutmayı becerseydim, piyanonun üstünde sevişecektik. Hayır, düzüşecektik. Piyanonun üstünde düzüşecektik. Pekâlâ, ben sevişirdim. Bu ağır ve hüzünlü düşünce, aklıma ve kalbimden geri kalana çöküverdi. Benimle hiç sevişmemişti, değil mi? Onun için her zaman düzüşmekten ibaretti.

Christian geri geldi ve bana bir zarf uzattı

"Taylor iyi bir para almış. Klasik bir araba. Ona sorabilirsin. Seni eve bırakacak." Omzumun üstünden arka tarafı işaret etti. Döndüğümde, Taylor takım elbisesi ve her zamanki kusursuz görünümüyle kapıda bekliyordu.

"Sorun değil. Eve kendim dönebilirim."

Christian'a bakmak için dönünce, gözlerinde zar zor zaptettiği öfkeyi gördüm.

"Her dönemeçte bana kafa mı tutacaksın?"

"Bir ömür boyu sürmüş bir alışkanlığı neden değiştireyim ki?" Özür diler gibi omuz silktim.

Sıkıntıyla gözlerini kapattı ve ellerini saçlarının arasından geçirdi.

"Lütfen, Ana. İzin ver, Taylor seni eve götürsün."

Taylor otoriter bir sesle, "Ben arabayı alayım, Bayan Steele," dedi. Christian onu başıyla onayladı ve tekrar arkama döndüğümde, Taylor gitmişti.

Yeniden Christian'a döndüm, aramızda bir buçuk metrelik bir mesafe vardı. O ileri doğru bir adım atınca, ben içgüdüsel olarak geri çekildim. Durdu, yüzündeki sıkıntı neredeyse elle tutulur cinstendi ve gri gözleri yanıyordu.

Sesinde büyük bir özlemle, "Gitmeni istemiyorum," dedi.

"Kalamam. Ne istediğimi biliyorum ve bunu bana sen veremezsin; ben de sana ihtiyacın olan şeyi veremem."

İleri doğru bir adım daha atınca, elimi kaldırdım.

"Sakın, lütfen." Geri çekildim. Şu anda bana dokunmasını kaldırmam imkânsızdı. Bu beni mahvederdi. "Bunu yapamam."

Valizimi ve sırt çantamı alıp hole yürüdüm. Özenli bir mesafeyi koruyarak arkamdan geldi. Asansörün düğmesine bastı. Kapılar açıldı. Bindim.

"Hoşça kal, Christian," diye mırıldandım.

"Ana, güle güle," derken, büsbütün bozulmuş gibiydi. Müthiş bir acı çeken adam görüntüsü benim hissettiklerimi yansıtıyordu sanki. Fikrimi değiştirip onu teselli etmeye karar vermeden önce, bakışlarımı kaçırdım.

Asansör kapısı kapandı ve beni bodrumun derinliklerine ve kendi kişisel cehennemime doğru yola çıkardı.

Taylor'ın benim için açık tuttuğu kapıdan arabanın arka tarafına bindim. Göz kontağından kaçınıyordum. Mahcubiyet ve utanç içindeydim. Kelimenin tam anlamıyla bir başarısızlıktım. Elli Tonum'u ışığa çekmeyi ummuştum, ama sonunda benim vasat becerilerimi aşan bir görev olduğu ortaya çıkmıştı. Çaresizlik içinde, duygularıma set çekmeye çalışıyordum. Dördüncü Cadde'ye çıktığımızda, boş gözlerle etrafımı seyrederken, yaptığım şeyin büyüklüğü üzerime çöktü. Lanet olsun, onu terk etmiştim. Sevdiğim tek erkeği. Birlikte olduğum tek erkeği. İçim elimi kolumu bağlayan bir acıyla paramparça olurken nefesim kesildi ve bir anda bütün setler yıkıldı.

İstemsiz, davetsiz gözyaşları yanaklarımdan oluk oluk akarken, parmaklarımla yanaklarımı kuruladım ve güneş gözlüklerimi bulmak için çantama atıldım. Trafik ışığında durunca, Taylor bana kumaş bir mendil uzattı. Hiçbir şey söylemiyor, başka yöne bakıyordu. Mendili minnetle aldım.

"Teşekkürler," diye mırıldandım ve bu sözsüz, minik nezaket gösterisi beni çözen darbe oldu. Lüks deri koltukta arkama yaslandım ve içli içli ağladım.

Daire can yakacak kadar boş ve yabancıydı. Burada kendimi evimde hissedecek kadar uzun süre yaşamamıştım. Doğrudan odama gittim. Orada karyolamın ayakucunda, çok hüzünlü, sönmeye yüz tutmuş bir helikopter balon asılıydı. Tıpkı benim gibi görünen ve hisseden Charlie Tango. Öfkeyle karyolanın demirinden çekip kopardım ve sımsıkı kucakladım. *Ah, ben ne yaptım?*

Yatağıma ayakkabılarımı bile çıkarmadan yığıldım ve uludum. Acı tarifsizdi... fiziksel, zihinsel... metafiziksel... her yerdeydi ve iliklerime kadar süzülüyordu. Keder. Bunun adı kederdi ve kendi ellerimle buyur etmiştim. Bedenimin derinliklerinden, dudaklarını küçümseyici bir gülüşle büken içimdeki tanrıçadan pis ve davetsiz bir düşünce çıkageldi. Bir kemer darbesinin yakıcı ısırığı bu yıkımın yanında hiç kalırdı. Çaresizlik içinde, inik folyo balonuma ve Taylor'ın mendiline sımsıkı sarılıp kıvrıldım ve kederime teslim oldum.

E L James, West London'da yaşayan eski bir televizyon yapımcısı ve iki çocuk annesidir. Çocukluğunda beri insanların âşık olacakları hikâyeler yazma hayalini kurmuş ama ailesine ve kariyerine odaklanmak için bu hayallerini ertelemiştir. En sonunda cesaretini toplamış ve ilk romanı *Grinin Elli Tonu* romanını okuyucularla buluşturmuştur. Yayıma hazırlanmakta olan *Fifty Shades Darker* ve *Fifty Shades Freed* kitaplarının da yazarıdır.

ELLİ TON ÜÇLEMESİ

Romantik, özgürleştirici, eğlenceli ve kesinlikle bağımlılık yaratıcı... Bu roman dengenizi sarsacak, size ele geçirecek ve ebediyen sizinle kalacak

Özgürlüğün Elli Tonu

E L James

Toy öğrenci Anastasia Steele'in ne istediğini bilen göz alıcı iş adamı Christian Grey'le tanışması, her ikisinin de hayatlarını geri dönülmez biçimde değiştiren şehvetli bir ilişkinin kıvılcımını çakmıştır. Christian'ın sıra dışı erotik zevkleri karşısında şoka uğrayan, ondan hem hoşlanan hem de tiksinti duyan Ana, daha derin bir bağlılık istiyordur. Onu yanında tutmaya kararlı Christian, bunu kabul eder.

Şimdi her şeye sahiptirler; aşk, tutku, yakınlık, servet ve sonsuz olasılıklarla dolu bir dünya. Ana, Grey'i sevmenin kolay olmayacağını ve beraberliklerinin her ikisinin de tahmin edemeyeceği zorluklar getireceğinin her zaman farkında olmuştur. Ana'nın kendi benliğinden ve bağımsızlığından ödün vermeden Grey'in yaşam stiline uyum sağlamayı öğrenmesi, Grey'inse takıntısını aşması ve kendisini altüst eden fırtınaları arkasında bırakması gerekmiştir.

Ama tam her şeye sahip gibi göründükleri bir anda, talihsizlik ve kader bir araya gelip Ana'nın en korkunç kâbuslarını gerçeğe dönüştürür...

ELLİ TON ÜÇLEMESİ

Romantik, özgürleştirici, eğlenceli ve kesinlikle bağımlılık yaratıcı... Bu roman dengenizi sarsacak, size ele geçirecek ve ebediyen sizinle kalacak

Karanlığın Elli Tonu

E L James

Ruhu yaralı genç girişimci Christian Grey'in karanlık sırlarının yıldırdığı Ana Steele, ilişkilerine son noktayı koyup ABD'deki bir yayınevinde kariyerine başlar.

Ama Grey'e duyduğu karşı konulmaz çekimi hâlâ aklından atamamıştır. Grey yeni bir teklifle gelince ona karşı koyamaz. Nihayet her şey daha iyiye gidiyor gibi göründüğü sırada geçmişin hayaletleri birden ortaya çıkar. İlişkileri bir kez daha tehdit altındadır.

Grey içindeki şeytanlarla savaşırken, Ana da hayatının en önemli kararını almak zorundadır ve bu yalnızca tek başına verebileceği bir karardır...